古英语时期至20世纪的英国文学创作研究

于娜 梁远翥 唐忠江◎著

中国纺织出版社

内容提要

本书按照历史发展的顺序，对英国文学的发展状况进行了系统梳理。同时，本书在具体的论述过程中注重将文学创作与社会历史背景相结合，并选取有代表性的作家和作品进行详细阐述。

本书共有九章，具体包括古英语时期的英国文学创作、中世纪时期的英国文学创作、文艺复兴时期的英国文学创作、17世纪的英国文学创作、18世纪的英国文学创作、19世纪上半叶的英国文学创作、19世纪下半叶的英国文学创作、20世纪上半叶的英国文学创作和20世纪下半叶的英国文学创作等内容。

本书的内容全面系统，结构清晰，逻辑严谨，语言简练。相信本书的出版能够为广大的英国文学爱好者和研究者提供一些新的思考方向和视角。

图书在版编目(CIP)数据

古英语时期至20世纪的英国文学创作研究 / 于娜，梁远翥，唐忠江著. -- 北京 ：中国纺织出版社，2019.1

ISBN 978-7-5180-4371-2

Ⅰ. ①古… Ⅱ. ①于… ②梁… ③唐… Ⅲ. ①英国文学－文学创作－研究 Ⅳ. ①I561.06

中国版本图书馆CIP数据核字(2017)第292054号

责任编辑：姚　君　　责任印制：储志伟

中国纺织出版社出版发行
地址：北京市朝阳区百子湾东里A407号楼　邮政编码：100124
销售电话：010－67004422　传真：010－87155801
http://www.c-textilep.com
E-mail：faxing@c-textilep.com
中国纺织出版社天猫旗舰店
官方微博 http://www.weibo.com/2119887771
北京虎彩文化传播有限公司印制　各地新华书店经销
2019年1月第1版第1次印刷
开本：710×1000　1/16　印张：19
字数：288千字　定价：83.00元

前　言

英国是享有内容最丰富的文学的国家之一，为世界文学的发展贡献了众多优秀的作家和文学作品，因而英国文学是世界文学宝库中一颗璀璨的明珠。同时，英国文学是生活在欧洲西部英伦三岛上的英国人民在漫长的历史发展进程中所创造的英国文化与文明的精华，并反映了英国社会中曾经进行的种种活动，生动表达了大多数英国人民的意向。

英国文学源远流长，有文字可查的英国文学历史可以追溯到古英语时期，即盎格鲁-撒克逊时期。之后，经过长期、复杂的发展演变过程，英国文学逐渐形成了自身特色，艺术特性也不断得到优化与升华。在当前，英国文坛呈现出异彩纷呈、新人辈出的局面，并形成了现实主义、实验主义、后现代主义交错重叠，少数族裔作家、女性作家日益崛起的多元化发展趋势。为了对英国文学的发展面貌进行全面的展示，继而帮助人们进一步加深对英国文学的认识与理解，特撰写了《古英语时期至20世纪的英国文学创作研究》一书。

本书共包括九章内容，按照历史发展的顺序，分别对古英语时期的英国文学创作、中世纪时期的英国文学创作、文艺复兴时期的英国文学创作、17世纪的英国文学创作、18世纪的英国文学创作、19世纪上半叶的英国文学创作、19世纪下半叶的英国文学创作、20世纪上半叶的英国文学创作和20世纪下半叶的英国文学创作进行了详细论述。在具体的阐述过程中，注重将文学创作与社会历史背景相结合，并注重选取有代表性的作家和作品对每一时期的具体文学创作状况以及文学创作特色进行较为全面的展示。希望本书的出版能够为广大英国文学爱好者和研究者提供一些新的思考方向和视角。

本书由辽宁师范大学于娜、海南热带海洋学院梁远翥、榆林学院唐忠江撰写完成，并由三人共同统稿。具体分工如下。

第四章第五节，第五章至第七章：于娜；

第一章至第二章：梁远翥；

第四章第一节至第四节，第八章，第九章：唐忠江。

本书在撰写过程中参考了大量英国文学方面的相关著作，也对国内外大量的研究成果进行了参阅、吸收和采纳，由此获得了丰富的研究资源。在此，向这些学者致以诚挚的谢意。由于水平与精力有限，本书难免存在一些不足之处，恳请广大读者批评指正。

编　者

2018年7月

目　录

第一章　古英语时期的英国文学创作

古英语时期是有史记载的比较靠近现代的阶段。这一时期的文学分类繁多，主要有诗歌、散文等作品，这些作品的作者大都是无名氏。对这一时期的文学进行研究，既有益于再现当时的社会生活现实，又有益于今天某些特殊的研究。

第一节　古英语时期的社会历史与文学发展

一、古英语时期的社会历史状况

古英语时期也称盎格鲁-撒克逊时期，约从公元5世纪起至公元11世纪中叶诺曼人入侵为止。

当历史走向公元纪元的时候，不列颠三岛依然处在氏族制度之中。生活在这种制度中的是凯尔特族人。公元前55年，罗马人在凯撒(Julius Caesar，公元前100—前44)的率领下开始侵犯不列颠，最后由罗马皇帝克劳狄一世(Claudius，公元前10—公元54)于公元43年征服了不列颠，并把它划入罗马帝国的版图。罗马人的统治一直延续到公元5世纪。其间，罗马人在此筑道路、建要塞、围城墙、修别墅。凯尔特人不是沦为罗马统治者的奴隶，就是成为背对青天的农夫。公元5世纪中叶，盎格鲁-撒克逊人从欧洲大陆漂洋过海，入侵不列颠，乘西罗马帝国衰亡之际取代了罗马人，这些来自丹麦西部和德国西北部地区的盎格鲁-撒克逊人很快便征服了不列颠整个国土，并在那里定居下来。接着，他们不是迫使土著凯尔特人成为奴隶，就是将他们赶到西部和北部山区或苏格兰、威尔士等较为偏僻的边疆地区。盎格鲁-撒克逊人成了不列颠的统治者，英国历史从此迈向了盎格鲁-撒克逊时期。

盎格鲁-撒克逊人成为统治者之后，不列颠的土地上并没有平静下来。此时处于各地强人割据、自封为王的“七国征战”的混乱中。当时的七国——肯特国(Kent，朱特人建于449年)、萨塞克斯(南撒克逊国 Sussex，撒克逊人建于477年)、韦塞克斯(西撒克逊国 Wessex，撒克逊人建于495

年)、埃塞克斯(东撒克逊国 Essex,撒克逊人建于 527 年)、诺森伯里亚国(Northumbria,盎格鲁人建于 547 年)、东盎格里亚(East Anglia,盎格鲁人建于 575 年)及莫西亚(Mercia,盎格鲁人在英国中部建于 586 年),它们之间的界线不清,而且相互间虎视眈眈,领土不断出现此增彼减,或互相歼灭或重新组合。有时它们当中的一个国家称霸,其余诸国则称臣纳贡、甘拜下风;有时又不相上下,鼎足并立。首先称霸的是位于洪伯河以北的诺森伯里亚国,后来则是西撒克逊国。他们之间的争斗使得国家民不聊生,怨声载道。这一时期的英国国家急需统一,各部族间继续进一步融合。

到了 7、8 世纪,北欧的丹麦人连续入侵,重创了英国社会。所谓"丹麦人"只是个统称,这些人包括来自斯堪的纳维亚半岛的各族人。他们的文明程度低于已在英国费力但缓慢发展起来的文化和文学水平,不知道爱惜这些得来不易的成就。他们一到英国,就大肆掠夺和毁烧,把许多好端端的文化与文学中心夷为平地。就这样,包括诺森伯里亚在内的许多文化要地以及那里的大量文献都在一夜之间变为乌有,或有幸存者,也多残缺不全了。

到 9 世纪末,英国小国皇室纷纷崩溃,莫西亚国及西撒克逊国也岌岌可危。在这个关键时刻,西撒克逊国的阿尔弗雷德大帝领导人民坚持战斗,拯救了英国。他成为英国最强有力的国王。他在国内实行法治,严惩强盗和贪官污吏,尤其是法官;恢复修道院,任命最佳人选做院长;建立学校,鼓励治学,邀请海内外学者讲学,等等。到 9 世纪末他过世前,他还建立起一支舰队,在海上大败丹麦人,这在一段时间里成功地阻止了来自北方的威胁。他应当是英国海军的鼻祖。他的继任老爱德华继续他的征战事业,到 10 世纪初叶,老爱德华王已经征服中部地区及东盎格里亚国,把统治范围扩展到洪伯河畔。英国局势突然改变,全国统一的蓝图终于变为现实。

盎格鲁-撒克逊人在奥古斯丁到来之前信奉多神教。这种信仰的形成有其客观原因,即人们长期生活在原始状态中,由于科学落后,生活贫穷,再加上愚昧无知,他们无法解释自然界发生的种种现象,将其全部归诸于上帝、神灵等多种因素的力量,从而产生了多神的信仰。

奥古斯丁到来后,他传播基督教,成功地使肯特的国王皈依了基督教。整个英格兰在随后的一个世纪里也全部皈依基督教。人们纷纷修建教堂,同时出现了许多学问精深的僧侣。这些僧侣在盎格鲁-撒克逊文化生活中起到了举足轻重的作用。他们不仅繁荣了盎格鲁-撒克逊文学,而且还改变了文学作品的题材。古代英国人由于信奉多神教而在文学作品中惯常使用的神话,被僧侣们改成了基督教故事。不过,基督教的僧侣们如同多神教的教徒们一样,对许多自然现象也无力予以解释。因此,他们在作品中也不可避免地大量表现超自然现象和迷信思想。如果说,基督教徒们的描写基于基督教思想，那么，多神教徒们的描写则是建立在多神教思想的基础之上的。

在9世纪北欧丹麦人的入侵中，在不少地区，如诺森伯里亚的修道院它们几乎完全被摧毁，这虽然是历史和时间演进的必然，但总是让后人感慨不已。

盎格鲁-撒克逊人的传统与习俗很多。他们好战，国王或主公经常赏赐作战英勇的人，礼物中常说到的是宝物，如黄金的项圈或臂圈、宝剑，此外还包括在议事厅赐坐等。人死后多海葬，当时日耳曼各族因为靠近海洋，相信人死后要走很长的海路，所以死者的躯体被放置在一艘船上架起的供火葬用的木头堆上面，点燃后推入海里，或者不烧尸体，在船上装上贵重的盔甲以及其他路上必需之物，然后把船推入辽阔的大海里。

二、古英语时期的文学发展状况

古英语文学也称为盎格鲁-撒克逊文学，它包括盎格鲁-撒克逊时期的全部文学作品。古英语文学的分类繁多，有诗歌、散文等，另外，由于信仰基督教，僧侣文学在当时也比较盛行。古英语时期的文学作品的作者多为无名氏，其中有名有姓者，从中世纪的资料得知有12位，但其中只有四位的作品人们比较肯定：凯德蒙（Caedmon，生卒年不详）、比德（The Venerable Bede，约672—735）、阿尔弗雷德（King Alfred the Great，849—899）及基涅武甫（Cynewulf，生卒年不详），前三位已有人为之作传。现存的手稿约有400余种，其内容既反映当时的生活现实，又有益于今天的某些特殊研究。在这些当中有200余种评论界认为应算主要作品。盎格鲁-撒克逊文化具有丰富的口头文学传统，遗憾的是有文字记载而存留到今天的作品非常少。

古英语文学作品大部分写作于9至11世纪，所用文字有拉丁文，也有古英语。古英语作为文学创作媒介的出现，可能与当时的社会历史发展有关。那时候北欧人（丹麦人）不断入侵，许多拉丁文作品被他们烧毁，而且英国人民大众对拉丁文的读写能力日益下降，拉丁文作品人们也难读懂。阿尔弗雷德大帝在《教士必读》一书的英译文序言里就说到这一点，并表示出担心。他注意到，虽然能读懂拉丁文的人不多，但许多人可以读懂古英语。于是他建议学生学习古英语，其中的佼佼者可进一步学习拉丁文。所以，现存的许多古英语文学作品可能是当时学校用的教材。这是这位国王提倡使用当地语言，即古英语或盎格鲁-撒克逊语的基本原因。现在经过学术界长期仔细鉴定后发现，古英语文学作品的写作文字包括诺森伯里亚、莫西亚、肯特和西撒克逊方言，其中西撒克逊方言运用得最多。

在古英语文学里占重要地位的文学形式是古英语诗歌。古罗马史学家塔西特斯在他的《关于日耳曼人》里说道，日耳曼人只有古代诗歌这一传统和历史，还说他们的某些歌曲运用音调激发勇气，通过声音判断即将开始的战斗的胜负。许多其他资料显示，古日耳曼人特别注意诗歌的创作。这也就决定了吟游诗人和宫廷诗人在社会上的尊贵地位。在古英语诗歌的创作和传布中，吟游歌手发挥了非常重要的作用。古英诗本是口头文学，多由吟游歌手伴竖琴唱出。在古时，吟游歌手是一种职业，他们以此为生，也乐此不疲。他们通过歌声和讲故事，为生活在艰难困苦中的人民带来一些娱乐和欢快；他们有些人也在宫廷里为王公显贵们服务，这可能是他们诗歌的资料来源之一。另外，吟游诗人是后世了解古人生活状貌的窗口之一。古英语的许多现存作品，是吟游诗人由口头文学慢慢落笔在纸上的。

古英语诗歌在内容方面写战争多，写和平少。这和古日耳曼人的生活和社会习俗有关。古罗马历史学家塔西特斯在他的《日耳曼尼亚》里说道，日耳曼人认为他们生活的头等大事是打仗。于是战争题材在诗歌里自然就占据了统治地位。与此相关，这个时期的诗歌也就写男人多，写男人里的武士多；反之，写女人、家庭、儿女情长少。它们写死多，写悲多，写快乐和喜庆少。在英国人皈依基督教后，诗歌里也不多见快活气氛。这反映出当时的社会和历史情况：战火连绵，生灵涂炭，世道悲惨，人民啼饥号寒。这种悲切气氛是古英语时期的英雄史诗和宗教诗歌主体作品的基本特点之一。

在技巧方面，古英诗表现出以下几个最突出的特点。

第一，运用押头韵。这种韵脚以重音为基础，考虑到元音的数量以及音节的加重情况。押头韵源于古日耳曼语系。押头韵笼统地说就是，诗行里加重音节出现辅音相同的情况。仔细地说，古英诗诗行一般一分为二，中间出现一个停顿，在诗歌研究里，它有个术语叫“行内停顿”每半行里有两个重音节，它们开首的辅音可以相同，亦可不同。后半行的第一个重音节开首的辅音至少应和前半行的重音之一的开首辅音相同，这就是押头韵。后半行的第二个重音不应押头韵。

第二，常运用借喻法，这是在古英诗里运用比较普遍的一种修辞手段。这种生动形象的借喻性修辞用法是古英语诗歌语言的特色之一。借喻性修辞的特点是：作者并不把要比喻的人或事物的名称直接写出，而是使用类似汉语修辞中的借代方式，提及这些人或事物的某种特征或属性，婉转、迂回却又十分形象地为之命名。换句话说就是利用客观外界事物作为形象，表达比较抽象或空洞的概念；或有时概念虽不抽象，但借喻的运用可以加深听者的印象，使他们获得具体的图示般的信息。因此，这种生动形象的借喻性修辞起着“一石二鸟”，即又命名又说明的描述作用。

第三，常用反语。反语在古英语诗歌里运用得也相当多。反语表达的特点是，语言表面貌似否定，但实际本意是肯定。这样的例子在古英语诗歌里俯拾皆是。

除此之外，古英诗语言里也有不少套话，如描写人物的、战场的、武器的、宴会的等方面，都有比较固定的、诗人经常重复的词语。这些词语可以说是古英诗的标识之一。

古英语文学作品自 16 世纪开始，便受到社会特别是收藏家们的高度重视。不论在历史价值还是在美学价值方面，它们都是英国的国宝。今天它们的储藏地有温彻斯特、埃克斯特、伍斯特、阿宾顿、达勒姆、坎特伯雷等。古英语文学的研究已经经历了不同的阶段，各个阶段研究重点各异。比如在 19 世纪和 20 世纪初，评论界的着眼点在发掘英语的日耳曼根基上，后来则集精力于这些作品的文学价值方面，今天不少评论家又对研究古代手写文字产生了浓厚兴趣。

第二节　神韵悲戚的异教诗歌

异教诗歌是指英国人皈依基督教以前盎格鲁-撒克逊人写作的诗歌。需要说明的是，“异教”在这里没有任何贬义或偏见或倾向，之所以运用这个词语，是因为尚未发现更确切、更全面地表达“基督教前”这个概念的词语。

异教诗歌的共同特点是，它们的写作受到当时正在漫及英国的基督教的影响，也同时反映出诺森伯里亚王国和莫西亚王国在 8 世纪和 9 世纪初叶相互间所进行的长期征战，以及战事给人民所带来的毁灭、痛苦和煎熬。日耳曼异教文化和基督教文化两种因素在诗歌里的杂糅，在这一时期作品的内容里明显地体现出来：它们既表现人内心的哀戚之情，也描绘外界大自然的状貌。这些古英语诗歌虽然神韵悲戚，但不绝望或歇斯底里。《贝奥武夫》《流浪者》《航海者》《马尔登之战》《韦德西斯》等是异教诗歌的代表性作品。

一、《贝奥武夫》

《贝奥武夫》是古英语时期出现的唯一一部完整诗篇。它是一首叙事诗，不仅是古英语时期最宝贵的文学遗产，而且是所有日耳曼文学中最古老的英雄史诗，是古日耳曼人留下的最伟大的一首史诗，也是古希腊和古罗马文学消亡后最古老的作品。这首诗作的作者不明，但肯定是盎格鲁-撒克逊人。根据其情节判断，作者很可能生活在古代莫西亚的西部，即今天的英格兰中西部地区。这首长诗早在 6 世纪就以口头形式流传于民间，到 10 世纪才出现手抄本。不过，许多学者认为，它以文学形式记录下来应该是在7世纪末、8世纪初。

全诗分为两个部分，共3 183行。第一部分以神话中的英雄主人公贝奥武夫先后战胜海怪格伦德尔和海怪之母的英雄事迹为主要线索，描写了主人公年轻时代斩妖除魔的光辉业绩。第二部分记述他晚年时不畏火龙、英勇奋战的壮举。

贝奥武夫的亲戚、丹麦国王合罗斯加建造了一座宴会厅，用以款待部下，共同吟诗唱歌。不料，该隐的后代海怪格伦德尔闯入大厅，吞食了合罗斯加手下三十多位战士。这种袭击每晚发生，一共持续了二十多年，使许多战士失去了生命。因此，一到晚上就再也没人敢迈进大厅一步。高特族青年贝奥武夫得知这个消息后，率领十四名勇士，漂洋过海，找到合罗斯加，帮助他除害。晚上，他和战士们藏在大厅里。格伦德尔如期又来袭击，并杀死了一名战士。贝奥武夫一跃而上，紧紧抓住敌人，同他展开了搏斗。在激烈的战斗中，贝奥武夫撕下了海怪的一只胳膊，吓得妖怪夺路而逃，不久便一命呜呼。格伦德尔的母亲得知情况后，第二天夜里跑来为儿子报仇，杀死了合罗斯加的忠实侍卫埃斯切尔。贝奥武夫追到一个水洞里，同这个母海怪进行了长时间的搏斗。危急之中，他取下洞壁上的一把魔剑，杀死了母海怪。他凯旋后，受到了合罗斯加的热情欢迎和重赏，立功后的贝奥武夫返回了祖国。他的叔叔、高特族国王希格拉克为了表彰他，立他为王储。国王死后，贝奥武夫为了保护自己的臣民，不顾年迈体弱，又毅然同火龙搏斗。在侄儿威格拉夫的帮助下，他终于杀死了妖怪，但自己也身负重伤，不久便离开了人世。噩耗传来，高特族人民悲痛万分，他们花了十天时间为壮烈殉国的贝尔武甫贝尔武夫建造了一座巨大的墓碑，他们讴歌他的伟大壮举和英雄事迹，四处传颂他的威仪和英名。

贝奥武夫这个人物概括性地表现了古代盎格鲁-撒克逊人对英雄君主的拥戴和赞美，歌颂了人类战胜以妖怪为代表的神秘自然力量的伟大功绩。这种题材与欧洲文学史上的民族史诗的传统是一脉相承的。它集历史事实和神话传说为一体。因此，主人公贝奥武夫这一形象带有传奇和神话的色彩。他英勇顽强，富有自我牺牲精神，爱护自己的臣民，具有崇高的责任感。正因为如此，贝奥武夫被高特人奉为"人民之父"。

《贝奥武夫》在一定程度上反映出当时人们对人生的一些思想和理想。贝奥武夫的一生反映出那时人们心目中的一个原则，即人在生前要正直，要尽力而为做出成绩，这样在死亡到来时才能心安理得，毫不惭愧。贝奥武夫在去世前回顾自己的一生，说到自己领导国家和人民50年，给国家带来安定，没有任何邻国敢来进犯；对人不施加阴谋，不发假誓，不杀无辜，因而现在要面临死亡了，他感到心里坦然，灵魂能无忧无虑地离开肉体。这种思想早在这位英雄年轻时和海怪格伦德尔搏斗的过程中就已经有所表露。当时国王的一个武士死于格伦德尔的母亲之手，国王因而沉痛不已，贝奥武夫就安慰说，请您节哀，为朋友复仇比痛悼他来得更好；我们每个人都得活到自己在人世生命的结束时，因此，让我们在死前都有所作为，这是一个英雄的最佳选择。这一点反映出古日耳曼人的一个生活理想与准则。我们阅读古罗马历史学家塔西特斯(Tacitus)描绘古日耳曼人的文字时会发现，他的某些描绘说明《贝奥武夫》是典型的古日耳曼文学作品，而贝奥武夫则是典型的古日耳曼英雄。塔西特斯在谈到古日耳曼人对待葬礼的态度时说：

> 他们在进行葬礼时，不表现盛大或过度虚荣。葬礼只是进行得很精心，对于一些名人，他们堆些木头把尸体烧掉。人们在焚尸火堆上不放衣服或香料，但总是把死者的武器，有时连同他的马匹一块扔进火里。坟墓只用草土堆积起。他们藐视让人厌烦的精妙的墓碑，认为这些令死者难以忍受。他们很快停止痛哭流涕，他们会在长时间内感到哀痛和凄苦。女人可以哭丧，男人要记在心里。

塔西特斯这段话的含义就是，日耳曼人更注重人在生前的表现。这和《贝奥武夫》所显示的价值观恰相吻合。

《贝奥武夫》里有许多处很有让人回肠荡气、爱不忍释的韵味。比如其中歌颂贝奥武夫的一首歌谣对世人很有启迪作用：

> 希格蒙德死后
> 他的声名大振，
> 因为他英勇善战，斩了宝物的守护
> 妖龙；在灰色岩石下，他，
> 国王的儿子，冒险
> 只身做这件危险的事情——菲特拉未在身边；
> 但是他做成了，他的宝剑透穿
> 奇妙的蛇身，宝刀竟刺入岩石；
> 妖龙遭暴死。

这首歌谣是一位歌手的即席之作。当时贝奥武夫杀了海妖格伦德尔，武士们兴高采烈地返回王宫。在路上，宫廷诗人诗兴大发，即席作歌，颂扬贝奥武夫的英勇事迹。他采用的手法很别致；他用古人的事迹来衬托贝奥武夫的英武。这个古人就是希格蒙德，他的事迹是他当年只身战胜恶龙之事。然后歌手把贝奥武夫的口碑载道和希格蒙德后来的凶狠与独裁两相对比，从而更突出了贝奥武夫始终不渝、死而后已的高尚品格。

诗作中描绘海妖格伦德尔的深海巢穴的一段，里面有敏锐的观察，有奇妙的悬揣，也有大胆而合乎情理的想象，因此现在读来仍然趣味盎然，百诵不厌：

他们住在一处隐蔽的地方，豺狼的巢窟，
风吹雨打的海岬，可怕的沼泽峡谷，
在峡谷的雾气里，那里山泉
沿洪水在地表下面
猛然倾泻下来。以里数算，
距此不远就可以找到这片池沼；
它上面悬挂着霜打的树丛，根基
坚固的树木俯掩在上面。
在那里每夜都可看到神奇景观，
洪水上面有大火点燃。在凡人的后代中间
没有哪位贤人知道那片
黑水的深度。虽然犄角很齐整的公鹿，
这片荒野上的奔跑者，因猎狗的追逐，
从远处慌忙逃入这树丛里——
它会宁愿死在岬岸
也不进那里去保护它的头颅；
这不是个好地方！从那片池沼里冉冉升起
一股股乌烟瘴气直上霄汉，
直至空气都变为浑沌一片，
九天也哀泣悲叹。

作为第一部民族史诗，《贝奥武夫》具有许多鲜明的特点，这主要表现在以下几方面。

第一，这首长诗是盎格鲁-撒克逊人带入英国的。它的背景取自北欧地区，即丹麦和瑞典的南部，反映了当时部落社会的面貌。格伦德尔被描绘成该隐的后代，说明该诗成文于基督教传入之后，因此添入了一定的基督教成分。然而，综观全诗，它却具有浓郁的多神教色彩。

第二，《贝奥武夫》具有神话和传奇的色彩，但它不是神话；《贝奥武夫》似乎曲折地唱出了盎格鲁-撒克逊的民族史，但它又不同于历史。同欧洲文学中的其他史诗如荷马史诗一样，它把历史和传说中的英雄人物作为吟唱讴歌的对象，表达了古代劳动人民对原初时期人类生活和世界的理解。《贝奥武夫》不仅具有宗教研究的价值，而且还具有神话象征的意义。

第三，全诗在韵律上有明显的压头韵现象。《贝奥武夫》中几乎每一行诗句都有押头韵的特点。这样读起来朗朗上口，能够加重语气，并且易记易诵。同样需要注意的还有谐音的应用。谐音是另一种常用的韵律形式，它是指在一组连续的单词词首或词内重复出现某个元音。头韵和谐音都能引起读者的兴趣，使他们放慢阅读速度而集中注意力。古英语的这些韵律形式很早以前便已渗入到英语诗歌中而成为一种传统。

第四，诗中运用了许多借喻语。借喻语是一种借喻，它用生活中常见的事物作为形象或图示，来表达概念、信息，以易于唤起人们的想象，提高他们的理解和接受力；它也是表达抽象概念的一种有效修辞手段。在《贝奥武夫》和类似的古英语诗歌里，这种借喻语出现得很多。例如，大海被说成是"天鹅之路"或"鲸鱼之路"或"船帆经过之路"；武士被称为"持盾者""战斗英雄"或"宝剑英雄""长矛武士"；战斗是"耍弄长矛"或"耍弄剑刃"或"战旗的冲撞"；等等。这样的词语组合很容易唤起人们直观的实物印象，而有效地避免摆弄空洞的概念。在这方面，有人说《贝奥武夫》开创了古英语诗歌使用借喻性修辞之先河，其他诗人则纷纷效仿。也有人反对这种"源泉"或"单一影响"说，他们发现借喻性修辞在古英语诗歌中司空见惯，是当时诗歌创作中普遍使用的文字润饰手法，当时几乎大部分诗人都熟知一批借喻性修辞的惯用语汇，《贝奥武夫》的写作者也是如此。这部长达三千余行的史诗成功地彰显了这种文字技巧的感染力。

第五，诗中随时夹杂进一些和主题似乎关联不紧密的内容。虽然故事本身并不复杂，甚至可以说很单薄，但诗的篇幅却因诗人时不时的离题跑辙、节外生枝而显得很长，有些题外话被一再渲染，有时可惹人烦腻。这些插入的成分大部分是供吟游诗人吟唱的片断，或是对主人公及其他一些角色的追忆。英国古代和中世纪的不少作品都表现出这个特点。比如英国第一大诗人杰佛里·乔叟的名作《坎特伯雷故事集》里的许多故事，都有这样的貌似离题跑辙的段落。然而它们的存在，如果细味，不论在《贝奥武夫》或是在《坎特伯雷故事集》里面，都不能算多余。它们经常像舞台上的布景，向人们呈现一些风土习俗，有时也介绍一些历史性事件或场面，如北方战场的骇人情景：刀光剑影，鬼哭狼嚎，血流成河，秃鹫与乌鸦在空中盘旋，等等。这样可有助于发挥文学艺术作品的"抓住其心、缚住其身"的戏剧性作用。再加上全诗基调亢奋，这些文字就更易于在吟诵中彰显故事的主题。

二、《流浪者》

《流浪者》这首诗是一个流浪者的独白，但以第三人称的叙事形式写出。全诗共115行，由序诗（1～5行）、诗作主体（6～110行）和结尾（111～115

行)组成。

《流浪者》的叙事者显然是一位深受基督教影响的诗人。他在序诗中开宗明义，提出主以及主的恩惠和宽宏，并暗示依赖这些乃是对抗厄运的关键：

> 一个孤独(或隐居)的人常能得到恩惠，
> 他的主的宽宏，虽然心头凄风苦雨
> 他还得在海上长期漂泊，
> 双手还得去拨动冰冷的海水
> 踏在流放的路上。命运真固执啊！

这几句序诗的结尾“命运真固执啊”有些让人摸不着头脑。一般说来，命运是上帝决定的，可是这位诗人似乎把两者给分开了。这可能说明，他的思想是由多种文化和信仰因素组成的，除新加进的基督教成分外，里面还残留着日耳曼文化和信仰的影响。他认为，在昔日日耳曼诸位神祇的统治下，人们受苦受难，而在上帝的惠顾下，人们会最终到达天国。但是也很清楚的是，在这位叙事人的头脑里，上帝是虚的，而痛苦是实在的。他对基督教的信仰是表面的。虽然如此，这几句序诗仍然宛如一篇论文的纲要，决定了诗笔的走向，即诗主要讲流浪者的苦，但是也会说到一点天堂梦的甜及对天国的希望。

诗的主体是流浪者叙说自己离开主人和家园，在浪迹天涯过程中所经历的悲痛和孤单，以及他痛定思痛后的感想。在诗主体的第一部分(6～36行)里，流浪者说到他的无家可归、饥寒交迫以及没有希望的境况。字里行间透露出他已经饱经沧桑，年轻时曾是一个英勇的武士，受过恩主的奖赏，拥有过自己的随从，但是现在一切都成为过去，自己这个战祸的幸存者却落得个孤苦伶仃，渴望得到安慰和友情。诗作主体的第二部分(37～48行)描述流浪者在梦里幻想自己又回归往昔、拥抱自己的主公、坐在主公身旁的亲切场景，但梦醒却又回到现实，自己孑然一身，唯有海鸥和霜雪为伴。第三部分(49～57行)讲流浪者倍感悲痛，忽又想到亡故的族人，他为他们歌唱，他急不可耐地扫视他们，但他们很快便从幻境中消失了，留下他一人无精打采地待在海上。诗作主体的第四部分(58～110行)包含以下几个内容的线索。一是这个世界的沉沦和衰落，人世间一切的转瞬即逝；二是暗示人的命运朝不保夕、岌岌可危；三是劝导世人积累经验，耐心、自控，认识人生的短暂和苦痛：

> 尘世到处充满艰险；
> 命运的指令改变天下的人世。

在这里，财富消失了，朋友消失了，
男人消失了，女人消失了，
这个尘世的全部结构变得空空如也。

诗作的结尾旨在劝导世人信奉天国，但语言显得匆忙、空洞：

他会好的，倘若他寻觅恩惠，
天父的慰藉，我们一切安宁的根源。

这说明，在流浪者（或诗人一叙事者）的思想里，苦难占绝对比重，而对天国和上帝的憧憬所占比例不大。这一点为序诗里所勾勒出的诗人的思想状貌提供了有力注脚。

三、《航海者》

《航海者》是在古英语诗集《埃克斯特诗集》里所发现的第一首诗歌。它和其他古英语诗歌一样，表现出古盎格鲁-撒克逊人的逆来顺受但坚韧不拔的精神，他们的苦痛和孤独，以及对精神升华的向往。这首诗很受评论界的瞩目。

评论界一般认为，这首诗大体可分两大部分：第一部分（1～64 行）主要讲述的是海上生活的艰苦，以此象征人生旅程之苦；第二部分（65～124 行）主要强调尘世之短暂和虚渺，天国快乐之永恒，结尾还用"阿门"一词，很有教士布道的口吻。

《航海者》中把航海作为人生的象征。"生活是一趟旅行"的主题是文学作品的一个普遍特点。这首诗中还把天国作为他的航程的目的地。在讲过海上（或人生）的艰难——风暴、冰雹、悬崖峭壁、黑夜等以后，他决心踏上寻找永恒快活之路：

因此，我的思想现在
催促我的心灵到大海上澎湃的咸水
海浪里，一试自己的身手
我内心愿望在不断吁请我的精神
出发去寻觅那距此遥远的
另一族群的国土。

所谓"遥远的""国土"，实际上是指"天国"，而"另一族群"则是天国的"居民"。接下来，航海者说，尘世上没有任何人那么高尚、拥有那么多的赠品、年轻时那么英勇、行为那么大胆，或有一个主公对他那么礼遇，因而在他最后的航程中全无焦虑，而像上帝那样为他提供一切。他超越尘世，洞见未来，只想在波涛汹涌的大海上克服险阻而奔向天国：

> 因此，主所提供的
> 快乐对我来说比起这个死沉沉的
> 短暂的尘世生活来得更加真切。我永不相信
> 尘世的繁盛会永远延续。
> 三者之一——疾病、老耄，或战争，
> 在任何情况下，在我们凡世的
> 大劫前，总是对我们的威胁：
> 它们将剥夺命定该死者的性命。

《航海者》对人世的沉浮、荣枯、成败、悲喜、人际亲疏等诸方面的分析极富哲理性。他看到，曾几何时，王公显贵已不再，金银财宝变粪土，等到最后见到上帝之时，所面临的乃是主的盛怒（65～102 行）。《航海者》在最后一部分（103～124 行）规劝世人信奉上帝，以获得他的恩赐——永恒天国的极乐。

尽管诗作使用很长篇幅描绘天国的永恒，但是统观全诗，它依然是弥漫在一种悲戚的气氛里。这说明在诗人心目中，天国的至福也无法与残酷的现实相抗衡，无法抹去在他眼前发生的灾难与死亡在他思想上留下的阴影。这是基督教仍未深入人心的一种表现。

四、《马尔登之战》

现存的《马尔登之战》也是一个诗歌片断，它歌颂英雄主义，突出英雄人物不畏艰险、视死如归的高尚精神。这首诗作歌颂的是埃塞克斯的博赫特诺斯伯爵和他的随从英勇杀敌的大无畏气概。

公元 991 年，一股势力很大的北欧海盗逼近埃塞克斯郡马尔登镇附近。他们遇到当地英国民军的坚决抵抗。民军主要由农民和一些贵族组成，其领导者是埃塞克斯的博赫特诺斯伯爵。北欧人在附近一个小岛上立定足跟后，由那里出发，通过一条水路，去进犯和掠夺其他海港和近处的乡村。博赫特诺斯伯爵把他的缺乏战斗经验和实战训练的民军驻扎在这一水路的河口，本可易如反掌地阻止北欧人进入他的辖地。然而，可能是出于过于自信，也可能是伯爵意欲阻止入侵者在他的辖地受挫后转而前去偷袭他地，他竟有意敞开一条通道引狼入室。北欧人长驱直入，敌我双方在马尔登相遇，拉开了一场血战的序幕。结果英国方面损失严重，伯爵本人被杀。诗作把伯爵死前的临危不惧表现得活灵活现：一个海盗把一支标枪刺入伯爵的身体，立在伯爵身边的武勒甫密尔（诗人武勒福斯坦的儿子）即刻把标枪拔出，

朝那个海盗扔回去,海盗即刻倒地身亡。这时一个全副武装的海盗朝伯爵走来,欲剥夺伯爵的盔甲和宝剑,伯爵则抽出雪亮的宝剑朝来者砍去,可是就在那时另外一个海盗砍伤了伯爵的手臂,他再也拿不起武器了。然而伯爵却还大声督促他的武士同心协力,继续杀敌。伯爵本人已经不能站立,他面朝苍天,感谢主曾赋予他的一切,同时请求主保佑他的灵魂能顺利升天。

伯爵的贴身侍卫们在伯爵死后,都纷纷发表讲话,表示继承遗志、战斗到底的决心。他们都决心或战死疆场,或为他们所爱戴的主人报仇。这些表态性发言约占全诗篇幅的三分之一以上。

由于诗作残缺不全,最终英国人是否一败涂地,读者不得而知。然而人们可从现有文本的可能走向猜测得到,比如贯穿诗作的沉重口吻,以及伯爵的老侍卫伯赫特武德的讲话,都能令人预感到战事的灾难性结尾:

当我们的力量愈来愈减弱时,
[我们的]精神必须更加坚强,
头脑必须更加敏锐,
情绪必须更加旺盛。
这里躺着[我们的]头人,已被砍成肉块,
[躺在]沙场上的一个好人。愿那些想从,战场上逃逸的人感到难过。
我年纪大了;我不想离开,
我想自己躺在我的主公,这样一位可爱的人的身边。

五、《韦德西斯》

这首诗歌是日耳曼文学中最古老的一首诗作,也是用古英语写成的最早的诗歌。全诗共 143 行,由三部分组成:序诗(1～9 行)、韦德西斯的故事(10～134 行)以及跋(135～143 行)。序诗和跋都由第三人称的叙事者说出,中间的主体部分由韦德西斯以第一人称的口吻讲出。

序诗介绍韦德西斯游历广,收到过很多赠礼;他是莫金族人,结婚后离开英国,先到哥特国王处,在那里他开始成为歌手。利用这样的吟游诗人作叙事人是《韦德西斯》作者的高明处之一。他把韦德西斯装扮成一个理想型的吟游歌手。"韦德西斯"一名在日耳曼语里的意思就是"远行"或"远游"。这位歌手提起人名、地名、族名、国名,信手拈来。

诗歌主体的中心内容由三个长名单组成。先是说国土的名字(18～35 行),共有 69 个,这是最古老的部分。接下来是各族群的名称(57～87 行),约 70 个左右,以及各位英雄的名字(112～130 行)。这三个名单后来由一位古英语诗人连接起来，植入一个包括抒情和史诗传统的艺术框架内。很显然，这位无名氏诗人是一位基督教教士，他吟诗技巧高，并对日耳曼历史和诗歌怀有浓厚兴趣。而且，这位诗人对这种书本知识感到骄傲，他提到遥远的过去和世界各地的英雄和国王的名字，其中包括希腊人、波斯人、希伯来人、印度人、埃及人，还有日耳曼人极富传说性的诗人韦德。就内容讲，诗中对许多古代(如3世纪至6世纪)族群和英雄的名称只是蜻蜓点水，一掠而过。这些对现代读者或许印象不深，但在当时，可以想象人们听来会是很有兴味的。这些名字里有许多出现在其他古英语史诗里。诗歌运用压头韵手法写出，以便于听众记忆。

《韦德西斯》的跋再次界定吟游诗人的身份，同时在不经意间也指明了他们的历史作用：生活的一切都会成为过去，但是“……他(指吟游诗人——笔者)得到赞扬/具有天底下的永恒光辉”(142～143行)。这就是说，他是永恒的，他的作品是永恒的，他的作品所记载的史、地、人、事等一切，也会永远流传下去。他是历史的见证人和传递人。

第三节 深受基督教影响的僧侣文学

597年，传教士奥古斯丁奉罗马教皇之命，率领第一批传教士来到英国，规劝肯特郡首领及其居民皈依基督教。不到一个世纪，基督教在整个英国广为传播，并取代了多神教。英国也相应地出现了许多教堂和学识渊博的僧侣。值得注意的是，在这一替代过程中，多神教和基督教的宗教观念相互冲撞而又彼此交融。这种现象在盎格鲁-撒克逊文学中留下了明显的痕迹。在僧侣文学中，最具代表性、最负盛名的应推凯德蒙和基涅武甫两位诗人了。

一、凯德蒙

凯德蒙是英国基督教诗歌的第一位代表人物，他是约克郡惠特比寺院的一个仆人。据说，他的诗歌才华是神赐所得。他目不识丁，以前全然不懂吟诗作赋。每次寺院聚会轮到他吟诗时，他总是羞愧地缩在一旁。但是，一天晚上，他在马厩照料马时睡着了。他梦见了天使，并学会唱歌，从此就成了吟诗的能手。寺院里的僧侣慕名前去拜访他。由于他不识字，僧侣们把《圣经》内容读给他听，他用盎格鲁-撒克逊语言把《圣经》故事改编成了押头韵诗歌。不过，人们现在普遍认为，在他名下的诗歌中，除了《对造物主上帝的赞美诗》外，其他许多诗歌并非都出自他的手笔，而是出自那些模仿他创作风格的姓名不详的诗人。因此,文学史家们经常用"凯德蒙组诗歌"来表示7世纪的教会僧侣文学。这些诗大约在1650年由弥尔顿的一位熟人付梓成书。下面主要对《对造物主上帝的赞美诗》和"凯德蒙组诗歌"中较具有代表性的《创世记》《出埃及记》以及《朱迪丝书》进行简要阐述。

(一)《对造物主上帝的赞美诗》

《对造物主上帝的赞美诗》是后人肯定出自凯德蒙之手的唯一的作品。据比德记载,这首赞美诗一共9行,是凯德蒙在梦中所唱的歌。也就是说,它是凯德蒙这个没有受过多少教育的诗人,在当时基督教学识盛行的氛围中口头创作的。这首诗在古英语时期显然很受欢迎和尊重,在盎格鲁-撒克逊人的头脑里停伫了几个世纪之久。现存的手稿就不下17种之多,其中有诺森伯里亚和西撒克逊等文本。

这首诗开启了后来在世人中广为传布的"凯德蒙诗派"或"凯德蒙式诗歌"的先河。在这首赞美诗里,凯德蒙把古日耳曼颂歌式民谣的内容和形式改写成宗教诗歌。比如他运用"变换"手法在9行赞美诗里对上帝的称呼变更了8次——"天国的守护者""鉴定者""光荣上帝""永恒的主"(先后用两次)、"神圣的造物主""人类的守护者""万能的主";变换是古英语诗歌风格中最重要的一种修辞手段。同时也值得注意的是赞美诗的押头韵、排比手法和运用少量音节的简明特点。

(二)《创世记》

《创世记》共2 935行,是对《圣经·创世记》第1至22章的意译。经过多年的考证,评论界现在比较一致认为,此诗由两部分组成——《创世记A》和《创世记B》。《创世记B》包括235～851行,可能是9世纪某位诗人所作,而被插入诗里;诗歌的其余部分是《创世记A》,创作于8世纪左右。

《创世记A》开篇叙述天使们造反和被打入地狱的故事,基本上按照《圣经》的顺序,从开天辟地说到祭献以撒。这一部分表现出异教和基督教两种因素的混合。

《创世记B》虽然重复叙述堕落段落的内容,但具有本身的突出特色,比如撒旦被描绘成一个英雄人物,以响亮的声音唤醒堕落在地狱里的天使们奋起而和上天一比高低(356～440行)等。

(三)《出埃及记》

《出埃及记》是一个片段,以《圣经·出埃及记》的第13、14两章的内容为基础而写成,内含590行押头韵诗行,叙说以色列人力渡红海以及摩西排除万难领导他们奔向福地的英勇事迹。这首诗的特点是富于幻想，善用比兴手法，遣词用字谨慎，力求达到戏剧性效果等。比如 1～18 行对摩西的赞美，276～305 行摩西在渡过红海之前对以色列人的讲话，还有 580～590 行所写的分赃的情形等都是很好的例证。

《出埃及记》也遵循日耳曼人的传统，运用古英语里常用的语汇和形象，把摩西刻画成一位日耳曼国王和英雄，把以色列人改变为一群日耳曼武士。这样做虽然令人有怪异之感，但基督教的热情和日耳曼的冷峻这种自然而巧妙的融会却不乏动人之处。另外，其中描写暴力流血的形象，酷似古英诗里常见的战斗景象，用这种形象描绘埃及军队溺死于红海、以色列人掠夺他们的遗物这样的场面，非常动人，但也因和古日耳曼诗歌传统相似，有些不太合适，也缺乏现实性。

（四）《朱迪丝书》

《朱迪丝书》一诗的内容以《经外书》（或《伪经书》）的拉丁文《朱迪丝书》为张本，主要讲的是亚述国侵略军的残暴将军霍洛弗尼斯与犹太人的解放者、美丽的朱迪丝的故事。一天，霍洛弗尼斯与众将喝得烂醉之后命令把朱迪丝带进帐里，大发兽性，被朱迪丝杀死，并提着霍洛弗尼斯的血淋淋的人头秘密潜回自己的城市——贝修里亚。亚述人被击退后，朱迪丝成为犹太人的首领。这意味着这首诗的创作时间可能更靠后一些。它说明在那时，基督教的影响已在文学作品中广泛传布，异教时代对女人的蔑视已经发生变化。

二、基涅武甫

基涅武甫是凯德蒙的后继者。他生活在 8 世纪或 9 世纪初，信仰非常虔诚，可能是一位教士，同时也是一位学者，熟谙拉丁文和宗教文学。他的诗歌词语生动流畅，诗律和谐优美。他在《海伦娜》一诗里有一段说到他自己：

> 由于我的身体日渐不支，年老而行将就木了，我就编织了言语的画面，把它美妙地组成一体；在黑夜这个牢笼里，我一再地思考和过滤我的思想。在智慧以它奇迹般的威力感动我的心思、给我展示更广阔的知识以前，我并不知道十字架的全部真相。我被恶行污染，被罪过锁住，被怀疑折磨，周身缠着玩世不恭之苦，直到威力无穷的王奇迹般地赋予我以知识，为我的老耄之年带来安慰；直到他把毫无瑕疵的圣恩施加于我，使之渗入我的内心，展现出它的

> 光辉，逐渐使之扩展，让我的身体获得自由，使我的心扉顿开，释放出歌唱的力量，我一直快活、高兴地在世上运用着这种力量。

基涅武甫在这段自传性很强的文字里一再强调尘世一切的虚无缥缈，劝告世人要向往天国、虔诚信奉上帝，以求免除地狱之苦而享受主的恩惠和宽宥，成为天使，永远享受光辉的主所赋予的遗产。

关于基涅武甫，还有一点值得注意，即他是古英语文学作品里第一位不仅有名有姓，而且在自己作品上签名的诗人。他签名用的是北欧文。他签过字的作品包括《基督Ⅱ》《海伦娜》《朱莉安娜》以及《圣徒们的命运》。他未签字、人们认为可能出自他的手笔或具有他的诗风的诗作包括《古斯拉克》《安德里亚兹》《凤凰》以及《十字架之梦》。下面主要对《基督Ⅱ》《海伦娜》和《十字架之梦》进行简要阐述。

（一）《基督Ⅱ》

《基督Ⅱ》取材于许多宗教性资料，但主要是以教皇格雷戈里的《布道书》中关于耶稣升天的第29章为底本，把教皇布道词的最后结论部分写成诗歌形式。这首诗以一个问题开始：

> 为什么圣子降生时在场的天使们未穿白色衣服，
> 可是耶稣升天时他们在场却穿白色？

问题是对一个“贤明的人”提出的，诗人请这个人深思一下。接下来诗人描绘了升天情景：耶稣对圣徒们表示了最后祝愿后，由天使们迎接，在他们的颂歌中升天。

由于这首诗为对未来没有定见、无所适从的人民带来希望，所以它表现出一种盎格鲁-撒克逊诗歌里少见的快活情绪。这首诗内容上的快活心地可能是人们在皈依基督教后感到灵魂有了着落的原因导致的。《贝奥武夫》一诗中所弥漫的悲观情绪已经表明，来自斯堪的纳维亚的北方神祇已经不能为人们心灵里的担忧带来肯定答案。基督教的到来对人们来说犹如久旱逢甘霖，因为皈依新的信仰，那种痛苦和不安似乎一时之间已经为之一扫。基督的福音为人们带来希望和保障，对天国和地狱存在的信仰，对上帝奖赏善行、惩处罪恶的笃信不移等，使得世人终于找到了盼望已久的归宿。

《基督Ⅱ》说，人们有了上帝的护佑，不必再害怕魔鬼的攻击（779～782行），上帝的圣子会降临“中土”拯救世人（785～789行），上帝会为他的信徒带来报酬（783行）和安慰（800行）。天使将歌唱，善者将享福，主的胜过阳光的光辉将照射世人，朋友相爱，永生不死，永世年轻，永无烦恼，永远和平，永远光明等，全诗洋溢着希望和憧憬。

(二)《海伦娜》

这首诗作主要讲了海伦娜受她的儿子康斯坦丁大帝的派遣，前往耶路撒冷寻回十字架的故事。她经过千难万险，终于找到真十字架。这首诗和不少其他古英诗一样，反映出当时基督教信仰在人们心态上业已留下烙印：他们认为自己犯有罪孽，渴望得到指点和光亮，以便在心灵里照亮希望的光：

就这样，我这个老耄而羸弱之躯即将离开这里，
已编织出语言的艺术，已奇异地收集齐我的材料，
在夜里的悲伤中已经时而深思
并理清我的思绪。我不清楚明了
十字架的真情，直至智慧
以其光辉的力量向我的头脑透露
一个宏大些的景象。我举止有玷污，
身为罪孽所缚，受到悲苦的煎熬，
痛苦地深为困境所扰，
直至伟大的国王，为安慰老年的我，
以极乐的方式教导我，赋予我以美好和惠顾，
使之倾泻入我的心头，
表现出它的美妙，使之再次变得博大，
为我的身躯松绑，开启了我的心扉，
打开我曾高兴地愉快地在世上
使用过的歌唱艺术。

此外，诗里对海上波涛汹涌的惊险景象的描绘在古英诗里应属文无剩语、曲尽其妙之作。

(三)《十字架之梦》

《十字架之梦》这首长诗共156诗行。诗歌开首介绍梦境。梦者说他夜里做了一个最好的梦，看见一棵辉煌无比的十字架树，天使们都朝它望着。梦者觉得罪孽深重，不禁自惭形秽(1～14行)。他感到那是上帝之树，他透过树的闪烁的金光，能够看到过去卑劣的世人的争斗情况。他也看到树的右侧曾洒过血。他突然感到痛苦不堪。看到这个美丽的景观，他的心里却充满畏惧。忽然，圣树开始讲话了。它说到许久以前它被砍下，做成十字架，看到年轻的英雄——全能的上帝的化身基督被钉在十字架上(28～56

行)。后来圣徒们把基督卸下,十字架满布鲜血被留在那里。圣徒们把基督入殓在一座石墓内,把十字架埋在一个深坑里(57～77行)。可是主的信徒发现了它,用金银把它装扮起来,人们开始崇拜它,它给世人开辟出生活之路(78～94行)。接着,十字架要求诗人把这个观点向世人广为传播。它让他告诉世人,在它这个光辉的木架上,上帝曾为世人的罪孽淌血,经历死亡,然后升天,再来帮助人们。人们必须通过十字架去寻觅远离尘世的天国(95～121行)。能单独寻找到它并对它项礼膜拜,诗人感到荣幸万分。他说自己朋友不多,他们都已进入天国。他每天都期望它能前来把他救出尘世这个地狱,而到天国和那里的人们一起享受极乐。他希望主能成为他的朋友;他歌颂圣子拯救尘世、带来天堂(122～156行)。

总体来说,《十字架之梦》把基督、十字架和梦者有机地结合为一,充满颂扬和感激的词语,表现出诗人对信仰的一片虔诚之心。

第四节 古英语时期的散文

随着社会的演变和诗歌的发展,文学的另一种体裁——散文在古英语时期应运而生。现存的古英语时期的散文数量比诗歌大得多,这一时期的散文首先出现在9世纪,后来到12世纪一直有记载。古英语时期的散文包括许多遗留下的书籍和文献。其中比较重要的有《盎格鲁-撒克逊编年史》、盎格鲁-撒克逊法律、盎格鲁-撒克逊遗嘱和执照、比德著《英国宗教史》、关于阿尔弗雷德大帝的文学生涯及其译作与前言,其中包括《教士必读》《哲学的慰藉》《世界史》和《独白》。此外还有一些古英语世俗散文故事。

一、《盎格鲁-撒克逊编年史》

《盎格鲁-撒克逊编年史》可能是在阿尔弗雷德大帝的建议下于891年左右开始正式撰写的。它以凯撒进犯英国的事件为开端,按照纪年简要记述凯尔特人和盎格鲁-撒克逊人的历史。编年史的资料来源很多,诸如早期编年史材料、家族史、比德的《英国宗教史》以及一些口头传说等。在阿尔弗雷德大帝之前,《编年史》有可能就以某种形式存在,国王把它散发给各位主教与修道院院长,命令他们继续撰写,使之能跟上时代的脚步。现存的7种版本都是从891年的编撰本传下来的。时间跨度最长的是《彼得市志》,结束于1154年,前后记录了两个半世纪的英国历史。早期编年史作者只记事件,而不追究事件之间的因果关系。它的重要性在于它填补了存在于比德的史书和诺曼底征服之间的历史知识空白。后来到10世纪,编年史作者雄心较大,在信息量和传递方式方面都有进步,有时还插入一些歌谣类资料。《盎格鲁-撒克逊编年史》中包括的内容有丹麦人的首次入侵、阿尔弗雷德大帝的登基与逝世、买通丹麦人、诺曼底人征服英国、《最后的户籍簿》、征服者威廉的性格等内容。这部书继比德的《英国宗教史》以后,进一步强调了"英国是一个民族"的观念,并给以历史性定格。《编年史》标示出英国散文的不同发展阶段,表现出不同年代对待历史的不同品味和要求,还特别生动地描写了盎格鲁-撒克逊时代的衰落过程。就其语言特点讲,《编年史》文字简明,惯于使用约定俗成的语汇,以并列复合句型(其中"和"字运用起来不厌其烦)为主,主从复合句型用得较少。

二、盎格鲁-撒克逊法律

盎格鲁-撒克逊时期所制定的各种法律大体可以分为三类:一是古肯特国国王的法律,这些可追溯到 6 世纪末期;二是西撒克逊国诸王的法律,其时间大约在 7、8 世纪之交;三是挪威、丹麦和英国诸王在位时的法律(包括阿尔弗雷德大帝在位期间所制定的法律),内容和西撒克逊国法律大同小异,时间约在 10 世纪末到 11 世纪诺曼底征服之前。这些法律以古英语写成,真实地反映出日耳曼人的法律思想。现存的古英国法律主要是韦塞克斯方言文本,其中含有肯特和诺森伯里亚的方言和一些斯堪的纳维亚文字。此外,现存的盎格鲁-撒克逊人法律文献中还包括反巫术法、证人的誓言等。盎格鲁-撒克逊法律为后人深入了解盎格鲁-撒克逊人的社会和传统提供了重要信息。其中一些法律,如阿尔弗雷德大帝的法律,几乎全部是关于各种罪行和冒犯法律的行为的。当时的社会似乎等级极其分明,奖惩与犯人的社会地位有关联。法律的基本目的是保障社会平和,比如各种搅扰居民,尤其是搅扰有一定社会地位的人的家境安全者都要受到罚款等处罚。

三、盎格鲁-撒克逊遗嘱和执照

盎格鲁-撒克逊人遗留下来的散文文字中遗嘱约有 50 多份,时间约为 10 世纪中期至盎格鲁-撒克逊时期的结束。最早的一份写于 9 世纪上半叶。遗嘱的语言和形式都很随便,语言简单,运用的多是日常语言。阿尔弗雷德大帝的遗嘱最有历史价值。遗嘱显示出这位国王头脑清晰,讲求实际,具有强烈的正义感。

由官方发出的执照或许可证之类的文件格式正规,运用的是法律用语,多用拉丁文写成,几乎都是关于土地所有权方面事宜的。其中有两份是诺曼底征服者威廉赐予伦敦的执照。

四、比德著《英国宗教史》

比德的《英国宗教史》也是早期英国散文重要的存在形式。比德在《英国宗教史》前言里说到两件事情，即他写书的目的和对资料的认真态度。这篇前言是他写给国王的一封信。他对国王说："……如果历史讲述善人善事，注意听讲的人会受到启迪而仿效善的言行；而如果它说的是恶人恶事，那么虔诚的听讲者或读者，为避免做出伤害他人的倒行逆施，会更受到深刻的启迪，而去做他认为是善良、让上帝骄傲的事情。"接下来，他为了进一步证明他的写作目的，便透露出他的资料来源。比德在接近信件的结尾处，还直接和读者对话。他说："如果读者在我写的这部书里发现有些说得不对，我恳请他不要归咎于我；我按照写史的真正原则所要求的，一直在诚心诚意地把我从流行的说法那里所能收集到的材料写在纸上，以供后世学习。"这里字里行间充溢着比德写书的说教热情。比德告诉人们，他的《英国宗教史》材料来源于古代典籍、老一辈的传说以及他自己的知识："我尽力从先贤的作品、我们祖先的传统那里学习和理解，加上我所知道的材料，而写出来的。"

《英国宗教史》共 5 部分，400 多页，从凯撒大帝入侵开始，写到 731 年止。前 21 章写奥古斯丁到英国以前的历史情况，从早期作家如奥洛修斯、吉尔达斯、普洛斯伯以及教皇格雷戈里的信札等处汲取了不少资料。此外，书里还插入了传说和口头传言。从 6 世纪末以后，比德的材料来源减少，他尽力从当时存在的英国和罗马书籍里寻找信息，也认真地审核和引用了一些口头资料。他非常注意《英国宗教史》资料的可靠性。这部书主要写基督教在英国传布的历史，歌颂上帝的恩惠，传布圣人们的事迹，讲述基督教带来的奇迹等，因而又有很强的宗教性和说教目的。但此书也讲述了盎格鲁-撒克逊人进入英国以及其后小国混战的情况。《英国宗教史》是今天世人了解英国的发端及基督教的传播的主要资料来源。

关于《英国宗教史》，其中有两点很引人注目。

第一，它首次明确提出"英国是一个民族"的观念。比德在此书中把英国北部的居民，包括撒克逊人、朱特人以及盎格鲁人统称为"英国人"。尽管当时各地小国独立，部落不和，但是比德在书里向当时的人们和后人都表明，英国是一个统一整体。因此，从历史角度看，是比德赋予了英国人这个名称和身份。比德还向人们透露，英国早期曾存在一个国王统治的状况。饱受内忧外患之痛的英国人，要求国家处于一个国王、一个教会统领下；这种情况到 9 世纪和 10 世纪，在英国社会和政治生活里终于成为现实。

第二，它按照教士埃克西古厄斯在 525 年开创的公元纪年安排历史事件。比德运用公元纪年，对后来公元纪年的普遍使用产生了很大作用。

《英国宗教史》在文学方面最著名的部分是第4部分第24章里他对凯德蒙的生平的叙述；这一点在前面谈凯德蒙的部分已经说到。另外是对盎格鲁-撒克逊人入主英国的历史的叙述等。

五、关于阿尔弗雷德大帝的文学生涯及其译作与前言

阿尔弗雷德大帝是盎格鲁-撒克逊时期的国王。在英国存亡的关键时刻，阿尔弗雷德大帝挺身而出，成功地把丹麦人遏制在一个特定的区域内，使他们无法侵占英国。他也因此成为英国最强有力的国王。之后，阿尔弗雷德在国内实施了一系列措施，加强国家生活各个领域——军事、社会、文化等诸方面的改革。

关于阿尔弗雷德的生平，现存的文献里有三种为世人提供了资料：第一，阿塞尔的著作《阿尔弗雷德的生平》；第二，阿尔弗雷德为自己的译作《教士必读》所写的序言；第三，阿尔弗雷德为自己的译作《哲学的慰藉》所写的前言和结尾的祷辞。除此之外，还有他为其他译作所写的前言。这些资料为后代遗留下阿尔弗雷德大帝的文学画像，让人们了解这位国王的事迹和主张，他在信仰、举止和为人方面的特点，以及他的文学创作动机和文笔风格。

阿尔弗雷德大帝是造就西撒克逊国文学繁荣的人。他首先提倡运用英语代替拉丁文作为国内的基本交际和学校教育与成人教育的语言。他是古英语时期最闻名的作家。他监督和参加了当时国内五部最有权威的书籍从拉丁文到英文的翻译工作。这几部书除上面说到的比德所写《英国宗教史》外，还有奥洛修斯（Orosius，480—524）的《世界史》、格雷戈里（Pope Gregory，生卒年不详）的《教士必读》、波伊提乌（Boethius，生卒年不详）的《哲学的慰藉》，以及奥古斯丁（St. Augustine，生卒年不详）的《独白》。此外，他还把50首赞美诗翻译成古英语。通过这一途径，阿尔弗雷德国王使得英国人能够得到许多必要的知识和文明方面的训练。他还努力协调英国各地的法律，激励国人书写编年记和史书。

阿尔弗雷德的文学生涯主要体现在翻译方面。他有一个习惯做法，即为自己的译作写序言。他的这些序言对于英国文学研究很有价值。比如他翻译的教皇格雷戈里的《教士必读》一书，就是很好的例子。《教士必读》作为西方教职人员的管理手册，在欧洲流行了几百年之久，被翻译成欧洲各国文字。阿尔弗雷德大帝因当时英语语言的局限，从拉丁文的原文翻译成英语，确实有些勉为其难，特别在应付原文中的抽象概念和宗教词语时尤其如此。译文的句子有时偏长，结构有时也显得臃肿。但是阿尔弗雷德大帝为

其原文所写的序言却非同小可。这大概是用英语写出的第一篇重要的独特的散文,从而开了运用英语撰写各种形式的文章的先河。这篇文章的内容也很重要。它是记载阿尔弗雷德大帝的思想和言行的重要文献。它记录了阿尔弗雷德大帝改革公共教育制度、振兴几乎遭丹麦人摧毁的英国文明与学术的伟大计划。这篇序言亦可堪称阿尔弗雷德大帝的文学生涯的"序言"。阿尔弗雷德写出这篇序言,原本是为把他的译作介绍给一位著名的主教。他在序言里首先以美妙而友好的言语向主教问好,然后他说,他经常忆起昔日英国的先贤,过去的美好年月,英国的国王们如何对内安抚、对外开拓疆土,教士们如何热情地传播知识,外国人如何前来求教,可是现在英国却需要向外国学习了。他惊叹于英国文化的衰落,竟没有几个人能够把一封英文信翻译成拉丁文。他希望这位主教尽力脱开日常事务,而把精力用于传播上帝的智慧上。如果人们自己不爱智慧,也不让他人获得它,他们只是在爱基督徒的名义,而不是他的美德。他对主教说,他记得过去教会遭劫以前书是那么多,上帝的仆人也那么多,可是现在人们的知识不多,因为那些书不是用英语写成的。他惊叹昔日的先贤们竟没有想到把拉丁文译成英文。他说到希腊人和罗马人如何把原来用希伯来文写成的圣书翻译成他们自己的文字。因此,他提出把一些重要书籍从拉丁文译成人们都能读懂的英文。他说道:

> 当我回忆起从前人们对拉丁文的了解在全英国减弱的情况时,我开始在管理王国的百忙之中翻译一部拉丁文叫《教士必读》、英语叫《牧人之书》的书,有时是字字直译,有时是意译……当我学后尽力懂了、能明白无误地诠释时,我就把它译成英语。

他把译作送给所有主教辖区,不许随便从修道院取走,以便人们阅读。从这位国王的序言里,人们可以看出,他对国民教育水平的提高如何忧虑而夜不成眠,竟在日理万机的同时,以身作则,拨冗着手翻译。与此同时,他也动员和带动起一批学者进行翻译,促进国家文化的发展。

阿尔弗雷德所翻译的奥古斯丁的《独白》古英语译文,是他文人生涯成熟的收尾之作。此文是古英语散文的杰出典范。文章显示出阿尔弗雷德是一位非常讲求实际而又富有精湛艺术修养的古英语早期学者。此文的语言形象贴近生活,感染力很强。

六、古英语世俗散文故事

古英语世俗散文故事出现在11世纪中期。这时候的盎格鲁-撒克逊人开始萌生对于东方传说的兴趣。比如有一部名为《提尔的阿波罗尼亚斯》的古典散文罗曼史故事以及从拉丁文译成古英语的散文故事集《东方的奇迹》。盎格鲁-撒克逊人对这些故事表现出浓厚兴味的原因，可能是它们内容中所包含的奇迹或难以置信的冒险成分。这里重点说说《提尔的阿波罗尼亚斯》。这是个有头有尾但无中间部分的片段，英译文生动、流畅，语言简明，富有诗意，读起来朗朗上口又通俗易懂，在某些方面表现出阿尔弗雷德式的翻译特色。内容很吸引人。它说的是古代一个国王安提奥克斯和女儿乱伦，想出一个谜语来难为求婚者们，猜错就被斩首。后来提尔的阿波罗尼亚斯终于猜中，原来谜底是国王的秘密。年轻人回到提尔，开始逃亡，以免杀身之祸。他来到普勒尼国，娶了公主为妻。后来听说安提奥克斯已死，于是前往领取奖赏——该国的王位。路途中，他的妻子因生产而死，水手们要求把她水葬。阿波罗尼亚斯把女儿塔茜娅交与监护人，然后离去。这些监护人不守信用，父女经过千辛万苦，在分散 14 年后终于团圆。这个故事很可能是以中世纪人们所喜闻乐见的一部拉丁文轶事和传闻集《浪漫传奇故事集》为张本而写出的，后来被 14 世纪诗人约翰·高尔在其《情人忏悔录》中采用，莎士比亚又以高尔为底本之一，写成他的《提尔王佩里克里斯》。

这个浪漫的古英语世俗散文故事具有不可小觑的历史意义。它后来成为形式比较古老的古英语故事与诺曼底征服后从法国带来的新罗曼史故事之间的文学连贯纽带。

第二章　中世纪时期的英国文学创作

与古英语时期文学相比，中世纪英国文学有很大不同。首先，主题扩展了。随着更多作家的涌现，文学作品无论是从体裁、风格，还是从类型上来说，都比古英语时期更为繁复多样。其次，中世纪时期文学更深地受到了基督教教义的影响，其内容多关涉个人灵魂的拯救问题。再次是传奇故事及诗歌成为流行的文学体裁之一，这表明中古英语文学时期与其说是一个表现英雄气概的时期，倒不如说是一个表现骑士精神的时期。另外，中世纪名家数量格外稀少，其原因在于中世纪的神学是主流意识形态和一切文化形式的起点与归宿。在哲学都委身于神学的情况下，人的个性极度地缩小，甚至被刻意忽视，故产生了大量的无名氏作品。

第一节　中世纪的社会历史与文学发展

一、中世纪的社会历史状况

“中世纪”作为西方历史的一个大阶段，在西方一般认为开始于 5 世纪，结束于 15、16 世纪的文艺复兴。人们把它粗略地分作三个阶段：早期、中期和晚期。英国的中世纪应属于它的中期和晚期。

1066 年，法国的诺曼底公爵威廉率军渡过英吉利海峡，在东南部多佛附近的黑斯廷斯地区大败撒克逊王哈罗德，并自立为王。然后，继续挥师北部和西部，不足 5 年就征服了整个英伦三岛。威廉公爵在英国建立起一个比较完整的封建主义统治制度。他把土地从盎格鲁-撒克逊人手里抢夺过来，分配给显贵和追随者们。于是，一个很普通的诺曼底武士几乎在一夜之间就变成为大地主、庄园主，而盎格鲁-撒克逊也就在那一瞬间都变成了农奴。这些庄园主对上一级官员表示忠心，而他的上级又对其上级负责，如此逐级向上，直至贵族、国王。这个体制结束了诸侯混战的局面，把全国统一起来，使国家获得了休养生息所必需的和平与稳定。在其后短短的几十年内，英国的经济得到空前的发展。大城市开始出现，大学建立起来，文学、艺术和建筑等领域开始呈现欣欣向荣的景象。英国迈入了中世纪时代。

在11～13世纪里，《最后的户籍簿》一书的编撰，十字军东征，《大宪章》的签订，议会的建立等事件，对后来的社会和文学诸方面都有相当的影响。

《最后的户籍簿》是英国的新王威廉一世为了保障国王的国库收入源源不断，1085年下令对全国进行普查后所编撰的。那次普查相当于现代的人口普查。书中记录了英国的面积、人口、可耕土地以及土地的所有权等。国王做普查的目的是了解国内究竟存在多少可供利用的资源，每年能从国民那里搜刮到多少租税收入。所以这本书实际上是国王和政府的一本税收手册。此书的一个重要的客观效果是，它同时也记录了当时盎格鲁-撒克逊人的一些习俗、传统以及生活方式等，对后世研究当时的社会和文学发展很有参考价值。

十字军东征是西方教会以基督教一统天下为目的而发动的一系列“圣战”。基督教欧洲对伊斯兰教中东地区发动的“圣战”前后共有7次大战，无数次小战，断续长达200年之久(1095—1291)，其余波延续到16世纪。欧洲人的目的是要从穆斯林手中夺回他们的“圣地”——耶稣基督降生的巴勒斯坦和圣城耶路撒冷。这些人以“上帝的武士”自居，曾在1099年占领耶路撒冷，在中东飞扬跋扈，得逞一时，最后撒拉丁的阿拉伯军队把他们赶走，于1187年收复耶路撒冷。这是一场非常残酷的战争，双方损失惨重，除教皇获益之外，后果是两败俱伤。这个历史事件成为后世文学创作的重要题材之一。

《大宪章》是约翰王当政期间和诸侯谈判签订的。该文件明确规定教会、诸侯、商人以及各阶层的权利。这个历史性文件是英国第一个宪法性质的文件，它第一次把英国正式规划为一个统一的国度。由于界定权利所致，国王的权力受到一定限制，人民的自由有一定扩大。这一切对英国社会和政治的发展产生了深远的影响。英国从专制君主制到君主立宪制的转变，是一个漫长的历史演进过程，《大宪章》的签订无疑是一个里程碑。

1295年，英国第一次出现议会，在历史上被称为“样板议会”。英国国王需要钱财，他的做法是和各个阶层的代表人物接触，以便加速税收数量的估计和最后征收。1295年，国王爱德华一世向主教、诸侯和郡镇的代表们发出敕令，召集他们和国王会面，商讨国是。虽然参加者们并未为未来的国家体制着想，但是这次会议无疑为议会的形成奠定了基础。

14世纪英国的状况特别值得注意。这是英国发生重大变化的一个世纪。首先在经济领域里，商业和手工业的发展，使得中产阶级脱颖而出。特别是在城市里，商业的发达，制造业和手工业各行各业的出现，使得一部分人的职业愈益趋向专业化，成为本行业中的佼佼者。他们组织行业协会，联系同仁，服务于社会，在无形中扩大了自己作为一个权力集体的势力。当时赋税繁重，人们被压抑得喘不过气来，绅士和底层贵族也财源日枯，叫苦不迭。这个时期的许多文学作品反映出这种事态发展情况，如杰弗里·乔叟(Geoffrey Chaucer,1340—1400)的《坎特伯雷故事集》。在英国社会生活里，中产阶级的兴起从根本上动摇了诺曼底封建制度的基础，从而加速了它的解体与消亡。它与乡村的中小地主阶层形成一种松散的结合，直接威胁着诺曼底的庄园制和贵族的政权专制。社会下层阶级也开始要求改善生活，开始采取实际行动，如1381年的农民起义，并且开始看到行动的效果。1381年的起义虽然最后被镇压下去，但是它无疑导致了农奴制最后的消亡。

14世纪也是宗教方面发生重大变化的世纪。在盎格鲁-撒克逊时期，盎格鲁-撒克逊人在对原来的北方诸神失去信仰后，皈依基督教。但到14世纪，世道已大变，基督教已经失去它在上升阶段的纯洁和崇高。它已经成为一种势力，不仅在宗教领域内，而且在社会和政治诸领域内，发挥着举足轻重的影响。它在数世纪里积累了巨大的财富，已变得难以置信的世俗化。僧侣们腐化堕落，道德沦丧，与政府狼狈为奸，为虎作伥，以势欺压人民，教会在人民心目中的威信一落千丈，已经失去众生的精神向导作用。阅读这个时期的文学作品，如乔叟的著作，会发现教会已经成为这些人笔下讥讽和鞭挞的对象。尤其是在发生灾难性的黑死病后，人们看到，上帝并非万能，它不仅不能阻止大难的降临，而且良莠善恶不分，让世人感到无所适从，于是出现严重的信仰危机。

在文化与文学的领域内，14世纪英语的地位的变化是一个意义深远的事情。诺曼底人征服英伦三个世纪以后，英语再次成为国家的通用语言。到14世纪，在英国文坛上几位举足轻重的作家运用英语进行文学创作，对英语的最后定格起到不可逆转的历史作用。如果说，盎格鲁-撒克逊时期的英语是古英语的话，那么从乔叟和他的同代作家开始，这个语言已经发生进一步的变化，而成为中世纪英语了。中世纪英语在文法和语汇方面已经非常接近伊丽莎白时代的英语。

在14世纪里，英国的黑死病之灾和法国的百年战争(1337—1453)、1381年的农民起义等，对后来的社会和文学诸方面都有相当的影响。

黑死病瘟疫发生在1349年，实际上是一场鼠疫，来势凶猛，席卷整个英国和欧洲，夺走了当时英国50%、欧洲四分之三人口的性命。它的后果之一是动摇了人们对上帝和教会的信仰，世人开始抱怨上苍对人世的漠不关心。乔叟以及他的同代作家如威廉·朗兰德(William Langland,1332—1400?)等人的作品就反映出这点。

英法百年战争(1337—1453)从英王爱德华三世(1327—1377年在位)

提出对法国王位的继承权开始，一直持续到亨利六世(1422—1461年在位)时期英国大败而被迫从法国退回到英伦三岛为止，双方损失惨重，人民生灵涂炭。但是，从此英国的诺曼底和盎格鲁-撒克逊两种成分也逐步靠拢，合为一个国家、一个民族，英语终于成为国家社会、政治和文化生活中的主要表达手段。

1381年农民起义的直接导火线是理查二世向民众征收的人头税。这次起义主要发生在东部和东南部各郡，大约有10万人集结在一起，浩浩荡荡朝伦敦进发，沿途抢掠和摧毁庄园，烧毁记载他们附属身份的法院文书，处决律师、法官和其他官员。起义者们要求取消农奴制，减低租税，自由参加集市贸易，政府大赦。国王带领军队在两郡杀死无辜农民数百人，被迫答应了起义者的一些要求后，起义者遂解散回家。此次暴动使庄园主失魂落魄，不再敢严格执行农奴制，这个制度就逐渐消亡了。1381年的农民起义在中世纪英国文学上留下了自己的历史烙印。中世纪的许多作家，包括乔叟、朗兰德、约翰·高尔(John Gower，1327？—1408)等，无不在作品里涉及这个重大题材。

从15世纪乔叟去世到伊丽莎白时期开始止，这个大约一个半世纪之久的阶段，是英国和欧洲大陆发生重大变革、由中世纪迈入近代的阶段。在这个时期，宗教改革、文艺复兴及人文主义的出现，改变了欧洲大陆和英国的文化与精神面貌，而活字印刷的引进则加快了历史进程。

15世纪，教会已经堕落得不可救药。它积累了大量的财产，教职人员腐败、贪婪。不仅如此，教会上从教皇开始，参与和掌握着很大的世俗权力，成为压榨和统治人民的机构。在虔诚和开明的教职人员看来，教皇和他领导的教会已经背离《圣经》的教诲。15世纪末期，德国的奥古斯丁教派教士马丁·路德(Martin Luther，1483—1546)周游欧洲和罗马，目睹了教会高层与底层同样的腐败和堕落，于是决心发动一场改革运动。他得到法国的约翰·卡尔文(Johannes Calvin，1509—1564)等人的响应。这一运动立刻席卷整个欧洲。宗教改革派被称为新教派。新教派相信“信仰拯救说”，相信《圣经》的至高无上地位。所谓“信仰拯救说”是指信仰可以让人获得上帝的恩惠，从而得到拯救。这意味着，人们根本不需要教会或神父。只有《圣经》才能指导和规范人的精神生活。宗教改革是人类认识论进入一个新发展阶段的标志。这是一个人们开始认识自己、发掘自己的内在潜力、进行自我表达、变被动为主动的阶段。宗教改革把人们的思想从中世纪教会的束缚中解放出来，摧毁了教皇和教职人员套在人们精神上的宗教紧箍。欧洲自此从云烟氤氲的中世纪脱身而步入近代。

宗教改革打破了教会的一统天下，而分成天主教和新教两派。新教又分成数个由不少国家掌控的教会。由于宗教改革运动的领导者们在许多问题上存在着意见分歧，新教本身后来又分成许多教派，诸如清教、长老会等。其中清教徒的表现尤其突出。他们在 17 世纪英国内战中发挥了决定性作用。

宗教改革使人们的思想得到了解放，进而又促进了文艺复兴运动的发展。文艺复兴作为一个运动早在 14 世纪的意大利已开始发端。所谓文艺复兴，是指古文化——古希腊和古罗马文化的再生。1453 年，东罗马帝国随着君士坦丁堡的陷落而覆灭，希腊学者携带残存的文物典籍逃往意大利。古希腊、古罗马的出土文物及艺术珍品，唤醒了人们对古文化所体现的人类理想的向往，引起人们对未来的憧憬。人们开始注重人的价值，人的生活、向往与追求，人文思想开始萌生与发展。人文主义是表现时代精神的一种思想体系，它包括各种领域和学科——伦理道德的、文学艺术和哲学的等方面。它表现出人们对发掘经典文化的源泉和经典思想中最文明因素的强烈愿望和热情，表达出人们对经典思想重视人生和人本身价值的认同。人文主义的一代，已经开始转移生活的重心，把目光集中到眼前自己的世界上来。在他们看来，世界是属于他们的，世间万物都是为他们而存在的。于是，伟大的文艺复兴时期开始了。从 15 世纪末都铎王朝掌政以来，英国开始恢复统一，朝繁荣与强大的方向发展。英国文学处于一个伟大时期的开端。

在 15 世纪，英国还开始运用活字印刷术，加速了文化的传播。第一位把活字印刷引进英国的人是商人、翻译家、英国印刷业创始人威廉·凯克斯顿（William Caxton，1422—1491）。当时他到欧洲经商，对意大利和德国所使用的活字印刷术进行了仔细学习和研究，并把这一技术带回英国。1476 年，他在西敏寺建起第一家印刷行，在 14 年的过程中，他印刷了 96 部图书，其中包括乔叟、高尔等人的英文著作，托马斯·马罗礼（Sir Thomas Malory，1405—1471）的《亚瑟王之死》，从法语、拉丁语等翻译成英语的经典著作，此外还有一些宗教书籍。在他出版的书籍里，有 20 多部是他本人从拉丁文、法文和荷兰文翻译过来的。凯克斯顿的这一举措对古典文学艺术的研究工作是一个促进，对英国的文艺复兴产生了极深远的影响。它不仅有助于保留历史典籍，而且更重要的是，它使得英国古代经典著作能够广为流传，使广大读者有可能对这些著作进行阅读和研究，在客观上也刺激了人民大众对更多更好作品的需求，为不久后即将崛起的伊丽莎白时期作家们不朽的创作努力，做了充分的精神和物质准备。

二、中世纪的文学发展状况

中世纪的文学作品的种类相当繁多，包括圣徒传记、《圣经》故事的意译、关于 7 项原罪和肉与灵的论述、关于女人的争论、污秽的世俗故事、编年记、讽刺文、骑士浪漫传奇故事、亚瑟王传奇、英国传统故事、东方传奇故事等。在这个时期，说教性作品和浪漫传奇作品比较流行，因而准确地反映了当时的精神面貌。

包括乔叟在内的大多数作家，在创作时都有程度不同的说教目的。中世纪很强调文学作品的社会作用，尤其是当时社会腐败现象严重，政教同流合污、沆瀣一气，因此有识之士心里充溢着一种宗教般热情，其中如约翰·威克利夫(John Wycliffe，1320？—1384)和朗兰德这些人都成为 16 世纪欧洲宗教改革的预言者。

浪漫传奇作品反映出中世纪生活的另外一个层面，即世人对长篇累牍的说教并不总是俯首贴耳，他们也有喜爱欢快、享受生活的要求。中世纪是对浪漫传奇故事情有独钟的时代。当时读者喜爱浪漫传奇故事的程度不亚于对《圣经》或圣徒故事的兴趣。当时有一部无名氏作品——《世界旅行者》本身虽不非常重要，但它的内容却有益于后人了解当时文坛的一些情况。尤其令人受到启发的是这部书里说到英国人的情趣和品味，反映出世人当时阅读浪漫传奇故事的意愿和热情。这位无名氏作家说，人们非常希望读到关于亚历山大大帝、凯撒大帝、特洛伊、英国的传说鼻祖布鲁特斯、亚瑟王、查理曼大帝等人的传奇故事。另外一部作品《伊文和加文》里有一段说："伊文爵士带着他的少女从厅里全速冲到花园里，在那里他见到一位爵士躺在树下一块金布上。在他前面坐着一个少女，还有一个少女和他们在一起，那个少女为他们读着一个关于皇家的浪漫传奇故事，但是我不清楚那是哪个故事。那个少女只有 15 岁，那位爵士是全庄园的主人，而她是他的继承人。"类似的描述文字在乔叟的《特洛伊拉斯与克瑞斯德》及《坎特伯雷故事集》、浪漫传奇故事《哈沃洛克》以及苏格兰诗人约翰·巴伯(John Barbour，1316—1395)的《布鲁斯》(Bruce)等作品里都出现过。中世纪人们对浪漫传奇的追求，对作家写作产生的一个直接影响是，他们作品的篇幅都很长。在这个时期，一部诗歌常有一万乃至几万诗行之长。乔叟的故事里就常加入一些与主题并无直接关联的小故事；他的著名追随者之一约翰·里德盖特(John Lydgate，1370—1450)的名作就有 36 000 诗行。

此外，中世纪文坛还有一种倾向也值得注意，这就是出现在散文故事或讽刺作品里含有低级趣味的内容。这类作品人们称之为"通俗故事"。它们无疑是作家对某些高调作品的反动，有意嘲笑说教作品，甚至某些浪漫传奇作品里所表达的崇高理想。乔叟本人也写这种故事，如《坎特伯雷故事集》里的《磨坊主的故事》便是个好例子。

在中世纪文学里，还存在着一种难得的文学品种，那就是清新的抒情诗歌。中世纪抒情诗作的最佳形式是民谣。民谣最初出现在13世纪前后，后来到14、15世纪已经非常流行。但是许多歌谣由于各种原因已经遗失。抒情诗的另外一种形式是存在于说教性强的诗作里的抒情成分。比如，在《珍珠》这种宗教成分较浓的作品里，抒情的诗行和诗节比比皆是。就是在布道味充溢的《农夫匹尔斯的幻梦》这部书里，自然的感情也不时情不自禁地跃然纸上。但是这种抒情诗到文艺复兴时期才得到充分滋长的空间和养分。

虽然14世纪的英国诗歌形式多种多样，但中世纪后期，诗歌却并未随着国家的强大而提高质量，没有什么值得称道的作家或作品出现。

在中世纪，英国开始出现文学评论。有人开始评论运用英语创作出的作品。当时有一个名为罗伯特·曼宁(Robert Mannyng or Robert de Brunne，1275—1338)的道士、历史学家，主张用英语代替拉丁文或法文写作。他在自己的《英国的故事》里面说到，许多英国人不懂得押韵的含义，因此影响他们对作品意义的理解。曼宁还注意到读者需要有人为他们扫除艰涩词语的障碍。因此，他便著书说明韵脚的意义和作用，解释某些生僻的语汇，为人们接受押头韵外的诗歌形式、全面了解作品的意义铺平道路。他还建议作家们进行大胆试验性创作，把宗教题材植入浪漫传奇的框架里。

在10世纪，特别是在诺曼底征服以后，各种戏剧表演日渐增加。中世纪的戏剧表演最初源于教会的活动。教会为加深教徒对信仰的热情，便把《圣经》里的情节形象地表演出来。这就是"神秘剧"或"圣史剧"。10世纪末一则记载说到一出原始宗教戏剧演出。它实际不是戏剧表演，而是一种宗教活动。当时民众也有一些民间娱乐形式，如人们在街道上进行的边歌边舞形式的"化妆剧"，内容多为民间故事，复述古代的故事，包括圣乔治斩巨龙以及罗宾汉的传说等。早期的一种形式是"剑舞"，多为哑剧，表现一些比较原始的内容。

到13世纪初，"复活"已经成为一出剧作的内容而上演。到13世纪中期前后，戏剧开始表演圣徒们的事迹，有人开始使用"奇迹剧"一词来形容当时的宗教戏剧，以区别于"神秘剧"。这时候英国开始出现同业协会，这些组织的作用之一是负责提供娱乐活动，其中主要的娱乐形式是戏剧表演。乔叟笔下的巴斯妇把去看奇迹剧表演当作生活中的一大乐趣。当时还有其他形式的剧类存在，比如庆祝5月节的戏剧、欢庆丰收的戏剧等。

随着时间的流逝，宗教戏剧的虔诚程度逐渐减低。到14世纪末期，教会愈来愈强烈地反对奇迹剧的上演。主要原因是剧情中所包含的世俗因素越来越多，异教成分越来越浓郁，这些戏剧的目的性越来越脱离教会的虔诚初衷，只是为大众提供世俗甚至猥亵的娱乐。因此，教会认为，奇迹剧实际上表现出人性中的丑恶，已经成为产生各种恶行和罪孽的根源。

在中世纪，作家们对书写历史兴趣更浓。中世纪写史的高潮期是12、13世纪。当时写出的史书资料丰富，种类繁多，覆盖面也广。主要的史书作家和作品，除去吉尔达斯(Gildas，500—570)的《不列颠的毁灭》、比德的《英国宗教史》、无名氏《不列颠史》、阿塞尔的《阿尔弗雷德的生平》等书之外，还有20余部，包括杰弗里的《不列颠王史记》等。《不列颠王史记》尤其重要，它已经成为亚瑟王传奇的摇篮式作品。中世纪有些史书作家还开始撰写当时的社会历史情况，他们依靠自己的见闻、信札、民间传闻以及实地访查等途径搜集资料。

中世纪文学作品的体裁，寓言体占的比重很大。这个时期不少主要作品运用寓言讲故事。例如，当时的乔叟、朗兰德和"珍珠诗人"无一不是运用寓言讲故事的高手。稍后一些的托马斯·莫尔(Thomas More，1478—1535)的《乌托邦》以及托马斯·马罗礼的《亚瑟王之死》其实也都是寓言体裁的一种形式。寓言式作品的特点之一是对抽象概念、事件与现象，包括人物等进行人格化处理。比如贪婪、嫉妒、真理、美、善、恶、死亡等，在寓言式作品里都作为人名出现。当然，人格化并非寓言的唯一界定标准。在寓言式作品里，人、物和事件都要象征某种抽象的品质，而且故事本身也必须是阐述这种抽象品质的有机艺术整体。一般地说，寓言式作品所涉及的多为重大题材，诸如生死、受到诅咒与灵魂得救、社会道德或个人举止等。作品中的人物、事件或地点、背景等，可能是历史史实，也可能是虚构而成，也可能源于某种神话或古代寓言或民间传说。与此同时，人们也注意到，寓言式作品里常充满梦幻景象。在这些作品里，叙事者经常白日做梦，在梦境里见到一些人们内心所憧憬的理想境界或事件。

第二节 具有超自然色彩的浪漫传奇文学

中世纪文学的一个很大的分支是浪漫传奇文学。所谓浪漫传奇文学是泛指描写离开实际生活较远的冒险人物或冒险行动的文学作品。如果做个粗略分析和汇总，可以发现中世纪英国浪漫传奇突出的有几大类，其中有些是讲关于不列颠人的故事，有些是叙述法国或时间更久远的古希腊或特洛伊的故事。比如，亚瑟王的传奇故事就属于不列颠传奇；法国的查理曼大帝和他的英雄们的故事，就属于法国的传奇；亚历山大大帝的故事，以及特洛

伊战争的故事,就属于古代的故事。以下重点说前两类

一、不列颠浪漫传奇

不列颠的浪漫传奇主要是关于亚瑟王的传奇。关于亚瑟王传奇的历史记载,可以追溯到6世纪中期。当时的史学家吉尔达斯(Gildas,500—570)撰写出拉丁文史书《不列颠的毁灭》,描写不列颠人在抵抗撒克逊人的侵略中所取得的12次重大胜利。9世纪时,南尼亚斯(Nennius,生卒年不详)创作出拉丁文的《不列颠史》,第一次把指挥不列颠人取得12次胜利的英雄称为亚瑟王。南尼亚斯用的是拉丁文名字亚托琉斯(Artorius),转化成英文名字即为亚瑟(Arthur)。

11~13世纪期间,出现了关于亚瑟王传奇的不少杰出作品,包括13世纪英语的语言地位得到恢复以后运用英语创作的作品在内,数量大,内容也丰富多样。其中比较突出的作品有杰弗里(Geoffrey of Monmouth,1100—1154)的《不列颠王史记》、韦斯(Wace of Jersey,1115—1183)的《不列颠人的故事》、莱亚曼(Layamon,生卒年不详)的《不列颠人》等。以下重点说后两部作品。

韦斯的《不列颠人的故事》是在杰弗里《不列颠王史记》的影响下写出来的。《不列颠人的故事》这部书以特洛伊的布鲁特斯建立不列颠国为开端,写到传说英国史的结束。此书进一步完善了亚瑟王的故事情节,在杰弗里文本的基础上,做了一番添砖加瓦的工作,把杰弗里的散文著作用诗歌体翻译成法语。他把骑士精神注入故事中,首次提出亚瑟王的圆桌,用圆桌巧妙地解决了骑士之间排序的争端,还为故事增加了当时正在兴起的宫廷文化色彩。韦斯首次赋予亚瑟王的佩剑以“神剑”之名。韦斯的《不列颠人的故事》为13世纪初英国诗人莱亚曼的中世纪英文诗歌《不列颠人》和英国早期史学家皮叶斯·朗托夫特(Piers Langtoft,? —1307)的史书《朗托夫特的史记》打下基础。《朗托夫特的史记》的第一部分是从韦斯的《不列颠人的故事》翻译而来。

莱亚曼的长诗《不列颠人》也是韦斯文本的张本。他对韦斯的文本进行反复推敲,以此为基础写成他的长达16 000余诗行的英文史诗。莱亚曼是说法语的诺曼底人征服英国后第一位用英文写作的著名诗人。他运用英国中部偏西南方的方言进行写作。他的语言吸收了大量的盎格鲁-撒克逊语汇,所用多为当时流行的盎格鲁-撒克逊书面语和日常交际语言。在他之后,英语又成为英国文学创作的主要媒介。这是他的著作的历史意义所在。莱亚曼减少了原作中的宫廷文化色彩,第一次把亚瑟王描写成英格兰英雄。他的诗作后来成为那些以亚瑟王朝为中心主题的中古英语浪漫传奇的重要

源泉之一。莱亚曼的《不列颠人》与韦斯的《不列颠人的故事》内容大体相似，都详细书写不列颠人的历史。这部历史从特洛伊的陷落开始，然后说到逃出特洛伊火海到意大利建国的伊尼亚斯的后代——布鲁特斯途经地中海到达阿瓦隆岛，斩杀当地巨人，按照他的名字重新命名该地为不列颠。然后则叙述不列颠国王们的业绩，包括历史上闻名的李尔王、辛伯林王以及亚瑟王。关于亚瑟王的部分约有8 000余诗行，占全书篇幅的一半左右，因而是该书的主要组成部分。这一部分写亚瑟王的征战业绩，说他成功地征服西北欧的大部分领土。其中最主要的征伐是他击败罗马皇帝卢修斯的战役。但在亚瑟王带兵外出期间，他的后院起火：他的侄子、摄政王莫德里德起兵造反，亚瑟王只得挥师回国平叛，杀死莫德里德，但自己也不幸受致命之伤，回到阿瓦隆岛去。《不列颠人》写到最后一位不列颠王凯德瓦拉德的执政时期。莱亚曼的《不列颠人》在内容上有大量增加，比韦斯的《不列颠人的故事》在内容和写作技巧上又进一步。莱亚曼关于亚瑟王的某些故事有所扩充和改进，他笔下的亚瑟王业已成为一个相当完美的文学形象。

12世纪后半叶和13世纪初叶，亚瑟王传奇故事又出现新的进展，增添进一大批新故事。其中有些故事显然是作家们的独出心裁的创造，也有一些是来自各种渠道的民间故事与传说，经过作家巧妙加工，融合到亚瑟王传奇的情节里来。其中最著名的故事有寻求圣杯的故事、梅林的故事、兰斯洛特爵士的故事以及他同亚瑟王的王后桂内维尔私通的悲剧性故事，还有亚瑟王离世的故事。之后，亚瑟王传奇史里又出现了一位从来未露过面的骑士，他在圆桌骑士里占有极为显赫的位置。这个骑士的名字叫特里斯特拉姆，是一系列新故事里的中心人物。13世纪和14世纪，亚瑟王传奇故事极其流行，有诗歌供吟唱，有散文供阅读，从王公显贵到平民百姓，真可谓家喻户晓。

在13世纪前期，出现了五部规模巨大、内容丰富的法语散文作品：《兰斯洛特》《寻找圣杯》《亚瑟王之死》《圣杯史》和《散文梅林》（一译为《梅林的求婚》）。这些作品对中古英语亚瑟王传奇的发展产生了重大影响。

1360—1370年间，出现了一部由无名氏用头韵诗写的《高文爵士与绿衣骑士》，主要叙述了亚瑟王征服罗马的过程。《高文爵士与绿衣骑士》用英格兰中部方言写成，是中古英语最伟大的诗篇之一。这篇传奇故事包含两个主题：即通过高文爵士和绿衣骑士之间的砍头游戏来检验高文爵士的勇敢和信守诺言；通过城堡女主人对高文的诱惑和勾引来检验高文的诚实和忠贞。全诗共长2 530行，由四部分组成。第一部分叙述亚瑟王和众部下在开姆拉脱宫殿举行新年宴会，魁梧高大的绿衣骑士手持一柄利斧和一根圣枝闯入大厅，向亚瑟王手下众多武士提出了砍头游戏的挑战。高文爵士应声而出，勇敢地接受了挑战。高文爵士奋力夺过绿衣骑士的巨斧将他的头颅砍落在地，而绿衣骑士从容不迫地捡起头颅，声称明年此时高文爵士必须接受他的挑战。第二、三部分叙述高文爵士为了履行诺言，在旷野之中寻找绿衣骑士再行比试。高文爵士发现自己走进了一座美丽的城堡，并受到城堡主人的盛情款待以及女主人的百般引诱和调情。第四部分叙述高文爵士在新年那天被人引入礼拜堂中，高文和绿衣骑士第二次比试砍头游戏。结果高文爵士的颈部受了轻伤，绿衣骑士随后说明自己即是城堡主人，女主人的诱惑由他一手安排和操纵，因此十分钦佩高文的勇敢和诚实。于是高文爵士十分荣耀地返回亚瑟王的宫殿。

《高文爵士与绿衣骑士》这首长诗是篇典型的传奇故事，情节离奇荒诞，叙述曲折多变。全诗对骑士比武搏斗有精彩的描绘，对人类情欲的揭示有淋漓尽致的发挥。整篇故事融于美妙的诗篇之中，情节的过渡衔接十分巧妙自然，悬念跌宕起伏。对话的运用十分熟练，对自然景色的描写非常出色，对高文奇遇和历险时的心理刻画也极其细腻透剔。全诗充满怪诞和残酷的内容，但又不乏典雅、礼仪的因素。这首长诗是在 14 世纪“头韵复兴”时期写成，诗中的韵律和押韵具有当时诗歌的明显特征，但也表现出自己独有的个性特色。简洁的头韵词语和以重读音节为基础的韵律与当时流行的法国罗曼司文学截然不同。全诗由许多长行头韵诗节组成，诗节长短不一，但每一诗节的结尾都会出现只有一个重读音节的短促诗句，然后有一个押 ABAB 脚韵的四句短行诗节紧随其后。诗歌使用的语言朴素自然，叙述流畅通顺，是中世纪极有价值的一篇文学作品。

总之，经过数世纪的发展与改进，亚瑟王故事成为英国文学创作的一个内容丰富的素材宝库。今天，亚瑟王故事已被视为世界文学的不可或缺的组成部分。

在本土的英国传奇故事中，略为次要的还有《丹麦人海夫洛克》和《沃维克的盖尔》。这两篇诗歌描写一位英雄在经历了一些骑士般的英勇事迹之后最终登上王子的权力宝座。两篇故事都遵循当时中世纪传奇作品的传统套式：主人公要么出身卑微，但由于其保持骑士的品质和乐于助人的精神而赢得女主人的爱情，最后成为某国的英雄；要么本身出身高贵，但受人迫害，经过千难万苦与高贵女子结婚，最终夺回自己的王国。

二、法国浪漫传奇

在诺曼底人征服英国以后的一个半世纪左右，英语文学的创作基本处于停滞的状态。诺曼底人带来一些法国浪漫传奇式文学作品，一时之间充斥全国。法国的浪漫传奇包括查理曼大帝和他英勇的骑士们(如罗兰)的故事。

关于查理曼大帝的故事，首先要从阿拉伯人在西班牙的影响说起。从8世纪末开始，阿拉伯人在西班牙的势力日益稳步地增长。当时有一个名叫阿布德·阿拉-拉赫曼的穆斯林王，决心要征服整个西班牙。经过多年的奋战，他征服了伊比利亚半岛的大部，建立起伊斯兰政权，其后代统治西班牙达300余年。8世纪末，阿拉-拉赫曼开始面临一个强大的敌人，即当时法国的皇帝查理曼大帝。在查理曼大帝权势登峰造极之时，法兰西帝国的版图覆盖了法国、德国、瑞士、荷兰、比利时以及意大利的大部。777年，查理曼大帝率军进攻拉赫曼。战事不顺，他发现自己陷入拉赫曼和巴斯克叛军两方面的夹击当中，前者从南部压过来，后者则在他的两翼进行骚扰。他被迫撇下数千人，而慌忙北撤，这些人大多战死沙场，其中包括他最著名的一个武士和将领——罗兰。罗兰作为殿后将军，英勇杀敌，但终因寡不敌众，在尤塞斯瓦列斯山口的战斗中壮烈牺牲。这个历史背景后来成为中世纪现存的浪漫传奇作品中著名的长诗——《罗兰之歌》的底本。

《罗兰之死》是最古老的法国文学作品之一，它在法国具有民族史诗的地位。这部作品在11世纪传入英国，而成为中世纪英国人所喜闻乐见的浪漫传奇故事之一。《罗兰之死》是关于查理曼大帝的传奇故事中最出色的作品。就内容说，它讲述了一个包含动人心魄的战斗、忠诚、荣誉、阴谋等诸种因素的故事。这个故事原用法文写成，后来由征服者威廉身边的一个吟游诗人——泰勒弗尔首次介绍到英国。泰勒弗尔参加了黑斯廷斯战斗，他请求威廉公爵准许他在那次战斗中第一个出击。他得到允许后，就唱着《罗兰之死》向敌人冲过去。诺曼底的武士们跟在他身后，齐唱着《罗兰之死》，向敌阵冲杀过去。泰勒弗尔血洒沙场，但诺曼底人大获全胜。这样，这部作品就在诺曼底占领的英国逐渐传布开来。

第三节　风格独特的抒情诗和民谣

在中世纪除了浪漫传奇文学外，民间文学中的抒情诗歌、民谣以其简朴的形式和优美的音律受到了平民的喜爱。抒情诗歌的基本主题大致分为两类：一类是颂扬圣母玛丽亚的祈祷诗和致敬曲，多半带有宗教性质。另一类是歌颂爱情和大自然的曲子，大多表现热烈奔放的恋爱生活。民谣是一种叙事诗，没有具体作者，一般停留在口头文学水平上，传播者是吟游诗人，声韵和节奏多保持原汁原味，感情天真纯朴，发挥着讲故事以娱悦听众的作用。

一、抒情诗

中世纪的抒情诗歌是当时人们传唱的歌曲，也可称之为民间诗歌；它也包括一些宫廷歌曲，如亨利七世和亨利八世时宫廷诗人的作品；主要歌唱者是吟游诗人（或吟游歌手）、道士（宗教赞美歌）、神甫以及求婚者们。现存的中世纪英国抒情歌数量不算很大，其中大部分在15世纪或16世纪早期才落于纸上。它们主要以口头文学形式存在，所以一支歌现存有不同的版本，里面也包含有民歌成分。不少抒情诗和法国13、14世纪的一些抒情歌曲内容相似，其共同特点是内容有意重复，有惊叹语和副歌，形式易于与舞蹈相结合。

在中世纪的抒情诗歌里，吟游诗人或歌手的歌曲为数最多，类型包括爱情歌、讽刺女人的歌曲、节日歌曲、圣歌、说教歌曲等。中世纪存在有各式各样的爱情歌曲，《艾莉森》算是最著名的一首。这首抒情诗共有4诗节，39诗行。里面说到，“我”生性爱美，一个好机遇让“我”得到天赐，爱上了艾莉森。艾莉森一头金发，棕黄眉毛，黑色眼睛，脖子白得赛过天鹅，她的腰纤细而优雅，是镇上最美丽的一位女郎。她漂亮的脸蛋朝“我”甜美地一笑，“我”就落入她的魔力控制之中。“我”每夜都辗转反侧，双颊变得苍白，一切都是因为艾莉森的缘故。“我”对她难以忘怀，唯恐被人抢先夺爱，因而心神忧虑、筋疲力尽，不过“我”还是决定再等下去。在抒情歌曲的末尾，“我”可怜地说，听听我的歌声吧，美丽的女郎。这首抒情歌曲至少包含两层意思，一是年轻人爱心急切，埋怨女方没有对他做出他期望的回应；二是形象地显露出一个热恋中的年轻人的心态：有美的享受，有焦急不安，乐中有悲，悲里又充满憧憬。歌里写的虽然是13世纪英国年轻人的心理，但其貌其情却超越了中世纪那个特定的时空，而具有表白普遍人性与行为模式的意味。

《我心爱的人在远处》这首7行短诗也似是表现一个患单相思的年轻人渴望得到爱情的诗歌：“我心爱人在远处——/她这是为什么呀？/我这样身不由己/没有可能去看她。/她把我心已拴住/我的真心增千倍/无论她人到何处。”

与《艾莉森》《我心爱的人在远处》内容非常类似，《林中鸟》这首5行短歌说一位恋人看到林子里自由翱翔的鸟和水中自由游动的鱼，就不由得由彼及己，心里感伤起来。他觉得自己因为渴望得到心目中的爱情，被凄苦折磨得都要发疯了。该诗反映出生活在大自然中间的人们因春天的到来而产生的一种喜不自禁的感情，诗中的主人公好像完全与自然融为一体，读来似山中泉水使人感到特别清新、亲切。

在抒情歌曲里，也有抱怨家庭生活的作品。比如《树丛里的小东西，你告诉我》就是一首描绘妻子不满丈夫的诗歌：

树丛里的小东西，你告诉我，
我该当去怎么做？
我有世界任何处
最坏不过的丈夫。

如果你丈夫不佳，
你就闭上你嘴巴。

这首长度为两诗节6诗行的小诗，内容很有叫人琢磨的地方。在第1诗节里，妻子对着树丛讲话，说明她是一个饱受折磨、无路可走的女人。这个女人可能在祈祷里对上帝、在教堂里对神甫都已说过她的苦难，但她显然没有得到安慰或建议。她是在叫天不应、叫地不灵的情况下，才对树丛里的小生物发问的。她对得到回应一定未抱任何希望。可是树丛里的小东西竟然说话了。它劝告她闭上嘴巴忍着。它可能代表上帝或传统或社会的旨意；它也可能是说，人们面对苦难和不幸，特别是女人，只能逆来顺受，没有其他出路。这就很可能传达出一种很有些现代意味的对生活的悲剧观。

中世纪抒情诗里一个常见的题材是写季节变化，而描绘春天的诗歌则有其独特之处，通常和人们的信仰关联在一起。《我歌颂一个处女》就是一个好例子。诗歌里说，"我"歌颂一个纯洁无瑕的处女，她的儿子是王中之王(第1诗节)。他宛似4月落在草叶上的露水一样，静悄悄地来到母亲的住处(第2诗节)。他宛似4月落在花瓣上的露水一样，静悄悄地来到他母亲的闺房(第3诗节)。他宛似4月落在花枝上的露水一样，静悄悄地来到他母亲下榻之处(第4诗节)。母亲和处女不是别人，她正是圣母，主的母亲(第5诗节)。在这首诗里，春天和圣母之间的唯一连接是再生这个主题：春天是万物再生的季节，而根据基督教教义，圣母是带来人类再生的主——耶稣——的母亲。4月的露珠晶莹闪烁，是万物复苏的标识；而耶稣是人类脱离罪孽走向光明的希望。

关于季节变化的抒情诗也写夏天，《杜鹃歌》便是适例。诗歌里说，夏季降临，杜鹃呀，你大声歌唱吧！种子在成长，花朵在开放，树木在铺展枝叶，杜鹃呀，请你大声唱！接下来的描写栩栩如生，读者如闻其声、如临其境，到处一片生机勃勃，读来都不由得会受到深刻感染，在情感上发生强烈共鸣。

中世纪也有一些节庆和五朔节的抒情诗歌。比如，春天里的爱神节，女孩子们脱离母亲的束缚，年轻妇女们脱开丈夫们的缰绳，都飞跑到绿茵地上，手拉手尽情地跳唱个天昏地暗。记载这种场景的诗歌在12世纪到14

世纪非常流行，自成一个体系，形成一种模式。比如在这种诗歌里，诗人常常倾听一个年轻女人抱怨母亲或丈夫的专横，或者安慰年轻女人。

二、民谣

英国15世纪在书面文学相对衰退的同时，口头文学却出现了相对繁荣的局面。这一时期民间诗歌的创作十分活跃，大量引人入胜的通俗歌谣在民间广泛流传。在现存的民谣中最早的创作时间可以追溯到13世纪，但大部分民谣都是在15世纪才用书面形式记录下来的。中世纪的民谣种类很多，如绿林歌谣、政治歌谣、谜语歌谣、历史歌谣、史诗性歌谣等。从内容看，这些民谣故事的题材多来自生活，包括关于爱情、大自然、悲剧与死亡、英雄故事、幽默故事、阴谋和背叛，以及历史上闻名的战役等方面。民谣有合唱的叠句，每节由四行组成，每行有四个重音，通常第二行和第四行押韵。简单的旋律、简短的语句以及生动的对话是民谣的基本特征。

民谣以歌曲形式存在，富有抒情味道。它一般以第三人称叙事，不讲求艺术构思或布局，在结构上也不刻意雕琢。它不求婉转与微妙，但注重表达的力度。它的故事新颖、开阔，有阴晴圆缺，有悲欢离合，总能抓住听者的心弦。在语言上它不刻意雕琢，而是直抒胸臆，以近乎原始的诗意和感情感染听众，所以它表达直接、简明，以大众日常交际媒介与世人交流。

作为口头文学，民谣有滋有味，但落在纸上时，由于没有了音乐的辅助，它们许多内在的诗歌韵味和抒情格调就在无形中令人遗憾地消失了。人们阅读文本时的感受，和听人歌唱时的反应相较，有时会迥然不同。歌谣的文字有时显得干枯、乏味，而歌唱、琴声和肢体的动作则能充分显示出歌谣原有的满怀激情。

现存的民谣多数不是以中世纪英语写成的。它们是学者和民谣爱好者们从口头文学记录下来的。古英语和现代英语有许多不同，古英语（甚至可回溯到日耳曼诗歌）具有一种在语音、发音及语法上都存在的抑扬和曲折，而现代英语已经在发展中失去了这些。从总体上说，民谣是生活在英国封建社会条件下普通农民的文学。

在15世纪的英国民谣中，最闻名的要推源于英国北部的罗宾汉歌谣，主要是歌颂中世纪英雄人物罗宾汉的。这些歌谣相当古老，其中多数可追溯到13、14世纪。如果说亚瑟王是封建时代英国武士阶层的英雄，罗宾汉则是受苦受难的人民大众所推崇的民间大侠。根据关于罗宾汉的民谣，罗宾汉是个撒克逊人，擅长射箭，生活在14到15世纪英国诺丁汉地区。罗宾汉原本是一个家境殷实的自由人，他拥有自己的家园和土地，他的农庄约有160多英亩肥沃的耕地，位于一处庄园的附近。罗宾汉家在此生活已达数辈之久。可是周边寺庙的僧侣们早已对其家产垂涎三尺。罗宾汉涉世不深,年轻气盛,有很强的正义感,他时时顶撞修道院院长,指责他和修道院的管家们对待农奴的恶毒行为。这样一来,修道院对他恨之入骨。有一天,罗宾汉见义勇为,杀了两个虐待农奴的武士,救出了一个穷苦奴隶,因而遭到官方追捕,被迫逃到诺丁汉的舍伍德皇家森林,他的家产随之成为修道院的财产。在舍伍德森林中,罗宾汉和小约翰及小约翰的伙伴们一起成为绿林好汉。他们宣誓,“绝不伤害穷人、正直的自由民或讲礼仪的武士或其随从,绝不伤害妇女或有妇女在内的人群,但决心尽力济世扶贫”。他们经常抢劫骑士和僧侣来救济穷人,惩罚压迫者为平民伸张正义。所以罗宾汉成为最受当时普通人欢迎的民谣人物。关于他们的传说故事,后来结集成《罗宾汉民谣集》,罗宾汉成为最受当时普通人欢迎的民谣人物。

罗宾汉民谣字词重复,合辙押韵,易于吟唱,每个故事自成一体,情节复杂有趣,人物塑造特点突出,富戏剧性。而且可能是出于吟唱、娱乐民众的原因,这些民谣的叙事速度从容不迫,事事交代清楚。这些民谣故事情节很有趣味,艺术感染力强,有完美的性格塑造,有叫人揪心的悬念,有打仗、坐牢、伪装、逃跑等。罗宾汉在歌谣里栩栩如生。他为人慷慨,遇事头脑冷静,心地虔诚,稍有一些抑郁,偶尔也表现出一些幽默感。在诗韵结构方面,罗宾汉民谣多由四诗行的诗节组成,四音步诗行与三音步诗行互换,第二诗行与第四诗行押韵。这些歌谣随着时间的推移曾出现很多变化,但是它们的中世纪的印记依然清晰可辨。从内容到形式,中世纪的核心特点依然保留得完整无缺。

关于罗宾汉的民谣最先被收入柏西主教的《古代英语诗歌拾遗》和柴尔德的《英格兰和苏格兰民谣集》里,后者收入 37 首罗宾汉民谣。美国学者露丝·曼宁-桑德斯的《英格兰和苏格兰歌谣故事集》收入不少罗宾汉民谣里著名的故事,如《罗宾汉的出生》《罗宾汉和理查爵士在黎镇》《黎镇的理查爵士与修道院长》《小约翰与诺丁汉郡长》《郡长的射猎比赛》《郡长向国王抱怨》以及《国王与罗宾汉》等。此外,罗宾汉的歌谣还包括《罗宾汉和道士的故事》《罗宾汉与吉斯本的盖奕》《罗宾汉与主教》《罗宾汉与乞丐》《罗宾汉与金箭》《罗宾汉与勇敢的骑士》《罗宾汉与艾伦》等。这些歌谣讲述了罗宾汉的完整而系统的核心故事。罗宾汉的故事主要内容大体有三:一是罗宾汉的生平、众位好汉相互结识的故事,二是劫富及处置官吏和主教,三是救世济民,拯救受苦受难的穷人。

罗宾汉民谣中最长的一首是《罗宾汉英雄事迹小唱》,它由三个绿林故事共 456 节组成,此外还有有关罗宾汉死亡的踧记。第一个故事讲罗宾汉怎样以打劫修道院的和尚来帮助一位穷骑士去还清欠该修道院长的债务。

第二个故事描述了罗宾汉怎样通过他忠实的伙伴，即那位瘦长的力大无比的小约翰的帮助去捕获并杀死了他们的头号敌人——那个可恶的诺丁汉郡长。第三个故事叙述了罗宾汉与国王之间的一系列斗争。国王前来捕捉他，但最终饶恕了他，罗宾汉便又回到了绿林。最后的跋记简要地叙述了罗宾汉被一对邪恶的女修道士和他情人出卖而遭残杀的经过。在这首歌谣里，许多故事说得绘声绘色，如罗宾汉向理查爵士借账与还账的故事就是很好的例子。该故事讲的速度不紧不慢，口气稳健、扎实，幽默拿捏得不多不少，其艺术性突破了民谣的范畴，与史诗高度接近。

罗宾汉民谣的重要内容是绿林好汉拔刀相助、打抱不平的事迹。其中很有意思的一个故事是《罗宾汉和寡妇的三个儿子》。故事讲罗宾汉化装救出被判死刑的三个年轻人，他们是一个寡妇的儿子，因杀了王室的小鹿而入狱待死。罗宾汉设法杀了州官，救出无辜。

罗宾汉民谣里有些小唱富有智慧和幽默感。比如，《罗宾汉与道士》说罗宾汉和塔克两位大侠相遇的一段便是适例。故事说罗宾汉一天听到关于一个奇怪的道士的故事，而且人们所讲的内容也相互矛盾。铁匠尼克说这位道士为人谦和，心地善良，为穷人总是出钱出力尽心做事。可是庸医彼得却说，这个人生活奢华而糜烂；据说彼得曾在这个道士的家里迫不得已吞下自己的假药。罗宾汉对此人非常好奇，就到山林里道士的居住地去看个究竟。他在一条山涧边见到这位道士，他正坐在那里静思默想。道士身着家织粗布衣衫，吃得膀大腰圆。罗宾汉取出一支利箭，摆在他那把长弓上，慢慢地、悄悄地走近道士。“哎，这位圣人，”他口气严厉地说。“我有事要到河对面去。起来背我过去，省得我湿脚。”大个子道士回过头，看了罗宾汉一眼。罗宾汉一惊，心里暗暗发誓说，他从未见到这样一张麻木、愚蠢的白痴脸。道士慢慢起身，弯下腰驮上罗宾汉，一步步慢慢涉水朝对岸走去。在他们走上河岸时，罗宾汉正要跳下，忽然觉得两条腿像被铁钳夹住，与此同时，又感到肋间受到沉重的一击。接下来，他发现自己尴尬地横躺在地上。道士一个箭步骑在他身上，两只大手紧紧地掐住他的颈部，说：“嗯，好小子，起来把我原路背回去，否则我就不客气啦。”罗宾汉别无选择，只好起身把大个子道士照样背回。半路上，罗宾汉曾想把他扔到水里，可是道士似有准备，两手紧紧掐住他的脖子不放。罗宾汉心里清楚，他倘若稍示反抗便会出现严重后果，于是乖乖地执行了道士的命令。后来罗宾汉了解到，这位道士是个善良人，他一向舍己救助穷苦的人，但对那些欺负弱小和妇女的歹徒，他会像雄狮一样凶猛无比。罗宾汉和他结为挚友。

在罗宾汉歌谣之外，还有许多关于其他内容的民谣，比如关于边界战争、亚瑟王传奇或《圣经》故事、家庭与爱情、中世纪的价值观念、迷信、政治阴谋、反抗压迫、劳动人民的聪明与智慧等。反映英格兰和苏格兰之间战争的所谓"边界民谣"很引人注目。其中最著名的是《彻维山追猎》和《俄特本战役》。这两篇民谣很可能都是反映英格兰北部地区诺桑布兰德的珀西勋爵与苏格兰的道格拉斯伯爵之间的争斗的，作者都以悲叹的笔调叙述战场上血腥厮杀的场面，代表着当时民众对战争的态度。《彻维山追猎》反映的是家仇高于国仇的一场残杀。据考证，这首民谣有可能是描写1345年或1346年苏格兰边地两个家族——柏西家族与道格拉斯家族——之间的争斗。当时诺森伯兰的亨利·柏西带领4 000人马袭击苏格兰，遇到安格斯伯爵威廉·道格拉斯的反抗，双方损失严重，苏格兰方面获胜。民谣《彻维山追猎》里说到，诺森伯兰的柏西勋爵，在打猎时一连三天越过苏格兰边界，于是引起双方间的战火，苏格兰的道格拉斯伯爵前来参战，结果是柏西和道格拉斯两人均命丧沙场。《俄特本战役》在内容上稍有不同，它似乎只是说到两个地区间的争执。根据这首民谣说，苏格兰的道格拉斯伯爵率军攻打英格兰北部诺森伯兰的奥特伯恩城堡，在这个过程中，被柏西勋爵亨利·霍特斯伯偷袭，结果是道格拉斯被杀，而柏西勋爵被俘。奥特伯恩战役是"一场死者获胜的战役"。据史书记载，道格拉斯家族的詹姆斯·道格拉斯伯爵1388年8月率领一队苏格兰人进攻诺森伯兰的亨利·柏西领地，在战役里受致命伤。他告诉他的部下把他隐藏在一处树丛里，以避免影响战局。战斗残酷地进行了一夜，柏西后来无奈承认失败，下马向一位苏格兰骑士下跪投降。这一点在民谣《奥特伯恩之役》里讲到时有些黑色幽默感，这位骑士对他说：

> 你不可向我将士降，
> 对我说这事也不行，
> 而要对那边荆棘丛
> 把你的降意表白明。

"那边荆棘丛"背风处躺着已经战死的道格拉斯。这场战事最后是苏格兰人战胜，但他们的首领却战死沙场。

《彻维山追猎》和《俄特本战役》两首民谣对战事结果的两种不同说法表明，它们的作者的视角不同：一是从英格兰人的角度出发，一是站在苏格兰的立场。但两位死者都被描写为英雄人物，表现出当时中世纪骑士精神依然存在，仍然是那个时代的主要价值标准；而民谣里血流成河、尸横遍野，又充分说明两地人民所处的悲惨境地。

有些民谣取材于亚瑟王传奇或《圣经》故事。这些包括诸如《加文爵士成婚记》《戴乌斯与拉扎若斯》等。民谣中有一些是反映下层人反抗压迫的。

例如,《兰金》有下层劳工反抗贵族以势压人的意味,但读者的反应会相当复杂。石匠兰金为韦亚瑞勋爵造屋,竣工后勋爵却拒不付工薪,还心安理得地离家外出。兰金怒不可遏,联合勋爵家里的奶妈杀死勋爵的妻、子,谋杀的场面叫人惨不忍睹。这首民谣主要讲报复和谋杀,血腥味十足。

15 世纪的英国民谣中最常见的一种是反映家庭悲剧和情人间不忠的诗歌。这种民谣充满残杀和变节,带有浓厚的悲剧色彩。《爱德华》是子杀父的悲剧,《两姊妹》和《残酷的兄弟》分别表现姐杀妹和兄杀妹的题材;《兰德尔勋爵》描写一位情人被他不忠的情妇杀害的故事。作者反映这类题材显然是为了揭露当时社会的黑暗现实,谴责犯罪的卑劣行为。

还有一类民谣以爱情为主题。这些民谣多写暴力、尔虞我诈,多以悲剧为结尾。《小马斯格雷夫与伯纳德夫人》就是一例。这首民谣里故事发生的地点是中世纪的苏格兰边地。这个地区在那个时代受到几个无法无天的大家族的骚扰。这几个家族之间有分有合,有时联姻,有时则反目而相互掠夺、烧杀、以牙还牙,暴力和流血司空见惯。政府虽然努力控制局面,但是力不从心。其中一个家族是马斯格雷夫家族,它统占韦斯特莫兰郡北部的一些村镇,如小马斯格雷夫、大马斯格雷夫等。《小马斯格雷夫与伯纳德夫人》讲的是小马斯格雷夫这个人和伯纳德勋爵夫人间的爱情悲剧。小马斯格雷夫和伯纳德勋爵夫人互表爱慕之心,约定晚上在一处幽会。小马斯格雷夫明知凶多吉少,无奈胸中爱的火焰愈燃愈旺,两位情人相见,如胶似漆,曲尽其妙:

你喜欢我的羽毛床吗,马斯格雷夫?
你喜欢我的被褥吗?
你喜欢我这位夫人
睡在你的拥抱里?

啊,我很喜欢你的羽毛床,
也很喜欢你的被褥,
但我更爱快活的夫人你,
睡在我的拥抱里。

不料,随行的小厮把这件事告诉了伯纳德勋爵,这位勋爵前往捉奸。小马斯格雷夫和伯纳德勋爵对打,前者被杀害。伯纳德怒气不消,挥剑又杀了夫人。事后他后悔不迭,把两个情人葬在一处。这首歌谣很有代表性,它在莎士比亚时代家喻户晓,常被人援引。

不少歌谣虽然描写婚姻或爱情,但歌谣中的人物多为贵族男女,一般缺乏浪漫情趣，这些作品多数表现人在爱的过程里所经历的爱与恨等感情，以及忠诚与欺骗等现象。《美丽的玛格丽特与亲切的威廉》《托马斯勋爵与美丽的安尼特》以及《拉乌勋爵》等，说的大体都是一个内容：心猿意马酿悲剧。也有讲婚姻生活一方不忠却得到完美结果的故事，如《骑士与牧羊人的女儿》，这首民谣和乔叟的《巴斯妇的故事》在内容上有相似之处。由于命运而造成悲剧的故事有《美丽的简尼特》《梅茜夫人》以及《桑德斯》等。还有《兰德尔老爷》写的是情妇杀情夫。《年轻人罕廷》与之内容相似。它说到罕廷因为不忠于爱情而遭劫难。罕廷对爱他的女人说，他要和一个更美丽的女人去相好，他的情人劝酒，把他灌醉，然后把他杀死，把尸体扔到河里。后来调查开始，她否认和他有过往来，或说他早已离开。最后他的尸体被发现，女人被判烧死在火刑柱上。

也有美好的爱情故事叫人感慨不已。例如，歌唱忠贞爱情的抒情民谣《柴尔德·瓦特兹》描写一位坚贞不渝的妇女如何恪守妇道、饱受孤独寂寞之苦等待她郎君的归来。故事说到，玛格丽特（或"美丽的艾伦"）与柴尔德·瓦特兹私恋怀孕，柴尔德嘱她待在家里。他警告说她会跟他受苦，但她依然跟随着他。他们回到家里，她就生下一个婴儿。柴尔德为她准备了他城堡里最舒服的床铺，并保证他们尽快结婚。在这首歌谣里，骑士骑在马上，而女人在后面步行——这个画面表现了女人的忠贞不二：

柴尔德·瓦特兹骑马一整天，
她光脚跑在他身边，
但骑士从不客气说，
艾伦，你也骑上来看看。
柴尔德·瓦特兹你骑慢点，她说，
你骑那么快干什么
这个孩子是你的，
它快把我肚子撑破啦。

柴尔德还对她说，前面那座塔楼里有 24 个女人，其中最漂亮的是他的情人。玛格丽特一心不二，终于获得美好的结果。

也有一些歌谣除歌颂纯洁的爱情外，表现出中世纪的一些价值观念，如《三只乌鸦》等。《三只乌鸦》这首民谣虽然只有 10 诗行，但情景真切，伤感之情动人心弦：

（一）

树上立着三乌鸦，
望去一片黑压压。

（二）
一只和它伙伴谈，
“咱们到哪吃早餐？”
（三）
“那边绿色地里边，
死兵躺在盾下面；
（四）
“他的猎狗卧身边，
认真保护主安然；
（五）
“他的猎鹰盘旋着，
忙着赶走啄食乌。
（六）
“那边走来一黄鹿，
肚子沉重慢慢走。
（七）
“她抬起他粘血的头，
舔净他的红伤口。
（八）
“她把他给驮上背，
带到一处土坑边。
（九）
“早上她把他埋葬，
自己只活到晚上。
（十）
“愿主赐与每个人，
这种犬、鹰与甜心！”

这首短歌表明中世纪人们所推崇的优秀品质：忠诚、挚爱、怜悯、公正；也在字里行间反映出战争的残酷、人民的哀戚、世态的悲凉，以及人们希望和平与安定的愿望。

另外一首类似《三只乌鸦》的歌谣则是《奥菲厄国王》。它写成于14世纪，其情节和希腊神话故事《俄尔甫斯》与凯尔特神话相似，内容可能是这些故事的融合。这首民谣说，奥菲厄国王和西方一位名叫伊莎蓓尔的佳人相爱，娶回做王后。不料一天在国王外出打猎时，王后被仙境的国王以神标刺心。国王把众臣叫到面前，嘱咐他们看好王后的尸体。然而当众人睡去时，王后的尸体就消失了。国王哀痛不已，只身到荒野里寻找，时间一久，模样已是披头散发。他在荒野里坐等了7年。有一天一队人马向他走来，他一眼看到人群里面有他的爱妻，他们朝山上一处房舍走去，国王尾随在后面，他们都进去了，但临到国王时，他眼前却是一堆灰色石头，然后他取出竖琴，先后弹出伤心声、快活音、欢乐曲。最后他被带进仙境，他弹出同样的曲调，仙境王为酬谢他，准许他把爱妻带走。他回到国内，恢复国王权位。这首歌谣旨在颂扬奥菲厄王对爱情的一心不二。

描写家庭方面的悲剧故事的民谣很多。例如，《爱德华》《两姐妹》《凶狠的哥哥》《两兄弟》等写的都是父子反目、兄弟阋墙这种令人心惊肉跳的血腥题材。关于乱伦，《巴比伦》这首歌谣里已显示出一些端倪，而在《丽兹·宛》与《鞘与刀》等歌谣里，它已变成叫人毛骨悚然的现实。

迷信或超自然的因素也存在于一些民谣之中，如反映鬼魂、林仙、女妖。例如，《乡下佬霍恩》讲到一枚魔戒，《诗人托马斯》讲到对魔窟的造访，而《温和的威廉的鬼魂》与《厄舍尔井的妇人》都是名副其实的鬼怪故事。《乡下佬霍恩》是一个传统的爱情与迷信故事，其内容是说英格兰一位英雄国王曲折的爱情经历。这首歌谣落在纸上的时间是13世纪末期，现存版本很多。19世纪末民谣收集家柴尔德把《乡下佬霍恩》收入他编辑的民谣集。根据柴尔德的版本，故事讲乡下佬霍恩和国王的女儿公主琼相爱。霍恩给她一根银魔杖，而她给他一个钻戒，并告诉他说，宝石颜色一旦变浅，就表示他已经失掉她的爱情。这一天，他走在路上，发现宝石颜色变化，就立刻赶往公主琼的城堡。一个乞丐告诉他说，公主要嫁人。乞丐建议和他交换衣服。霍恩同意，于是一身乞丐打扮的霍恩进入城堡讨酒喝。当公主端过酒来，他便把钻戒掉在地上。公主问起钻戒来历，他实话相告。公主决定脱掉华丽服饰，换上乞丐衣衫，和他一起去沿街乞讨。这时他笑着对她说，他是伪装，公主将会成为一位高贵的夫人。这首歌谣的要点在于主人公离开、返回、伪装以及现出钻戒，这也是不少其他民谣及童话的共同特点。

《厄舍尔井的妇人》生动地刻画了一位对子女怀有真挚母爱的普通妇女形象。该民谣共13诗节，52诗行。这首民谣讲到，一位住在厄舍尔井的富足的妇人送三个儿子出海（第1诗节），后来听说他们都已经命丧海上（第2、3诗节），心里万分凄苦。夜里，她梦见儿子们回家，于是忙着安排宴席，然后又为他们铺好床铺，自己则坐在床头，喜不自禁，最后慢慢入睡（第5、6、7、8诗节）。在第7诗节里，她兴高采烈地喊道："生起火来，丫头们，/快从井里提水来！/今晚全家要欢宴，/因为儿子们无危殆。"在8诗节里，她显然已经让儿子们酒足饭饱，于是，"她为他们铺好床，/那床又大又宽敞，/她把披风围了肩，/安心坐在床边旁"。她就这样美滋滋地进入梦乡。忽然雄鸡啼明，大儿子对小儿子说时间已到，他们该走了(第 9 诗节)；小儿子说，“我们如果不走，就要倒霉了”(第 11 诗节)。大哥说，“再待一会儿吧，母亲醒来发现我们不在，她不等天亮就会发疯的”(第 12 诗节)。但是不走是不行的，儿子们无可奈何地对妈妈说：“再见，我亲爱的妈！/再见，谷仓与牛棚！/再见，为妈生火的/你这美丽的女佣!”这首民谣具有催人泪下的艺术张力。

迷信题材民谣《艾莉森·格罗斯》也很著名。它有自己突出的艺术特点，比如运用第一人称叙事，而且每诗节后面带有合唱等。这首民谣描写一个名叫艾莉森的相貌丑陋的女巫用花言巧语把“我”引诱到她在一座塔上的家里(第 1 诗节)。她抚摸“我”的头，梳“我”的头发，把“我”轻轻地抱到她的腿上，对“我”说，如果“我”做她的忠实情人，她会给“我”许多好东西(第 2 诗节)。“我”马上说，“你”这个丑女巫，“你”给我滚开，“我”决不会做“你”的情人，“我”要马上离开(第 3 诗节)。后面跟着合唱，有新内容，有重复。遭到拒绝后，女巫动怒了，“她身向右侧又圆转/草绿号角吹三响/她对月与星发誓/定叫‘我’恨来世上”。接着她取出一根银杖，摇转三次，口中念念有词，“我”觉得心力渐渐不支，她就这样把“我”变为一只丑陋不堪的毛虫了。

中世纪民谣里也有一些关于政治阴谋方面的题材。最著名的一首是苏格兰民谣《帕特里克·斯彭斯爵士》。这首民谣讲述一位年长的骑士建议国王派老水手帕特里克在一个暴风雨的冬天去航海冒险，帕特里克因此而成为黑暗政治的牺牲品。帕特里克心里十分清楚这个使命的危险性，但作为国王忠实的臣民，他接受了这个使命而最终葬身大海。诗人通过这则故事反映出权术的险恶和老水手命运的无常。这首民谣现存版本很多，比较简单的版本有 11 诗节，44 诗行。最动人的一个情节是帕特里克接到国王书信时的表情(第 4 节)：

> 爵士看到第 1 行，
> 开口大声笑哈哈；
> 当他读到第 2 行，
> 两行泪水顺颊滑。

这反映出这位爵士内心细腻而复杂的心理：他知道他的大限到了。但是他是性情傲岸的苏格兰爵士，他只会迎难而上，而不是胆怯、退缩。于是他排除异议，扬帆启程，最后在海上遇难，显示出大无畏的英雄气概。

此外，还有反映普通人智慧和幽默的民谣，如《狡猾的农人》和《起来闩门吧》等展现了一幅幅生动的中古时期英国民间生活的图画。

第四节 日益兴起的传奇故事散文

随着社会的发展和生活的变化，诗歌这一古老而又袖珍的文学样式对表现日趋复杂的社会现实和急剧变化的大千世界已力不从心，难以充分展示广阔的社会图景和丰富的生活内容。散文作品则以其容量宽大，内容丰富和形式朴实等优点开始受到作家和读者的青睐。不少作家采用散文这种更加自由和更加宽松的文学体裁来改写神话故事、宗教典故和民间传说。与此同时，以历史人物亚瑟王的传奇经历为情节的骑士小说开始在英国流传，并受到了广大读者的欢迎。最著名的传奇故事散文作品是杰弗里的《不列颠王史记》和马罗礼的《亚瑟王之死》。

一、杰弗里的传奇故事散文创作

杰弗里是一名威尔士神父。1147 年，他宣称自己发现了一部关于亚瑟王及其骑士事迹的威尔士史书《不列颠王史记》，然后将其翻译成拉丁文，广受欢迎。实际上，《不列颠王史记》是杰弗里在搜集一些关于不列颠国王资料的基础上写成的。杰弗里在书的前言里所说的不列颠史书，实际上是他的杜撰。为把原始的素材变为文学珍品，杰弗里努力收集民间传说，阅读早期史书的有关记载，诸如英国史学之父比德、威尔士史学家南尼亚斯以及 6 世纪吉尔达斯撰写的布道书《在不列颠的废墟上》等，并发挥他丰富的想象力，扩展威尔士传说的内容，把原始的素材变成为引人注目的文学珍品——《不列颠王史记》。《不列颠王史记》主要讲述的是不列颠人的历史，时间从布鲁特斯占领不列颠岛开始，直至 7 世纪威尔士王凯达瓦尔达去世止。该书也讲述了罗马入侵英国的故事，还说到亚瑟王的功过沉浮以及亚瑟王的父亲、魔术师梅林的故事。据此，经过学者们的考证，一般认为《不列颠王史记》里关于亚瑟王的故事是该传奇最早的版本。可以说，杰弗里是第一个将人们口头中的亚瑟王故事落笔于纸上的人，成为西方文学创作的源泉。总之，《不列颠王史记》是亚瑟王传奇故事的“摇篮”。

二、马罗礼的传奇故事散文创作

马罗礼生平不详，据传生于沃威克郡一个绅士的家庭。1433 年继承祖上的财产和爵位，1436 年从军出征法国加莱，1442 年被封为骑士，1445 年担任沃克里郡议会的议员，1450～1460 年，马罗礼被指控犯有多项罪名，八次入狱。1462年加入沃里克伯爵的骑士团，曾站在兰开斯特（红玫瑰）一边参加了封建主集团为争夺王位的玫瑰战争。后来，沃里克伯爵被杀，马罗礼被俘，关在伦敦著名的新兴门监狱。这是马罗礼第九次入狱，也是被囚时间最长的一次。在狱中，他完成了名垂青史的《亚瑟王之死》，这是中古英语文学中最有影响力的散文作品。

马罗礼完成《亚瑟王之死》之时，也正当中世纪的骑士制度行将消亡之际。他对经过几个世纪发展起来的亚瑟传奇经历这一庞大而又杂乱的题材作了必要的删节、浓缩和调整，使其更加合理、完整和有趣。马罗礼将亚瑟王的传奇经历作为作品的主要线索，并在此基础上安排了一系列引人入胜的其他情节。不仅如此，他还在作品的框架结构上颇下工夫，使原本残缺不全和杂乱无章的素材显得有条不紊。

《亚瑟王之死》的原名是《亚瑟王及其圆桌骑士之书》，是英国文学史上最早的长篇叙事散文作品。它的问世为15世纪不太景气的文学创作增添了不少色彩。这部作品最重要的艺术特征是成功地将有关亚瑟王的纷繁复杂的故事内容置于一个相对清晰和比较合理的框架结构之内，为英语长篇叙事散文作品的创作方式开了先河。这部作品以亚瑟王的人生经历和业绩为中心，生动地叙述了与这位传奇人物有关的一系列冒险故事，其中包括魔术师梅林、王后桂内薇尔和圆桌骑士们的故事以及寻找圣杯的故事。作品长达二十一卷，前五卷主要描写亚瑟王与桂内薇尔王后的婚事、圆桌骑士的情况以及亚瑟王在异国他乡的一系列战争中所创的英雄业绩。第六卷至第八卷分别描绘了兰斯洛特爵士、佳瑞斯爵士和特利斯特拉姆爵士三位骑士的冒险经历。第九卷和第十卷描述了亚瑟王和其他几名骑士的几次马上比武和冒险行动。第十一卷至第十七卷详细叙述了亚瑟王的骑士们寻找圣杯的过程。第十八卷和第十九卷则集中展示了兰斯洛特爵士和桂内薇尔王后之间的偷情。作品的最后两卷描写了摩德里德爵士对亚瑟王的叛变和他俩在决斗中死亡的情景。作品结尾，兰斯洛特爵士见桂内薇尔王后已经成为修女，于是便返回自己的城堡。据说，他从此当了亚瑟王的守墓人。又有传说称他参加了寻找圣杯的冒险行动。

在马罗礼创作他的不朽杰作之前，就有很多亚瑟王系列传奇作品广泛流传，但这些作品都是相对独立的故事。马罗礼的功绩在于，他收集起亚瑟王以及圆桌骑士形形色色的故事，对它们进行改编和整理，创作出散文体《亚瑟王之死》。这是一部集中古英语亚瑟王浪漫传奇及中世纪英语叙事文学之大成的不朽著作。下面以梅林、骑士精神和基督教信仰为主题分析这部散文作品。

巫师梅林是亚瑟王朝从兴起到覆灭过程中的关键人物。他精通魔法，擅长幻变之术，能未卜先知。梅林对亚瑟王及各骑士的预言，构成贯穿全书的主线。梅林先用计谋使尤瑟王与康沃尔公爵夫人依格琳生下亚瑟，并按当初的誓约把亚瑟带出王宫，交给艾克特爵士抚养。尤瑟死后，王国处于群龙无首的危机局面。梅林向坎特伯雷大主教预言（预言之一），说耶稣将在圣诞节显示奇迹，表明谁将成为这个王国的国王。圣诞节时，群雄相聚，年轻的亚瑟奇迹般从巨石中拔出宝剑，按照事先约定，名正言顺地成为新的国王，并被敕封为最高贵的骑士。之后亚瑟在梅林的帮助下，平定国内诸侯的叛乱，统一全英格兰。后来，亚瑟阴差阳错地与同母异父的胞姐玛高丝生下男婴莫德莱德。梅林说亚瑟触犯了上帝，预言（预言之二）他的王国将毁在莫德莱德手上，他和他的骑士将遭受灭顶之灾。果然，亚瑟王晚年远征法兰西攻打兰斯洛特时，莫德莱德在国内起兵反叛。结果，莫德莱德被亚瑟王杀死，而亚瑟王自己也受重伤而死。亚瑟的圆桌骑士们则在自相残杀中覆灭。亚瑟最初计划娶罗格伦斯王的女儿桂内维尔为王后时，梅林曾预言（预言之三）王后和兰斯洛特之间会产生恋情。后来，兰斯洛特成为圆桌骑士第一人，王后对他另眼相看，两人逐渐产生恋情。也正是这段恋情引发了兰斯洛特与亚瑟王之间的战争，导致亚瑟王朝的灭亡。梅林在向亚瑟王辞别时，说自己精通魔法，并预言（预言之四）难逃被人活埋的厄运，将不久于人世；亚瑟王的剑和剑鞘将被一位他最信任的人偷走。梅林在造访班威克王国时预言（预言之五），兰斯洛特将成为世上最受尊敬的人。后来，梅林果然被他痴迷的一位湖上仙女用魔法锁在岩石底下，最后死在那里。备受亚瑟信赖的同母异父的胞姐美更·拉·费嫉妒亚瑟的地位和武艺，用诡计偷走神剑艾克凯勒勃和剑鞘，送给她的情人艾克隆爵士。兰斯洛特也在经历一系列历险后名扬四海，成为世上最伟大的骑士、圆桌骑士第一人，后来他的儿子加拉哈德又成为圆桌骑士第一人。梅林曾将圆桌比作世界，预言（预言之六）获得圣杯的骑士将名扬天下。加拉哈德最终找到圣杯，以肉体的死换得灵魂的生，取代了兰斯洛特圆桌骑士第一人的地位。

马罗礼生活在15世纪的英格兰，他有过传奇的骑士生涯，深刻感受到英国的骑士制度正随着玫瑰战争而逐渐没落。马罗礼借亚瑟王之口描述他心目中完美的骑士形象：尚义气、重然诺、见义勇为、慷慨大方、抑恶扬善、嫉恶如仇、彬彬有礼。有一个故事从一个侧面展现骑士的传奇历险及骑士精神对骑士行为的规范。亚瑟王与桂内维尔在教堂举行婚宴时，一只白鹿闯进大厅，后面跟着一只白色猎狗。猎狗咬住白鹿的屁股，白鹿痛得撞翻了一名骑士。这名骑士抓起猎狗走出大厅，骑马离开。这时，一位骑白马的夫人突然进入大厅，对亚瑟王说那只猎狗是她的，请求亚瑟王把狗找回。之后，一位全副武装的骑士骑着战马进入大厅，强行带走那位妇人。妇人大声地悲号。经梅林建议，亚瑟王命令新封为骑士的高文找回白鹿；命令托尔爵士找回猎狗和骑士，或干脆把骑士杀掉；请帕林诺王找回那位夫人和骑士，或者杀死那个骑士。途中，高文看见两位骑士正在厮杀。这两个骑士是兄弟，互相争斗的目的是证明谁更优秀，并都想追赶白鹿向亚瑟王邀功。在高文劝说下，两人投奔亚瑟王。高文继续追赶白鹿，来到一条大河边，杀死对岸一名坚持不屈服的骑士，赢得一起同行的弟弟高海里斯的赞叹。接着，高文追白鹿至一座城堡，与白鹿的主人展开厮杀。白鹿的主人战败并求饶，高文毫无宽恕之意，并误杀了白鹿主人的妻子。高海里斯见状斥责高文，说他的行为可耻，今后将永远与耻辱为伍。夜里，四位骑士出现在城堡中，向玷污了骑士名誉的高文发起挑战。高文和高海里斯大败。经四位夫人的求情，他们才保住性命。高文回到王宫后，国王和王后得知他杀害夫人一事，并大感不快。王后颁发命令，让贵妇们审判高文。贵妇们要高文从今往后与妇女同生共死，为她们的利益而战斗；他还必须谦恭待人，从此再不拒绝向他请求宽恕的人。

在《亚瑟王之死》中，最能体现基督教信仰的是寻找圣杯的故事。相传圣杯就是耶稣基督在最后的晚餐时所用的杯子，盛过耶稣基督的血，因此，“圣杯是基督的象征，也是基督教话语所说的生命的象征。追寻圣杯，即意味着追寻不朽的生命，追寻与基督神圣的结合，从而得到拯救”。所有的骑士都以能完成这一使命为无上的光荣。不过，只有心地纯洁、保持童贞、毫无罪行的骑士才能完成这个使命，而最终是加拉哈德完成了这个使命。加拉哈德是兰斯洛特被人施魔法后与帕里斯王的女儿生的儿子，是圆桌座位中“危险席”的主人。他在耶稣受难日前一天被封为骑士。在耶稣受难日当天，“危险席”上出现一行金字：“我主耶稣基督受难后454年过去，这个席位才会有它的主人。”此时，在王宫附近的河上漂浮着一块巨石，上面插着一把宝剑。剑柄上刻着“除了有资格佩带我的人，谁也别想取走我。能取走我的人将是世上最伟大的骑士”。结果是加拉哈德拔出巨石中的宝剑，取代兰斯洛特成为世上最伟大的骑士。晚餐时，忽然外面雷声大作。在雷电交加中出现一道异常亮丽的光线。众人顿时都沐浴在圣灵的恩泽中。就在这时，圣杯由一块白色的绸布覆盖着来到厅里，只是没人能看得见它。但大厅内已经弥漫着一股幽香，每位骑士都获得了人世间未曾有过的美酒佳肴。圣杯绕着大厅巡行一周后消失。之后，加拉哈德与众多骑士一样，也开始走上荣耀的寻找圣杯之旅。加拉哈德在经历过一系列冒险后，耶稣终于在他面前显灵，加拉哈德于是从肉体生命变为灵体生命。在众多天使的簇拥下，加拉哈德去了耶稣基督那里。圣杯也一道升天，从此从人间消失。

《亚瑟王之死》整部作品紧紧围绕亚瑟王的生死和传奇展开，故事动人，情节曲折，且富有悬念。其间又穿插了许多次要情节，包括其他人物的比武、决斗、冒险和恋爱故事等。作者不仅成功地塑造了一个有血有肉的国王的形象，表现了他的勇敢、才华和喜怒哀乐，而且还描绘了诸如兰斯洛特和梅林等其他人物的形象。作者采用散文这种当时最新的文学体裁生动地描绘了中世纪骑士的形象，获得了当时的诗歌难以获得的艺术效果。《亚瑟王之死》还展示了丰富的生活内容和广阔的社会图景。马罗礼以优美的语体描绘了亚瑟王时代的骑士生活，其中不仅有他们惊人的冒险行动和残酷野蛮的杀戮场面，而且也有他们不正当的男女之爱和争风吃醋。同时，作品还展示了中世纪英国的田园风光和秀丽景色，使读者看到了亚瑟王时代令人陶醉的湖光山色和葱翠碧绿的原野。显然，《亚瑟王之死》体现了散文内容多和容量大的特点。作者为散文作品表现纷繁复杂的文学题材开了先河。

《亚瑟王之死》开创了用散文这种当时最新的文学体裁去叙述纷繁宏伟的文学材料的先例，是一部从后期中古英语过渡到早期现代英语过程中的里程碑式著作。该著作清新自然、朴实流畅、的散文风格对后几个世纪的英国散文作家产生了广泛而深远的影响。历代作家都在马罗礼的基础上不断地推出新的亚瑟王传奇故事，如丁尼生的《国王歌集》、斯宾塞的《仙后》、艾略特的《荒原》、马克·吐温的《亚瑟王朝廷里的康涅狄格州美国佬》等。英国著名学者艾弗·埃文斯在评论《亚瑟王之死》时，说："马罗礼是用一种任何现代读者都能看懂的散文写这部书的，他句中的词语具有一种节奏美，这是任何读者都会注意到的。"①

第五节 多样化的戏剧创作

在中世纪几百年的时间里，英国先后出现了民间戏剧、神秘剧、奇迹剧、道德剧、幕间剧，尤以神秘剧、奇迹剧、道德剧闻名。不过，这些戏剧还是现代真正意义上的戏剧，它们多是民间的一些歌舞表演，或者是宣传圣经故事和教义的礼拜仪式，原是基督教会祭典的一个组成部分，只限于在宗教仪式或宗教节日时牧师和唱诗班之间的对唱表演。即便如此，这些民间歌舞表演和礼拜仪式都表现出了类型多样性的特点。

一、神秘剧和奇迹剧

神秘剧和奇迹剧在英国并没有被区分得泾渭分明，不过它们所表演的

① ［英］艾弗·埃文斯.英国文学简史[M].蔡文显，译.北京：人民文学出版社，1984：19－20.

内容有所不同。神秘剧的内容直接取自圣经故事,而奇迹剧主要是基督使徒传。神秘剧或奇迹剧由一系列剧目组成故事,包括一系列描写圣经里从创世纪、基督的诞生和殉身一直到末日审判的剧目。

神秘剧表现《旧约》里一些关于基督下凡普救世人的预言性事件,把《新约》里耶稣的一些事件加以戏剧化。因此,神秘剧带有浓郁的宗教色彩,是教会用来向人们灌输基督教教义的最有效途径之一。这一种类戏剧,主要演出源自《旧约》和《新约》中的《圣经》传奇故事,如《创世记》的故事、人类的堕落、人类始祖的故事(如诺亚和亚伯拉罕),还有一些福音故事,如耶稣诞生(处女生子)、他的生平、受难和复活、地狱的折磨以及最后的审判等。这类剧目一般会在宗教节目期间(比如圣灵降临节、复活节和圣诞节等)由圣洁的修士来扮演角色出演。

现存的中世纪神秘剧主要有四个组剧,即约克组剧、威克菲尔德组剧、切斯特组剧和 N-城组剧。每个组剧中所含的剧目数各不相同,其中的约克组剧最多,有 48 个剧。N-城组剧 41 个、威克菲尔德组剧 32 个、切斯特组剧 25 个。

13、14 世纪的英国并没有固定的剧场,中世纪的神秘剧通常是在可以移动的木质舞台上演出的。那种舞台比较接近现代游行庆典中常用的彩车,只不过那时的舞台上基本上没有布景,台子的边沿有时垂挂着棉织的帷帐,用以遮盖下面的支架和轮子。舞台常用马匹拖拉,以便从城镇的一角及时地移到另一个地点。为了方便当时的观众,十几个或几十个《圣经》故事组成的组剧往往在不同的移动舞台上演出,分别由一个同业公会负责其中的一个或几个剧目。演出时只要移动这些舞台,站在城镇任何一个演出地点的观众都可以看到整套组剧的表演。当时每个剧目的演出时间大约为 15 至 30 分钟,因此,完整的一套组剧要延续近十个甚至十几个小时。

流传下来的四个组剧虽然数目各异,但都取材于《圣经》中的主要情节。以威克菲尔德组剧为例,其包括《创世记》《艾贝尔被害》《诺亚》《亚伯拉罕》《艾萨克》《雅各》《法老》《预言家》《恺撒·奥古斯都》《天使传报》《圣母访问》《牧羊人剧一》《牧羊人剧二》《东方三贤人的礼物》《埃及之行》《希律大帝》《圣母洁净》《医生剧》《施洗者约翰》《复活》《耶稣被钉死在十字架上》《灵魂的解救》《犹大自尽》《朝圣者》《耶稣升天》《上帝的最后审判》等,从中可以看出中世纪的观众的兴趣所在。

与威克菲尔德组剧相比,约克组剧似乎更侧重耶稣降生这一主题,除了名为《耶稣诞生》的一出短剧外,还有其他六出相关的剧目。而 N-城组剧则包含了在其他几个组剧中没有出现的《圣经》故事和其他民间传说的片断,如谋害弟弟亚伯的该隐被拉麦所杀、审判马利亚和约瑟、升天的耶稣在天堂和圣母马利亚会面等。在这些神秘剧中,除了主要的情节仍取材于《圣经》和其他传说外,剧中的对白和表现形式已与它们的原始素材没有太多的相似之处了。为了吸引渴望娱乐活动的平民百姓,剧中增添了不少喜剧的特色,其中最有代表性的例子首推威克菲尔德组剧中的《诺亚》一剧。在《圣经·旧约》中上帝选择诺亚作为洪水后人类的新始祖仅占了"创世记"50个章节中的4章,除了对情节的叙述外,仅有的简短对话只是在上帝和诺亚之间进行。而在神秘剧《诺亚》中,全剧含有558行诗句,有对白的人物除上帝和诺亚外,还有诺亚夫人、他们的3个儿子和3个儿媳,共9个人物。在剧中,观众看到的不再是《圣经》中的人物,而是传说中人物的形象和中世纪观众熟悉的现实人物的一种奇妙的结合。剧中的诺亚夫人是新加的角色,这明显地淡化了全剧的教育作用。但是,对于当时的观众来说,伶牙俐齿的诺亚夫人则是全剧的中心,正是这样一个角色和以她为中心的一系列情节,为人们所熟知的一段宗教故事增添了不少现代生活的气息。

如今已经无法考证中世纪神秘剧究竟出自哪些剧作家之手,因为这些剧本都经历了无数次的改编。改编的原因可能多种多样,但在英国戏剧的早期发展阶段,演出过程中的即兴创作和临时改编是很常见的现象,其中的部分变化最终被记录了下来,并随着组剧的脚本流传了下来。因此,人们今天读到的剧本无法代表中世纪英国神秘剧的全貌。它们只是某一特定时期、某一特定地点演出的一种比较真实的记载。中世纪的神秘剧似乎有三项功能:传播某种伦理的启示,以便最终达到拯救灵魂的目的;为平民百姓提供一种娱乐放松的机会;使各同业公会有机会展示各自的实力。

16世纪上半叶,英国新教崛起。在新教教徒的眼中,由真人来扮演耶稣、圣母马利亚和其他圣人是一种明显的亵渎神明的举动。于是,组剧不得不按照新教的教义进行改编,最后,一位叫赫顿的主教于1575年借各剧团将组剧的剧本送他本人审查的机会扣住了所有的脚本。这一早期剧种由此最终从英国舞台上消失。

在神秘剧之后,出现奇迹剧。奇迹剧表现圣徒们的传奇事迹。圣徒无论如何高尚,他们仍然是人,而不是神,这就是和神秘剧最明显的区别。英国最著名的奇迹剧便是威克菲尔德组剧的《牧人戏之二》。戏一开始,三个约克郡的牧羊人在访问新生的耶稣的途中正在谈论当时社会的各种时弊,一位苏格兰农民麦克突然出现在他们面前。麦克借口与三位牧羊人一道投宿过夜,却把他们的一只羊偷回家去。第二天牧羊人找到麦克家查问,麦克以老婆产后体弱为由不让他们进屋。牧羊人只好闯进屋去,但没有见到羊的影子。正好这时有人按风俗来给新生儿送贺礼,掀开毯子看见的不是婴儿而是一只羊,于是真相大白,生气的牧羊人将窃羊贼麦克丢在毯子里抛来抛去，一直到他们抛累了才停手。该戏最后以这些牧羊人一边唱着圣歌一边礼瞻马槽中新生的耶稣基督而结束。这出戏的主要意义在于通过麦克偷羊这一滑稽情节以及对当时社会时弊的揭露将俗世主题引进了宗教戏剧，加速了宗教剧俗世化的进程。

二、道德剧

道德剧和神秘剧是同时发展起来的。这些作品由于通过戏剧这种娱乐手段进行说教，所以政教当局非常鼓励和支持。道德剧的宗旨是以生动的戏剧表演来表达道德或宗教意义，它实际上是布道讲经的戏剧化，着重表现人心中的善与恶，但主题更加含蓄。神秘剧多由业余演员演出，而道德剧开始启用专业人员。道德剧不像神秘剧那样分成系列，它们是单独写出和上演的。两者都以说教为本，都有宗教性意味，不过，它们达到目的的手段和途径有些差别。与神秘剧相比，道德剧有许多新的特点。第一，道德剧不取材于《圣经》故事，它的素材往往来自布道。云游四方的修道士——特别是天主教方济会和多明我会的修道士——规劝人们弃恶从善。在布道中修道士反复强调：耶稣并不只是在教堂里，出现在星期天的礼拜中，他与每个人的生活息息相关，他每时每刻都在影响着每一个人；罪恶是要受到惩罚的，而人的灵魂只有在耶稣的帮助下才能获得拯救。这些熟悉的说教后来也成了道德剧的主题。第二，虽然道德剧有着很强的说教性，但是，剧作家对于宗教、政治、社会、道德的个人看法在创作过程中也被糅进剧中，因此，很难找到所谓典型的道德剧。第三，如果说在神秘剧中的核心人物是上帝的话，那么在道德剧中占主导地位的角色就是人，是有血有肉、七情六欲俱全的普通人。第四，道德剧中的主导情节是善恶之争，是代表善和恶的两股势力争夺人的灵魂的一场争斗。邪恶势力的代表常常是应该罚入地狱的七大重罪和魔鬼，而代表真善美的则是上帝的四个女儿——真理、正义、节制和宽恕以及三项基本美德——信任、希望和博爱，全剧经常以善战胜恶而告终。第五，道德剧不以组剧的形式出现，而且也与任何宗教节日无关，因此，任何剧团在全年的任何时候都可以选择上演任何道德剧。这就为英国戏剧最终进入剧场创造了一个基本的条件。从这个意义上讲，道德剧比起神秘剧向现代戏剧的方向迈出了很大的一步。

现存的主要道德剧有《坚忍的堡垒》《人类》和《普通人》。《坚忍的堡垒》是其中最早、同时也是最长的一个剧目。全剧共有 3 650 行诗句，比伊丽莎白时期通常的剧本还要长一半；剧中共有 35 个讲话的角色，这在英国戏剧的发展史上也是很少见的。剧中的主角是人类的化身，在他的一边是“肉体”“世俗”“魔鬼”和“七大重罪”，另一边是“天使”“忏悔”“宽恕”和“上帝的六种恩典”。剧中采用了多种寓意的手法来规劝人们弃恶从善。

在道德剧《人类》中，除了主人公“人类”外，另一个重要的角色就是“宽恕”。然而，在这个剧中“宽恕”并不是上帝的女儿之一，而是“人类”的忏悔神父。当神父规劝“人类”的时候，“祸根”走上台来嘲笑神父的说教；接着“伪装”“及时行乐”和“虚荣”也加入了“祸根”的行列。在这些邪恶势力的代表被赶下台后，“人类”表达了他悔改的决心，并在神父的帮助下，用铁锨打退了“肉体”和“世俗”的进攻。凯旋的“人类”走下舞台去取种子，准备耕地播种。被击败的邪恶势力乞求“魔鬼”的援助，在玩弄了一整套鬼花招之后，“人类”竟然听信了“魔鬼”的谎言，把他一向敬重的神父看成是一个盗马贼、逃犯、定了罪的犯人和背叛教义、私自通婚的牧师。离开神父的指导之后，“人类”就落入了邪恶势力的圈套，邪恶势力让他去找个妓女，向被打的“肉体”和“世俗”道歉，甚至强迫他去偷、去抢、去杀人。陷入绝境的“人类”几乎要自寻短见，多亏神父又一次解救了他，和“忏悔”“和解”一起重新把“人类”引上了正路。与传教士的说教相比，这种采用寓意的手法来对人们进行道德的规劝，就显得更轻松生动一些，也更容易为中世纪的观众所接受。

《普通人》是15世纪后期最终著名的一出道德剧，描写的是主人公“普通人”在浑浑噩噩地度过一生之后，直到临终前才幡然悔悟的经历。它通过寓言的艺术方式揭示出人生的一个重要方面，即人人都必须面对死亡与最终审判。剧中的主人公名字叫“普通人”，它的含义就是向观众明白地指出，这个人虽然站在戏台上，但其实指的就是你、我、他。剧中人物的名字，像所有的道德剧一样，除信使、上帝、天使、死神和医生之外，都是人格化的抽象理念。主人公是“普通人”，辅助角色包括友谊、家人、远亲、财宝、善行、知识、忏悔、美丽、力量、谨慎和五项智能等。这部戏剧开宗明义，通过“信使”把自己的意图先表达明白，以免误会。在全剧的开头，统领天堂的上帝明察秋毫，为人们的腐败感到痛心疾首：

> 我看到了在我统领之下
> 所有的人都对我如此刻薄；
> 他们生活在世俗的富足之中，
> 无忧无虑，没有精神上的洞察力，
> 沉浸在罪恶之中，不知道我是他们的救世主。
> 占据他们头脑的只是世间的财富，
> 根本不惧怕我的公正，我的惩罚；
> 当我为他们献身的时候，我表示了对他们的爱，
> 这些他们都忘记了，也忘记我流出的鲜红的血，
> 当时我被钉在两人中间，这是不可否认的事实；

为了给予他们生命，我不得不去死，
刺钉穿了我的四肢和我的头，
事实上，这是我能够付出的最大努力；
但是，现在我看人们已经把我彻底忘记了。

很明显，剧中的“上帝”是耶稣。“上帝”派“死神”去通知“普通人”，说他的寿数已到，因为他的所有财产和他的生命并不属于他本人，而是上帝借给他使用的。毫无精神准备的凡人顿时惊慌失措，企图向“死神”行贿，遭到了严词拒绝。不得已只得求助于他的世俗朋友，但没有一个肯为他两肋插刀。“普通人”无奈开始准备上路。这时他希望能有人在旅途上陪伴他。当“普通人”央求昔日围绕在他周围的人们——“友谊”“家人”“远亲”“财宝”等同行时，除“善行”以外，人们都婉言拒绝。其中，他的“知识”“力量”“智能”等，帮他做好总结汇报，但最后他前往坟墓时，大家都离他而去，最后只有“善行”同意陪伴他走过人生最后的一段历程。“善行”最接近“普通人”，几乎是他的一个有机组成部分；他代表“普通人”一生所做的善事。这个情节表明，人归根结底只有自己的善行可以依靠；其他都是身外人和身外物，一切皆空。《普通人》劝善的本意一目了然。

与《人类》不同，道德剧《普通人》并没有笼统地规劝人们弃恶从善，它的侧重点是人生的最后一刻，即在教会的眼中，人们究竟应该如何告别这个世界。以死亡为主题是中世纪欧洲文化的一个特点，因为“死亡”在中世纪是一个人们习以为常的事实，战争、黑死病、贫穷、谋杀，等等，造成大量死亡。在死亡面前，人人都是“平等”的。在《圣经·新约》的《启示录》第 14 章 13 节，有这样一段话，可以算作是这个剧的理论依据：“我听见天堂里传来一个声音，说，‘记下来，从今以后为主而去死的人都将升入天堂。’圣灵说：‘他们确实是有福之人，他们不必再劳作了，因为他们的善行将伴随着他们。’”由此可见《凡人》的宗教寓意是很明显的。

在艺术特色方面，《普通人》能圆熟地运用寓言形式表现艺术。剧中每个人的角色都由他的名字严格加以界定，他们的互动能给观众留下深刻印象。

三、幕间剧

幕间剧主要是插在一出戏的戏幕之中以激起观众观看的兴趣，通常长度短，剧情比较简单，人物也较少。幕间剧往往以一连串有趣的对话和最低限度的人物和情节来吸引观众。这与这种短剧上演时间的短暂性不无关系。最著名的一出幕间剧是《四个 P》。在这出剧中，所有四个人物的名字都是以P这个英文字母开始的——帕尔默(Palmer,僧人)、帕登纳(Pardoner,卖赎罪符者)、帕塞克雷(Pothecary,药剂师)、帕德勒(Peddler,小贩)。这出戏的内容也很有意思。前三个人都说自己的职业优越,争持不下,小贩自告奋勇来做裁判,决定他们当中哪一位骗术最高,结果僧人获胜。

道德剧和插剧脱离了圣经故事和宗教主题束缚,为后来的戏剧情节和戏剧人物提供了可以效仿的框架和传统。

1485年亨利七世登上英国王位,开创了英国历史上的一个新时期,宣告了中世纪的结束,但神秘剧和道德剧仍在很长一段时间里占据着英国的舞台。伊丽莎白时代出现了真正意义上的戏剧,或曰现代戏剧,仍源于奇迹剧和道德剧的传统。这种新生的剧种,目的已经不主要是说教,而是为了娱乐观众,演员也不再是教会神甫,而是专业化了的平民百姓。它们已经超越宣传品的范畴,跃为文学艺术品。在这些戏剧里,神、圣已经不再是主人公,人格化的伦理道德抽象概念消失了。它们所表现的都是真人真事真生活。人物必真实姓名,他们必须作为有血有肉的真实人,真实地参与到现实事件中去,再现人们在现实生活当中的言行举止。在这些戏剧中,情节围绕逼真而引人注目的故事展开。

第三章　文艺复兴时期的英国文学创作

14 世纪到 16 世纪，欧洲许多国家都积极开展了文艺复兴运动，以复兴灿烂辉煌的希腊罗马古典文化为口号，进行着反封建反教会活动，因此又被认为是新兴的资产阶级文化的萌芽。文艺复兴始于意大利，到 15 世纪后期才在英国兴起，这一时期，英国社会政治、经济发生了深刻的变化，文学创作也得到了空前的发展。本章内容就对文艺复兴时期的英国文学创作进行具体分析。

第一节　文艺复兴时期的社会历史与文学发展

一、文艺复兴时期的社会历史状况

15 世纪后期，资本主义生产关系得到进一步发展，新兴资产阶级不断产生，并提出发展资本主义的要求。他们强调用商品经济取代自然经济，同时要求用一种新的思想文化体系来反对封建的和宗教的精神禁锢，为资本主义的发展扫清道路。但他们的这一愿望明显是与封建制度相冲突的，为了反抗封建势力和封建制度，他们展开了文艺复兴运动，揭开了近代欧洲历史的序幕。

文艺复兴时期，英国封建制度逐渐解体，资本主义的因素和资产阶级势力逐步扩展的时期。经过英法百年战争和历时 30 年的红白玫瑰战争，英国国力受到消耗，封建领主的势力也大为削弱。当时英国的羊毛工业大为兴盛，但资本主义的发展需要稳定的环境。因此，新兴而软弱的资产阶级需要依附王权，拥护君主平息战乱；与此同时，英国的王权也需要凭借资产阶级的支持来削弱和摧毁封建贵族的势力。这样，在亨利七世和亨利八世统治下英国逐渐成为专制的统一国家。他们征服骚乱肇事的封建领主，没收其财产，拆除其堡垒，将英国置于王权统治之下。然后，亨利八世又发起了反对封建制度的支柱——教会的斗争。他宣布废除旧教的僧侣制度，没收寺院的土地财产，拒绝罗马教皇的统治，创立新的国教英吉利教会并自命为国教的首领。英国的宗教改革受到了封建势力的顽强抵制，因此在后来玛丽女王短暂的统治期间曾一度恢复天主教，屠杀新教徒。伊丽莎白女王继位之后又反行其道，恢复新教，迫害旧教徒，采取了保护工商业的政策，促使资本主义在英国迅速发展。

这一时期，英国羊毛工业蓬勃发展，圈地运动深入农村，将农民从他们赖以生存的土地上驱走，形成了“羊吃人”的局面。在工商业发展的带动下，英国国力不断强盛。1588年英国击溃了西班牙的“无敌舰队”，取得海上霸权，推动英国通过海外扩张和海外贸易积聚了大量财富。但与此同时，由于资本主义的残酷剥削和掠夺，农民流离失所，饥寒交迫；城市贫民被迫廉价出卖劳动力，日趋贫困。16世纪中期英国曾爆发农民暴动，但遭到政府镇压而平息。

二、文艺复兴时期的文学发展状况

文艺复兴时期的文学无论从思想内容上，还是从创作方法上都表现出自身的独特性。它以反封建反教会制度的人文主义思想为内容，运用民族语言进行创作。它摈弃了中古时期梦幻文学中象征和神秘的手法，采用现实主义的方法观察世界，描述广阔的社会生活。有的作品表现出对人类发展的充分信心，富有浪漫主义的热情和幻想。

从15世纪末到16世纪前半叶，即英国文艺复兴初期，出现了研究古代希腊罗马哲学文学遗产的热情，印刷术的传入推动了人文主义文化在英国的传播。到了伊丽莎白时代，英国文艺复兴文学创作进入鼎盛时期。在文艺复兴和宗教改革的影响下，人们的思想得到空前解放，天才得到充分发挥，一股惊人的智力能量突然如火山般迸发出来，社会活动的所有领域顿时焕然一新。伊丽莎白时代应当说是历史上人的思想和行为受到最少限制，甚至没有限制的时代。

在文学创作中没有严格的、固定的文学形式和评价标准遵循，各种文学内容和体裁都得到尝试。于是，在这个以想象和灵感为主导的领域内，一种波涌涛起的局面出现了。当时的诗坛和剧坛人才济济，人们争先恐后地推陈出新，仿佛人人都有一种使命感，都有“天生我才必有用”的自信心。在文学创作方面，这是一个新人、新思想、新形式、新作品迭相问世的时代，一个硕果累累的多产时代。这一时期英国文学的各种体裁都获得了发展。

第二节　具有散文化倾向的小说创作

16世纪末，英国出现了一群热衷于开发小说领地的作家，他们在文艺复兴运动的鼓舞下，不约而同地进行散文体的创作实践，大胆地推出新型的文学体裁和语言风格，致力于文学的实验与创新，成为英国小说的开拓者和奠基人，其中最为杰出的是约翰·黎里(John Lyly，1554? —1606)、菲利浦·锡德尼(Philip Sidney，1554—1586)、罗伯特·格林(Robert Greene，1558—1592)、托马斯·纳什尔(Thomas Nashe，1567—1601)。

一、约翰·黎里的小说创作

黎里出身于肯特郡的书香门第，其祖父威廉·黎里是一位著名学者，曾主编英国的第一部拉丁文法。黎里早年就读于牛津大学，后在剑桥大学获得文学硕士学位。据史料记载，他在校期间成绩平平，对逻辑和哲学等课程不感兴趣。然而，他却是一位出名的才子，一位思维敏捷、才华横溢的学者。大学毕业后，他来到伦敦，开始从事文学创作，并试图以文学成就来获得伊丽莎白女王的赏识。然而，他始终怀才不遇，郁郁不得志。1606 年，黎里在临终前不无遗憾地说："我将耐心留给了我的信任者，将无限的忧愁留给了我的朋友们，将贫困恬不知耻地留给了我的家庭。"不过，黎里的努力并未付诸东流，因为他在英国文学史上获得了一席之地。

在小说创作方面，黎里显示出了与众不同之处，他所创作的散文小说《尤弗伊斯：对才智的剖析》和《尤弗伊斯和他的英国》是他进行新的文学尝试的结果。在这两部作品中，他精心地进行了谋篇布局，从而呈现出了与以往散文不同的风格特征，开创了英国现实主义小说的先河。它们既可被视作一部小说的上下卷，也可被视作两部分散独立的小说。黎里在没有先例和样板的情况下成功地采用小说这种新的体裁来描绘现实生活，取得了良好的艺术效果

《尤弗伊斯：对才智的剖析》是一部描绘理想的英国绅士的风范与形象的教育性小说。这部作品的情节比较简单，其作用在于构筑小说的框架，为人物之间的对话和书信来往提供一个较为坚实的基础。小说主人公尤弗伊斯是一位英俊潇洒，翩翩年少的雅典人，他虽出身高贵，受过教育，但举止轻浮。他不仅喜欢广交朋友，而且经常游山玩水。他来到意大利的那不勒斯，一位贤明的长者告诫他要提防那里种种邪恶的诱惑，但他却不以为然。尤弗伊斯在那不勒斯尽情享受，经常出入各种社交场所，并不时向其好友菲罗特斯的情人露西拉暗送秋波。尤弗伊斯与其好友菲罗特斯经常为此发生口角。正当尤弗伊斯坠入情网，并准备与露西拉结婚时，她却无情地抛弃了他而倒向另一个与她很不相配的求婚者的怀抱。在冷酷的现实面前，相继失恋的尤弗伊斯与菲罗特斯同病相怜，终于言归于好。小说以尤弗伊斯失望和厌恶地离开那不勒斯返回雅典而告终。

在《尤弗伊斯:对才智的剖析》中,作者生动地描绘了他所熟悉的生活和人物,以两个年轻绅士与同一个女人的恋爱关系为主线,深刻地反映了英国当时的社会风貌和生活气息。小说中的雅典人尤弗伊斯暗指牛津学者,而意大利港口城市那不勒斯则影射伦敦。不少评论家指出,这部小说的意义不仅在于重新确立了继马罗礼的《亚瑟王之死》之后沉默了一百多年的英国散文小说的影响,而且还在于其独特的艺术风格。作者成功地采用一种被批评家称作"尤弗伊斯体"的散文来描绘主人公的言行举止,从而获得了一种特殊的效果。这种文体大致可归纳为两大特征:一是沿用了古典诗歌中常用的头韵法,即通过句中几个临近的词汇为首辅音的重复来强调语言的音韵美和节奏感。

比喻和形象的叠用是作品的另一个重要艺术特征。例如,菲罗特斯在给尤弗伊斯的信中写道:"难道你不知道一个好朋友应该像一只在黑暗中发光的萤火虫?或者像在火中能散发出最诱人的香味的乳香?或者至少像一朵在蒸馏室中比在枝条上更香的大马士革蔷薇?或者……"作者采用了一系列生动的形象来比喻"好朋友",的确令人耳目一新。不言而喻,《尤弗伊斯:对才智的剖析》典雅华丽的语言风格是其获得成功的重要原因。

《尤弗伊斯和他的英国》是《尤弗伊斯:对才智的剖析》的续集,但它在主题上却与前一部作品大相径庭。在这部续集中,作者一改过去对薄情女郎的鞭挞与嘲讽,转向对纯洁善良女子的热情颂扬。尤弗伊斯与好友菲罗特斯一起来到英国,在宫廷里度过了一段美好的时光。菲罗特斯在宫中向一位名叫卡米拉的漂亮姑娘求爱,但却遭到拒绝。随后,他在一位夫人的撮合下同美丽的弗兰西斯小姐结婚。尤弗伊斯极力反对好友的婚事,认为男人应致力于做学问或追求事业而不应谈情说爱。他与菲罗特斯经过一番舌战之后便到山林中隐居起来。小说结尾,尤弗伊斯不仅变得更加成熟,而且对人生有了深刻的感悟。《尤弗伊斯和他的英国》真实地反映了当时英国的上流社会和宫廷生活。黎里借主人公之口对伊丽莎白女王时代的英国进行了热情颂扬。尽管作者在续集中依然追求语言的雕琢,但他的文笔与过去相比显得更加老练与成熟。

总而言之,黎里的"尤弗伊斯体"在当时成为一种文学时尚,许多宫廷人物都在模仿小说中廷臣侍女的腔调,不少散文作家也都竞相仿效这种浮华矫饰的文体。这部小说在内容上对宫廷和大学的悠闲生活和无聊风尚进行了含蓄的讥讽,显示出真实描写现实生活的倾向。从这一点上说,黎里摆脱了中世纪传奇故事那种虚幻浪漫的风气,开了现代小说描写生活现实的先河。

二、菲利浦·锡德尼的小说创作

锡德尼出生在肯特郡的一个贵族家庭，他父亲曾担任过爱尔兰总督。他早年就读于牛津大学，是一位才智过人、出类拔萃的人文主义者。1572年，他作为查尔斯国王的信使游历了法国、德国和意大利等欧洲国家，并于1575年返回伊丽莎白女王的宫中任职。1581年，锡德尼成为国会议员，两年后，被封为爵士。1584年，锡德尼被任命为英国驻荷兰法拉盛的总督。1586年，他在与西班牙人的战斗中壮烈牺牲，年仅32岁。

锡德尼以其丰富的想象力和非凡的艺术才华创作了英国文学史上第一部"田园传奇小说"《阿卡狄亚》。锡德尼本人并不看重这部作品，称其为"随意写成的微不足道的东西"。然而，《阿卡狄亚》却成为"十八世纪之前发表的最重要、最富于独创精神的英国散文小说"[①]。锡德尼的这部传奇小说有新旧两种版本，共分为三卷。尽管作者本人以低调的方式来评价自己的作品，但不少批评家认为，《阿卡狄亚》是锡德尼对文学的最大贡献。事实上，这部作品问世后在英国盛极一时，不到十年便重印了十次。值得一提的是，锡德尼在创作这部田园传奇小说时也受到了很多异域文学的影响。

《阿卡狄亚》生动地描述了皮洛克利斯和缪西多勒斯两位王子的冒险经历，故事紧张，情节曲折。皮洛克利斯和缪西多勒斯两位王子所乘的船在海上沉没，前者被海盗抓去，后者被牧民所救，并被带到一个名叫阿卡狄亚的王国。那里山清水秀，阳光明媚，一派美丽的田园风光。阿卡狄亚国王巴西利斯由于受到神谕的启示，率妻子和两个女儿到山林中隐居。从海盗那里逃脱的皮洛克利斯在林中邂逅国王的女儿菲洛克利娅，并一见钟情。他男扮女装，混入宫中。国王见后顿生爱恋。而王后及其女儿菲洛克利娅则看破他的真相，也同时爱上了他。此刻，缪西多勒斯王子找到了皮洛克利斯王子，并爱上了国王的另一位女儿帕梅拉。阿卡狄亚国原来的王位继承人赛克洛皮娅是个心肠恶毒的女巫。一天，她将国王的两个女儿和男扮女装的皮洛克利斯关进了她的城堡，并逼迫两位公主中的任何一位与她的儿子结婚。机智勇敢的皮洛克利斯设法救出了两位公主。经过了这一系列事件之后，人物之间的矛盾、误解和疑惑终于逐渐消除，而皮洛克利斯和缪西多勒斯两位王子的真实身份也公布于众。小说最后以阿卡狄亚的庆典活动和欢歌笑语而告终。

《阿卡狄亚》不仅是一部情节曲折，充满悬念和人物关系极其复杂的传奇小说，而且也是英国16世纪最优美的一部骑士小说。尽管同《尤弗伊斯》

---

① 侯维瑞，李维屏.英国小说史(上)[M].南京：译林出版社，2005：44.

一样，锡德尼的小说也生动地描绘了年轻人的冒险经历和爱情生活，然而《阿卡狄亚》所叙述的故事带有更加浓郁的传奇色彩，并且主要表现宫廷逸事而未能涉及市井百姓的现实生活。显然，这与锡德尼当时的生活经历和所处的地位密切相关。“与黎里不同的是，锡德尼并不试图表现日常生活，他体现了诗人的观念”。在这部小说中，作者成功地使用了古典史诗中常见的艺术手段来描述两位王子的传奇经历，其中既有悲剧，又有喜剧；既有田园诗，又有挽歌。作者并未模仿当时十分走红的“尤弗伊斯体”，而是采用了与小说的主题和人物相吻合的艺术风格。他以诗人所具有的丰富想象力和自由运用散文语言的能力，创造了一种骑士小说中前所未有的美感。正如一位评论家所说：“毫无疑问，锡德尼的主要艺术特征是美。他在自然界、文学中、男人和女人身上以及整个生活中都看到了这种美……《阿卡狄亚》充满了这种美。”从某种意义上来说，即便这部小说中没有其他具有永恒价值的东西，它留给读者的美感也足以使其流芳百世。

《阿卡狄亚》也是一部政治寓言小说。锡德尼因反对伊丽莎白女王的婚事而一度在政治上失宠。这部作品是他在其妹妹家隐居时创作的。显然，《阿卡狄亚》既不是作者用以解闷的工具，也不是纯粹供其妹妹消遣的读物，而是一部具有政治意义的小说。作为一名新教徒，锡德尼不仅对当时英国王室的行为和社会局势感到担忧，而且对邻国西班牙的扩张主义势力表示关注。他似乎认为，国家的稳定和富强很大程度上取决于统治者的品格和威望。他在小说中描写宫廷的矛盾和纠纷旨在向人们揭示这样一个事实：如果君主和王子的行为愚蠢或不负责任，国家便危在旦夕。就此而论，锡德尼的这部作品与同时代的斯宾塞的《仙后》以及莎士比亚的许多历史剧在创作意图上可谓不谋而合。但与他们不同的是，锡德尼并没有歌颂君王和王子的意图，而是旨在通过一个政治寓言劝诫英国王室好自为之。也许锡德尼预感到这部小说可能会影响其家族的地位和安全，因此，他在去世之前一再敦促家人将作品毁掉。从某种意义上来说，《阿卡狄亚》不只是一部虚构的供人消遣的文学读物，而且也是英国历史上第一部具有启示作用和教诲意义的政治寓言小说。锡德尼的《阿卡狄亚》生动地描绘了两位王子的冒险经历和浪漫爱情，同时也深刻地揭示了统治者的人格危机和道德沉沦。书中不仅充满了惊险场面和战斗情节，而且还洋溢着田园气氛和异国风情。

此外，锡德尼巧妙地将散文的叙述和诗歌的抒情交织一体，取得了极强的艺术感染力。《阿卡狄亚》成功地赋予小说一种寓意功能和劝诫性质，使其以虚构的故事来说明某种教训。这无疑是锡德尼对英国小说的一大贡献。

三、罗伯特·格林的小说创作

格林早年就读于剑桥大学，并在那里开始了他的文学生涯。其间，他曾游览意大利和西班牙。1578 年，格林在剑桥大学获得学士学位。1583 年，他获得文学硕士学位，之后定居伦敦，从事文学创作，作品众多，涉及的类型有诗歌、小说、讽刺小册子和戏剧等。由于格林生活放荡不羁，挥霍无度，即使是在他的创作最有成果的时期依然挨饿，不健康的生活方式使得他身体欠佳，1592 年，格林病逝于一家小旅馆中。

格林的小说大都以生活在社会底层的英国平民百姓为对象，生动地描绘了他们的喜怒哀乐和丑行陋习，其中有些揭露了社会上的流氓习气和欺诈行径。显然，作者本人的生活经历不仅使他对英国平民百姓的生活了如指掌，而且也为他的小说创作提供了足够的素材。由于格林刻意描述繁荣昌盛的伊丽莎白时代背后的阴暗面和各种社会问题，因此，他的小说在民间广为流传。在一个娱乐形式贫乏的时代，格林的小说为当时平民百姓的生活增添了许多乐趣。不仅如此，他的小说深刻地揭露了社会底层的流氓、小偷和骗子的各种丑行，真实地描述了他们偷盗或诈骗的方式，并详细地解释了他们惯用的切口与黑话。当时伦敦街头的不少地痞流氓对此感到惊恐不安，大呼格林断了他们的生路。尽管他创作的大部分小说并没有很高的艺术价值，但它们真实地暴露了伊丽莎白时代一派繁荣景象背后的阴暗面。

在《科生纳基的重要发现》中，格林无情地揭露了出没于伦敦各个社交场所的小偷、敲诈勒索者和靠玩纸牌欺诈钱财者的种种恶劣行径。

在《潘朵斯托》中，格林刻画了波希米亚国王潘朵斯托的形象，而且也描绘了流行于该国的种种骗人的把戏。这部小说的主要特点是情节有趣，同时，在风格上模仿了当时十分流行的"尤弗伊斯体"，因此发表后备受读者的青睐。然而，作者对人物的处理不够老练，特别是在表现人物的情感和动机方面缺乏逻辑性与可信性。显然，《潘朵斯托》在艺术质量上无法与莎士比亚的《冬天的故事》相提并论，但是，作为英国文学史上最早的小说之一，它无疑体现了作者对艺术的苦心追求。

《梅纳风》可以说是格林最出名的一部小说，也是英国 16 世纪最优秀的小说之一。小说生动地描绘了牧羊人梅纳风和塞弗斯蒂娅王妃之间的恋情。美丽的塞弗斯蒂娅王妃及其儿子被父王达姆克利斯赶出宫廷。母子俩坐着小船在海上漂泊。不料，王妃的儿子被海盗劫走，而她的船则漂到阿卡狄亚。牧羊人梅纳风见到王妃萌生爱慕之情。然而，王妃的丈夫麦克辛姆也来到了阿卡狄亚。经过一场主人公隐姓埋名和阴差阳错的"错误的喜剧"之后，最终王妃与其丈夫和儿子重新团聚，而梅纳风则与其过去的情人佩莎娜重归于好。尽管小说主人公梅纳风出身低微，但他对王妃一片痴情，然而，两人终因门第悬殊而难成眷属。在这部小说中，格林将重点放在了塞弗斯蒂娅王妃的传奇经历与爱情故事上，充分显示了文艺复兴时期的作家所关注的焦点。在讲述故事的过程中，格林还插入了很多的抒情诗，其中一首名为"别哭了，我的乖孩子，躺在我的膝盖上微笑吧"的摇篮曲被当时的英国引进到了家喻户晓的地步，显示出了英国早期小说的诗化特征。

格林似乎更加关注当时英国平民百姓的现实生活。他的小说大都反映了伊丽莎白时代普遍存在的社会犯罪问题。在《诈骗术》一书中，他不厌其烦地描述了英国社会形形色色的骗子的欺诈行径，对当时的社会阴暗面作了深刻的揭露。在《关于男性诈骗犯和女性诈骗犯的争论》一书中，作者通过对小偷和妓女的真实描写来证明谁对社会的危害更大，从而在读者中引起了强烈的反响。

总之，格林的作品从一个侧面反映了伊丽莎白时代的社会现实，对当时虚假繁荣背后的阴暗面进行了真实的描写。虽然与其同时代的许多小说家一样，格林在塑造人物形象方面显得不够老练，其笔下的人物大都不够丰满，且缺乏性格发展，但其对英国小说的发展做出的贡献是不可否认的。

四、托马斯·纳什尔的小说创作

纳什尔早年毕业于剑桥大学，曾到过法国和意大利，并于 1588 年起定居伦敦。纳什尔曾卷入激进的清教主义者与英国大主教之间的宗教争端，并与一个清教主义者发生了激烈的论战，引起了当时人们的注意。他写了《剖析荒唐》《英国名人凯维利奥罗·帕斯奎尔的回归》《身无分文的皮尔斯及其对魔鬼的哀求》以及《黑夜的恐怖》等著名小册子，这些小册子显示出了他的创作才华，同时也反映出了他对文学创作的一些看法。1601 年，纳什尔因病去世。

纳什尔认为小说应包含实质性的内容，而不能像旧式传奇小说一样空洞乏味。为了践行自己的这一观点，他创作了不少小册子。尽管这些小册子还称不上小说，但它们大都反映了作者对当时英国的社会局势、宗教斗争、文学创作和日常生活的态度。因此，可以说，这些小册子真实而又生动地反映了伊丽莎白时代的社会风貌。作者对不少人物形象和趣闻轶事的描绘已经表现出一个小说家的才华和气质。在创作小册子的基础上，纳什尔在 1594 年发表了《不幸的旅行者，或杰克·威尔顿的生活》，正式踏上小说创作的道路。

《不幸的旅行者，或杰克·威尔顿的生活》这部描写冒险传奇的小说以史实为根据叙述了亨利三世的侍从——一位无拘无束的冒险家杰克·威尔顿的故事。威尔顿流浪到法国的佛兰得斯、德国和意大利，所到之处遇到过不少名人，也目睹过不少惊人场面。纳什尔在描写威尔顿的经历时并不遵循时间顺序，也不完全拘泥于事实，而是将历史的、半真实甚至有些是虚构的事件随意地糅合在一起。故事首先描述威尔顿在围攻图而尼城的战斗中玩弄花招，临阵脱逃，然后突然出现在德国的明斯特城，目睹了德国皇帝与浸礼教徒的冲突场面。然后威尔顿又随从当时的诗人萨里伯爵一道游历了许多欧洲国家。途经荷兰港市鹿特丹时，威尔顿遇见了荷兰人文主义者伊拉斯谟，并看到英国学者托马斯·莫尔正在为写《乌托邦》而苦思冥想。主人公又在德国的威延堡观看了学术性的露天表演和一出古戏，正巧碰上马丁·路德和卡来洛斯泰斯在为宗教而相互争辩。到了威尼斯，威尔顿干脆冒充萨里伯爵而与一位意大利贵族的情妇私奔，结果被萨里赶上来捉住，幸亏萨里原谅了他。后来威尔顿还目睹萨里伯爵为了他的情妇杰拉尔丁而在佛罗伦萨的马上比武中击败了所有的对手。威尔顿最后离开萨里回到了罗马，恰巧又碰上了当时横行的鼠疫。作者用大量的笔墨真实地描述在这场灾难中种种趁火打劫的场面：悲剧和暴力随处可见，抢劫、强奸以及杀人比比皆是。在小说的结尾，威尔顿与那位曾和他私奔过的意大利情妇结合，回到亨利三世的军营。

这是一部充满现实主义色彩的冒险小说，主人公身份的变化表明纳什尔将关注的焦点放在了生活在英国社会底层的平民身上。随着故事情节的发展，主人公的心潮起伏不定，性格也发生了明显变化，人物形象也逐渐变得丰满起来。例如，他以直截了当的手法描绘了一个名叫埃斯德拉斯的恶棍闯入一个受鼠疫侵害的意大利家庭在十几具尸体中间强奸奄奄一息的家庭主妇的场面，令人毛骨悚然。

纳什尔的创作与前人相比有了明显的发展，他的艺术手法更加成熟。在塑造人物形象方面，他的描述自始至终围绕主人公威尔顿展开，不仅表现了他的言行举止，而且也揭示了他的喜怒哀乐，并较为充分地展示了他的性格发展，使其与现代小说中的“圆形人物”有些相似。在谋篇布局方面，纳什尔也显示了一定的驾驭能力。《不幸的旅行者，或杰克·威尔顿的生活》以威尔顿在英国军队围攻图尔尼城时临阵脱逃开局，并以他改邪归正重新回到军队服役而告终，首尾既遥相呼应，又形成强烈的反差。他在编排情节和安插事件时既没有完全遵循时间顺序，也没有完全拘泥于事实，而是将真实事件与虚构成分交织一体，使小说体现了较强的艺术感染力。此外，纳什尔在语言风格上也与众不同。他的小说语言平实朴素，自然妥帖，与当时黎里创造的浮华典雅的“尤弗伊斯体”迥然不同。当然，《不幸的旅行者，或杰克·威尔顿的生活》也有一些不足之处。例如，其他人物形象不够丰满，难以给读者留下印象。此外,有些篇章在语言风格上截然不同。尽管如此,《不幸的旅行者,或杰克·威尔顿的生活》在英国小说从雏形到崛起的演变过程中迈出了重要的一步。

总而言之,《不幸的旅行者,或杰克·威尔顿的生活》是英国文学史上第一部用英语写就的历史传奇冒险小说,它显然受到了西班牙流浪汉故事体裁的影响。冒险小说由于纳什尔的这部小说的发表而在英国变得十分流行。纳什尔小说的语言十分朴素自然,与黎里浮华的"尤弗伊斯体"恰好形成了鲜明的对照。他与黎里是16世纪英国两位风格迥异的重要散文作家。由于他们的开创,现代意义上的英国小说已具雏形。

第三节 过渡时代的诗歌与玄学派诗歌

在诗歌创作方面,16世纪上半叶出现了第一本诗人创作的抒情诗集,随后广为传播。综观文艺复兴时期英国诗歌的创作,可以从过渡时期的诗歌和玄学派诗歌入手,对其进行分析。

一、过渡时代的诗歌

在从都铎时期向伊丽莎白时期过渡的时期,出现了一批抒情诗人和叙事诗人。其中,亨利·霍华德·萨里(Henry Howard Surrey,1517—1547)、菲利普·锡德尼(Philip Sidney,1554—1586)和埃德蒙·斯宾塞(Edmund Spenser,1522—1599)的影响最大。

(一)亨利·霍华德·萨里的诗歌创作

萨里出生在一个大贵族的家庭。他的父亲托马斯·霍华德是诺福克郡的第三位公爵,所以他是与王子们一道长大的。萨里遵循中世纪骑士的传统,并以在马上比武和赋诗竞赛中击败其他廷臣而小有名气。他天资聪明,但脾气固执暴烈,喜好冒险。1532年他与弗朗西丝·维尔结婚。1544年至1546年间,他参加了苏格兰与法国的战争并屡立战功,也负过伤,后来被提升为军官。他因在亨利八世的王位继承问题上固执己见而被指控犯有叛国罪,因此被投入伦敦塔的黑牢,不到三十岁即被斩首。

萨里非常崇尚骑士文化传统,他根据自身的生活经历创作出反映骑士爱情理想的爱情抒情诗作。他采用骑士爱情故事框架抒发了自己对美好情感的追求和对现实生活的热爱。他的许多爱情诗都用来歌颂那位被称作吉洛黛恩的伊丽莎白·菲兹杰拉夫人,诗人主要借助这样一个人物形象表达他自己丰富的感情。

萨里相信英国诗歌具有广阔的发展余地，他在遵循意大利人文主义诗人彼得拉克的诗歌模式和主题的基础上进行着诗歌的创作。他和华埃特一道将十四行诗引进英国诗歌中来，在《托特尔杂集》里，萨里的诗占了40首，其中有十四五首使用"英国式"的十四行诗体，并且很大程度上是由于他的影响，"英国式"十四行诗体才成为该世纪英国最流行的诗体。他将维吉尔的史诗《伊尼德》的第二卷和第四卷从拉丁文翻译成英文时第一次运用了无韵体诗，从而成为英文无韵素体诗的创始者。这种有节奏而无韵脚的诗体是英语诗歌的创新，既不失十四行诗的严谨和纪律，又有十四行诗所难以提供的自由奔放，因而受到许多诗人的欢迎。它经过马洛的运用成为英语诗剧的崇高诗体，它也受到莎士比亚的青睐，因为这种诗体适合于叙事、谈话和讽刺。

总而言之，萨里在英国文学史上对英国诗歌的革新做出了突出的贡献，他也因此成为英国文艺复兴前期英国新诗的象征。

（二）菲利浦·锡德尼的诗歌创作

锡德尼不仅在小说创作中贡献突出，而且在诗歌创作方面也非常有造诣，他既是诗歌创新的践行者，也是诗歌研究的理论家，最重要的有诗集《阿斯特罗菲尔和斯黛拉》和文艺论著《诗辩》。锡德尼年轻时曾与一位名叫珀涅罗珀的伯爵的女儿相爱。不料，这位埃塞克斯伯爵迫使女儿嫁给了一位贵族。这不仅使锡德尼痛苦不堪，而且还使他写下了闻名遐迩的十四行诗组《阿斯特罗菲尔和斯黛拉》，以表达他对恋人珀涅罗珀的思念之情。

《阿斯特罗菲尔和斯黛拉》是伊丽莎白时代英国最早的一部十四行组诗，由108首爱情诗组成。阿斯特罗菲尔这个词在希腊语中意为"爱星星的人"，而斯黛拉在拉丁语里则表示"天上之星"。诗人以阿斯特罗菲尔自况，借助斯黛拉来表达他对佩内洛普的思恋爱慕。他先是歌颂情人的美丽，然后抒发自己的激情和欢乐，最后在道德与理智的干预下归于哲学式的无奈与自慰。很明显，诗人是在仿效意大利诗人彼得拉克抒写十四行诗组来歌颂自己钟爱的女子。锡德尼的诗情感诚挚真切，语言华美优雅，意象鲜明丰富。诗组也表现了诗人反对中世纪禁欲主义和热烈追求爱情幸福的人文主义思想。锡德尼的十四行诗曾对莎士比亚和斯宾塞等诗人都产生过直接的影响。

锡德尼积极致力于诗歌创新，不管是韵律、节奏还是诗行、诗节，没有哪个诗歌元素不是他创新实验的对象。他没有仅仅停留在作诗层面，他还站在学者的高度从理论层面深入探讨作诗之道。他的文艺思想与古希腊的

“模仿说”一脉相承，强调诗歌必须创造性地模仿社会现实，即把现实加以理想化；他也赞同贺拉斯的观点，认为诗的功用在于寓教于乐，既要娱乐民众，又要教育民众。他说，诗人的教诲比哲学家更具体、更有趣，比历史学家更现实、更自由，所以诗人是最好的老师。他的《诗辩》是英国人文主义文学的宣言，开创了近代英国的文学批评。在这篇论文中，锡德尼反驳了格森的攻击，阐明了艺术在社会生活中的作用。人文主义者锡德尼断言，艺术具有培养优美的情感和教育人们的作用。他认为艺术并不损坏道德，相反艺术有益于道德的塑造与弘扬。《诗辩》对稍后的剧作家和诗人琼森、莎士比亚以及19世纪诗人雪莱都产生过重要影响。它既是一篇观点鲜明、论述精辟的文学评论，又是一篇情文并茂的散文精品。

总而言之，具有天才诗人气质的锡德尼进一步推进了英国诗歌的发展，标志着英国十四行诗艺术的成熟。

（三）埃德蒙·斯宾塞的诗歌创作

斯宾塞出生在伦敦一个贫苦的布商之家，中学毕业后作为减费生进入剑桥大学学习，在剑桥读书时他就初露才华。在1573和1576年，斯宾塞在剑桥分别取得了他的文学学士和硕士学位。1578年他通过好友剑桥大学的人文主义者加布里埃尔·哈维先生介绍做过女王宠臣莱斯特伯爵的侍从，因此认识了伯爵的外甥锡德尼，参加了锡德尼的文学社团。1580年赴爱尔兰，1598年，当地居民反叛英格兰统治者，斯宾塞回到伦敦，次年病逝。斯宾塞的诗歌创作是从模仿古罗马诗人维吉尔、文艺复兴时期意大利和法国诗歌开始的，下面对他的诗歌创作进行具体分析。

《牧人日历》是诗人为他的文学庇护人和朋友菲利普·锡德尼而作的，是使斯宾塞成名的第一部诗作。这部重要的诗篇用传统的田园诗形式写成，由12首牧歌组成，每首以一年中的一个月份为标题并以对话形式出现。诗篇借助牧人科林·克劳特（实际上是诗人自己的化身），抒发对理想中的美丽女子罗瑟琳辗转反侧、梦寐以求的爱情。诗篇情意缠绵悱恻，内容丰富多彩，除了爱情还论及当时的宗教和政治问题。在第1首“一月”中，冬日的景色衬托出科林的悲伤，牧人哀怨他心上人的冷漠，于是牧笛呜咽，笙管声绝。第4首“四月”是一首典雅精致的抒情诗，科林热情讴歌伊丽莎白女王，称她为“公正美丽的伊丽莎白”。第6首“六月”最富抒情性，罗瑟琳另择新欢，科林的爱情出现危机。在第8首“八月”里两个牧人对歌比唱，另一牧人朗诵起科林的意大利式歌谣，一首首都是爱的悲歌。第10首“十月”表达斯宾塞的诗歌观：真正的诗人是道德高尚的情人，崇尚柏拉图关于美的思想；诗歌是表达崇高灵感的工具。在最后一首“十二月”里，年轻的诗人哀叹人生的徒劳，他回顾一年光阴的流逝，把四季比作人生的主要阶段：春如青年，夏为成熟，秋作收获，冬临老死。《牧人日历》是体现文艺复兴创新精神的第一部和谐统一的英语诗歌集。不过，他的诗中也显示出诗人采用理想化和粉饰太平的方式描写现实生活的创作倾向。

《爱情小诗》由 88 首十四行诗体的爱情诗组成，歌颂他与妻子伊丽莎白·博伊尔的爱情。在第 15 首中，诗人用色彩绚丽的比喻与真挚热烈的感情描绘他爱人的美貌，然后笔锋一转说她心灵德性的美更胜于光华熠熠的宝石：

> 瞧吧，全世界的一切珍奇，
> 都包含在我的爱人身上：
> 要蓝宝石，她的眼睛蓝得彻底，
> 要红宝石，她的嘴唇红艳无双，
> 但是最美的却无人知道：
> 她的心，那里有千种美德闪耀。

《婚后曲》和《婚前曲》是斯宾塞的两首婚姻颂歌，也是其抒情诗的杰出范例。诗歌在词句和音调两方面都十分和谐优美。第一首是他庆祝自己婚礼的颂歌；而后一首是诗人送给他的庇护人莱斯脱伯爵两个女儿结婚时的贺诗。两首颂歌显示出了斯宾塞在歌赋方面的杰出才华。但美中不足的是，尽管诗人充分表达了自己对爱情的真情实感，他却用宗教和神秘主义的观念去解释爱情，从而使他的诗歌蒙上了一层柏拉图主义的薄纱。

《四首赞美歌》是斯宾塞具有哲学教诲意味的抒情诗。赞美歌可分为两类：一类赞美尘世间的肉体之爱和美丽；另一类歌颂超脱俗世的天国之爱和天堂之美。这四首赞美诗分别献给丘比特、维纳斯、基督和上帝，阐释“净化”“冥想”“启发”和“完美”这四个带有新柏拉图主义哲学色彩的神秘主题。这篇诗作表明斯宾塞对于爱情和真善美的追求从有形俗世的阶段发展到了纯精神阶段。

用斯宾塞体诗节写成的长诗《仙后》历来被文学史家们认为是斯宾塞的杰作和诗歌创作的典范。诗人原来计划写 12 卷，但只完成了他宏伟计划的一半。《仙后》以亚瑟王子的故事为题材，遵照包括荷马、维吉尔、阿里奥斯托、塔索、赞诺芬等人的经典著作精神，依照荷马和维吉尔的史诗结构；全书分为 12 卷，形成一个连贯的道德寓言故事，里面的事件和人物都有自己特殊的象征意义；每卷描绘一个骑士，每位骑士代表一种美德，合起来共 12 种，正好和他想象中的“亚里士多德所制定的 12 种美德”相符合。他还举例概括讲述了前 3 卷的内容梗概。《仙后》首先是关于英雄骑士们的史诗。它是斯宾塞头脑里理想人物的画廊。这些英雄是美德的象征。他们嫉恶如仇，抑恶扬善，具备战胜敌人、果断行动的能力。亚瑟王子是《仙后》里这种完美英雄的化身。这些主人公与其说是中古骑士，不如说是伊丽莎白时代的朝臣。他们与之战斗的各种妖魔鬼怪，可以看成现实中的罗马天主教、西班牙国王，以及贪欲、野心等邪恶势力。而仙后则是象征英国民族的伊丽莎白女王。斯宾塞的目的在于，通过描绘这些侠士们的举止，为世人树立起标杆，以便如他在给瑞理的信中开始所说，“运用美德和文雅培养出绅士或高尚的人”。长诗中的尚武精神、爱国主义，以及它对现实生活和大自然的热爱，都有人文主义的重要内容，显示了资本主义上升时期资产阶级的精神面貌，它还表达了诗人在政治上主持正义，实施法制；在宗教上反对罗马天主教，廉洁教会；在道德上修身养性，克制各种欲念及其野心的思想。不过，它的人文主义带有明显的贵族倾向。

《仙后》在艺术上刻意求新，技巧圆熟，形式完美。从结构看，它分12章，富有亚里士多德的伦理学和维吉尔的《埃涅阿斯纪》的遗风；从人物看，得益于传奇文学；从语言看，颇具乔叟的古奥；从形式看，也是一种独创，被后人称之为“斯宾塞诗节”，即每节九行，前八行每行10个音节，第九行12个音节，按ababbcbcc押韵。诗的韵律为抑扬格。《仙后》反映出文艺复兴时期的理想。这些理想包括社会公正与和谐、富于冒险和进取，以及绅士的温文尔雅。斯宾塞受到英国文艺复兴时期人文主义思想的熏陶，对亚瑟王的形象进行了全新处理，但骑士们原来的传奇精神无疑已经渗入长诗的机体中去。这种精神的突出特点是诗作里骑士们的济世救人、除暴安良、维系社会和谐的大无畏气概。《仙后》对骑士的描绘独具一格。这里的骑士们有血有肉，并非生就完美，需要磨练和锻造。

从《仙后》的标题来看，这是一部关于性别与王权的史诗。《仙后》颂扬女王的统治，但是，斯宾塞指出，男权依然为中心，女性处于从属地位，即使做了合法女王，她们也需要男性的辅佐。正如第5卷第5章第25节所写：“具有美德的女人应当明了/女人生来就该谦卑和服从/除非上天安排她做合法的君主。”同时，《仙后》也强调女人的贞洁。他在第2卷中反复强调女王的贞洁、美貌和高贵，而较少提到治国才能，如第2卷第12章第79节所写的：“年轻人睡在阿克拉莎身边/看看他的样子真让人可怜/他的荣誉、他的高贵和英勇早已抛在天边。”

总而言之，斯宾塞的诗歌不仅反映了文艺复兴时期的政治文化，还代表了当时的科学观。他的“斯宾塞体诗节”对英国诗歌具有特殊的意义，是斯宾塞对英国文学的重大贡献。从某种意义上说，斯宾塞的创作标志着伊丽莎白女王时代英国诗歌繁荣鼎盛时期的开始。

二、玄学派诗歌

玄学派诗歌创作是文艺复兴时期的一种重要的诗歌创作形式，玄学派诗人挖空心思跳出规范，寻找独树一帜的表达方式，他们的诗作于是变得艰涩，对读者的智力要求相当高，代表性的诗人有约翰·多恩(John Donne，1572—1631)、乔治·赫伯特(George Herbert，1593—1633)为代表的玄学派诗歌创作。

(一)约翰·多恩的诗歌创作

多恩出生在伦敦，曾在牛津和剑桥大学接受教育，但由于他是天主教徒而没有取得学位。多恩在两所大学学习期间，学业和写作都很紧张。1598年，他被任命为女王掌玺大臣的私人秘书，后来成为伊丽莎白女王最后一届国会的成员，但因为他与掌玺大臣的内侄女、17岁的安·莫尔小姐私下结婚，所以遭到了解雇，并被送进了监狱。出狱之后，多恩过着穷愁潦倒的生活。1615年，多恩开始担任国王私人牧师，并成为一名出色的传教士。1621年，多恩被任命为圣保罗大教堂的教长，直到去世。

多恩一生经历三代君主的统治。在伊丽莎白时期他颇有抱负，而在詹姆斯一世与查理一世在位的前几年，他目睹了政治的腐败、国会和王室的矛盾日益尖锐。他处于这种时局当中，不免常有无所适从的困惑，所以他的诗歌充溢着表现他的个人信仰危机及寻求某种肯定信念的内心剧烈斗争。当时的思想界也相当混乱，各种哲学思想流行。多恩并不信服某一种学派，而是对这些令人眼花缭乱的、相互矛盾的思想都感兴趣。渊博的知识在他的作品里留下了明显痕迹。他的诗作充溢着他从各种学科研究的成果里汲取的意象和词汇。这些领域包括天文学、地理学、哲学、炼金术等。

在多恩的诗歌中，爱情诗和宗教诗所占的比重最大。多恩的爱情诗有几条清晰的线索贯穿于其中。一方面，实际层面的爱所带来的痛苦，其中一半是狂喜，一半是狂怒，充满激情而又愤世嫉俗；另一方面，则表现精神层面上受的痛苦，描绘那种对女方有发自内心的爱慕但又明知毫无希望的情状。这其中有极大的快乐与痛苦。此外他还力求把实际和精神层面两者折衷，合而为一。这些诗作惟妙惟肖，精深圆熟，诗歌的"玄学"味道十足。下面对其极具代表性的作品进行分析。

《跳蚤》是多恩的代表作，也是典型的"玄学诗"。把跳蚤和爱情同日而语，一边是污浊，一边是清纯，意象可谓怪诞得出奇，比喻可谓牵强得无与伦比，但几百年过去了，人们依然记忆清晰，依然读着兴趣盎然，足见其魅力。《跳蚤》打破人们通常的思维模式，很有些荒诞地把跳蚤与爱情相提并论。

这是一首包括三诗节的诗作，写的是一个男人向他所爱的人求婚。在诗作的开始，男人请女人注意，一只咬过他的跳蚤现在正在吸她的血，他们两人的血在这只跳蚤身上融合到一起。所以，他觉得他们两个人已经结婚了。

之后，当他看到女人抬手要拍死跳蚤时，就立刻恳求她不要打死它，因为杀死它，女人会犯下谋杀、自杀和亵渎神灵三条罪状：

> 啊，住手，饶恕跳蚤里的三条命，
> 我们在它里面几乎是——不——早已结为连理。
> 这只跳蚤就是你和我，它是
> 我们的新婚床铺和新婚庙宇。
> 虽然父母心不情愿，连你也是，可我们还是
> 在它活着的黑体里相遇、受到护庇。
> 传统虽然会让你把我杀死，
> 可不要另外再饶上你，
> 杀害三条生命会亵渎神灵。

第3节讲女人终于拍死了跳蚤，男人感到悲伤、绝望、可惜，把她的残忍和错误看作是对自己的拒绝。这首诗让人们清楚地看到玄学奇想是何等的荒唐、不合情理、不可理喻。跳蚤是世界上最污秽、最令人作呕的寄生虫，而爱情则是生命中最甜美、高贵、纯洁的人类感情。大概除了多恩之外，再没有谁能想到把跳蚤看作洞房里的床铺和赐予婚姻以神圣许可的庙宇，想到用它来体现爱情的完美结合。多恩的独一无二就在于，他的想象可以进行这种出人意料的跳跃，从常规突然变换到脱离常规，从具体突然变换到抽象，并且让人觉得合理、可以接受。

《殉爱》这首诗将爱情与宗教联系，足见诗人对爱情的笃信不移。全诗共有5诗节。第1诗节的重点在最后一诗行，“只要你让我去爱”，意思是说，大家做什么都可以，“我”不会干涉，但条件是你们也不要阻碍“我”去爱。第2诗节的重点在它的第1诗行，“啊，啊呀，我的爱损伤到谁了呢?”“我”的唉声叹气、眼泪、冰凉、炽热又会让谁遭了难？第3诗节重点在最后一诗行，“这一爱情[证明我们]是神秘的”，把爱情和宗教相提并论，为第4诗节埋下伏笔。第4诗节的重点表现在最后两诗行，“这些赞美诗将确认/我们是殉爱者”。最后一诗节大意是说，在“我们”殉爱之后，世人们将会祈求上苍，把“我们”的爱情定为“典范”。这首诗歌的写法别具一格，它的题目原意为“奉为圣人”，这无疑叫人忆起西方教会追认某位先人为圣人的礼仪。诗人这样地运用“奉为圣人”一词，显然有两层意思：一是先发制人，造成一种先入为主的效果，给人一种诗歌的内容将和宗教信仰有关的期望；细读则发现第二

层意思，即强调爱与信仰的同等重要性。两层意义又相互衬托和辉映，让读者在期望和实际的误差中得到更深刻的感受。

《在圆形地球的想象的角落，吹起》（第 2 组第 7 首）是多恩的一首神圣的十四行诗，内容按照十四行诗的传统结构，可以分为两部分。第 1 部分是前 8 诗行，主要说末日到来及上帝审判，人们将会目睹上帝的尊容，不再品尝死亡的痛苦。第 2 部分为后 6 诗行，诗人把自己分离出来，说自己罪孽最深重，请求上帝允许他在人世再待一会儿，祈求上帝教导他如何在人世忏悔，以获得上帝的宽恕。

在《死亡不要骄傲》（第 2 组第 10 首）里，讲话人对死神说，你不要骄傲，你虽然被称为“强大、可怕”，但你不是那样的。它认为死亡杀死的人，并没有真死，“你杀不死我”。休息和睡眠有点像死亡，它们让人感到心旷神怡。死亡也许如此，人们早死会使筋骨得到休息，灵魂得到拯救。讲话人说，死亡是“命运、机遇、国王和绝望者”的仆从，被迫使用战争、毒药以及疾病等手段。讲话人说，鸦片和咒符也可以让我睡去，比死亡的打击来得更好，所以死亡不用骄傲。死亡只是一段小憩，然后死者醒来进入永恒生命，那里死亡不再存在。死亡本身会死去。多恩的圣诗里表现出诗人的虔诚和深思熟虑。

还有一首成功的宗教诗歌是《献给圣父上帝的赞美歌》。这首诗作主要写罪孽、畏惧以及宽宥。里面的名句“您肯原谅吗”一再重复，表达出祈祷者的高度虔诚、朴素和谦卑。

除了爱情诗和宗教诗，他在早期还写过五首讽刺诗，对朝臣、神甫、律师、军官与士兵，以及路人进行讽刺，比较忠实地反映出当时的社会风貌，现实性较强。美中不足之处是态度有些愤世嫉俗，语言有些矫揉造作，意思有时艰涩、低俗。

总之，多恩的诗歌无论在形式上还是在内容上都独辟蹊径，在他的诗歌里，我们一方面能够看到诗人对内心世界神秘的奇想，另一方面也能看到诗人对肉欲毫不掩饰的分析。他通过看似牵强、似非而是的比喻和类比来表达他对生活和世界的哲学思考，因此，只有具备丰富的想象力和广博的知识才能真正体会出多恩诗歌的内涵。

（二）乔治·赫伯特的诗歌创作

赫伯特出生于一个很有威望的威尔士家庭，他的母亲是约翰·多恩以及其他几个学者和诗人的惠顾人。赫伯特在剑桥大学三一学院就读，在那里用拉丁文写诗。1620 年他成为大学的发言人，1624 年当选为议员。后来由于惠顾人的过世及新王继位，赫伯特未能如愿进入宫廷做官，或在教会平步青云。1630年,经过多年的犹豫,他终于成为神甫,在一个乡下小教会里布道,但其布道文没有遗留下来。他写了一本小书,《神殿的神父;或乡下牧师》,讲述了他做神甫的虔诚和快活。他在那里也认真创作,修改他的诗作。赫伯特以写宗教诗歌著称。他的诗集《神殿》是他唯一的一本宗教诗歌集。他也写过非宗教诗歌,但是没有遗留下来。

赫伯特的诗歌内容讲教会的礼仪、建筑、艺术等方面,但是他的主题重点总是个人的内心历程。他关心的是他和基督的关系,这常常由朋友间的关系表现出来。他的诗作常常描写他在处理这项关系过程中所经历的动摇和退步,他在为上帝服务方面的缺乏成绩,以及他本人在性格、目的和脾性方面存在的不稳定性。他在这些方面所感到的痛苦和问题,常会因为内心听到的神圣朋友的声音或因回忆起一段《圣经》,而得到减轻或解决。他在不少诗作里说到他最初拒绝但最后还是接受的一个事实:他和耶稣之间的关系是很不平等的。他面临的一个难题是,他作为基督教诗人应当歌颂上帝,但不少时候他却做不到这一点。他的作品不像多恩的作品那样深奥、博学;他善于使用《圣经》的比喻。他的诗歌充溢着诸如“人心中的圣殿”、人是上帝花园里需要修整和浇灌的花草、宗教标示和象征等宗教性很强的形象。赫伯特是当时“为上帝改造诗歌”思潮的主要代表人物。

诗集《圣殿》发表在赫伯特死后,它以一首长的序诗《教会门口》开始,以一首长的诗歌《地上教会》结尾,里面共收入177首抒情诗作,包括十四行诗、短歌、赞美诗、挽歌、沉思诗、对话诗、形象诗等。赫伯特自己形容说,这是一本描绘“上帝和他本人灵魂之间发生的思想矛盾”的诗集。它对查理一世期间的宗教抒情诗创作发挥了很大影响。当时的诗人都在不同程度上受到赫伯特的启迪。

赫伯特的象形诗歌读来很有意思。比如《圣坛》这首诗歌,当时各行的排列形状就呈现为教堂里圣坛的形状:

一个圣坛,主啊,您的仆人设起,
由一颗心做成,用眼泪固定:
它的各部分恰如您亲手所设;
工人的工具一概没有动过。
就是这一颗心
是这样的石头,
除了您的威力
谁也切削不成。
因此我的硬心
它的每个部分

在这架构里相遇
赞美您的圣名：
如果我有机会保持平静
这些石头不会停止赞美。
啊，让我做您荣幸的牺牲品吧，
使这个圣坛神圣化而成为您的。

第四节　丰富多彩的散文创作

文艺复兴时期，英国各色散文作品在发现和征服美洲新大陆的过程中产生发展。在整个16世纪，最重要的散文体作品当数托马斯·莫尔的《乌托邦》，这本书确为英国对当时人文主义文学做出了突出贡献。另外，各种游记、殖民者的书面报告以及海外新大陆企业家所做的那种将事实与神话相混杂的广告都呈现出现代散文的雏形。弗朗西斯·培根(Francis Bacon，1561—1626)在这个时期写出了他最优秀的作品，他的文笔和思想在文坛口碑很好，在英语散文界独占鳌头长达数十年，在英语散文史上获得了独一无二的地位。下面就主要对培根的创作进行具体分析。

培根诞生于伦敦一个显赫的新贵族家庭。他的父亲毕业于剑桥大学，曾任伊丽莎白女王的掌玺大臣，也是位学问渊博的著名大法官。他对知识的关注、对实践的重视给培根以潜移默化的影响。而且，他父亲的高位和他们家庭的显亲贵戚使他很早就熟悉了朝廷生活。而且他的姑母安·库克学问渊博，是侍奉女王的宫廷仕女。因为他家庭的这些关系，培根幼年便在王宫中进出，曾受女王宠爱。由于培根天赋极高，12岁就进入剑桥大学的三一学院学习，但不久即对那里盛行的中世纪经院哲学之风深感厌恶。两年后他离开剑桥，当上了英国驻法大使的随员，漫游大陆各处，并致力于外交学的研究。父亲去世后，培根进伦敦的法律学校学习法律，于1582年开始从事法律业务，1584年进入议会。与此同时他还从事哲学著述，写了《关于时间的伟大诞生》，阐述他在哲学上主张的归纳法。培根后来结识了埃萨克斯伯爵，伯爵对他慷慨大方，尽力帮助他取得仕途上的发展。1597年，培根发表了他的十篇随笔，最终于1625年被扩充为总数五十八篇的著名随笔集。培根的仕途并不顺畅，但他在文学、科学、哲学、心理学等方面做出卓越的贡献，既造福于全人类，他本人也得以名垂青史。

从文学史的角度来看，培根的作品大致可以分为三类：第一类是他的哲学著述，第二类是他的文学散文，第三类是他的专业著述。下面对他一些代表性的作品进行分析。

在《论学术的进展》中，培根检视了人类知识的缺陷，并提出他认为更有收效的方法。培根对混乱无序的人类知识进行整理，根据人类理解能力，将其划分为三大门类："历史对应于记忆，诗歌对应于想象，哲学对应于理智。"他又进一步将历史划分为自然史、政治史、学术史等分支；将诗歌分为叙述诗、戏剧诗、寓言诗等类别；将哲学分为神学哲学、自然哲学、人类哲学等。同时，培根巧妙利用古代神话来佐证《论学术的进展》中的观点。例如，他利用大潘的故事阐释他的自然哲学学说。大潘头上长角，呈金字塔状，代表宇宙中的自然链；大潘的胡子奇长，象征太阳的光芒四射；大潘上身为人形，下身为羊形，暗示人类的神性和兽性，也代表了人类梦想与现实的结合。大潘代表事物的本质，命运之神是他的姊妹。大潘生活在开阔的大自然中，而命运却藏身于隐秘的洞穴中，这代表自然规律显而易见，而人类命运则神秘莫测。

在阅读《论学术的进展》时，我们可以随处感受到培根思想的睿智和广阔。但也许正是由于他思索的领域太广，他很难有充足的时间进行专门的研究。但这绝不妨碍他成为影响世界进程的科学哲学家，仅就《论学术的进展》的贡献，他即是近代科学的先导，因为该论著首次将人类知识理清了脉络，为后人提供了科学百科全书的蓝图。

在《论古人的智慧》中，他怀着敬畏之心，细读上古神话，从中汲取思想精髓，形成新的现代哲学。虽然该书后来很少有人问津，但今天它又引起文学评论家的兴趣。这些古代神话经过培根的分析，在理性时代放出新的光芒。在《论古人的智慧》前言中，他指出古代寓言是轻松活泼地传递知识的一种方式，寓言中的诸神代表事物的某些本质。例如，在《堤丰或造反者》一章中，培根指出，朱庇特与堤丰的故事影射国王与造反者之间的关系。国王的专横跋扈会引起平民不满，日久必爆发叛乱，为国家带来灾难。因此，国王应保持亲和力，才能赢得民心，国家才能长盛不衰。这样的诠释显示出培根对古代神话的深刻见地。

培根的《新工具》是针对亚里士多德的《工具篇》而言的，共分为两卷：第一卷的任务在于"破"，第二卷的任务在于"立"。"破"的是传统哲学体系，虚妄不适用的旧逻辑；"立"的是新的科学方法——归纳法。《新工具》提出一个超越亚里士多德哲学系统的科学方法，亚里士多德的三段论证预设了前提的真实性，而培根的方法正是要检视这些预设的前提，从而确认这些前提为真的或然率。培根的科学归纳法主要是通过探寻和判明事物的客观因果必然联系，做出关于事物的一般结论，从而提供关于事物本质的认识。

对古代神话的研究让培根在论述策略方面受益匪浅。受其启发，《新工具》运用了丰富的比喻和象征，使他的论述更为生动形象，易于读者接受。例如，在《新工具》中，他用“洞穴幻象”来比喻人们的认识受以前认识经验的局限而产生偏见：“洞穴假象是各个人的假象，因为每个人都有各自的洞穴，使自然之光屈折和变色。”随后，他进一步解释说：“有些人留恋于某种特定科学和思索，或则由于他们幻想就此成为有关的发明家，或则由于他们曾在那些东西上面下过苦功，因而对他们有了极深的习惯。这类人若再从事于哲学和属于普遍性质的思索，则会在服从自己原有的幻想之下把这些东西加以歪曲和色染。”在这里，“洞穴”一词形象地体现出个人从自己的性格、爱好、所受教育、所处环境来观察事物，“幻象”则反映出由此被歪曲的事物真相。培根的表述使深奥的哲学命题变得浅显易懂，也为推广他的思想赢得了更多的读者。

培根的散文是具有普适性和跨时代性的“警世恒言”。处于各个阶层、岗位、境况中的人都能从中大受裨益。对于政界的要员，培根在《论高位》中告诫道：“身居高位可以行善，也便于作恶。为防止贪污，不仅要约束自己的手和仆役者的手，不使纳贿，并当约束求情人的手，不使行贿。洁身自好可以防止受贿，以廉洁喻人并公开厌恶贿赂，可以防止行贿。”这句话对倡导廉洁、整治腐败永远具有特别的警醒意义。对于陷入情感纠葛而不能自拔的人，培根指出：“一切留在人们记忆中伟大而尊贵的人物，没有一个曾被爱情弄到神魂颠倒的地步。”这句理智、客观的忠告几个世纪以来冷却了许多被爱情冲昏头脑的人，使他们走出情感漩涡，成就了事业的辉煌。

培根的散文还体现出他作为杰出唯物主义哲学家的贡献。他结束了以神学为依归的经院哲学旧时代，开创了经验主义的新时代。在《论读书》《论游历》中可以看到他的经验主义思想。在《论读书》中，培根阐述了知识与实践的辩证关系：“读书补天然之不足，而经验又补读书之不足。盖天生才干如自然花草，读书然后知如何修剪移接；而书中所示，如不以经验范之，则大而无当。”同时，培根还列举了知识的功用：“读史使人明智，读诗使人灵秀，数学使人周密，科学使人深刻，伦理学使人庄重，逻辑修辞使人善辩。”

在英国文学史上，培根是散文或随笔的创始人。在他之前，致力于散文的西方大家只有法国的蒙田。这位法国作家对培根的散文创作发挥过影响。《论说文集》的书名源于《蒙田随笔》。并且在选题上也与后者有雷同之处，但培根的风格却与蒙田迥异。同样是对人情世态的品评，蒙田胜在观察角度宽广，而培根却长于思想深刻、敏锐。《论说文集》的一个重要论述主题是个体资源经济学，即如何优化并高效、合理地分配个体的创造力。个体精力有限，一定要协调好公共领域与私人领域之间的比例分配。1612 年修订版的《论说文集》有三篇文章探讨私人生活，即《论父母与子女》《论结婚与独身》及《论爱情》。

在《论父母与子女》的开篇，培根写道："传宗接代是动物所共有的，但只有人类才会留下名声、功业和高尚的德行。没有留下后代的人留下不可泯灭的基业，他们虽然不能通过后代再现自身的形象，却能让他们的思想不断流传。"这里，培根意在表明，创建事业与繁衍子女是人类自我再生产的两种形式，但对于有限的精力而言，两者相互矛盾，必须选择其一。培根认为，建功立业为人类所特有的品质，其价值远远高于"动物所共有的传宗接代"功能。丰功伟业能让人扬名四海，而"父母的欢乐是秘密的，他们的悲伤和忧惧也是如此"。培根认为，荣誉、声名是成功的标志，因此创建事业比养育子女更能体现人的价值。

在《论结婚与独身》中，作家劝导读者认真权衡家庭与事业的关系，避免让家庭影响事业的发展："有妻室儿女的人，可以说向命运之神交出了抵押品。因为家室有碍于干一番大事业。的确，最有成效的事业来自于未婚或无儿女的人。"婚姻是一份契约，将人捆绑于义务和责任，妨碍他完成伟大事业；而独身生活却不受家室所累和束缚，可以享有充分自由为高远目标而奋斗。总之，根据培根的"经济学"，将精力花费在私人生活上是一种资源的浪费。该立论在《论爱情》中有更明确的表述："人的天性中潜伏着一种泛爱众生的倾向，若不集中于某个或少数的对象，就必然会传播给广大的人们，使他们变得仁爱慈善，就像我们有时在修道士身上看到的一样。夫妻之爱使人类繁衍，朋友之爱使人们完善，但荒淫无度却只能败坏人性，使人堕落。"培根此话的含义是，如果人把精力集中耗费在诸如爱人、子女等少数几个对象上，那么他就无暇顾及"广大的人们"，因而，他的自我价值只能在家庭内部体现，却得不到公众赞誉和史上留名。这里的"朋友之爱"虽然在文中没有具体定义，但基本是相对于"夫妻之爱"而言。"使人类繁衍"的"夫妻之爱"是动物共有的特征，而"使人类完善"的"朋友之爱"却体现了人的神性层面，是在培根看来人应该追求的更高层面。

培根在《论读书》《论游历》等文章中进一步阐述了如何提高成功效率的问题。《论读书》着重强调：学习是提高成材效率的重要途径。"天赋犹如天然的树木，要靠后天的学习来修剪整枝"，才能成为参天大树。否则，没有规划地任其乱长，势必导致资源的浪费和效率的低下。同时，学习还能引导、挖掘、发挥潜在的创造力："读史使人明智，读诗使人灵秀，数学使人周密……人们在才智上遇到的障碍和缺陷，没有不能通过适当的学问予以疏通和弥补的。……如思想散漫而不集中，可让他读数学，因在演算时，稍不经心就会出错，就要重新开始。"从这段话可以看出，在将人的精力最大限度地转化为创造力方面，学习起着举足轻重的作用。不仅学习如此，旅游也同样要讲究效率。

《论游历》不是泛泛的旅游指南，而是劝告年轻人如何提高旅游的收获。首先，培根指出："旅游，对于年轻人来说是教育的一部分。"旅游不能走马观花，浮光掠影，而要有重点，有针对性。培根优先推荐观赏宫廷、教堂、法庭、学院、图书馆、博物馆等政府机构，而且特别鼓励游览船坞、货栈等商业设施，因为这些场所能有效开阔眼界，既具有实用价值又饱含人文意义。除此之外，另一个提高旅游效率的方法是雇用合适的向导。培根建议选择大使的秘书或雇员，这样，"在一个国家旅行时，就能汲取多个国家的经验"。

总之，从培根的散文中可以看出他多维度和多层面的人格、身份和思想，他既真诚又虚伪，既朴实又虚荣；喜欢静思也善于行动；崇尚知识也重视实践；倡导发展科学也强调坚守信念。他点燃了现代科学的火炬，也开启了文学随笔的先河。

第五节　日益繁荣的戏剧创作

在戏剧创作方面，尤其是到了伊丽莎白时代，戏剧创作可以说是整个欧洲文艺复兴时期文学的高峰，自十三四世纪以来英国戏剧一直活跃于城乡，到了 15 世纪形成奇迹剧与道德剧，到了 16 世纪中叶戏剧的题材内容不断扩大，演出更为广泛。在文艺复兴时期，克里斯托弗·马洛(Christopher Marlowe，1564—1593)是英国戏剧的先驱，威廉·莎士比亚(William Shakespeare，1564—1616)是世界戏剧空前绝后的顶峰，而本·琼森(Ben Jonson，1572—1637)则是莎士比亚稍后又一位杰出的戏剧作家。

一、克里斯托弗·马洛的戏剧创作

马洛生活在戏剧广受大众欢迎的时代，他幼时在坎特伯雷的国王学校求学。这所学校在当时有"奠定良好教育的基石"的声誉。当时英国重视拉丁文，各地学校的教师们常常通过演出拉丁文戏剧达到教学的目的。这种演出引起马洛的极大兴趣，这对他也是一种舞台表演训练。他从那时起，就认真研究戏剧，对戏剧的学习也已超出教学的要求。后来他到剑桥大学学习，取得硕士学位，然后就到伦敦去，成为一位剧作家。他在剑桥大学毕业以后的 6 年里，以惊人的速度连续发表了 3 部伟大悲剧作品——《帖木儿大帝》《马耳他的犹太人》《浮士德博士的悲剧》。下面对他的作品进行具体分析。

《帖木儿大帝》使马洛一夜成名，它讲述的是在一个梦境中所见到的场景。帖木儿大帝是 14 世纪的蒙古皇帝，据说是成吉思汗的后代。这位大帝带领他势如破竹的常胜大军占领了世界上一块版图广袤的地区，其疆域东由突厥开始，北至西伯利亚，西至波斯古国，南抵印度次大陆。这部戏剧作品是以一位西班牙学者所翻译的关于帖木儿的传记为基础而创作的。剧作家将全剧分为两部分，第一部分追忆这位传奇君主从卑微的出身崛起，到最后占领突厥帝国的过程，第二部分主要讲他后来在巴比伦继续取得的胜利，他在那里让战败的国王们拉他的战车。剧中也同样有爱情的情节，一个名叫赞内克瑞特的埃及公主沦为帖木儿的阶下囚，但他出于对她的爱而饶她一命。悲剧以他们两人的死而结束。帖木儿大帝被刻画成一个具有超人的野心和力量、充沛的进取精神以及高度成就感的人物。他的致命缺点是他的永不满足，这驱使着他马不停蹄地前去征服和占领。帖木儿是马洛笔下寻求强权的典型人物。

《马耳他的犹太人》讲述了马耳他岛上一个有钱的犹太人——巴拉巴斯，因为拒绝州长要求缴纳的费用而被剥夺了连同房产在内的所有财富。为了复仇，他阴谋毒死州长的女儿和她的情人。后来马耳他被土耳其人占领，他叛国为敌效劳，成为总督。之后，他又谋算着摧毁土耳其军队，于是就在一块可屈伸的地板下面安置一个煮沸的油锅，以实现谋杀的目的。但他最终遭到背叛，自己反被扔进油锅里。可以说，他的致命之处也正是他的超人之处——他的无限欲望和贪婪、他的盛怒、他的为达目的不择手段以及他的无恶不作。

《浮士德博士的悲剧》写作于一个很特殊的时代，一方面是人的自我膨胀，一方面是人们仍然相信并且惧怕巫术。马洛和其他人合作完成了这部悲剧。这是以一部德国作品——《浮士德的故事或浮士德博士的历史》——为基础创作出来的。浮士德在历史上实有其人，他生活在中世纪的德国，喜好巫术，作为巫师在当时有些名声。他死后，有人为他写书作传，慢慢地他就变成一个传奇人物。在马洛笔下，浮士德成为一个雄心勃勃、充满自信、进取心强、要知道一切和征服一切的巨人，一个为了追求知识和威力而不惜把灵魂出卖给魔鬼的非凡人物。浮士德满怀信心地认为，世间的一切都在他的掌握中。人世间的一切，包括知识、权力，都不能让他满意。他的名字是“不知足”。他要成为一个超人，一个宛如上帝般的人，他向往无限的知识和权力。他的胃口很大，为了满足自己的欲望，他不惜把自己的灵魂卖给魔鬼做交换。总而言之，他是从中世纪脱身出来的新人，文艺复兴时代典型的代表。

浮士德是马洛笔下寻求知识的威力的典型人物。这部悲剧着重描写浮士德探求知识和力量的锲而不舍的天性。该剧的第一部分讲述浮士德因不满足于已有的人世知识而与魔鬼签下血誓:他把灵魂卖给魔鬼,以换得 24 年超人的力量和乐趣。第二部分讲述浮士德对自己新获得的知识和力量感到无限满意,并且肆无忌惮地尽情利用。他以隐身的魔术,暗里拿教皇开玩笑;在一次王宫盛宴上,他应君王之请,借助魔鬼的威力,竟在一次幻象里,让亚历山大大帝和他美丽的情妇起死回生;他让一个惹他不快的武士头上长出一双犄角;他还在隆冬时节从南方变来一串成熟的葡萄献给一位公爵夫人。第三部分讲述浮士德的 24 年时限已到,他的灵魂按照誓约将被拖到地狱去。在最后时刻来临之际,浮士德努力忏悔,恳求上帝把他从永恒的诅咒中拯救出来。他在绝望中要求魔鬼让引起特洛伊战的绝世佳人——海伦来做一次他的情人。魔鬼答应他实现了最后的欲望,倾城倾国的绝代佳人海伦出现了,浮士德见了大吃一惊:"难道这就是让千帆启航、让伊利亚姆/城上摩天塔毁于一旦的那张面孔?"他情愿让历史再演,自己甘做帕里斯,就是故土被夷为平地,他也在所不惜。之后,他就被打入地狱。

《浮士德博士的悲剧》主题和结构都别具一格。从主题上看,浮士德的形象很有历史意义。他是宗教改革与文艺复兴以后出现的现代新人的一张纪念照,是文艺复兴时期人文主义者的一张"摄影"记录。他浑身上下反射着从中世纪脱颖而出的新时代的光辉,大步迈进人类生活的新阶段。浮士德作为一个中世纪人,已经获得了包括知识和权力在内的一切可以使他快活的东西,但是他并不感到高兴与庆幸。他是一个永不满足的人。他将世界视为一个存在着无限威力和利益的所在,把活动于南北两极之间的一切,都看作是他的附属,都应当听命于他;皇帝和国王只在他们有限的领土上号令一切,但是他的领域会像人的头脑一样无限伸延。他想做超人,做一个可以和神祇平起平坐的人("地道的魔术师是半个神仙"),即使他为此必须付出高昂代价也在所不惜。浮士德代表了 16 世纪文艺复兴时期人文主义者的原型,是梦想成为超人的所有凡人的原型。

马洛的悲剧开创了人类认识论的新阶段,在这一阶段中,人类从原本对外界力量完全的顺从中觉醒过来,开始意识到自我的力量和重要性,开始确认和界定自己。但人毕竟是人,他的力量是有限的。他总是索取和贪求,结果总是由于做得过分而失败。这是人生不可避免的悲剧。但是,这种奋争和拼搏并非吹影镂尘、竹篮打水,它赋予人的生命以意义和目的,让人觉得不论结果如何,没有虚度此生。

总体来说,马洛戏剧中的主角多为巨人式的人物,他以个人内心冲突的刻画为中心构筑了完整统一的情节结构,以高度的艺术形象将英国悲剧推向了一个新的水准。

二、莎士比亚的戏剧创作

莎士比亚在世时，“戏子”。的地位低下，远不如诗人；剧本供演出用，不能像诗歌一样登上文学的殿堂，因此，关于莎士比亚的生活和创作很少有直接的文字记载流传于世。也因为如此，有些人质疑到底莎士比亚这个人是否真正存在。这个疑问如今已基本平息。

作为英国文艺复兴之子，莎士比亚创作了一系列的戏剧，成功地表现出他所处时代的精神。通过他的剧作，我们可以清晰地看到文艺复兴时期英国社会对自我价值的认同、思想行动自由的渴望、冒险精神的神往、成功的向往、改革创新的欣喜、对内心感受的重视，以及时代对于感情的放任等时代精神。

在戏剧的创作过程中，莎士比亚常常通过改编已有的故事情节，以非凡的智慧、丰富的知识去改写和充实旧剧本，从而使故事奇迹般地变得体态丰润、生气勃勃，成为超凡脱俗的新作，如《哈姆雷特》《李尔王》《麦克佩斯》等。莎士比亚在写《哈姆雷特》时，已经有好几个版本存在，如托马斯·基德写过一个版本，但可惜已经失传；托马斯·洛奇和托马斯·戴克在其作品中也都提到哈姆雷特。然而只有莎士比亚的《哈姆雷特》真正吸引了全世界的目光。《李尔王》中的故事可以追溯到古老时期的不列颠神话，这个神话故事在莎士比亚的手中经过了改编，将其从一般戏剧改编成悲剧，赋予它的主题以一种令人回味的特性。而《麦克佩斯》则是在霍林舍德的《英伦史》的基础上改编而成的，莎士比亚将其记载做了较大的变动，将一系列人物的性格事迹都做了变动，从而突出了该剧的悲剧主题。

此外，莎士比亚在戏剧的创作中所运用的创作技巧也十分精湛、美妙。他常常将严肃情节与喜剧因素交织在一起，即使是悲剧也不都笼罩在阴郁的气氛下。这样一来，在严肃的剧情中经常会出现荒诞不经的场景，这一不合乎传统的做法，让他备受批评家批评，但观众却对这种形式十分欢迎。它一方面缓解这些“黑色喜剧”剧情的压力，另一方面也避免了情节的枯燥乏味。同时，莎士比亚的语言十分生动活泼，且充满生气，以《哈姆雷特》为例，该部剧作中哈姆雷特的语言带有很强的逻辑性和哲理性，用字用词考究经典，充满形象和比喻，即使在其装疯卖傻的时候，虽然他竭力做到语无伦次，但其语言依然纹路清晰、字斟句酌，这充分显示了哈姆雷特的社会层次。

就其戏剧的创作道路而言，德国学者盖尔维努斯按其思想和艺术发展的脉络，把莎士比亚的戏剧创作道路分为三个阶段，即1590～1600年、1601～1607年、1608～1613年。这一分类法广为后人所采用。

其中，莎士比亚在1590～1600年期间，创作的剧作主要为历史剧（如

《亨利六世》《理查三世》《理查二世》《亨利四世》《亨利五世》《约翰王》《亨利八世》等)和喜剧(如《错误的喜剧》《驯悍记》《爱的徒劳》《维洛那二绅士》《仲夏夜之梦》《温莎的风流娘儿们》《无事生非》《皆大欢喜》《第十二夜》等)。

1601～1607年期间,莎士比亚创作的剧作主要为悲剧(如《泰特斯·安德洛尼克斯》《哈姆雷特》《科利奥兰纳斯》《罗密欧与朱丽叶》《奥赛罗》《安东尼与克莉奥佩特拉》《裘力斯·恺撒》《李尔王》《麦克佩斯》《雅典的泰门》等)和悲喜剧(如《特洛伊罗斯与克瑞西达》《终成眷属》《一报还一报》等)。

1608～1613年期间,莎士比亚创作的剧作主要为传奇剧(如《泰尔亲王配力克里斯》《辛白林》《冬天的故事》《暴风雨》等)。由于篇幅原因,我们在此主要介绍《哈姆雷特》《李尔王》《麦克佩斯》《罗密欧与朱丽叶》《奥赛罗》《威尼斯商人》儿部剧作。

悲剧《哈姆莱特》是莎士比亚最重要的一部作品。这部作品在悲剧意义的深刻性、悲剧主人公性格的复杂性、对人类生活的高度概括性,以及悲剧艺术的丰富性和完美性方面,都代表着整个西方文艺复兴时期文学的最高成就。剧情发生在中世纪的丹麦宫廷,丹麦国王突然病逝,滞留国外的王子哈姆雷特接到消息时,自己的叔叔克劳狄斯已经登上了王位,并娶了自己的母亲乔特鲁德。哈姆雷特匆匆回国,并遇到了自己父王的鬼魂,国王告知哈姆雷特自己被克劳狄斯害死的真相,并告诫哈姆雷特要严守秘密,并伺机为自己报仇,但报仇时不能伤害乔特鲁德,把她交给上帝去裁决,让她的良心时时刺痛她自己就是对她最好的惩罚。得知父王逝世的秘密后,哈姆雷特从一个单纯的王子迅速转变为内心满腹仇恨的报复者。他先后展开了一连串的报复行为,但却都没有奏效,还杀死了自己爱人的父亲,导致爱人疯癫而死。之后,克劳狄斯借此将哈姆雷特贬至国外,并想暗中下手杀死哈姆雷特。但哈姆雷特却逃脱了出来,并在死前杀死了克劳狄斯,为自己的父亲报了仇。莎士比亚在剧中通过对“颠倒混乱”的人的生存环境的描绘,不仅揭露和批判了当时英国和欧洲的社会现实,而且指出了一味强调个性解放、放纵人的欲望对社会和人的生存与发展的危害。

《李尔王》取材于古代不列颠故事。李尔王权高位重,刚愎自用,现在年迈力衰,决定将国土分封给三个女儿。大女儿高纳莉尔、二女儿丽根虚情假意,用甜言蜜语表白对老国王的爱,得到了她们的份额。三女儿考荻莉娅厌恶虚伪做作,告以实情说她只能按她的身份爱她的父王陛下,不多一寸,不少一分。将来她一旦结婚,大部分爱将献给丈夫。要求绝对服从的李尔王大为恼怒,将考荻莉娅远嫁法国国王而不给寸土分文。然而两个女儿一旦得到权势便对父亲百般奚落和凌辱,李尔王在暴风雨中流落荒野。他受尽苦难也饱览了人间的凄苦,于是幡然悔悟,从一个专制的君王变为一个仁慈怜悯、体察民情的老人。也正是在他被逼成疯精神失常的时候他发出了最清醒最理智的哀鸣：

> 可怜的衣不蔽体的穷人，不论走到哪里，
> 你们都在忍受无情风雨的袭击，
> 你们上无片瓦遮盖，腹内饥肠辘辘，
> 衣衫满是破洞，又怎能抵御如此天气？我过去
> 照顾你们太不够了！豪华的人应受些教训，
> 暴露一下你自己，感受一下穷人的感受。
>
> （三幕四场）

为声讨叛逆，伸张正义，考荻莉娅红颜一怒，兴师讨伐，不幸兵败，与李尔王双双被囚，后被缢死狱中。李尔王悲恸不已，在疯癫中倒地而死。《李尔王》所着力表现的是以真诚仁爱为核心的人道主义与极端自私的利己主义之间的冲突。考荻莉娅代表真诚仁爱和宽恕，李尔王在饱尝苦难之后也恢复了人的仁慈美好的秉性。可是两个女儿高纳莉尔和丽根狗苟蝇营，结党营私。她们为了取得利益可 以假意逢迎，一旦权势在手便六亲不认；她们粗暴地践踏父女、夫妻、姐妹等最基本的人伦和最神圣的感情。她们利益一致时双双将父亲逐出门外，她们利害冲突时又彼此争风吃醋，钩心斗角。高纳莉尔毒死了亲妹丽根之后又试图谋害丈夫，结果被丈夫杀死。剧中还有一个叫埃德蒙的人比起《奥赛罗》中的伊亚古来更有过之而无不及。这个伯爵的私生子为取得继承权而挑动父亲赶走他同父异母的兄长，然后又卖父求荣告发父亲致使父亲被丽根的丈夫剜去双眼；因为觊觎王位他又同时与两个公主私通。《李尔王》所展示的是这样一幅道德沦丧、社会崩溃的图景。在这场人道与私欲的冲突中，代表正义和理想的考荻莉娅在剧终不幸死去，表明莎士比亚悲剧的严峻性和历史的凝重感。善未必都能得到善报。当私利猖獗、人伦与天良丧失殆尽时，有罪的与无辜的两败俱伤，无一幸免。《李尔王》以其特有的创痛与悲壮获得了足以惊天地泣鬼神的力量。

《麦克佩斯》的故事来源于古苏格兰历史上发生的一次弑君事件。莎士比亚从霍林舍德的《英伦史》里找到这个故事，把它修改成一个谈及人的状况的故事。莎士比亚的麦克佩斯是一个复杂的人物。他的野心使他轻易接受邪恶的诱惑，同时他的良心又不让他安宁。最后他面对死神时，显示出他作为人的尊严，这给读者留下深刻印象。这出戏剧讲麦克佩斯弑君、篡位、最后失败的故事。麦克佩斯和班科同是苏格兰的杰出将领。他们在镇压叛军、挥军凯旋之际，遇到三个女巫说，麦克佩斯有君王命，而班科的子嗣也会成为君王。麦克佩斯野心膨胀，和夫人乘机谋杀君主，自立为君。这引起朝

中大臣们的不满，他大开杀戒，把班科处死。麦克佩斯的夫人由于罪恶感的折磨而失去理智。被杀君主的儿子马尔科姆在英国和苏格兰最强大的贵族联手，以对抗麦克佩斯。麦克佩斯的暴虐招致英国站在苏格兰反对派一边。在最后的战斗中，麦克佩斯战死，马尔科姆继位为君。

在这部剧作里，麦克佩斯和他的夫人的人物刻画很值得琢磨。麦克佩斯最初是一个诚实的人，他是国家的栋梁，深受人们的爱戴。当时国王德才不足，麦克佩斯可能有过取而代之的想法，但是如果没有他的夫人的怂恿，他也许不会做出杀死国王、自立为王这样伤天害理的事情。因此，他内心不安，受到良心谴责，夜不能眠。在这个人物的塑造中，三个女巫发挥着一定作用。她们客观外显了麦克佩斯的复杂内心世界。她们第一次露面说，麦克佩斯有君王命，而班科的后代会成为君主。这实际反映出麦克佩斯的野心和他的担忧：他要做国王，但担心班科会反对。女巫第二次出现时发出的预言，再次说明麦克佩斯的内心忧虑：他担心班科的儿子会招引英国前来干预。麦克佩斯的心态和行动充分表明罪孽对人的深重影响。麦克佩斯经过这一番沧桑，认识到人生的本质："[生活]是一个故事/由傻瓜述说，充满喧嚣与骚动，/毫无意义。"这句名言的内涵很明显，它说明人的窘境完全源于人性里存在的恶和贪婪，人生没有什么意义，时刻处于命运的左右之下。

麦克佩斯夫人是莎士比亚塑造的著名女性之一。她以我行我素、不顾道德准则闻名。她无任何顾虑，无情地把她丈夫推向弑君的困境。她吁请恶煞与鬼神去掉她的女性，把残忍性情直接注入她的身心，帮她掩盖她的罪恶计划。她压倒麦克佩斯身上的正直品格，用激将法激扬他的勇气，有效地安抚他受到谴责的心灵。她决不动摇，直到最后她看到麦克佩斯日益衰颓，他们的大势已去，无可挽回。这时她才身心交瘁，失去理智，在绝望中自杀。

《罗密欧与朱丽叶》是莎士比亚第一部成熟的悲剧，主要讲述了在意大利的维洛那城，两个豪富家族蒙太古和凯普莱特世代结有宿仇，经常聚众械斗。蒙太古家的儿子罗密欧英俊潇洒，在蒙面舞会上与凯普莱特家的小姐朱丽叶相遇，两人春心萌动，一见钟情。尽管"这场爱情可能种下祸根"，爱情的力量还是冲破了一切世俗传统的束缚。在花园朦胧的月色里，一对情人倾吐衷肠，海誓山盟。第二天，在劳伦斯神父主持下两人即秘密举行了婚礼。然而在新婚燕尔之时小城里又起祸端。两家仇人狭路相逢，大动干戈，罗密欧无奈之中误杀了朱丽叶的表兄，悔恨不已几乎自尽，最后被判放逐。罗密欧只得起程奔逃异地避难。朱丽叶悲恨交加之余又为罗密欧能活下来而暗自庆幸。凯普莱特家依父母之命强迫女儿嫁入朱门。朱丽叶不从，在劳伦斯神父帮助下于婚礼前夕服用迷幻药汁，假死四十二个小时，以此抗婚。未婚的新娘在哀号声中被抬进家族的墓穴。神父派送信人向罗密欧报信，不料途中延误。与此同时罗密欧闻讯朱丽叶已死，悲痛欲绝。他身携毒药星夜返回，潜入墓穴之后在朱丽叶的“尸体”旁自杀殉情。朱丽叶长睡初醒，看到罗密欧已死，便在他毒汁犹在、余温尚存的嘴唇上连连吻别，然后举起罗密欧的佩刀刺入自己的胸膛。年轻情侣生死不渝的爱情化解了世代仇恨，两家人从此停止斗殴，言归于好。

《罗密欧与朱丽叶》是一曲可歌可泣的爱情悲剧。追求爱情的幸福和理想的自由，在文艺复兴时期的人文主义者看来，是人的基本权利。然而真挚的爱情和自由的意志受到了封建传统和世袭偏见的残酷压制和无情摧残，两个年轻情人不屈不挠，最后以死相抗。他们代表了人文主义的理想与追求。他们的死给顽固的封建势力以沉重的打击，换来了人文主义理想在道义上的胜利。

《奥赛罗》是一部富于时代气息的爱情悲剧。剧中，威尼斯贵族美女黛丝德蒙娜与摩尔人奥赛罗相爱，却因为年纪相差太大一直得不到允许，两人只好私下成婚。奥赛罗的手下依阿古则因觊觎奥赛罗的职位，一心想除掉奥赛罗，他先是向黛丝德蒙娜的家人告密，却不想促成了他们的婚事。之后，他又想尽方法拆散奥赛罗和黛丝德蒙娜的婚姻。他的诡计便是污蔑奥赛罗的手下凯西奥与黛丝德蒙娜之间有奸情。他先在宴会上致使手下灌醉凯西奥之后与其挑衅，让奥赛罗对凯西奥心生厌恶，并撤掉他的职务。之后他又伪装成好人向凯西奥献计，让黛丝德蒙娜从中斡旋，帮助恢复自己的职务。他将奥赛罗引开，让凯西奥与黛丝德蒙娜相见，并在此时引奥赛罗前来，凯西奥惊慌失措的逃开，依阿古趁机挑拨，奥赛罗醋意大发，并在依阿古的圈套设计下对妻子的不忠产生怀疑。黛丝德蒙娜不断告诉丈夫，自己绝不会背叛丈夫，奥赛罗却不相信，为了维护所谓的正义和荣誉而把黛丝德蒙娜窒息在床上，他说道：

> 因为我所做的事，都是出于荣誉的观念
> 不是出自猜嫌的私恨。
>
> （五幕二场）

后来真相大白，奥赛罗后悔莫及，自杀身亡，依阿古被处决而死。剧中，奥赛罗作为一个军人和将领，英勇豪迈，战功显赫，在爱情和婚姻上，他敢于冲破封建等级制度和门阀观念的层层罗网，置种族歧视和习俗偏见于不顾，赢得了黛丝德蒙娜的芳心。而依阿古则表面一幅正人君子的模样，内心自私狠毒，疯狂追求财富与权势，算得上是文艺复兴时期新产生的社会罪恶的体现者，较之旧有的封建罪恶的代表人物，具有更大的欺骗性和危害性。

《威尼斯商人》是莎士比亚的另一出很受欢迎的戏剧。故事是这样的：

年轻人巴萨尼奥爱上富有的女继承人波蒂娅。他需要钱，于是找到威尼斯的商人安东尼奥求援。安东尼奥手中没有现金，就到犹太高利贷者夏洛克处去借。夏洛克出于种族考虑对安东尼奥已心怀不满，就百般刁难。他要安东尼奥签下一纸文书，答应如果不能及时还回借款，就让夏洛克从身上割下一磅肉来偿还。安东尼奥签署文件，巴萨尼奥如愿以偿，但是安东尼奥却很快就面临绝境。他的船只在海上沉没，他不能准时付款。夏洛克决心报复安东尼奥。在法庭审判的关键时刻，波蒂娅乔装成律师突然现身。她巧妙地指出，所签文书上没有关于流血的条款，所以夏洛克割下的一磅，重量一定要准确无误，而且不能见血。否则夏洛克要承受法律的严厉制裁。夏洛克的计划被挫败。之后，夏洛克被指责阴谋迫害威尼斯人，因而被判失去全部财产，其中一半归国库，一半给安东尼奥。安东尼奥以夏洛克皈依基督教为条件，宣布放弃自己的一半，给予夏洛克逃走的女儿杰茜卡。杰茜卡皈依基督教，她的丈夫继承夏洛克的一半财产。

夏洛克这个人物的塑造技巧很值得人们注意。这里隐含着一种值得推敲的模棱性。在这出戏剧上演的时代，英国反犹太情绪非常高涨。《威尼斯商人》以基督教战胜犹太教为结尾，这很合乎英国人的口味。呈现在观众面前的夏洛克是恶的典型，他把人和社会的一切丑恶集于自己一身，最终得到法律制裁。他恶有恶报，说明世界在依照上帝的道德观念运行。一般说来，历代观众都能记住夏洛克的报复心理和手段、他的歹毒和残酷，都为“好人最后战败坏人”而感到欣慰。但这只是事情的一个方面。另一方面，人们很少考虑，有时甚至完全忽略。莎士比亚作为一个大作家，他笔下的人物不可能这么单薄。莎士比亚具有崇高的公正感，他总站在受欺压者一边。他的笔锋虽然指向夏洛克，但他谴责的夏洛克是一个心狠手辣的放高利贷者。从种族观点看，《威尼斯商人》并不反犹太。相反，它支持夏洛克对种族歧视所提出的抗议。在戏剧的末尾，夏洛克孤单一人，面对彻底失败的灭顶之灾，他的表现完全没有懦夫或败者的意味。他虽然知道大势已去，但绝不低头，竭力对抗。他在法庭上的痛诉充分表示出他永不言败的精神。他这时所呈现的是正面形象：虽然有些滑稽，有些凶狠狠的，但他在逆境中力挽狂澜，充分表现出他微妙和复杂的心理结构。这些都反映出莎士比亚对受到迫害的犹太人的态度。

总之，莎士比亚的戏剧具有永世不朽的价值与意义。时至今日，世界上几乎没有一个国家没有上演过莎士比亚的戏剧，他的剧本也几乎被翻译成了每一种主要的语言而流行全球。全人类都能从他的戏剧中得到思想上的启迪、精神上的感悟与艺术上的享受。

三、本·琼森的戏剧创作

琼森以其剧本之精良和风格之多样著称于莎士比亚同期和稍后时期的剧坛。琼森早年当过泥瓦工，打过仗，进过剑桥却未获学位。涉足剧坛数年后以喜剧《人性互异》取得首次成功，莎士比亚也曾参与该剧的演出。琼森因在决斗中杀人而坐过牢，在戏剧界好与莎士比亚等其他剧作家争相媲美。1616年他的戏剧集面世，当时还没有剧作家能在有生之年将自己的剧本结集出版。他独自创作了20多部戏剧，还与人合写多部剧本。琼森的主要剧作除了《人各随其癖》，还有《炼金术士》《伏尔蓬涅》《巴索洛缪市场》，下面对其作品进行具体分析。

《人各随其癖》是一部喜剧，共有5幕20场，1598年由掌礼大臣剧团首演。据说莎士比亚扮演了其中的一个角色。在剧中，剧作家讽刺批判了很多人性弱点，如嫉妒、过分担心、轻信和夸耀。爱德华·诺维尔接到朋友威尔布莱德的一封信，邀请他到城里去。爱德华的父亲老诺维尔偷看了这封信。他总是批评年轻人不够稳重，过分担心儿子学坏，于是他尾随儿子出门。不料，儿子早有准备，利用家里的仆人——聪明机灵的布瑞沃姆——打乱了父亲的计划。威尔布莱德住在哥哥凯特利家里，但经常召集朋友在家聚会。凯特利是个非常爱嫉妒的珠宝商人。当一群年轻人频繁光顾他家时，他非常不满。他向德恩莱特抱怨威尔布莱德把他家当作“像剧院、市场、酒馆那样的公共场所，用于不雅的嬉闹和喧哗”，认为弟弟这样做是“放荡、做作、有失尊严的”。更重要的是，凯特利担心威尔布莱德的“狐朋狗友”会喜欢上他新婚的妻子——美貌的凯特利夫人，从而闹出丑闻。此外，他的妹妹布丽吉特正住在他家里。于是凯特利“总是找茬和弟弟吵架，以便找个借口把他赶出去”。他很头疼，当妻子问他时，他说自己得了“一种许多人都会有的病”。当威尔布莱德携一群好友来家里时，德恩莱特批评他的行为，众人吵架。凯特利看到后，不假思索地认为他的“妻子和妹妹是一切纷争的根源”。他怀疑爱德华·诺维尔和自己的妻子之间有暧昧关系。因此，他“心里恨得要死，嫉妒得发狂”。他的妻子和弟弟都说他庸人自扰。威尔布莱德直接说凯特利的“嫉妒是他服下的毒药”。为了防止家里出事，凯特利吩咐仆人在自己外出时要看好妻子，监视那些年轻人和她的言谈举止，“如果他们窃窃私语，一定要把他们分开”。其实，爱德华·诺维尔并非对凯特利夫人，而是对布丽吉特产生了好感。为了让布丽吉特能溜出去和爱德华约会，威尔布莱德设计将凯特利夫妇分别骗出门。结果，夫妇二人在同一间房子里相遇并误会对方有不可告人的计划。他们冲动而轻信，怒斥对方的不忠。所有的纷争和误会在法官克里门特那里得到了平息和澄清。克里门特批评了德恩莱特的易怒，老诺维尔对儿子的过分担心，以及凯特利夫妇强烈的嫉妒心。克里门特总结并告诫众人"心里的刺比头上的刺更扎人"。剧情以诺维尔与布丽吉特的婚礼告终。这部剧从根本上意为娱乐。

《人各随其癖》并非琼森最伟大的剧作，但它的影响很大。剧作的情节完全出于琼森富于想象的头脑，但是他显然也从诸如乔治·查普曼等人的作品里获得了启示和建议。

这部剧作的开场白成为琼森戏剧评论及戏剧创作观的重要组成部分。锡德尼1595年在《诗辩》里提出的关于古典喜剧的要求，对琼森的创作也有相当的影响。这些表现在语调的前后一致、遵守"三一律"、剧情与人物的典型性或规范性，等等。比如，在《人各随其癖》这部剧作的开场白里，琼森提出了时间的统一性，表明他不会在舞台上"让一个正在蹒跚学步的孩子一步跨入成年，转瞬间以满脸胡须的、年过六旬的老人的形象出现"。这既是他对时间的统一性的坚持，也是对其他剧作家不这样做的批评。同样，他指出了自己恪守的现实主义原则："喜剧中的人物、行为和语言应该反映所处时代的面貌，表现人的愚蠢言行，而不是犯罪行为"。

《炼金术士》共5幕11场，背景为威尼斯，讲述了拉夫威特外出后家里发生的种种趣事，旨在讽刺当时流行的炼金术以及某些人对此的迷信。住在他家的炼金术士萨特尔、妓女多尔、管家费斯与前后出场的一群人之间发生了很多令人匪夷所思的事，其间人的轻信、荒谬等缺陷暴露无疑，令人捧腹。这部剧作的故事新颖，和《俄狄浦斯王》《汤姆·琼斯》一起被柯勒律治誉为情节安排最完美的三部文学作品。《巴托罗谬集市》共5幕10场，讲述了里特尔威特和他的朋友夸乐斯、温外夫等一群人在集市上的种种所见、所闻、所为。这部剧的背景是1133年至1855年间伦敦著名的夏季集市，即位于史密斯菲尔德的巴托罗谬集市。万花筒一般的集市是当时伦敦市民生活的缩写，而此剧也正是这种生活风貌的全景式再现，其中也间接表达了琼森的一些社会、宗教和政治见解。由于此剧中人物众多，故事纷杂，所以使人感觉有些凌乱拖沓。

《伏尔蓬涅》可称是英语中最杰出的讽刺喜剧。威尼斯的富翁贵族伏尔蓬涅贪得无厌，设计诈骗钱财。他佯装重病垂危而后继无人，唆使仆人莫斯加散布流言，说谁能赠送他最珍贵如意的礼物他就把万贯家财遗赠给谁。于是，一批妄想发财的熟人竞相献媚邀宠，有的献上重礼讨他欢心，有的甚至奉上妻子供他取乐。这些人经过一番丑恶的表演之后都得到了应有的惩罚。这出喜剧在揭露道德沉沦和社会堕落方面带有悲剧的色彩。

《巴索洛缪市场》展示了一幅气氛热烈、色彩浓郁的市井风俗图卷。它以当时伦敦每年一度的大集市为背景，将各色人等串联在一起展示在观众面前，他们中间有治安官、商贩、扒手、卖唱艺人、耍木偶戏的、卖烤猪肉的等等。剧中一个清教徒试图向一位夫人求爱，那位夫人却宁可嫁与一个赌徒。作者对这个清教徒伪君子极尽讥讽嘲弄之能事。没有一位剧作家能像琼森那样出色地描绘当时伦敦市井日常生活的风貌。

总而言之，琼森主张戏剧应服从地点、时间和行动一致的原则，全剧的场景应设在同一或相近的地方，时间的跨度不应超过 24 小时，行动和事件应紧紧围绕全剧的主线。

第四章　17世纪的英国文学创作

英国历史上的17世纪，尤其是这一世纪的前60年，是一个非常动荡的时代，但同时也是一个伟大的时代。英国发生了具有世界历史意义的资产阶级革命和随后的王政复辟。在这样的社会历史背景之下，17世纪的英国文坛开始发生重要变化。伊丽莎白时期的一些文学类别（如寓言或神话性长诗、十四行诗系列以及田园诗）开始“失宠”，一些新的类别的作品开始出现。作品倾向于短小、精悍、语言朴实。从作品内容看，这一时期的作家多谈生与死、信仰、精神的疾病和创伤这类问题。

第一节　17世纪的社会历史与文学发展

一、17世纪的社会历史状况

1603年，伊丽莎白女王去世，她的继任詹姆斯一世继位。从此，英国王室的都铎系结束，斯图亚特系国王们开始执政。詹姆斯一世从伊丽莎白女王手中接过的是一个统一而强大的英国。国家平静、稳定，经济繁荣、蒸蒸日上，英格兰、苏格兰及威尔士三位一体，政权稳固，人们安居乐业。然而，女王毕竟已从政坛消失，这对国家生活的各个领域都产生着影响。各种离心力量开始缓缓抬头，教派间的争斗重新浮出台面，王室和议会之间的权力较量愈来愈明显和严重。几乎从一开始，詹姆斯一世的王位就有些风雨飘摇，国家也随之急速地滑向动荡、混乱及巨变的局面。

进入17世纪后，英国社会的经济结构发生了剧烈变化，工业特别是纺织业日益发达，对外贸易迅速扩张。1610年至1640年的30年间对外贸易增加了10倍。农村中资本主义关系进一步发展。然而，人民生活依然困苦，贫富悬殊相当严重。詹姆斯一世的继任者查理一世是最大的土地领主，并控制了生产和贸易的专利权，征收重税，故与普通人民和新兴的资产阶级的矛盾日益尖锐。这一矛盾的特征表现为宗教斗争，以国王为首的英国国教为一方，另一方则为代表资产阶级利益的清教徒。这一矛盾引发了议会与国王间的激烈冲突。查理一世国王于1625年即位时召开的议会，贵族议员为一百人,而平民出身的议员却有五百人,其中四分之三是清教徒。这些平民所拥有的财富三倍于贵族。国王要课重税,议会则反对,要求节约。1627年,英国与法国的战争失败,财政枯竭,国王要求征税,议会则提出"权利法案"。国王动用军队解散了议会。接着国王在苏格兰强制实行英国国教的主教制度,引起苏格兰的不满。苏格兰仍坚持其长老会制度,结果导致了两次主教战争,英军失败。1640年查理一世不得不再召开议会。国王与议会的斗争越演越烈,1642年8月27日终于爆发了内战。议会军队在克伦威尔指挥下战胜了国王军队,国王成了俘虏。1649年1月30日,查理一世国王以叛国罪被斩首。

1653年10月16日,克伦威尔就任"摄政"之职,从此开始克伦威尔的摄政期。他实行军事独裁的统治,按清教原则提倡严肃的生活,甚至规定星期日店铺一律关门,禁止娱乐。克伦威尔的政权象征着英国中产阶级的得势,海军力量大大加强,对外贸易更快扩张,东印度公司有了极大的发展。可惜这一时期不长,克伦威尔于1668年死于疟疾。克伦威尔指定的继承人为其子理查。理查软弱和善,受制于军方,大权落入军人约翰·兰伯特手中。他以武力压迫议会,引起局势大乱,议会拒付军饷。结果议会于1660年5月25日迎回流亡国外的查理二世继承王位,这就是英国历史上著名的不流血的王朝复辟。

复辟后的政权日趋反动。查理二世违反了自己的诺言,对他以前的敌人进行了报复,甚至把已没收的土地归还给教会和保皇派。查理二世的继任者詹姆斯二世不甘于做一个空有其名的国家元首,想要恢复专制的王权,于是公开宣布恢复天主教,将政教紧紧握在自己手中。除此之外,他还急不可待地采取了一系列旨在恢复王室威力的措施,对于一切反对派毫不心慈手软,坚决镇压和取缔。他滥用权力,干预司法,建立军队威慑伦敦,成立宗教委员会,在牛津和剑桥两所大学里安插亲信、排除异己,发布命令取消一切不利于罗马天主教的法律,审判持不同宗教观点的主教,取消一些城镇的宪章,直接征敛赋税,等等。这些措施大大激怒了议会。为保障"英国人民的权利和自由",议会下院(或平民院)七名领袖于1688年联名邀请詹姆斯二世的女婿——荷兰共和国的元首、奥兰治家族的威廉——以及詹姆斯的女儿玛丽,率军前来帮助保卫英国国民。詹姆斯二世大吃一惊,即刻采取和解措施,如恢复城镇的宪章、解散宗教委员会、恢复一些遭到排斥的大学教授的职位,等等,以缓解议会的不满情绪,但是为时已晚。他见大势已去,便急忙逃亡法国。1688年,威廉和玛丽进入伦敦,议会宣布他们为英国国王和王后,作为英国的联合元首。这个事件在英国历史上被称为"光荣革命"。威廉和玛丽执政后,建立了以威廉三世为国王的君主立宪国家,国王封建统治的绝对王权被废除，资产阶级的统治逐渐巩固下来。

1689年，议会通过《权力法案》，威廉接受法案条文规定。依照法案，干预和取消法律、宗教委员会，没有议会同意的征税和建立常备军等做法，皆为非法行动；臣民有权向国王申述情况，新教徒可以拥有枪支以自卫，议员选举要自由，议会辩论要言论自由，禁止过分的罚款和惩处，议会要经常开会，等等。《权力法案》进一步削弱了王室，使之基本上处于无权的地位，而议会则把国家的财政、军事、宗教等大权牢固地掌握在自己手中。至此，议会和王室的权力斗争基本告一段落。中产阶级实际上已把权力从贵族阶级手里夺过来，而成为国家无可置疑的统治者。王室对议会的实权也再未进行过有分量的挑战。

从查理二世开始到17世纪末这个时期，可以说是以政局和思想的混乱而著称。社会历史在变化，价值观在变化，新旧观念交错，人们意识含糊，无所适从，对未来、信仰以及随之而来的自尊等方面，都觉察到一种严重的失落感，因而惶惶不可终日。这也是人们产生理智矛盾的时代。既然对未来毫不确定，人们就努力寻找可使思想得到安定的因素。由于价值观念不明确，人们就转向暴力、色情以及琐碎的事务，以发泄内心的烦闷与不安。这在很大程度上决定了这一时期文学的走向，即描写关于寻求安抚、暴力等的题材。文学作品里弥漫着低沉、悲观、颓废、轻浮的气氛。

二、17世纪的文学发展状况

17世纪的英国文学可谓是承上启下。它有继承伊丽莎白时期的文学传统，也为18世纪的文学发展奠定了重要的基础。17世纪前期的文学虽然在内容上表现出明显的不同，但是从精神层面看，伊丽莎白时期的浪漫主义精神贯穿在这个时期的作品中。这在约翰·弥尔顿(John Milton，1608—1674)、约翰·德莱顿(John Dryden，1631—1700)、约翰·班扬(John Bunyan，1628—1688)，甚至这个时期的戏剧里，都有不同程度的表现。可以说，伊丽莎白的精气直到王政复辟时才最后消散。到17世纪后期，有些人开始回顾前面一个世纪以来的文学创作，对伊丽莎白时期进行思考，觉得情感抒发较多，缺少理性，觉得文学创作自由较多，缺少必要的文学原则和规范。于是，17世纪的文坛开始发生了重要变化。伊丽莎白时期的一些文学类别开始"失宠"，如寓言或神话性长诗、十四行诗系列及田园诗。作品倾向于短小、精悍、语言朴实。同时，一些新的类别的作品开始出现，如爱情挽歌、讽刺诗、诗歌式书信体、沉思型宗教诗歌及"别墅诗"等。

在这种历史交替时期，社会生活出现混乱，人们无所适从，反映现实的文学作品于是出现多元现象。一边是描写暴力、色情以及琐碎事情，一边是坚持基督教理想和清教革命精神，此外还有冷静的哲学思考以及对自我和个人生活的高度重视与深刻剖析等，不一而足。英国内战也引起文坛的论争。有坚决的保皇派诗人，有对立的清教诗人和作家，还有针对当时人们的疾苦而出现的乌托邦式作品和宣言。从内容上来说，17 世纪的文学相当丰富多彩。

从伊丽莎白后期到王政复辟时期，诗歌和戏剧作品总体质量并不是很高。尤其是戏剧，在 1642 年至 1660 年这 18 年期间，即清教徒势力占据整个英国政治版图的时期，戏剧只能选择销声匿迹。清教徒们认为所有的娱乐都是罪过，他们出于对道德的严格要求，关闭了所有的剧院，甚至把一些演员关进监狱。他们取消了所有的公共假日，连圣诞节也不放过；他们认为那些衣着华丽的人都得受到谴责；他们撕毁图画，砸掉雕像，认为这些对于人来说都是罪恶的奢华。如果说当时还有什么戏剧形式存在的话，那就只剩下简单而原始的假面剧、木偶戏以及一些取自还没有被禁止的剧目中的闹剧场景。王政复辟以后，查理二世的王朝整日灯红酒绿、骄奢淫逸，朝廷的堕落影响了英国人的生活方式，大大降低了社会道德水准，严重地影响了文学创作。这个时期的戏剧反映出，腐朽和堕落已经成为时尚。当时的戏剧迎合朝廷的口味和部分观众对清教掌权时期的极端措施的逆反心理，把一切道德败坏现象都搬上舞台。其中喜剧所发挥的作用尤其恶劣。舞台上充满赤裸裸的暴力和色情，突出表现出人性最恶的一面：尔虞我诈、言行不一、爱财如命、男盗女娼、亵渎神圣，等等。这些剧作用幽默机智的对话代替崇高感情的发泄与表达，把严肃的人生困境轻描淡写，只为博得观众的一笑。这些引起了社会的反弹。敏感的宗教界人士对当时的剧作家提出了严厉批评，指责他们利用舞台宣扬违背道德与伦理规范的言行。不过，从历史角度看，这大大影响了英国喜剧的发展。

17 世纪诗歌领域也经历了巨大变化。许多诗人属保皇派，受到严重冲击。他们当中有人入狱，有人遭流放，有人失去职位和地位。一些人身处异地他乡，却继续写作，在 17 世纪 50 年代仍有抒情诗问世。在这个时期也出现一些内容极不健康的诗作，把美德、真理和诚信当作笑料。与此同时，也有一些清新的诗歌出现，这就是“抑扬(或英雄)对偶式”诗歌。这种诗歌形式早已存在，但使它成为人们喜爱的诗歌形式的诗人是埃德蒙・沃勒(Edmund Waller，1606—1687)。后来又经德莱顿和蒲柏(Alexander Pope，1688—1744)的改善，这种形式在 18 世纪成为英国诗歌的主要表达媒介。当然，17 世纪的诗坛上，最值得一提的就是弥尔顿。在王政复辟以后，革命派虽处于逆境，但是他坚持创作，写出了永恒不朽的作品。

在 17 世纪，散文一直在朝着健康的方向发展。因此，这一时期的散文成就是相当大的。说理文、抒情文、政论文、文论以及日记等，各领风骚，展现了蓬勃的生机和无穷的活力。从弗朗西斯·培根（Francins Bacon，1561—1626）的杂文，到艾萨克·沃尔顿（Izaak Walton，1593—1683）的人物素描，到托马斯·布朗（Thomas Brown，1605—1682）的巴洛克式散文，到杰里米·泰勒（Jeremy Taylor，1613—1667）的宗教文学，再到塞缪尔·佩皮斯（Samuel Pepys，1633—1703）的日记等，散文的创作一路长足发展，英国散文逐渐成熟，成为一种表达准确、思想深刻的语言。

在散文发展的基础上，英国小说也开始日渐成型。在英国小说的形成上做出过重要贡献的是约翰·班扬和阿弗拉·班恩（Afra Behn，1640—1689）。他们的创作实践有力地扩大了英国小说的社会影响，对英国小说的规范化和健康发展产生了重要的影响。尽管这一时期的小说在谋篇布局、人物塑造和艺术手法方面还不尽如人意，与现代小说不可同日而语，但它所具备的重要意义是无法抹去的，它为18世纪英国小说的全面崛起奠定了重要的基础。

第二节 日渐成型的英国小说

17世纪上半叶，罗伯特·格林和托马斯·迪罗尼等作家的现实主义小说在英国备受青睐，小说的读者群也随之从贵族阶层扩大到受过教育的普通百姓。其间，尽管英国小说尚未告别它的雏形期，也没有形成一定的小说理论，然而，它已从过去的萌芽状态变成了一棵嫩绿的幼苗，充满了生机。托马斯·戴克（Thomas Deckker，约1570—1632）继承了格林和迪罗尼的现实主义传统，以更加暗淡的画面展示了英国社会的冷酷现实。在《美妙的年代》中，戴克以辛辣的笔触描述了伦敦遭受鼠疫侵扰的状况。而他在《伦敦的七大罪》等作品中又无情地揭露并抨击了这座城市中的各种邪恶行径。

此外，当时英国还出现了一些所谓的“性格特写”。这些作品大都生动地描绘了社会上形形色色的人物形象并详细地剖析了各种人物的性格特征。其中，约瑟夫·霍尔（Joseph Hall，1574—1656）的《善与恶的性格》、托马斯·欧佛伯利（Thomas Overbury，1581—1613）的《二十一种散文肖像》和约翰·厄尔（John Earle，约1601—1665）的《小宇宙志》等作品是极为优秀的“性格特写”。这种“性格特写”的描写手法不但十分巧妙，而且还能入木三分，通常抓住人物的一个特征穷追猛打，甚至狂轰滥炸。无疑，“性格特写”对英国小说的发展起到了推波助澜的作用。

资产阶级革命和随后的斯图亚特王朝复辟虽然使整个英国长期处于混

乱无序、动荡不安之中，但英国小说还是在当时呈现出勃勃生机的散文创作基础上向前发展了。以下就主要对约翰·班扬和阿弗拉·班恩的小说创作进行一定的论述。

一、约翰·班扬的小说创作

班扬出生在贝得福郡附近一个名叫埃尔斯托的村庄，他祖父和父亲都以补锅为生。早年，他在一所农村小学读书，不久便继承父业。16岁时，他应征入伍，参加了内战。其间，他结识了不少清教运动的领袖和社会各阶层人士，为他以后从事小说创作收集了重要的素材。当清教徒获得胜利之后，班扬退役还乡，并重操旧业，补锅为生。与此同时，他对宗教事业情有独钟。1653年，班扬加入新教，并开始传教。由于他无证传教触犯了英国当时的教规，于1660年遭逮捕，并被关押了12年之久。在狱中，班扬奋笔疾书，完成了九部作品，其中包括一部具有浓郁的宗教色彩的自传《公德无量》。1672年，班扬获释，并担任地方教会的牧师，继续从事传教活动。1675年，他的执照被吊销，次年，他因无证传教而再次入狱。其间，他开始起草《天路历程》。6个月后，他获准出狱，随后继续写作、传教和补锅。班扬一生坎坷，年轻时一贫如洗，中年时代在狱中度过，而晚年则风尘仆仆。1688年8月，他因在传教途中被大雨淋湿而发高烧，10天后便离开人世。

班扬虽然没有受过良好教育，但他为英国小说早日告别雏形期并步入一个新的发展阶段做出了积极的贡献。班扬一生著作等身，其中最重要的是三部小说。除了《天路历程》外，他还创作了对话体现实主义小说《败德先生传》和宗教讽喻小说《圣战》。这些小说不仅以讽刺的笔触描绘了17世纪下半叶英国的社会弊病和道德腐败，而且还集宗教寓意和现实描写于一体，具有很强的讽喻性、启示性和时代性。

《天路历程》是英国文学史上极为重要而又十分流行的一部小说。这是一部具有梦幻色彩的宗教寓言小说。作者生动地描述了自己在梦中遇到的情景。他看见一个衣衫褴褛的人，背着一个沉重的包袱，手中拿着一本《圣经》，在路上徘徊。此人名叫基督。他从传播福音的人口中得知，他的家乡城市将要被大火烧毁。于是，他将这一可怕的消息告诉家人和邻居，并劝说他们赶快离开。但他们却将他视为疯子。无奈之下，基督决定独自一人去天国寻求救赎，从而开始了他的“天路历程”。刚开始，一个名叫“易变”的朋友愿意与他同行，但陷入困境后，“易变”中途退却，而基督则义无反顾，勇往直前。后来，他得到了“世智”“传道”等人的帮助和指点，并在一位名叫“尽忠”的朋友的陪伴下，克服千难万险，遭受种种磨难，路经“名利场”“羞辱谷”“困难山”和“死亡河”，终于到达“天国城”，获得了不朽的生命。

这部小说的创作意图主要是通过对主人公基督去天国寻求救赎的旅程的描写向读者宣传正统的宗教思想，从而达到说教的目的。班扬是一位尽心尽责、坚贞不渝的传教士，毕生致力于宗教事业，他在创作小说时当然也不例外。作者将小说设计成一个寓言，使整部作品的情节建立在主人公去天国朝圣的旅程之上。基督身上褴褛的衣衫和沉重的包袱代表着人类的罪过和尘世间的烦恼。这无疑传达了基督教的原罪思想。因此，主人公的“天路历程”不仅是物质意义上的跋涉，而且也是一次精神上的旅程，具有深刻的道德启示和宗教意义。作者将人比作朝圣者，将人生道路比作前往天国朝圣的“天路历程”。他试图告诉读者，人们只有像基督那样对上帝坚信不移，强化原罪意识和赎罪心理，才能完全摆脱罪孽，悔过自新，到达美好和永恒的境界。

《天路历程》也是一部优秀的现实主义小说。班扬通过主人公的“天路历程”真实地描绘了 17 世纪英国的社会现实和生活气息，将斯图亚特王朝复辟时期英国社会的混乱局势和腐败风气充分地展示了出来。作者在描述基督和“尽忠”在“名利场”的经历时对当时英国的社会现实做了含沙射影般的揭露和讽刺：

> 在这座名利场上出售这样的商品：房屋、土地、手艺、地位、荣誉、升迁、头衔、国家、王宫、色欲，还有各种欢乐与享受，如妓女、鸨母、妻子、丈夫、孩子、主人、仆人、生命、血液、身体、灵魂、白银、黄金、珍珠、宝石等等。在这里还可以看到偷盗、凶杀、通奸、伪证、而这一切都带有鲜红的血色。

可以看出，班扬正是通过对名利场的生动描绘，将英国当时的社会风尚真实地展示了出来。事实上，在小说中，诸如此类的现实主义镜头有很多。作品的现实性和时代性毋庸置疑。

从艺术特征上看，《天路历程》创作技巧纯熟，至少表现出了两个鲜明的艺术特征。

第一，小说巧妙地将梦境与现实交织一体，通过一个虚构的梦幻世界来反映现实社会，并以此折射出深刻的道德含义。尽管班扬不是第一个在文学作品中表现梦境的作家，但他却成功地创作了英国文学史上第一部梦幻小说，对如何巧妙地使用梦境来反映现实生活做了有益的尝试。值得一说的是，《天路历程》采用的是第一人称叙述，从头到尾叙述了作者在梦境中的所见所闻。关于这一点，小说的副标题已明确无误地告诉读者：“从这个世界到未来的世界：以梦境的形式加以表现。”小说一开局作者便向读者展示了一个梦幻世界：

> 当我在荒野中行走时，我来到了某个地方，那儿有间房屋。于是我便在那儿躺下来，很快睡着了。当我沉睡时，我做了一个梦。我梦见自己看到一个衣衫褴褛的人站在一个地方，背对着他的小屋，手里拿着一本书，背上驮着一个沉重的包袱……

班扬在叙述过程中，不时采用"现在我梦见"，"然后我梦见"或"正如我刚才所梦见的"等解释性词语，以此来不断提醒读者。在小说的最后，作者又以从梦中醒来结束。在今天的读者看来，这种叙述笔法也许俗不可耐，然而在一个小说尚未告别雏形期的时代，班扬的艺术构思及其对小说的驾驭能力无疑体现了某种前瞻性。读者发现，班扬不仅充分地发挥了梦境的艺术功能，而且还成功地使其成为折射现实世界的一面镜子。

第二，小说采用了象征主义手法。尽管象征主义作为一种艺术流派和文学思潮是 19 世纪下半叶法国文学革新的产物，但班扬在小说中创造性地运用了象征主义的手法，使作品富于深刻的含义。小说中的许多人名其实代表了各种抽象的概念或品质，如"易变""尽忠""世智""传道""无知""希望""绝望""恨善先生""马屁先生""爱钱先生"和"饶舌先生"等。显然，这些姓名暗指同时代人的性格与品德，代表了十分具体的人物形象。小说中还有不少地名也具有象征意义，如"名利场""困难山""羞辱谷"和"死亡河"等，这对铺垫小说的气氛起到了一定的辅助作用。不仅如此，班扬在小说中对人物的描绘也具有浓郁的象征主义色彩。例如，主人公褴褛的衣衫象征着人类的罪过与烦恼，他背上那个沉重的包袱代表着深重的罪孽，而他所走过的艰难曲折、险象环生的"天路历程"则象征着人类赎罪的困难与痛苦以及追求美好未来的艰难历程。客观来说，班扬的象征主义手法虽然不够成熟，但确实对烘托小说主题、渲染小说气氛发挥了重要的作用，影响了英国早期小说艺术的发展。

从语言上来看，《天路历程》成功地采用了《圣经》的语言风格，以简洁朴实的语体来叙述引人入胜的故事，细节描写生动有趣，人物塑造鲜明具体，使作品产生了极强的艺术感染力。

这部小说获得巨大成功之后，班扬便着手创作它的下集，并于 1684 年正式完成与出版。下集主要描述基督的妻子克里斯蒂和她的四个孩子的"天路历程"。他们不顾众人的反对，在邻居"仁慈先生"的陪同下，战胜了巨人"绝望"及其他怪物，最终到达了天国。客观地说，《天路历程》的下集在艺术上确实不如上集，因而两者的文学地位不可相提并论。

《败德先生传》是班扬的另一部现实主义小说，其以讽刺的笔调描绘了复辟王政时期英国社会的腐败与罪恶。小说通过"智慧先生"和"关注先生"之间的对话描绘了一个名叫"败德先生"的一生。"败德先生"是 17 世纪末英国奸商的典型形象。他从小作恶多端,后采用种种卑劣的手段发了横财。作为一个投机商人,他囤积居奇,哄抬物价,横行市场,鱼肉百姓。最后"败德先生"暴病而死,算是得到了报应。班扬通过这一不法商人的形象详尽地描述并无情地揭露了当时风行于英国社会的贪婪、狡诈、欺骗和腐败等丑恶现象。作者似乎告诉读者,英国社会到处都是"败德先生"这样的坏人。在这部小说中,作者的现实主义手法继续得到了充分的展示。

从艺术形式上看,《败德先生传》出现了新的变化。尽管这部小说依然具有寓言的特征,但它不再以梦境的形式由第一人称进行叙述,而是通过"智慧先生"和"关注先生"两人之间的对话来揭示刚死不久的"败德先生"的恶劣行径。"智慧先生"承担了叙述故事的任务,而"关注先生"则扮演了评论者的角色,两人分工明确,各司其职。然而,他俩之间的对话有时显得冗长和乏味。这不仅反映了凭借"对话形式"叙述长篇小说的难度,而且表明英国早期的小说在谋篇布局和叙述形式方面还不够成熟。

二、阿弗拉·班恩的小说创作

班恩出生于肯特郡,原姓可能是约翰逊。早年曾在南美洲圭亚那地区的苏里南生活过一段时间。1663年,她返回英国,并嫁给了一位商人。在第二次英荷战争爆发前夕,她受英国宫廷派遣到比利时北部港口城市安特卫普从事情报工作。战争结束后,她回到英国,但不久因债务问题而坐牢。几年后,班恩获释出狱,并开始从事文学创作。她早年在苏里南的生活以及后来的坎坷经历为她提供了宝贵的创作素材。从1671年起到1689年她去世为止,班恩创作了15个剧本,其中较为著名的有《流浪者》和《城市女继承人》,前者描述了几名英国浪子在那不勒斯和马德里的浪漫经历,后者以喜剧的形式表现了伦敦的现实生活。然而,班恩的创作成就主要建立在她的长篇小说《奥隆诺科》之上。这是继《天路历程》之后又一部具有较高艺术水准的英国小说,在17世纪末的读者中引起了一定的反响。由于她在文学创作中成绩卓著,因此,她去世后被葬在西敏寺的东院。

《奥隆诺科》是英国文学史上第一部描写黑人的悲惨命运的长篇小说。奥隆诺科是非洲一个国王的孙子和王位继承人。他与一位名叫英姆埃达的将军的女儿相爱。不料,老国王早已被英姆埃达的美貌所迷惑。当他得知这对青年男女的恋情时,不禁醋意大发,怒火中烧。他立即下令将英姆埃达卖到国外去当奴隶,而奥隆诺科则遭到一名运送奴隶的英国船长的诱捕,被押往英国的殖民地苏里南。不久,奥隆诺科在苏里南找到了英姆埃达,两人重新团聚,后来,奥隆诺科因鼓动其他奴隶逃跑而遭到当局的追捕。在绝境中,奥隆诺科为了不让英姆埃达落入虎口,不得不先将她杀死。英姆埃达面带微笑迎接死亡。然而，奥隆诺科却自杀未遂，被当局抓获。他宁死不屈，最终被残酷地杀害。

这部小说生动地描述了一对非洲青年的悲惨命运，同时也无情地揭露了英国殖民主义者的残暴行为。主人公奥隆诺科是一位正直、善良、勇敢和浪漫的热血青年。尽管他出身高贵，但却沦为“皇家奴隶”，最终成为腐朽制度的受害者。即便连他这样一位王孙公子也未能幸免于难，其他奴隶的境况也就不言而喻了。显然，奥隆诺科是一个悲剧性的人物，他热情浪漫，才华出众，但却成为邪恶势力蹂躏的对象。作者详尽地描述了那些自称是基督徒的英国殖民主义者残酷压迫奴隶的情况，对统治者和殖民主义者的血腥暴行作了深刻的揭露。小说充满了现实主义的描写镜头，常常使读者感到身临其境。

从艺术形式上看，《奥隆诺科》的情节生动曲折，人物形象有血有肉，框架结构清晰合理，体现了作者较强的谋篇布局能力。此外，作者还在小说中掺入了不少近似于学术论文的篇章，深入探讨了作者本人对诸如宗教之类的抽象问题的认识与思考。

阿弗拉·班恩是英国小说的开拓者，同时也是英国历史上第一位女小说家。除了《奥隆诺科》之外，她还创作了其他几部长篇小说，其中较为出色的有《美丽的薄情女郎》。总的来说，班恩的创作是具有一定的实践意义的，因为其不仅使小说这一新的文学体裁在公众眼中变得更加体面与可敬，而且还首次表明女性也能和男性一样很好地运用小说这种文学样式。

第三节　百花齐放的诗歌创作

17世纪英国诗歌的发展有两个显著的阶段，第一个阶段是詹姆斯和查理王阶段，第二个阶段是内战和复辟时期。

在詹姆斯和查理王阶段，英国诗歌创作的主角是本·琼生（Ben Jonson，1573—1637）和他的弟子们以及一些玄学派诗人。这段时期的文学常被认为是伊丽莎白时期文学的继续。在内战时期的前后数年内，英国诗坛出现了一批人称“保皇派”的诗人。“保皇派”这个词语用在诗歌上不太准确。所谓“保皇派”诗人并非一定写保皇的内容。从历史角度看，这些诗人的风格是值得推敲的。他们的风格清爽、典雅、有些做作。“保皇派”诗人主要有埃德蒙·沃勒、亚伯拉罕·考利（Abraham Cowley，1618—1667）、查尔斯·塞德雷（Sir Charles Sedley，1639—1701）、查尔斯·萨克维尔（Charles Sackville，1638—1706）、约翰·德纳姆（John Denham，1615—1669）等人。

在复辟时期，弥尔顿无疑是最重要的诗人，他的深远影响是无与伦比的。此外，约翰·德莱顿(John Dryden，1631—1700)也是英国17世纪的"桂冠诗人"，常被人称颂。总之，正是上述一些诗人为17世纪的英国呈现了一个百花齐放的诗坛。本节则主要通过以下几位诗人的诗歌创作来看17世纪的诗歌发展面貌。

一、埃德蒙·沃勒的诗歌创作

沃勒生于英国哈特福德郡的考利舍，曾就读于伊顿学院和剑桥大学。他16岁进入英国议会，是当时著名的演说家，具有非凡的语言天赋。在政治上，沃勒最初站在议会一边，反对国王；后来又转而支持查理一世反对议会，策划了"沃勒计划"，试图帮助国王恢复王室的权力。结果事情败露，沃勒被流放，1651年被赦免。他在王政复辟后再次进入议会，直到1687年去世。

沃勒在世时就是著名诗人，享有很高的声誉。1645年他的《诗集》出版，很受欢迎，历经数版。沃勒的诗歌有一些是带有政治色彩的颂诗。他审时度势，见风使舵。例如，《献给摄政王的颂诗》赞美了克伦威尔，表明了沃勒的共和思想。在这首诗中，沃勒肯定了克伦威尔政权，称赞该政权使国家结束无政府状态，免于内战之苦。在诗中，沃勒把克伦威尔比做《圣经》里的大卫王。在《关于最新风暴和殿下的死亡》一诗中，沃勒把克伦威尔的死亡比作是创建罗马城的罗穆卢斯国王之死，对他增强国力的功绩予以赞扬。然而，在王政复辟时期，沃勒于1660年出版的诗歌《献给国王，在陛下荣归之际》，又对查理二世大加赞美，把查理二世比作希腊神话中独眼巨人库克罗普斯的眼睛，表达英国人民极力要求君主政体复辟的意愿。

沃勒诗歌中有一些是献给个人的诗，还有一些是爱情诗。他最著名的诗歌包括献给多萝西·锡德尼的《去吧，可爱的玫瑰》。他的后期作品包括《宗教诗歌》和《沃勒先生的诗歌的第二部分》。这些诗歌都反映出沃勒诗歌中的典型性主题和意象。

沃勒的诗歌语言流畅，风格典雅。在玄学派诗歌盛行的时代，沃勒独树一帜，采用概括性陈述和容易理解的意象，强调通过倒装和对称来限定语句。

沃勒最大的贡献在于把英雄偶韵诗体引入英语诗歌创作，规范诗歌的语句和用词，使用响亮的韵脚，强调智慧和客观性。在沃勒的努力下，后来又经约翰·德莱顿和亚历山大·蒲柏的改进，这种诗体在英国一度盛行，到17世纪末、18世纪上半叶，成为英国诗歌的主要表现形式。

二、亚伯拉罕·考利的诗歌创作

考利生于伦敦一个富裕的文具商家庭。父亲是名杂货商，但是他在父亲死后才出生，幼年受母亲熏陶，对斯宾塞的《仙后》爱不释手。1636 年就读于剑桥大学，并在读书期间发表诗作《爱情之迷》。清教徒革命开始时离开。内战时，他离开剑桥，随王室到法国，1647 年发表诗集《情人》。1654 年，他因执行外交任务返回英格兰，一度遭到扣押。在清教政权统治期间，他大部分时间都生活在巴黎。王政复辟后，他回剑桥工作，后来得到王室封地，就安顿下来写文章，也研究植物学。1667 年，考利去世，葬在西敏寺乔叟和斯宾塞旁边。

考利的作品包括《情人》《品达式颂歌》，以及关于大卫王的史诗。考利在世时声望很高，但后来就逐渐被人遗忘。他对斯威夫特有过影响，约翰逊的《诗人生平》一书也以他为开篇，但他还是没有逃脱被遗忘的命运。蒲柏就说过，"现在谁还读考利呀！"今天，考利的读者就更是寥寥无几了。但是他的一些诗行依然值得欣赏与推敲，如：

多嘴的鸟啊，你为何一大清早
就在我窗前啾啾乱叫？
狠心的鸟啊，今天你从我臂中，
从臂中夺走了我的一个好梦。
醒时双眼看到的一切东西，
都无法与那梦中的景象相比。
你怎能将你造成的损失弥补，
你所带来的比梦一半都不如，
不如那梦的一半美好、可爱，
尽管人们说是你把春天带来。

三、约翰·德纳姆的诗歌创作

德纳姆生于都柏林，是爱尔兰财政部首席男爵约翰·德纳姆之子，曾在牛津大学接受教育。1636 年，他把古罗马诗人维吉尔的史诗《伊尼依德》第 2 册的部分内容意译成英语，并于 1656 年以《特洛伊的毁灭》为题出版，同时附有一篇关于翻译艺术的精彩韵文，但没有引起注意。后来德纳姆完成 5 幕悲剧《智慧》，1641 年上演，1642 年出版。这为他在文学界赢得了一席之地。不过，德纳姆的最成功之作是他的诗歌《库珀山》。该诗最初匿名出版，后来几经修改，于 1655 年最后定稿。《库珀山》使德纳姆享有了较高的声誉。

《库珀山》以德纳姆家周围的景致为描写对象，融景物描写与道德反思为一体，表现出诗人的艺术性和深刻的思想。诗人站在库珀山上，极目远眺，周围的一切尽收眼底，就连伦敦的远景和古老的圣保罗教堂也被纳入视野。目光所及，诗人浮想联翩，谈古论今。远处的山峰，近处的幽谷，高高的温莎塔和潺潺的泰晤士河，都被描写得活灵活现，被赋予一种不寻常的意义。德纳姆把喧嚣的城市生活与宁静快活的乡村生活作对比，提到大教堂在查理一世的资助下得到修缮的历史，预言说教堂将永远坚固如初。森林环绕的肥沃山谷使诗人想到关于农牧之神、林中仙女和森林之神的古老故事。诗人在详尽描写狩鹿的经过之后，旁骛笔锋，对当时人们侵犯宗教自由、蚕食修道院的现象进行恰到好处的评论。

在《库珀山》中，德纳姆表现出了高贵的气质和典雅的艺术风格。他迎合当时的艺术品位，贴切自然地使用对照和暗喻手法。他的不断出现的对比和偶尔出现的警句，把对周围景物的观察融为一体，使之与内容相得益彰。在诗中，德纳姆也使用了偶句，证明这种形式在当时不是固定的格律形式，而是为了实现简洁和清晰所进行的一种尝试。

《库珀山》是一首着重描写的诗作，囊括了英语诗歌中曾出现的所有景致。诗人为景物敷设各种想象的色彩，以期确切地表达自己的思想。诗中出现的高塔、河流、森林、高山的名称都不是特指，而是具有普遍适用的特点，在英国乃至欧洲的任何地方都可以找到这种地方。德纳姆的这一做法并非首创，在前人的诗作中就有过类似的尝试，只是《库珀山》在当时促成了这一风尚的流行。

德纳姆除了以上的作品外，还创作了一些即兴与抒情诗，如《悼亚伯拉罕·考利先生的去世》《悼亨利·黑斯廷斯大人去世的挽歌》《大卫赞美诗的一个译本》等。其中，《悼亚伯拉罕·考利先生的去世》一诗非常优美，哀婉动人。

四、约翰·弥尔顿的诗歌创作

弥尔顿生于伦敦一个富裕的清教徒家庭。他的父亲具有较高的文化修养，在音乐和古典文学方面造诣很深。弥尔顿自幼好学，接收了古典文学的熏陶和人文主义思想的影响。1632年，他获得硕士学位。1635年，他回到他父亲在白金汉郡霍顿镇的乡下别墅居住。当他走出霍顿、再度露面时，他已成为当时学识最渊博的学者。到23岁时，他的诗作已经显出他的卓尔不凡的诗才。1638年，弥尔顿前往欧洲大陆旅行，拜访文人学士，瞻仰名胜古迹。1639年，英国国内奏响了革命的序曲，弥尔顿迅速启程回国，从教育和宣传入手开始了他的革命事业，持续了20年。1642年他与年轻任性的保王派乡绅的女儿鲍威尔·玛丽结婚,婚后多坎坷。1652年,他双目失明,写了著名的十四行诗《当我想到我的眼睛是如何失明的时候》。该诗充分地说明了他信仰的虔诚、革命的激情和高尚的情操。同年,妻子玛丽逝世。1656年,弥尔顿续娶了温柔贤德的嘉德琳·胡德科克,两人恩爱极深,不料嘉德琳在婚后15个月因产褥热死去。1660年,在革命遭到重大挫折之时,弥尔顿遭到迫害,作为"弑君者"的辩护人被关押,虽免于一死,但财产被没收,著作被焚毁,行动受到监视。但他始终坚持革命立场,全力投入到诗歌创作中,呕心沥血地完成了几首著名诗作,达到了他创作的最高峰。1674年11月,弥尔顿因痛风发作导致心力衰竭,在贫困中病逝。

作为17世纪最伟大的诗人,弥尔顿在诗歌多个领域都取得了突出的成就,不仅写出了优秀的田园挽诗、抒情短诗,精美的十四行诗、牧歌,出色的诗体悲剧,还写出了伟大的史诗。他的代表诗作主要是《失乐园》《复乐园》和《力士参孙》。以下主要对《失乐园》进行一定的分析。

《失乐园》是欧洲文学史上文人史诗的典范作品,规模宏大,共分12卷,一万多行,采用无韵诗体写成。它取材于《圣经》,亚当、夏娃被逐出乐园的故事出自《旧约·创世纪》,撒旦反叛的故事取自《新约·启示录》。

弥尔顿是一个虔诚的清教徒,对上帝的信奉,人们丝毫不必怀疑。他创作《失乐园》目的是侍奉上帝。上帝造人,却把人赶出乐园,人们对此肯定会有不解或疑虑。弥尔顿就是通过《失乐园》来解释这些可能在人头脑里产生的疑难。它主要讲,人受魔鬼的怂恿,违背了上帝的旨意,上帝虽然把人赶出乐园,但对人自始至终关怀备至、仁至义尽,无可挑剔。

《失乐园》还指出,上帝早已知道人必然堕落。伊甸园那棵智慧(苹果)树,上帝告诫亚当和夏娃别吃它的果实,吃了不好。既然不好,何必种它?不种不就万事大吉了?上帝种它必有意图。树的作用就是引导人去品尝生活的味道,从而拥抱生活,在生活的酸甜苦辣里成长。而且,上帝无所不在,无所不知,完全可以阻止撒旦的行动,但是他决定听之任之。这说明,上帝对亚当和夏娃的越轨,早在预料之中,毫无惊讶之意。所以,亚当和夏娃的堕落乃是上帝的战略宏图的一个组成部分。人必须去经历生活,在大千世界中成长和成熟起来。

"堕落"的含义究竟是什么?堕落就是犯错误。人吃一堑长一智,逐渐学得聪明起来。乐园是什么?乐园就是童年无忧无虑的黄金时期。失乐园就是失去了快活的童年。从实际生活看,亚当和夏娃在乐园里虽然快活,但那是没有意识和知识的儿童般的快活,没有成长起来的快活。人们其实并不欣赏和留恋那种生活。人们愿意长大,去经历和体验生活的苦辣酸甜、喜怒哀乐,所以失乐园或"堕落"其实是人告别童年、走向成人世界的第一步,是充实生活的真正开始，不是坏事。

《失乐园》的结尾虽然悲壮，但不悲观。亚当和夏娃手拉手离开伊甸，走向大千世界，非常令人感动。诗中对亚当和夏娃的描绘，并不完全蹈袭《圣经》的情节。他们对走出乐园的态度很发人深思。当他们被天使领到伊甸的东门，回首望见“幸福乐园的东侧，那上面有火焰的剑在挥动，门口有可怖面目和火武器的队伍”，他们没有失去生活的勇气，而是很快就拭掉滴下来的眼泪，正视横卧在他们眼前的茫茫世界。诗人可能旨在表明，人只有摆脱上帝父母般的“惠顾”，才能真正长大成人。

撒旦是《失乐园》里形象刻画得最圆满、最突出的人物。撒旦狰狞、可恶，可他无疑也是上帝的造物之一。上帝为什么造出这么一个魔鬼来？难道他也是上帝的战略宏图的一个组成部分？仔细考虑，魔鬼也是上帝的棋盘上的一个很有用途的棋子。上帝要他当实现自己意图的工具，当他向人类交待的替罪羊。由此可见，“堕落”是上帝一手导演的“历史冤案”，既“冤枉”了人类，也“冤枉”了撒旦。撒旦有血有肉，内心极其复杂多变。在前3卷，他是一个不折不扣的反叛者。到第4卷开始，当他在乐园看到上帝的造物业绩，他也有些悔恨之意(第4卷第19～31诗行)。他想到忏悔，但也想到地狱里的战友以及他对他们的承诺(第4卷第79～92诗行)：他深知自己瞻前顾后、“死要面子活受罪”的尴尬处境。他内心一时之间充满怒气、嫉妒和绝望，这进一步坚定了他反叛到底的决心。这种描绘增加了撒旦这个人物的可信度。透过撒旦的形象，读者仿佛看到诗人不可战胜的战斗精神和这种精神的外化和表达。撒旦仿佛是为自由而战的象征。

弥尔顿对上帝的态度也有值得琢磨的地方。他确实连篇累牍歌颂上帝，但偶尔在行文中，也发出一两句感叹，让人觉得他认为上帝是矛盾的根源：

> 起初我们虽然觉得有些
> 蹊跷：天神和天神打仗
> 在激烈的场合相遇，而他们
> 以往却经常在一致快活与爱的
> 节日里相见，作为同一个伟大父亲的儿子
> 赞美永恒的天父：可是现在
> 战斗的叫喊声已经开始，紧急的进攻
> 声很快淹没了一切温雅的思想。

在这部史诗里，演说术是起了很大作用的。演说术能够大大增加读者阅读时的乐趣。例如，卷二里著名的一段写堕落的天使在地狱里开会的文

字，就全用演说术。以英国议会为蓝本，弥尔顿写堕落天使开会辩论，题目是《是否立即向上帝宣战以雪失败之耻》。比利尔陈述了立即宣战之弊；玛蒙则主张接受现实，在地狱称王；别西卜第二次发言，反驳“和平论”，用一连串修辞反问句，引起听众对和平论的怀疑。演说修辞增强了这一段叙事的戏剧性。

《失乐园》里最精彩的一段演说修辞是在全诗情节最关键的一段叙事里，即撒旦引诱夏娃的一段。诗人在各方面做了充分准备之后，撒旦开始引诱夏娃。诗人是有意识地运用演说技巧的，这可以用两点来证明：第一，他用了 proem 一词(549)，即 prooemium，与 exordium 是同义词。第二，史诗在重要动作或道白之前，往往要用明喻。当撒旦把夏娃引到智慧树的面前要引诱她去摘果这一关键时刻，弥尔顿就明确地用了一个古代演说家的比喻：

就如古代雅典或共和的罗马——
当时雄辩术发达，如今已销声——
一位有名的演说家就某重要问题
满怀着自信，耸立着，不待开口
那仪表举止就赢得了听众的心，
有时他满腔正义不可遏止，
不耐烦作开场白，就直入本题。
同样，引诱者撒旦满腹激情，
屹立着，移动着，挺直身躯，开口道……

关于引诱的整段叙事也有个引子，引子原为集中听众的注意力，引起听众兴趣，这一段的引子也是为此目的，因为夏娃刚刚开始注意到这条蛇。同时这段话还在打动夏娃的虚荣心，解除她的警惕，把她争取过来。

弥尔顿的诗歌风格不落窠臼。规则的无韵体(无韵五步抑扬格)，复杂多变、交相辉映的各种节奏，诗行富丽宏伟。当然，这与许多其他因素有关，如言语的力度，形象的生动，措辞的精准，跨行句子，词句堆叠出的精工细作的悬疑，永不单调、花样别致的结构，如珠落玉盘的声音和如临其境的画面。这一切都使这首诗高贵庄严，引人入胜。

弥尔顿在英国文学史上是继乔叟和莎士比亚之后的第三大诗人。他的作品对后代诗人的创作产生了深远影响。他的素体诗、沉思诗、描述诗、戏仿诗行等，都对后世产生了极大影响。他对 18 世纪、对浪漫主义诗歌的创作，对维多利亚时代的作家(丁尼生、萧伯纳等)以及其后各个时代的作家的影响，他在世界范围内的影响，这些都是不言而喻的。弥尔顿的史诗、十四行诗、挽歌等作品业已成为英国文学的有机组成部分。

五、约翰·德莱顿的诗歌创作

德莱顿生于提彻马西村一个富足的乡村家庭，外公是牧师，祖父是准男爵。1644年，他13岁时被选送到威斯特敏斯特学校，即圣·彼得皇家学校，享受国王奖学金待遇。德莱顿从中受益匪浅，培养了他对不同文化的吸收和接纳能力。1650年，德莱顿进入剑桥三一学院，学习古典作品、修辞和数学。1654年他以优异成绩取得文学学士学位。1658年，德莱顿发表他的第一部力作《英雄诗章》，歌颂克伦威尔的功绩，哀悼他的逝世。1660年，他又创作了《正义归来》，为君主制唱赞歌。王政复辟之后，德莱顿迅速确立了自己在诗歌和文学批评上的领袖地位，开始效忠新政权。为了表示对复辟的欢迎，他又相继写了《献给神圣的陛下：贺国王加冕》和《致大法官》。德莱顿迎来自己一生中最大成就的诗是讽刺诗。他的模仿史诗《莫克弗莱克诺》不仅使描写对象以出人意料的方式显得十分重要，而且使得荒诞可笑的事物成为诗歌创作的材料。随后，在创作《押沙龙和阿克托菲尔》和《勋章》时，他延续了这种讽刺风格，抨击阴谋篡权的辉格党，以古讽今，文笔诙谐犀利。1688年，托马斯·沙德韦尔取代他成为"桂冠诗人"，从此他只有以写作为生。1700年，德莱顿去世。

德莱顿生前创作了大量诗歌，尤以颂诗和政治讽刺诗而闻名。颂诗不仅包括前面提到的《英雄诗章》，还有帮助他在1668年获得"桂冠诗人"称号的《神奇的年代》，用英雄双行体写成的《俗人的信仰》，优美无比、先后被17和18世纪的两位著名音乐家谱成曲子传唱的《圣·赛西里亚日颂歌》。它与《亚历山大的宴会》是德莱顿最著名的两首抒情诗，颂扬了美妙的音乐艺术，在诗歌形式上也追求音乐性的效果，富有感染力。《圣·赛西里亚日颂歌》是那个时代唯一能与弥尔顿的作品相提并论的诗歌。1681年，德莱顿创作了他的第一首也是他最好的政治讽刺诗——《押沙龙和阿克托菲尔》。1687年4月问世的《鹿与豹》运用妙趣横生的诗行进行论证和说理，第一部分采用寓言方式描述了英国国内的各个教派；第二部分用雌鹿代表天主教，用豹子代表英国国教，描写二者之间的论战，盛赞罗马天主教会是"洁净不朽"的鹿，责骂国教是肮脏凶残的豹；第三部分继续这二者之间的对话，并展开德莱顿个人的宗教讽刺，十分高明。但德莱顿这些讽刺诗歌由于会给人造成痛苦而失去了重要价值。德莱顿的颂诗和讽刺诗标志着英国诗歌中古典主义的确立。

《押沙龙和阿克托菲尔》其实是个寓言，采用英雄双行体写成，由两部分构成，第一部分于1681年问世，由德莱顿执笔；第二部分发表于1682年。该诗讲述了1681年英国王室的骚乱，将蒙玛姆斯比作押沙龙，查理二世比作大卫王，夏夫兹伯里比作阿克托菲尔，将白金汉（德莱顿的宿敌）塑造成不忠的仆人泽姆瑞。将谋反的主要责任归在夏夫兹伯里身上，将查理二世刻画成忠诚可敬之士。

德莱顿的诗歌形式多样，内容丰富，或记叙历史大事，或发表政治和宗教见解，或讥讽政敌，增强了英国诗歌的表现力，充分显示了他驾驭诗歌艺术的出色才能。虽然是一位新古典主义批评家，但德莱顿并没有固守规则，将自己束缚在“三一律”上。在形式上，他通过创作讽刺诗、颂诗和宗教诗等确立了一种标准的诗歌形式——英雄双行体，即两行一押韵，每行五个音步，每个音步采用抑扬格形式。这种英雄双韵体在后继者蒲柏的充分运用下，成了英国诗歌的主要形式之一。总之，他的一言一行都对那个时代的文学创作产生着举足轻重的影响，因此他所在的时代也被称作“德莱顿时代”。

第四节　独具风格的散文创作

17 世纪的英国散文在社会大动荡的背景下正式登上文坛，并获得迅速发展。各种体裁，各种风格一时杂然并陈，说理文、抒情文、政论文、文论以及日记等等，各领风骚。随着英语日益规范化，并普遍用于书面创作之中，英国散文获得了蓬勃的生机和无穷的活力，为 18 世纪散文的大发展铺平了道路，准备了条件，扩大了读者。所以说，17 世纪的英国散文创作对后世英国散文的繁荣发达具有十分重要的意义。具体来说，在 17 世纪的散文创作中，以下一些作家做出了突出的贡献。

一、弗郎西斯・培根的散文创作

弗郎西斯・培根（Francis Bacon，1561—1626）是著名的科学家和哲学家，同时又是英国散文的开创者和奠基人。他出身于贵族家庭，父亲为伊丽莎白女王的掌玺大臣。他自幼聪明颖悟，号为神童，6 岁即出入宫廷，12 岁进剑桥大学，14 岁作为研究生学习法律，21 岁成了律师，23 岁被选为议员。从此他步入政界，飞黄腾达。1607 年他被任命为副检察长，1613 年升任检察总长，1617 年又升为掌玺大臣，获得父亲当年的高位，1618 年改任大法官。1620 年他被授予爵号，成为圣・阿尔本斯子爵。然而一年后，他被控受贿，投入监狱，关在伦敦塔中，并被罚 4 万英镑的巨款。所幸他付掉罚金后仅在狱中关了几日，即被释放。从此他退出政坛，隐居家中，尽其余生，著书立说。最后，培根因感染风寒于 1626 年病故。

培根认为人的智力可分为三种：记忆、想象与理解，与其相对应人类的学识也可分为三类:历史、诗歌与哲学。他的著作显然也与这三类有关,大致也可分为三种范畴:第一类为哲学著作,如《学术的增进》《新工具论》等。第二类为文学著作,主要为他的散文作品,如《论读书》《垂钓名家》等。第三类为专业著作,包括《法律准则》《读惯用法》等。

培根的主要著作大都使用拉丁文,这是当时的时代潮流,唯有他的散文却全部用英文写成。1597年他出版了第一部散文集,以Essays为集子的标题,共包括10篇散文;1612年出了第二版,增至38篇;1625年又出了第三版,共增至58篇。这58篇散文论说的主题大致可分为三类,一是人与环境的关系,如《论逆境》《论友谊》《论旅行》;二是人与自身的关系,如《论读书》《论抱负》;三是人与造物主的关系,如《论死亡》《论无神论》《论迷信》。他通过这些散文表述了他对政治、社会、道德、宗教等问题的看法,并教导人如何去面对生活中的种种问题。然而他却是一个机会主义者,他视为最重要的是成功和发展,他教给读者的是如何追寻成功的方法和技巧。在他看来主要的行为准则是智谋和审慎,而不是诚恳与忠实,为了成功可以不惜代价。所以后来著名的英国诗人蒲柏称他为"全人类中最博学、最聪明,也最卑鄙的人"。

培根的散文文体开创了英国正式散文的先河。他的文章十分正式、庄重、华丽、夸张,却又极为简练,字斟句酌,句法严谨,浓缩到像谚语箴言一样,充满警句格言,俨然像一位师长在教化世人,又像一位至高无上的智者,俯视世界万物,对道德观念、政治体制、宗教信仰、社会生活等方面做出冷静的观察与闪烁着智慧光芒的评论。经过精雕细琢的一字一句,像一条条格言,洗练含蓄,意味无穷,甚至可以作为一篇文章的标题加以仔细论证与发挥。这种文体对后世的散文创作影响很大,几乎成为主流。培根的许多名句已成为格言,流传后世,变成人们始终引用的训诫。如"知识就是力量""知识来于实践,用于实践"。

以下是培根的著名散文作品《论读书》的一个长段:

> 读书足以怡情,足以博识,足以长才。其怡情也,最见于独处幽居之时;其博识也,最见于高谈阔论之中;其长才也,最见于处世判事之际。练达之士虽能分别处理细事或一一判别枝节,然纵观统筹、全局策划,则舍好学深思者莫属。读书费时过多易惰,文采藻饰太盛则矫,全凭条文断事乃学究故态。读书补天然之不足,经验又补读书之不足,盖天生才干犹如自然花草,读书然后知如何修剪移接;而书中所示,如不以经验范之,则又大而无当。有一技之长者鄙读书,无知者羡读书,唯明智之士用读书,然书并不以用处告人,用书之智不在书中,而在书外,全凭观察得之。读书时不可

存心诘难作者，不可尽信书上所言，亦不可只为寻章摘句，而应推敲细思；书有可浅尝者，有可吞食者，少数则须咀嚼消化。换言之，有只须读其部分者，有只须大体涉猎者，少数则须全读，读时须全神贯注，孜孜不倦。书亦可请人代读，取其所作摘要，但只限题材较次或价值不高者，否则书经提炼犹如水经蒸馏，淡而无味矣。

这是一篇典范性的正式散文，主题严肃，形式凝重，精雕细琢，洗练含蓄，鲜明地体现了培根的思想脉络和风格特色。在艺术形式方面，这篇散文突出表现了以下几个方面的特点：一是用词简练、准确，常常难以增减，也无法替换，词小而意深。二是句子结构紧凑，绝无赘语，转换自然。三是通篇几乎均由排比句组成，多为三重结构，显出平衡美。四是声律上节奏感强烈，轻重音节相间，读上去铿锵悦耳，掷地有声。五是内容短小精悍，主题集中，却又旁敲侧击，面面俱到。

二、艾萨克·沃尔顿的散文创作

艾萨克·沃尔顿(Izaak Walton，1593—1683)出生于伊丽莎白时期，卒于复辟以后。他出身自耕农，在伦敦以经营铁器为业。但从他的作品看，他读过不少书，而且同当时许多知名人士有交往，如邓约翰、德莱顿、沃顿等。从与他交往的人和他的著作看，他是个忠实的国教徒、保王派。有一个传说称他在内战时期曾受委托将一件王室珍宝辗转交还战败逃窜的查理二世。他写最早作品《邓约翰传》的时候，已是47岁，其时邓逝世已9年，查理一世已被处死，英国正处在内战前夕；他写最后一部作品《桑德逊传》时，已85岁，是复辟后的第18年。但他的态度可以说是始终如一。沃尔顿善于通过写他所崇敬的人物，来宣扬他的"原始基督教"的理想。他认为这是最纯粹、最虔诚的基督教精神。

在沃尔顿的散文创作中有一类关于人物描写的散文，如《垂钓名家》。这类散文是对生活中人们熟悉的各种类型人物所做的静态描绘，如诗人、农夫、绅士、大学生等。这类散文所描绘的不是个别的人，而是某一类型的典型人物，作者将这一类型的典型特征均集中在这一人物身上，便化成一个代表，代表着整个类型，而不是仅作为某个个人存在。这类散文常常用一种幽默讽刺的笔调将各种类型人物的特征加以浓缩、综合和戏剧化，使读者感到兴趣盎然，立刻与自己周围的熟人联系起来。这种对典型人物的观察、研究与再现，给当时的散文创作带来了新的趣味。这类散文就是"人物素描"，是17世纪中流行的一种散文体裁。

在《垂钓名家》中，作者采用钓者与捕鸟人及猎人的对话，生动地描绘了典型的钓鱼人及其闲情逸致的生活与海阔天空的遐想。这本小书被公认为是英国田园文学的最高成就之一。其实作者并未忘记当时社会的动乱,他所描绘的自由自在的生活正是为了和现实形成鲜明的对照,因为越是在动乱时代,人们越向往自由安宁,越想做一个像钓者一样与世无争的闲适的人。

这篇散文并不是简单的一篇田园式散文,它是一部寓言,有象征意义。“钓鱼人都是诚实、有礼貌,安静的人。”钓鱼人 Angler 既是钓鱼人,又是国教徒 Anglican。Anglican 一词出现于 17 世纪 30 年代,距沃尔顿写书有 20 年,而且从通篇看来,钓者即国教徒是没有疑义的。这位钓者反对无神论,反对天主教,自不必说,他也反对非国教的新教徒,而且是个狭隘的爱国者。这个钓者显然是以他本人为原型,反映他本人的理想:忍耐、知足、安详、虔诚,一句话,“原始基督徒精神”。钓者对猎人说:

> 关于我的单纯,如果你的意思是指无害,是指我们时常在原始基督徒身上找到的那种单纯,那些原始基督徒正如我们大多数钓鱼人,是安静的人,遵守和平的人,他们的单纯中有智慧,不出卖良心来求得财富,不是有了财富又愁得要死,怕得要死。……先生,如果你认为我们钓鱼人就是这种我所说的单纯的人,那么我本人和我的同道很高兴你们是这样理解我们的。

这已经说得再明白不过了。那些“出卖良心求得财富”的人中间就有清教徒。“只有我们这些在过去二十年里生活过来的人,才确切知道金钱引起了多大的祸害。”“过去的二十年”正是革命内战时期,是清教徒胜利的时期。他在讲到狗鱼(pike)的时候,显然是在责难清教徒。他引用的有关狗鱼的材料来自瑞士自然科学家盖斯纳的著作,谈起来却像寓言。

三、托马斯·布朗的散文创作

托马斯·布朗(Thomas Brown,1605—1682)出身名门,父亲主要在伦敦经营布匹,他本人受过很好的教育,先在曼彻斯特,后在牛津。1630 年起他先后去法国蒙勃利埃、意大利的帕杜亚和荷兰的莱顿学医。3 年后回国,撰写了《医生的宗教》一书。从 1636 年起,他定居在东北部的诺利奇市行医,一直到约 50 年后逝世。复辟以后,国王查理二世巡视到诺利奇,他受封爵士。这 50 年内,他活动的地区就在诺利奇一带。在大动荡的时代,他的生活就像一汪止水。他的主要著作除《医生的宗教》外,有《流行的假知识》《瓮葬》和《居鲁士的花园》。此外还有一些零散著作和诗歌。

布朗的散文作品是巴洛克式散文的代表。巴洛克式散文的特点是繁复、华美，甚至带有神秘色彩。“巴洛克”一词起初用来指 17 世纪意大利的艺术及受其影响的其他欧洲国家尤其是德国的艺术，包括建筑、雕塑、绘画等。在文学上则指词藻华丽、装饰奇巧、句法繁复的诗歌和散文。下面是布朗的《瓮葬》中的一段：

> 时间使古迹成为过去，善将一切化为尘土，然却未危及这小小碑石。吾辈妄图以人人可见之棺墓留名，实则无名反久远，无闻得保存……人代代逝去，一些树木却常青，古老家族也难与三棵橡树比长久。遗忘遍撒邪恶的种子，从不予人以长久记忆……但人却为高贵动物，赫然化为灰烬，傲然埋于墓中，生死同辉，虽性劣而不忘伴以盛典。

从这段文字中可以看出，在句式上布朗喜爱使用古老的结构，但他思维敏锐，转换迅速，表达清晰，节奏明快，使读者感到他的语言并不过时，依然具有活力。但他使用的词汇却十分沉重、古旧，矫揉造作，甚至拉丁化。他常用拉丁语的派生词来表达微妙的含意。

四、杰里米·泰勒的散文创作

杰里米·泰勒(Jeremy Taylor，1613—1667)出生在剑桥，父亲是理发师。后来他作为一个领助学金的学生在剑桥求学，与弥尔顿同时而稍晚，但和弥尔顿所走的道路正好相反。他以他的丰采和口才见赏于洛德大主教。1636 年，洛德任命泰勒为牛津大学万灵学院成员，并任他为私人牧师。1642 年内战开始，泰勒加入王军为随军牧师，在威尔士被俘，后获释。据说在查理一世就戮前一段时间，他一直随侍左右。其后他去威尔士求得卡伯利伯爵的庇护，住在“金林”。1655 年他第二次结婚，对象是查理一世的私生女。他曾三次因发表反对清教的著作而被捕。1660 年复辟后，先后被任命为爱尔兰两个郡的主教。1667 年，泰勒去世。

泰勒的散文带有浓厚的宗教色彩。他曾任爱尔兰主教，死于任所。他拥有众多读者，甚至被誉为“散文中之莎士比亚”，被后世散文作家如柯尔律治、哈兹里特、兰姆等所推崇。他的主要作品为《圣洁的生》和《圣洁的死》。前者涉及宗教职责、个人道德，指导人如何虔诚地生活；后者则是对病人和垂死的人的劝慰。

泰勒的立场是很鲜明的。他在《圣洁的生》的致他的恩主卡伯利伯爵的献函里，开宗明义就说：“我活了这么久，居然看到宗教被人画在军旗上，被推出教堂……人们不把上帝当上帝崇拜，就是说，不把他看作是‘主耶稣之父’……‘和平的上帝’……而现在竟把他叫作‘万军之主’。”现在，“宗教穿上了盔甲”,“宗教按一些新的原则,做出奇怪的举动;人们宁肯追随得势的谬误也不肯追随受难的真理。”这不是很明显也反对议会军么?但在这强大的革命浪潮面前,一个保王派也只有退却,从旁冷嘲,把这场革命说成是“不必要的,罪恶的争吵……”,这种防御态度也反映在他的文章里:“当肉欲的引诱袭击你的时候,不要用成堆的道理去进行辩驳,不要去考虑它提出的是什么,有什么危险,不要抵抗,而是赶快逃开。”这就是他的基本精神,这也就是为什么许多文学史都称他为一个温和的、容忍的国教徒和保王派。

《圣洁的生》实际上就是指点保王派如何在失势的时候韬光养晦,修身养性,以求自存。每章除论述之外,还有具体的指导和祷告辞。第一章总论圣洁的生:一生中能用于崇拜上帝的时间有限,所以要善于利用时间,要心地纯洁,一切行动的动机要以上帝的荣耀为准;要相信上帝无所不在。第二章专论生活要克制,不做违反上帝的事,抵御住各种人间的欲,例如饮食要有节制,要讲婚前婚后的贞洁,要谦逊,要知足。这一章讲的是立身之道。第三章论正义,讲的是处世之道,长幼尊卑的关系,在贸易钱财诸事上要诚实无欺。第四章论信仰,要相信上帝,不可绝望,要爱上帝,又规定了如何祈祷、斋戒、施舍、忏悔等。内容极平常,并没有深刻思想。文字倒是简洁明澈,偶尔也极生动而富于形象。

《圣洁的死》是《圣洁的生》的继续和补充。在革命派胜利之际,失势的保王派不仅面临如何生存下去的问题,一旦生存不下去,就有一个如何死的问题。死是一个极现实的问题。评家指出在短短几年之内,泰勒就亲眼见到连续不断的死:1649年查理一世上了断头台,1650年泰勒的恩主卡伯利的年轻的妻子之死,他自己妻子之死,以及其他家人之死。其中有的死当然是自然规律,不过牵涉到亲人,使这个问题变得很切身。尤其是战争、天灾人祸,都突出了死亡的问题。

《圣洁的死》除第一章外,其他四章都是针对垂死的病人而发,二、三、四章是劝病人不可焦急,不要怕死,最重要的是一生行善,实行仁爱,才能死得幸福,以及教士应如何对待垂死的病人。第一章是总论,表达对“生”的基本看法,是全书的基调,宣扬人生的虚幻与短促,人生的不幸,从心理上和思想上给垂死者做准备。

泰勒的散文有两个鲜明的特点:一是博学,他不仅娴熟宗教著作,古代经典、历史地理也无不博习;二是用具体的、感性的形象动人。泰勒富于“形象思维”的散文极接近诗歌,这也就是浪漫派批评家最欣赏之处。在《圣洁的死》里有一段(第一章第三节)描写人的一生和人的理性的文字就极美:

> 就像太阳接近清晨的大门,它先打开天宇的一只小眼,驱散黑暗的精灵,照亮了一只雄鸡,唤醒了云雀去唱早祷诗,然后慢慢地

给云朵涂上一圈金边，从东山后面探出头来，伸出它的金角，就像摩西因为看到了上帝的颜面而被迫用面帕罩住的额上的金角一样；正当人在讲这故事的时候，太阳已升高了，露出了它美丽的脸和全部光明，然后它照耀一整天，常常有乌云遮蔽，有时又下大雨小雨，像落泪一样，很快就又落山了：人的理性和一生也如此。

五、塞缪尔·佩皮斯的散文创作

塞缪尔·佩皮斯（Samuel Pepys，1633—1703）出身寒微，父亲是裁缝。他靠亲戚爱德华蒙太玖爵士资助，入剑桥大学莫德林学院。1655年同一个流亡到英国的法国新教徒的15岁的女儿结婚。任当时一些政要的秘书。1660年经人介绍，任海军部档案员，1672年和1684年两次受命为海军部秘书。1679年和1690年两度涉嫌天主教阴谋入狱。1664年成为皇家学会会员，1684～1686年任会长。1688年以后退休。他对英国海军的供应和财务的改进出过不少力。英荷战争中，英国海军失利，1668年他在议会胜利地答复了质询，为海军辩护。从这些事实可以看出，他的社会政治开始于复辟之后，他虽是清教徒家庭出身，但没有清教徒的狂热。他所保存的清教徒特点表现在善于经营家业。他并不是个保王派，只是一个很能干的国家官吏。他喜欢享乐，喜爱音乐和戏剧，甚至调情。他对科学也有一定兴趣。对待周围一切，他充满好奇心，是个十足的“好事者”。他的精神状态与其说是属于复辟前的时期，不如说是开启复辟后和18世纪的风气。

17世纪后半叶出现的一种典型的散文形式就是日记。佩皮斯就是这种散文形式的代表人物。佩皮斯的日记开始于1660年1月1日，到1669年3月底因为目力衰退（但未盲）而停止，同年他妻子去世。为了保密，他用刚发明不久的速记密码写日记。尽管如此，他毫无顾忌地把自己的所作所为，把自己的真实思想感情，赤裸裸地记录下来，写出了一个真“我”。他“天真”到这样一个程度，即自己也似乎没有意识到是在自我暴露。因此，我们从他的日记里可以看到那个时代的一种典型。他的书籍在他死后都赠给了他的母校，这几本日记也在其中。19世纪初，伊甫林的后裔整理其遗物，发现了他的日记，于1818年整理出版。这日记里多处提到佩皮斯，于是又在莫德林学院找到了佩皮斯的日记六本，由当时一个大学生约翰·史密斯用了三年时间把密码译出，于1825年问世。

佩皮斯一方面很会享乐，一方面又像一个“好”清教徒，善于持家。在他日记的前几年，每年要“年终结账”一次，一年比一年积累增多，使他踌躇满志：

> [1666年12月]31日。结账,最后发现账目清楚无误,最令我不满意的是,今年收入比去年少573镑,今年总收入仅为3 560镑。而今年开支则比去年多644镑,去年全年开支不过509镑,而今年开支看来是1 154镑,按我现在财产说,似乎不应一年间开支这么多。但是上帝万福!我祈求上帝让我感恩吧,因此我的实际存款已超出6 200镑,比去年增加了1 800镑。国家多灾多难的一年总算结束了,举国上下都希望它结束。我与全家都安好,家中有四女仆,秘书一人汤姆,弟弟也寄居我家等候差使。一家身体极好,国家事务则极糟;海员因欠饷,不卖力,以至不服管束,照此情况,明年船队难以出海。法荷两敌强大,与我之贫困相比,更显强大。议会怕花钱,迟迟不肯筹款;重建伦敦市的可能越来越小,人人定居他处,贸易得不到鼓励。朝廷可悲、邪恶、玩忽职守,朝廷中一切头脑清醒的人都担心明年整个王国将要毁灭,上帝拯救我们吧!就我个人情况而言,我认为有一件事值得一提,我现在已有大批上好餐具,以后请客可以全部用银餐盘,现共有两打半。

佩皮斯并不是一个死硬的保王派,他批评朝廷,也关心国家命运。同时,他却更关心自己的财产,权衡出入。但最能暴露他的弱点,使他成为一个跃然纸上的、活生生的有血有肉的人,是最后一句话。在朝廷这样腐败,国家这样岌岌可危的时候,他却庆幸自己有两打半银盘子而沾沾自喜,还要想到请客设宴,至少把自己的虚荣心刻画得淋漓尽致了。佩皮斯在当时应算是一个办事认真、"有良心"的官吏,他这种无意识的自我暴露,比小说家笔下刻画的官吏可能更真实而有说服力。许多评家认为这是他"天真""可爱"之处,所以这样说,恐怕是因为他的这种无顾虑的自我暴露使读者感到自己比他在道德上优越,打动了读者的自我优越感吧。

佩皮斯的日记记了许多这几年发生的重大事件,如查理二世的加冕、伦敦的大火、英荷战争。他像个新闻记者那样,报道得十分详细,但又与新闻记者不同,他把自己连带他个人的兴奋和恐惧卷入进去。例如,他记荷兰舰队深入到泰晤士河时伦敦城的紧张情况,非常富于戏剧性。

佩皮斯在人生舞台上的活动是多方面的,他扮演丈夫、儿子、兄长、朋友、下属、上司。他对生活的兴趣也是多方面的,他爱钱,爱享受,爱音乐,爱戏剧,也对科学发生兴趣。他对英国海军建设进行过技术改革,他很早参加过皇家学会,后来还任会长。日记中这方面的记载很多。

事实上,佩皮斯也有不甚体面因而不可告人的一面,如在教堂一面听讲道,一面接连同两个女子调情;在剧院看戏,前排一妇女向后一口痰吐在他身上,"但我见她长得极俊俏,也就毫不在意"。这也是为什么他要用密码写日记的一个原因。

由于佩皮斯的日记用速记写成,并不准备发表,只供个人阅读,所以内容真实可靠,亲切有趣,不仅有记叙,还有评论。文风率直风趣,有时不拘文法。可以说这部日记是当时生活的最好记录。

第五节 具有讽刺色彩的风俗喜剧

17世纪的英国王朝复辟时期,舞台上最有影响同时也是最有争议的剧种是风俗喜剧。这种剧早在17世纪20年代末30年代初就已被搬上了伦敦的舞台,但是直到王朝复辟时期才达到了它发展的全盛时期。“风俗喜剧”与法国喜剧的关系密切,受法国喜剧的影响很大。它贴近现实生活,对王室及其附庸的生活做出了大胆、直接、毫不掩饰的描写,讽刺色彩极浓,是反映当时骄奢淫逸的社会生活及其风尚的一面完美的镜子。风俗喜剧的代表人物有乔治·艾瑟里奇(George Etherege,1626—1692)、威廉·威彻利(William Wycherley,1641—1716)和威廉·康格里夫(William Congreve,1670—1729)。

一、乔治·艾瑟里奇的戏剧创作

艾瑟里奇并不是一位职业剧作家。他的创作生涯只延续了十几年,一共只写了三个剧本和几组小诗。他出任过外交官,但绝大多数时间他的身份只是一名宫廷才子。他的前两部剧作《喜剧性的复仇》和《她但愿能如意》虽然很有意思,但使他成名的还是他的最后一部剧作《风流人物》。

《风流人物》于1676年推出。显然,艾瑟里奇吸取了《喜剧性的复仇》和《她但愿能如意》两个剧演出时的教训,做了比较充分的准备工作。宫廷诗人卡·斯克罗普爵士为《风流人物》写了开场白,德莱顿写了收场白。查理国王又一次出席了3月11日的首演式。

在《风流人物》中,全剧的中心是多里曼特,即剧名所指的“风流人物”。剧中所有情节的发展都是围绕着他进行的。同前两个剧和同期许多喜剧的剧中人物相比,多里曼特——包括钟情于他的三位女子——被描绘得栩栩如生。他们不再是喜剧中常见的、代表社会上某种类型式的人物,而是各有明显的个性,每个人的举止言谈都和他特定的身份相互吻合。连剧中的一些次要角色也被剧作家刻画得活灵活现。在第一幕第一场,我们听到鞋匠的一段话:

> 我敢说,这个城里没有一个男人和他太太相处得比我更像一位绅士了。我从来不过问她的行踪,她也不打听我的。我们两个讲起话来客客气气,但打心眼里讨厌对方。因为夫妻俩睡在一起、在一起喝酒太粗俗,太没有档次了,所以,我们各自有几张高背靠床。

短短的几句话就勾画出一个粗俗无比却又总想高攀的酒鬼的嘴脸。像这样的例子在这个剧中真是不胜枚举。

当然,如果单独用道德标准来衡量,《风流人物》则比前两个剧更难为现代观众所接受,因为和前两个剧相比,这个剧更露骨地描写性和不道德的婚外恋情。在第四幕第二场开头的舞台指示中,甚至出现了多里曼特和贝琳达一夜温存之后仆人进来整理弄皱了的床单的安排。这个变化恰恰反映了这几年间英国社会风尚的变化,同时也是观众口味变化的一种体现。

艾瑟里奇常被称作王朝复辟时期风俗喜剧的奠基人。应该承认,他的成名作《风流人物》在喜剧语言和结构上都为他的同代剧作家树立了一个榜样,而这恰恰是《风流人物》在英国戏剧发展史中占有一个重要位置的主要原因。

二、威廉·威彻利的戏剧创作

威彻利出生在英格兰一个属于保皇党的贵族家庭。对他早年的生活很少有可靠的资料。据说他年轻时曾被送到法国读书,王朝复辟前几个月返回英国,进入牛津大学的女王学院。他在牛津就读的时间很短,几个月后就进了内殿律师学院,但他是否完成他的法学学业,至今仍是一个谜,而且他似乎从未从事过律师这一工作。他可能参加了1665年英国与荷兰的海战,但直到1669年他的第一首诗歌匿名发表,我们才开始拥有关于剧作家创作生涯的资料。

《林中之恋》是威彻利的第一个剧作,于1671年首次上演。这部剧使威彻利一举成名,并使他在一种非常独特的条件下结识了英王查理的情妇。威彻利的第二部作品是《绅士舞蹈教师》,于1672年2月6日首演,并出版了三个不同的版本。虽然剧情很简单,剧中人物也缺乏个性,但《绅士舞蹈教师》是一出比较典型的喜剧,因此评论家在讨论王朝复辟时期的喜剧时常常提到它。

威彻利最重要的剧作是《乡下女人》和《光明磊落者》。

《乡下女人》主要描写了玛格瑞特怎样从一位天真无知的乡下女人变为一个淫妇,与他人通奸,让她丈夫皮其怀夫戴绿帽子的过程。与玛格瑞特通奸的正是该剧的中心人物霍纳。霍纳为了改变他在伦敦社交界的恶名，请他的朋友夸克医生到处散布谣言，说因为在巴黎所做的一次手术的影响，他已丧失了性功能。于是，一些绅士都放心地委托霍纳在他们有公务时陪伴他的夫人和其他贵妇人。其实，霍纳是想借此更好地与这些女人通奸。而玛格瑞特就是上钩的人物之一。事实上，本来玛格瑞特没什么，但皮其怀夫过分的警告引起了玛格瑞特的好奇心，最后一步步走上那条道路。在第三幕的第二场中，皮其怀夫对妻子玛格瑞特说的话就可以看出这一点：

玛格瑞特　别理我，我不舒服。

皮其怀夫　噢，如果就是这个原因的话。亲爱的，什么事让你难过了？

玛格瑞特　说实话，我真不知道。自从你告诉我看剧时有个时髦的小伙子爱上了我，我就一直感到不舒服。

皮其怀夫　哈！——

阿丽西尔　我的情况也是这样！

皮其怀夫　不，如果你就是因为一个下流的家伙碰巧说了一个谎，说他喜欢你，你就感到不舒服，就变得这么关心这件事，你会让我感到恶心的。

玛格瑞特　为什么感到恶心？

皮其怀夫　那比瘟疫还要可怕，那是妒忌。

玛格瑞特　呸，你在开玩笑！我敢打保票在家里的账簿上没有这种病。

皮其怀夫　不，你从没得过这种病，天真可怜的家伙。[旁白]如果你让我戴了绿帽子，那全是我自己的过错，因为奸妇的丈夫和私生子的命运是由他们自己造成的。

（第三幕，第二场）

很显然，皮其怀夫的百般阻挠反而增强了玛格瑞特的好奇心。

在《乡下女人》中共有四组平行的情节：霍纳散布谣言以期更自由地接近那些贵妇人；皮其怀夫和玛格瑞特之间的控制和反控制之战；阿丽西尔摈弃旧友，另选哈克特做自己的郎君；贾斯珀爵士和那一群自称“苛守贞节的女士”。在这四个情节中，除了阿丽西尔在自己的婚事中所做的抉择还有一点积极意义外，其余的都是在某种面具的遮盖之下干着见不得人的勾当的伪君子：霍纳“性无能”的面具与菲捷特夫人的“贞节”一样虚伪；而皮其怀夫所捍卫的丈夫的“名誉”也同样没有任何价值。皮其怀夫根本称不上是一位丈夫，因为他既不相信、尊重妻子，也不保护妻子。在他眼里，妻子犹如一份私人财产，仅供他一个人享用。从这个意义上讲，他只是一个得到法律认可的"妓女"的保护人。而他的妻子玛格瑞特，起初确实单纯天真，但当她爱上了霍纳，"天真"也成了她的一个面具。显然，威彻利在剧中鞭挞的就是这批伪君子。

《光明磊落者》是威彻利最后一个剧本，也是最成功的一个讽刺剧。剧中的主人公曼力船长是个愤世嫉俗、自称为光明磊落的人。他憎恨惯于阿谀奉承的小人，从不当面夸奖一个人，也从不在背后诋毁任何人。由于在最后一次航海时损失了他的所有货物，他空手回到伦敦，跟随他的仅有船上的大副弗里曼和一位名叫菲戴利亚的青年水手。曼力常常嘲笑菲戴利亚懦弱，殊不知这是一位痴情的女子，因为爱上了曼力船长而女扮男装，随其左右。在最后一次航海之前，曼力托他的朋友弗尼什照顾他的女友奥莉维亚，并把自己的所有钱财交给奥莉维亚保管。没想到弗尼什背弃了朋友的信任，秘密地与奥莉维亚结了婚。曼力返回伦敦后奥莉维亚拒绝见他。当曼力找上门来质问时，奥莉维亚毫不掩饰地告诉他，她已经结婚了。注意到奥莉维亚对菲戴利亚所表现出来的浓厚兴趣，曼力让菲戴利亚去追求她，以便为自己报仇雪恨。在安排好的一次幽会中，曼力听到了奥莉维亚在黑暗中向菲戴利亚令人作呕的求爱。曼力把这一切都告诉了弗尼什。直到这时他才意识到菲戴利亚是一位女子以及她对自己的一片深情。从她的身上曼力看到了自己的愚蠢。他正式向菲戴利亚求爱，把从奥莉维亚那里夺回的财产交给她，并称她为自己的知心朋友：

> 我现在可以相信世界上
> 还有好心的朋友……
> 漂亮的女人也可以成为朋友，
> 任何人都不应该相信眼泪、山盟海誓、缠绵的恋情或未经考验的伙伴。

威彻利在用书信形式为《光明磊落者》所写的献辞中，嘲笑了当时流行的献题的做法，把它们称作空洞无物、废话连篇。他也攻击了那些企图在前言中向观众解释自己写作意图的作家，并把那些无法接受他的前一个剧《乡下女人》的人称作伪君子。正是因为威彻利犀利的文笔，他被同代人冠以"曼力·威彻利"的美称。

三、威廉·康格里夫的戏剧创作

康格里夫出生于英格兰的巴德西。由于他的父亲是爱尔兰驻军的军官，康格里夫在爱尔兰就读中学，后来又进入都柏林的三一学院。英国著名讽刺作家乔纳森·斯威夫特是他中学和大学的同学。1689年，康格里夫返回英国，并开始了他的创作生涯。他的第一个剧《老光棍》使他在伦敦舞台上一举成名。在两部喜剧《两面派》和《以爱还爱》之后，他写了一部题名《悼念的新娘》的悲剧。这几个剧在伦敦产生了轰动效应，不仅得到了公众的好评，还得到他的朋友德莱顿、斯威夫特、蒲柏和理查德·斯梯尔的赞扬。康格里夫最有影响的剧作是《如此世道》。这个剧在很大程度上代表了风俗喜剧创作的巅峰。

《老光棍》在伦敦一炮打响，并被誉为是多年来未见过的最好的一个剧作。其实，这个剧仍未脱离王朝复辟时期风俗喜剧的传统，还借用了威彻利的《乡下女人》中化装成牧师主持婚礼这一情节。但是康格里夫巧妙地给这些观众所熟悉的剧中人物注入了新的活力，也为这个剧增添了不少新意。

《以爱还爱》包含着很深刻的道德说教。剧中的女主人公安吉列卡显然是对传统的男性社会的挑战。在恋爱和婚姻问题上，她没有消极地等待男士为她做出抉择，来决定她的命运，而始终把主动权把握在自己手中。通过安吉利卡这个人物，康格里夫塑造了王朝复辟后期女性的一种新形象。在这个剧中，我们还发现许多人物的姓名或含有道德的寓意或具有讽刺的味道，如多情的男主人公瓦伦丁（"情人"），他的朋友斯干德尔（"丑闻"）、安吉利卡的父亲福塞特（"预见"）等。这种源于中世纪道德剧的做法更加深了剧本的道德说教性。

《如此世道》的戏剧情节错综复杂，全剧的中心是围绕着威士弗特夫人的财产控制权的一场争夺战。康格里夫借一对才子佳人恋爱成婚的故事推崇了严肃道德。康格里夫说"这部剧中仅有很少的一点适应现在主流的观众品位"，其中的讽刺意味浓厚。

从情节上来说，这个剧确有不少独到之处。剧中人物之间的关系纵横交错，剧情发展扑朔迷离。剧中悬念甚多，有些关键情节直到剧终时才有一个明确的结果，此时再回过头来看剧中人物的一些对白，才明白话中有话。而康格里夫在结构和技巧方面这一特长是其他同代剧作家所不具备的。

第五章　18 世纪的英国文学创作

18 世纪的欧洲被称为理性时代或启蒙时代。这个时期产生了全欧性的思想运动——启蒙运动。启蒙思想家们把启蒙教化民众看作改造社会的基本途径，他们推崇人的理性万能和至高无上，以理性检验旧的制度、传统观念，依赖科学、经验和理智。在崇尚理性的文化环境中，英国文学中古典主义蔚然成风。到了 18 世纪四五十年代，小说随着中产阶级的兴起而兴起。西班牙的“流浪汉小说”、骑士传奇、意大利的以《十日谈》为代表的短篇故事、英国的描写下层人物冒险经历的故事和人物特写，都是形成英国近代小说的重要因素。到 18 世纪后期，英国文学中出现了引人瞩目的新的文学潮流：感伤主义和前浪漫主义，表现出对理性主义的不满，预示着英国文学中新的时代——浪漫主义时期的到来。

第一节　18 世纪的社会历史与文学发展

18 世纪英国经历了深刻的社会变革，“光荣革命”推翻复辟王朝，确立君主立宪制，建立由资产阶级和新贵族组成的政权，资本主义制度在英国逐步建立。贵族土地所有制向资本主义生产方式过渡，金融投机在政策的保护下迅速崛起，政府以殖民、保护关税等制度促进工商业和航海业的发展。为了扩大海外市场，掠夺更多财富，英国连年进行殖民战争，疯狂攫取他国资源，为工业革命提供经济基础。与此同时，从 15 世纪开始的圈地运动到这时已结束，大批失去土地的农民，有的成为农场主的雇工，有的进入城市，成为廉价的产业工人，成千上万的劳动力为工业革命提供了人力资源。在这样的社会背景下，18 世纪初期，英国启蒙作家以理性为武器反对封建残余，批评资本主义的某些弊端，古典主义占据重要地位。而伴随着英国工业革命的发展，古典主义向表现中产阶级内心情感变化的感伤主义发展。同时随着工业革命发展暴露问题的增多，现实主义也成为当时文学创作的一个重要类型。

一、18世纪的社会历史状况

18世纪可以截然分为上下两个时期，各自都有非常明显的社会、经济和文学特征。上半期基本上是欣欣向荣、蒸蒸日上的局面，各种力量协同发展，形势显得很好。在内战和王政复辟以后，英国国势逐渐强大，版图开始扩张。1707年英国议会通过"联合法案"，把苏格兰与英格兰和威尔士连接在一起，英国自此成为"大不列颠国"。英国对外侵略和扩张，成为"日不落国"，统治着世界上四分之一的人口，掌控着世界的全部海域，从殖民地掠夺了大量财富。在经济上，国家越来越富有，各种工厂开始建立，贸易十分繁荣，国内生产力剧增。随着贸易和生产的发展，商业体制开始形成，尽管国家尚未放松对商业的控制，但通商操作业已走上轨道。一切都在发展变化之中。人民生活水平有所提高，衣食住行显著改善，各个方面都显示出一种乐观情绪，到处是一派繁荣和康乐景象。与此同时，英国本身也在发生巨大变化。人民的日常生活、他们与国家的关系、他们之间的关系等方面，都在经历着空前的变迁。所有这些在这个时期的文学作品里都有明显反映。总的说来，人们感到，局面既然一切顺利，国家的所作所为必然是顺和天意与民心的。

在这一时期，英国处于一种微弱但仍可维持的平衡状态中。首先，在经济领域里，对于通商和贸易的封建性限制已经放松或基本解除，商业营运空前发展，一场商业革命正在进行中。但是不论变化多么剧烈，改变国家经济基本操作模式的工业革命尚在酝酿阶段，还要等上几十年才会发生。农村开始科学种田，使用化肥；城市里中产阶级日益富有和强大。但是旧的生产手段、生产关系、运作环节仍然安然无恙，社会各个领域尚未出现严重或大面积的脱节现象。新旧事物依然保持着某种平衡。其次，在政治领域内，各派力量之间也还存在着一种脆弱的平衡。一方面，"光荣革命"爆发后，王权就大大地削弱了，待到安妮女王之后王位传到从德国请来的汉诺威王朝的乔治一世时，国王终于完全放弃了执政企图，退到了傀儡的地位上，因为这位讲德语的君王对英国事务远不如对德国事务感兴趣，他连内阁会议都常常缺席。逐渐，英国的首相便成为真正实权在握的人物。另一方面，在"光荣革命"之后的很长一段时间内，平民百姓并不了解这种变化的本质和影响，就连王室和国会也都没有充分意识到权力业已转移这个事实。所以国王仍在行使权力，阻止法律的通过，而中产阶级仍然认为他们不具备足够的权力，不能完全按照自己的意志行事。但是由于《权利法案》的作用，世态业已随之变化，尽管乔治三世对国务的影响相当巨大，但是王室和贵族的大势已去，他无力回天，他努力的结果并未恢复昔日王室的绝对权力。国家政治生活的大趋势依然是贵族继续丧失权力，而中产阶级则日渐强大。新旧两种力量的较量仍然不相上下，以土地为基础的贵族和以通商与贸易为根基的中产阶级，两者相互争斗又相互依赖，时分时和，英国政治这台戏，哪一边也似乎唱不了独角。18世纪上半期英国政坛的情况大体如此。

随着资产阶级政权的确立和巩固，工业及社会经济获得了迅猛发展。18世纪下半期出现的伟大的英国工业革命，不仅对英国和世界产生了无法估量的巨大影响，而且深入到每一个英国普通百姓的生活之中。然而，工业革命在开辟了广阔的生产力发展图景的同时，其残酷的资本积累却造成了无数的人间悲剧。

具体来看，18世纪下半期，一个法国人提出，一个国家的财富流通就好像人体的血液流通一样，要按照一定的自然法则运作。他所代表的就是古典政治经济学中的重农主义学派。他们认为财富根源于土地，所以政府首先应该鼓励农业发展，免去农业税，让农民自由出售他们的物产，农民的个人财富的增值就会带来国家总体的富有。基于此，国家对农民获取私人财富不应有任何干预，否则就是破坏经济的自然法则。这个理论被后人简称为："自由放任主义"或"不干涉主义"。魁奈的理论通过一个苏格兰哲学教授亚当·斯密流传到了英国。在访问了法国经济学家之后，亚当·斯密写了一部经济学专著《国民财富的性质和原因的研究》，简称《国富论》。在这部著作中，亚当·斯密没有简单地模仿和附和法国人的理论，比如他反对把农业看作所有财富的起源，而是提出要工农业并重。不过，在自由贸易和自由经营方面他完全支持魁奈的观点。由这些政治经济学家推出的理论得到新兴资产阶级的热烈欢迎，产生了巨大的影响。政府不得不放宽对企业和贸易的控制，使英国资本家得到了最大限度的经营自由。他们可以自己制定工资水准和产品价格，自行雇用和解雇工人，并在海外享有自由贸易和投资的权利。这一切都加速了早期资本积累，在促进工业和贸易迅速发展繁荣的同时也造就了一支深受剥削压迫的工人阶级队伍。

事实上，家庭手工业和小作坊被资本主义企业吞噬后，一大批手工业者失去了赖以存身的职业，挣扎在贫困线上。工厂为牟利，廉价雇用了大批女工和童工，他们在恶劣的劳动条件下每天工作16小时之多，过着非人生活。这些矛盾在19世纪更为激化。作为资本主义上升时期的18世纪，政府对内鼓励金融商贸，用课税制度和关税保护促进本国工商业发展；对外则加强了海外贸易和投资，殖民主义的海外扩张很快就使得英国成为世界第一强国，产品无缝不入、无处不到，英国于是被人们谑称为"世界的制造车间"。

另一个不可忽视的现象就是农村的逐步解体和以大城市为中心的经济和文化体系的形成。随着现代工业的迅速发展，农业的资本主义经营破坏了田园式的农牧生活，农民被迫离开了土地，农村逐渐荒废，人口大量流入城市，新的城市不断涌现。比如曼彻斯特在一个世纪内便发展成 10 倍于先前的棉纺冶金重镇。1700 年至 1850 年，英国的人口也从不足 600 万剧增到了 1 800 万之多。“城市之最”伦敦成为世界级的大都会，集中了英国政治、经济和文化的精华，但是伦敦同时也充斥着贫民窟，衣不蔽体的穷人比比皆是，犯罪现象严重，各种犯罪团伙形成了一个地下伦敦。于是，社会开始动荡不安。如果说，18 世纪的前期形势大好，人们可以对一些社会问题采取忽略态度，那么，后期的形势却不容乐观，人们不得不面对现实了。到 18 世纪后半期，社会动荡，动乱蔓延，整个国家危机四伏。破产的农民涌入城市，和城市的穷人一起为生存而挣扎。无产阶级产生了，于是，劳资之间旷日持久的矛盾冲突从此拉开了序幕。劳苦大众越来越不满，造反的呼声此起彼伏，响彻云霄。法国大革命正在酝酿之中，美国独立战争也即将爆发。英国统治阶级意识到种种危机业已迫在眉睫，他们进一步加强了高压统治的力度。在这种情况下，理性时代开始退出历史舞台，逐渐让位于气势磅礴的浪漫主义。

二、18 世纪的文学发展状况

18 世纪以推崇理性著称，用理性批判封建社会遗留下来的政治及宗教专制，以及各种陈旧的陋习和迷信思想，这被称为启蒙运动。启蒙运动在欧洲大陆，以孟德斯鸠、伏尔泰、狄德罗、卢梭等人为主要代表。在英国，洛克、沙夫茨伯里伯爵三世、牛顿和达尔文都是启蒙思想的先驱。

在启蒙思想和理性至上的影响之下英国兴起一股新古典主义的潮流。新古典主义顾名思义是指模仿和推崇古代文学大师们的创作和美学原则，在英国它是从约翰·屈莱顿(John Dryden，1631—1700)开始的。他的文学理论、他所锻造的诗歌语言以及他的诗歌韵律，在很大程度上决定了 18 世纪英国的古典主义标准和文学创作走向，即注重形式的规范化，忽略个人的感受与独创精神。从屈莱顿开始，英国文学界突然变老了许多。它的天真烂漫逐渐消失，而显得深思熟虑起来。它要从自然发溢迈向更有意识的雕琢与形式的完美。这必然导致清规戒律与禁忌，为文学想象戴上紧箍。德莱顿深感形式的重要，在他看来，前一个时代的诗歌缺欠很多，他没有怎么感觉到那种诗歌所表现出的真诚和热情。在德莱顿后，亚历山大·蒲柏(Alexander Pope，1688—1744)、乔纳森·斯威夫特(Jonathan Swift，1667—1745)和塞缪尔·约翰逊(Samuel Johnson，1709—1784)等人，他们强调作家要具备拉丁文学和文化修养，在文体上仿古罗马的文学家，如贺拉斯、维吉尔和奥维德，追求用理性驾驭作品，行文条理清晰，对仗工整，运用巧智，自然和谐。它实际上是对 17 世纪巴洛克和 18 世纪洛可可这类艺术派别的浮华、矫揉、雕琢和滥用情感的一个纠正。正因为这些新古典主义作家推崇并模仿了贺拉斯、维吉尔和奥维德等古罗马奥古斯都大帝统治时期的文学家，所以后来的文学史又称 18 世纪的上半期为奥古斯都时期。

其实，这个以蒲柏等代表的英国新古典主义并不是 18 世纪的专利。早在复辟时期，对理性的追求就已经开始，它可以说是资产阶级在革命的激情过去后进行反思时寻求到的一种准则。蒲柏之前的文人和思想家如查理二世的朝臣乔治・萨维尔，即哈里费克斯侯爵（George Savile，Marquis of Halifax，1633—1695），斯威夫特的恩主、辉格政治家威廉・邓波尔爵士（Sir William Ternpie，1628—1699）和约翰・洛克（John Locke，1632—1704）都可以说是新古典主义先驱人物。光荣革命没有破坏和中断复辟阶段已经初见端倪的崇尚理性的倾向，而是进一步促成了它的蓬勃发展。18 世纪初，上层中产阶级进入了统治阶级行列并与贵族联起手来。这些大商人和金融巨头多半是克伦威尔清教共和国公民的后代。他们在获取了巨大财富之后开始追求过去只有贵族阶级垄断的典雅文化，接受了古典文学的价值观，同贵族汇成一体并逐渐也变得保守起来。就这样，在上层中产阶级的支持下古典文艺理想在安妮女王和乔治一世的统治期间得到了全面的体现。但是，资产阶级终归有其自身的利益和特殊的品位，他们又都是十分现实的，因此在吸收兼容贵族文化的同时，他们给原有的古典文学艺术添加了实用性和活力，并且特别与古典文学里的道德模式和由理智驾驭的秩序认同。理查德・斯梯尔（Richard Steele，1672—1729）和约瑟夫・艾狄生（Joseph Addison，1672—1719）就是很好的代表，他们开了寓教于优美文学之中的先河，由他们主办的《旁观者》周刊是当时文化和社会生活里的一缕温柔清丽的和风，它那优雅朴素的篇篇作品除了提供信息、普及知识、滋养情操以外，还起到缓解生活压力及社会矛盾，以及统一并规范社会言行的重要作用。

尽管新古典主义的欣赏趣味以及蒲柏和约翰逊的价值取向统治了 18 世纪的大部分时间，但情感的火花并没有被强大的理性完全扑灭。从一开始就有一股潜流朝着相反的方向运动，正是这股潜流最终导致了浪漫主义的爆发。在 18 世纪后半期，诗歌与自然和社会更加靠近，关系更加密切。18 世纪敏感的人们，尤其是作家，都会情不自禁地、深切地感到，一切都在变化当中。17 世纪的望远镜、18 世纪的显微镜，使时空顿时出现爆炸性扩张。新生活、新科学及新发现让当时的人们激动不已，给他们提供了无限的新意象、新可能、新的探讨方向。如果说昔日宫廷生活的方式与品位在一定程度上曾影响文学艺术的走向，到 18 世纪，情况就大不相同了。生活的新品位标准开始改由人民大众来决定。宫廷被买票便可入内观赏的市内花园所代替，文学艺术开始和商业联手。

同时，随着社会教育程度的提高和空闲时间的增加，人们渴望阅读更多的文学作品。于是新的文学（广义上的文学）形式应运而生，以满足人们的需求。报纸、杂志、百科全书、词典以及语法书，所有这些都得到了人们的认可和接受。其中最重要的还是小说的快速发展。可以毫不夸张地说18世纪目睹的以理查逊和亨利·菲尔丁（Henry Fielding，1707—1754）为首的小说界那百花齐放的繁荣局面为后来整个英国小说的发展奠定了坚实的基础，其世界影响也是不可估量的。特别在后现代的今天，18世纪出现的许多女作家和她们对英国文学的贡献已经引起了世界的注视，其中比较重要的有萨拉·菲尔丁（Sarah Fielding，1710—1768）、范妮·伯尼（Fanny Burney，1752—1840）等。

在这一时期，以古典主义原则为本的文学创作因无法准确而多视角地反映当时社会的剧变及人们社会生活、心态的日趋复杂等，已前途惨淡。而无论是从亚瑟王传奇故事中发展的记事兴趣，由锡德尼的牧歌传奇《阿卡狄亚》，纳什尔的《不幸的旅行者》中生发的传奇流浪冒险因素，还是在田园诗中存在的描写和对自然的鉴赏，或者是班扬的《天路历程》中关于道德意义的广泛记叙，以及日记和日志的历史作用，速写和传记中出现的刻画人物的热情，乃至传说和中世纪传奇中关于悬念的技巧，都使18世纪创作者从中汲取了丰富的营养，从而使小说这种文学样式能得以迅速发展。除本国的文学优良传统培植下的沃土外，欧洲大陆丰富的文学创作经验也为英国小说发展提供了难得的借鉴：如曾产生重大影响的有西班牙的传奇文学作品塞万提斯的《堂·吉诃德》、法国拉伯雷的《巨人传》等。可以说，18世纪的英国作家汲取了国外优秀文学的经验，并与本土作品的记事特性等结合，孕育出了小说这一能较好地反映当时社会生活的文学形式。

此外，18世纪小说之所以能迅速兴起还有其他方面的原因。首先，中产阶级读者消费群的成长壮大是小说得以迅速成长的主要推动力。读书的中产阶级包括随着该世纪及稍后的工业革命成长壮大起来的工商业人士及其附属的职员阶层，此外读者群还甚至延伸至中下层的男女仆佣、工人以及为实际生活需要而学会识字阅读的其他人等。他们有一些钱可以作为购买书报的支出，而小说正好满足了他们的这一需求。其次，女性读者群的增加对小说的兴起有着特殊的意义。18世纪工业革命带来的商品使许多女性摆脱了旧日烦琐的家务，如纺纱织布，制作面包、蜡烛、肥皂和酿酒等，得到了比以前更多的闲暇。此外，随着家庭教育的发展，女性群体中能读会写的人数也日益扩大，文化水平不断提高，而这也使得她们能自由选择符合自己口味的书来读。再次，报纸杂志的发展也与小说的兴起与发展关系密切。随着 1695 年出版物审查法的废止，各种报纸、文学杂志在 18 世纪争相出现，为小说的刊载提供了一个平台。最后，商业性流通图书馆的出现为小说的普及起了一定的推波助澜作用。由于受经济能力限制，不少中下层阶级便通过既便宜又方便的新型租赁书籍业务来选读自己喜欢的小说消遣。自 1725 年爱丁堡出现第一个这种类型的图书馆后，1730 年便有八十多个流通图书馆。1745 年开始出现图书俱乐部，后迅速发展成类似现代模式的图书馆。私人图书收藏也渐渐流行，其中小说则是读者和藏书者的主要喜爱所在。

在创作方面，这个时期的小说家有强烈的使命感，他们深知自己的社会责任和艺术使命。这些人在有意识地提高自己的艺术感召力，为社会服务。他们一边创作，一边探讨小说创作理论，有些人则进行了大胆的技巧革新试验，为完善英国小说艺术做出了杰出贡献。诚然，同时也有一些作家比较自我放任，以让自己有更多的回旋空间。但是，他们的作品的主旨也很少离开社会道德范畴。

另外，18 世纪的戏剧也发生了戏剧性变化。戏剧作家们对 17 世纪后半叶的戏剧状况记忆犹新。他们似乎接受了教训，开始在选题和剧作的效果上做出努力，以吸引层面更加宽广的观众，做到娱乐和警世两不误。在这个时期的前半期从事戏剧写作的作家，如约翰·盖伊(John Gay，1685—1732)为 18 世纪的戏剧创作定下了基调。感情戏成为当时剧作家们的所爱。这些作品宣传“善有善报”的思想，颂扬美德面对逆境而显示出的坚韧不屈。这些作品对观众动之以情，剧里所呈现的悲剧场面常常让观众泪流满面。观众对宏观场面和特殊效果极感兴趣，他们的感情投入程度是空前的，戏剧的社会教育效果也随之剧增。18 世纪后半期出现英国戏剧史上很著名的两位作家——理查德·布林斯利·谢里丹(Richard Brinsley Sheridan，1751—1816)和奥立佛·哥尔德斯密斯(Oliver Goldsmith，1730—1774)，他们的创作努力重新恢复了英国喜剧的尊严，他们的剧作展示出永恒的魅力。

第二节　多样化的小说创作

16 和 17 世纪都铎王朝时期，英国坊间刊印的书籍绝大部分是宗教劝诫性读物，如《圣经》、圣贤先哲和殉道者的生平传记、布道说教文字等。但随着伦敦印刷出版社的发展和新的城市阅读阶层的形成，读物出版越来越趋向世俗化和平民化。于是，各种各样的小册子、大幅散页读物乃至食谱、医学常识手册等开始充斥书肆，与宗教劝诫性读物纷然杂陈在各类书架上。这其中最为引人注目的是被称为"小说"的文学性读物，它备受各类读者尤其是中下层平民大众的青睐，成为18世纪初期起英国阅读出版界的一道风景线。总之，在各项因素的推动下，英国小说队伍异军突起，声势浩大，各种体裁的小说如雨后春笋不断涌现，掀起了英国小说史上第一个创作浪潮。从丹尼尔·笛福(Daniel Defoe，1660—1731)的自传体小说、亨利·菲尔丁的"滑稽史诗"小说到塞缪尔·理查逊(Samuel Richardson 1689—1761)的书信体小说，再到劳伦斯·斯特恩(Laurence Sterne，1713—1768)的感伤小说、安·拉德克利夫夫人(Mrs Ann Radcliffe，1764—1823)的哥特式小说，小说的类型多种多样，全方位展现了18世纪英国的社会情况。

一、丹尼尔·笛福的小说创作

笛福是第一个将流行于16、17世纪的流浪汉小说推向现代小说，使其具有了一定的思想深度，并反映了资产阶级的价值观念，因此，他也被看作英国现代小说的先驱。笛福出生于一个中下阶层小商人家庭，幼年曾经历过瘟疫和大火，因而从小明白中下阶层生活的不易和艰辛。成年后为了改善家庭条件，笛福开始专心经商，但因经营不善破产并负债，不得已用各种方法谋生。1702年，笛福因发表了政论《铲除新教徒的捷径》而被政府下令逮捕入狱，后被救出后创办了英国第一份不依赖政府而讨论政治思想的刊物——《法兰西与全欧政事评论报》，但很快又不幸被捕。之后他曾办过几个刊物，但都以失败告终。晚年的笛福逐渐把精力转移到文学创作上来，不经意写出了第一部小说《鲁滨逊漂流记》并大获成功，之后接连写过几个有关历险、犯罪的小说，都受到了人们的欢迎。但由于债台高筑，他不得不离家躲藏，最后客死异乡。另外，笛福认为犯罪的根源在于贫困与落后，有钱人是不会犯罪的。为此，笛福对这些由社会贫富不均造成穷困的小人物抱有无比的同情和理解之心。笛福这种要求积极发展资本主义商贸，创立开明、民主的政治，坚决反对封建势力的思想在当时具有很大的进步意义。同时，由于受到那一时代的局限性与阶级偏见的影响，他的思想观点也有不少局限性。例如，他支持殖民制度，拥护黑奴买卖，视童工、低工资和劳动时间的工作等资产阶级剥削为自然现象。笛福思想上的两重性都不可避免地在他的文学作品中烙下鲜明的特征。

在小说创作上，笛福对流浪汉小说主要做了两方面的改进，使其带上了现代小说的色彩。首先，他采用了日记或回忆录的形式让主人公自己讲述漂泊的往事。这样，他的故事就不再是单纯的情节累积，而是围绕着一个中心人物的命运来展开。通过主人公对待逆境或恶运的抗争手段和自强态度，笛福在英国文学中首次强调了个人奋斗及个人在社会中的作用及地位。因此，他的小说不再着重热闹的流浪格式，而是朝着现代小说那反映环境与人物的复杂关系的方向转移。其次，与内容转化相应的是笛福对现实描写逼真性的追求。笛福在多年撰写时政文章中养成了类似新闻记者的文风，加上他信奉的 18 世纪清教对一切虚构和想象的反感，就造成了他在从事小说创作时着力于描写环境和生活细节。这种详尽的、累积式的，并且几乎不加修饰的事实记叙，一方面给读者造成类似新闻报道的真实感，另一方面也使英国小说完成了一个重要的突破，即从描写作者想象和杜撰的内容走向了反映人们在不利生存的社会条件下的生活现实。虽然在情节构造和人物刻画上笛福的作品离发展成熟的小说尚有相当距离，但它们已向现代小说迈出了关键的一步。《鲁滨逊漂流记》就是采用了通俗的语言来表现中、下层人物与恶劣环境的斗争，宣传了新兴资产阶级独立自主、百折不挠的个人奋斗精神。

《鲁滨逊漂流记》以第一人称的质朴语气叙述了主人公——鲁滨逊的家庭和他的童年生活，描绘出一个英国普通中产阶级的生活背景。他早期经商活动的几次历险都给人以真实可信的印象，使读者对后来集中描写的孤岛生活有了心理准备。荒岛的地理位置写得很确凿，是在加勒比海，离奥里诺科河入海处不远的地方。而且，笛福在叙述种种事件的时候几乎采用了航海日志体的写法，按照时间顺序逐项地作详细准确的记录，在细节描写上更是十分注意取得生动逼真的效果。埃德加在《小说的艺术》中说："就其创造真实的幻觉的能力而言，笛福是一个绝顶的大师，就其'庄严而冷静地说谎'的艺术而言，他所向无敌。正是从他那里，斯威夫特懂得了细微和貌似琐屑的细节的价值，而且后世现实主义方法的所有大师们都是他的自觉或不自觉的追随者。"[①]尤其是主人公鲁滨逊，无疑是当时千万个英国商人中的普通一员，他的思想、行为并无任何特出之处，他的言谈也没有一句"不可能出自伦敦恰林·克罗斯街任何一个小店主之口"。他在岛上度过的 28 年岁月中没有什么荒诞离奇的冒险情节，主要是为了生存而进行的实际活动：如何修建房屋，制造工具，猎取食物，种植庄稼，驯养动物等等。这是每一个人处在相同情况下都会采取的行动，没有任何超出常理的地方，正如柯勒律治所指出的，他是一个"普通人的典型"，他所作、所为、所经历和所期望的，正是每个读者想象自己能作、能想、能感觉和能希望的。"这已经不是古老意义上的冒险故事了。我们每一步提出的问题不是'接下去他的命运如

① 龚翰熊.欧洲小说史[M].成都：四川大学出版社，1997：105.

何?'而是'接下去他做了些什么?'强调的重点不是神奇可怕的偶然事件,而是机智有效的活动。"①《鲁滨逊漂流记》的问世,完成了从传奇故事向近代写实小说的历史性过渡。

更重要的是,《鲁滨逊漂流记》不仅在小说史上第一次将一个普通人的日常生活当作了关注的中心,而且将小说的重心从对事件的叙述转移到了对一个中心人物的塑造上,并进而在主人公鲁滨逊的身上赋予了崭新的时代精神的内涵,从而实现了从流浪汉小说向近代长篇小说的实质性飞跃。在罗吉斯的记叙中,原型塞尔柯克只是艰难求生,最后变得几乎成为野人;在斯蒂尔的故事里,最后的结论是知足常乐:"要求得到仅限于生活必需品的人是最快乐的";后来诗人考伯在诗作《亚里山大·塞尔柯克》里也吟咏道:"什么地方都有慈悲,/慈悲,这鼓舞人的概念,/它甚至给苦难以恩惠,/使人安于一切事变。"可是笛福塑造鲁滨逊形象的时候却既不拘于原始素材的限制,更大大突破了其他作家平庸而狭隘的观念,从而使得这一形象因其对早期资本主义时代精神和新兴资产阶级思想特征的高度概括,成为西方近代文学中第一个完整而深刻的艺术典型,《鲁滨逊漂流记》也由于这一划时代功绩而成为近代长篇小说的奠基作之一。

二、亨利·菲尔丁的小说创作

菲尔丁出生于英国萨默塞特郡的一个古老世家,在伊顿公学和荷兰雷顿大学读书时受过良好的古典文学教育,尤其熟悉古希腊喜剧家阿里斯托芬、讽刺作家卢西安和罗马诗人贺拉斯的作品,深喜西班牙塞万提斯的小说,并爱读小说创作的先行者斯威夫特的文章,这些对他日后的创作都发生了深刻影响。青年时代由于家道中落,他于1729年到伦敦靠写作谋生,30岁时进法律学校学习,毕业后当过律师,1748任威斯敏斯特区治安官,同时创办了《战士》《修道院花园杂志》等多种期刊,亲自从事文学创作。由于生活贫困、勤奋写作和职务上的操劳,菲尔丁中年以后疾病缠身,于1754年死于里斯本。

菲尔丁是一位疾恶如仇、认真了解和反映人民疾苦的作家。他熟悉社会的各个阶层,描述起来如同照相机一般准确而谨细,真可谓历历俱足、繁实详尽。在他的笔下,地主庄园里的风貌、城里旅店的摆设、杂货铺里的日用百货、阀阅世族家里人们的起居坐卧、流氓强盗的活动、离群索居的山中隐士的苦和壮浪纵恣的风流太太的乐,还有监牢、戏院、市集、贫民窟等的情况都得到了充分展现。他的小说故事大多构思精妙,情节曲折迷离,把读者

① [美]鲁宾斯坦.从莎士比亚到奥斯汀[M].陈安全等,译.上海:上海译文出版社,1987:339.

引入一个变幻错综的世界。时而是清风徐徐，时而又是一番枯木寒林的景象，有痛苦和灾难，也有快乐和幸福，善和恶总是在交锋，常常给人一种提心吊胆的感觉。《大伟人江奈生·魏尔德传》以及《汤姆·琼斯》就是这样的作品。

《大伟人江奈生·魏尔德传》摹仿当时流行的“传记”手法，受笛福为代表的黑社会小说形式的影响很明显。笛福本人就在《罪犯录》系列中根据同样的素材写过一本书，并伪称“绝非杜撰编造”，完全是采用罪犯本人的口述和亲笔札记编写而成。但是菲尔丁并不像笛福那样拘泥于实际案例，而是给小说赋予了更普遍的意义。不少评论家看出，魏尔德实际上是影射首相瓦尔浦的，然而菲尔丁的寓意其实更深广。他在序言里已经说明他所写的“强盗行为本身”是可能发生、会发生以及应该发生的，而且在1754年修改时更把书中“首相”一词一律改为“政治家”。菲尔丁认为强盗与政治上的大人物其行径如出一辙，都是专门鱼肉善良的小人物的蟊贼，因而借魏尔德的形象来痛加鞭笞。拜伦便感受到这部小说的普遍的意义，在一封书信里说：“从来还没有人用更强烈的笔法写出人与人之间的不平等。写出‘伟大’之渺小，写出他对征服者的鄙夷。”

菲尔丁的讽刺手法无疑继承了阿里斯托芬、拉伯雷等古典作家，但也明显受到了斯威夫特的影响。《大伟人江奈生·魏尔德传》具有寓言性质，大量使用反讽，在《关于帽子》的一章(2卷6章)里，谈论两个政党因为戴翘顶帽还是平顶帽而争吵，令人想起《格列佛游记》中政客们按鞋跟高低而分为两党相互争斗的讽刺性情节。魏尔德在狱中还和另一个强盗首领争夺睡衣，在上绞架时居然乘机扒走了为他作临终祈祷的牧师口袋里的开瓶钻子等等，都极富斯威夫特式的谐谑而辛辣的嘲弄。斯威夫特式的反语法在《大伟人江奈生·魏尔德传》里也占有突出地位，如魏尔德被称为“大伟人”，哈特夫利则被形容为“卑鄙小人”。事实上，“大”与“小”相对立的反讽主题在菲尔丁的创作中是一以贯之的。他在同时发表的《从阳世到阴间的旅行》里也采用了虚构的讽刺性寓言形式，写七个幽灵到冥府旅行，由冥王迈诺斯按其功过处置。一个因为贫困抢了18便士而被绞死的幽灵被准予升上天堂，一个趾高气扬的公爵则被迈诺斯在屁股上踢了一脚，并对他说：“你简直太伟大了，天堂装不下你！”而“恐怖之王”两侧站立的“伟人”们就是历史上的几位著名的暴君，如马其顿王亚历山大、几个罗马皇帝和土耳其酋长。

《汤姆·琼斯》是菲尔丁对“散文体喜剧史诗”的进一步的、也是最成功的实践。它代表着菲尔丁小说艺术的最高成就，曾被萨克雷赞誉为“人类独创力最为惊人的产物”。它可以说是当时小说形式的集大成者，小说以流浪汉小说为其基本特色，包含着冒险小说、骗子流氓小说、家庭小说等诸种特点，也具有讽刺戏拟小说的成分，如苏菲亚的抗婚出逃便与理查逊《克拉丽莎》中女主人公违背家庭意旨而私奔相似，然而结局的幸福与悲惨则迥异。它展现了18世纪英国乡村、城市、市集、旅舍、上层社会沙龙、法庭和监牢等广阔场景，描绘了当时社会从上层到底层的几乎所有阶层的各类人物。小说共十八卷，通过汤姆·琼斯与布力非的矛盾表现了善良、正直的优良品质与丑恶、卑鄙的恶劣品质的对立，批判了以金钱、门第为条件的婚姻，揭露了社会上种种卑鄙肮脏的现象，尤其是以贵妇人贝娜斯登夫人、费拉谟伯爵以及产生于上层社会的假道德家方正和宗教家夏楚为代表的上等人卑劣心灵和丑恶行为。菲尔丁从人性和人道思想出发，讽刺了上层社会，同情普通人民，对于善良、正直的人表示关切友爱，对于卑鄙、伪善的人则给予无情的讽刺和揭露。

小说中，汤姆是一个心地善良、单纯，富有同情心的人。他卖掉自己心爱的书和马救助被解雇了的守林人，他被赶出家门，在流浪途中还把自己仅有的三个基尼分了一个给拦路抢劫的穷人。他做好事从来不是为了酬报，也不是要让别人对他产生好感，他是发自内心的一种高尚举动，当然琼斯不是一个完善的人，他轻率，意志不坚强，多次被引诱。而布力非则是一个极端虚伪的人，表面循规蹈矩，实则心毒手狠，供养他的舅父奥尔华绥病危时，他高兴若狂，恨不得他马上死去。当奥尔华绥病愈时他却转嫁于人，说琼斯盼奥尔华绥死去。造谣的结果，使琼斯被赶出家门。琼斯是他的同母异父兄弟，他把他母亲写给奥尔华绥的遗书藏起，致使琼斯的身份一直成了众人猜测的谜，他想娶苏菲亚并不是因为爱情，他看中了苏菲亚的家产。到伦敦后，他收买证人企图置琼斯于死地。直到最后布力非的真面目被揭露出来，人们才看清他是假装少年老成，温文尔雅的伪君子，是一个危害他人的极端利己主义者。菲尔丁通过布力非这个形象揭露了资产阶级的自私虚伪，通过汤姆的形象表达了启蒙主义的民主思想。小说里的女主人公苏菲亚是一个既温柔又坚强的女性，她勇敢地捍卫自己爱情的权利，她的爱情是不为金钱、地位所左右的，她为了逃脱包办婚姻，离家出走，来到伦敦，险些落入道德败坏的费拉谟伯爵的魔掌之中，由于她坚持斗争，最后终于同她心爱的琼斯结了婚。这个女性形象反映了启蒙主义者追求自由、民主的美好理想。

《汤姆·琼斯》这部小说不仅获得了较高的思想成就，而且艺术形式方面也是比较完美的。

首先，以对比的手法刻画生动具体、鲜明突出的人物性格。小说描写的中心是汤姆·琼斯、苏菲亚与布力非的矛盾冲突，这是故事情节的主线。菲尔丁把汤姆·琼斯和布力非的性格作了对比的描写，即琼斯的善良、诚实与布力非的险恶、虚伪。不仅对主要人物作对比描写，对次要的人物也运用了这个方法。如奥尔华绥的正直宽厚同魏思顿的暴戾自私相对比。夏楚与方正的种种对比。经过对比描写,人物形象更加生动、具体,性格特征更加鲜明、突出。

其次,小说的艺术结构也是相当出色的。全书十八卷分作三部分。第一部分(第一至第六卷)以奥尔华绥和魏思顿两大庄园作背景,写弃儿琼斯被逐的遭遇;第二部分(第七至第十二卷)以乡村到城市的沿途一带作背景,写琼斯和苏菲亚各自在途中的遭遇,第三部分(第十三卷至十八卷)以伦敦都市生活为背景,写琼斯与苏菲亚两人遭到的危难和最后的美满结局。结构缜密完整,虽然情节纷繁,人物众多(全书有四十九个人物),但线索清楚,主次分明,形成一幅色彩斑斓,十分广阔的英国18世纪的风俗画。法国学者狄桑盛赞菲尔丁的结构技巧,他说《汤姆·琼斯》这部书是一个庞大的有机体,在这里,人物好像皆是某些器官,每一器官在它自己的位置上扮演它的一部分角色,而在整体的总进展中完成它的任务。菲尔丁以前的小说家没有一个像这样重视严格的结构的。菲尔丁在艺术结构中取得的成就,使《汤姆·琼斯》成了一部吸引读者、独具魅力的作品。

三、塞缪尔·理查逊的小说创作

理查逊是英国现实主义小说中不可或缺的一位作家。他开创的书信体小说在笛福现实主义小说的客观真实之外,又开辟了一条走向主观真实的现实主义小说的传统。理查逊出生于英格兰一个下层家庭,自幼生活艰辛,但他工作勤奋,并通过自己的努力成为伦敦一位著名的出版商。1740年,理查逊开始进行文学创作,先后创作了一系列小说,其中以《帕美拉》的影响最大。1761年,理查逊悄然离世。

1739年,理查逊应人之邀,准备写一本有消遣内容的书信集,供人做范本。他灵机一动,想到16世纪末期菲利普·锡德尼的田园生活传奇《阿卡狄亚》,于是便把其中一位公主的名字帕美拉借来做他的书信集的主人公,完成了书信体小说《帕美拉》的创作,成为当时著名的书信体小说家。但需要注意的是,书信体并非是理查逊的专利,最早的书信体小说出自15世纪的西班牙人之手。1678年,由葡萄牙语翻译成英语的第一部书信体小说《葡萄牙人信札》在英国问世,五年之后,英国女作家弗拉·班恩发表了《一名贵族与他妹妹之间的情书》,尽管艺术上还欠成熟,但是却开了英国书信体小说的先河。在英国当时娱乐方式和消遣方式十分贫乏的时代,书信成为人们流行的交流方式和感情的载体,这也为当时英国书信体小说的产生提供了成长的土壤。事实上,大众的书信写作是随着1635年"内陆通信系统"和伦敦"一便士邮政"的建立而普及和成为时尚的。同时,"戏剧在1750

年左右对英国生活的支配作用已经不复存在,人们不再满足于看戏或阅读过时的剧本。新的文学表现形式自然便受到人们的欢迎"[①]。于是,理查逊将书信作为小说改革的突破口。适应了时代的需求。对此,理查逊还对书信体作了评论:"笔者认为一个故事……用一系列不同人物的书信组成,不采用其他评论及不符合创作意图与构思的片段,这显然是新颖独特的。"[②]

《帕美拉》讲述的是女仆与主人之间的爱情故事。帕美拉年方十六,出身贫贱,美貌出众。她到一个富有的老妇人家作女仆。老妇人给予她贵妇小姐般的教育,教她跳舞、绣花等。她所接受的上层社会的意识形态使她与原来的环境格格不入,因此后来她险些被遣送回家时,为她带来麻烦。老妇人死后,她的儿子B先生对她引诱不成,便欲强行占有。她极力奋争,坚守贞洁,惹怒B先生,被赶出家门。她决意离开,B先生却指使下人把她囚禁在他的乡下庄园。帕美拉曾试图越窗逃出,但被发现。在此期间,B先生截留帕美拉写给家人的信件,阅读之后,他翻然悔悟,真心欣赏和爱慕起帕美拉,最后正式迎娶她为夫人。婚后,帕美拉的美德赢得丈夫的忠诚和众人的称赞。

帕美拉的形象引起评论界的激烈争论,焦点集中在两个方面:第一,帕美拉到底有没有美德?第二,美德有没有回报?期望回报的美德是不是美德?对于第一个问题,评论界有两派意见:支持帕美拉的一派认为,帕美拉是女性自尊自爱的典范,她拒绝物质诱惑而坚守贞洁;反对派则指责帕美拉心机过重,虚伪造作,她的真正目的是攀爬社会等级阶梯。这两派观点都有失偏颇。他们都没有考虑到,理查逊的作品和18世纪女性观所经历的历史性转折有密切关系。当时出现了从明显的厌女观到理想女性形象塑造的转变。在这种意识形态的转变中,理查逊一方面力图使女性自我探索的途径合法化,另一方面又要在当时严格限制女性发展的体制中做出妥协。所以,小说既表现了帕美拉对男权社会的抗争,也表现出她对等级制度的顺从。

四、劳伦斯·斯特恩的小说创作

斯特恩出生于一个教会世家,家族中的宗教氛围十分浓厚。幼年时父亲因与人决斗而亡,不得以在亲戚的救济下生活。成年后,斯特恩延续家族的老路,做了一名牧师。期间,尽管斯特恩也写过优秀的布道文章,但他并不适合牧师这个职业。他与塞万提斯和弗朗西斯·拉伯雷一样对文学极为

① Godfrey Frank Singer. *The Epostolarv Novel*[M]. Philadelphia: University of Pennsylvania-Press, 1933, P62.

② 蒋承勇.英国小说发展史[M].杭州:浙江大学出版社,2006:50.

痴迷。斯特恩有意识地进行创新,塑造怪诞的人物,描写谦卑的行为,加入感伤的成分,此外还有他独特的诙谐幽默的笔调及文中的插话等,都是他的明显特点。由于他打破了传统习俗,成为小说史上的先驱者,并很快在文坛获得了声誉。1768年,斯特恩因肺结核病而去世。

斯特恩的小说以其独特的结构、无序的情节、怪异的人物和新奇的表现手法在英国小说发展史上占据了引人注目的位置,《项狄传》是其代表作品。小说全名是《绅士特里斯特拉姆·项狄的生平和见解》,全书共分九卷,长达600多页。小说的框架结构杂乱无章,断断续续的叙述线索随意穿梭,塑造了一批怪癖的人物性格。自笛福以来,这部小说被公认为一种记录"私人历史"的文学体裁,也被称为英国第一部实验小说。《项狄传》在谋篇布局、文理叙事和时间问题的处理上打破了理查逊和菲尔丁开创的小说文体模式。斯特恩在小说中试图打破艺术和生活之间的界限,采用新颖独特的艺术形式来模仿人物内心的生活,并以此来揭示一种新的、可以透视的现实。小说主要描述主人公项狄的精神世界和心理变化以及他对人生的感伤情绪。米兰·昆德拉极为肯定这部小说的价值,他曾经说:"我最喜欢劳伦斯·斯特恩的作品《项狄传》,这是一部让人奇怪的小说。"①斯特恩在这部小说中大胆地进行了小说观念的更新,从而丰富了18世纪刚刚兴起的小说新文学样式,因此,后来甚至被有的评论家冠之为"后现代主义"的鼻祖。

小说以其独特的结构、无序的情节、怪异的人物和新奇的表现手法在英国小说发展史上占据了引人注目的位置。首先,斯特恩的小说对情节的描述与处理不仅打破了传统古典主义的格式,而且超越了现实主义的有机结构,常流于无序的滑稽和荒唐。《项狄传》是部小说,但却像一部永无休止的谈话集。它谈哲学、谈前途、谈人生,谈论的话题不停转换,而作为小说的主干情节,却扑朔迷离,无法把握。读者只看到围绕着主人公脑中各种奇异想法而开展的一段段喜剧性的插曲。如项狄出生的那一幕让人忍俊不禁。第八卷托比叔叔与寡妇沃特曼的谈情说爱也有趣好笑。沃特曼一心想与托比叔叔成婚,一天她问:"你到底哪儿受了伤?"托比叔叔说可让她摸摸受伤的地方,于是怀着好奇心的寡妇在一旁期待着,如果伤的地方无关紧要,下一步就是结婚了。而托比叔叔却拿出一张地图把沃特曼颤抖的手指放在他受伤的战场地点上。其次,他塑造的人物是一群性格独特、行为古怪、异想天开又极为敏感的怪人,这些人的思想、行为都难以捉摸。在《项狄传》中有人问项狄"你是谁"时,他答:"别为难我了。"项狄哲学让他明白人的个性不是像人们常想象的那么简单。但是,这些人虽然乖戾,却又都富有同情心,无

① [法]米兰·昆德拉.小说的艺术[M].孟湄,译.北京:三联书店,1992:88.

论是伟大、可敬，还是平庸、卑微的事，都可引发他们一掬同情之泪。这些怪人怪得可爱，怪得有人情味。《伤感的旅行》中的约里克牧师就是个极易动感情，流眼泪的典型人物。作者借他的口说眼泪是"一切珍贵的喜悦和一切高尚、悲哀情绪的取之不尽的源泉"。作者在这群怪人身上写出喜、笑、怒、骂、悲、哭等各种不同情感表现的玄奥，故他被认为是"揭示出人的感受中微妙差异的第一人"。最后，斯特恩打乱了小说叙述的时空顺序。笛福的小说是平铺直叙，按时间顺序一气呵成的；而斯特恩的小说没有时间的概念，他在捕捉瞬息间产生的微妙感觉，故叙述时间不停地转换、跳跃，速度之快令人惊奇。伊恩·瓦特认为斯特恩《项狄传》中的主要时间程序是按当时哲学上的新倾向，建立在叙述者意识中联想的流动之上，这使他的小说的组织原则不再是一般意义上的叙述了。有时斯特恩以极其详尽的描写叙述一些无关紧要的细节，如给项狄穿马裤。有时叙述大幅跳跃，犹如赛跑运动员偏离跑道，随意乱窜。人们读他的书时就像在没有任何导游或指南的情况下漫无目标地从一座城市游历到另一座城市，既觉新鲜、刺激，又感到没有头绪、不安，这正是斯特恩小说的诡异之处。

五、安·拉德克利夫夫人的小说创作

拉德克利夫夫人出生于伦敦一商人家庭，生活富裕而文雅。她23岁时和威廉·拉德克利夫成婚，丈夫鼓励她从事文学创作活动。拉德克利夫夫人婚后与丈夫定居伦敦，一直过着隐居生活，她仅有一次国外旅行，即1794年去荷兰和德国，那时她已经创作完成了很多小说。晚年的拉德克利夫夫人为哮喘病所困，最后死于肺炎。

18世纪英国现实主义小说是在对流行的传奇小说的感受中发展起来的。从笛福的第一人称自传体小说到理查逊的书信体小说，小说家最关注的是使读者相信书中描写的是与日常生活无异的真实。虽然菲尔丁比较强调小说家的创造作用，但他也致力于使故事发展得自然合理，避免荒诞和幻想。因此，用可信的文笔描写世态是18世纪英国小说的基本特征。这种现实主义小说特征虽无可非议，但却往往不能完全满足读者的需要，除了在故事中看到现实得到反映之外，人们也需要从超现实的故事中获取愉悦调节，哥特小说便是在这种需求下发展起来的。这类小说多以中世纪的古城堡或修道院为背景，故事情节恐怖刺激，充斥着凶杀、暴力、复仇、强奸、乱伦，甚至常有鬼怪精灵或其他超自然现象出现，常常描写由于满足个人情欲或争夺财产而引起的谋杀、迫害等，笼罩着神秘恐怖的气氛，具有怪诞紧张的情节和不寻常的故事。拉德克利夫夫人便是创作这类小说的代表作家，她的《尤道弗神秘事迹》便是其中的代表之作。

《尤道弗神秘事迹》的开篇是典型的田园式描写，埃米莉在母亲去世后和父亲平静地生活在一起，父亲圣·奥贝尔出身高贵、品德高尚、为人正直。埃米莉陪同父亲外出旅行，遇见了身穿猎服的年轻贵族瓦朗古，奥贝尔先生原本认识瓦朗古的父亲，三人随即一同旅行。瓦朗古很快就爱上了埃米莉，埃米莉也对他抱有好感。不久父亲病重，临死前将女儿托付给已孀居的胞姐谢隆夫人监护。谢隆夫人后又嫁给了一个邪恶的意大利人蒙东尼，蒙东尼不同意埃米莉嫁给瓦朗古，还把埃米莉和她姑姑一同挟持到他在亚平宁山上的一座阴森可怖的古堡里幽禁起来，意图霸占她们在法国的财产。在巨大的古堡中，埃米莉根本无法和她的姑姑见面，过了很长一段时间才知道姑姑已被迫害致死，这时的埃米莉更是孤寂无助，倍感恐惧。古堡内机关重重，滑动的壁板、密室、活门以及迷人的甬道、神秘的蒙面人和稀奇古怪的声响等等，无不令人毛骨悚然。埃米莉的卧室被安置在古堡中人迹罕至的偏僻角落里，在去卧室的途中，侍女向她提到了黑幔布后面神秘的画像，但却不敢拉开幔布。最后埃米莉终于克服了恐惧心理，打开了幔布，却一下子晕了过去。等到苏醒过来，一想起刚刚看见的东西，差点又昏了过去。拉德克利夫的描写生动逼真，给读者留下了难以磨灭的印象，这幕黑幔也就成为所有暗藏玄机的象征。埃米莉终于忍受不了她姑父对她无穷无尽的折磨，被迫放弃了在法国的财产。最后蒙东尼因其他罪行败露被威尼斯当局逮捕，埃米莉收回了她的合法财产，和瓦朗古终成眷属。

小说将感伤的情调和恐怖的悬念完美地结合起来，既有感伤主义的情感的渲染气氛，又有哥特式小说的神秘之处。比如，第一卷关于埃米莉和父母在乡间隐居生活的描写，不比一般的感伤小说逊色。拉德克利夫夫人还善于营造一种朦胧的恐怖气氛，这种恐怖的气氛引导读者跟着她走，被故事的恐怖和惊奇所迷惑，在不知不觉中丧失自己的理性判断能力。她使用一种内外结合的叙述方法取得这种效果。有时从外部描写人物、景色，有时又以间接独白的方式展示人物的内心情感。但更多的时候她综合使用这两种方法，使场景和事件激发起读者的情感，又反映人物的情趣，同时保留了作者对事件做出评判的权利。这部小说的成功，不仅使哥特小说在英国一跃确立了自己的地位，而且还深刻影响了之后很多作家的文学创作，拜伦在纽斯台的修道院是另一位蒙东尼的复活，而恐怖故事里这些鬼魂对雪莱也变得如此真实。夏洛蒂·勃朗特的《简·爱》中的罗切斯特就是处于中产阶级环境中变相的蒙东尼，而且《简·爱》也激发了艾米莉在《呼啸山庄》中的想象力。

第三节 崇尚理性、情感的古典主义诗歌和感伤主义诗歌

17世纪后半叶在英国确立的古典主义创作原则在18世纪初进入了成熟时期。古典诗派崇尚理性,注重形式,强调艺术形式的完美与和谐,力求精益求精,内容以说教与讽刺为主。约翰·德莱顿是古典主义诗派的杰出代表。18世纪初,古典主义精神在亚历山大·蒲柏的诗中得到了极其充分的体现,并使英雄双韵体形式的运用达到最高的完美境界。他的诗思想明晰、结构匀称、语言优雅、音韵和谐,其影响统治英国多年。18世纪20年代末出现了以自然和情感为主题的感伤主义诗歌,詹姆斯·汤姆逊(James Thomson,1700—1748)、爱德华·扬格(Edward Young,1683—1765)和托马斯·格雷(Thomas Gray,1716—1771)等诗人在古典主义原则的常规下,借自然景物冥想和抒情。他们时而沉醉于秀丽的自然景象之中,时而徘徊于废墟与古迹之侧,时而沉思于乡村墓园及村舍之间,时而又沉溺于宇宙幻灭的痛苦思索之中。他们用忧伤的情调讴歌美丽的大自然、凄凉的墓地、神秘的长夜,用伤感的措辞和同情的心态来表现普通农民的辛勤劳作及天灾人祸给他们带来的不幸。由于篇幅原因,这里主要分析一下亚历山大·蒲柏和托马斯·格雷的诗歌创作。

一、亚历山大·蒲柏的诗歌创作

蒲柏的父亲是伦敦一位专门从事亚麻织品买卖的商人,笃信天主教,因此全家都受歧视,这也是诗人不能上大学和担任公职的原因。蒲柏孩提时恶疾缠身,不得不缠绵病榻,主要时间在家中读书。以16岁之稚龄即开始诗歌创作,运用英雄双韵体写成的诗歌《批评论》发表时,年仅23岁,一举成就诗名。诗中他借鉴古罗马贺拉斯和法国布瓦洛的观点,认为文学评论家责任重大,要深得古雅风趣的新古典主义理论之精髓,才能真正做好文艺批评。他用机智、精辟的语言为好诗下了定:"所思虽常有,妙笔则空前。"意思是作品内容可以是读者司空见惯的,但优秀的诗歌必须以前无古人的精妙文笔来表情达意。29岁时出版第一本诗集,为他成为当时的诗坛领袖打下基础。后来陆续问世的《荷马史诗》英译本、《愚人记》和《论人》最终确立了他作为古典主义诗人在18世纪上半叶的霸主地位。由于身体原因,蒲柏晚年幽居泰晤士河畔,并最终逝世于此。

蒲柏是英国启蒙主义时期的第一位优秀作家。他的天才是独特的,但

也是相当狭窄的。他一生只用一种形式写诗，这就是英雄偶韵体。所谓“英雄偶韵体”，里面的“英雄”一词是指这种诗歌多与描写和歌颂英雄的事迹有关，西方诗歌里的“英雄”又常和神话里的英雄紧密相连。英雄偶韵体要求诗行两两对偶押韵，每行诗的格律是五步抑扬格，即每行诗里有五个音步，每个音步包含一短一长两个音节，短在前，长在后，短为非重音，长为重音。英雄偶韵体很早就曾被乔叟、斯宾塞、马洛等先前的大师们使用，但有一段时间，它的光芒被无韵诗（不押韵的五音步抑扬格诗行）所遮盖。到了17世纪，由埃德蒙德·沃勒和约翰·德莱顿重新发掘，它才又重现光芒。到了18世纪，蒲柏把这种诗体发展到了完善的程度。他通过变换元音，或改变诗的节奏，一改英雄偶韵体原来过于呆板僵化的弊病，使之最终达到炉火纯青的地步。英雄偶韵体在他手中成为新古典主义绝好的表现形式。这种形式因此在当时变得非常流行，英伦内外竞相效仿，其魅力盛极一时。时至今日，在英雄偶韵体的使用上仍无一人能与蒲柏比肩。人们总把蒲柏和英雄偶韵体相提并论，原因盖源于此。蒲柏的诗作，词句流畅，节奏柔和，对仗工整，音韵和谐，在音、形、义方面都达到高度的完美。单论知识，或是节奏、音韵以及词句的乐感，蒲柏的诗读来都是一种很好的享受。

《论批评》是蒲柏的成名作，全诗用英雄偶韵体写成，共有744行，分成三部分。第一部分论述文学批评的重要性以及如何成为一名出色的批评家。蒲柏认为，一名出色的批评家应该具备明智的判断力，即高尚的趣味和机智，并通过良好的教育逐步培养提高。他要先察己，知己之不足与偏颇，而后悟“不会出错的自然”。他认为批评家的职责在于帮助人们欣赏和品味文学作品，但是当今的一些批评家却往往因为心气太盛而抢了原著本身的风头，遮盖了原著本身的文采。古典的文学理论经受住了时间的考验，理应被奉为文学批评的最高准则，荷马、维吉尔等“伟大的古人”也理应成为现在每个真正文学批评家效仿的榜样。第二部分论述文学评论不当的几大原因。这些原因包括骄傲、学识浅薄、重局部而失整体、极端、易变、怪癖、党见、妒忌。在这部分中，蒲柏除了指出文学批评不当的原因及外在表现外，同时还提出好诗的标准与最高境界：诗应当是“人们常常心有所感，却从未像这样巧妙表达出来的东西”。一首好诗应该做到音和义之间互相呼应，做到刚柔结合，达到力度与甜美的统一。第三部分论述一名优秀的评论家所应具备的品质，简要回顾欧洲文学批评的历史。一名优秀的评论家所应具备的良好品质包括正直、谦虚、策略和勇气。此外，他不仅要学识渊博，还要深谙人情世故，这样才不至于“像一个迂腐的傻瓜，贸然闯入连天使都不敢涉足的领域”。在回顾古代欧洲文学批评史时，蒲柏最为推崇的古希腊和古罗马最有名的大评论家是亚里士多德、贺拉斯、昆廷兰和朗吉努斯。至于现代，蒲柏提到荷兰的伊拉斯默斯和法国的布瓦洛。蒲柏认为英国在文学批评方面的建树不多，为此感到深深的惋惜。

诗人虽然有一味说教的架势，但并非一味说教，而是身体力行，以自己的诗句实践了他对新古典主义诗歌审美标准的倡导。例如他针对有些评论家一味考究音韵是否动听，却忽略内容实质和整体效果的统一这一现象进行了批评，尤其还批评了18世纪早期一些蹩脚的诗人。他们一味追求诗的音韵效果而忽视思想及内容的表达，结果他们的诗就成了靠无数赘词堆积而成的"陈词滥调"。蒲柏的伟大之处在于他一面批评这些诗人，一面巧妙地把这些"陈词滥调"穿插进自己的诗行当中，对那些作诗的庸才们拙劣的笔法进行戏仿，同时，在节奏、韵脚和词句的表达上，又显示不出半点拼贴的生硬痕迹。接下来，蒲柏又讽刺了另一些拙劣的诗人。他们不管有无必要，都画蛇添足，硬生生地在诗行末尾安上一个"亚历山大诗行"做尾巴，犹如一条蛇拖着受伤的身体在缓慢爬行。亚历山大诗行每行有6个音步，每个音步为抑扬格，3个音步后停顿一下。与其他诗行的5音步不同，蒲柏在这一行里，故意使用了一个亚历山大体的6音步，使诗的速度放慢，原本流畅的诗行，蒲柏故意截成3节，模拟受伤的蛇的外形。蒲柏还在诗行中故意使用大量的长元音，使节奏更加缓慢，恰似一条受伤的蛇拖着长长的躯体，缓慢地蠕动爬行。这几行诗集中体现了音、形、义的完美统一，展示出蒲柏高超的诗歌技巧。在蒲柏手里，它却成了一首有内容、有文采、音调铿锵而多变、充满了令人喜悦的佳段名句的艺术制品。可举《论奇思怪喻》一段为例：

> 巧妙的构思突出于每行诗句。
> 满足于异想联翩和巧喻堆砌，
> 那样的作品不恰当也不合适。
> 整篇诗章遍用金玉铺砌堆成，
> 借装饰手段掩蔽艺术的无能。
> 写诗如同作画，似这般怎能描绘
> 大自然的真实面目和纯朴的妩媚？
> 真才气是把自然巧打扮，
> 思想虽常有，说法更圆满。
> 有的诗篇一看就知道写了真实的状况，
> 因为如实反映了我们脑海中的印象。
> 平易朴素才能施展机智，豪情奔放，
> 如同背景晦暗才能使光线格外明亮。
> 作品里奇思怪喻壅塞并没有好处，
> 人体的血液过多也会走上死路。

这首诗的格律是：每行五个音步，每步两个音节，一轻一重；两行成一组，互相押韵，故称“双韵体”。其好处是整齐优美，其缺点是这种脚韵要安排——两行一韵，下两行换一韵，这样两行两行下去，容易陷于单调、机械。蒲柏的贡献在于：使它更工整，又使它更多变化，特别是在行中停顿点的变换上下工夫，不仅每行之中必有一顿，而且往往每半行之中也有一顿，顿的位置不一，从而增加了各种音节配合与对照的机会；另一个好处是能将重要的词放在顿前或顿后，取得额外的强调效果。例如：

True wit is Nature to advantage dress'd,
真才气是把自然巧打扮，
What oft was thought, but ne'er so well express'd;
思想虽常有，说法更圆满。

上引两行中，第一行 nature(“自然”)后有一停顿，既可喘一口气，又强调了此词；第二行 thought(“想到的”)后一停顿，而行尾 express'd(“表达出来的”)也一顿，二者在音韵上形成了一郑重一急促的对照。此外在尾韵的选择上也有各种变化：一般用单音节重读词，但也有用弱读音节为尾的，即用了所谓“阴韵”，如这两行之尾的 dress'd 与 express'd 就是，读时须口齿伶俐，使人感到巧妙，而这巧妙感又正是意义上“巧打扮”“更圆满”所要求的效果。这也就是音与义互相增益的一例。

除了运用音韵上的各种技巧之外，蒲柏的另一突出长处是文字上极为干净利落。他善于用词，善于把它们放在恰当的位置，笔下经常出现巧对、名句，许多流行到了后世，至今为人引用，《论人》就是这样一首诗歌。

《论人》是蒲柏最重要的作品。它最闻名，历来也被引用最多。蒲柏称之为“道德法典”。这部长诗是 18 世纪社会观念和价值观念的真实记录。它不仅汇聚了自柏拉图、亚里士多德到德国启蒙主义思想家莱布尼兹等古今哲学家众多的哲学思想体系，而且对英国的文化和历史研究也具有重要价值。

这首长诗由四封长信组成，基调酷似弥尔顿的《失乐园》，旨在阐明上帝的种种做法是公正的。第一封书信对当时盛行于英国和欧洲的基本观念做了出色总结，对上帝所创造的世界提出 18 世纪的、积极的看法。上帝是万物之源。在他精心设计的宏大的等级体系中，具有理性的人位居中间，次于上帝和天使，优于低等生命。作为“巨大的生命链”中的一环，人的知识和理解力是有限的，他对世界的判断也是有欠缺的。人由于生性骄傲或心怀野心而犯下的错误常常扰乱上帝的安排。因此，蒲柏主张，世人如果努力做到心无杂念，一心企盼美好未来，则必能心情欢畅。

第二封书信讨论了人的本质和人类的现状。人介于神兽之间，因而人性中善恶参半。蒲柏高度颂扬上帝为善之源泉，谆告人们不要对上帝和他创造的一切妄加评判，而应诚心遵从和接纳上帝为世界的至善至美所做的规划：

要认识你自己，不要对上帝妄加评述；
人该恰当地研究自我。
处于生命地峡的这一中心地位，
一个人既伟大又卑微，既聪颖又愚昧。
作为不可知论者，人的知识过多，
欲求禁欲主义者的骄傲又过于软弱，
他悬在中间，行动还是休息犹豫不决，
是神灵还是禽兽自己也费琢磨；
不知该重视精神修养还是肉体享乐：
有生必有死，推理却犯错误，
他的理智终归是愚昧，
无论他考虑得太少或是过多，
思想和感情全混作一团迷雾；
常是自我欺骗，又自我省悟；
生下来半站立，半仰卧；
万物的主帅，又受役于万物；
唯一的真理判断者却不断陷入谬误，
世界上的光荣、笑柄和闷葫芦。

蒲柏认为人人都应知其所，并乐得其所。在人性中的神性和兽性这一点上，蒲柏与后来的精神心理分析学家弗洛伊德的观点有些接近。蒲柏所说的“自爱”，包含着人的各种原始的、动物的本能；而人的理性，有些像“超我”，时时提醒、监督人在满足一己的欲望的同时，不能违反既定的社会和道德原则；自爱和理性互相制约，人就能拥有一个健康的、平和的“自我”，社会也因此而安定和谐。蒲柏倡导的“人人知其所，并乐得其所”实际上就勾勒了这样一个“自我”和社会都处于和谐状态的理想的人类图景。

第三封书信谈论了人在社会中的作用。每个人都享有属于自己的一份幸福，所以要爱自己。同时，生命链中的每个环节又是互为关联的，所以还应该爱他人。对于低于自己的物种，人被赋予了权力，但同时也肩负着责任；对于社会来讲，人在自爱的同时也要友爱社会，二者相互交织，致力于创造共同的和谐与幸福。在一个社会中，宗教和政府相辅相成，使爱心得以弘扬;相反,迷信和专制则会扰乱世界正常的秩序。

第四封封书信讨论人的幸福感。上帝的本意在于使他创造的所有生命都同享幸福。一个人幸福与否取决于他是否身体健康、内心平和,工作是否称职。善报(幸福)不是世俗的、外在的回报。对一个人来讲,重要的不应是他的物质财富,而应是他性格中的美好品质。这些美好品质和对上帝的爱使自己快乐,也给其他人带来快乐。

二、托马斯·格雷的诗歌创作

格雷出身于伦敦的一个经纪人家庭,1725年入伊顿公学,与同学华尔浦尔和韦斯特结为至交。1734年,格雷进入剑桥大学,但却没有取得学位便离开,花了两年时间漫游欧洲大陆。1742年,格雷定居剑桥,并开始诗歌创作,《阿格丽品娜》《思考概要》《无知颂》都是在这时创作的。这段时间,格雷的作品不少,但很多都没有完成。在《无知颂》中,格雷审视了重返大学的历程。格雷还创作了《春天颂》,并把它寄给韦斯特欣赏。这首诗是格雷看到白金汉郡乡村优美的景色、听到它的悦耳声音后,心有所感而创作的。不久后,年仅25岁的韦斯特去世了。格雷心情暗淡,意气消沉,悲伤与孤独情绪弥漫在他在后来所写的一系列诗歌里。《伊顿远眺》《逆境颂》《追忆理查德·韦斯特》都是以死亡、忧伤、悲痛与怀旧为主题的。1756年他被彼得豪斯学院学生的恶作剧所激怒,搬到彭布洛克学院。晚年时期,格雷闭门不出,最终由于抑郁病加重去世。

作为诗人,格雷受人仰慕,影响很大。他出版的诗作加起来不超过1 000行,却与威廉·柯林斯(William Collins,1721—1759)并称为18世纪中叶著名的诗人,预示了浪漫主义复兴的到来。他的诗歌令人感伤,为之后的浪漫主义诗人探索真挚的感情树立了典范,却又不失新古典主义诗人的严谨与内敛。他积极回应自然的召唤,却不执着于人性与自然的和谐统一。他既不是缺乏感性的古典主义诗人,也不是缺乏理性的浪漫主义诗人。在18世纪诗歌创作逐渐向浪漫主义转变的过程中,格雷代表着新古典主义的另一种形式。他把传统的体裁、措辞与新的主题、表达方式相结合。他对屈莱顿与拉辛的喜爱不亚于他对莎士比亚的推戴。他像蒲柏一样注重言语的精炼与对称,偏爱说教式的沉思与夸张的拟人手法;他也强调后来由浪漫主义诗歌充分表达的感性。格雷是他那个时代诗歌体裁的出色实践者。他舍弃了严谨的英雄偶韵体,选择了不为古典所认可的颂诗进行创作。《墓园挽歌》被公认为18世纪的代表作,它使格雷不断受到学者们的关注,摆脱了18世纪诗人不被人认可的命运。

《墓园挽歌》是一首哲学思想丰富的诗歌,读这首诗不仅可以感受到格雷对已经过世的韦斯特和玛丽的怀念，还能洞悉到他对死亡的思考，感受到死亡带给他的悲哀。它表达了“人类共同的情感”，它的词句间所表现的张力以及它融古典主义与浪漫主义两种风格为一体而获得的独特魅力，受到后人的高度赞誉。

诗歌一共128行，分为32节，每节由4行五步抑扬格诗句构成。从意群角度看，这首诗大致可分为7个部分。第1部分（1～12行）描述诗人凭吊一处墓地，伤感忧郁，反映出墓园派诗人对黑夜、坟墓及死亡的兴趣。第2部分（13～28行）讲述埋葬在墓园里的人，并回忆他们的生活经历。当“小村里粗鄙的父老”们还活着时，他们听到麻雀的啁啾声、凌晨公鸡的打鸣声或猎人的号角声，晚上回家享受天伦之乐，抑或快乐地忙于田中工作。然而现在他们却躺在“狭长的墓穴”里，不再“辛苦劳作”，享受“家庭欢乐”了。第3部分（29～44行）告诫权贵们不要轻视穷人，因为死亡对人人都是平等的，坟墓对任何人都没有区别。所有的高贵、权势与财富都会不可避免地走向死亡，荣耀之路的终点也是坟墓，没有任何方法可以让人避免死亡或起死回生。第4部分（45～72行）一方面表达了诗人的遗憾，穷苦农民虽拥有潜力与天才，但他们的机遇不佳，天赋不能得到发挥。另一方面，他在农夫身上也品尝到“塞翁失马”的感觉：由于他们不具有权力和地位，他们也就没有任何机会做坏事、犯罪，或为了社会地位去献媚、奉承，从而丧失诚实正直的品行。在第5部分（73～92行）里，诗人坚持认为，虽然农夫们一生平平，但是死后不应也不会被人遗忘。第6部分（93～116行）描述诗人对自己死后情景的设想。一个村民会这样向别人说起他：他早早起床，走向山坡上的草地，躺在树下冥想，至晚方归。他在林中漫步，时而微笑，时而低语，面色苍白，神情悲伤，好像陷入了“无望的爱情”之中。第7部分（117～128行）开始是“墓铭”，显然是诗人自己所写，刻在诗人的墓碑上。诗人把自己称为一个年轻人（格雷刚开始写这首诗时28岁），才华横溢，深沉忧郁，宽宏大量，充满深情，被上帝宠爱。他同情劳苦大众，成为上帝和人类的朋友。他对过路人说，不要对他评头论足，他在坟墓中等待上帝的末日审判。这首诗的哀伤情调深深触动了读者的心。

在形式上，这首诗思路清晰，结构匀称，风格优雅而不堆砌、雕琢，流畅而不松散、拖沓，措辞简练含蓄，生动流畅，组织严密，明晰易懂，给读者留下充分的想象空间。同时，作品的韵律和韵脚齐整、匀称，音韵和谐而不单调，有助于突出主题。大多数诗行运用了长元音，以烘托出全诗的哀婉情绪，然而也随内容的变化而变化，以避免单调乏味。在一些诗行与诗节中，诗人巧妙运用短元音，与长元音交替出现，或表达一种断然无可挽回的情绪（如41～44行），或表现一定程度的愤慨（如57～60行），或表现戏剧性（如109

行)。甚至在同一诗行中,长短元音也不时交替存在,产生不同的效果。此外,颜色、明暗、动植物、生活图景、其他形象和比喻的选择,都组成了该诗的结构特征——所有这些都经过诗人的仔细推敲,并列放置或叠加,使这首诗在英国诗歌中占有独特的地位。

第四节　走向朴素、诚实的英国散文

17 世纪中叶英国散文开始进入形式讲究、体律丰满的境地,古典主义的创作原则逐渐促使散文在文体上规范化,形式上追求典雅完美,但内容上无大的突破,充斥了脱离实际、无病呻吟或矫作自恋的感受与情调。到 18 世纪中叶散文出现了一次自觉繁荣的高潮,理查德·斯梯尔、乔纳森·斯威夫特、约瑟夫·艾狄生等作家,他们把新的语言、韵味注入各自的散文体中,使其面向生活,走向朴素、诚实和自信。其中,对普通人民的关心、对周围实际生活的观察使作家的观念得以解放,精神得以自由,思路得以活跃,风格得以创新,最终使散文从十六七世纪那种源于自我、归于自我的意境走向源于自我、归于自我或归于社会的更高的境界,摆脱了清高虚泛、远离实际的古典主义阴影,使散文在火热的生活实际中不断发展,为思想的自由驰骋提供了有效的载体和工具。

一、理查德·斯梯尔的散文创作

斯梯尔出生于爱尔兰的都柏林的一个律师家庭,少年时代在卡特豪斯公学就读,后进入牛津大学深造,但他中途从牛津大学辍学,转而从军,后发现自己并不喜欢军旅生活,又开始从事文学创作,先后创作了几部戏剧。从 1706 年开始,斯梯尔先后得到不同贵族人物的垂青,因此步入政坛。1714 年英王乔治一世登基,斯梯尔被委任掌管朱瑞街剧院,第二年被封为爵士,后又担任国会议员。但是,1717 年之后,随着一系列的家庭、事业和政治变故,他隐退至妻子在威尔士的家乡,在那里度过余生。1729 年斯梯尔去世,葬于圣彼得教堂。

斯梯尔的文学创作带有很强的社会目的:他希望通过自己的作品向他的读者——中产阶级——灌输一套社会和生活准则,帮助他们成为有教养的阶层。《基督教英雄》便体现出这样的创作目的,遗憾的是,这部著作没有产生足够的社会影响。于是,富有道德使命感的斯梯尔转而创作戏剧,希望通过这种比较大众化的娱乐形式实现自己的目的。他的剧作多为伤感喜剧。它们不同于王政复辟时期的轻佻喜剧,而是在对婚姻、爱情的描写中表现出中产阶级的道德观念，体现出作者净化文学、使舞台道德化的创作意图。不过，斯梯尔为强调道德教化而编写的戏剧，情节很生硬，缺乏令人信服和深入人心的力量，因此也没有取得成功。

在这之后，斯梯尔发现18世纪的英国伦敦中产阶级经常光顾咖啡馆，而报纸杂志的大众性特征使得它们成为咖啡馆里主要的知识传播工具。如果说过去的贵族是在剧院、大学和沙龙里接受知识及社交礼仪等方面的教育，那么18世纪初的英国中产阶级则是在遍布伦敦的咖啡馆里完成这一切的。斯梯尔于是投身报纸杂志行业，创办了《闲话报》，发表雅俗共赏的报刊散文。斯梯尔本人也曾在《闲话报》的各个专栏中发表过特写，或是揭露混杂在伦敦市民中形形色色的骗子、恶棍和坏蛋，或是嘲笑上流社会荒淫无度、空虚乏味的寄生生活，或是讨论日常家庭生活的话题。例如，他在第25期中发表了《"决斗"》一文，驳斥了上流社会已经流行多时的决斗之风。在他看来，决斗根本是毫无理智的愚蠢行为，是好勇斗狠的花花公子为坚持自己的看法而进行的一种残杀行为，而且"一个人要获得一个光荣的名声，好斗绝不是一种得体的办法……决斗不能显示相互憎恨有确实的理由和可靠的根据，它仅仅是为一个养成懦怯、虚伪与丧失理智的人设下的骗局"，因而他强烈希望能够消除这种决斗之风。又如，他在第75期发表的《美满婚姻》的主旨是宣扬婚姻生活的美满和必要性。文章开篇斯梯尔便借伊萨克·毕克斯塔夫之口指出，人们往往忽略自己拥有的快乐和幸福，结婚的人尤其如此。他们往往用痛苦的眼光看待婚姻生活，在抱怨中一天天消耗掉自己的生命。因此，斯梯尔认为很有必要提醒人们，婚姻是神圣的，幸福的家庭生活是需要珍惜的。接着，他用细腻感人的笔触叙述了老朋友一家人的幸福婚姻。这个家庭里有相敬如宾、恩爱有加的夫妻，还有活泼可爱的孩子，尤其是夫妻二人的感情令人称羡。妻子美丽大方，有幽默感，对丈夫照顾得很周到，对孩子调教有方。丈夫对妻子所做的一切心怀感激。琐碎的婚姻生活并没有淡化他们的爱情，却使他们更加相互珍爱。离开这幸福的一家人后，毕克斯塔夫忍不住把老朋友的幸福婚姻和自己的单身汉生活进行比较，然后"不无凄凉地回到自己的家：他的仆人，他的狗和猫"。在斯梯尔看来，在婚姻中牺牲自我，懂得感恩，不仅是保障家庭幸福的准则，也是保障社会秩序的准则。文章中的家庭是他心目中的幸福家庭的样本，也是他心目中的祥和社会的缩影。

二、乔纳森·斯威夫特的散文创作

斯威夫特生于爱尔兰的首府都柏林的一个下层家庭，由于自小父亲去世，斯威夫特不得不多年接受亲友的微薄、不甚情愿的周济，得以完成在都柏林大学三一学院的学业。毕业后，他往来于伦敦和爱尔兰，为生计奔波，期间他饱尝人生的酸甜苦辣和世态炎凉。1697年，在一位退休的英格兰大臣邓普尔爵士的授意下，他写成了第一部作品《书战》。翌年，他又完成了另一部著名的讽刺作品《一只桶的故事》，对基督教各个派别间的争执进行无情鞭挞。这些讽刺作品的发表使得斯威夫特名气大涨，并被艾狄生称为最伟大的天才。正当斯威夫特踌躇满志地准备大展宏图之际，英国女王和托利党上层惧怕斯威夫特日益增长的威望，将他派遣到都柏林做教长，他在那里见到了爱尔兰民不聊生、盗匪横行的社会现状，开始为这个苦难深重的民族鸣不平。他将关心与笔锋转到为爱尔兰人民争取独立自由和对英国统治者的批判方面。继而发表了《关于普遍使用爱尔兰纺织品的建议》《一个麻布商的信》《一个温和的建议》等政论文。在这一时期，斯威夫特完成了他唯一的小说《格列佛游记》。10年后，斯威夫特身染重病，不久去世。

18世纪的英国文学在散文上的成就颇丰，而斯威夫特是这个世纪上半叶散文名家中的名家，《书战》《一只桶的故事》等作品中的讽刺意味使其在众多散文作家中别具一格，获得"斯威夫特式讽刺"之称。他的讽刺文章无一例外地影射现实，对英国的君主政体、司法制度、殖民政策和社会风尚等诸多社会问题进行无情揭露。作为典型的讽刺作家，斯威夫特的故事总是有所指的。在他的笔下，丑恶人性的表现不胜枚举：背信弃义、无知浅薄、为非作歹、政治腐败，这一切的症结皆在于人类道德的堕落。同时，作家表达了普通百姓的痛苦和对他们的热爱，运用讽喻手法寄托了自己对理想人性和道德的不懈追求。他的作品里不乏荒谬、丑陋、无情、悲观等主题，令人在尴尬的笑声中遍尝社会、政治、人类本质等方面的苦涩滋味。斯威夫特式的讽刺宛如一针清醒剂，让在混沌中苟且偷生的世人幡然醒悟，回归对人类自身弊端的客观认识。伟大的讽刺作家就在于激发人们的笑声，在笑声中超越个人的种种不满和对社会的抨击，最终认识到人类自身的价值和美好的一面。这就是斯威夫特式讽刺的旨意所在。

在散文的语言上，斯威夫特的散文语言以简单为主。只在非常必要时，他才在文中使用暗喻等修辞手段。他的句子从不过长或过短，即使是长句，也不会有表达上的漏洞、连接上的间断或转折上的突兀等现象。他的语言简明易懂，但寓意深刻。他的文字没有繁杂的矫饰，不会卖弄学问，不用华丽手段增加效果。斯威夫特的语言风格和他的思想相辅相成。他的散文总是立足于现实。

《书战》将矛头直指当时贫乏的学术、浅薄的文学批评和各种社会恶习，批评学究式的烦琐考证和脱离实际的学术研究，提出文艺与科学应为人民服务的观点。书里描写战争的情节细致入微,包括具体某位作家与他的后继者和评论家们的论争。这场争论不仅存在于古典作者和现代作者之间,还存在于作者和评论家们之间。文章全部以模仿性史诗的形式写成,斯威夫特在《书战》中将书籍划分为两个阵营:古典派和现代派。战争就在由书籍构成的这两大阵营间轰轰烈烈地展开。斯威夫特没有明确表明自己的取舍态度,但文本显然暗示,古典派书籍在战争中占有更大优势。他的讽刺散文以娴熟的技巧、貌似中立的态度,避免直接告诉读者哪方获胜,而是在描述某阵营时故意让文本出现残缺,让读者自己去想象战争的结果。

《一只桶的故事》中,一位父亲(象征基督)有三个儿子,大儿子彼得代表罗马天主教堂,二儿子马丁代表马丁·路德和英国国教,小儿子杰克象征持不同观点的异教分子。父亲临终前在病榻上赐给每个儿子一件外衣(寓意基督信仰),并告诉他们不能对衣服做任何改动,衣服会随着孩子们的长大而长大。遗嘱象征着《圣经》,衣服则代表基督教精神的执行。然而,父亲死后,大儿子和小儿子渐渐违背了父亲的遗愿,找到各种借口,在衣服上施加点缀,或改变衣服的形状,只有二儿子几乎没有改动衣服的原样。斯威夫特创作这部作品的目的在于反驳和讥讽17世纪作家托马斯·霍布斯的著作《利维坦》的影响。霍布斯在西方近代国家学说史上是第一个在国家问题上自觉反对神学体制的人,他的国家学说建立在人性论的理论基础之上,认为君主专制是最好的国家政体形式;他反对宗教神权和封建割据,主张国家主权来自人民。霍布斯在王朝复辟运动中颇受争议,斯威夫特对他的言行多有讽刺和挖苦。他在解释这本书的题目时说:国家的大船被一只鲸鱼威胁,也就是霍布斯这只"巨兽"。斯威夫特把自己的书看作一只木桶,国家的舵手们(显赫贵族和大吏们)可以把木桶扔到水中,以吸引那些对政府统治权力表示怀疑的人的注意力。当然,从历史唯物主义的角度看,最后的结果是,这部书反而加剧了霍布斯言论所带来的危机,未能使人们镇定下来,更理性地思考问题。

三、约瑟夫·艾狄生的散文创作

艾狄生出生于英国西南部的威尔特郡的一个乡村牧师家庭,幼年曾在私立学校查特豪斯学校接受教育,并在那里结识了斯梯尔。之后他进入牛津大学女王学院就读,毕业后在牛津大学莫德林学院任教。他精通古典文学,尤其擅长写拉丁文诗歌,凭借这些诗歌创作,他获得了一些贵族的资助,并于1699年到欧洲各国游历,同时研究政治,为从事外交工作积累知识和经验。后因资助中断回到英国,进入政府工作。辉格党执政后,艾狄生被任命为副国务秘书,并随从出使汉诺威。1708年他当选国会议员,之后被派往爱尔兰，在那里担任要职。1709年回到英国后，艾狄生与老朋友斯梯尔交往密切，积极为后者创办的《闲话报》投稿。《闲话报》停刊后，艾狄生创办《旁观者报》并风行一时。在办报的同时，艾狄生坚持戏剧创作，写出《卡图》《击鼓者》等文章。1718年，艾狄生与斯梯尔因为政治意见发生分歧而反目。1719年艾狄生去世，被埋葬于西敏寺。

艾迪生的散文精悍、清晰、典雅、有文采，涉及的内容非常广泛，既有城乡琐闻、官场趣事，也有礼仪风俗、历史掌故、道德风尚、园艺服装、文学艺术等，如《国王十字街》。这是一篇刊登于《旁观者报》第69期的散文。在文章里，作者声称国王十字街是他最喜欢的地方。国王十字街位于伦敦市中心，在18世纪初已是英国的金融和商业中心。在英国海外贸易兴盛的时代，那里可以说是全球贸易的一个象征和缩影。在这里，来自不同国家的商人摩肩接踵，从事各种商业活动。国王十字街好似一个全球会议的大会场，而英国则是全世界的中心。他为自己身为英国人而自豪，他也为各种贸易的顺利进展而高兴。他很兴奋地走在这些背景迥异、操不同语言的人中间，“有时我在一群亚美尼亚人中穿行，有时我消失在一群犹太人中间，有时又成为荷兰人的一员。在不同的时刻，我分别是丹麦人、瑞典人和法国人，我想象着自己和古代的一位哲学家那样，在被问及自己的国籍时，回答说自己是世界公民。”接着，作者感叹，不同地域出产不同农作物和商品，简直就是大自然的奇妙安排；而贸易使得人们可以交换和享受大自然的种种恩赐。商人们“把人类集合在一起，互通有无，传播大自然的恩惠，使穷人就业，使富人更有钱”。总之，作者赞扬贸易给人类带来的幸福，而且“没有谁比商人对一个国家更有用”这篇散文表现出艾狄生对中产阶级所发挥的社会作用的赞许。他从对商品经济的肯定升华到对全人类融合的肯定。艾狄生并不保守，他有积极融入时代潮流的意识。

第五节　日渐衰微的感伤喜剧

18世纪对于英国戏剧来说并非一个辉煌灿烂的时代，英国小说在这一时期的迅猛发展和所取得的耀眼夺目的成就更使戏剧的创作显得黯然失色，相形见绌。17世纪王政复辟时期风俗喜剧的衰落似乎从科利尔的《略论英国舞台上的不道德和亵渎》开始，尽管科利尔所攻击的那种表现骄奢淫逸、追求声色享乐的戏剧并未完全从18世纪初叶的英国舞台上消失，但是那时的英国剧院及其观众与复辟时期相比发生了相当大的变化，舞台上也出现了与此前淫逸放荡大不相同的感伤主义戏剧。查理二世时代，剧院基本上从王党人士或国王的亲朋好友的控制转入职业剧院人士、特别是演员之手，这种转变致使为舞台撰写剧本的人员的性质也发生了相应的变化。王政复辟时期喜剧一般由绅士或自认为是绅士的人创作；18世纪的剧作家们不得不屈尊附就，他们将自己的作品交给未受过良好教育的经理或演员，由他们任意修改后上演，而那些绅士们通常都是风俗喜剧所讽刺的对象。与此同时，伴随着风俗喜剧的猥亵和俏皮越来越受到规避，感伤主义戏剧越来越昂起头来。“感伤可以解释为感情”，“它模糊了理智，以悲怆哀婉取代悲剧，并把较严峻的生活问题掩盖在温情脉脉的迷雾之中。它在文学上的影响是多方面的，而在喜剧上的影响是灾难性的”。感伤主义喜剧疏于简单的说教，致力于道德的改造，热心于让人类的心灵同美德的原则相和谐，但这些戏剧中无论正面或反面人物性格都单薄透底，一览无余。18世纪后半叶，随着奥立佛·哥尔德斯密斯和理查德·布林斯利·谢里丹两大戏剧家的出现，英国戏剧的舞台才有所改观。

一、奥立佛·哥尔德斯密斯的戏剧创作

哥尔德斯密斯出生于爱尔兰的一个宗教家庭，由于家庭环境的影响，他就读于都柏林的三一学院并主修神学和法律，但以后并没有从事神职工作。他后来转到爱丁堡大学和莱顿大学攻读医学，随后游历于欧洲各地，后返回英国定居伦敦，并找到一份做药剂师助理的工作。此后，哥尔德斯密斯从事了许多不同的工作，其中包括教书和为出版商工作。他靠替别人写文章来谋生，并出版了许多作品，包括译著、儿童读物，还有为报纸杂志撰写的文章。这些匿名作品描写生动，语言优美。其中较著名的是一些以一位中国游客的名义书写的伦敦游记。后来哥尔德斯密斯将这些游记结集出版并取名为《世界公民》。由于他出众的文学才华，哥尔德斯密斯得以结识当时的大文豪塞缪尔·约翰逊、著名画家约书亚·雷诺兹爵士、演说家埃德蒙德·伯克及其他英国文学艺术界名流。后来他与约翰逊等人组建了“俱乐部”——一个文人、艺术家们聚在一起高谈阔论的社会团体。在创作诗歌、小说和戏剧的同时，哥尔德斯密斯还继续为出版社撰写了许多有关罗马、希腊及英国历史方面的书籍。1774年，哥尔德斯密斯死于肾感染。

《屈身求爱》是哥尔德斯密斯的一部浪漫喜剧。从1773年问世以来，这部喜剧一直受到广泛的欢迎，并被许多学校作为英国文学课程的教材使用。它是有限几部至今依然能吸引观众的18世纪戏剧。此剧也曾多次被拍成电影。

《屈身求爱》是一出经典戏剧。这出趣味盎然、热闹非凡的喜剧蕴涵了多重情节误解：哈德卡瑟尔先生想把女儿凯特嫁给老朋友查尔斯爵士的儿

子马洛,而他的妻子又忙于撮合她前婚的儿子托尼与她的监护对象康斯坦斯。可是托尼并不喜欢康斯坦斯,还对来拜访哈德卡瑟尔的两位客人——马洛和他朋友、爱上康斯坦斯的哈斯汀——开了个玩笑。托尼把他们领入家中,告诉他们这是一家小旅馆,他们得在这里暂住以免迷路。这两个年轻人误以为哈德卡瑟尔是旅馆老板。马洛还把凯特认作"服务员",后来真正爱上了她,而凯特也觉得马洛是个品德高尚的绅士。在凯特未揭露自己的真实身份时,不知情的马洛对这位"服务员"表示爱慕之心,哈德卡瑟尔听到了这些话,就相信了女儿称赞马洛的话。故事的结局皆大欢喜:两对年轻人喜结良缘,托尼也奋力逃脱了母亲的控制。

《屈身求爱》也反映了哥尔德斯密斯的戏剧创作理念。在本剧中,他对当时盛行的两种喜剧风格都进行了修改,并将它们加以融合。他在摒弃了复古喜剧中过分欢快的成分的同时,又减少了感伤喜剧中过多的伤感因素。例如,复古喜剧往往颂扬都市中的精于世故而贬低乡村中的淳朴天真。根据这样的风格,到伦敦来的乡下人往往被塑造成无知可笑的傻瓜。而哥尔德斯密斯的做法却与此相反。剧中的托尼在自家门口略施小计就把两个伦敦来客骗得丑态百出。因为在作者眼中,英国的乡村虽然不是喜好时髦的人趋之若鹜的地方,但它是传统道德和精神的所在。他笔下的哈德卡瑟尔一家展现出了浓厚的温暖之情,虽然他们之间会有争吵,但彼此依然是相亲相爱。哥尔德斯密斯实际上是在通过此剧宣扬一种传统的家庭观和道德观,而传统观念在当时英国的历史环境下已经开始被逐渐削弱了,人们更多的是注重追求财富和学习高雅的举止。《屈身求爱》在情节安排上自然流畅,独具匠心。它的喜剧因素使该剧在传播价值观的同时令观众忍俊不禁。

二、理查德·布林斯利·谢里丹的戏剧创作

谢里丹生于爱尔兰首都都柏林,父亲既是演员,又是戏院经理,还擅长演讲;母亲写了两部小说和三个剧本。由于家庭条件优越,他自小受到很好的教育,为后来的戏剧创作打下了基础。青年时代他和著名演员大卫·盖里克多有来往,常年经营一家很有名的剧院。后来加入当时名士云集的文学俱乐部,并开始从事戏剧创作,发表了一系列戏剧作品。可惜他的戏剧创作生涯持续不长,刚过而立之年就积极投身于政治舞台,被选为议员,并在政府多个部门担任重要职务。他政见激进,言辞犀利,处处体现他民主自由的思想。比如,他在议会演讲反对同独立后的美国作战,猛烈抨击英国第一任驻印度总督压迫印度人民的暴行,还反对与雅各宾派专政下的法国作战,主张捍卫言论自由,于政坛受挫。谢里丹晚年由于挥霍无度且经营不善贫病交加,死后葬于威斯敏斯特教堂。

18世纪后半叶的英国戏剧充满感伤主义色彩，戏剧多以喜剧为主，而喜剧正好满足了当时生活富足、无所事事的上层社会的绅士太太小姐们附庸风雅的嗜好，因此成为上流社会的宠物，而远离了社会的其他阶层。18世纪英国最伟大的戏剧家谢里丹正是在这种社会背景下成长起来的。他自己的生活经历，尤其是追求爱情的过程，就是这一社会风俗和时尚的范例。总的来说，谢里丹的创作没有超出感伤主义喜剧的范围，但是他以独特的戏剧手法和剧情设计，推出哥尔德斯密斯在一篇文章里说的"笑喜剧"，以替代当时风行的"哭喜剧"，这使他在这一时期独树一帜。他的《情敌》与《造谣学校》和哥尔德斯密斯的《委屈求全》在18世纪末十分火爆，直到现在这3部剧还是世界剧坛上的经典之作，还不时在不同国度上演。

《情敌》是一部轻松活泼的喜剧，讲述的故事并不特别新颖出众，但情节的安排十分巧妙和娴熟，通过描写女主人公丽迪亚沉湎于感伤情调的恋爱，对当时受小说影响而在社会中盛行的感伤主义风气和各种不切实际的浪漫思想进行了无情的讽刺与嘲弄。

年轻漂亮的女主人公丽迪亚喜读感伤主义小说并深受其影响，于是决定找一个有着和自己完全相反的身份的男子作为丈夫。依据这一标准，丽迪亚爱上了一个自称是恩西恩·贝弗利的贫穷海军少尉。实际上，恩西恩是一个海军少校，原名杰克·艾伯瑟鲁特，而且是艾伯瑟鲁特爵士的儿子。他是为了追求到丽迪亚不得不将自己化妆为贫穷的海军下级军官，以满足丽迪亚过浪漫的贫穷生活的思想。不过，丽迪亚的姑妈马拉普洛普太太坚决反对她嫁给恩西恩，原因是恩西恩太过贫穷，而且曾在给丽迪亚写信时将她称为母妖。而且在此时，艾伯瑟鲁特爵士宣布自己已经给儿子选好了结婚对象，并威胁杰克说，如果他敢拒绝自己将会取消他的继承权。恰巧的是，艾伯瑟鲁特爵士为杰克所挑选的结婚对象正是丽迪亚。不过，当杰克不得不与父亲选中的未婚妻见面时，他假装贫穷的谎言便不攻自破了。这使得充满浪漫幻想的丽迪亚大失所望，于是决绝和他结婚，并决心彻底将他忘记。但到最后时，丽迪亚还是放弃了私奔他乡的浪漫幻想，接受了杰克的求婚。

在该剧中，谢里丹把讽刺的主要矛头指向了当时盛行的感伤主义文学(包括戏剧)，通过丽迪亚这个人物的塑造，嘲笑了社会上不少沉迷于感伤情调的人。谢里丹对剧中其他一些人物也做了精彩的描绘，如胆小如鼠却偏偏好吹牛的乡绅艾克斯、喜欢搬弄漂亮词句以卖弄学问却常因用词不当闹出笑话的马拉普洛普太太等。

王政复辟以来，剧作家们就爱为剧中人物起暗示其个性的名或姓。谢里丹不但继承了这一传统，还将它运用得非常巧妙，更增添了这部风俗喜剧的情趣和喜剧效果。比如女主人公——深受感伤主义文学影响的丽迪亚姓“兰贵希”,这在英文中原意为“愁思伤感”“憔悴”“呻吟”或“脉脉含情”。谢里丹刻画塑造的丽迪亚·兰贵希小姐真是“姓如其人”!

《造谣学校》中,谢里丹大胆地揭露了温文尔雅的上层社会造谣蛊惑、无事生非以及虚伪自私的特性。剧中,《造谣学校》的主要人物之一约瑟夫·萨费思是作者着力刻画的一个伪君子。他看来仪表堂堂,循规蹈矩,实则道德败坏,虚伪自私。他一方面私通富孀史尼威尔夫人和勾结监护人的妻子梯泽尔夫人,同时又为着财产追逐着弟弟的恋人、纯洁少女玛丽娅。全剧的高潮就是借“屏风场面”来揭开这一肮脏的内幕,彻底暴露出这一邪恶贵族青年的真实面目。约瑟夫常在自己家中与梯泽尔夫人秘密幽会,拉她下水。梯泽尔夫人向他抱怨丈夫彼得爵士听信谣言怀疑她与查尔斯有私;他就循循善诱地劝梯泽尔夫人牺牲贞操来回敬丈夫。正当约瑟夫“指示”梯泽尔夫人“去犯一次小错误”时,她的丈夫赶到。慌忙之中,梯泽尔夫人躲入屏风后。彼得爵士被约瑟夫冠冕堂皇的外表与言词所蒙蔽,把他当作道德高尚的正人君子。他一面指责查尔斯,一面诉说自己对妻子的深情,并问及约瑟夫追求玛丽娅的情况,而这一切被屏风后的梯泽尔夫人听到,她于是恍然大悟,又惊又气。恰在这时,查尔斯到来,彼得爵士决定请约瑟夫盘问查尔斯是否与他妻子有私,他则躲起来偷听。他本想躲进屏风,可又发现屏风后有人,约瑟夫连忙告之屏风后躲着一个“法国女裁缝”。于是彼得爵士躲进壁橱。查尔斯自然否认他与梯泽尔夫人之间的私情,反而提到约瑟夫和她来往密切,约瑟夫只好提醒他彼得爵士正在偷听,查尔斯于是将彼得爵士从壁橱里拉出来。等到约瑟夫到楼下去会刚刚到来的史尼威尔夫人的时候,彼得爵士又告诉查尔斯屏风后还躲着一个“法国女裁缝”。最后,约瑟夫上楼来,查尔斯推倒屏风,露出了梯泽尔夫人,约瑟夫还谎称他约梯泽尔夫人来此是为商量怎样向玛丽娅求爱,而已醒悟的梯泽尔夫人则予以当场揭穿。至此一切真相大白,伪君子原形毕露。谢里丹笔下的“屏风戏”让我们联想到莫里哀《伪君子》中奥尔恭躲在桌底听答尔丢夫表演的精彩场面。约瑟夫也被人称作“英国的答尔丢夫”。这部喜剧场景的安排精心巧妙,充满意趣横生的戏剧性场面,人物对话机智简洁,非常便于演出。作为一位杰出的社会讽刺家,谢里丹强烈地讽刺嘲弄了英国上流人士的道德虚伪。《造谣学校》是一部反映同时代人生活的风俗喜剧,但摈弃了复辟时期喜剧中的粗糙、不道德的因素,同时也与当时戏剧中感伤主义情调形成鲜明对比。全剧悬念迭出,充满滑稽可笑的场面,倒置手法的运用常常使观众出乎意料。全剧充满轻松愉快、亲切而浪漫的气氛,有人认为它具有莎士比亚戏剧的流风遗韵。

《造谣学校》的主题，即针砭上流社会的一大恶习——造谣中伤。从这一点上看，它更接近于英王詹姆士一世时期一些剧作家所写的社会讽刺喜剧，如本·琼生的《狐狸》《炼金术士》等。“造谣学校”的成员们不仅中伤自己的敌人，也中伤自己的朋友；不仅中伤自己认识的人，而且也中伤自己不认识的人。他们不仅传播谣言，而且还模仿他人笔迹写假情书来进行挑拨离间。他们断送了不知道多少女人的名声、多少家庭的幸福，而这些竟成了他们引以为自豪的资本。他们自己讲的一个故事足以说明谣言的威力：在一次社交聚会上大家说起某种羊的繁殖有多困难，其中一人说她表妹养的这种羊生了一对仔；此时一位耳背的老太太喊到“你表妹生了一对双胞胎？”当时满座哄笑；然而一周之后社交界竟盛传这位表妹真的生了一男一女，还有人绘声绘色地说着谁是孩子们的父亲、孩子是在什么地方出生的等。与此事相比，他们自己所造的谣言恐怕是毫不逊色的：“屏风”一场戏之后，“造谣学校”的几乎所有干将都像苍蝇逐腐肉一样来到了彼得爵士家，一个声称彼得爵士和约瑟夫决斗了，另一个声称他是和查尔斯决斗的；这个说他在决斗时受了剑伤，那个说受的是枪伤，而且还都“精确”地描述了他受伤的部位。直到安然无恙的彼得爵士本人露面把他们轰走时他们还在喋喋不休。剧作家对这些造谣中伤者的刻画真可谓入木三分。

第六章　19 世纪上半叶的英国文学创作

19 世纪上半叶，英国经济持续发展，工业革命带来工业资本的兴起。在工业资产阶级与贵族阶级之间发生矛盾的同时，劳资矛盾也日益突出，经济危机频频爆发。在这种社会背景下，英国文学界异常活跃，在小说、诗歌、散文和诗剧方面取得了令人瞩目的成就。本章将对 19 世纪上半叶的社会历史与文学发展、现实主义小说和浪漫主义小说、浪漫主义诗歌、充满主观主义思想的散文创作和诗剧的创作进行具体的阐述。

第一节　19 世纪上半叶的社会历史与文学发展

19 世纪上半叶，整个欧洲社会都处于纷乱的状态，阶级矛盾尖锐，各种冲突加剧，英国也不例外。英国政府对人民的镇压愈演愈烈。在这种社会背景下，英国的文学发生了很大的变化，取得了很大的发展。

一、19 世纪上半叶的社会历史状况

在英国及欧洲的社会和政治历史上，19 世纪上半叶是一个社会纷乱的阶段。在此之前，北美脱离英国，在承认人的天生权利的基础上建立美利坚合众国。"人人生来平等"这一口号立刻流行而传遍世界各地。1789 年，法国革命爆发。当时法国正在分崩离析，富有的阶层——贵族阶层——拒绝采取任何措施以改善局面。于是三个阶层——教会、贵族、平民——开始直接冲突，平民阶层自做主张开始行动，坚持自己组建议会。这种行为实际就是造反，但是国王只得默认。同年 7 月 14 日，人们猛攻巴士底狱，释放关押在那里的所有政治囚犯，国民大会批准通过《人权宣言》。当时人们都有一种强烈的感觉，即法国正在爆发一场革命，人们对国家事务将会拥有更多的发言权，将会过上更好的生活。人们在胸中郁积的不满情绪顷刻间全部宣泄出来。自由、平等、博爱等理想立即成为人们的战斗口号，激励人们展望更加美好的未来，憧憬一个全新的世界。这些给法国统治阶级带来极大恐慌。他们也清楚地预见到，更大的麻烦还在后面。1793 年，国王路易十六被处死，雅各宾派上台当政，恐怖时期到来，人头落地，血流成河。法国军队

出面帮助其他国家闹革命，这招致了欧洲各国统治者的愤怒和仇恨。之后，罗伯斯庇尔派上台，走中间道路的中产阶级接过政权。他们推翻雅各宾派，开始实行后来历史上所说思维“白色恐怖”，局面开始混乱，军队出面斡旋，最后导致拿破仑将军上台，自立为国家的独裁者。这标志着法国革命的共和阶段已经结束。拿破仑在开始阶段为法国革命的左翼势力效力，后来他逐渐掌握了越来越多的控制权，最终宣布自己登基为皇帝。长达十几年的“拿破仑战争”自此拉开序幕。1814年，法国军队在滑铁卢被以英国为首的欧洲神圣同盟的军队打败，拿破仑最终被发配到大西洋中的圣海伦娜岛上。法国革命到此结束。从那时起，在一段漫长的时期里，整个欧洲陷入强力镇压的统治时期。

所有这些对英国的局势都产生了巨大影响。英国政府变得更加保守，对人民的镇压行动愈演愈烈。在这一时期的开端，世人已看清楚，18个世纪的平衡格局已被打破，世界已经不再平安无事了。政治骚动已经出现，革命的思想在四处流传。此外，伦敦已不再是英国唯一的社会和经济活动中心。一场激烈的劳工冲突在国内发展起来。一方面，贸易及制造业繁荣发展，工厂体系获得全胜。工业化城镇在全国各地蔓延，诸如曼彻斯特、爱丁堡及利物浦等城市都开始大幅度地扩展。英国保持着治海权，统治了世界上近四分之一的人口，成为所谓的“日不落帝国”。它抢夺他国，聚敛了大量财富。另一方面，这些财富只给现存的贵族阶层及上升的中产阶级带来益处，给他们锦上添花，使他们更为富有。而与此同时，社会问题却变得更为严重和紧急。工人阶级没有受到保护，没有任何权利，人们越来越穷困，生活每况愈下。城市无产阶级在难以名状的悲惨环境中为生存而斗争。政府的自由贸易政策损害工人的利益。工厂主和经理们苦心孤诣地用最低廉的工资从工人身上榨取最多的利益。工人们长时间工作，每日长达16个小时，但工资却变得越来越低。女性劳工的工资更低。许多妇女还被迫卖淫。矿工所受到的打击最重。他们在极其恶劣的环境下拼命劳作。总的说来，工人阶级的生活状况呈现出持续下降的态势。工人阶级生活在贫民窟里，人民处于水深火热之中。

政府的镇压性统治日益严重。所有的法律都是按照中产阶级的利益制定的。1800年颁布的集会结社法案把所有的劳工集会都视为违法。政府中止人身保护令的做法给予政府随意逮捕人的自由。但要求变革的力量仍在积聚。工人逐渐开始走到一起，集体进行思考与行动。各种各样的社会团体不断涌现；最初被视为非法的商会开始建立起来。兰开夏郡制造场的机械化使大部分织布工人失业。人们认为自己的不幸是由机器造成的，开始捣毁它们，于是爆发了一场骚乱。政府坚持将破坏机器的人处死或遣送到澳大利亚。

滑铁卢战役后，英国开始陷入第一个现代经济萧条时期。小麦价格跌落。高压性的法律，如谷物法，获得通过，用以禁止谷物的进口。与此同时，人们明显地感到，变化在出现，世事在更新，一股强大的要求变革的能量在释放出来。人们开始努力着手解决当时所面临的问题。最终，英国政府出于对法国革命的反应，强化了它的反动统治，把一切旨在实行人文主义的积极做法都无情地加以扼杀。此后，英国开始了长达25年的高压统治。

这一时期与18世纪不同。18世纪是"向心"时期，所有力量都朝一起聚拢。它重视平衡、中间事物、中间阶层、理智、合理、常识、传统形式与价值、自然神论、克制。社会中最常见的用语是"我们""服从""合理"。当时存在着一种平衡的状态，这种平衡的基础从本质上讲在于经济方面。人们越来越富裕，稳定感越来越强，人们普遍觉得世道不错。18世纪的时代精神在当时的文学作品里清楚地反映出来。但是，浪漫主义时期是一个"离心"的时期，所有的力量都四分五裂，飞离中心。这是一个在多方面进行探索的时期，有些像伊丽莎白时期的情况。这一时期人们普遍认同的概念是"热情""直觉""崇拜""灵感"以及"我"这个代词。亚历山大·蒲柏倘若在世，一定会觉得这些概念都十分古怪离奇、难以接受。这一时代的动荡证实了一个事实，即评论家埃蒙顿·威尔逊所说的，以"神权"为基础的英国与欧洲的同盟已被削弱，与此同时，一个新的、以个人和个体价值观念为基础的价值观在出现，取而代之。强调个人的价值与努力，成为新时期的主要特征。

二、19世纪上半叶的英国文学状况

这一时期的文学界异常活跃。首先，英国诗歌的成就达到登峰造极的程度，成为英国文学史上仅次于伊丽莎白时期的第二个重要时期。这个动荡的年代显示出诗坛存在的巨大能量。浪漫主义诗人们宛如"八仙过海"，个个都显示出自己独特的、卓尔不凡的才华，在诗歌创作中都取得了宏伟的成就。他们当中的一些诗人，提出了一种自然神秘主义思想。另一些诗人，认同了一种感性的唯美主义。这些诗人的作品，从总体上说，代表了英国诗坛对于法国革命以后所出现的变化和新鲜感以及在感情和思想方面所做出的敏感反应。

在小说创作方面，这个时期也人才济济，而且不拘一格。沃尔特·司各特（Walter Scott，1771—1832）声名最响，他早年写诗，后来转向小说创作。在两个重要的文学领域内，他都是佼佼者。他的想象属于典型的浪漫主义性质。和他同时、他给予很高评价的一个女作家——简·奥斯丁（Jane Austen，1775—1817）在小说创作中运用的却是典型的现实主义手法。她的故事动人肺腑，她的人物栩栩如生，她坚持了英国文学中的现实主义传统。

在这个时期，还要说到几位英国文学史上著名的散文家。他们以独特的写作方式丰富了英国散文的创作传统。这几个人包括查尔斯·兰姆(Charles Lamb,1775—1834)和托马斯·德·昆西(Thomas de Quincey,1785—1859)等。兰姆写的有关莎士比亚的论文至今仍是治莎学者的必读篇目；他讲述的莎士比亚作品的故事大大提高了莎翁的知名度。昆西将文学作品的表达领域扩展到人的灵魂的黑暗面，加上他的写作技巧尝试，对后来的作家产生了非同小可的影响。上面所说的这些作家都在历史上留下了自己永恒的印迹。除了小说的繁荣、诗歌的兴盛和散文的崛起，这个时期诗剧的创作也呈现出繁荣的景象。

第二节　现实主义小说与浪漫主义小说并存

19世纪上半叶，英国小说随着社会的变迁经历了全面崛起的发展过程，生动地反映了各个历史时期的社会现实。在这个名家辈出、佳作林立的时期，尤其以简·奥斯丁的现实主义小说和司各特的浪漫主义小说最为著名。

一、简·奥斯丁的现实主义小说创作

作为英国19世纪初的现实主义作家，奥斯丁以讽刺幽默的笔法无比真实而细致地刻画出当时英国小镇的中产阶级的生活和思想，生动地再现了他们生活于其中的由乡村绅士、淑女、势利眼和社会爬虫等组成的小型世界的面貌。她真实地描写了她所熟悉和理解的教区生活，包括互访、漫步、野餐、叙谈、聚会、舞会、婚姻等活动，绘出了一幅资本主义生产关系渗入小镇后英国乡绅阶层生活的变化及其心理状态的图画，并对当时的妇女问题进行了高度现实主义的探讨，写出了妇女的彷徨和痛苦。

在西方文学史上，奥斯丁是一位有争议的作家，有人对她赞誉备至，但是也有人对奥斯丁的作品持批评态度。不过，经过近两百年来读者的鉴赏和批评家的鉴定，奥斯丁已是公认的经典作家，她的作品至今仍脍炙人口，表明了它们的重大文学价值和社会意义，恰如当代著名的批评家艾德蒙·威尔逊说的："一百多年来，'英国'曾发生过几次趣味上的革命，文学趣味的翻新影响了几乎所有作家的声望，唯独莎士比亚和简·奥斯丁经久不衰。"

奥斯丁出生于英国南部汉普郡斯蒂汶顿村的一个中产阶级家庭。他的

父亲毕业于牛津大学，兼任两个教区的主管牧师，很喜欢读书。她一共有五个兄弟，一个姐姐，长兄詹姆斯在英国文学方面颇有造诣，奥斯丁小时候文学兴趣的养成很得力于他的帮助。奥斯丁所受的正规教育很少，全靠父兄指导，从小就读了理查逊、菲尔丁等人的作品，也爱读司各特和拜伦等人的著作。她精通法文，学过意大利文，熟读英国历史。

在家庭环境的熏陶下，奥斯丁大约从12岁开始写作，大多是滑稽夸张的模拟之作，但其喜剧才能和机智的嘲讽已初露端倪。从16岁开始，她花了四年工夫用书信体写了《埃莉诺与玛丽安》，后改写成《理智与情感》；21岁时完成了《最初的印象》，这便是《傲慢与偏见》的初稿。她父亲很喜欢《最初的印象》，曾提请伦敦一出版商出版此小说，结果被退回。但是奥斯丁继续不断地写作，她要把自己所熟悉的人物和自己对周围世界的观感都写出来。于是在以后的两年中，她修改了《理智与情感》，同时又写出一部新作《苏珊》，后改名为《诺桑觉寺》。

1801年，她父亲退休，带着家人去巴思休养。不少有闲阶级在此赌博游荡，奥斯丁观察了各种各样的人物，为她以后的作品积累了素材。由于生活不够安定，到1808年的八年间，她只写了一部未完稿的《华孙一家》。1809年，她在汉普郡的乔登村确定了永久的寓所，从此有更多时间投入文学创作，写成了《曼斯菲尔德庄园》《爱玛》和《劝导》。在此期间，她和侄儿侄女们保持着密切的接触，他们因而在日后能为她写下传记及其他资料。

奥斯丁由于写作用功过度而得病，但仍带病创作和修改旧稿。1817年她赴温切斯特接受医治无效，于7月18日去世，享年42岁。

《理智与情感》原名为《埃莉诺与玛丽安》，是奥斯丁小说中最早问世的一部。小说以婚姻为主题，主人公为达什伍德夫人的两位性格迥异的女儿。姐姐埃莉诺重理性，有判断力，懂得怎样克制情感；妹妹玛丽安则重感情，较为冲动，听任情感去支配行为。两位小姐都有情人。由于两姐妹的父亲去世后遗产按当时惯例归他前妻所生的儿子约翰，她们和母亲不但经济拮据，还得摆脱寄人篱下的生活。后来，她们终于在德文郡一座乡间别墅内安了家。这样，埃莉诺和她爱上的青年爱德华（她嫂嫂范妮的弟弟）分了手，而玛丽安在乡间邂逅并迷恋上的威洛比也突然有事去了伦敦。当埃莉诺听到另一位姑娘露西私下说她与爱德华私订终身已有四年之久时，她硬压制住感情，把失恋的痛苦藏在心底。玛丽安终于遭到威洛比的拒绝，精神大受刺激，几乎病倒。埃莉诺竭力安慰妹妹，帮她振作起来。爱德华的母亲、富孀费勒斯太太反对出身低微的露西，硬要儿子和莫顿爵士的独生女结亲。爱德华不愿，她竟剥夺其继承权，把财产传给次子罗伯特。这时埃莉诺的心胸还是那样宽阔，她受人之托，通知爱德华可以得到一个牧师的职位，这样就有条件和露西成婚。哪知露西弃贫爱富，转而去追求交上了好运的罗伯特并和后者结了婚。埃莉诺与爱德华在经历一番磨难之后终成眷属。威洛比玩弄了玛丽安的真挚感情，娶了一位富家女。玛丽安至此才彻底意识到自己的愚蠢，认识到早该拿姐姐做榜样，慎重处理恋爱和婚姻的问题。这时她想起了早就爱上她的心地善良、品格高尚的布兰顿上校，并嫁给了他。理智就这样在两姐妹的心中都占了上风，全书以喜剧告终。

奥斯丁揭示了当时社会制度的弊端，但她至多只是用犀利的笔触对个人行为作温和的讽刺，并不流露出深恶痛绝的情绪。她擅长用白描手法，通过人物的道白和动作客观地勾勒出那些拥有财产和特权、贪婪自私的老爷太太们的嘴脸。她在第一章中交代了两姐妹的兄长约翰和他妻子的性格。

> 他（约翰）不是一个品质恶劣的年轻人，要是心肠有点自私不算坏的话……如果他娶的是个厚道些的妇人……他自己也可能变得厚道起来。可惜他结婚时年纪很小，又非常爱他的妻子；而约翰·达什伍德太太正是他本人的惊人写照，心地更加狭窄，更加自私。

紧接着在第二章中作者就让这对夫妻登场现身说法，煞有介事地讨论该如何履行老房主临终时要他好好照顾他后母和她的女儿们的嘱咐，结果约翰在其妻“更加自私”的建议的进攻下节节败退，终于决定什么钱也不给，以为只要帮助她们做些找找房子、搬搬家等一般邻里相助的事，就可以心安理得了。这一段的描写生动细腻，栩栩如生。

在该书中，奥斯丁的语言才华和运用反讽的能力也得到了充分的显示。除了上述描写约翰·达什伍德和其妻讨论父亲遗嘱时的场景外，还有达什伍德母女在款待朱德尔顿家人的筵席上的情景也充满了讽刺的意味。席上“除了谈吐的贫乏外，别的什么都不缺乏。”通过反讽，作者让我们看出在社交场合正规礼仪之下那帮太太小姐的肤浅和平庸。

《傲慢与偏见》，原名为《最初的印象》，是奥斯丁的小说中最流行、最受读者欢迎的一本。它仍以婚姻为主题，主要描写贝内特一家的日常琐事。贝内特夫妇有五个女儿，没有儿子。按法律规定，一旦贝内特先生去世，全部财产即归一个男性远亲柯林斯所有，女儿无权继承，所以夫妇俩都为女儿的婚事操心，希望她们及早找到有钱的配偶，嫁入朱门。一位年轻富有的单身汉宾利搬进了贝内特家附近的一所住宅，贝内特夫人大为激动紧张。在舞会上，贝内特家几位小姐见了宾利，宾利对美貌而性格善良的大小姐吉英颇感兴趣，以后友谊日增。当时宾利的一位贵族朋友达西对这乡绅一家不屑一顾，聪明活泼的二小姐伊丽莎白大为不悦，觉得达西非常傲慢。在以后的接触交往中，达西渐渐爱上了机智可爱、富有个性的伊丽莎白；但伊丽莎白对他却没有好感。由于听信一些不利于他的流言，她对他还抱有成见；再加上种种误会，成见愈来愈深。因此当达西傲慢地向她求婚时，她怒气冲冲断然拒绝。在发生了一系列饶有趣味的事件后，误会终于消除。达西不像过去那么傲慢了，伊丽莎白也不再对他存有偏见。达西再次向她求婚，她欣然接受，两人终于喜结连理。

这本书为作者的代表作，其主题是通过婚姻问题反映当时妇女的社会地位，并把当时中产阶级的生活刻画得惟妙惟肖。书中共写了四对青年男女的结合，作者一一加以比较评判，爱憎分明地说出了自己对婚姻的见解：她嘲笑妇女把嫁人当作衣食之计的那种委曲求全的婚姻；批判了出于一时情欲冲动而轻率从事的婚姻；指责了贵公子看中阔小姐嫁奁的那种买卖婚姻。她再三强调没有爱情的婚姻决不会幸福；而在当时社会里，婚姻必须门当户对，必须讲究身价地位，这对于青年男女缔结幸福婚姻的愿望是一个极大的障碍，必须进行坚决斗争。此外，妇女作为没有权利、受到歧视的性别还得与以男性为中心的社会现象进行斗争。所有这些问题，作者都通过富有反抗性的女主角伊丽莎白和新兴的资产阶级达西之间一场一波三折的恋爱经过作了细致入微的分析。这部小说使我们看到了当时妇女争取自由独立的精神，伊丽莎白向达西的挑战其实是当时妇女对婚姻制度、门第观念等一系列陈腐的社会现象的抗议，是当时妇女要求人格独立、争取平等权利的呼声。这本小说的一大成功是出色地塑造了一位聪慧、机智、勇敢、可爱的女性伊丽莎白，使作品至今仍富有魅力。

奥斯丁的现实主义在荡涤浪漫传奇故事的风气上起了很大的作用，无论是对当时以芬纳·伯纳为首的家庭传奇，或是“哥特式传奇”，她都进行了有意识的挑战，成功地继承并发扬了由菲尔丁等人建立起来的英国现实主义小说的新传统。

《爱玛》是作者生前发表的最后一部小说。女主角爱玛·伍德豪斯是位富家女，并且漂亮、聪明、伶俐，但是从小被惯坏了，很自以为是，自鸣得意。除了照料她多病的老父之外，爱玛无所事事，在烦闷之余，便以过问别人的事为消遣。她虽出于善意，却一再弄巧成拙。她教唆哈丽特——一位天真无邪的十七岁私生少女拒绝一位年轻农夫马丁的求婚，要她高攀年轻的牧师埃尔顿为偶。从埃尔顿的态度来看，爱玛相信他已经爱上了哈丽特，然而埃尔顿趁爱玛独自一人时竟然向她求婚，爱玛这才意识到自己办了件蠢事。后来埃尔顿从外地仓促娶了一位自命高雅的讨人嫌的女性。爱玛又指导哈丽特去亲近弗兰克·邱吉尔，但弗兰克私下和另一女子订了婚。哈丽特又把情感转向爱玛的一位亲戚奈特利先生，后者是一位四十左右的律师，坦率慷慨,是能看出爱玛错误的少数人之一。爱玛自己对奈特利也有好感,当她得知哈丽特是有情于他而不是邱吉尔时,爱玛突然明白了她自己的处境。原来她自己爱着奈特利先生。经过一番周折之后她终于嫁给了他。哈丽特也终于接受了马丁的求婚。所有的人们都按着他们的身份结了婚,这是他们真正幸福的先决条件。

在《爱玛》中,整个主题就是女主人公痛苦地认识自身并逐渐抛开幻想的过程。爱玛总是过分相信自己正确,可是她实际上总是犯使自己难堪的错误。直到最后,她才获得了自知之明。

当奥斯丁写《爱玛》时,她在个人艺术上已达到娴熟阶段。整个故事以女主角爱玛为中心,其他角色有时上场,有时退场,但爱玛总是能在台上抓住读者的注意力。她的个性不断在发展,渐渐成熟,而其他人物也各有个性,各有自己的世界。如喜剧人物老处女贝茨小姐无知且愚蠢,以几乎是用意识流的方式闲扯不休,但其语言妙趣横生,富于戏剧性,提供了其他人物及全书背景的有关材料,借以推进整个故事的发展进程,并使作者所描绘的小镇及镇上居民显得更加真实可信,亲切感人。

奥斯丁不但在人物描写上很成功,并且小说的结构精微巧妙,同时又顺乎自然。故事从开头到结尾充满了有趣的情节,叫读者去猜度,去判断,喜剧的气氛弥漫全书。读者的猜度往往是错中生错,意趣盎然。整部小说是一幕"错误的喜剧",显示了作者高超的戏剧性的技巧。

奥斯丁作品的可贵,在于它们用幽微细致、幽默讽刺的笔法描摹她那个时代中产阶级的生活,从日常平凡的事件中揭示出普遍而深刻的道德含义,并且在英国文学中第一次全面地探讨了妇女的处境和地位问题。她自己说:"我的作品好比是方方的二英寸大小的象牙小品。"后人都认为以她作品的细腻精致,以小指大,这个比喻应当是十分确切的。文学批评家认为她作品的题材面虽不及菲尔丁和萨克雷那样广阔,但在细致方面,完全足以与他们相媲美。这一点恰恰显示了她高度成熟的现实主义手法。她以批判的眼光和讽刺的方法,分析了她那个时代的人物,特别是中产阶级妇女,指出了她们所面临的社会与道德问题。她虽然受到一定历史条件的限制和生活环境的局限,但她的刻画是精确真实的。她的取材也许比较狭隘,但她写出了她所熟悉的东西,其观察力之敏锐,表现力之丰富,未必在她以前的作家之下。在英国小说相对来说不甚景气的浪漫主义时期,奥斯丁却能通过真实可信的人物和事件表现出人与人之间的真实关系、人的生活现实和人的内心世界。从而反映出一个社会阶层的面貌,为后世留下了宝贵的文学遗产。由于有了奥斯丁,18世纪勃然兴起的现实主义小说和19世纪中、后期登上顶峰的批判现实主义小说之间才不至于显得脱节。

二、沃尔特·司各特的浪漫主义小说创作

司各特在19世纪早期英国浪漫主义文学中占有特殊地位。他以搜集民歌民谣并创作富有浪漫色彩和冒险情节的民间诗歌开始他的文学生涯，中年才转入历史小说的创作，并获得了独创性的成就，被誉为西欧历史小说之父。他在苏格兰人民心目中更是深受尊敬并被引为苏格兰民族的骄傲。

司各特在世时，他的作品，尤其是他的以苏格兰历史为题材的优秀小说，为他赢得了巨大的声誉和财富。俄国的文艺批评家别林斯基认为司各特"给最新的欧洲文艺指出了历史的和社会的方向。"欧洲的不少大作家如法国的巴尔扎克和司汤达，德国的歌德，意大利的曼佐尼，俄国的普希金，都很推崇司各特的历史小说。恩格斯、马克思也都给司各特的优秀历史小说以很高的评价。

沃尔特·司各特出身于爱丁堡的一个律师家庭，年轻时在爱丁堡大学攻读法律，毕业后从事律师工作，后曾担任过塞尔扣克郡郡长、爱丁堡高等民事法庭庭长等职务。司各特从小喜爱苏格兰古老歌谣故事，在从事律师事务的全部业余时间发掘研究苏格兰民间文学。1802至1803年间，司各特的第一部重要著作《苏格兰边区歌谣集》出版，获得成功。他早期的重要诗作还有《玛米恩》和《湖上夫人》，这两部长诗的问世奠定了他在英国文学史上的地位。

1814年起，司各特转向历史小说的创作，第一部历史小说《威弗利》即获成功。他是一位多产作家，共写了三十部长篇及一系列中、短篇故事。此外，他还写过德莱顿、斯威夫特和拿破仑的传记。司各特还经营出版业。1826年，他的合股出版商因经营不善而破产，司各特债台高筑，被迫大量写书，以稿费偿债，以致造成这一时期作品质量下降。他积劳成疾，于1832年9月去世。

司各特对英国文学的主要贡献是历史小说。他的历史小说大体可分三类。一类是以苏格兰为背景的小说，另一类是以英国历史为题材的作品，还有一类是关于欧洲其他国家的历史小说。除了历史小说外，司各特还创作了唯一的一部关于他自己时代生活的小说《圣罗南之泉》。

《威弗利》是司各特的成名作，它以1745年詹姆士党人起义为历史背景，描写了苏格兰山地人民在起义中视死如归的英勇精神，同时通过他们的失败揭示了苏格兰氏族社会衰亡的悲剧。

《中洛辛郡的心脏》是司各特最重要的作品之一，记述18世纪上半叶一位苏格兰农民的两个女儿珍妮和爱菲的遭遇。主人公姐姐珍妮是一位纯朴、正直、勇敢、坚定的姑娘。妹妹爱菲与贵族子弟斯唐顿私生了一个婴儿，

婴儿随即失踪，按苏格兰法律，爱菲被判杀婴罪。珍妮坚信妹妹是无辜的，不惜千辛万苦从爱丁堡步行到伦敦向王后请求赦免。小说的另一条线索是与爱菲的冤狱同时发生的1736年爱丁堡市民反抗英国当局的一次声势浩大的暴动。司各特将两条线索紧密联系在一起，使爱菲的个人悲剧和整个苏格兰民族反对外来压迫的历史运动汇合起来，展现了苏格兰和英格兰之间的民族矛盾，显示出人民群众的巨大力量，同时也透露了下层劳动人民受到的阶级压迫和剥削。

这部作品不仅有错综复杂的情节和统一构思的结构，而且形象、生动地刻画了从帝王、显贵、地主直到管家、仆役、市民、农民、盗贼等不同社会阶层的人物形象，将18世纪前期苏格兰及英格兰的政治、宗教、社会生活的现实、风土人情以至大自然的景色都栩栩如生地呈现在读者面前。同时，小说抛弃了让王侯将相和贵族绅士扮演主人公的通常做法，第一次让一个平常的苏格兰女子珍妮担任主角，通过描绘她的正直坚定、纯朴善良和勇气超人的品质，弘扬了苏格兰民族的健康精神。

《艾凡赫》是司各特最出名的小说，也是他描写中世纪生活的历史小说中最优秀的一部。小说以12世纪末英国封建主义全盛时期复杂的社会矛盾为背景，表现了诺曼统治者和撒克逊贵族之间的斗争及他们达成的妥协。小说深刻反映了撒克逊农民的苦难境况和他们的反抗精神。

小说里最生动的形象是民间传说里为民除害的英雄人物罗宾汉，司各特以饱满的激情刻画出他强烈的反叛性格。小说对受歧视的犹太民族也表示了深切的同情。作者一反前人和同时代人对犹太民族所持的偏见和鄙薄心理，以充满同情的笔触细致入微地刻画出一个柔中带刚的可爱的犹太女子蕊贝卡。此外，农奴葛尔兹、小丑汪巴等来自民间的普通人物也都塑造得血肉丰满，而罗宾汉及他手下的绿林豪杰们更是作者塑造得最成功的农民英雄群像。

在小说中，浪漫主义与现实主义同时并存，作者既描绘了一些富于浪漫勇武色彩的比武、决斗等场面，也揭露了封建贵族和僧侣们的腐化堕落。作者通过人物性格的冲突揭示重大的社会矛盾和斗争，并使用铺开描写的手法，具体细致地再现了那一个历史时代的生活图景和风俗习尚，将富于生活气息的历史场面写得绘声绘色，精彩纷呈。全书用三分之一以上篇幅描绘围攻妥吉尔司东堡的战斗情景，充满了激烈壮观的场面。

《肯纳尔沃思堡》取材于英国历史上的宫廷秘闻。伊丽莎白一世女王的宠臣莱斯特一时权倾朝野，为保持女王的宠幸并进而达到与女王结婚、共享王权的目的，他隐瞒了诱拐爱梅并与她秘密结婚一事。爱梅原来的未婚夫在女王的另一宠臣、莱斯特的死对头萨塞克斯伯爵的支持下，向女王告下御状，后由莱斯特的侍从瓦尼出面冒充爱梅的丈夫，才骗过女王。最后，在女王幸临肯纳尔沃思堡的一次盛大宴游中，这一秘密逐渐被揭露出来，女王与莱斯特感情上的冲突随之达到了高潮。小说最后以宫廷斗争中的牺牲品爱梅被害和凶手瓦尼死于狱中而告终。作品细腻地展示了伊丽莎白女王性格的各个方面，写尽一个有作为、有权谋、威慑群臣而又雍容华贵、仪态万方的女王的威仪和风采，写尽一个以王国大任为重而又未断儿女之情的君主的神情心态，功力不凡，独具匠心。

作为英国诗人和著名的历史小说家，司各特在他的历史小说中通过对社会矛盾和民族矛盾的描写，展示了一幅苏格兰、英国乃至整个欧洲的声势浩大、波澜壮阔的历史画卷。他的小说能够把个人命运和重大历史事件结合在一起，并对人物形象进行了具体而生动的描绘，给人以深刻的印象。他的优秀小说，尤其是以苏格兰历史为题材的优秀小说，对人民的现实生活和斗争也有所反映，流露出作者强烈的民族感情和对受压迫的苏格兰农民的深切同情。司各特的历史传奇小说中孕育着现实主义的因素，显示出从浪漫主义过渡到现实主义的迹象，因而对 19 世纪英国、法国和俄国的现实主义产生了相当的影响。

但是，司各特的出身和他的政治观点决定了他对历史发展所持的贵族阶级的保守观点。他在小说里往往用调和与妥协的办法来解决激烈的矛盾。小说在艺术上也未能摆脱“才子佳人”或“英雄美人”的俗套，常常生造出“大团圆”的结局，影响了作品的艺术价值。他虽然是个多产作家，但作品质量参差不齐，这也影响了他日后的声誉。相比之下，与他同时代的女作家简·奥斯丁在世时远不如司各特声名显赫，但她却显示出更长远的价值和更持久的魅力。

第三节　格调高昂、语言奔放的浪漫主义诗歌

19 世纪上半叶的英国诗歌不仅日益成熟，而且大有问鼎世界诗坛霸主地位的气势。乔治·戈登·拜伦(George Gordon Byron，1788—1824)、珀西·比希·雪莱(Percy · Bysshe · Shelley，1792—1822)、约翰·济慈(John · Keats，1795—1821)是积极浪漫主义的代表人物，他们的诗歌格调高昂、语言奔放。

一、拜伦的浪漫主义诗歌创作

拜伦出生于伦敦一个破落贵族家庭，其父娶其母缘于她年轻富裕，其父

耗尽家财后遗弃其母浪迹欧陆，1791 年即去世；所以其母遭受打击精神异常，但含辛茹苦抚养拜伦成长于苏格兰。彪悍民风塑造了拜伦刚强性格；寡母对他既溺爱也有神经质，所以导致其精神有异质。10 岁他英姿帅气，承袭伯祖父威廉·拜伦的男爵称号，但天生畸足不良于行，这都使他性格复杂有异。

他成年后适逢欧洲民主/民族革命风起云涌；1809 年 3 月他在上议院获得世袭议员席位，但他依然反对专制压迫，支持人民革命的民主思想，所以他在统治集团内部俨然是异己分子饱受攻击，很难能可贵。同年六七月他被迫游历欧洲，1811 年回国。这次旅行使他大开眼界，他看到西班牙人民抗击拿破仑侵略军的壮烈景象和希腊人民在土耳其奴役下的痛苦生活。他在旅途中写下长诗《恰尔德·哈洛尔德游记》震惊欧洲诗坛，后来他秉性不改成为恶魔派斗士。

拜伦在欧洲游历的最重要成果就是完成了长诗《恰尔德·哈洛尔德游记》第 1、2 章，第 3、4 章分别完成并刊载于 1812 年和 1818 年，4 章合订本于 1819 年出版，共计 4 140 行，使用斯宾塞诗体。第 1 章是 1808 年在阿尔巴尼亚开始写作，第 2 章于次年 3 月在伊斯密尔完成。1812 年 3 月长诗出版，轰动文坛风靡全国，一鸣惊人享誉欧陆。他自述："我早晨醒来，发现自己一夜成名。"

此后拜伦写下《异教徒》《阿比托斯的新娘》和《海盗》等 6 部长篇叙事诗，总称为"东方叙事诗"，以东欧、西亚为背景，充满异国浪漫情调。他塑造了众多特立独行、孤傲于世、富有叛逆精神的主人公形象。他们是海盗、异教徒、造反者等，都才华横溢意志坚强反叛热情，敢于蔑视传统和专制暴政；但他们都孤独忧郁反抗，独立狷狂离群索居，结局悲惨。最典型的是《海盗》中的康拉德，这类形象都统称为"拜伦式英雄"。文如其人，言之有理。

长诗《锡隆的囚徒》叙述 16 世纪为捍卫瑞士独立而被囚禁锡隆堡达 6 年之久的共和主义者和自由思想家博尼瓦尔。他和拜伦式英雄不同，他反对专制暴政和人民共命运，受人民拥护。诗歌赞扬他坚贞不屈的精神，抨击专制暴政的残酷。1824 年 1 月希腊抗土斗争高涨，拜伦放下未竟的《堂璜》，投笔从戎参加希腊志士争取自由独立的武装斗争。他积极出谋献策，出师未捷身先卒，同年 4 月 19 日病逝希腊军中；他为希腊人民的解放事业鞠躬尽瘁死而后已，也完成了他热爱献身希腊文化的夙愿，希腊人民尊崇他为民族英雄，有人夸张赞扬他可能为王。他为自由奋斗终生，其作品具有重大的历史意义和艺术价值，他未完成的长篇诗体小说《堂璜》是气势宏伟意境开阔的叙事长诗，其见解高超艺术卓越，在英国乃至欧洲文学史上都是罕见的现代人生史诗和最伟大的讽刺诗，德国诗人歌德赞扬它是"伟大天才的杰作”。

其诗歌辉煌与坎坷人生之间存在错综复杂的关系，这正是人们争论不休的源头。人们关注其诗歌的浪漫主义历史语境和文学形式之间的关系，学界用历史主义、文化唯物主义、后殖民主义、怪异理论、后结构主义、心理分析、互文性和新形式主义等方法分析其诗作，认为他非常关注讴歌自然，赞美女性英雄，而且充满东方主义色彩。

如今成立各种基金会和协会研究拜伦，从主题风格、创作手法、出版和传诵、接受和影响多角度进行探讨。人们更多关注其叙事诗，忽略其抒情诗，可能西方传统如此，也可能因拜伦的抒情诗和浪漫主义抒情诗之间存在差异。迪诺-菲尔卢佳探讨其在各体系之间的位置形成独特的诗歌策略——恋物情结的心理分析治疗、文化的文本化、地点历史化、现代人类学化和文化戏剧化。拜伦通过这些策略对话当时社会各阶层，而非某个阶级，因为他们为了对抗当时社会秩序而联合在一起。克莱特·克林根敏锐发现有关《堂璜》的争论和淫秽出版业有关，揭示淫秽业通过复制媒体、大众消费和东方主义开始活跃。《堂璜》是《失乐园》后最长的诗作之一，是 19 世纪 20 年代伦敦快递业发展的印刷文化中相互冲突的社会群体的支点，拜伦诗歌日益与地下激进、自由、淫秽出版业相联系，推动了通俗印刷品的大众消费和复制之间的争论。《堂璜》的盗版激化了这场争论，最终导致诗歌版权的法律研究，促进了版权的发展完善，这从侧面反映了浪漫主义诗歌促进了英国版权制度的进一步完善。虽然 1662 年查尔斯二世率先通过新闻出版法案，但很不完善，版权混乱依然纷争不断。

二、雪莱的浪漫主义诗歌创作

与拜伦齐名风格相似的诗人是雪莱，雪莱生活于 18、19 世纪之交，当时英国和欧洲处于大变革时期，政治经济和文化思想急剧变化发展，各种思想碰撞发出耀眼火花。英国经验哲学和欧陆唯理主义占据了主导地位，为资产阶级革命提供了思想基础，辩证法和历史唯物主义经过与经验主义斗争开始产生影响；“自由、平等、博爱”之观念深入人心，人们憧憬美好社会形成乌托邦思潮。这些思想观念深刻影响文学诗歌：文人主张以希腊古典作家为典范，创作要循规蹈矩，但追求典雅的新古典主义号召力减弱；另一派主流则要求回归自然，追求个性解放，重视想象与激情，反传统求创新，于是形成保守和激进的两派浪漫主义文人。华兹华斯和科尔律治等为先锋，拜伦和雪莱继往开来。华兹华斯称赞他“是所有艺术家中最杰出之一”；拜伦赞美他“毫无例外，夫子是我认识的最优秀最不自私的人”，他热情对待济慈和拜伦，此言不虚。

他出生于英格兰萨塞克斯郡霍舍姆附近的沃恩汉，其祖父受封男爵，其父是辉格党议员。雪莱12岁人伊顿公学，他受学长及教师的虐待，新生受虐习以为常，但雪莱不愿忍气吞声，就公然反抗。而这种反抗的个性如烈火迅速燃尽了他短暂的一生。8岁雪莱尝试写诗，与表兄托马斯合作诗歌《流浪的犹太人》。1810年雪莱进入牛津大学，深受英国自由思想家休谟及葛德文等人的影响，他将其关于宗教政治社会等想法写成小册子，散发给素不相识者，认真征询意见。1811年3月25日，因散发《无神论的必然性》，新生雪莱被开除。其父墨守成规要求他声明与此册无关，他断然拒绝而被赶出家门。囊中羞涩的雪莱在两个妹妹的帮助下独居，并认识了赫利埃特·委斯特布洛克——其妹的同学。他俩仅数次谋面；雪莱在威尔士看她来信知其在家受父虐待，他毅然赶回伦敦，带着这可怜且恋慕他的少女私奔。他们在爱丁堡结婚，婚后住不远的约克郡。1812年2月12日，雪莱同情被英国强行合并的爱尔兰，携妻前往都柏林；为支持爱尔兰天主教徒的解放事业，雪莱慷慨激昂四处演说，并散发《告爱尔兰人民书》及《成立博爱主义者协会倡议书》。他政治热情高涨，随后一年巡回各地散发小册子。同年11月完成叙事长诗《麦布女王》，次年出版，这首诗富于哲理，抨击伪善宗教，批评封建阶级与劳动阶级中的不平等现象。雪莱新婚燕尔，敌人借此攻击他；浪漫的骑士精神经过理性冷却，他们发现仓促婚姻中真实的一面——情人眼里出西施，贫贱夫妻百事哀，相爱容易相处难，诸多矛盾日益暴露。雪莱承认浪漫婚姻并没救助妻子，只将两人捆绑一起承受新折磨，他俩精神差异与日俱增。后来雪莱结识其导师葛德文的女儿玛丽·葛德文，他们相爱并迁徙欧洲大陆，他们对爱情婚姻的理想纯洁，连最严苛的批评家也无法置喙。雪莱死后，玛丽为他的诗集编注。1815年雪莱祖父逝世，囊中羞涩的雪莱按照长子继承法获得年金，但他与妹妹分享。这一年除了《阿拉斯特》之外，雪莱创作的多是有关哲学政治的论文。

1821年2月23日济慈英年早逝，雪莱闻知噩耗异常悲愤，4月11日后他开始创作《阿多尼》这首牧歌式挽歌。该诗共770行，分为55个斯宾塞式，但又遵循弥尔顿《历锡达斯》英诗传统。该诗题目似乎融合希腊语“肥沃土地之神”和希伯来语“上帝”。此诗模仿维吉尔第10首对话式田园诗。该诗于同年7月由查尔斯·奥利尔出版，雪莱在前言误判济慈因受《季刊评论》诽谤发怒引致肺病而亡，他还感谢约瑟夫·塞文在罗马照顾济慈，此番评介引起学界对塞文更感兴趣。1816年底，雪莱在汉普斯特德经友人莱-亨特介绍认识济慈，亨特原对济慈很感兴趣，转而对雪莱感兴趣。济慈对雪莱放荡不羁的性格持保留意见，还发现雪莱的建议好像恩赐。雪莱欣赏济慈并非完全出于回报，可能是济慈讨厌亨特见异思迁。尽管如此，雪莱迁往意大利居住，他俩鸿雁传书联系不断。尤其济慈患病，雪莱夫妇邀请他随同他们迁往比萨，但他随同塞文旅行，而雪莱对济慈敬仰之情一如既往。如前所述，1822年雪莱即将而立之年，生日前1个月在意大利溺水身亡，一失足遗千古恨，当然也有人怀疑是政敌谋杀。雪莱将《阿多尼》视为“最少缺憾”的诗作。1821年6月5日，他给约翰写信说：“这是精心制作的艺术品，或许是我迄今最完美诗作。”得意之情跃然纸上，自我欣赏溢于言表，他为济慈付出的心血之多感情之深无与伦比。但他口袋里的《圣经》是用于学习抑或批判似乎无解。以下仅选评第1节可见一斑，悲痛之情令人唏嘘：

我恸悼阿多尼——他已亡！
痛悼阿多尼！泪如雨下
难溶化可爱头颅上冰霜！
悲伤时，你选择所有年华
到我们悼亡，唤醒伙伴啊，
诉我们悲伤：“仙逝阿多尼
与我同在，除非到未来
敢忘记过去、其命运荣誉
成为回响光明永远继续。”

1818年3月雪莱诀别英国迁往意大利，独在异乡为异客；他滋润着欧洲文艺复兴的雨露甘霖，沐浴着地中海的阳光，流连忘返于水天一色的地中海。他与拜伦不约而同旅居于此，同为天涯沦落人惺惺相惜，共泛舟于海上，同驰骋习射击研诗经情深意笃。他创作灵感如泉而涌，一气呵成创作了长篇诗剧《普罗米修斯的解放》。雪莱为了声援英格兰同胞的抗议运动，慨然完成《英国人之歌》和《1819年的英格兰》，这些是一系列充满正义、昂扬激情的政治诗歌。其中很多名句广为流传，都成为劳工运动、宪章运动的流行歌词。其诗歌脍炙人口，足以证明浪漫主义诗歌深入人心。在意大利4年，雪莱创作了很多著名的抒情诗，如《西风颂》《云》和《致云雀》等。

众所周知，雪莱的诗歌热情洋溢精雕细琢，富于乐感意境优美。因为他渴望光明憧憬未来，因此诗歌乐观豁达，是英国诗坛奇葩，也是英国浪漫主义诗歌史上新的里程碑。雪莱像华兹华斯一样酷爱自然，用诗讴歌自然。但他不像华兹华斯秉笔直书，不像他擅用情景交融的手法抒发淡淡的哀愁，因为华兹华斯敏锐地发现人与自然的关系不融洽，违背他天人合一的理想；而雪莱喜用拟人手法赞扬包容万象的恢宏自然，把自然描绘成西风或云彩那样的精灵，启迪鼓舞人们。由于他曾学过近代自然科学，所以他相信无神论，用诗歌阐述风雨雷电等自然现象，探索日月星空的神奇，热情讴歌浩瀚海洋和广袤大地万物万象。他把浪漫主义丰富想象力和严谨细致科学观察糅合起来，描写自然具有人的生命、情感和灵动。他努力通过诗歌阐明人与自然互通的哲理，这说明他继承了华兹华斯的理念。

他不仅是诗人还是化学家，受当时几位著名科学家的影响，他对科学产生了浓厚的兴趣。有人认为浪漫主义诗歌主题是宣扬回归自然，反对科学；其实不然，早有文献论述英国浪漫主义诗歌和科学并非二元对立，但这些文献对科学在浪漫主义诗歌中的价值地位未深入研究，对于雪莱作品中科学元素的分析仅停留于表面。《麦布女王》中科学元素背后就有科学理论依据，它阐述雪莱如何运用科学元素实现瑰丽想象，抒发反对宗教暴政和构建理想社会的抱负。《麦布女王》表现了英国浪漫主义与科学之间的关系，证明浪漫主义崇尚自然感性，科学强调理性。其时科学蓬勃发展，雪莱和其他浪漫主义诗人对科学表现出浓厚兴趣。此诗证实英国浪漫主义和科学具有共同之处，表明科学元素及其科学理论在雪莱诗歌中的价值作用——追求自由与科学并行不悖。

另外，浪漫主义运动渗透到其他艺术人文学科，并影响自然科学推动社会发展，尤其重视创造力和天才，强调科学家在科学发展中的主导地位；这与19世纪末启蒙运动不同，后者在法国用机械自然哲学观点贬低科学的巨大影响，两派对垒对科学和社会产生不同影响。雪莱不仅自己热爱科学，而且其妻玛丽·雪莱也有先见之明，将文学和科学紧密结合。她19岁时，拜伦与雪莱在日内瓦夜谈，拜伦提议大家各写一篇神怪小说。四人都动笔，包括玛丽和拜伦的医生巴利多里。男士都无终篇，唯有玛丽坚持不懈完成名著。1818年其处女作《科学怪人》问世并轰动英伦，这部有关科学的文学作品表明文学界重视科学，所以此书引起广泛关注。它不仅有科幻色彩和浪漫气氛，又有深切的人文关怀，更有令人毛骨悚然的恐怖因子，故为有史以来最伟大的恐怖作品之一，很多人誉之为“第一部真正的科幻小说”。原来名不见经传的玛丽初出茅庐，一鸣惊人誉满全国，顿时风靡全国。(雪莱)有心栽花花不开，(其妻)无心插柳柳成荫，阴错阳差。该书表现了浪漫主义在科学界的重要成果，包括反还原论和操控自然的因素，这两点都和浪漫主义相关；它根据化学、物理学、解剖学和自然哲学等学科分为5卷，其中第1卷重点讨论科学与政治的关系。她强调科学的社会责任：科学若不珍惜自然只控制自然会误入歧途。希特勒的疯狂和原子弹的发明证明其论断英明。18—19世纪英国科学突飞猛进，浪漫主义思潮和科学技术比翼齐飞，推动社会加速发展。

人类智慧启蒙就是把科学和神学分开，神学即神化哲学。人类思维需要哲学逻辑，不仅需要宗教信仰，更需要科学，两者互相关联互相影响！形而上与形而下两个认识领域缺一不可。中世纪欧洲政教合一是人类最黑暗的时期。人类进入现代文明始于分清科学与神学的关系并把它们分隔。民主之所以先产生于西方的最根本原因：他们率先区分科学与神学，实行政教分离，让科学与神学分离！结果科学得以解放，不仅自然科学也包括社会科学；最终是欧洲得解放，其间浪漫主义推波助澜功不可没。

雪莱代表作《西风颂》写于 1819 年，其时他在佛罗伦萨附近亚诺河畔树林里散步，气温突然温和湿润狂风大作，傍晚下暴雨冰雹，此情此景激发其创作灵感，他当即构思随即完成初稿。诗歌描述萧瑟秋风扫落叶的肃杀，但他不像华兹华斯那样伤感凄凉，他以远见卓识乐观识透秋风的创造保护力，独具慧眼知道秋风保护种子，酝酿迎接春回大地。这正是雪莱匠心独运之处。他花费一周时间推敲斟酌《西风颂》，自忖歌唱西风鞭策自己，证明自己既是热情的浪漫主义诗人，又是勇敢的革命战士；他以诗歌作武器，积极投身革命运动，百折不挠始终保持高昂的战斗精神。他早年赴爱尔兰参加民族解放斗争，回国后继续抨击暴政倡导革命，支持工人运动。因而他饱受资产阶级反动政府的迫害，愤然背井离乡飘落意大利。他旅居意大利，与意大利"烧炭党"和希腊革命志士过从甚密同仇敌忾。他决定用《西风颂》熔铸其坎坷人生的颂诗，倾泻他对反动统治者的满腔愤恨，洋溢不屈不挠的战斗精神，表达其献身革命的强烈愿望。所以这再次证明他并非银样镴枪头的审美先锋。

19 世纪初欧洲各国工人运动处在自发阶段，封建贵族和资产阶级反动势力还很强大，"神圣同盟"的幽灵四处游荡，大地即将冬眠。英国工人为争取生存权利，与资产阶级殊死搏斗，各种工潮如火如荼。1819 年 8 月曼彻斯特 8 万工人举行声势浩大的游行示威活动，反动当局野蛮镇压，制造了史上著名的彼得卢大屠杀事件。雪莱满腔悲愤写下长诗《暴政的假面游行》，抗议资产阶级政府的血腥暴行。法国自拿破仑帝制崩溃、波旁王朝复辟后，阶级矛盾异常尖锐，广大人民酝酿反封建复辟势力的革命斗争。拿破仑帝国解体，促进了西班牙人民反对异族压迫和封建专制的革命运动，于 1819 年 1 月终于打响武装起义的枪声。此前雪莱为西班牙人民献上《颂歌》，为西班牙革命吹响进军号角。意大利和希腊民族解放运动方兴未艾，《西风颂》发表不久，这两国先后爆发轰轰烈烈的武装起义。面对欧洲山雨欲来风满楼的革命形势，雪莱欢欣鼓舞，秉笔直书沸腾炽热的革命激情。他自述此诗受科勒律治《法兰西·颂歌》之启发而为。

风雨如磐，正值黑云压城城欲摧的危急关头，《西风颂》难免出现婉转忧愁的调子。雪莱作为革命先驱，对革命前途和人类命运始终保持乐观主义信念，他坚信正义必定战胜邪恶，光明必将战胜黑暗，这与其《普罗米修斯的解放》的乐观主义基调不谋而合。《西风颂》的旋律猛烈刚强，弹奏时代最强音，所以笔者坚持不能简单将他冠以“审美先锋”。诗人以天才预言家的姿态向全世界宣告：

> 以我为琴，如用森林抒情：
> 尽管我树叶如森林枯谢！
> 你那气势磅礴和谐之音，
> 我和森林鸣响秋歌深切，
> 甜美而悲怆。你精神勇敢，
> 永驻我心灵！我像你猛烈！
> 把我枯槁思想吹散宇宙，
> 似摧枯拉朽促绿叶新生！
> 凭借这单调如咒语诗歌，
> 如余烬未灭壁炉迸灰烬，
> 火星将我诗句播洒人间！
> 用我嘴唇唤醒沉睡人们，
> 吹响预言号角！西风吹啊，
> 若冬天已来，春天会远吗？

他把但丁《神曲》3行体诗和莎士比亚兼收并蓄开创新诗体。全诗分5节，每节14行，前4节开头是3行诗，最后1节是双行排偶韵诗，把该节诗的情感推向高潮。诗歌韵律aha步但丁后尘，可见他对但丁推崇备至，而且继承莎翁遗风更推陈出新。因为颂诗虽发轫于意大利，但莎士比亚将其发扬完善，才使之风靡英伦。诗歌前3节写“西风”。那狂烈西风摧枯拉朽震撼宇宙，那狂暴犹如狂女头发摇曳震撼世界；黑夜中漫无边际的神秘凝聚西风的力量。萧瑟西风以横扫千军之势扫除枯枝败叶，然而它没有残杀生命，它将种子贮藏地下冬眠，等待生根发芽结果。然后西风吹响迎春号角，勾起人们对春回大地的遐想，让春意芳香伴随西风的足迹传播四方。经过狂暴西风的洗礼，生命之火更旺盛；那动人景象和迷人芳香迅速蔓延，因为那奄奄一息的枯枝烂叶会化腐朽为神奇。这些奇特形象比喻振聋发聩醍醐灌顶，启迪民智鼓舞斗志。诗人用优美蓬勃的想象刻画西风形象入木三分，气势恢宏的诗句和强烈震撼的激情把西风推陈出新的精神勾勒一览无遗。后两段应和西风，“我倒在生活荆棘上，我流血了！”这令人心碎的诗句是血泪的控诉，道出不羁的心灵屡受伤痛。但诗人仍愿沐浴西风，愿将逝的生命在被撕碎的瞬间感受西风的荡涤；诗人愿奉献一切为春天引吭高歌。西风象征无坚不摧和无处不在的宇宙精神，诗人自诩为除旧迎新的西风精神，表达其坚定生活信念和破旧立新的决心。结尾庄重预言——若冬天已来，春天会远吗？

《致云雀》亦是其代表作。他赞美云雀，透露与云雀若即若离的自我及美学思想和艺术抱负，体现诗论精神。全诗21节，前面4个短句，每句5～6个音节。全诗从赞美开始以感叹告终，层次井然结构有序。此诗写于1820年夏的一个黄昏，他在莱行郊外散步，耳闻云雀啼鸣有感而发。第1节赞美云雀："欢乐精灵"歌声"来自天堂"，"以质朴艺术倾诉你衷情"表达诗人如前辈一样的信念：好诗是由衷的思想、激情、音响和形象。第2节继续联想想象，描述云雀欢快跳跃边飞边唱。第3、4节描写云雀凌空飞翔迎接朝阳欢快明朗。

致云雀
欢乐精灵你好！
你绝不是飞禽，
来自天堂九霄，
欢唱引吭高歌，
以天籁之音展示你激越歌喉。
展翅翱翔飞升，
从地腾空而翔，
恰似火云升腾，
飞掠湛蓝天上，
永远翱翔歌唱，还要歌唱翱翔。
阳光将你沐浴，
来自夕阳落山，
云蒸霞蔚万里，
你在自由飞翻，
恰似无形的喜悦刚开始扬帆。
紫绛黄昏低垂，
伴你飞行消融，
天堂孤星紫微，
白昼难觅影踪，
但我听见你无比欢乐的歌声。

随后诗人把云雀喻为星光利箭、明月清辉和彩霞降下的美雨，给人美妙的视觉形象和听觉感受。第8节更直接将其喻为诗人：

如诗人悄隐匿

于思想光辉中，
不禁歌唱吟诗
赢普天下同情，
唤醒那已忽略的希望和惊恐。

最后重申神圣使命：诗人更敏感，感受最细致而想象最丰富，能揭示常人熟视无睹或未察觉的真理。他深爱人类而无知音，故抑郁借诗抒情，把鸣唱的云雀喻为火云或晶莹流光，只闻其声不见其形，表明不求闻达。从第13节到15节探讨美的根源证其主张：诗人若无高尚思想情操则不能创作精美艺术作品。第15节揭示艺术与自然的关系——艺术即生活“惟妙惟肖的再现”，想象源于生活。他万分感慨自然风光、人间暴政、战争惨状和人类文明：“我从这些源泉汲取诗歌营养。”可见绚丽的浪漫主义之花植根于现实生活土壤，借诗抒情寄托理想。

说吧：小鸟精灵，
甜美话在心头？
我从闻所未闻
颂爱情或醇酒
能够迸发出如此神圣的音流。
赞婚颂歌合唱，
或凯旋归欢歌，
与你乐声同样，
绝非空洞欢乐，
我们感觉某个隐衷已在深窝。
什么隐秘山泉
欢乐而又紧张？
田野大海群山？
天空平原何状？
这是同类挚爱？或无视那悲伤？

该诗第17节涉及“死亡”——敏感令人忌讳的主题，这表现其异于常人的生死观，因为他是无神论者，无所畏惧心地坦荡。他认为理性之人造福人类体现价值，高尚灵魂千古流芳，能回归其本源和宇宙精神合一。以下3节则表现浪漫主义诗歌的共性：反对人类社会的邪恶不幸，歌颂自然揭示真理：

苏醒抑或沉睡，
必对死亡定义，
如我们在梦寐，

更深沉更真实，
否则歌声怎像水晶溪流流利？
我们瞻前顾后，
为了虚幻缥缈；
我们诚挚欢乐；
交织痛苦烦恼，
用最美颂歌倾诉最悲愤思潮。
如果我们嘲弄；
憎恨傲慢恐惧；
如果我们天生
不轻弹泪一掬，
我不知我们如何才更加欢愉。
没有其他音符，
如此动听美妙，
没有其他宝书
如此宝藏富饶，
这仰仗你诗人，你的诗艺高超！

这瑰丽非凡的诗歌艺术仰赖诗人的高超诗艺和高贵品质，才能如歌似乐美妙动听。诗人喜用排比，这如同《西风颂》的艺术特点；他通过每个明暗喻突出主题的象征意象。云雀表现诗人的自我于无形，胸怀大志拥抱寰宇，其情清新俊逸耐人寻味，也表现他桀骜不驯的性格与离经叛道的信仰；这些使之生前饱受攻击，但身后声誉日隆。当今公认他最成熟、结构最完美的作品是《倩契》，而在其生前却评为最差作品，可见英雄历尽磨难生不逢时。但历史终于还以公正：不朽的诗人创造不朽的诗篇，因为它们启发人们于无声处听惊雷，给社会带来光明希望，唤醒沉睡的民众，这正是浪漫主义诗歌的崇高价值。让诗歌服务社会政治，从文学的自由主义到追求政治民主自由，这使浪漫主义诗歌比文艺复兴时期诗歌更胜一筹，这也是英国社会与诗歌发展的必由之路，对其他国家不无启迪。

三、济慈的浪漫主义诗歌创作

济慈生于伦敦一个马厩经营者家庭。在恩菲尔德上学期间读了斯宾塞的《仙后》，从此与文学结下不解之缘。1811年，济慈在伦敦北部的药剂师兼外科医生托马斯·哈蒙德那儿当学徒，1816年通过考试获得药剂师资格，可是心思却在文学上，开始尝试写诗，后终于弃医从文。1817年，他独自前往怀特岛创作《恩底弥翁》，从此开始他短短四年的创作生涯，主要作品有叙事诗《伊莎贝拉》《圣阿格尼斯节前夕》《拉米亚》，1820年与《拉米亚》合在一起发表的系列颂诗《赛吉颂》《夜莺颂》《希腊古瓮颂》《忧郁颂》《秋颂》，以及一些十四行诗和未完成的《海庇里安》等。济慈因肺结核病客死罗马时，年仅26岁。他生命虽短，却以非凡的艺术成就雄立文坛，堪称文学史上一大奇迹。

《恩底弥翁》是一首主要用英雄双韵体写成的叙事长诗。根据希腊神话，恩底弥翁是一个牧羊人，有一次他在拉特莫斯山上睡着了，月神辛西娅发现他后爱上了他。不过济慈却将其改成恩底弥翁苦苦追寻梦中所见的美丽、神秘女神的故事。全诗共四卷，第一卷描写恩底弥翁虽然生活在一个田园牧歌般的世界，却终日闷闷不乐、神情恍惚，原来他曾在梦中见到了一个完美的女性并且发疯似的爱上了她，等到醒来时，却只有自己伤心地生活在可怕的世界上，于是决定去寻找那梦中人。第二卷写恩底弥翁开始寻找，在维纳斯的帮助下，终于见到梦中人。那神秘的情人说自己也深爱着他，不过没有告诉他自己就是月神，趁恩底弥翁睡着时悄然离去。第三卷写恩底弥翁追寻情人来到海底，帮助格罗索斯复活了他死去的情人。之后，维纳斯来告诉恩底弥翁她已经发现了他梦中情人的身份。恩底弥翁在神志不清中听见梦中情人的声音，说他们很快就将相会。第四卷写恩底弥翁醒来后发现一个被巴克斯遗弃的印度姑娘并且狂热地爱上了她，两人跨上两匹飞马在空中睡着了。恩底弥翁做了个梦，得知他的梦中人原来就是月神辛西娅，但是他却依然忠诚于那少女。当那少女说他们之间的爱情毫无希望时，恩底弥翁决定归隐山野，于是少女便现身为辛西娅，带着他从人间消失。

一般认为，《圣阿格尼斯节前夕》是济慈在莎士比亚和斯宾塞影响下将"诗体、诗语、内容有机结合的典范"之作。也就是说，济慈在该诗中运用斯宾塞诗体讲述了一个罗密欧与朱丽叶式的传奇故事。该诗讲述的故事与一个古老的传说有关：在圣阿格尼斯节前夕，少女在举行一些仪式之后，能够在梦中见到未来的丈夫。诗中所讲述的中世纪背景的故事情节很简单，写的是来自势不两立家庭的青年男女的爱情。少女梅德琳在圣阿格尼斯节前夕就是带着愿望进入梦乡的，没想到深爱着她的波菲鲁这时已经克服障碍潜入她的房间。波菲鲁轻抚琵琶，梅德琳睁开双眼看见他，以为自己是在睡梦之中。天色渐亮，波菲鲁携梅德琳逃进冬日的黎明。与《恩底弥翁》相类似，现实与梦境在诗中融为一体，难以分辨。就连贯穿全诗的"寒冷与温暖、光明与黑暗、冷酷与柔情、喧闹与安宁"的一系列对比，也如同"女主人公梅德琳寄予希望的迷信一样含混不清和捉摸不定"。

作为一位追求真、美合一的诗人，济慈认为丰富的想象力是诗歌创作中起决定作用的因素，他在美的梦中所见到的是真实，可这真实又只存在于他那美的梦中。那么，如若美梦消失，真实又何以为存呢？这是济慈在几首颂诗中反复提出并试图解答的问题。在《赛吉颂》中，诗人将自己对美的憧憬寄予神话传说，把赛吉作为人类至爱的化身，要在自己心中最圣洁的地方为她建造一座圣殿，带有很强的虚妄色彩。《夜莺颂》中用夜莺的歌喉喻示的美虽然更加直接、真实，有一种更为激动人心的力量，但却会随夜莺的飞去而消逝；那么永恒的美究竟在哪里呢？这正是《希腊古瓮颂》要回答的问题。在这件镂刻着人神共存的田园风情画的古瓮上，诗人发现了他在变化万千的世界上苦苦寻求的永恒美的"客观对应物"——艺术。古瓮"竟能铺叙"一个"如花的故事"，它比"诗歌还要美丽"，更重要的是这美丽能够与古瓮共存。

沉默的形体呵，你像是"永恒"
使人超越思想：呵，冰冷的牧歌！
等暮年使这一世代都凋落，
只有你如旧；在另外的一些
忧伤中，你会抚慰后人说：
"美即是真，真即是美，"这就包括
你们所知道和该知道的一切。

短暂与永恒是人类自然观中一对不可调和的矛盾，而《希腊古瓮颂》却将它们置于古瓮的统一体中，属于同一个等级，有限的生命因获得了大理石般的身形便能与岁月共存。一个亘古未能解决的问题在济慈的诗性想象中不可思议地得到解答。当然，他的解答是建立在一系列悖论之上的：古瓮沉默不语却又能述说；静止的古瓮上的画面却栩栩如生；听得见的乐曲悦耳，可听不见的乐曲更动人。作为一个强调否定性能力的诗人，济慈反对沉思的诗，但却能赋予美的诗以积极的品质，在诗性的想象中阐发对生命的忧思并揭示真实。在他最后的两首颂诗《忧郁颂》和《秋颂》中，诗人已经改变了他对生命与艺术的看法，不再表达对超然之美的憧憬，而是颂扬比那艺术和自然更加美丽的生命。这也许是他通过家人和自己的痛苦经历得出的对"人生苦短"的感悟所致。

第四节 充满主观主义思想的散文创作

英国散文在 18 世纪已经达到了一种完美，理性主义的精神蕴藏在平衡、匀称的句子结构之中。进入19世纪,随着浪漫主义的风靡文坛,出现了一批浪漫主义作家,他们的散文创作充满了主观主义思想。这里着重分析一下兰姆、昆西和威廉·科贝特(William Cobbett,1772—1835)的散文创作。

一、查尔斯·兰姆的散文创作

兰姆是浪漫主义散文家的主要代表,也是英国历史上最杰出的散文家之一。他所首创的自由自在、无拘无束、表达个人思想感情的小品文对后世影响极大,成为现代散文的重要形式。

兰姆自幼酷爱书籍,酷爱文学。十分幸运,他可以在他父亲的雇主萨特律师的家中读到许多收藏的著名文学作品。但自从工作以后,他整天在公司辛勤记账,时常长达10小时,只好利用晚上的时间从事他真正喜爱的文学活动。他十分厌恶这种为了谋生而不得不做的单调无聊的工作,让他浪费掉了一生中三分之二的宝贵时光。

对兰姆来说,文学创作只是他每天工作之余的一种副业。这就是为什么他的作品为数不多的缘故。最初他写过诗,发表过《熟悉的老面孔》和《生下即奄奄一息的婴儿》等诗篇,但并未受到好评。他还出版了一本传奇故事《罗莎蒙德·格雷和老瞎子玛格丽特的故事》。其后他从事戏剧创作,共有4部作品:《约翰·伍德维尔》《妻子的考验》《H先生》和《当铺老板的女儿》,均未取得成功,但却使他结识了戏剧界的一些著名演员。首先受到公众欢迎的是他于1807年出版的《莎士比亚故事集》,由兰姆与姐姐玛丽合作写成,包括莎士比亚的20部戏剧,其中6部悲剧故事由兰姆改写,14部喜剧由玛丽改写。起初他的意图为供儿童阅读,但由于叙述生动,文字雅洁,保留了许多莎士比亚的原文,巧妙而自然地交织在故事中,结果广大读者无论老幼,皆喜爱上这本书。这本故事集对普及莎士比亚的戏剧起了积极的推进作用。此外还有一部作品可说是其姊妹篇:《尤利西斯冒险记》,根据荷马史诗《奥德赛》改写,但名声不大。他还于1808年出版了《莎士比亚时代英国戏剧诗人选集》,让读者有机会一览莎士比亚戏剧以外的英国古典诗剧的精华。一些剧作家也因这部选集而不致被人遗忘。他在选集中还对各个作家作了评论。他的批评大都从个人感受出发,阐发主观的印象,并不以权威自居,内容以正面鉴赏为主,用特有的赏识的眼光,挖掘出深藏的美。由于他写得精辟动人,即使不同意他的观点的人也常常为其优美文字所折服。这正是浪漫主义文学批评的特色和力量。他对莎士比亚的悲剧还写过一篇专门评论的文章:《从舞台表演的适宜性看莎士比亚悲剧》。他认为莎士比亚的戏剧中有一大部分不属于表演范畴,需要读者仔细阅读才能领略。这种看法有些奇特。其实莎士比亚的戏皆用诗写成，许多地方只有慢慢品味，才能得其要旨，赏其妙处，这正是莎士比亚天才之所在。这对于研究莎士比亚的戏剧是一个重要的方法和途径。

兰姆文学上最突出的成就在于他所创造的具有浪漫主义特征的小品文。从1820年到1823年，兰姆以“伊利亚”的笔名在《伦敦杂志》上陆续发表了28篇散文，1823年汇成集子出版，名为《伊利亚散文集》，10年后于1833年又出版了续集《伊利亚新散文集》，包括25篇散文。两集相加共有散文50余篇。

兰姆散文一个最突出的特点是他的幽默，他被一致公认为英国的幽默大师。他使用严肃的口吻讲述一个个滑稽可笑的故事，自己却一本正经，煞有其事。他善于使用双关语，诙谐有趣，令人忍俊不禁。他也喜欢引经据典，常引用一些他喜爱作家的名句，使其作品带有一种古风。他的文风反映了他的个性。在逆境中他以坚韧的意志、超然的态度、乐观的精神来忍受一切，解释一切。不过读者不难发现，在他的幽默背后未免暗藏着一丝凄苦和自嘲。批评家普遍认为他的文风具有高度的艺术性，几乎无法模仿。以其名篇《梦中儿女》为例，这是兰姆的散文中最受人喜爱的文章之一，它典型地代表了兰姆的风格。一个初冬的夜晚，作者坐在炉边对孩子们讲述往事，从房屋讲到祖母，讲到自己的童年，讲到他们的伯父，讲到亡妻。读者如亲临其境，信以为真，深深为这充满亲情的家庭所感动。待到读至末尾，才发现原来这是一场梦，作者从未结过婚，更谈不上有孩子。兰姆向读者开了一个大玩笑，然而在这玩笑的背后却隐藏着作者深沉的悲哀和遗憾。他多想娶妻生子，多想有个自己的家，然而他不能，一生过着单身汉的生活，只好把自己的惆怅付诸笔端，沉溺在梦想之中。全文一气呵成，令人惊奇的是近1 500字的长文居然从头到尾只有一段，涉及那样多的人和事，却并未一一分成段落。全文思路清晰，转换自然。作者一再重复使用了连接前后的固定词语，并夹以孩子们对故事的反应，以此来标明主题的转换，使读者一目了然。这一设计十分独特而又自然。作者向孩子们讲述自己的故事，语言极为口语化，滔滔不绝，中间自然不会有任何停顿，故无须分段，这正是口语的特点，也是兰姆小品文的自然随意的风格。

兰姆的低贱出身和艰难困苦的生活经历使他对穷苦大众有深刻的理解与同情。穷苦大众痛苦地受着煎熬，用当时一句流行的话来说，过着“不声不响绝望的生活”。兰姆深入他们之中，对他们的思想感情十分了解，在他的散文中大声喊出了他们的心声。《那个家虽不像家却是家》这篇著名的散文就是一个典型的例子。对于穷人来说，他们的家根本不是家，没有温暖，没有安慰。他们天天面对的是妻儿的苦难，是饥饿和寒冷。这就是为什么他们常到小酒馆去喝酒的原因,因为在那里他们想找到一点家的影子。

二、德·昆西的散文创作

昆西是英国19世纪前半期最为怪僻的散文家,他的散文从内容到形式都与众不同。他生于曼彻斯特,父亲是一位富商,在他7岁时逝世。他在市郊的府邸,后又在乡村别墅度过了童年,自幼喜爱读书,不仅读英国文学,还读希腊文学、拉丁文学。据说他能用这两种早成历史的语言自由谈话。11岁时他被送去上学,17岁时他逃离学校,本想去大湖区拜访大诗人华兹华斯,后他改变计划,独自一人自1802年7月至11月在威尔斯到处游荡,漫步于山野乡村,接触到纯朴贫穷的人民。这对他深有影响,使他以后对待贫苦百姓持同情态度。接着他回到伦敦,于1803年进了牛津大学,读了四年书,然而他用心学的却是英国文学和德文,都不在规定课程之内。从1804年起昆西就染上了鸦片瘾,起初为的是减轻牙痛,后来烟瘾越来越大,不能自拔,常受梦魇的困扰。

1821年他去伦敦,通过兰姆的介绍,开始为《伦敦杂志》写稿。1822年他的杰作《一位抽鸦片的英国人的自白》发表,受到英国公众的好评。从1823年至1824年,他在《伦敦杂志》上还发表了许多散文作品,如《论麦克佩斯一剧中的敲门》和一些德国哲学与文学作品的译文。接着他又为《季刊杂志》写稿。1826年他开始向《布莱克伍德的爱丁堡杂志》投稿。两年后举家迁至爱丁堡。其后他开始了一段繁忙创作的时期,发表了《伊曼纽尔·康德最后的日子》《论将谋杀看成一种艺术》《克劳斯特汉》《自传随笔》《文学回忆》等作品以及许多对歌德、蒲柏和莎士比亚的文学评论文章。

昆西非常重视传统,政治上是个保守派,与保守党的刊物保持良好的关系。他十分欣赏兰姆作品中颓废的一面,但对激进的哈兹里特的进步政治观点却很反感,甚至称黑兹里特为愤世嫉俗者。虽然他对劳动人民抱有同情心,但在老年目睹宪章运动的兴起后,他又站在反对的立场上,采取保守党所持的敌对态度,强烈谴责"社会主义者""宪章派"和"雅各宾党人"。

昆西的著作面广量大,但使他成名的却是他的杰作《一位抽鸦片的英国人的自白》和一些评论性散文及小品文。这部书共分为三个部分及附录。第一部分题为"初步自白",是最长的一部分,占了全书一半以上的篇幅。这一部分其实是他早年的自传,叙述了他在进牛津大学以前的痛苦经历,谈到了他的监护人,他的逃学,他回去看望母亲,他在威尔士的旅行,他在伦敦的居留等等,也解释了他抽鸦片的原因。其文风随意,散漫,往往离题他论,旁及其余。从中可以看出他对贫穷朴质的劳动人民的同情,如对威尔士乡村农民的描写和伦敦无家可归的穷女孩故事的叙述都是例证。但同时由于出身上层阶级,昆西明显地摆出一副高人一等的姿态和特有的贵族观点。在这一部分中,也许最动人的一节是对他17岁时流落伦敦街头结识的一位比他还小一岁的妓女的一段描写:

> 一天晚上,我们在牛津街上慢慢走着,我感到比平常更不舒服,头也是昏的,就请她同我折进索荷广场,到了那里之后,我们在一家屋子的台阶上坐下。……突然间我觉得自己更不行了。原来我的头靠在她的胸上,现在忽然脱开了她的手臂朝后倒在石级上了。当时我最清楚的感觉是:得赶快有一种特别有劲的刺激品才能救我,不然我立刻要死了,在那种无依无靠的情况下不死也不可能恢复了。在这个命运的紧急关头,我的这位孤苦伶仃的友伴虽然自己从人世所得唯有损害,却向我伸出了救援之手。她惊恐地叫了一声,立刻跑往牛津街,不一会就拿了一杯撒了胡椒的葡萄酒回来。我当时肚子是空的,任何固体食物只会使我呕吐,这杯酒却立刻生效,使我苏醒过来,而这杯酒是这位慷慨的姑娘毫不犹豫地从她的小小钱包里拿钱买的,当时——请记住!——她连自己吃的都买不起,而且完全清楚我是永远也还不了钱的。

第二部分题为"鸦片之乐趣",叙述他是如何染上鸦片瘾的。1804年他19岁时有一天因牙疼导致面部剧痛,连续20天不止。一位同学劝他服用鸦片止痛。结果虽有奇效,他却上了瘾,但也感到无比的快乐。鸦片打开了他的幻想与梦境之门。第三部分名为"鸦片之痛苦"(The Pains of Opium),叙述了他上瘾以后的痛苦,身体衰弱,没有胃口,不想工作,不想读书,常做噩梦,甚至咳得他不敢睡觉。现举其中一段为例:

> 来,放在中国或印度斯坦。在类似的感觉之下,我又把埃及和它所有的神明都放在同一法则之下。猴子、长尾鹦鹉、白鹦们紧盯我,轰斥我,向我怪笑,对我乱叫。我跑进宝塔,走上顶层,跌入秘室,在那里我被钉住了,几百年不能动弹。我是偶像;我是僧侣;我被崇拜;我被献为牺牲。为了躲避婆拉玛的怒气,我逃过了亚洲的所有森林……

这是服了鸦片后梦境中出现的幻象。他像到了古老神奇的东方,有奇花异木,有怪鸟恶兽。文字充满怪诞色彩,运用了连续的单个名词和动词短语,节奏强烈,将潜意识的世界生动地呈现于读者面前。这一段和前一段现实而伤感的描述形成了鲜明的对照。整个说来,尤其是在最后的附录《深深的叹息》中,昆西似乎赞赏服用鸦片后的幻觉给人的愉快。这自然是一种颓废的情感,但正因为如此,它受到当时英国上层阶级的欢迎。这恰恰表明了英国社会道德的堕落。

《一位抽鸦片的英国人的自白》是昆西的代表作，但同时他的大量的短篇散文作品更给他带来了作为著名散文家的荣誉。昆西的散文大致可分为两大类，一类是梦幻一般的散文，一类是清醒的评论和纪实。从《一位抽鸦片的英国人的自白》中摘出的两段可为前一类散文的代表，他自己称为“激情的散文”，自然流畅，充满诗意，富有音乐感。有人评论说他的散文就像是诗，只不过没有音步而已。《知之文学与力之文学》属于第二类。他十分明确地区别了两种不同的文学，强调了感情的力量。文章布局严谨，旁征博引，说理有力，词句长短相间，节奏分明，典型地代表了他的正式散文的风格。

三、威廉·科贝特的散文创作

科贝特是一位独立于浪漫主义运动之外的十分激进的散文家，一位19世纪初英国最有影响的政论家之一。他出身农家，从小在田间劳动，无力上学，全靠自修苦读。19岁时他离家去伦敦，当过9个月的小职员，后入伍当兵，服役约7年，部分时间在加拿大，1791年回到英国，并从军队退役。由于指控某些军官侵吞粮饷，为政府所不容，而被迫避往法国，后去美国。他在美国居住近8年，在费城从事新闻事业，使用彼得·豪猪的笔名，撰写小册子，反对法国革命。自1797年3月至1800年1月，他发行了《豪猪新闻及广告日报》。1800年他离开美国回到伦敦。1802年他创办了《科贝特政治纪闻周刊》，虽经过不少变动，甚至被迫停刊，他依然勉力维持出版，直至1835年6月他去世时为止。该刊发行量极广，每期行销四五万份，20余年长盛不衰，是当时英国最激进的刊物。由于英国政府对外组织联军进攻法国，对内镇压民主活动，推行剥夺穷人、有利富人的纸币政策，科贝特改变了过去的保守思想，从此觉醒奋起，由民主而变得激进起来。他攻击政府对爱尔兰实行镇压的政策，反对行贿、受贿和什一税制度，指控1815年实施的粮食法使面包价格陡升，民不聊生，主张改革议会的选举制度。1810年他被判处两年徒刑，并罚款1 000英镑。在狱中他继续写作，指导出版《政治纪闻》。1817年他的政敌甚至出版了名为《反科贝特》的刊物来攻击他。政府也威胁要惩罚他。于是他只好再次离家，去美国务农两年多，但仍继续办他的《政治纪闻》。1819年他重回英国。自1820年至1830年这10年是科贝特文学生涯中最重要、最活跃的时期。他最重要的著作如《科贝特每月的布道》《农家经济》《对青年人的忠告》以及《骑马乡行记》都创作于这一时期。1831年在他70岁高龄时，他又一次以煽动农村骚乱被政府起诉。他为自己辩护，挫败了这一诬告。1832年他当选国会议员，1835年去世前又再次当选。

科贝特出身劳动人民，一生中绝大部分时间为保护人民的利益而顽强斗争。马克思曾说他"有平民的本性和同情心"。他总是站在普通百姓一边，尤其是贫穷悲惨的劳动者一边。他深爱英国和英国人民，在他身上具有某些典型的英国人的特点。后世作家卡莱尔称他为"该世纪典型的约翰牛"。但他的政治态度虽然激进，思想却是保守的。他没有彻底了解工业化推动社会进步的意义，他幻想中的出路是回到乡村经济的老路。故马克思曾说他是"大不列颠的最保守又最激进的人；他是古老英国最纯真的化身，同时又是年轻英国的最勇敢的预言家"。

科贝特虽未进过学校，却靠自学成了著名的散文家，著作极丰，主要为政论文章，其次为有关历史、农业、经济、社会诸方面的文章，书籍也很多。他还编过字典和语法书籍，其中《英语语法》一书浅显有趣，至今仍值得英语学生一读。他的著作风格自然质朴，独树一帜，语言纯正有力，明白如话，通俗易懂，继承和发扬了 18 世纪笛福与斯威夫特为代表的平易文体。同时代的散文家哈兹里特曾盛赞他说："毫无疑问他不仅是当今最强有力的政治作家，也是最好的英语作家之一。他说和想都用平易、明白、直率的英语。……一个真正伟大而有独创的作家不会像别人，而只像他自己。"

科贝特最好的作品当推《骑马乡行记》，其难得之处就在于它真实地记录了宪章运动即将兴起的这一历史转折时期英国农村的真实状况。当时农民生活困苦，衣不蔽体，食不果腹，到处是乞丐，却养肥了官僚商贾。科贝特于 1821 年至 1830 年骑马遍游英格兰和苏格兰各地，深入了解英国农村和城镇的情况。他到处注意土地、庄稼、林木和牛羊，访贫问苦，交朋友，游古迹，一到旅店，即将所见所闻疾书成文，夹叙夹议，给人一种"此时此地"的真实感。《骑马乡行记》不仅是历史的记录，更代表了科贝特通俗、明快、犀利的文风。与浪漫派的华词丽藻比来，它以平易质朴取胜，既有山水小品的情致，又有政治论文的力量。

现举《骑马乡行记》中的两段为例，以见其特有的文风：

> 今晨 9 时我离开厄普赫斯邦德，乘驿车一直来到此地（走了 20 英里）。爬上厄普赫斯邦德山谷，其末端离村约 6 英里，连着威尔特郡的丘陵。丘陵一直向西和西南延伸，伸向迪外塞斯，伸向索里斯伯利。下行约半英里后，我们走进了一片平坦的土地。不再有坚硬的石头，白垩质离土地表层更近。沿途的劳动人民的确看上去十分贫穷。每个农家都围着 20 个草堆，田间也立着草堆。一片片麦田，每片有 50、60 甚至 100 英亩。一群劳动妇女正陪着验收的人来给她们的麦子过秤。她们一伙全都衣衫褴褛，甚至在法

汉的采蛇麻草的人中间我也从未见过穿得这样破烂的人，她们中的许多人就是常见的乞丐。请注意以前我从来未见过乡下人，也未见过收割庄稼的人样子像这些人一样悲惨。有几位很漂亮的姑娘，但是却穿得像小伙子一样破烂，脸色苍白如灰。天也很冷，地上仍盖着霜。她们冻得发紫的手臂和嘴唇会使任何人都为之心痛，而那些卖官鬻爵者和放高利贷的人却无动于衷。

第五节　诗剧的创作

19世纪上半叶的英国文坛里，除了熠熠生辉的小说、自由奔放的诗歌、充满主观主义的散文，还有一个不可忽视的领域，那就是诗剧。在诗剧创作方面，成就最突出的是拜伦和雪莱。

一、拜伦的诗剧创作

拜伦的神秘剧《该隐》很让人寻味。这部悲剧写成于19世纪初，1821年出版。它的主题取自《圣经》的一个故事。同情革命的拜伦和弥尔顿一样，在构思造意方面有“偷梁换柱”之嫌。按照《圣经》的传统说法，该隐出于嫉妒，杀死弟弟亚伯，因而被上帝判处到处流浪，成为丧家之犬。然而在拜伦的笔下，该隐的形象却迥然不同。他对上帝的善表示怀疑，对父母和弟弟卑躬屈膝、趋奉上帝的态度和做法异常鄙夷。他成为卢息弗(魔鬼撒旦的别名)的弟子，询问他关于生存的问题。卢息弗的教导加剧了该隐的反抗力度，他对亚伯屈从上帝切齿痛心，盛怒之下把他杀死。他感到内疚。接着他被流放。诗人把卢息弗作为不畏强暴、渴求自由的精神化身，着意刻画，让他开导和激励该隐去反抗贪得无厌、暴戾恣睢的上帝。

拜伦写剧时法国革命业已失败，拿破仑已被流放到圣海伦娜岛，欧洲封建主义反革命势力猖獗一时。强项傲岸的拜伦先是以笔为枪，后则投笔从戎，坚持拿破仑的“力敌万邦”的战斗精神，向封建势力进行英勇斗争，《该隐》便是他的战斗诗篇之一。难怪剧作出版以后，引起保守评论界一片哗然，诗人也受到激烈的攻击和谩骂。

这是拜伦的第一部诗剧，共有3幕12场。在第1幕第1场里，曼弗雷德伯爵住在阿尔卑斯山里。午夜他独身一人坐在一间宽敞的哥特式屋内，运用他的魔法请来掌控大地的7位神祇，吁请他们帮助让他忘掉一切，忘掉搅扰他的心境的一切烦恼，以及他的自身。7位地神无力给予他这种能力。

第 1 幕第 2 场的时间是早晨，地点在荣弗拉的阿尔卑斯山崖上。曼弗雷德心感绝望，想纵身跳下，这时一位牧羊人一猎手把他拉住，二人一起下山。

在第 2 幕第 1 场里，曼弗雷德和牧羊人一猎手坐在山里一间屋内。他说：

> 我告诉你，朋友！我已经活了许多年，
> 许多漫长的日月，但是这些和我必须还要
> 数的那些年相比，简直不值一提，年复一年，代代嬗变——，
> 苍天呀，永恒呀——还有意识呀，
> 强烈的求死的渴望——还是没有得到解决！

他羡慕猎手的简朴、健康、没有罪孽感的生活，但是自己——包括自己的灵魂在内——却已五内俱焚。他知道自己的罪孽在于伤害了自己深爱的人。

在第 2 幕第 2 场里，曼弗雷德在一天的午前进入一处谷地的瀑布。他把手掌中的水扬到空中，口念咒语，阿尔卑斯山的女巫于是现身。他对她说，他曾爱过一个女人，但他的心让她感到心碎，最后毁灭了她。他对女巫说，他要她给予他忘怀的能力，要女巫唤醒死者，或把他降至死的状态。女巫无能为力，离他而去。在第 2 幕第 3 场里，曼弗雷德站立在荣弗拉山巅，见到三位大神以及复仇之神，他们正前往众神之主火神阿里曼尼斯那里去。第 2 幕第 4 场地点在阿里曼尼斯神殿里，阿里曼尼斯坐在宝座（一团火）上，周围簇拥着众位神仙。曼弗雷德跟在三位大神以及复仇之神后面，进入大殿。他要求他们唤起死者阿斯塔特。阿里曼尼斯答应了他的请求，阿斯塔特的身影于是显现在他面前。她在他的请求下，预言他将在明日死去，但没有回答他的其他问题，例如他们何时能够再见，她是否爱他等。

在第 3 幕第 1 场里，曼弗雷德坐在他的城堡里。这时圣莫里斯修道院院长前来，希望能够帮助他的灵魂得拯，曼弗雷德认为自己已经无可救药，院长失望地离去。在第 3 幕第 2 场和第 3 场里，曼弗雷德向仆人告别。在第 3 幕第 4 场里，曼弗雷德面对着前来捉拿他的魔鬼，这时修道院院长前来，竭力助他一臂之力，众鬼魅对他嗤之以鼻。曼弗雷德虽然自知他的灵魂正在消逝，但他蔑视这些鬼魅的威力，宣布生死在他本身，和他们无关。众鬼见势，纷纷消失。曼弗雷德握着修道院院长的手，气绝身亡。

曼弗雷德是一位拜伦式主人公。他具有这种人物的明显特点。在文学史上他有许多相似的“堂兄弟”，比如希腊神话里的普罗米修斯、弥尔顿笔下的撒旦、《圣经》里的“流浪的犹太人”、歌德的诗剧《浮士德》刻画的浮士德等。他们都有一种顶天立地的反叛精神。在曼弗雷德身上表现尤为突出的

是,他拒绝一切权威,鄙视一切神灵,在思想和行动上完全独立。

诗人创作此剧的目的在于表达思想,不是为舞台演出。他要表达的思想,从狭义上看,可能和诗人本身的心理与精神状态有关。诗人可能在心里有难言之隐。他可能不慎冤枉了某个女人,他们之间可能是乱伦关系,他可能杀害了她,或她自寻了短见。这些在文本里都有暗示,但都极其模糊,人们只能揣测。诗人通过诗歌在为自己的错误行为表达内疚、忏悔和祈祷。从广义上说,这首诗作表达出厌世、悲观的精神状态,这可能是在19世纪英国和西方逐渐发展的精神危机的先兆。

二、雪莱的诗剧创作

《解放了的普罗米修斯》于1820年出版。这部剧作最初由三幕组成,于1819年春写完。后来在1819年后期,诗人又加上第4幕。在《前言》里,诗人表明,此作所讲不是关于人生的理论,他最讨厌说教性诗歌。

《解放了的普罗米修斯》取材于希腊神话里普罗米修斯和朱庇特之间发生冲突的故事。据希腊神话,普罗米修斯把火种带到人间,触怒了朱庇特,被锁困在高加索山脉的悬崖边。他经受了长久的苦难,经受风吹日晒冰冻,每日白天有老鹰来啄食他的肝脏,夜里他的肝脏则再生,但他始终没有屈服。古希腊诗人埃斯库罗斯曾经创作悲剧《被缚的普罗米修斯》,叙述这个故事。埃斯库罗斯在剧作结尾说,坚定不移的普罗米修斯最后被扔到深渊中。

雪莱的诗剧在很大程度上改变了古希腊原剧的架构。它只用一幕(第1幕)的篇幅描写普罗米修斯的受苦情况。从第2幕开始,诗人想象里的理想社会的状貌开始出现,朱庇特统治的垮台指日可待。最后一幕多是对理想社会的憧憬和歌颂。在雪莱的诗剧里,普罗米修斯被困在悬崖边,饱受折磨,后来他出于宽恕收回了对朱庇特的诅咒,但拒绝预言朱庇特倒台的准确时间。他只说,有一天朱庇特会倒台,那时他本人就可以重获自由。尽管还要经受很多磨难,但普罗米修斯始终拒绝屈从于暴君朱庇特的意愿,最后被救出,把爱传向人间。

雪莱诗剧第1幕的背景是高加索冰山的一条山谷,普罗米修斯被缚在悬崖上,海神的女儿潘西亚及伊奥涅坐在他的脚下。普罗米修斯贬斥朱庇特对自己的折磨,蔑视他的统治,表示宁愿饱受三千年度日如年的痛苦,也不愿做他的帮凶。他大声疾呼:"痛苦呀,永恒的痛苦!"他的声音惊天动地,宛似地震、烈火、地裂山崩。痛苦使普罗米修斯变得更体谅和宽宏,他表示,虽然他过去怨恨过朱庇特,但他现在愿意收回对他的诅咒。普罗米修斯的极度苦痛和呻吟感动了山川、大气和旋风,它们都惊异不已,但不敢有所作为。陆上许多弱小民族听到后也回应他，齐喊“痛苦呀，永恒的痛苦！”普罗米修斯只身一人担当起阻挡暴君的重任，以使众人不受其欺凌。他对胆怯的众人说，他虽然不再怨恨，但他不愿大家忘记他对朱庇特的咒语。尽管他一再要求，却没有人敢重复他的话语。他的呻吟声长了众人的志气，而灭了朱庇特及其同伙的威风。大地母亲对他说，现在到处一片枯萎，人们虽然不敢重复，但都在心底牢记着他的咒语。普罗米修斯只好呼唤朱庇特的幻影前来。朱庇特的幻影被一种神秘的力量吹来。普罗米修斯要它重复他的咒语。幻影无奈，只好照办。

在第 2 幕，普罗米修斯的妻子阿西亚和妹妹潘西亚被引领去见大神狄摩高根。他回答了她们的问题。他告诉她们，全能和仁慈的上帝创造和主宰世界及它所包含的一切——思想、情欲、理智、意愿、想象力、感觉、恐怖、罪孽等；任何歹人都不能主宰世界，一切都在变化，只有爱才能逃脱命运、机遇、偶然和变异的支配，只有永恒的爱才能统治万物生灵。阿西亚问普罗米修斯带来阳光的时辰，狄摩高根让一个不朽的时间精灵告诉她。这个时间精灵是命运的幻影，他告诉阿西亚，狄摩高根正在上升去结束朱庇特的统治。阿西亚感到她得到了答案。潘西亚看到一辆车，它将载着阿西亚去和普罗米修斯相会。阿西亚、潘西亚和时间精灵乘车来到一座雪山面前，停在山巅的云层里。阿西亚身上闪烁出爱的光芒。她说到人沿着时间朝后走，经过老年、中年而回到青年与孩提时期，经过此生而走向神圣的新生，以及这个变化过程的感受。

在第 3 幕，朱庇特坐在天庭，时间精灵的车辇载着狄摩高根到来。狄摩高根宣布说：

> 滚下来，随我到深渊去；
> 我是你的儿子，如你曾是萨特恩的儿子，
> 但却比你威力更大；从此以后，我们必须同居
> 在黑暗里。——别用你的雷电。
> 在你之后，谁也不能保持
> 或重获或掌握对天庭的专制……
> 但如同虫蛀被踩，注定也会扭动到死，
> 如果你想的话，那就显示你的威力。

朱庇特走投无路，求告无门，请求普罗米修斯对他以慈悲为怀，于是向深渊里沉下。朱庇特的统治最后垮台；这主要是因为普罗米修斯的变化——经过痛苦之后他从复仇心理转向慈悲和宽宏——而发生的。

在第 3 场，赫拉克勒斯到来为普罗米修斯松绑，普罗米修斯和阿西亚相

聚，来到一个洞穴里，大地母亲和她的孩子——万物都为充满爱的新生欢欣鼓舞。

> 这简朴的住处，将成为属于我们的房屋；
> 我们可以在这里谈时间谈变化。
> 世事有兴衰更替，我们却始终
> 如一。怎样才能使人类免于
> 受无常的支配？

这让人们想起狄摩高根在第2幕第4场里说过的话，能使人类免于受无常的支配只有爱。普罗米修斯说，人要用爱探索美好的思想和心灵，创造出和谐。他说，爱将是治愈人间罪孽的良药。他深知爱的威力，他曾怀着对妻子阿西亚的爱，坚持熬过所有苦难，这使他深深体会到这一点。普罗米修斯亲吻大地，将爱撒向每个角落和世间万物——动物、植物和矿山，把爱撒向人间。

在第4场，时间精灵叙说人间听到普罗米修斯的启示录般的宣示后所发生的一切：大地的空气变得清爽，爱充满整个宇宙，不再有王位和君主、主教、黑暗而强大的宗教、祭坛、法官席位和监狱，没有铁锁链、刀剑、冤案、不公平的法律，没有吸血鬼，没有人把心中爱和希望的火花踏灭成为灰烬，所有魔鬼都消失，人与人平等相处，没有憎恨、轻蔑、傲慢、嫉妒、恐惧、耻辱、自私自利、发怒、畏惧、冷酷、虚伪、谎言，没有自我毁灭的灵魂，没有人说庸俗、虚伪、冷漠的空话，没有男人阿谀奉承，女人都美丽、善良，人类开始主宰自己的命运。人间变得仿佛天堂：

> 人们没有了王权，自由，无所拘束——人人平等，没有阶级、部族和国家之分，没有敬畏、崇拜、高低区别——人人是主宰自己的君王，正直、文雅、贤明……人性变了，社会生活和政治生活也变了。人类做了自己的主人，远离了痛苦和罪恶，但仍然受到命运的变数的制约，人仍需不断努力改进自我，明确知道自己在世界上的地位，但是人，不动情了？不——但已摆脱从前他的意愿造成或忍受的罪孽和痛苦，可是尚未免受偶然、死亡和无常的羁绊，虽然这些把他当奴隶般掌控，这些障碍可能会阻止他飞越隐约高悬在浩瀚太空中从未攀登上的天际的最高星辰。

雪莱在说，新生的人如果能够丢弃尘世和本身的所有缺陷，便会成为连星辰也望尘莫及的完人。这是诗人的一个对人和未来充满信心和希望的纯粹理想。

《解放了的普罗米修斯》是诗人对埃斯库罗斯创作的悲剧《被缚的普罗

米修斯》的一种回应。诗人在剧作里描写恶的统治，探讨推翻这种制度的可能性，暗示恶的产生和社会改革都是人本身的责任，社会混乱及战争是人本身的道德混乱、内心矛盾的明显外现，专制者是人内心中低劣成分战胜优秀成分的标志。诗作表明，对他人的怨恨是自惭形秽的表现，外部政治改革只有在人性本身进步时才能实现，世界的再生有赖于人类道德想象力的更新。雪莱警告说，即便世界能够更新，它的保持也将仰赖于人的坚持不懈的努力，人们要时刻警惕人性中的恶再次出来作乱。《解放了的普罗米修斯》让人类的英雄普罗米修斯获得解放，向世人传布爱的信息，指出唯有爱可拯救世界，治愈人类生活中的弊病。诗剧为世人勾勒出理想世界的蓝图，同时也讲到道德和创造性的源泉问题。

《解放了的普罗米修斯》的写作技巧也很值得人们注意。诗人在剧中所使用的多样化抒情技巧使人耳目一新。《解放了的普罗米修斯》是一部关于人类社会道德、政治和文化因素的著作。这出诗剧说得比较多，具体行动少，让人在怀抱希望的同时心里难免有空洞感。阿诺德说雪莱是“无力的天使”，这个词语毁誉参半。

说他“无力”回天，改变现状，虽然基本属实，但并非准确。雪莱的洞见力无疑为当时的社会斗争发挥了指导和影响作用。说他是天使，是指他为世人指出方向，带来福音，这是世人皆知的不争史实。诗人叶芝称《解放了的普罗米修斯》为“人间圣书”之一，评论家们认为该作具有但丁诗作的威力。

第七章　19 世纪下半叶的英国文学创作

19 世纪下半叶的英国在维多利亚女王的统治之下，处于维多利亚时期(1837—1901)发展较为稳定的一段时间，也正是“维多利亚主义”较为兴盛的一段时间。所谓“维多利亚主义”，主要表现在以下几个方面：第一，中产阶级(主要是资本家)的发展壮大和“市侩主义”的风行；第二，严格、保守的道德规范出现；第三，说教式美学、英雄崇拜与唯美主义运动兴盛；第四，功利主义盛行；第五，进化论与宗教的冲突；第六，相信机械文明和社会进步。这些问题在这一时期的文学创作中都得到了反映。

第一节　19 世纪下半叶的社会历史与文学发展

一、19 世纪下半叶的社会历史状况

19 世纪 50 年代到 70 年代是英国资本主义社会历史上比较稳定的时期。英国资产阶级鉴于 40 年代以来的经验，作了一系列的局部改革，废除了社会制度中极端令人愤怒的恶习。政治阶级尤其力图瓦解和分裂工人运动。资产阶级在从剥削殖民地人民的进款中，扔出些小恩小惠给工人阶级中的个别阶层。在工人当中形成了自己的工人贵族，这个贵族处在更有利的物质情况中，甘心让现行的制度保留下去。完全处在资产阶级思想影响下的工人的这一部分，对于生活较少保障而工资收入更微的兄弟工人起了变节的作用。这时已很有力量的英国工会处在不是卫护工人利益而是卫护资本家利益的工会官僚主义的支配下。

到了 19 世纪 70 年代，由于澳大利亚的棉花和美国小麦的倾销，英国农业走到了彻底破产的地步，而美国和德国工业的飞快发展和有力竞争，使英国在世界各地失去了以前所拥有的垄断地位。工农业的衰落导致了 70 年代末至 80 年代初英国经济危机的发生。工人阶级与资产阶级的矛盾更加尖锐。由于第一共产国际的建立和马克思主义的传播，工人运动空前高涨，1881 年成立了“社会民主同盟”。同年还有两个进步的具有社会主义思想的组织宣告成立，一为“社会主义联合会”，一为“费边社”。其后各种工会相

继组成，1893年这些社会主义派别合并组建为“独立工党”，又于1900年更名为“32党”。这一切组织，都不是在足够的程度上和工人阶级相联系的。但是它们所进行的社会主义思想宣传对于工人运动的发展仍然是有影响的。在80年代里，英国各地掀起大规模的罢工浪潮。在许多大罢工里，工会达到了它们自己要求的满足。就在这个时候，在工人运动中，资本家的各色各样的走狗已经出来活动，力图把运动扭转到社会改良主义道路上来。

二、19世纪下半叶的文学发展状况

随着经济、政治、社会各方面的迅速变化，思想意识上的斗争也变得日益界限分明。一方面工人阶级、劳动群众和他们的代表明确主张社会主义，反对资本主义；另一方面资本家、统治阶级及其代言人则为资本主义以至帝国主义辩护。这一时期主要有四种不同的十分鲜明的哲学思想派别。第一种为社会主义的热烈拥护者，不过其中夹杂着费边主义、无政府主义等改良主义以至机会主义的思想。第二种是对英国当前的政治经济现状不满，反对社会缺乏公正的批评家。第三种虽然也批评资本主义和帝国主义，却是持悲观、逃避态度的颓废派。第四种则是资本主义、帝国主义和殖民主义的辩护者。

由于教育的日益普及这一时期教育的普及，书籍和报纸杂志价格的降低和发行量的增大，读者数量大大增加，通过写作来赚钱谋生的机会也就随之扩大，于是文学似乎变得更民主化和商业化了。面对复杂的社会现象和各种问题，作家们在自己作品中选择的主题也变得极为广泛而庞杂，兴趣也显得多面而分散。虽然浪漫主义的影响仍在继续，然而作家们越来越关心的是所面对的社会问题，从想象转向现实，从浪漫主义转向现实主义，以至发展为批判现实主义。浪漫主义强调主观的想象，而现实主义则注重客观的观察。现实主义力图用忠实于现实生活的方式来描述人的生活环境和人的思想行为。按照恩格斯(Engels，1820—1895)的解释，现实主义意味着详细地真实记述典型环境中的典型人物的所行所为。它忠于事实，包括自然的、社会的以至心理的事实。因此，细致的观察、严密的逻辑性、客观的态度和叙述的精确性成了现实主义作家最宝贵的品格。他们的注意力不是集中在英雄人物身上，而是转向中产阶级以至受剥削、受压迫、受蹂躏的劳苦大众。这在批判现实主义作家的作品中体现得尤为明显。他们对现实社会的不公与邪恶采取批判的态度。

然而由于这一时期的文学作品的多样化和巨大的数量，要想明确进行分类是十分困难的。到了19世纪末期，与上面分析的四种哲学思想相应，作家们大致也可分成四类。第一类是十分进步甚至激进的作家。他们不仅揭示了劳动人民的苦难,公开反对社会的不平等,更号召工人阶级起来斗争,通过革命的手段来争取自身的权利,为实现社会主义和共产主义而奋斗。他们对于光明的未来充满信心和乐观主义精神。他们笔下的人物是一代新的觉醒者。其代表作家为威廉·莫里斯(William Morris,1834—1896)。遗憾的是这一类的大多数作家或诗人都名声不大,从艺术角度来看,其作品也往往有严重的缺陷。第二类为批判现实主义的作家。以乔治·梅瑞狄斯(George Meredith,1828—1909)和托马斯·哈代(Thomas Hardy,1840—1928)为代表。他们对劳动群众表示极大的同情,揭露他们所受的残酷剥削和压迫,并严厉地批判资本主义和帝国主义的罪恶。第三类范围较广,包括自然主义、新浪漫主义和唯美主义的作家,有的提倡"纯艺术"和"为艺术而艺术",如以奥斯卡·王尔德(Oscar Wilde,1856—1900)为代表的唯美主义派作家。他们实际上是躲于象牙塔中的遁世者。以罗伯特·路易斯·史蒂文森(Robert Louis Stevenson,1850—1894)为代表的新浪漫主义作家继承19世纪初期浪漫主义的传统,写的是遥远的异域或过去的时代中神秘的传奇或怪诞的故事,既娱乐读者也表示对现实社会的不满。而自然主义却是现实主义的极端的发展,以乔治·吉辛(George Oissing,1857—1903)为代表,他们十分真实地面对社会的丑恶现实,着重细致地描绘贫民窟和其他令人触目惊心的悲惨景象,但却不知道造成这种现象的根本原因,甚至将其归之为人自身的堕落。但是所有这些不同类型的作家虽各有其不同的倾向,都共同对社会的现状提出了哪怕是温和的抗议,但他们的态度大多是消极、悲观和失望的。第四类作家则是那些公然宣扬帝国主义和殖民主义的人,他们把亚洲和非洲殖民地的人民看成是劣等民族,把白人的殖民说成是去教化当地未完全开化的野蛮人。其代表作家为鲁德亚德·吉卜林(Rudyard Kipling,1865—1936)。然而今天看来,尚不应对吉卜林做出绝对的结论,因为他也有同情贫苦人民的另一面。

上面所举的四类作家都是小说家,但许多人认为,更能体现19世纪下半叶神的当数这一时期的散文家和他们数量惊人的散文作品。有人甚至称这一时期为散文时代。这是因为随着英国政治、经济、社会形势的变化,英国文学也踏进了思想自由发展的新境界,代表各个阶级、各个阶层的思想观点和意识形态都在文学作品中,尤其是更直接而明确地在散文中表达出来。这些散文作家包括多方面人才,既有历史学家,也有政治家;既有科学家,也有宗教界领袖;既有艺术家,也有文学家。他们的作品既反映了这一时代英国的政治、经济的繁荣与扩张,也记录了国内日益尖锐的阶级矛盾和思想意识上的激烈冲突。其内容之广泛,思想之深刻,风格之多样是英国以往任何时代的散文难以相比的。

第二节 具有人道主义思想的批判现实主义小说

19世纪下半叶是英国批判现实主义小说的辉煌时代，为世界文学的发展做出了卓越的贡献。“批判现实主义”作家强调他们的作品揭露社会的丑恶和不公，并对贫苦人们的不幸遭遇表示同情，反映出强烈的人道主义思想。这一时期出现了一大批优秀的批判现实主义小说家。

一、乔治·爱略特的小说创作

乔治·爱略特(George Elliot，1819—1880)是笔名，她的真名叫玛丽·安·伊文斯(Mary Ann Evans)，出生于英格兰中部沃克郡的阿波里庄园。她的父亲在庄园当代理人，政治观点保守，宗教思想浓厚。爱略特从小受到严格的宗教和道德教育，笃信福音教。她在乡村度过童年，农村的民风习俗、自然风光在她以后的创作中留下深刻印记。少女时代，她先后就读于两所女子寄宿学校，直到17岁时因母亲病逝，才回家帮助父亲主持家政。她天资聪慧，热爱读书，学习文学、宗教、历史和自然科学课程，通晓拉丁文、希腊文等古代语言和法语、意大利语等多种现代语言。1841年，她随退休的父亲迁居考文垂，在那里结识了具有自由思想的商人查尔斯·勃雷一家以及他的姻亲汉纳尔一家，受到他们反对教会正统的怀疑主义思想的影响，毅然抛弃了伊文斯家族传统的保守立场。1842年初她宣布不信奉上帝，不再去教堂。虽然对官方基督教会表现出决绝的态度，但乔治·爱略特在内心仍充满宗教情感。她接受了孔德实证主义“人类宗教”，一种以“人道”代替上帝的、“以爱为原则，秩序为基础，进步为目的”的宗教观。她否定的是脱离了人的真诚情感的、形式上的宗教，尊重一切真挚虔诚的宗教感情，并把这种思想感受表现在她的作品中。

乔治·爱略特不仅是自由思想的接受者，还是一位重要的传播者。1846年，她匿名发表了自己翻译的德国思想家施特劳斯的《耶稣传》——一本具有无神论思想的高等批评学著作。此后又翻译了荷兰唯物主义哲学家斯宾诺莎的《神学政治论文》。1851年，爱略特来到伦敦，在当时激进的《威斯敏斯评论》编辑部任助理编辑和撰稿人，与知识界一些重要的思想家、作家和评论家交往。1854年，她又将德国人本主义哲学家费尔巴哈的《基督教的本质》译完后以真名出版。爱略特的翻译著作，对英国思想界发生过深刻影响。爱略特的博学使她对社会与人性有着科学的理解力和深刻的洞察力，在小说中深入探讨了人的心理与伦理道德的问题。

除了与官方教会的决裂，爱略特生活中发生的另一件大事是与著名评论家乔治·刘易斯的结合。她与博学多才的刘易斯志趣相投，但后者已有妻室，尽管这桩婚姻已名存实亡。1854年，爱略特与刘易斯开始公开同居，此举冒犯了当时的社会习俗，招致家人、朋友的疏远。爱略特承受了巨大的社会压力，与刘易斯度过24年的共同生活。她接受了刘易斯所信奉的实证主义思想的影响，也是在他的鼓励下开始小说创作。

爱略特的写作生涯长达30年，并且卓有成效，先后创作了七部长篇小说和众多中短篇作品。此外，她还涉猎诗歌和散文创作领域，匿名发表大量的文学、艺术评论，成为19世纪英国最多产的作家之一。在小说创作中，爱略特大胆尝试了多种题材和叙事技巧，在读者接受和阐释上经常是众家纷言。评论界一般根据爱略特小说的主题和艺术特色，将她的创作分为前期和后期两个阶段。

爱略特的前期作品主要是关于家庭生活的小说，她描写了她所熟悉而还未受到现代机械文明腐蚀的英国乡镇生活。对于这方面的题材，她挖掘得更深，表现得也更有力。她在平凡的人物和事件中发掘人性，展示了当时的社会风貌和道德伦理，并且显示出一种幽默的力量。

1858年，爱略特首次以乔治·爱略特这个笔名发表了《教区生活场景》，这部小说由《阿莫斯·巴顿牧师的不幸遭遇》《吉尔菲尔先生的恋爱史》《珍妮特的忏悔》三篇组成。第一篇描写谢泊顿，他是一位平凡的副牧师，既无学问又无手腕，人缘不佳，薪水微薄。他因为丧失了一位温柔美丽的妻子而赢得了教区民众的同情。爱略特以后所写的小说大部分都以描绘平凡人物为主，但是她在这些平凡人物中发掘普遍的人性，常显示作者独有的敏锐观察和独到的见解，读来使人感到亲切。第二篇《吉尔菲尔先生的恋爱史》情节比较紧张，近似闹剧。吉尔菲尔是巴顿的牧师，他喜欢柴佛瑞爵士收养的一个意大利歌女提娜，但爵士的继承人、浅薄自私的威伯劳也对她频献殷勤，两情相悦。后威伯劳转而追求富有的艾希小姐，提娜伤心欲绝，吉尔菲尔却爱莫能助。威伯劳的突然去世使提娜终于嫁给吉尔菲尔，但婚后不久她就死了。第三篇写宗教与反宗教的冲突。特莱恩牧师来到一个漠视宗教的工业城市，他遇到了重重阻力，而最大的麻烦来自于酗酒殴妻的律师邓伯斯特。邓伯斯特的妻子珍妮特被迫借酒消愁，终于不堪虐待而向特莱恩求助，特莱恩指导她戒酒。后来，邓伯斯特死于酒精中毒，珍妮特终于脱离了苦海。这三部中篇都立足现实主义的平民题材，采用全知叙事，并夹杂有叙事者的插入性评价，这些艺术特点在爱略特随后的长篇小说中也有重要体现。此外，这些作品的语言富有情感，人物塑造夸张、浪漫，在爱略特后来的创作中较少看到。总的来说，《教区生活场景》对日常生活挖掘的深度令人难忘，作为爱略特小说创作的开端，虽然还有稚嫩之感，但已经展示了作者的创作潜力。

《亚当·比德》是爱略特第一部长篇小说，也正是基于这部作品，使爱略特在这一时期的重要小说家中占有一席之地。小说男主人公在一定程度上是以作者的父亲为原型的。木匠亚当·比德爱上了农家姑娘海蒂，海蒂漂亮而爱慕虚荣，被庄园主的孙子亚瑟所诱骗。亚瑟离家后，海蒂与亚当订婚。不久，海蒂发现怀上了亚瑟的孩子，不得已去寻找亚瑟。途中分娩，她将婴儿丢弃在丛林中，因而以谋杀婴儿罪被判处绞刑。亚瑟为她奔走，获得赦免令，免除死刑而被流放国外，亚当最后与卫理公会布道士黛娜结婚。《亚当·比德》展示了18、19世纪交接时期英国乡村生活的真实画面。爱略特以非常依恋的心情刻画还未受到资本主义工业文明影响的宗法式农村社会的气氛，以极大热情描写了普通人的生活，并在普通人中塑造出她小说中形象丰满的主要人物。小说采用全知视角，将社会伦理训诫和宗教说教结合，用强烈的道德判断操纵着叙事语气。其素材来自爱略特的婶婶塞缪尔的亲身经历，热心宗教的塞缪尔曾经到牢房里劝导一个犯有杀婴死罪的女囚认罪服法，终于让后者怀着真诚的忏悔之心走向刑场。在小说第45章，牢房中感化劝诫的场景成为爱略特着意表现道德训诫的高潮部分。这部作品的基调蕴含着悲剧色彩，再现了道德迷失以及理想与现实冲突的故事，表现出女性作家中少有的“男性视野”。在小说结尾，亚瑟离家九年后重回故乡，对亚当说：“有一种错误是你永远无法弥补的。”它是小说人物一句沉痛的忏悔，也是对小说训诫主题的总结，是爱略特传递其道德伦理观念的意味深长之言。《亚当·比德》在技巧上很有建树。首先，小说总的叙述框架虽然是第三人称，但是作家又直接以第一人称出现（如小说第1段），建立和读者间的亲密关系，也加强了情节的真实性。再者，小说注意了对人物进行详细的心理分析。比如亚当的母亲对儿子过于宠爱和依赖，唯恐他的女友或朋友把他从自己的手里抢走。又如亚当和亚瑟二人所经历的“灵魂的斗争”，以及对海迪的动机的翔实分析，等等，都使这部作品成为西方文学心理分析传统的最早代表之一。另外，爱略特在作品中显示出精湛的现实主义功力，其人物塑造、对话呈现和环境描写都别具特色。她使用了大量的人物对白，尤其是淳朴村民的乡俚村言，展现他们的生活、情感和性格特征，精彩纷呈。亚当的语言简单质朴，喜欢用木工的行话；黛娜的语言则充满幻想色彩，与亚当谈情说爱的言辞都是典型的“圣经体”；勃艾色太太言语尖刻，充满夸张的比喻，从而使泼辣能干的村妇形象跃然纸上。但是，这部小说也有一些缺陷，例如在小说结尾，富有同等美德的男女主人公结合，却产生了“反高潮”的效果，没有给读者留下太多想象的余地，从艺术效果来看，不算是上乘选择。

《织工马南》是爱略特小说中最短但也是备受推崇的作品。小说描写了爱的力量，具有寓言的性质。地主卡斯家的大儿子高德弗雷和织工马南的故事交叉进行，既彼此对立又互相补充。高德弗雷年轻时生活放荡，与下层女子莫莉结合而不愿承担责任，导致莫莉在饥寒交迫中死去。后来他隐瞒过去的经历，与心上人南希结婚，但一直生活在罪孽和负疚中，连亲生女儿爱蓓也不敢相认。马南则是个“生活堪作楷模，信仰又很虔诚的青年”，却被好友诬告偷窃。小镇上的教徒们通过神鉴定了他的罪，马南失去了清白的声誉、未婚妻和对人的信任。他流落他乡，15年来只以把玩辛勤积攒的钱币为乐。一次外出，卡斯家的浪荡子邓斯坦把他所有积蓄给盗走了。金币被盗的沉重打击，使他万念俱灰。圣诞节前夜，马南僵直地站在敞开的房门口，高德弗雷的私生女爱蓓从他的脚下爬进了他的小屋。收养了爱蓓后，马南开始与邻里交往，终于又感受到人生的爱和温暖。当高德弗雷前来认领女儿时，爱蓓拒绝了，宁愿与收养自己的马南终身相伴。爱略特批评了迷信愚妄的传统宗教信仰，冷酷、虚伪的宗教戕害人的心灵，只有人间的真情才能治愈精神创伤。无论写“死而复生”的马南，还是自私懦弱、永远卸不下心理重负的高德弗雷，爱略特表现出对人物内心世界的洞察和刻画功力，作品获得了“心理现实主义”的称号。

《织工马南》是爱略特最具特色的一部代表作，故事朴实无华，线索清晰，人物的举止行为紧密联系当时的社会风尚，不像她其他几部小说那样沉闷。全书谋篇布局和立意造境都是匠心独具，处处显出作者是一个善于观察、体验、分析生活的能手。作者按照她通常的写作技巧，一上来就将主人公马南的来龙去脉和身世现状交代清楚，平铺直叙，娓娓道来，让人知道他为什么背井离乡来到一个陌生的地方。作家通过探索人物的心理发展过程，一步步、一层层地把人物的内心活动和行为动机展现出来。小说是这样开头的：

> 在本世纪初叶，就有这样一个叫作赛拉斯·马南的亚麻布织工。他住在一间石砌的小屋里。以织布为生。石屋就在拉维罗附近的坚果树丛中，与久已荒废的石坑相距不远。

这就像一篇寓言的开头，而全文结尾是：

> “啊，爸爸，”埃比说，“我们的家多美！我想谁都比不上我们快乐。”这似乎更近似一个童话的传统结尾——他们从此幸福地生活着。

小说中的关键事件发生在马南丢失金子不久。在他的小屋里出现了一个小女孩(她的母亲死在雪地里)。昏昏沉沉的马南还以为他的金子失而复得了：

> 他往炉边那只椅子坐下，弯身想把两块木头拨拢。这时候，他那模糊的视力仿佛看见炉前地上有一堆黄金。黄金！——他自己的金币——像被拿走时那样神秘，又送还给他了！他觉得他的心开始猛烈地跳了起来，有一会儿工夫，他竟不能伸出手去，攫住那堆失而复得的财宝。那堆金子似乎在他激动的眼光下闪闪发光，变得更大了。他终于俯身向前，伸出手去；可是，他的指头碰到的并不是有着熟悉的硬轮廓的钱币，而是柔软暖热的卷发。赛拉斯非常惊讶地跪下去，低头仔细看着这个奇迹：原来是个熟睡的小孩——一个滚圆的、漂亮的小东西，满头柔软的黄色卷发。

以上描述充满了象征意义。在这个作者特意设定的场景中，孩子取代了金子，从而使马南的转变过程明朗化、具体化——他对无生命的金子的喜好变成了对小女孩的疼爱。他乐于为小女孩做一切以前他甚至不愿为自己做的事情。是她改变了他的人生观，使他感到了生活的意义，并与周围的人们建立起一种崭新的关系——他试着去接触并了解他们，与他们沟通，不再像以前那样只知干活攒钱，过着单调乏味、与世隔绝的生活。他像新生的婴儿一样开始了新的生命。

在作者笔下，马南早年的坎坷困顿是一种虚伪、邪恶的客观因素造成的，但马南依靠"人与人之间纯洁的、正常的关系"治愈了精神创伤(亦见作者给其出版商的信)。从这里可以看出作者的伦理观，正是这种伦理观贯穿了整个故事。同时，作者通过马南被诬害栽赃这一不幸遭遇，为马南鸣不平，愤怒揭穿教会的虚伪。这种明显的自由思想和正直的道义倾向在当时是十分难能可贵的。

爱略特后期作品与前期作品一个明显的不同，是后期作品不再具有作者的自传成分。然而，除了《米德尔马契》以外，后期作品与前期相比，无论是艺术技巧还是吸引人的程度，均大为逊色，这主要是因为她所写的内容不是她所谙熟的事物。

《米德尔马契》是爱略特的社会小说中最富于现实主义特色的一部，随着它的出版，爱略特的声望也达到了顶点。《米德尔马契》有两条主线——一条是富有理想的少女多萝西娅的灾难性婚姻与理想破灭的故事，另一条是青年医生利德盖特同样灾难性的婚姻和事业上的失败。此外还有费瑟斯通遗嘱的风波、银行家布尔斯特罗德的盛衰史以及庄园代理人、老式人物高思一家的命运的变迁，其中还交织着许多次要人物的生活故事，构成一幅完整的人生图画。爱略特在小说中创造的各色人物使读者感受到真实生活中人物所特有的复杂性。针对不同人物及所处的不同环境,她还不时变换语调,表达了一种嘲讽与同情相混合的情感。她既不失时机地发表自己的独到见解,又给读者留有作出判断的余地,使读者不由自主地关心书中各色人物的命运,为他们的喜怒哀乐所感动,并发出了深深的共鸣。

小说触及当时的政治、社会、家庭、婚姻问题,揭露议会改革的虚伪性,讽刺议会竞选,揭穿所谓维多利亚时代繁荣兴旺、家庭幸福的神话。全书充斥着各式各类的失败和一生一世阴差阳错的遗恨,弥漫着一种生不逢时的迷茫的、幻觉的、受挫的、幻灭的情绪。

正如小说的副标题"外省生活研究"所示,这是一部"研究"之作。它以恢宏的笔法和历史的反思意识再现了维多利亚时代充满危机和困惑的社会现状,表现处于社会变革中的人们的精神状态和心理反应,描写他们的失落与追求、困惑与感悟,富有悲剧色彩。

作品虽沿用平民题材,但是在技巧上挑战了传统现实主义小说创作的极限。它采用多角度聚焦的全知叙事,将多个故事线索错综交织,形成复杂的网状叙事结构。它以众多生动但并不紧凑的零碎片断构成宏大的社会场面,像一个"充满细节的宝库",具有类似史诗的叙事风格。这种整体布局呈现出的弥散结构形态,在叙事上造成一种断裂感。此外,作品并不注重累积戏剧冲突的情节设计,与当时常见的现实主义小说大相径庭。另外,这部小说具有其独特的统一性,那就是它不动声色的"反讽的阴暗色调",弥漫于语言风格、人物塑造及主题传递等不同层面,使作品具有沉郁的悲剧气质。尤其是叙事者见缝插针的评议文字,凸显了幻灭感。"序言"里的一段文字,可以说是对小说主题的有力总结:

> 许多特蕾莎降生到了人间,但是没有找到自己的史诗人生,无法不断地将具有深远意义的理想付诸行动。也许她们只能得到一种充满谬误的生活,承受着伟大的精神与低下的人生际遇格格不入的后果。或许她们只能是悲剧的失败者,得不到诗人的崇高咏赞,只能在孤寂中被遗忘。她们在复杂的人生中,曾企图借助模糊的启迪,寻找出一条思想与行动一致的高尚之路,但最终在世人眼中,她们的种种努力都不过是名目不清且半途而废之举罢了。

二、托马斯·哈代的小说创作

哈代是19世纪最后十年中英国一个伟大的作家,他的作品使得这个世纪英国批判现实主义的发展达到了完成地步。

哈代生于多斯特郡的伯克汉普顿镇。父亲是一名泥瓦匠,同时也是当地的建筑承包商。母亲接受过良好的教育,在他8岁上小学之前一直负责他的教育。哈代16岁时结束求学生涯,开始在当地建筑师约翰·希克斯(John Hicks)的手下当学徒。哈代在这个时期的生活目标是成为一名建筑师。1862年,哈代到伦敦,就读于伦敦大学国王学院。在学期间,他曾获得过包括英国皇家建筑学院和建筑协会颁发的许多奖项。同时,他开始文学创作。起初,他的努力没有得到注意和认可,评阅哈代的第一部小说的梅瑞狄斯认为它不适宜于发表,但同时劝告他继续写下去,尤其要他注意结构和文学写作技巧。哈代决定采用当时受人欢迎的小说家威尔基·科林兹作为自己的模范,参照他的作品的精神写成小说《非常手段》。

哈代花了很大气力才在文学上站稳脚步。为了争取公众的认可和出版商的支持,他不得不写出适应资产阶级读者趣味的作品,因为只有通过这条途径,他才可能发表那些表示出他对生活的真正看法的另一类作品。可是甚至当哈代已经成名,他的对现实作批判的描写的每一部认真的小说都遭到资产阶级读者及批评家的敌视。哈代的优秀小说《德伯家的苔丝》及《无名的裘德》尤其遭到猛烈的攻击。伪善者们非难哈代不道德以及侵犯了凡俗世界的最宝贵的神圣事物。面对凶狠的批判者,哈代无奈地选择了放弃小说创作。他从事诗歌的写作,同样在诗歌里表达了自己对现实的批判态度以及对现实的悲观的理解。

哈代的创作的命运足以代表世纪末英国现实主义文学在发展中所处的情况——统治阶级迫使最有天才的作家们保持着缄默。后来,到了20世纪,人们才对哈代非常尊敬,给予他正式的认可,可是这种情形的发生是违反资产阶级舆论的意图的。现实主义作家的作品达到了有民主主义思想的广阔的读者阶层,而正是这些读者的赞许,才使得统治阶级不得不对哈代表示正式认可的敬意。

哈代小说最主要的主题是宿命论思想。他似乎认为,在这个世界上,命运和偶然性剥夺了人的自由意志,决定他的生死、沉浮。与宿命主题紧密相连的是死亡主题,这个主题在他的早期作品中只伴随着次要人物命运而展开。然而,到后期的几部作品,即《卡斯特桥市长》《德伯家的苔丝》和《无名的裘德》,书中主要人物开始死去,死亡主题便成为宿命主题的必然结果。作家对死亡的描写也成为小说的重要部分。死亡常与失败的爱情或人生而导致的抑郁心情密不可分。同时,这些人物几乎都平静地面对死亡,将死亡看作唯一途径,使他们得以从这个无尽烦恼的世界中超脱出去。

哈代的小说引人入胜,感人至深。他的小说情节精巧,但作品触动读者心弦之处并不在于情节,而在于小说人物那哀婉动人的感情纠葛,他们总是深陷其中难以自拔。这种极度的痛苦感能激起读者强烈的共鸣,常常感动得他们泪水夺眶而出。在哈代的小说世界里,人总是陷入命运的罗网之中,或邪恶的宇宙或某种外在的力量所设的圈套之中,耗尽生命,遭遇践踏。人囿于社会的力量,根本没有自由意志,也找不到归属感。哈代笔下的人物处于不停的旅行途中,但从未找到过归宿,这正是他的小说所要勾勒的人类的基本处境。

哈代一向重视人物的内心刻画。他尽情地探讨男女人物奇特的内心世界,也力图探索人的心理活动的因果关系,解释人的行为和动机。同时,他也开始严肃认真地探究人的内心世界,而不再仅仅满足于传统手法主张的对外部世界的描写。哈代对人物内心世界与人物之间的相互关系的刻画深刻细腻,很容易使读者产生共鸣,使他们置身于故事情节当中。

哈代有编织故事的非凡能力。他的故事,特别是他的威塞克斯系列小说,部部扣人心弦,催人泪下。人们读这些小说,时刻都在揣摩故事的发展方向,不时为主人公牵肠挂肚或伤心落泪,但很少能"笑"起来。哈代经常偏离传统的维多利亚现实主义的世界观和写作技巧,背离当时所倡导的情节重于人物刻画的创作原则,使用浪漫主义的小说技巧,有时甚至大胆地借助于情节剧的方法。这种做法是很了不起的,显示哈代在尽力理解和捕捉现代精神。现实主义里掺杂着相当浓郁的浪漫主义成分,使得他的作品意蕴深邃。这样他能充分表现生活的两个侧面——现实主义和浪漫主义,勾勒人类存活的基本情况。

哈代一生共创作了十余部长篇小说,其中不少已成为传世佳作。这些作品不仅极大地丰富了英国小说的内容,而且也对十九世纪后期的小说创作起到了积极的推动作用,其中成就最高的要数《德伯家的苔丝》和《无名的裘德》。

《德伯家的苔丝》中,主人公苔丝是一个乡村小贩的女儿。为了帮助父母养家糊口,她不得不到冒牌本家亚雷·德伯家寻求帮助。十六岁的苔丝一踏上社会就遇到灾难:资产阶级纨绔子弟亚雷蹂躏了她,她成了一个"失了身的女人"。后来苔丝到奶牛厂做工,遇上牧师的儿子安玑·克莱。他对苔丝一见倾心,并不计门第与苔丝相爱。他的温情和体贴终于使苔丝战胜内心重重矛盾,答应了他的求婚。新婚之夜,苔丝无保留地向克莱吐露了过去的不幸,渴望得到他的同情和谅解。不料克莱听后陡然变色,当即改变了对苔丝的态度。他斥责苔丝不贞,不久便遗弃了她,自己一人去了巴西。这使苔丝再一次掉入了痛苦的深渊。为了生存,她不得不当一个四处流浪找活干的农业工人。迫于生计,她再度落入亚雷·德伯的圈套,重新蒙受耻辱。后来克莱从巴西回来找她,她发现是亚雷·德伯毁掉了她的一生,新仇旧恨及对生活的向往激起了她复仇的烈火，于是亲手杀死了亚雷·德伯，以生命为代价换取了短暂的幸福。在这部小说里，哈代描绘了一幅不公道的社会图画。他通过苔丝这个形象，对当时社会腐朽虚伪的伦理道德观念，予以无情揭露和鞭挞。他在苔丝身上倾注了满腔同情。他不仅为她伸张正义，而且用最美好的词句来描写她那纯洁高尚的心灵，赋予她非常丰富的诗情。在小说副标题上，哈代称苔丝为“一个纯洁的女人”，对传统的道德观念公开宣战。在这部小说以前，没有任何一部作品这样有力地表现出作家对他所处的那个时代的道德观念、法律制度的愤慨和不满。

在哈代的作品中最能反映城市生活的小说是《无名的裘德》，这是他最后一部小说作品。青年石匠裘德从小有志向，要为人类的进步做一份贡献。但在当时等级森严、金钱万能的社会中，他的当学者或牧师的理想只能是梦想。他与表妹的结合触犯时忌，致使很快就有一种“使人感到压迫的气氛在他们的心灵四周围绕”。接着裘德一家饱受歧视，直至被迫离开住地，四处漂泊。后来一家人因找不到安身之处，酿成三个孩子的惨死。淑经受不住接连的打击，终于向命运和社会屈服，撇下裘德回到前夫身边。裘德的一切希望归于幻灭，身心憔悴，抱恨而死。不少批评家认为《无名的裘德》是哈代对社会批判最为严厉的一部小说。裘德的悲剧首先是一个下层青年在阶级社会里壮志难酬的悲剧。他有才华，顽强奋斗，但教育等诸方面的等级制度为他设置了难以逾越的重重障碍。哈代自己说过，小说首先描写的是一个穷苦学生为争取上大学而做的奋斗。小说更指出社会道德观念、习俗偏见、婚姻制度等陈规陋习的桎梏是如何扼杀了人们的自由意志和愿望。作者引用《新约·哥林多后书》的“字句叫人死”作为题词，表明对窒息、毁灭人性的习俗成规，尤其是基督教文化的婚姻道德观念的愤恨之情。社会认可和保护没有爱情的契约婚姻，却不能容忍自然合理、有爱情但无婚姻之名的两性结合。正是由于哈代严厉攻击了维多利亚时代被奉为神圣信条的道德观念，小说才受到了比《德伯家的苔丝》更为激烈的抨击，被斥为“离经叛道和粗鄙下流”“伤风败俗”，是“淫荡小说”。比起苔丝，裘德具有更鲜明的自我意识和追求精神，他不仅要求生存，更想谋求发展，寻求事业进步和爱情幸福。他以惊人的毅力自学希腊文，梦想进入大学深造，以求“思想更深远，心智更焕发”。但某大学校长给他的奉劝是“谨守本分，安于旧业”。作为男性，他的自然欲求更为旺盛，这使得他经历了更多的灵与肉的激烈冲突。艾拉白拉与亚雷一样，都是人性中肉欲的象征。她不择手段地诱惑裘德，就像亚雷不择手段地霸占了苔丝一样。裘德与艾拉白拉的关系如同《圣经》中的参孙和达利拉，他受后者姿色所诱，又遭她出卖和抛弃。在奋斗中，裘德曾经有过勇敢的战友——淑。淑是以前的英国文学尚未出现过的女性人物，她把古罗马的维纳斯和阿波罗的神像与那些基督教的圣物并列在一起，是深受古典自由精神熏染的“异教徒”，表现出大胆的现代意识。正是在她的影响下，裘德摆脱了宗教思想的束缚。淑不仅不想要无爱的婚姻，甚至不要婚姻，只要心灵相通的爱、精神的爱。她表现出的精神、灵性特征，与安玑相似。但是安玑经历磨难后皈依苔丝的自然之道，而淑则重新落入世俗的羁绊。在带领和伴随裘德前行一段后，敏感的淑终于败下阵来，退回宗教信仰和传统道德，以无爱的婚姻来惩罚自己，既毁灭了自己，也给了裘德难以承受的沉重打击。哈代以进化论学说解释裘德和淑的爱情悲剧。裘德和淑都痛切地感叹，他们悲剧的根源在于他们的思想行为超前了50年，因此与环境产生了生死冲突。哈代在后期明确提出“进化向善论”，相信人类和社会的改进，但指出向善的前提是正视现实的丑恶。在他的最后一部长篇小说里，我们感受到的是强烈的悲观态度，人在与命运的角逐中总是被暗算。作者采用一系列手法强化了小说的悲剧特征，每当裘德要往前跨出一步，不可见的命运之手就会将他拉回，失败成了不可避免的结局。裘德和淑在精神方面的热烈追求、强烈的自我意识，为小说带来了突出的心理特征。作者对裘德进行不断的心理描写和分析，但他不是以作者的身份从旁分析，而是更多地通过人物，让裘德和淑作自我的或彼此的剖析，显得更为真切细致。作者描写少年裘德向往基督寺而产生的幻觉，写他临死前半昏半醒中的呓语，虽然并不是意识流的记录，但可见出哈代在表现心理复杂性和深度方面的努力。

在《德伯家的苔丝》和《无名的裘德》这两部小说中，哈代描写的不是威塞克斯社会的悲剧和农民阶级的毁灭，而描写的是威塞克斯农民在他们原来生活的那个社会毁灭后寻求新的出路过程中的悲惨命运。苔丝和裘德代表着威塞克斯社会被资本主义占领后破产的农民阶级，他们赖以生存的生活资料丧失了，发生了向无产阶级的转化。他们热烈地追求，英勇地斗争，极力想摆脱受压迫和受剥削的地位，摆脱贫困的处境，但是他们经过一场人生搏斗以后被资产阶级的社会毁灭了。哈代努力从社会现实中寻找造成主人公悲剧的真正原因，从而揭示出资本主义社会里种种悲剧现象，描写美被丑玷污，真被假欺骗，善被恶毁灭，如苔丝；又描写合理的追求被不合理的社会制度压制，有才华的人被黑暗的社会扼杀，如裘德。哈代在揭示苔丝和裘德悲剧性命运时，特别广泛鲜明地提出了伦理道德、宗教、法律、婚姻、人与人的关系等重大社会问题，站在人道主义立场上，暴露资本主义社会的黑暗，利用主人公的惨死，追究社会不可推卸的罪责。

三、乔治·吉辛的小说创作

吉辛出生于约克郡的贫困家庭，在曼彻斯特欧文斯学院就读期间据说为帮助一个饥寒交迫的妓女而被警方拘押，获释后已被校方开除。被视为行为不端而名誉受损的吉辛在家乡难以立足，遂只身横跨大西洋到达美国。在美国的一年多时间里，除了干各种杂活维持生计外，吉辛尝试写了一些短篇故事投给芝加哥的几家报刊，以换取一些微薄的稿费，并从此走上创作生涯。1879 年，22 岁的吉辛由美返英，居住在伦敦贫民区。一贫如洗、疾病缠身的他无法找到工作，靠做临时家庭教师勉强糊口。也许是出于同情，他与一个同样贫病交加的妓女结了婚，婚后不久又难以忍受妻子的卖身生涯弃她而去。但开始以小说创作赚取微薄收入的吉辛还是尽力资助被其抛弃的妻子，直到她于 1888 年去世。1891 年吉辛第二次结婚，妻子是女佣。他们在一起生活了六年，生了两个儿子。但由于贫病交迫，他们的家庭生活并不幸福。1897 年，吉辛离家出走去了法国，与一个法国女人结婚而被英国法庭指控犯有重婚罪。虽然他因此而不能返英，但其非法婚姻生活却很如意，经济状况也有所改观，只是健康每况愈下，好景不长。1903 年，46 岁的作家在法国与世长辞。

一生都被贫穷和疾病所困扰的吉辛在道德问题上也屡遭非议，甚至官司缠身，但却并未影响他成为一位出色的作家。恰恰相反，他因贫困而十分熟悉贫民生活，也因贫穷而格外勤奋，在不到 20 年的时间里写出大量的作品。他在早期的小说中经常描写城市里的贫困现象，因而被称为专写贫民窟的小说家。在后来的创作中，他把注意力转向中产阶级，从各个角度审视和批判社会。他的众多小说构成了一幅宽广的社会画卷，描写了种种凄凉的生活，读者从中感受不到一丝的温暖，看不到一线的希望，更领略不到一点幽默的气氛。吉辛善于把私人生活同社会问题联系起来，擅长表现思想敏锐的年轻人如何受到社会的迫害和压制。他用这种方法描写了许多主题，如贫困、妇女没有社会地位、婚姻问题、文明的沦丧、文学的商业化等。除了小说，他还写有大量的传记、评论、随笔和游记，其中《狄更斯研究》被公认为优秀论著。

《新寒士街》被认为是吉辛最成功的小说，是吉辛追求所谓表现低贱生活的、绝对的现实主义的代表作。小说描写的是一个小说家无法适应文学的商业气息，在竞争激烈的文坛上无法生存，对于资产阶级婚姻的要求又不能满足的故事，从而批判了现代社会以商业利益作为标准是如何践踏和腐蚀文学和人的生活的。男主人公埃德温·里尔登发觉自己才思枯竭，无力创作出理想的作品。这时，他妻子劝他按出版商的口味写，怎样能出版、能赚钱就怎样写。她甚至直言不讳地说，艺术必须当作商品进行交易，因为这个时代本身就是一个商业时代。里尔登无法适应这种形势，不得不放弃当小说家的理想，转做一名职员，并迫不得已地搬进一幢破旧的公寓里，过着穷困的生活。但他妻子认为，做职员是一种低贱的工作。她不愿和做低贱工作的丈夫过贫穷生活，于是和他分居。里尔登所遭受的种种挫折、打击和贫穷的折磨，描写得十分细腻、感人。毫无疑问，这一形象带有一定的自传色彩，折射出作者在文坛上经历的种种艰辛。从创作角度看，《新寒士街》在人物塑造方面有了很大的创新，书中的人物不再像狄更斯等其他维多利亚时代作家笔下的那样非黑即白，而是多了道德层次，变得饱满了很多。例如，玛丽安的父亲阿尔弗雷德·尤尔虽然心地善良，具有同情心，但对自己家人却是十分苛刻，脾气暴躁，而且因为自己妻子社会地位低下而对她和她的家人傲慢无礼。艾米起初的贤惠，后来对绝望中的里尔登的蔑视，以及在里尔登死后拒绝他们的朋友毕芬的追求，反映出极具社会达尔文主义色彩的她对金钱和富足生活的追求及对感情的漠视。而在品德多面性方面，对米尔文的描写则最为出色。一方面，米尔文是一个利欲熏心的人，他把婚姻视作提升自己社会地位的阶梯，对玛丽安的追求和抛弃正是反映了这种心态，同时，里尔登死后，他在得知艾米得到的遗产数额后对艾米的追求则是他本性的大暴露。但米尔文又不能被称为唯利是图的薄义小人，他对朋友和家人在遇到困难时给予热心帮助，说明了他人格的多面性。小说除了在人物刻画方面的独到之处以外，还运用了其他文学手法，如比喻、象征和反讽。例如，米尔文看到列车驶过的描写象征了他的野心和对玛丽安的吸引力；那匹衰惫可怜的老马象征阿尔弗雷德·尤尔在文场上久经挫折和终于败下阵来。在反讽方面，那名穷困潦倒的外科医生的名字却是象征着胜利者的“victor”。同时，里尔登生前的未尽事宜，即他作品的出版，最后还是由米尔文来完成。

《以太世界》是吉辛1889年出版的描写英国下层人士惨淡生活的小说，其自然主义色彩非常浓厚。小说情节围绕着几个生活在19世纪伦敦贫民窟中的家庭展开，对他们的痛苦经历进行了生动的描写。书中内容体现了当时劳工阶层所面临的诸多问题，例如失业、缺乏有效的谋生手段和像样的生活环境。小说总体上表现的是一种压抑、悲观、阴郁的情绪。在情节安排上，《以太世界》充分反映了自然主义思潮对吉辛的影响。以老迈克尔和简为代表的书中人物，虽然身处社会底层，却都希望能够通过努力进入上层社会，过上富足的物质生活，但在命运面前，他们美好的愿望却屡屡受到挫折。起初，老迈克尔的动机是值得敬重的，他不惜自己忍受贫寒，准备为社会慈善事业做出自己的贡献。不仅如此，他还让自己的孙女为此献身。这实际上是对当时社会达尔文主义思潮的一种反制。迈克尔要用自己新近获得的财富去拯救那些和他以前一样的穷人。然而,他不仅形孤影只,无法完成自己那宏伟的事业,而且也无法得到周围人们,特别是自己孙女的理解。更可悲的是,他周围的许多人,也是他致力于救助的穷人,都在挖空心思打他财产的主意。这样,迈克尔的宏伟计划在开始就注定要失败,而且导致他失败的人正是他要拯救的人。这种情节上的安排有很强的悲剧成分。在人物刻画上,小说也体现出很强的宿命论色彩。这些人物在人性上都存在着这样那样的缺陷,如不求实际、犹豫不决、固执己见、贪婪成性等。而他们自身的这些缺陷也使他们在绝望之路上越行越远,最后终以悲剧收场。老迈克尔不顾简和西德尼的感受而一意孤行,不仅断送了自己孙女的幸福,而且让自己的财富落入了小人之手;简面对决定自己命运的关键时刻总是无法做出正确的抉择,最后不得不与贫穷相伴一生;克拉拉心比天高,总是无法接受自己作为穷人的现实,同时又不具备改变自己命运的能力和机遇,不仅自己碰壁,而且累及自己的家人和爱人;鲍勃出于同情,与自己不爱的人结婚,并为此放弃了成名的机会,到后来为了生计铤而走险,只落得家破人亡;而约瑟夫和佩克福母女的贪婪和恶毒则是另外一种宿命论的表现,他们机关算尽,但最终还是逃脱不了覆灭的厄运。

第三节 淡化个人意识的诗歌创作

19世纪下半叶的英国诗歌同19世纪初期浪漫主义诗歌在创作主题和艺术风格上具有明显的区别。如果说,浪漫主义诗歌大都注重揭示大自然与精神世界之间的关系,热衷于表达诗人的炽烈情感,那么19世纪下半叶的诗歌更多地陈述了资本主义发展时期的新的民族意识与道德观念。浪漫主义诗人往往借景抒怀,追求表现超尘拔俗的理想境界;而19世纪下半叶的诗歌则讲究客观的描述,偏重理性的因素。前者经常抒发诗人的主观感受,而后者在尊重抒情风格的同时往往淡化诗人的个人意识。这一时期的诗人怀着对诗歌艺术的崇高敬意和孜孜不倦的追求创作了不少最优秀的诗篇,为英国文学的历史增添了新的一页。

一、阿尔弗莱德·丁尼生的诗歌创作

阿尔弗莱德·丁尼生(Alfred Tennyson,1809—1892)是英国19世纪下半叶最优秀的诗人。他的诗歌题材广泛,内容丰富,艺术高雅,在维多利亚时代流传甚广,几乎到了家喻户晓的地步。丁尼生在他漫长的艺术生涯

中创作了大量的抒情诗、哲理诗和叙事诗，为英国诗歌的发展做出了重要的贡献。

丁尼生出生在一个牧师家庭。他从小生活在恬静、优雅的环境中，并在父亲的帮助下学习语言和文化。早在孩提时代，他就对诗歌和音乐产生了浓厚的兴趣，尤其对荷马和斯宾塞的诗歌更是爱不释手。少年丁尼生平日喜欢练习写诗，并立志长大后要当一名诗人。1827 年，他与哥哥查尔斯共同发表了他的处女作《哥俩集》。他进入剑桥大学读书后，与一位名叫哈勒姆的同学建立了深厚的友谊。不久哈勒姆同丁尼生的妹妹订婚，但于 1883 年因患急病在维也纳去世。这位同窗好友的突然去世使丁尼生的心灵受到沉重的打击，并对他的人生观和以后的诗歌创作产生了很大的影响。在剑桥就读期间，丁尼生已经显示出自己的艺术才华，曾因发表诗歌《蒂姆巴克图》而荣获学校的奖章。他于 1830 年离开剑桥之前发表了诗集《抒情诗篇》。尽管他早期的诗歌在艺术上显得不够成熟，但不少作品已在一定程度上体现了斯宾塞和济慈对他的影响。1832 年，丁尼生又发表了一部诗集，但他的作品遭到一部分保守的评论家的贬斥。在以后的十年中，他甘于寂寞，勤奋创作，孜孜不倦地追求完美的艺术风格。1842 年，他发表了两卷本《诗集》，并获得成功，终于在英国诗坛赢得了声誉。丁尼生步入中年之后对诗歌创作更是锲而不舍，其作品的艺术质量也不断提高。1850 年，他发表了沉痛哀悼剑桥挚友哈勒姆逝世的著名长篇挽诗《悼念》，由此名声大振，从而进一步确立了自己在英国诗坛的领导地位。同年，杰出的浪漫主义诗人华兹华斯去世，丁尼生被英国王室封为桂冠诗人，并获男爵称号。从此以后，这位维多利亚王朝的宫廷诗人成了社会名人，经常在公开场合发表自己的政见和主张。丁尼生晚年创作了许多优秀的长诗，表达了自己对社会、人生和宗教的态度，其中最重要的作品有《毛黛》《伊诺克·阿尔顿》和《国王叙事诗》等。1892 年，丁尼生因病去世，卒年 83 岁。

丁尼生的诗歌显示了他对英国贵族阶级的温和态度和妥协原则。他经常在诗中表达对爱情和美好生活的向往与追求，却很少揭示社会的矛盾和阴暗面。他十分注重诗歌艺术形式的完美，并强调作品的音乐效果。他的诗歌大都辞藻华丽，音韵和谐，节奏明快，具有极强的艺术感染力。

丁尼生的诗歌创作跨越了半个世纪的历程，前期作品大都以抒情短诗为主，而后期作品则以长篇叙事诗为主。这些作品不仅题材广泛，而且风格多样，其中有的表达了诗人对生活中酸甜苦辣的感受，有的反映了他对往事的回顾与追思，也有的陈述了人生的普遍哲理和作者对人类命运的深刻思辨。

《食莲人》是一首以荷马史诗《奥德赛》中的故事为题材的诗歌，也是丁尼生早期最杰出的作品之一。它取材于希腊神话。特洛亚战争结束后，尤利西斯等人在返乡途中漂泊到食荷花岛。他们经不住诱惑，食美味荷花中魔，忘记了家园。丁尼生借神话传说指出了舒适安逸的生活方式对人的诱惑力量。全诗分为十三节，前五节为情景描述，后八节是水手的自白。诗歌的前五节不但采用了“斯宾塞诗体”，而且描绘的手法也与斯宾塞在《仙后》中采用的手法大致相同。在诗中，诗人以华丽的词句，丰富的想象，舒缓的节奏勾勒出一幅令人乐而忘返的世外桃源的美景。

《公主》是丁尼生创作生涯中期的一首长篇叙事诗，是一首长达三千二百余行的无韵体叙事诗。它刻画了一个为提高妇女社会地位而奋力抗争的新型女性形象。公主认为妇女有和男子同样的智慧，应该有同等的社会地位和受教育的权利。她拒绝嫁给一个门当户对的邻国王子而只身逃出，创办了一所女子大学，对长期受歧视的妇女进行启蒙教育，使她们掌握知识，认识世界，摆脱奴性心理，做自己的主人。公主虽然认识到妇女受压迫、被欺侮的不平等的社会现象，但她没能够找出其真正原因，错误地把男女对立起来，不加区别地把所有男子作为妇女斗争的对象。她不允许她的学生与男人接触，即使是偶尔看到男人也要受到重罚。这种单纯依靠妇女力量所进行的解放斗争最终失败了。在王子的启发下，公主认识到只有男女联合起来斗争，妇女才能获得解放。最后，她和这位王子在互相了解、真正相爱的基础上结合了。这首诗作是诗人对当时社会上进行的关于妇女作用的辩论所做出的一种反应。作品的第七诗章写出了王子在历经沧桑之后所得到的观点。根据王子的想象，社会会逐渐改变，男人和女人在保持自己的独立立场的同时，对于对方的长处都会渐渐地相互了解和同情。王子认为，女人的事业也是男人的事业，男女一起沉浮消长，荣辱与共，一起享受自由或做奴隶。男人不能改变和左右女人，否则美丽的爱情会被毁灭。女人和男人不同，男女之间最紧密的连接不体现在二者的相同里，而存在于他们的不同当中。他们在常年生活中一起成长，男人会变得更有感情、更精神高尚，女人会变得更豁达、更持家有方。男女人格独立，而又相互尊重。这样，人间才会再见到一个更加宏伟的伊甸园，人类才能尽善尽美：

> 亲爱的，但让我们现在把这些浇铸在我们的生活中，让这个骄傲的“平等”口号永存；各把对方视作自己的一半，在真正的婚姻里不存在平等或不平等；一方弥补对方的缺陷，在思想、目的、意愿上，男女一起成长，成为唯一的纯洁与完美的动物，两颗心脏一起充满生力地跳动。

这里所表现的是一种高度现代化的观点。之所以称其为“高度”，是讲它已经超越了妇女运动的反对父权、伸张自我的阶段,而到达人的认识论的最高阶段,即两性平等而和谐相处的阶段。这个观点出现在19世纪中期,实在令人拍案称奇、嗟叹不已。

《悼念》是丁尼生的代表作,也是英国文学史上最优秀的哀歌之一。这首深沉凄婉的哀曲,倾诉了诗人对挚友的敬慕和怀念,记录了诗人在朋友逝世后心灵的痛苦、碎裂和愈合的漫长过程。这部组诗共由一百三十一首长短不一的抒情诗组成,是一个规模宏伟,谨严完整的艺术整体。第一首从内容和格调来看像是全诗的"序曲",反映诗人在经过痛苦的思想危机之后,信仰的重新确立和对知识的强烈追求。组诗中提到的三个圣诞节基本上标志着诗人思想发展的三个阶段。第一个圣诞节笼罩着感伤的色彩:朋友的病逝使诗人感到孤寂和忧伤。哈勒姆曾是他的良师益友,他的政治观点和生活观点的形成都受到了哈勒姆的重要影响,朋友的逝世使他失去了精神上的支柱。同时地质学、生物学、天文学领域里的新发现,动摇了传统的思想体系和宗教信仰,更加深了诗人对人的价值和人生意义的怀疑。组诗的前面部分以低沉灰暗的笔触,描写自然的凄凉暗淡和人生的变幻莫测。在严重的思想危机中,诗人陷入深沉的思索,第54、55、56三首诗反映诗人的痛苦思考的心境。直到第78首,即第二个圣诞节,诗人还在探讨发问。但第二个圣诞节已透出信仰的新声和希望的微光。稍后的抒情诗以较轻松明快的笔调描述诗人信仰的重新确立和精神的再次复活。在第104首诗中——第三个圣诞诞节,钟声像一个陌生人的声音唤醒了一切。诗人也从痛苦中振作起来,对未来,人生又充满了希望和信心。版《悼念》这首挽诗在沉痛的哀悼中交织着深刻的思想探索,诗人把对亡友的悼念延伸为对人类的博爱、对苦难的同情和对未来的憧憬,这就使这首挽诗有了深度和广度。此诗的发表给丁尼生带来极大的声誉,维多利亚女王也对它极为赞赏,称它为除《圣经》以外最能使她得到安慰的诗歌。丁尼生也因此接替华兹华斯成为桂冠诗人。

丁尼生自19世纪40年代开始,惨淡经营半个世纪,把亚瑟王传奇的主要故事从头至伟相继写出,陆续发表,于80年代末汇总起来发表,这便是著名的《国王歌集》。《国王歌集》作为一部史诗,在19世纪有着重要的地位。它由12首诗组成,主要以马罗礼的《亚瑟王之死》为底本;有两首诗援引了威尔士的古代传说。丁尼生在写作过程中对原故事情节做了许多变动,以圆桌的兴衰沉浮为线索,把传奇故事纳入他的颇富象征和寓言性质的计划中,依照维多利亚时代的思想需要,借题发挥,达到自己进行抒情和说教的目的。所以,《国王歌集》又是一种关于社会伦理原则的研究,是维多利亚时代精神和文化传统的忠实记录。《国王歌集》把亚瑟王描写成精神和理想的体现、人类灵魂的化身,而王后却是凡世欲望的象征,是对国王所代表的理想的威胁和否定。维维安所代表的是尘世物质主义的腐蚀力量;她和梅林的较量是诡诈的肉欲巧胜智力权威的斗争。亚瑟王的高尚精神并未能阻止王后另有所爱,梅林的智慧和魔力并未能使他幸免落于维维安的圈套。在这种情况下,亚瑟王的精神王国在思想和智力方面都已无法抵制现实的物质主义欲望的进攻。倘然人们把亚瑟王视为灵魂的象征,人们便不难想象,诸如兰斯洛特、高文及佩洛斯等圆桌骑士们则多是"欲望"的体现。灵魂虽然尽力约束欲望,恰如亚瑟王以誓言要求他的骑士那样,然而,欲火最终还是愈燃愈旺,灵魂和精神也只好退避,又恰如亚瑟王负伤只身隐居到阿发隆仙岛去一样。尽管如此,诗人对未来并未失去信心:王国虽已解体,圆桌骑士虽已死亡或离散,但是国王尚在,理想仍在远处熠熠发光:"赶上去,跟着它。/跟着那光。"这又是维多利亚时代人们充满自信一面的逼真写照。《国王歌集》反映出维多利亚时代生活的特点。这些特点包括:家庭美德、重视家庭、家庭成员间的爱、英雄崇拜(英雄作为历史变化长河里的固定点)、自我身份的认定(这表明诗人意识到当时已经开始愈演愈烈的非人格化所带来的个性丧失)、通过履行职责和做出贡献来实现自我、在道德上的严肃认真、取得肯定的成就等。

二、罗伯特·布朗宁的诗歌创作

罗伯特·布朗宁(Robert Browning,1812—1889)出身于伦敦郊区的一个中产阶级家庭。幸福的家庭环境使罗伯特从小接受良好的教育。少年时代,他曾在一所寄宿学校就读,后来一度成为伦敦大学的学生。然而,他更喜欢在他父亲宽敞的书房内博览群书。他在家庭教师的辅导下不但学习外语和音乐,而且也学习拳击和马术。此外,他还游览了意大利和俄罗斯等国。这种不寻常的教育为他后来的诗歌创作提供了丰富的素材。后来,布朗宁与比他大六岁的英国著名女诗人伊丽莎白·芭蕾特产生爱情并走入婚姻,这对他的诗歌创作产生了重要的影响。在意大利生活期间,他的诗艺更趋成熟,技巧更为老练。1861年,伊丽莎白不幸去世。布朗宁怀着极度悲痛的心情与儿子离开意大利,返回伦敦继续从事文学创作。1864年,他发表了以现代社会生活为题材的诗集《登场人物》,获得了好评,从而使他加入了英国诗坛明星的行列。布朗宁一生共创作了近三百首诗歌。在这些作品中最引人注目的是抒情短诗和戏剧性的独白诗。这些诗歌语言生动,节奏鲜明,通俗易懂,深受读者的喜爱。

布朗宁对英国诗歌的贡献之一在于在诗中运用了"戏剧独白"。他善于剖析和表达人物的内心,表达方式便是第一人称的独白。布朗宁的诗作突出的主题之一是"困境——奇迹":人在痛苦之余,救星会突然奇迹般出现,使正义得到伸张,邪恶受到惩处。这一点在他的作品里反复地表现出来,几乎成为他的典型表达模式。

叙事史诗《戒指与书》是布朗宁后期最重要的作品,也是他一生的代表作。全诗分十二章,长达二万零九百三十四行,用无韵诗体写成。第一章介绍故事的来源与梗概,最后一章是诗人的议论,与第一章相对应。中间的十章是关于案件审理的过程。作者没有按照事件的发展顺序来组织情节,而是让诗中人物通过独白,从不同的立场和角度来叙述自己对案件的看法。在所有人物的独白基础上,读者可以进行串连分析,了解案情的全过程,得出自己的看法。人物的身份教养不同,他们的思维方式和语言表达方法也有一定的差别。如第二、三、四章是三个罗马市民的叙述。他们的思维比较简单,看法显得肤浅和片面,使用的语言相当粗俗。而这三个人又分别代表了对此案持不同态度的三种罗马市民;第八、九章是辩护律师的发言。他们学问渊博,发言时满口拉丁文,引经据典,条理分明,显示出较高的文化教养。在人物进行独白时,布朗宁着重让他们暴露自己的行为动机。通过对心理动机的把握,表现人物性格,揭示案件的原因。如圭迪是长诗中的主要人物,在审讯开始时,他气势汹汹,不可一世,但当案情明朗时,他不得不用大段的独白解说自己的犯罪心理,这有力地表现了他那自私冷酷而又阴险毒辣的性格,同时也使案情的真相大白。

《戒指与书》揭示了多重主题,这其中包括诗人对真理的本质和人类认识可靠性的探讨。人对事物的看法常常因人而异,对同一事物存在着多种观察视角和相互矛盾的评论。这就决定了一个认识论事实,即真相不易被发现。布朗宁基于这种认识,在长诗里展现多种视角,以充分表明假象常常掩盖真相的道理。该诗在开头一段前言之后,接下来表达了多种人的看法:罗马的一半人对于谋杀案的观点,罗马另外一半人的观点,"第三者"的态度,基多对谋杀案的讲述,加蓬沙吉的说法,法庭的陈述,教皇的决定,基多的傲慢无礼和崩溃,以及对罪犯的处决。作家把事实——"公说公有理,婆说婆有理"的情况——不加编辑地呈现给读者,目的是让人们自己深入观察和思考,做出自己的判断。该诗说明了一个深刻的哲学道理,即人出于偏见和无知,不可能认识事物的全面,最多能了解部分事实和真理,这决定了认识的相对性。

《戒指与书》是一部典型的维多利亚时代的作品。它展示了那个时代所具有的一些价值观念,包括强调家庭观念和孝道、重视婚姻和相互忠贞不贰、宣扬母爱,等等。蓬皮丽娅是美德的化身。她是一个好女儿、好妻子和好母亲。她的心里蕴藏着无限真诚的爱。她富于感性和直觉,具有纯洁天真的精神，对于她所处的世界来说，她过于完美了。因此，现实中的她永远任由各种社会邪恶势力摆布。她的丈夫基多伯爵则完全是她的对立面。蓬皮丽娅完全是精神的代表，而基多则纯粹是物质世界的化身，他自私自利、老谋深算、蝇营狗苟，极其擅长利用社会的风俗和制度达到自己的目的。对他而言，爱是不存在的。婚姻只是他致富的捷径，夫妻相互忠诚在他看来一文不值。他是诗人辛辣的讽刺对象——理智——的化身。残忍、暴力、恶毒的基多伯爵成为邪恶的典型。诗中两个主要人物和社会不同态度所构成的鲜明对比让人反思。

《戒指与书》还揭示了 17 世纪西方社会中普遍存在的法律和道德方面的问题。例如，妇女的地位、家庭暴力、婚姻状况、财产继承、社会责任，以及文明社会中名誉的重要性，等等。人们可以借此了解当时的社会状况。尽管《戒指与书》的世界基本上还是一个讲求道德的世界，但读者掩卷之后会深感沉重，这不只是因为好人没得好下场，而主要是社会对受害者所持的那些根深蒂固的偏见让人心中不安。政府、教会(修道士和蓬皮丽娅求助过的大主教)、司法制度以及民众的观点——这些或者太腐败，或者太自私狭隘，或者对小人物的死活漠不关心。这反映出布朗宁对社会的批判。

《戒指与书》也体现出布朗宁的美学原则。在诗的第一部分和最后一部分，布朗宁强调了艺术家的作用。他认为艺术家一方面从上帝那里得到灵感和创造性，另一方面又对人类社会负有义务。长诗探讨了诗歌的作用和技巧，如诗歌是否反映事物的普遍性，读者在诗歌表达中起到什么作用，等等。在布朗宁看来，艺术家在上帝和人类之间起着桥梁的作用：

> 如果每个人的灵魂都是珍贵的
> 那么，像我一样的英国公众，可能(圣母玛利亚，阿门!)从这里得到一个教训
> 这种教训应让芸芸众生都吸取：
> 这个教训说我们人类的语言无足轻重
> 我们人类的证词是谬误，
> 人类的判断和我们的名声是空谈与废话。
> 为何采用艺术，为何做诸多证明?
> 因为，这是艺术的光荣与作用，
> 这艺术，继续有可能通过一种途径
> 向至少像我这样的人传递真理之声。

布朗宁的诗歌体现出在艺术上的创新精神。他在诗歌的语言上进行大胆实验，采用戏剧独白的形式，用心理剖析的方法呈现现实，通过对诗中人

物和戏剧性场景的设置探讨人的心理，他被视作新的心理描写诗歌的先驱。他用象征和神话手法将古典故事与诗歌结合起来，为现代诗人发现和使用古典故事树立了典范；他的现实主义和心理剖析促使现代诗人发现和使用象征和神话。布朗宁以创造性的艺术技巧和深刻的思想及丰富的题材开辟了诗歌的新天地，为后人留下了一宗宝贵的精神财富。

三、伊丽莎白·芭蕾特·布朗宁的诗歌创作

伊丽莎白·芭蕾特·布朗宁（Elizabeth Barrett Browning，1806—1861）同她丈夫一样也是英国19世纪下半叶一位杰出的诗人。她出身于富裕家庭，从小体弱多病，长期卧病在床。她所接受的教育对同时代的妇女来说是极不寻常的。她不仅有幸在其兄弟的家庭教师的辅导下学习拉丁语和希腊语，而且在家中博览群书，阅读了大量的文学、历史和哲学著作。她从小醉心于诗歌创作，13岁时便发表了她的第一部诗集。伊丽莎白·芭蕾特39岁时遇上罗伯特·布朗宁，两位诗人志同道合，情趣相投。但是，她的父亲坚决反对他俩的婚事。这位英国著名的女诗人为了爱情毅然离家出走，同罗伯特结婚后去了意大利，并在那里度过了自己的余生。

作为诗人，伊丽莎白·芭蕾特取得了很大成就。她的许多诗歌在当时就给人们留下了深刻的印象。几百年过去了，人们仍然诵读她的诗歌，并且仍旧感受到她的诗歌的魅力。首先要提到的是她的爱情抒情诗。《葡萄牙人的十四行诗》是伊丽莎白·芭蕾特最著名的诗歌作品，表现了她对布朗宁的真挚爱情。其中的一首《我多么爱你》最为著名：

> 我是如何眷恋着你？让我想想看：
> 我灵魂中充溢着爱你的情感——
> 深邃、宽广、高耸云天，好似我探求玄冥中上帝的恩德和厚爱。
> 我爱你，好像日光和烛焰——生活难以离开；
> 我爱你，就像男人们为正义斗争的精神，
> 那样饱满；我爱你，纯洁地好似赞美声中
> 低下的红脸；我爱你，深情满怀，
> 就像往日的悲哀；我爱你，这颗心纯真地
> 宛如童心一般；我爱你，好像
> 我早年献给圣者的爱慕满怀；
> 我爱你，它将与我终生的呼吸、
> 微笑、泪水为伴；假如上帝下旨，
> 我死后，会把加倍的爱献给你！

该诗集共包括44首十四行诗，主要记叙了她和布朗宁结婚前后的事情，记录了他们从相识到相爱的全过程。这些诗歌以一种非常抽象的方式反映了诗人复杂的情感发展过程。读者可以体会到，这些诗歌中所表现的情感中有痛苦，有怀疑，有激情，有恐惧，更有无限的喜悦和幸福。这恰恰是伊丽莎白·芭蕾特本人丰富情感的真实写照。

伊丽莎白·芭蕾特对社会和政治尤为关注。她的许多诗歌都表现出社会的、道德的和政治的色彩。可以说，伊丽莎白·芭蕾特是通过诗歌实现了个人与政治的平衡。和维多利亚时期的其他重要诗人不同，伊丽莎白明确而又直接地面对政治问题。在她早期的宗教性诗歌中就已经明确地表现出一位诗人的责任感，而在她的以家庭、国际问题和性别为主题的诗歌中，她作为诗人的责任感表现得更为充分。她关心英国社会情况，关注社会中存在的不平等现象，对英国社会对矿山童工的压迫给以严正的批判。《孩子们的哭声》就是其中代表性的作品。全诗共13个诗节。这首诗是在她的一个朋友霍恩(R.H.Home，1803—1884)写的关于英国工厂和矿山雇用童工的情况报告的启发下写成的。伊丽莎白·芭蕾特在诗中描写了当时孩子们所遭受的痛苦，批判了在工厂和矿山所存在的剥削和压迫。她指出了孩子们被剥夺了童年，只能以死来摆脱痛苦的真正原因，同时表达了她对上帝的不信仰，以及对国家的现在和未来的深切忧虑。

伊丽莎白·芭蕾特还在诗歌中对奴隶制进行批判。《移民点逃跑的奴隶》和《希腊奴隶》都表达了对奴隶的同情。伊丽莎白·芭蕾特在诗中反对任何形式的奴隶制。在她眼里，不论是在世界的哪个角落，不论是哪个国家，不论是哪个人，只要是赞同奴隶制，就应该遭到批判。她批判自己的父母，因为他们的家庭都有过奴隶。她甚至写了一首《大卫·里恩》，认为自己因为用过奴隶而应该受到谴责。在这首诗中她不仅提到了奴隶主和奴隶的关系，也提到了父亲和女儿的关系。伊丽莎白认为她的父亲对待孩子们就像对待奴隶一样。

四、阿尔杰农·查尔斯·史文朋的诗歌创作

阿尔杰农·查尔斯·史文朋(Algernon Charles Swinburne，1837—1909)是19世纪下半叶英国诗人中的佼佼者。他的诗歌以美妙的韵律、鲜明的形象和生动的描绘展示出强烈的艺术感染力。这位维多利亚时代出类拔萃的诗人出身于贵族家庭，父亲是一名海军上将，母亲是伯爵的女儿。史文朋从小受到良好的教育，先是上伊顿公学，后来进牛津大学。学生时代他勤奋好学，埋头书本，并经常独自一人在房间里用英语、拉丁语、希腊语、法语或意大利语作诗。由于他感到牛津的校规难以容忍，学院生活枯燥

乏味，因此他没有毕业就离开了学校。后来他服从了父亲的安排到一位博学多才的乡村教区牧师那里当私塾学生。从此，他步入了漫长而又艰难的创作历程。

史文朋的诗作，尤其是早期诗作，对19世纪后期的唯美主义运动发挥过推进作用。他的风格虽然有时稍显花哨，但他的诗歌在用词、韵律等方面很有功底，因此被誉为最具天赋的英国诗人之一。史文朋最初获得成功的是用古典题材写成的诗剧《阿塔兰塔》。在这部作品里，史文朋诗歌的主要优点非常充分地表露出来：音乐性，大胆的形象，描绘的鲜明华美。歌队的唱词在这部诗剧里是19世纪英国抒情诗中灿烂的范例之一。

史文朋在诗歌创作方面显示了自己独特的艺术风格。尽管他与罗塞蒂等"先拉斐尔派"文人交往密切，但他既没有参加这个团体，也没有按照该学派的艺术原则从事创作。他完全凭着个人的审美意识和创作灵感写下了一首首动人的诗歌。当他的第一本诗集《诗歌及民谣》发表时，史文朋即刻成了英国保守评论家们的攻击对象，因为他在这些诗歌中对维多利亚时代的道德观念、清规戒律和宗教教义一再表现出轻视甚至否定的态度。史文朋对保守势力的言论进行了有力的反击。他像雪莱一样，在诗中公开宣传无神论思想，并对一切专制统治和封建暴政进行抨击，尽管他并不像雪莱那样具有崇高的理想。在19世纪70年代，他写了一系列政治抒情诗，其中有些表达了他对意大利民族解放运动的同情与支持，例如，《意大利之歌》《黎明前的诗歌》和《咏两个国家的诗歌》等。然而，史文朋最优秀的诗篇则是那些以大自然、爱情或死亡为题材的作品，其中《普罗塞耳皮娜的花园》和《高勃湖》等都是杰出的范例。他似乎比同时代的其他诗人更注重诗歌的音乐效果，强调节奏和韵律对主题的渲染作用。在他的抒情诗中，头韵和谐，末韵对位，加之拟声词的穿插，常常给读者以美的享受。此外，史文朋似乎也比同时代的诗人更喜欢写挽诗。每当一个重要人物(如罗伯特·布朗宁)去世时，他就会作挽诗一首以示缅怀。

史文朋还是一位出色的文学评论家，曾写过不少有关莎士比亚、布莱克、狄更斯和雨果等人作品的评论文章。史文朋晚年在思想观念上逐渐变得保守起来，甚至发表过一些含有沙文主义内容和赞同英国侵略政策的诗歌。尽管如此，史文朋为英国诗歌的发展做出了重要的贡献，他不愧是这一时期最出色的诗人之一。

第四节 具有唯美主义倾向的散文创作

19世纪下半叶，英国文学领域出现了一个新的文学流派唯美主义。它是在19世纪中叶十分盛行的前拉斐尔学派、"为艺术而艺术"理论的鼻祖法国诗人戈蒂埃、法国象征主义学派主要代表人物瓦雷里等的共同影响下诞生的。在这一思想的影响下，19世纪下半叶的散文创作呈现出唯美主义倾向，以沃尔特·佩特(Walter Pater，1839—1894)、奥斯卡·王尔德(Oscar Wilde，1856—1900)和路易斯·卡洛尔(Lewis Carrol，1832—1898)为主要代表人物。

一、沃尔特·佩特的散文创作

佩特是唯美主义的主要权威。早在1873年，佩特就出版了散文集《文艺复兴史研究》。人们普遍认为这是佩特的代表作品。在这里，他第一次提出"为艺术而艺术"的理论以及艺术创作和欣赏是一种快乐的新观点。他宣称，文学艺术作品不存在什么"道德"或"不道德"的问题，最好的艺术是纯艺术，是不带任何政治色彩或思想内容的艺术。他认为，美完全是一种主观的东西，艺术批评应该完全建立在人的主观印象上，而不是这样或那样的客观标准。他指出，艺术的作用应该是给其创作者或欣赏者带来极大的快乐。他的唯美主义理论在其他一些作品中也有明确而详细的阐释，如《想象的人物肖像》《欣赏》等。佩特非常崇拜希腊、罗马文化，常常试图把它们与中世纪文学艺术中的基督教文化融为一体，从而进一步表现他的唯美主义思想。在维多利亚时代的后期，许多作家都在作品中致力于真理的追求，探讨人们所承担的社会职责。然而，佩特却认为，这种追求和探讨是毫无意义的。他指出，真理是相对的。他在作品中告诫读者，人生如过眼烟云，稍纵即逝，人们应该充分享受短暂人生的乐趣，这才是人生唯一真正的责任。他坚持认为，文学作品的艺术性可以充分满足人的这种乐趣。

由于受这种思想的影响，佩特在散文创作上竭力追求一种完美无缺的风格。他认为，散文同诗歌一样，是一种不易驾驭的文学形式。他期望自己的读者能够完全领会、欣赏自己经过字斟句酌创造出来的文学作品的内涵和实质。像他崇拜的法国作家福楼拜一样，他在创作中常常为了寻找一个恰当的词而煞费苦心，苦苦思索，力求完美无缺。为此，他在创作前常常仔细翻阅、研读词典，并引经据典。他认为但丁的作品之所以魅力无穷，就是因为他在创作时对一词一句的使用都非常慎重。

佩特的散文作品大都是关于文学艺术方面的评论，有关于柏拉图的对话集，达·芬奇绘画的评论集，也有莎士比亚戏剧的论文集以及对法国浪漫派作家的沉思录。他在《欣赏》中对华兹华斯、柯尔律治和兰姆等人的评论，以及在《审美诗歌》中对威廉·莫里斯诗歌的审美研究。不过，纵观佩特的散文作品，最卓越的作品还是他的《文艺复兴史研究》。这部散文集的文体极其优美，每篇文章都充满了古色古香的情韵。文集的"结束语"更是集中体现了他的创作思想。作为维多利亚时代晚期最杰出的评论家之一，佩特对英国的散文创作具有十分重要的影响。

二、奥斯卡·王尔德的散文创作

佩特是唯美主义文学流派的主要权威，但这一流派中最重要、影响最大的则是奥斯卡·王尔德。他是19世纪末英国唯美主义的代表作家。

王尔德生于爱尔兰的都柏林市，父亲是个著名的眼科医生，母亲是个小有名气的诗人。王尔德自幼就才思敏捷，聪明过人，理解力和记忆力都超群出众。他从小就阅读了大量的小说，在写作上表现出了非凡的才华。

1871年，王尔德进入都柏林的三一学院。三年后，他进入牛津大学马格林达学院攻读他十分喜爱的古希腊经典著作。这时英国文坛提倡审美批评，王尔德受到了不小的影响，尤其是佩特的《文艺复兴史研究》一书给了他极大的启发。"为艺术而艺术"这一口号就是他从佩特那里引用来的。在牛津大学读书期间，他曾听过罗斯金的讲课，并在美学思想上深受其影响。这种影响在他的第一部诗集中便表现出来。王尔德认为，资产阶级社会是一个不平等的社会，道德虚伪，市侩习气盛行，而解决社会问题的唯一途径便是加强审美修养。

1876年，王尔德到意大利和希腊旅游，接触了非基督教和享乐主义的文化。这次旅游对他后来的艺术理论和美学思想的形成影响甚深。在牛津大学期间，王尔德自封为"美学教授"，并拥有一批崇拜者。他们愤世嫉俗，但更多的是表现出一种颓废的倾向。他们头披长发，身着奇装异服，表现出明显的颓废之状和彷徨苦闷之感。从当时的文艺思潮来讲，现实主义浪潮已开始衰落，多种颓废的文艺思潮开始盛行，表现出世纪末的一种没落景象。

王尔德的唯美主义思想认为，不是艺术反映生活，而是生活反映艺术；现实是丑恶的，唯有"美"才具有永恒的价值；艺术不应带有任何功利主义的目的，也不应受道德标准的约束；艺术家的个性不应受到任何压抑。他那怪异的打扮、雄辩的口才、机智的谈吐赢得众人的交口称赞和惊羡。

为了进一步宣扬自己的唯美主义思想，王尔德于1882年访问美国，作了关于英国审美运动的讲座。次年，他又到法国作了同样的演讲。他的声望在国外与日俱增。他的“为艺术而艺术”的思想也越来越为人所知。

王尔德的主要散文作品体现在一些评论上，如《撒谎的衰落》《社会主义制度下的心灵》等，后来他将这些评论集书出版，并以《意图》为名。在这部文集中，王尔德阐述了佩特早先的理论。他指出，艺术和伦理毫无关系，艺术既非道德也非不道德；最好的艺术是纯艺术；评论的责任应该是告诉读者他对一部作品的自身感受和印象；艺术的作用是抽象的，不是具体的，它应该能给读者带来快乐和美的享受。他详细诠释了“为艺术而艺术”的理论，进一步强调不是艺术反映现实，而是现实反映艺术。他甚至认为，真正的艺术都应建立在撒谎的基础上，都应该以虚假或根本不存在的东西作为艺术的出发点。他在《撒谎的衰落》中更是一语道破了他的理论实质：“撒谎，说出美丽动听的假话——这就是艺术的真正目的。”在他看来，艺术是独立的，同生活和社会现实毫无关系。他提出的唯美主义原则就是艺术高于生活。这样，艺术形式对于他来说便成为极其重要的东西，是他创作过程中倾注全部心血的对象。

《道林·格雷的画像》是王尔德最出色的作品。少年道林·格雷天真无邪，英俊潇洒。画家哈尔华德为他画了一幅画，完美地画出了少年英俊的面容，但是它将记录下他不道德生活的一切印记，随着道林每做一件恶事，画上的容貌将变得丑陋一分。后来，道林遇到了一个道德败坏、寡廉鲜耻、只求享乐的亨利爵士。在他的影响下，道林也成了一名享乐主义者。哈尔华德对他良言忠告，他却杀了他。道林看上去依然像过去那样青春焕发，天真烂漫。但是，哈尔华德为他画的那幅画现在却变得面目狰狞，十分恐怖。道林用刀刺向画中的人物，然而他刺中的并非是画中人，而是他自己。瞬时之间，他变得狰狞可怕，而画中的人却恢复了他往日的英俊与天真。

小说描写上层社会腐朽、空虚的生活，记录了唯美主义者的见解和表现，以及他们在婚姻、女人、生活、审美等诸多方面的观点。小说的主人公就是一个十足的唯美主义者。它也反映出当时人们身心不一的心理现实和心理矛盾，和同时代的史蒂文森的《双面人》有异曲同工之美，很有历史和文学价值。

《道林·格雷的画像》是英国文学史上几乎唯一的唯美主义小说。它是王尔德美学思想的具体实践：作品的主题讲的是美，主人公为美而宁愿放弃灵魂，作者为强调美不惜挑战维多利亚时代人们普遍接受的世界观。《道林·格雷的画像》的语言优美，文辞绚丽，意象新颖，文笔流畅、俏皮、幽默，见地深刻。它也具有明显的缺点，比如缺乏情节，人物塑造也欠火候等。但它对后世影响不小，它的历史重要性不容忽略。

三、路易斯·卡洛尔的散文创作

卡洛尔是笔名，他的真名叫查尔斯·勒特威奇·道奇森。他的散文作品主要表现在《艾丽丝漫游奇境记》和《镜中缘》这两部童话上。同《格列佛游记》一样，这两部童话自问世以来一直深受各国人民，尤其是青少年读者的欢迎。主人公艾丽丝已成为家喻户晓的人物形象。

《艾丽丝漫游奇境记》是卡洛尔想象出来的一个奇异、怪诞的故事，充分展现了作者丰富的想象力。一个夏日的黄昏，昏昏欲睡的艾丽丝跟着白兔来到一个奇异的地方。她一会儿因为喝了一个瓶子里的东西而身子变小，一会儿因为吃了一块饼而身体暴长，头一直顶到了天花板。她拿起小兔丢下的扇子一扇，人又变小了。她赶忙逃出了小屋，来到花园里咬了一口蘑菇，身体变得更小了。随即她来到一所小房子前，看见一个公爵夫人坐在里面，手上还抱着一头小猪。艾丽丝来到红心皇后的花园，皇后请她一起玩槌球游戏，然后又请她到王宫中观看审判。她无意中咬下了一口剩下的饼，人又立刻变得高大起来。皇后尖叫着命令士兵抓住艾丽丝，并要砍下她的头。艾丽丝说："你们不过是一副纸牌罢了！"话音未落，一副纸牌向她飞来。她一惊而醒，揉了揉眼睛，发现原来是一场梦。

这个故事滑稽可笑，但其情节发展妙趣横生，深深地吸引着儿童。从这部童话来看，卡洛尔对儿童心理可谓了如指掌。他通过充满好奇心的主人公的奇异旅行，成功地抓住了儿童好奇心强的特点，创作了这部儿童爱不释手的作品。

同《艾丽丝漫游奇境记》相比，《镜中缘》的影响则稍逊一筹。在这部续集童话里，艾丽丝又做了一个梦。梦里艾丽丝进入了一个镜子世界。镜中人物全是棋子，整个世界就像一个棋盘。她在棋盘上走来走去，最后变成了皇后。

第五节　逐渐复兴的戏剧创作

继谢里丹和奥立佛·哥尔德斯密斯之后，英国戏剧渐入低潮。19世纪上半叶，除了雪莱的《沉西》之外并无伟大的剧作上演。戏剧衰退的原因是多方面的，也许是因为中产阶级对戏剧品位不佳，也许和当时小说盛行有一定关系。1843年之前两个较大的剧院只演出严肃戏剧也可能是原因之一。此外，因为需要迎合大众的娱乐需求，剧作家的天才更不易得到发挥。所以尽管有许多作家为剧院效力，如阿尔弗雷德·丁尼生和马修·阿诺德等，英国戏剧还是一直没有起色，直到19世纪60年代以后才出现了一些微小但仍值得一提的有益探索。

一、奥斯卡·王尔德的戏剧创作

王尔德对19世纪末英国戏剧的复兴起到了重要的推动作用，他的成名也主要依赖于他的几部戏剧创作。

《莎乐美》是王尔德用法语写的一个悲剧。犹太王妃的女儿、美丽的莎乐美爱上了预言者约卡南，她要求约卡南吻她，但遭到拒绝。为情欲折磨着的莎乐美利用国王对她的爱慕，让国王把约卡南杀了。莎乐美捧着盘中还在滴着鲜血的约卡南的首级疯狂吻着，激怒了国王，国王命令卫兵把她也杀了。王尔德的莎乐美是一个有主见和智慧的女性。面对以约翰为象征的宗教压力和以希律王为象征的政治压迫，莎乐美作为一个统治体系的"他者"，利用自己仅有的资源——美貌和智慧——摧毁了宗教和政治对女性的迫害：约翰被砍头，希律王因为处死受民众爱戴的先知而面临江山不稳的政局。《莎乐美》是王尔德戏剧创作中最具有先锋性、实验性和挑战性的一部作品。尽管他以风俗喜剧闻名，但这部悲剧可以说是他最为用心创作的一部作品，是他对"为艺术而艺术"理论的最纯粹的实践。这部作品是王尔德在巴黎期间写作而成。在那时的巴黎，象征主义正如火如荼地发展，与当时英国文学的纪实主义风格截然不同。推崇艺术高于一切的王尔德决心要尝试这种创作手法。《莎乐美》的意义在于，它象征着王尔德对英国戏剧创作习惯的挑战。整个剧本弥漫着梦一样的意境。从舞台的灯光、布景和颜色到剧中的舞蹈、音乐和语言，都力求营造一个超现实的东方世界，其象征意义显而易见。剧中的月亮几乎是评论家谈及《莎乐美》时所必提及的一个意象。对于剧中的不同人物而言，它象征着不同的意义。对于马夫，月亮像从坟墓中出来的女人；对于追求莎乐美的叙利亚少年而言，月亮像会跳舞的小公主；对于莎乐美而言，月亮是一个不会屈就的处女；对于希律王而言，月亮是一个急于寻找情人的疯女人；而对于希律王的妻子、莎乐美的母亲而言，月亮就是月亮。不同人物对月亮的不同诠释表明他们对莎乐美的不同看法也影响着他们各自的命运。

在《温德米尔夫人的扇子》《一个无足轻重的妇人》《理想的丈夫》以及《认真的重要性》等喜剧里，王尔德描写了以闲散消遣和风流调情等度日的他同时代的那个交际社会。他的喜剧在一定的程度上非常类似17世纪王政复辟时期英国的喜剧。如同那时的喜剧一样，无忧无虑的主人公们很巧妙地卖弄着他们的机智，说出形形色色的俏皮话。同时，和王政复辟时期喜剧中所描写的粗鄙的习俗有所不同，王尔德所绘画出的是充满着正正经经的气氛的一个文雅的社会。

在王尔德的喜剧中近乎完美的一部便是他的传世之作——《认真的重要性》。这出戏剧一上演，就在伦敦引起观众的兴奋和讶异。它不含任何闹剧内容，把反语、讽刺、语言的精深圆熟三者巧妙地熔为一炉。它的情节精妙非凡，身份混淆、误导，替身神出鬼没，浪漫链接真真假假，恰似一堆地道的、纯粹的、叫人赏心悦目的胡言乱语。诚如王尔德自己界定艺术时说的，"撒谎，即讲美妙的假话，乃是艺术的真正目的"。

《认真的重要性》讲述厄内斯特和阿尔杰农的故事。他们是好朋友。有一天阿尔杰农发现了好友的秘密：厄内斯特是个假名字；事实上，厄内斯特的真名叫杰克。在乡下，杰克是个中规中矩的好乡绅、邻居中的道德楷模。当杰克厌倦了乡下生活时，他便谎称自己的弟弟厄内斯特在伦敦需要他的照应，而抽身前往伦敦。到伦敦后，他就化身为厄内斯特到处游荡消遣。阿尔杰农在听完好友的表白后也说出了自己的秘密。每当他厌倦了伦敦的生活时，他便以好友彭伯里需要照顾为名去乡下玩耍。在伦敦，杰克爱上了阿尔杰农的表妹格温德林，而格温德林也深被杰克吸引，尤其是"厄内斯特"这个名字。她宣称非厄内斯特不嫁。正当杰克苦于设法向格温德林透露真相时，另一个问题出现了。格温德林的母亲布拉克奈尔夫人反对这桩婚姻，理由是厄内斯特是个孤儿，他没有，也不知道自己的家庭背景和父亲的姓氏。这对于讲求门第的上层社会是非常重要的。当杰克为这一切烦恼时，阿尔杰农扮作杰克的弟弟厄内斯特来到杰克乡下的宅邸。在这里他遇到了塞西莉(杰克是塞西莉的监护人)，并爱上了她。由于杰克经常提到厄内斯特，塞西莉早就对这个年轻人心生爱恋，暗下决心一定要嫁给厄内斯特。就在这一对年轻人谈情说爱之际，杰克从伦敦回来。他看到阿尔杰农非常生气，让他马上离开。此时，格温德林离家出走来到杰克家。两位女子都自称自己的爱人是厄内斯特。结果，两位男子分别向自己的爱人坦白了真相，并取得了她们的谅解。追踪而来的布拉克奈尔夫人却宣布她坚决反对他们的爱情。正当事情陷入绝境时，却突然峰回路转。这位夫人认出杰克家的女教师普里斯姆小姐是当年丢失自己妹妹男孩的保姆。根据普里斯姆小姐提供的线索，杰克就是当年那个男孩，名为厄内斯特。夫人终于接受了杰克。塞西莉丰厚的嫁妆也使这位夫人改变态度，接受她为阿尔杰农的伴侣。故事以皆大欢喜而告终。

王尔德通过《认真的重要性》主要向世人展示英国上层社会对婚姻的看法，同时也揭示出，在维多利亚时代道德规范的高压下，青年男女为追求自由和爱情不得不扮演双面人的角色。剧中王尔德塑造的人物都活灵活现、酣畅淋漓。其中，布拉克奈尔夫人的形象最为经典。她集中了上层社会所有的恶劣的特点。表面上看，她高高在上，遵从上层社会一切貌似高雅的规范。然而，她的内心充满势利和计谋。王尔德通过这个人物毫不留情地揭露了上流社会的丑恶真相。在他们所鼓吹的"认真"的表面下掩盖着无处不在的欺骗和虚伪。

《温德米尔夫人的扇子》讲的是在宴会开始之前，女主人温德米尔夫人发现自己的丈夫温德米尔勋爵在偷偷资助一个声名狼藉的女人——欧琳太太。她开始怀疑温德米尔勋爵有了外遇。宴会上，温德米尔夫人受到了花花公子达林顿的热烈追求。为了报复丈夫的行为，温德米尔夫人决定和达林顿私奔。事实上，欧琳太太是温德米尔夫人的亲生母亲。二十年前她抛弃了丈夫和女婴，随情人私奔，不久又被情人所弃。二十年后，她得悉女儿嫁入了富贵人家，便立意把握机会，回到上流社会。她用自己的秘密威胁温德米尔勋爵，勒索到一笔财富，渐渐回到了上流社会。当她得知自己的女儿要重蹈自己的覆辙时竭力劝阻，在关键时刻她更是挺身而出为女儿作掩护，从而终于保全了温德米尔夫人的名节。温德米尔夫人尽管到最后也不知道欧琳太太就是自己的母亲，但是她对欧琳太太的看法大为改变。而欧琳太太也嫁给了一个有钱人并且定居欧洲大陆。

《理想的丈夫》中，罗伯特·切尔顿不仅家庭幸福而且政治前途一片光明。然而，就在他即将又一次被提升的前夕，一位不速之客出席了他的家庭宴会。一位来自维也纳的彻弗莉夫人利用手中掌握的罗伯特年轻时所犯错误的把柄，试图逼迫他同流合污——她要挟罗伯特必须公开支持开发阿根廷运河的议案以从中谋取私利。尽管罗伯特清楚地知道，如果他向彻弗莉夫人屈服，国家的利益将蒙受损失，但若然为了维护正义反对投资议案的通过，他将身败名裂，并失去自己心爱的妻子甚至一切。绝望中的罗伯特只得向他的朋友阿瑟·戈林勋爵求助。戈林是伦敦社交界出名的花花公子。他举止优雅，巧言善辩，风流倜傥，玩世不恭。此时的戈林正在追求罗伯特的妹妹梅布尔。当戈林与彻弗莉夫人见面后才发现这位夫人竟然是他曾经的恋人。更为有趣的是，戈林掌握着这位夫人当年偷窃的证据。最后，这位貌似无所事事的花花公子赶走了敲诈者，挽救了罗伯特的政治生涯。同时，罗伯特也取得了妻子的原谅。

王尔德这些喜剧的出现对于戏剧有很大的意义。在他的剧作里，出色的俏皮对话，精彩的反议论，以及牵涉到生活及道德各方面的幽默式的格言，这些都是很有趣的。王尔德没有抱着劝善的目的，可是他的每一部喜剧都在某种程度上对于资产阶级贵族上流社会做了批判的描写。

二、亚瑟·温·皮奈罗的戏剧创作

亚瑟·温·皮奈罗(Arthur Wing Pinero,1855—1935)是这一时期少有的较有成就的剧作家。面对19世纪下半叶颓废的戏剧创作,当时有两个人在这方面进行了自觉而有成效的尝试,一是萧伯纳,一是皮奈罗。1893年,皮奈罗推出《第二任坦克瑞夫人》,为英国戏剧注入一种"高度的严肃性",在创作现代英国戏剧方面走出了富有意义的一步。

皮奈罗生于伦敦一个律师之家,在开始戏剧生涯以前学习过法律,本应继承父业。但他在19岁上加入一家剧团,在爱丁堡皇家剧院开始演戏,也曾到利物浦出演。后来他转到伦敦,加入学院剧场。1884年,他参加谢立丹的喜剧《情敌》的演出,获得观众的好评。皮奈罗在27岁时开始戏剧创作。他是一位成功的多产剧作家,一生共写出剧作59部。其中有一些是严肃的社会生活剧,包括一些反映人们对再婚妇女偏见的作品如《第二任坦克瑞夫人》等。他以喜剧著称于世,例如《臭名远扬的埃卜史密斯夫人》《快活的魁克斯勋爵》等。此外,他还写了《内阁大臣》《艾瑞丝》等。他和王尔德一样,善于写出适合女主角的台词。皮奈罗在世时极受世人欢迎,后来在伦敦过世,享年79岁。

皮奈罗的剧作计划和结构周密,上演性强,票房收入可观。他坚持剧作中的一切不论巨细都要合乎舞台演出的要求。一个事件顺理成章地引向另外一个事件,后来者总要在前面设有伏笔,所以一部剧作最后形成一个紧密联结的艺术整体。他的情节总是巧妙安排,条理清晰。他本人常常担任导演,以在演出现场堵塞一切可能存在的漏洞。皮奈罗的创作过程值得研究。他在进入写作过程以后,常常闭门谢客,不是为了独处,而是"会见"将会出现在他的剧作里的人物。他在想象的空间里和他们交谈,看他们行动,经常把一切局面都设想停当,反复推敲、修订,只在胸有成竹以后才肯动笔。这是他保证圆满舞台演出效果所采取的绝招之一。

皮奈罗不是思想家,他没有什么长篇大论的思想系统。他更关心单独的个人和事件。他酝酿剧作的开端不是一种思想或局面,而是一批他在想象中可以与之交谈和往来的熟悉的人。所以皮奈罗的人物和事件常常不是典型人物和事件,常常不能显示人的普遍的生活真谛。这是这位剧作家的局限所在。

三、W.S.吉尔伯特的戏剧创作

W.S.吉尔伯特(W.S.Gilbert,1836—1911),英国剧作家、歌词作者,是

19世纪下半叶最出色的剧作家之一，王尔德和萧伯纳的先驱者。吉尔伯特与曲作家阿瑟·苏利文(Arthur Sullivean，1842—1900)合作的轻歌剧在当时风靡一时。他为剧本所撰写的美妙的歌词迄今很多还为人们所津津乐道。

吉尔伯特出生于伦敦的南汉普顿街。他是家中独子，父亲威廉姆·吉尔伯特是一名退役的海军军医，后来成为小说和故事作家。吉尔伯特的童年是随父母在欧洲大陆度过的，因此能够熟练地运用法语。在伦敦接受中学教育时，吉尔伯特就开始为学校的演出而创作剧本。吉尔伯特的大学时光是在伦敦的国王学院度过的。1856年，吉尔伯特毕业，在枢密院担任了四年书记员。后来，他还从事军人和律师等职业。他在成为全职作家之前，分别做过书记员和律师。1869年，他将从前为《娱乐》杂志所写的文章合成《巴布民谣》发表并大获好评。从此他开始专心从事创作。《巴布民谣》不仅有他的幽默小诗，而且还有他的风趣的插图。吉尔伯特后来所展示出来的机智、俏皮甚至辛辣的文风在此已经有所体现。尽管该部作品已经被大多数读者遗忘，但是它仍被批评家认为是一部具有个人特色的幽默经典。

吉尔伯特在戏剧创作上的第一次成功来自《杜卡马拉》。这是一部模仿多尼采蒂的《爱情灵药》的喜剧。之后，吉尔伯特又创作了闹剧、喜剧和正剧。他还翻译了法国的闹剧。创作经验的积淀使得吉尔伯特的特色不断显现。他那机智、讽刺、戏仿、略微疯癫的写作风格，他的真知灼见和现实主义的戏剧创作理念使他的作品在当时的戏剧界脱颖而出。

他与苏利文合写的第一部作品是《泰斯庇斯》，自此开始了他们长达25年的合作。两人合称“吉尔伯特与苏利文”。吉尔伯特喜欢装傻，爱讽刺人，一改过去歌剧严肃的风格，剧中将很多现实中荒诞的一面演得合情合理。他们的作品多为滑稽轻歌剧。在14部合作作品中，最著名的是《比那佛号军舰》《班战斯的海盗》以及当时在音乐剧院中表演场次最多的历史剧之——《日本天皇》。其他作品还包括《陪审团的审判》《魔女》《耐心》《爱达公主》等10余部。吉尔伯特与苏利文在创作中突破传统歌剧的严肃艰深以及大量的曲目编制，改以轻松幽默的歌曲形式出现，因常在萨沃伊歌剧院演出，故被称为“萨沃伊歌剧”。

《比那佛号军舰》，又名《爱上水手的少女》，是吉尔伯特的代表作，直至今天仍在英美等国家上演。海军上校柯克兰的女儿约瑟芬与水手拉尔夫真心相爱，并拒绝了仰慕她的海军部长约瑟夫·波特。波特得知约瑟芬计划与拉尔夫私奔后，将拉尔夫关了起来。这时吉尔伯特式戏剧性的一幕发生了。小贩小金凤花道出了一个她隐瞒多年的秘密：拉尔夫与柯克兰上校的身份在孩童时被她弄混了，柯克兰其实是平民出身，而拉尔夫才是真正的贵族子弟。

作为吉尔伯特的代表作,《比那佛号军舰》无论是在情节设置、人物刻画还是主题发掘方面都是具有代表性的。《比那佛号军舰》的情节推进模式大致为:悬念—主要人物出场介绍—矛盾焦点—矛盾升级—高潮(生死攸关)—出人意料的结尾。后来的许多作品如《班战斯的海盗》《日本天皇》等也大致遵循这种模式。在《比那佛号军舰》一开始,小金凤花称自己一直隐瞒着一个惊人的秘密(此为悬念)。她来到比那佛号战舰上,于是故事的重心转移到船上的人:水手拉尔夫、她的心上人约瑟芬、上校柯克兰、海军部长波特(此为人物出场介绍)。拉尔夫与约瑟芬真心相爱,可惜二人社会地位相差悬殊,而且柯克兰已将女儿许配给波特(矛盾焦点)。迫于无奈,拉尔夫与约瑟芬决定私奔(矛盾升级),结果被告发,拉尔夫被抓(高潮)。最后小金凤花说出了秘密,大团圆收场(出人意料的结局)。吉尔伯特的故事中还时常伴有一些小高潮,令在场的观众无法有片刻走神。《比那佛号军舰》中人们津津乐道的两处小插曲分别是拉尔夫要殉情以及约瑟芬向他表明爱意的一幕,可谓时而扣人心弦,时而浪漫温馨,耐人寻味。

《比那佛号军舰》中人物的描写也很成功。无论是军官还是普通水手,吉尔伯特总能三言两语就将他们的性格展现无遗。其中典型的是海军部长波特,他自以为是,满嘴官腔。他抓住一切机会炫耀自己如何飞黄腾达,并时不时地向上校传授他的为官之道,即对水手们一定要客气,因为除了波特爵士以外,他们与所有人一样平等。

第八章　20 世纪上半叶的英国文学创作

20 世纪上半叶，英国文学的发展主线分裂为并行的两条，一条是继承传统、以现实主义的主旨的现实主义文学，另一条则是反叛传统、勇于创新的现代主义文学。它们交替发展，形成了多元化的创作局面。本章主要对这一时期的英国文学创作进行分析。

第一节　20 世纪上半叶的社会历史与文学发展

在经历了漫长的古英语时期、中世纪时期、文艺复兴时期、新古典主义时期和浪漫主义时期后，英国文学终于迎来了现实主义时期，尔后又经历了现代主义和后现代主义两个时期的发展。立于 20 世纪门槛的英国文学，面对的是在思想观念和物质生活上已经发生了巨变的英国文明，并且这个文明此刻正在为新世纪的到来制备着原料，酝酿着能量，以产生新的翻天覆地的巨变。本节主要对 20 世纪上半叶的社会历史与文学发展进行分析。

一、20 世纪上半叶的社会历史状况

1901 年，维多利亚女王逝世，爱德华七世当年继位，标志着一个朝代的结束，一个时代的开始。科学的发展和工业机械文明在西方的建立，给英国的社会和精神生活带来巨大变化。

19 世纪末英国完成了从资本主义自由竞争向垄断的过渡而率先进入帝国主义。在 20 纪的最初年代里它依然是世界上最强大的国家，经过一百多年的国内和平和工业革命以来的经济发展，通过不断的海外扩张侵略，大英帝国几乎囊括了世界四分之一的地区。到了爱德华时代，英国人期待着一个更为开明、更为进步的世界的到来。事实也正是如此，技术进步，教育普及，生活改善，阶级界限逐步消失，政治和社会改良逐步推进。1900 年，一位叫作基尔·哈迪的自学成才的矿工成为国会议员；1902 年教育法案通过；1903 年妇女社会和政治联合会成立；同年，在伦敦街头出现第一辆出租汽车；1905 年公共汽车协会成立；1908 年养老金体系建立；1911 年国家保险法案通过；等等。爱德华七世虽然长期没有参与多少政务，但在他的母后

维多利亚女王统治的后期，也已开始出使国外，在外交上取得了一些成就，其中对英国影响较大的是他促成的英、法、俄联盟，曾给他带来“和平缔造者”之美称。这个联盟提高了英国在欧洲的地位和影响，但是，它也使其他一些国家受到威胁，在客观上导致了第一次世界大战的爆发。但总的说来，这一时期英国国内比较稳定、平和，没有发生什么动乱或其他影响全国局势的大事件。

但是，资本主义的发展加速了无产阶级劳动人民的贫困化，加深了国内的阶级矛盾。对另一部分英国人而言，财富增长和社会进步似乎与他们始终无缘，贫富差别很大，两者间的鸿沟业已发展到令人难以容忍的程度。城市贫民窟的数量日益增加，城市平民在水深火热中挣扎；工人阶层的生存环境恶劣，死于矿山和铁路线上的工人成百上千；士兵在争夺海外殖民地和殖民地财富的不义之战中丧生……

在国外，欧洲正在经济萧条的深渊里苟延残喘，这对英国的经济宛如雪上加霜。帝国主义强国之间的关系愈发紧张，业已达到一触即发的程度。与此同时，由于英帝国多年来对殖民地进行无情的剥夺与劫掠，殖民地人们要求独立的呼声日益高涨，他们开始拿起武器付诸行动。帝国主义国家的经济、政治危机和列强之间争夺世界市场和势力范围的争斗导致了一场历时四年之久的世界大战。第一次世界大战爆发，各国无一例外地陷入空前的浩劫，英国更是首当其冲。结果，大英帝国在欧洲经济领域内丧失了它的掌控权，在世界范围内失去了它的超级大国地位，从此，英国一蹶不振、每况愈下。

到20世纪20年代，社会经济危机不断加深。与此同时，社会主义思想加速传播，工人运动蓬勃发展，1926年英国工人的大罢工当然是一次社会不满的总爆发，而导致这种不满的则是蓄积已久且日益加深的失业和贫困化问题。1929年11月华尔街股市的大崩溃更标志着一个长长的经济萧条时期的到来。工厂倒闭，百业萧条，1933年英国失业人数竟达到职工总人数的23%。在这种情况下，英国工人阶级的斗争持续不断，1926年爆发了全国总罢工，然后失业工人的反饥饿示威由北朝南向伦敦进军。

20世纪30年代用诗人奥登(W.H.Auden,1907—1973)的话说是“危机和沮丧”的年代。美国的经济大萧条正从大洋彼岸波及过来，社会和经济正发生动荡和脱节，英国政体已呈现出即将瓦解的状态来。也正是在这个时候，法西斯的魔影在德国迅速崛起。即便在英国这样一个民主传统极为深厚的国家，20年代即已蠢蠢欲动的法西斯主义更甚嚣尘上了。1932年，英国的失业人数达到280万，恰恰在这一年，奥斯沃尔德·莫斯利建立了“英国法西斯主义联盟”。1933年，在被战争赔偿大大削弱的德国，纳粹党选举获胜,希特勒成为首相,纳粹分子正式当政。1934年,奥地利法西斯分子接管了国家政权。1936年发生了西班牙内战。这场内战成为法西斯势力和各国进步力量搏斗的预演,很快演变成一场除了在名义上不是、在其他所有方面都可谓不折不扣的国际战争,它不仅为国际上相互对立的"现代"意识形态和政治势力提供了货真价实的战场,而且预示了1939年9月最终爆发的又一次世界大战。同第一次世界大战相比,第二次世界大战造成的历史断层是非常明显的,也更显然是一场心灵和物质双重意义上的浩劫。第二次世界大战是一次"文明人"打的野蛮战争,所谓"文明人"指的是很久以来就知道"爱人如己""要爱你们的仇敌,为那逼迫你们的人祷告"之类道理的人,他们在第二次世界大战中动员了巨大的人力和物质资源来相互残杀。这种动员的规模之大,远非以往的战争所能比。第二次世界大战中人类所达到的技术水平,更非以往的战争所能望其项背。这种高度的技术水平同人力、物质资源动员的巨大能力相结合,产生了以往人类绝对无法想象的毁灭能力。在第二次世界大战中战死的人比在以往所有战争中战死的人加在一起还要多,这还不包括那些因战争饿死、病死、冻死、累死的人。这些人中的绝大部分并非军人,而是平民。

在原子弹爆炸形成的蘑菇形烟云和放射性尘埃中,第二次世界大战结束了。英国上下同仇敌忾,挡住了德国的狂轰滥炸,经过六年多艰苦抗战,终于与世界进步力量一起赢得了反法西斯斗争的胜利,但是英国的国力也因此而受到了致命的打击和削弱。但随着战后纽伦堡国际法庭对纳粹战争罪行的审判,人们才慢慢了解到战争的恐怖程度。奥斯维辛、马伊达内克和布辛瓦尔德等纳粹集中营、灭绝人性的种族大屠杀都是有计划、有步骤的屠杀。这对知识人心灵的冲击,对自由主义传统的人性观的冲击,是巨大而持久的。与此同时,战争对后来国家政治、经济、社会乃至知识生活产生了长远影响的,是战后工党的崛起及其所推行的影响深远的社会福利政策和经济国有化措施。英国是在以保守党为主的联合政府领导下打赢了战争的,但冲锋陷阵的士兵却大多来自社会下层,是这些人为打败纳粹德国做出了最大的牺牲。在此情况下,统治者对社会下层做出前所未有的让步便是顺理成章之事。战后的工党新政府对高收入者课以重税,这使得英国向大锅饭国家大大靠近了一步。工会的势力在战后得到极大加强也因而是自然的,但这却使得工人在以后几十年内动辄罢工,大大伤了英国经济的元气。可是,战时设立的现在本应调整或撤销的官僚机构却基本没有受触动。这些都构成了战后英国经济相对衰落的重要原因,导致了20世纪六七十年代终于暴露出来的颇有名声的"英国病"。

二、20世纪上半叶的文学发展状况

在风云变幻的20世纪，英国这个号称日不落帝国的国家经历了盛极而衰、江河日下的演变，从一个人类历史上称霸全球、横行一世的“日不落的”殖民帝国，经过两次世界大战的劫难、多次经济衰退的困扰和殖民地民族解放运动的打击，最终衰落为一个即使在欧洲也只能屈居二等地位的国家，并且备受国内经济疲惫不振、民族纷争接连不断的骚扰。社会政治剧烈动荡深刻变化之时往往也是文学艺术蓬勃兴旺之日。因此，20世纪上半叶的英国文坛，在继19世纪浪漫主义和现实主义的辉煌时期之后又出现了一个多元发展的局面，现实主义与现代主义交替统治，繁花似锦，反映了20世纪上半叶英国和相关地区的社会状况和心理状态。

在小说创作方面，20世纪初期，最活跃的小说家之一赫伯特·乔治·威尔斯(Herbert George Wells，1866—1946)对人性及社会的热切关注和对人类进步的向往最能代表世纪初英国人的期望。在新旧时代交替之际，他写了两部关于乌托邦的非小说类作品——《对机械和科学发展之作用于人类生活和思想的预期》和《现代乌托邦》，表达了他对未来新世界的乐观主义态度以及对于技术进步必能改变世界的信心。约翰·高尔斯华绥(John Galsworthy，1867—1933)此时初登文坛，以一部《有产业的人》开始了系列长篇小说《福尔赛世家》的创作，用写实的手法详尽地记录了一个中产阶级家庭三代人的生活。阿诺德·贝内特(Arnold Bennett，1867—1931)继承法国现实主义创作传统，以英国中部城市生活为背景，创作了《五镇的安娜》《老妇谭》以及《克雷汉厄》。约瑟夫·康拉德(Joseph Conrad，1857—1924)是这个时期一位非常重要的小说家，他创作了多部中、长篇小说，计有《吉姆爷》《台风》《青春》《黑暗的心》《诺斯特罗莫》《特务》《在西方的眼睛下》以及《机遇》，主要描述人与自然或与社会之间的关系，尤其是在极端的危险与巨大生存压力下的人性与人格的变化。社会讽刺小说多运用十分直接的方式，对英国社会中存在的紧迫且令人烦恼的现实问题进行反映，并对英国社会的矛盾与弊端进行了无情暴露、批判与讽刺，进一步推动了英国现实主义小说的发展。左派小说家如克里斯多弗·衣修伍德(Christopher Isherwood，1904—?)、第二次世界大战前的乔治·奥威尔以及J.B.普里斯特利(John Boynton Priestley，1894—?)等人的作品有其历史意义，但它们与当时政治形势挂钩太紧，价值不大。奥威尔的战后小说《动物庄园》和《1984年》是明显的例外。与此同时，第一次世界大战动摇了传统的价值观念，流行于学术文化界的各种非理性哲学也为现代主义文学的进一步崛起提供了适宜的气候。在20世纪20年代前后的十多年里，堪称英国现代派文学经典的作品相继问世,现代主义文学终于到达了鼎盛时期。戴·赫·劳伦斯(David Herbert Lawrence,1885—1930)的小说通过对无意识领域和性题材的发掘揭示资本主义工业文明对人性的压抑和对自然的破坏,具有丰富的心理学探索含义和社会批判内容。詹姆斯·乔伊斯(James Joyce,1882—1941)和弗吉尼娅·伍尔夫(Virginia Woolf,1882—1941)的小说突破了传统的时间顺序和空间关系,淋漓尽致地揭示纷乱迷离的潜意识活动,表现现代人的精神危机,将意识流小说创作推向高潮。20 世纪 30 年代及其后的英国小说质量下降了,这一时期的作家似乎不太乐于采用严肃的国际问题为其写作题材,格雷厄姆·格林(Graham Greene,1904—1991)、乔治·奥威尔(George Orwell,1903—1950)、塞缪尔·贝克特(Samuel Beckett,1906—1989)、亨利·格林(Henry Green,1905—1973)、艾维·康普顿·伯内特(Ivy Compton-Burnett,1884.1969)、伊丽莎白·伯温(Elizabeth Bowen,1899—1973)、伊夫林·沃(Evelyn Waugh,1903—1966)、J.B.普利斯特利(J.B.Priestley,1894—1984)及克里斯托弗·伊舍伍德(Christopher Isherwood,1904—1986)等作家在写作中又返回到现代主义作家曾经蔑视、几乎放弃的注重情节与人物刻画的传统去。虽然他们也继承了上一代作家的某些写作技巧,即越过现代派而返回到维多利亚时代,甚至继承更久远年代传统。这个时期的小说家们似乎心照不宣般地一致认为,文学革新与实验已经告一段落,他们要走的康庄大道在于向这些冒险的尝试告别。在这个时期,人们不再谈论技巧、革新和形式,现代主义小说的崇拜者已经寥寥无几了。两次世界大战之后,各种小说流派及倾向同时并存、相互掺杂、变化流动;既有致力于表现现实生活中具有紧迫性和普遍意义主题的一面,也有狂热表现纯粹的自我体现和某种哲学观念的一面;既有对现实主义创作方法的保留和发展,也有在形式技巧上标新立异的极端表现。

在诗歌创作方面,20 世纪初期,托马斯·哈代(Thomas Hardy,1840—1928)转向诗歌创作,他先后创作了《威塞克斯诗集》《今昔诗篇》以及三卷无韵体诗剧《列王》。约翰·梅斯菲尔德(John Masefield,1878—1967)在世纪初发表了咏海诗《盐水谣》、长篇叙事诗《永恒的慈悲》,自传体诗《道伯》以及诗剧《南恩的悲剧》和《庞培的悲剧》等作品,诗歌带有一股清新的气息,讴歌了普通士兵、流浪汉、水手以及司炉工等底层人民,语言生动而富于戏剧性,一时间对诗坛震动不小。两次世界大战之间,诗坛上现代主义倾向主要见于 T.S.艾略特(Thomas Stearns Eliot,1888—1965)的后期印象主义诗歌以及此前的意象派诗歌。他创作的《荒原》堪称现代主义诗歌的里程碑,以荒凉凋敝的原野比喻现代文明,表现西方人的精神衰竭和心理危机。

之后，在经济危机的影响下，传统的创作方式在诗歌中再度兴起。威斯坦·休·奥登(Wystan Hugh Auden，1907—1973)、路易斯·麦克尼斯(Louis MacNeice，1907—1963)、塞西尔·戴·刘易斯(Cecil Day Lewis，1904—1972)、斯蒂芬·斯本德(Stephen Spender，1909—1995)等诗人在进行诗歌创作时，更加注意对社会现实问题进行反映与讽刺，以政治动荡、工业文明为题材表现现实生活。由于他们关注社会，观点激进左倾，公开宣称支持社会主义，且诗歌技巧均较为传统，好用格律，笔触轻灵，采用含蓄低调的表现方式，因而被称为“奥登派”。之后，第二次世界大战对以迪伦·托马斯(Dylan Thomas，1914—1953)为代表的更年轻的诗人们的心理造成了巨大的冲击，引发了他们对现有的社会与个人价值观念的怀疑以及心理上的焦虑，他们在诗中注入了强烈的感情以重塑大自然的风采，且语言华丽，被称为“新启示派”。

在散文创作方面，传统的英国随笔在20世纪逐渐衰落，但很多小说家、诗人、剧作家也撰写了各种各样的评论文章和随笔，其中不乏佳作。以萧伯纳、伍尔夫为代表的老一代作家撰写了大量的散文，凸显了他们对社会问题的关注，如萧伯纳的《在我看来》、伍尔夫的《女权辩护》等。罗伯特·林德(Robert Lynd，1879—1949)被认为是继承和振兴兰姆式英国传统随笔的散文家之一，他的《蓝狮》《想来令人不寒而栗》《生活中的怪事》中有一些立意奇特的散文就是广受好评的佳作。此外，伯特兰·罗素(Bertrand Russell，1872—1970)的散文也很值得称道，在20世纪上半叶，他撰写了大量的散文著作，对历史、教育、物理、宗教、未来社会等各种问题进行了探讨。曾出任英国首相的温斯顿·丘吉尔(Winston Churchill，1874—1965)也是一位值得称道的散文家，在这一时期，他撰写了大量的散文，对当时的社会现状进行了点评、剖析。

在戏剧创作方面，世纪之交的英国戏剧舞台顺应当时文学发展的主流，在现实主义创作方面取得了令人瞩目的成就。天才作家萧伯纳(George Bernard Shaw，1856—1950)打破了英国剧坛百年沉闷，把英国戏剧带入20世纪。直接反映社会生活并将问题传达给观众的戏剧，随着萧伯纳的现实主义剧作的巨大影响力而走上了一个新的台阶，并延续了近五十年，成为20世纪前四十年戏剧创作的主流。托马斯·威廉·罗伯逊(Thomas William Robertson，1829—1871)是比较早地将现实主义手法引进戏剧创作的一位剧作家。他首先在1865—1870年间写出了《上流社会》和《特权阶级》等一系列紧贴社会现实的剧本。另一位具有强烈社会批判精神的剧作家是高尔斯华绥。他的《银匣》《斗争》以及《法网》均是矛头直指英国社会弊端的社会问题剧，分别揭露了法律扬富抑贫的双重标准问题，再现了劳资矛盾及工人的罢工斗争，描写了情与法的冲突和法的字面意义与正义精神的矛盾。阿瑟·文·平内罗（Arthur Wing Pinero，1855—1934）在罗伯逊的直接影响下，也中断了一直从事的笑剧创作，写出了《乡绅》《甜蜜的熏衣草》《浪子》和《谭克雷的续弦夫人》等感伤与严肃题材相混杂的剧本。亨利·阿瑟·琼斯（Henry Arthur Jones，1851—1929）一生以写情节剧为主，但他也时而加入严肃社会剧创作的行列。他先后写出了《迈克和他沦落的天使》《苏珊叛逆事件》《说谎者》以及《丹内太太的辩白》等严肃剧本。《丹内太太的辩白》同平内罗的《谭克雷的续弦夫人》一样，引人注目地提出了在两性关系上社会对妇女实行双重标准的问题。同一时期崛起在英国文坛的还有爱尔兰的民族戏剧。这既是英国文学史上的一件具有划时代意义的事件，更是爱尔兰文学史上的一个奇迹。在19世纪末爱尔兰文艺复兴浪潮的推动下，格雷戈里夫人、爱德华·马丁和叶芝等人掀起了一场爱尔兰戏剧振兴运动，使舞台戏剧这种文艺形式从无到有，植根于爱尔兰文学沃土之上，取得了较大成就。

第二节 现实主义小说的延续与现代主义小说的崛起

在爱德华时代及稍后的年代中，英国文学的主流依然是现实主义，它是英国19世纪社会现实主义在新的历史条件下的延续。以威尔斯、高尔斯华绥和贝内特以及带有自然主义倾向的毛姆为代表的小说家们发扬了英国文学的优秀传统，继承现实主义的创作方法，暴露社会黑暗，抨击丑恶现实，宣扬人道主义，使英国文坛在继维多利亚现实主义的辉煌时期之后又掀起了一个现实主义文学的繁荣时代。虽然现实主义文学一度兴盛，但是自19世纪后期就悄悄抬头的现代主义文学在20世纪英国社会经济和思想信仰危机的推动下崛起了。两次世界大战期间，现代主义小说的发展最为迅速，成就也最大。以乔伊斯、伍尔夫、劳伦斯为代表的小说家们在小说的题材、形式、技巧等方面进行探索与改革，推动了现代主义小说的发展，使其成为足以与现实主义并存、抗衡的小说流派。

一、赫伯特·乔治·威尔斯的小说创作

威尔斯生于布朗利，家庭贫困，母亲一直给有钱人家做仆人。童年时，威尔斯被母亲送入莫利商学院读书。14岁时，因父亲破产，威尔斯不得不自谋生路。1884年，威尔斯靠着奖学金得以入南肯辛顿的理科师范学校学习，同时开始为一些杂志写文章。毕业后，他当过老师，并投身于文学创作。

1895年，威尔斯出版了自己第一部科幻小说《时间机器》。之后，他的作品陆续问世，到1946年去世为止，他一共创作了五十多部小说。

威尔斯的作品可以分成三大类。一类是科学传奇小说，主要有《时间机器》《莫洛博士岛》《隐形人》《星际战争》《当睡者醒来》及《最先登上月球的人们》。这类小说是建立在天文学、进化论、生物学、物理学、化学等科学的基础上的，小说中的许多想象与预测都已被证实是正确的，比如太空飞行、外来引进物种对原有物种的毁灭性打击、原子的分裂、四维空间等。一类是社会讽刺小说，包括《爱情与路易哈姆先生》《吉普斯》《波利先生传》及《托诺·邦盖》等。这类小说大多以人们的日常生活为题材，描写小职员、店员或学徒的喜怒哀乐，并提出一系列具有倾向性的社会问题，寓讽刺于滑稽笑闹中，通过可悲又可笑的小人物的命运来反衬社会的炎凉，批判维多利亚末世及其社会道德与伦理，具有浓郁的现实气息，小说中塑造了很多"小人物"形象，用喜剧手法描写他们受命运摆弄，时而吉星高照，时而霉运当头，在生活的旋涡中沉浮不定的生活，像他一样营养不良、饱尝辛酸的年轻人不甘心失败、在生活洪流中奋力拼搏的景象会常常出现在他的作品中。另一类是阐述思想的小说，包括《现代乌托邦》《彗星显现的日子》《生命科学》及《未来世界的图景》等，这类小说不重情节，人物、故事、场景都为作者的长篇大论服务，科学幻想也成为作者阐述自己对社会结构、阶级关系、国际政治、历史发展等方面的观点的一个有效手段。由于威尔斯的现实主义创作倾向主要体现在其社会讽刺小说中，因此这里主要介绍其社会讽刺小说中的代表性作品《波利先生传》和《托诺·邦盖》。

《波利先生传》的主人公波利是一个可笑又可爱的喜剧人物，他出身寒微，又想吃饱饭又想读书，但都不容易实现。他先在布店做工，后来自己也开了布店，有时顺利有时不怎么顺利，自叹命途不济。债台高筑时，他试图焚火自尽来结束这种不断挣扎的人生。但在火烧起来后却突然想到或祸及邻居，便奋力去抢救隔壁那个哑巴老太太，结果成了救人英雄。自己房子、财产的损失也得到保险公司的补偿。可是，波利依然不能安定，最后还是决定离家出走以逃避令人讨厌的现实，最终在一个小店与女店主相依为命。小说通过滑稽甚至是闹剧的方式展现了一个小人物坎坷的命运，通过波利先生命运忽上忽下、难以预料的人生变故说明了生活在旋涡中小人物随社会变化浪潮起伏不定、无法驾驭自己命运的悲哀，表现了身遭不幸小人物内心对命运的不甘心和不断挣扎，以及伴随着的善良与温情，刻画了社会现实、世态炎凉，也表达了作者对小人物的同情。

自传式小说《托诺·邦盖》是威尔斯社会讽刺小说的代表作，小说以回忆角度，从主人公"我"的幼年开始，逐渐展开故事情节。"我"即乔治，被母亲送到叔父爱德华，一边在学校学习，一边在叔父的药剂店里干活。后来乔治上了大学，叔父破产去了伦敦。不久，爱德华发明了一种叫“托诺·邦盖”的健身药，成立了庞大的公司，召乔治和他一起干。乔治知道这药是骗局，所以对叔父的“事业”开始很抵触，但他需要钱，只好参与其中。在飞黄腾达的生意场上，爱德华不断搞系列产品，拥有了丰厚的物质和精神“实力”，成为成功的“名流”。他购买贵族名宅，又建造现代化宫殿，挥霍无度，终至破产。而且，在这个过程中由于不择手段地做各种投机事宜，伪造证据，最后被揭露，又走上逃亡之路。在叔父忙忙碌碌的人生沉浮之间，乔治一直在试验制造一种飞行器。最后叔父走投无路时，叔侄二人乘着这架飞行器出逃，但在半路坠落，爱德华丧命异乡。这部小说以第一人称叙述了叔侄二人的人生过程，主人公乔治经历阴影笼罩的贵族山庄，死气沉沉的小镇，到冒险家乐园的伦敦，幻影般的成功，泡沫似的失败，串起了一个个动荡、混乱的社会场景，最后在迷惘的沉思中结束。通过叔侄二人的人生经历，作者批判了当时的资产阶级用金钱、广告、公关和媒体等对大众进行引诱、蒙骗的欺诈行为，以及社会大众本身的盲从心理。作者在小说中试图描绘维多利亚时代晚期和爱德华时代英国的全景式社会画面，“托诺·邦盖”是时代的象征，一个炒作起来的假象，到最后灰飞烟灭。这正是威尔斯对自己的时代，那个正在兴盛着的现代社会是持怀疑态度的体现。他揭露了严重的社会弊端和各个阶层的缺陷，衰老的贵族系统与往昔的价值观念已经陈腐，无所作为的贵族宅邸暗无光日。一切都在崩溃中；而靠巧取豪夺崛起的新贵没有任何道德约束，则像吹气泡一样不可靠。

小说的艺术成就也很高，亲切流畅的叙述，轻松愉快的情节，机智俏皮的对话，以及诙谐的揶揄和辛辣的鞭挞，都颇具狄更斯的味道。但小说结构过于松散、组织不够严谨、叙述语言过于随意、人物性格缺少变化，因而整体的艺术性还比较差。

总之，威尔斯描摹城市小人物既可笑又可悲的性格的小说，显示出对萨克雷、狄更斯为代表的幽默讽刺的现实主义文学传统的继承。

二、约翰·高尔斯华绥的小说创作

高尔斯华绥自幼家庭富裕，曾入牛津攻读法律，毕业后不久即转而从事文学创作。1897～1901年间，高尔斯华绥用“约翰·辛约翰”的笔名发表了多部小说，但并不太成功。于是，他努力学习和研究优秀作家的创作技巧，经过几年的学习和磨炼，1906年发表了《有产业的人》，获得极大成功，得到公众和文学界的一致赞誉。后经不懈努力写成了三组三部曲——《福尔赛世家》《现代喜剧》《一章的结束》。1933年，高尔斯华绥逝世。

高尔斯华绥是20世纪初期最能体现英国本土现实主义文学传统跨世纪的一位作家。他的三部曲由长篇小说组成，用史诗般的规模，传统的人性道德关怀与社会批判方向，描绘了英国资产阶级家族兴衰历史和他们的精神发展史。他以创作实绩呈现了现实主义文学在新世纪的发展。第一部三部曲《福尔赛世家》包括《有产业的人》《进退维谷》《出让》以及两部插曲：《一个福尔赛的幸福晚年》和《觉醒》，讲述了英国中等阶级上层福尔赛世家3代家族的兴衰史，描绘了一幅在两个世纪交替时期英国上层中产阶级即资产阶级社会的群像图，透视出英国社会从1886年到1920年30年间广泛而深刻的变迁。其中，《有产业的人》结构比例匀称，首尾衔接的，每一章都推进情节，而又各有中心，结尾都写得干净利落而有余音，是高尔斯华绥最优秀的作品。

《有产业的人》的主人公之一是作为"财产意识"的化身的索米斯。他是福赛特家族的第四代人、房地产经纪人，身上典型地体现了福赛特精神，即"紧抓住财产不放，不管是老婆，还是房子，还是金钱，还是名誉"。在他的生命中，最高冲动就是占有财富。他娶了美若"希腊女神"的伊琳为妻，但索米斯只是把伊琳当作自己的一件贵重财富来炫耀与秘藏。伊琳喜欢艺术和自由，为逃离继母的摧残不得已嫁给了索米斯。在建造乡间别墅的过程中，伊琳与老乔连孙女的未婚夫、建筑师波辛尼相爱了。波辛尼生性不羁，没有钱，但是有才，刚同琼订了婚，却深深地爱上了伊琳。两人的私情被发现后，索米斯劝说无效、寻机报复，控告波辛尼违反合同，使得波辛尼面临破产的边缘，最终命丧于车轮之下。伊琳离家出走不成，最后不得不回到了她痛恨而蔑视的家。作家通过波辛尼的死以及他与伊琳的爱情悲剧，揭露了福赛特人精神上的卑劣与堕落，控诉了私有制度的冷酷与不人道，感叹艺术与美在现代社会中的悲剧性命运。高尔斯华绥擅长塑造典型人物，这部小说成功地塑造了索米斯这个典型的人物形象，他内心充满着无尽的贪欲，内心的情感被这种金钱的占有欲逐渐腐蚀。通过这一人物形象，作者剖析了资产阶级的自私和利欲，揭露了私有财产欲对人的感情的腐蚀，具有深刻的时代意义。

《现代喜剧》是《福尔赛世家》的续篇，同样包括三部小说，即《白猿》《银匙》《天鹅之歌》，描述从1922年到1926年间围绕索米斯及其女儿芙蕾所发生的事件。其中，《白猿》主要描述年轻一代的生活和感情纠葛，反映了弥漫社会的迷惘与空虚，以及对维多利亚时代道德观念的摒弃。爱情破灭后的芙蕾与一个颓废诗人迈克尔结婚，到处是战争将至的动乱情绪，芙蕾受到另一个诗人的追求，也曾经动摇。但后来与丈夫有了孩子后，又继续过下去。索米斯送给女儿一张画，画上的白猿眼神忧郁惆怅，象征迷惘的一代的精神状况。在小说中，索米斯发生转变，当他经营的海外投资事业出现危机时，他秉公办事，仗义执言，俨然一个不顾自己利益、心怀良知的人。原来令人厌恶的、赤裸裸的财产意识，在20年代的社会动荡岁月里，渐渐变成了英国社会道德观念上的中流砥柱。《银匙》写芙蕾和迈克尔已经从“迷惘”阶段进入上层社会。迈克尔当选议员进入国会，成为一个政治人物，芙蕾协助丈夫在各种场合应酬客人。其中的曲曲折折反映了当时英国政治生活的贫乏、诡诈与徒劳，而芙蕾的一系列活动，表明她身上继承了自己家族的那种“福尔赛精神”，并已卓有成效。《天鹅之歌》写在工人运动的背景上，上层社会的震惊与恐慌。1926年工人总罢工期间，芙蕾为工人开设了一家餐厅，一天她遇见来英国工作的约翰，在短暂地重温一番旧梦后，约翰永远地离开了，这使芙蕾陷入痛苦。一天不幸家中起火，芙蕾站在危险之处求死，结果索米斯为了救女儿受伤死去。《现代喜剧》这一组三部曲最成功之处就是索米斯的形象经历了内在变化，他从利欲熏心、感情冷漠的投机者变成了一个仁慈父亲和忠厚长者，当他看到阔别多年依然楚楚动人的前妻时，心中不再是冰冷的占有欲，而是满怀感情，他默默忍受着这种感情的煎熬，深怀痛苦离去。这种情感内涵和方式与战后失去信仰、不知所措的“迷惘的一代”相比，显得意志坚强和有教养，具有一种深沉的情怀，使得这个维多利亚时代的遗老很有风度。最后，通过救火献身一场，达到了性格上的升华，他终于成了一个“十全十美的绅士”。就这样，这部洋洋十卷、历时四十多年的家族史诗以对英国资产者的批判开始，最后却像天鹅临终前的哀鸣一样，变成一曲挽歌。通过索米斯这一人物形象的转变，作者表达了对一个消失的时代的惋惜与怅惘，并对那种过去曾经有过的创业精神充满肯定与赞扬。

《一章的结束》包括《姑娘在等待》《开花的荒漠》《在河上》，主要写一个没落的贵族家庭，如何在一个急剧变化的时代里挽救旧的家庭秩序的种种努力。在这三部作品中，契厄莱尔家聪明美丽的女儿荻妮在旧的秩序已经分崩离析的背景上，不断牺牲着自我的东西，维持着家族的传统，通过一系列的挣扎、成功与失败，表现出旧的社会与家族秩序在时代的激流里企图保存自己的顽强精神。从以索姆斯为代表的福尔赛家族的坚毅，以荻妮为代表的契厄莱尔家族的忠诚，曾一度是维护这个旧秩序的精神力量，但在动荡不安的历史潮流里，英国历史的这一章毕竟到了尾声。作为社会现实的忠实反映者，作家传达出了旧时代已经日暮途穷的信息。不过在艺术水准上，《一章的结束》显然比前两个三部曲差很多。

总之，高尔斯华绥擅长用幽默嘲讽的语言、客观冷静的叙述讲述生动的故事情节，再现生活的真实，展现社会生活面貌，是一位继承了传统现实主义创作的作家。

三、阿诺德·贝内特的小说创作

贝内特生于英格兰北部山区的陶镇，自幼喜爱文学，中学毕业后在父亲的律师所工作，后就读于伦敦大学，学习法律。之后不再从事法律方面的工作，转而到《妇女》杂志社做新闻编辑。1900年，贝内特离开英国到巴黎定居，专心从事文学创作，至1931年去世时一生共创作了30多部小说。

贝内特一生创作了30多部小说和其他一些各种题材的作品。其中《五镇的安娜》《老妇的故事》及《莱斯曼台阶》气氛饱满，观察细节翔实，无论从社会现实和心理角度都体现出作家的高度的敏感性，结构和行文精深圆熟，堪称英国小说创作中现实主义传统的佳作。

《五镇的安娜》是贝内特第一部描写五镇的小说，写的是五镇的大户特尔赖特的长女安娜的悲剧故事。特尔赖特是有名的吝啬鬼，他只要有饭吃，家里无人浪费，心里就安定了，从来没有关心过自己的女儿。但孩子对他却很爱戴和敬重。安娜在一所学校任教，她从母亲得来的遗产(投资、出租、银行储蓄等)都由父亲掌管，她只负责签发支票。在父亲的逼迫下，她到经营不善面临破产的小厂主普莱斯家追收租金。普莱斯的儿子威利很谦恭地接待她，她心里顿时产生一种负疚感。后来普莱斯自杀，安娜感到非常内疚。威利要移民澳大利亚，临行前和安娜告别。安娜在注视威利的眼睛的瞬间，突然意识到，威利爱她，她也爱威利。但是她已经和学校里的同事亨利订婚并准备结婚。她只能给威利一笔款项，鼓励他去澳大利亚，而威利感到绝望而自尽。安娜继续过着没有感情的生活。在这个唯利是图的故事中，表现的是金钱对人性的戕害。安娜这个善良的女性，在父亲和丈夫的生意场上，除了扮演逆来顺受的角色，是不可能有自己的选择和生活天地的。小说中安娜的性格塑造比较成功。这个少女天真、善良、谦卑、诚实，富有同情心，具有一定的勇气。她的弱点在于一生听命于人，对别人的摆布逆来顺受，不做反抗或争斗，只是随波逐流、仰人鼻息。安娜的问题在于她的性格。她的性格似乎很难改变，其关键在于，她不想、也不愿改变。这有点自然主义的印记。

《老妇的故事》是贝内特的最佳作品，小说以朴实无华的笔触，描写了伯斯利镇上布店老板巴恩斯的两个曾经充满青春憧憬、但性格迥异的女儿"从年轻的少女变成肥胖的老妇人"的悲剧。小说所讲的故事时间跨度近70年(自1840年到1905年)，故事的背景是英国北部陶器六镇之一的伯斯拉姆镇和法国的巴黎。全书分作4部分，共27章。小说按时间顺序，从贝恩斯先生卧床不起，贝恩斯夫人成为姐妹俩生活的唯一主导人物写起，记述姐妹俩的经历。两姐妹性格迥然不同。老大康斯坦丝·贝恩斯性格温和、憨厚善良，从无非分之想；妹妹索菲娅·贝恩斯则和姐姐相反，她性情活泼，任性，天生地具有叛逆性。因此，康斯坦丝长大后和父亲布店里雇佣的总管结婚，过了30年，丈夫死去，儿子对她也冷漠，外出求学谋生，康斯坦丝虽然觉得寂寞，但天生的逆来顺受，对生活也没什么抱怨，整个是平淡无趣的一生。索菲娅年轻时和一个大公司的销售员私奔到巴黎，后来被推销员抛弃，靠自己的坚强和独立精神在巴黎生存下来，成为一家规模很大的住宿会馆的女主人，拥有很多房产，最后风风光光地回到五镇。两姐妹在各自的生活道路上走过来，最后又会合到一起，两个老妇人共同感叹时光如流水。二人后来先后在相隔不长的时间内过世。在这部小说中，作家将两位姑娘放到具体的五镇中产阶级狭隘自私、平庸保守的环境中进行了刻画，逼真地再现了她们无可奈何地丧失了曾经拥有过的青春活力，逐渐变成平庸自满的老妪的过程，对摧残生命与青春的一潭死水般的社会结构进行了批判。作者通过沧海桑田、人物皆非的表象，表达了从青年到老年的自然现象，在这个进程中，人对自己以及他人都无法了解，对命运也无从把握，人生只是一个从生到死、从青春华美到衰老死亡的生物学悲剧。从这一意义上来说，作品的性质倾向消极，反映出自然主义的悲观思想。但是，如果把书倒过来读，就会发现这又是一个讲述人生的浪漫故事。两姐妹老态龙钟，坐在一处，回忆往昔，重又看到几十年前她们的年轻、傲岸、热烈的爱、深刻的恨、忙碌、打拼，她们享受了生活，经过了洗礼，已今非昔比。虽说人生苦海无边，但这苦海却又为人生提供了机会和意义，让人看到了生活的价值和真谛。

《莱斯曼台阶》是一个既有趣而又悲惨的故事。书商亨利经营着从叔叔莱斯曼那里继承来的一个书店，里面布满灰尘，灯光暗淡，他本人就住在店里一个藏书的屋子里。一天糖果店店主维奥莱特派帮工埃尔西（也是亨利的清洁工）来买食谱，在一来二去的讲价过程中，亨利发现维奥莱特是个节俭的女人，于是二人开始亲近，后来准备结婚。婚后二人到伦敦度一天“蜜月”，可是由于早餐花去10先令，亨利决心提前回家，以免花掉更多的先令。他们提前回到书店，发现原来漆黑一片的店铺宛如失火一般的通明，亨利大惊失色。原来维奥莱特走前安排清洁工们来店里扫除，要让丈夫看到一个干干净净的书店，给他一个惊喜。亨利见状，不仅没有惊喜之感，反而心痛工钱。维奥莱特很快发现，亨利是一个守财奴，他每天几乎不吃什么东西。维奥莱特和亨利吵过，但后来决定按照他的习惯生活，以求平和。后来，亨利病倒，但他拒绝治疗。维奥莱特也病倒，死于营养不良。亨利不久也死于癌症。他的财产最后由他做牧师的弟弟继承。小说情节让人捧腹，结尾却异常悲哀。在小说中，作者着重刻画了一个守财奴的形象，亨利生活极其简单，对金钱爱不释手，他有使命感，他的最高境界是建立一座金山。看看他在保险柜里存起的一捆捆新钞票、那一大堆黄金，最后也算死得其所了。在小说中，贝内特不断地谈到宇宙的奥秘，即宇宙内在的、人所不能了解的、把人推向疯狂甚至毁灭的力量。两条人命成为堆积金山的激情的牺牲品，而当金山最后形成时，它却对人毫无益处地落入一个类似苦行僧的人的掌握中，这好像是老天可能实在是无所事事，从与凡人故意开的生死玩笑里找乐子，表现出贝内特的自然主义思想倾向。但是，贝内特的画面不全是灰蒙蒙一片黯淡，人们也可以看到与黑暗相对的亮点，表示生活尚有希望。在小说中，善良的埃尔西则就是生和希望的象征。她憧憬未来，但讲求实际，脚踏实地，待人真诚，为人忠厚，工作努力，热爱并享受生活。她代表人的乐观和期望。

总之，贝内特擅长表现普通人的普通生活。他的描写属写实类。他把英国社会贫困阶层的生活，包括它的污秽、恶臭以及这一阶层所特有的单调和丑陋，都原原本本地再现出来，给人一种很逼真的感觉，描绘了一幅幅悲惨社会阶层的全景图。

四、詹姆斯·乔伊斯的小说创作

乔伊斯出生在爱尔兰都柏林，在浓厚的天主教和爱尔兰民族主义的气氛中长大，这对乔伊斯产生了很深的影响。从小乔伊斯就被家人送进耶稣会学校接受古典文化和宗教的严格教育，但这在乔伊斯身上起了相反的作用，不但未能使他成为狂热的信徒，反而造成了他对宗教的反感，遂产生了离弃家庭、教会和国家而进行反叛的决心。乔伊斯一生对英国文化传统并无好感，因而大学毕业后就侨居国外，以教课和撰稿为生，经济拮据，幸有热心人资助才能从事创作。他勤于写作，继1907年发表诗集《室内音乐》后，1914年发表短篇小说集《都柏林人》，1916年发表自传性质的小说《青年艺术家的画像》，1918年出版剧本《逃亡者》。后来又出版巨著《尤利西斯》和《芬尼根的复活》。他做事认真，力求在文学写作上达到完美，所以他的作品都耗费数年才能出炉。他的《青年艺术家的画像》耗时达10年，在最终完稿之前又经过3次彻底修改。《尤利西斯》耗费10年的思考和孕育、8年的实际创作。《芬尼根的复活》经历16年的创作过程。1941年，乔伊斯因病去世。

《尤利西斯》是迄今为止世界文学中最有代表性的意识流小说。小说的三个主人公都是都柏林的普通人，故事以布卢姆一天18小时的漂泊为主线。广告推销商布卢姆，这位现代的俄底修斯，几乎完全失去了古代的英雄色彩和勇敢气概，妻子对自己的不忠，他佯装不知；对于流氓无赖的武力袭击，他一味躲避；对于别人的奚落和辱骂，他忍气吞声。他还喜欢吃动物下水，偷窥女人内衣、大腿，等等，总之，他有那个时代的平常人所具有的缺点和劣习。但是，他又不满种族歧视和恃强凌弱，他曾对有意寻衅的市民反击过，他心中还充满了爱，为刚去世的友人狄格纳穆的遗属慷慨解囊，搀扶一个素不相识的盲青年过马路，午夜又救起酒醉后被殴打、跌倒街头的青年艺术家斯蒂芬等。斯蒂芬在母亲死后，渴望在精神上找到一位父亲。而布卢姆十一年前失掉幼子，心灵创伤难以愈合。之后两人在妓院相遇，终于找到了各自所需要的东西：一个找到了父亲，一个找到了儿子。最后，布卢姆带着斯蒂芬回家，同妻子莫莉相会。《尤利西斯》试图以小说的形式尽可能再现某一特定时间和地点的全部生活图景。背景设在都柏林及其街巷、家庭、店铺、报馆、酒吧、医院、妓院和学校。时间仅为1904年的一天。它是对古希腊荷马史诗《奥德赛》的嘲讽性模拟，或者说是它的现代都市版本。事件、人物和都柏林的一天的场景都与《奥德赛》中的描述一一对应。但是，《尤利西斯》显然不仅仅是在人物、情节和结构上和荷马史诗相对应，乔伊斯的天才与独创在于他将古代神话向现代平庸作了合乎自然的转换：二十年的冒险经历变成了一昼夜的漫游，广阔惊险的大自然背景换成了都柏林琐碎的社会生活，英雄悲壮的历史成为庸人猥琐的现实，助父除虐的勇士忒勒玛科斯变成了精神空虚的斯蒂芬，英雄俄底修斯变成了逆来顺受的广告商布卢姆，坚贞不渝的王后珀涅罗珀变成了荡妇莫莉……世界就是这样走向沉沦与堕落。现代生活里只有庸人没有英雄，只有平庸生活没有英雄业绩，这便是古代英雄史诗向现代反讽的转换。

该书的风格与技巧千姿百态，其中最重要的一种就是意识流。乔伊斯试图用这种方法不仅再现都柏林的景物、声响和气味，而且要再现单调乏味的现代世界中人物的回忆、感觉和欲望。小说中几乎穷尽了意识流的技巧，为意识流传统树立了“一座难以企及的独一无二的丰碑”。它的成功主要归功于它展现心灵的独特方式，譬如内心独白、内心分析等手法的广泛运用。其次，小说的成功还在于作者消除了生活与艺术的距离，将艺术还原于生活，或将生活不加润饰直接横移入文学，表面上写的是日常生活，背后却隐藏着象征意义。作者笔下一天无聊而混乱的生活，象征着人类发展的历史。小说开篇是晴空万里。这天是布卢姆的生日；后来阴云密布，象征人类的毁灭。布卢姆是资产阶级平庸没落的化身，斯蒂芬体现了知识分子的苦闷和绝望。莫莉则象征西方社会的道德沦丧和性泛滥，等等。

作家运用这一叙述技巧的最著名的部分是小说的最后一章。在这里，整整一章的篇幅由一段冗长、无间断的独白组成，它最显著的语言特征就是大部分里面没有标点符号。整章中除了两个句号外，没有任何其他标点。这一章集意识流手法之大成，描绘了文学史上一个著名的镜头：一个女人躺在床上漫无目的地思考，头脑里显现出一些淫秽的想法，也夹杂着她的困惑。这一章实际是莫莉的内心独白，她躺在床上，介于梦境和醒觉之间，她的意识漫无目的地流过脑海，作者把她的思想全部公诸于世，任人观览。这与对布卢姆意识的描写不同，布卢姆比莫莉思想活跃，当他走在都柏林大街上时，各种思想宛如游鱼一般掠过他的脑海，做的事、见的人、闻的味等，都能引起他的联想。但这些感想总能和一直待在他的脑海深处的某些想法相关联，时时伺机浮到表面来，诸如儿子夭折留下的空虚、父亲的自杀、因妻子不忠而产生的自卑感、犹太人的局外感等。

总之，乔伊斯的现代主义小说多运用意识流的手法，注重对人物的精神世界进行揭示、对人物的意识领域进行挖掘，被认为是英国现代主义小说发展的一座高峰。

五、弗吉尼娅·伍尔夫的小说创作

伍尔夫出身书香门第，自幼体弱多病，在家里自学。1904年，父亲去世，她移居伦敦文化区布鲁姆斯伯里。1912年，她与伦纳德·伍尔夫成婚。婚后，伍尔夫经常为报刊撰写争取女权的文章，同时开始她的创作生涯，写作处女作《出航》。1917年，伍尔夫与丈夫一起创办了霍加斯出版社，先后出版了艾略特、福斯特、曼斯菲尔德等人的作品，积极传播现代文学，扩大了现代主义的影响。同年出版的《墙上的斑点》是她真正意义上的意识流小说。1921～1927年为伍尔夫创作的成熟阶段，发表了《雅各布的房间》《达洛卫夫人》《到灯塔去》等著名作品，表现出浓郁的实验风格，在时空处理上，善于捕捉“重要瞬间”和“生存关键时刻”，让主人公在这些时刻突然领悟生命的全部意义。1928年发表了一部具有幽默色彩的小说《奥兰多传》，体现了自己“雌雄同体”的女权意识思想，这也是伍尔夫创作生涯中最轻松的一部作品。此后，伍尔夫又重新投入意识流小说的创作研究中去，先后创作了《浪》《弗拉希》等小说。伍尔夫一生的多部作品都是在与精神忧郁症做顽强斗争中完成的。1941年，她预感到自己的精神病又要再次发作，因害怕自己再也不能从这次发作中恢复正常而选择了投河自尽。

生活于女权运动蓬勃发展时期的伍尔夫，在创作时不再使用男性笔名并模仿主流文学以求得到社会的认可，而是开始用自己的语言说话，深入地描绘人心灵深处的精神世界。她在创作中借助意识流手法表现女性内心世界的变化，最终形成自己独特的创作思想和艺术技巧。《达洛卫夫人》和《到灯塔去》是她运用意识流手法创作登峰造极的两部作品。

《达洛卫夫人》也是20世纪英国现代主义文学的上乘之作。小说写了国会议员理查·达洛卫的妻子克拉丽莎·达洛卫生活中的12个小时，从早上 9 点到次日凌晨，主要展示了三个人的意识活动：达洛卫夫人、彼得、塞普蒂默斯。小说一开始，6 月的清晨，达洛卫夫人到街上花店买花，为晚上在家中举办的盛大宴会做准备。迎面而来的清新空气使她一下子回到故乡布尔顿的户外，她曾在那里度过最美好的时光。在她的意识流动中，出现了她的两个好友，一个是恋人彼得，清高、有才气，但常常与她吵架；一个是女友萨利，自在不羁，她们曾准备一起去改造那可恶的世界。最终，为了安全和稳定，她选择嫁给了理性、严肃的达洛卫，过着贵妇人的生活，但在心里却总有一种向往自由的冲动，这份冲动和她对两个少年朋友的回忆掺杂在一起，引起许多的惆怅与感动。正是这种丰富的内心世界，使她热爱"生活、伦敦、六月的这个瞬间"，使她在平凡的日常生活中，感受到生命的诗意和光彩。回到家里，恰遇彼得来访，两人在达洛卫的客厅见面，彼得答应参加晚上的宴会。与此同时，是塞普蒂默斯独立的意识流。他是一个从战场上回来的老兵，由于在战争中受了刺激，精神错乱，幻觉与现实相混淆。在大街上，某个汽车轮胎爆裂了，惊吓了神志恍惚的塞普蒂默斯，于是出现了他的意识活动。战前他喜欢莎士比亚，参战的动机很单纯，到法国作战是为了保卫莎士比亚的故乡。如今战争结束，他和年轻的妻子却陷在恐惧中不知所措，他不能理解所有发生的一切，承载不动现实降临在头上的重负，最后终于跳楼自杀。这个消息传到达洛卫家宴上，使达洛卫夫人一下子坠入死的体验和无尽的虚无深处。她避开客人，在自己的休息室里浮想联翩，感觉那个年轻生命在一团漆黑中的窒息，由此想到自己的生命正在无聊的闲谈中磨损、湮没。

小说的结构初看起来似乎很松散，人物各不相关，街道景物也变换不同。这部小说实际上写了两个故事，一个是关于克莱丽莎·达洛卫，一个是关于塞普提姆斯·史密斯。伍尔夫运用了许多方法，有的属于技巧上的，有的属主题上的，把两个平行不悖的故事和其他不相联的因素串联了起来。其中，用的最多的是意识流技巧。伍尔夫运用意识流的技巧，跨越了特定的时空限制，在一天之内的 15 个小时展示了达洛卫夫人与赛普蒂斯莫的一生，并将此二者的生活经历、感受处于一种对比之中，以此来揭示第一次世界大战后人们的普遍心态。达洛卫夫人是小说的主人公，也是意识的主体。她的思想跨度很大，并不时地被打断，人们沉浸在伍尔夫所描写的达洛卫夫人抒情诗般的内心思绪中，通过回忆与期待的方式感受着她奇幻、难以捉摸的思想活动。在这一过程中，人们还可以清楚地了解当天的时间以及她所走过的伦敦街道。之后，伍尔夫利用一声猛烈的爆炸巧妙地完成了由达洛卫夫人到塞普蒂默斯的视角转化。她的意识表现了她的焦虑、不安与恐惧，反映了战争给她的心灵带来了严重的伤害。

《到灯塔去》是伍尔夫夫人意识流小说中完美的作品，它构思精巧，结构严谨。语言优美抒情，灯塔作为一种爱与和谐的象征贯穿始终，辐射着诸多人物的意识流动、心理思绪以及行为选择。小说分三部分，第一部“窗”占全书的一半，写拉姆齐夫妇和八个子女以及几位宾客的日常生活。在这一部分，作家采用了内心独白的手法，使每个自我得到深度表达，并不断变换视角，又使人们的意识流动交叉渗透。第二部“岁月流逝”。时间跨越十年，但篇幅很短，将历史与事件放在括号中一笔带过，突出的是天地变化、四季更换、生死更迭，以及由此带来的具象景观和充满哲理的抒情感怀。第三部“灯塔”，两条线索先是交叉后分开平行进展：莉丽在对拉姆齐夫人的回忆中，眺望着大海中那场“到灯塔去”的航程，不断思考人生、自我、意义等，在内心独白中获得新的感悟，终于完成了在第一部中就已经开始的绘画；拉姆齐先生与最小的一对儿女为了纪念夫人而到灯塔去，在航程中父与子的不协调和最后的谅解与和谐，最后终于到达灯塔。

小说有着浓厚的象征意味，灯塔包含着大家的各种愿望，到灯塔去存在于每个人的希望中，但是，每个人都必须独自穿越生命的短暂、岁月的无情，在生死艰辛中面对存在的终极性，面对生命意义这个大命题。拉姆齐先生、拉姆齐夫人、詹姆斯、莉丽，他们都在自己的意识流动中和这个大命题相遇，并在心理世界艰难沉浮。小说结尾莉丽完成绘画、拉姆齐一家到达灯塔，正是作者对爱、对和谐、对统一和秩序的那种内在渴望的完成。

这部小说还表现出伍尔夫的文笔特点，如反映多层面意识，展现人生共同的基本特点以及对“外部时间”和“内部时间”的奇特的处理方式等。总之，伍尔夫发展了一种与乔伊斯十分相似而又不尽相同的意识流技巧，描摹了英国上层中产阶级的精神世界，推动了意识流小说的创作，对其他现代主义思潮也产生了持久的影响。

六、戴维·赫伯特·劳伦斯的小说创作

劳伦斯生于诺丁汉郡伊斯特伍德镇，他的父亲是个煤矿工人，为人朴实直爽，但脾气粗暴，经常酗酒。母亲则感情细腻、举止文雅，有着良好的文化修养，由于非常厌恶丈夫的酗酒和粗暴而与其不和，将自己的全部热情都化成了母爱倾注在了儿子身上。1906年，劳伦斯进入了诺丁汉大学，在大学期间开始创作。1911年，劳伦斯发表了第一部描写家乡青年生活经历的长篇小说《白孔雀》。1912年，劳伦斯的第二部长篇小说《私闯者》问世。1913年，劳伦斯的长篇小说《儿子与情人》问世，使他声誉大震。之后，他的长篇小说《虹》和《恋爱中的女人》相继问世。1930年，劳伦斯因肺病在法国南部逝世。

劳伦斯的兴趣在于探讨现代工业文明对人性本能的戕害和现代人心理世界的种种问题,特别是两性关系中被扭曲和遮蔽的诸多现代问题等,以及面对这种状况的拯救道路。在创作方法上,他注重人的内心描写。属于"内倾性"的作家,但在小说框架、人物描写上基本还是倾向于现实手法。劳伦斯除了在小说上有巨大成就以外,他同时还是诗人、散文家、画家、剧作家和翻译家。他一生著作颇丰,写有 10 部长篇小说、7 部中篇小说、60 多篇短篇小说,其中最著名的还是《儿子与情人》和《虹》。

《儿子与情人》本身就是一个"俄狄浦斯情结"故事,也是他早期生活的真实写照。小说写煤矿工人莫雷尔终日在黑暗、潮湿的坑道里工作,每时每刻都冒着生命的危险。回到家之后他与妻子不睦,忧愁和疲劳只有酒才能暂时排解,怒气和怨恨只有酗酒后打骂妻儿才能发泄。妻子葛楚则在极其恶劣的环境中维持着贫困的家庭生活,绝望之余便把全部的爱和希望倾注在两个儿子身上。长子威廉为了改变自己的地位拼命挣钱,结果劳累致死,小儿子保罗成了母亲唯一的感情寄托,她企图以对儿子的爱来填补夫妻感情的真空。于是,母子两人的关系发展到了情深意笃、如漆似胶的程度。畸形的母爱造成了保罗心理和感情不健康的发展,影响了他的正常恋爱,以至于后来他与米丽安的精神恋爱和与克拉拉的肉体接触,都没有给他带来长久的安宁与欢乐。直到母亲去世以后他才真正挣脱了母爱的桎梏,开始了新的追求。小说对母子关系的描写让人大开眼界,也暗示了人类心理的复杂性。保罗其实一直都在挣扎着脱离母亲对他感情的操控,他在自己生活的各个阶段都在估量母亲的人格威力,但是他的估量是不自觉的,无论他和哪个女人认识、接触,最终都会回到母亲这边来,米丽安与克拉拉其实就是他母亲的替身。保罗的母亲是小说中最有魅力的人物,她光艳照人,品位高,有雄心壮志,对生活持肯定态度,能够坚持不懈,她把两个儿子培养成为不同于周围工人阶级环境里的孩子,她的意志和威力掌控着她的家人,她毒霸儿子的感情,不允许别的女人插足,有她在,保罗很难过上正常人的生活。可以说,《儿子与情人》的写作是劳伦斯自我精神上的一次大解脱。他像主人公一样。终于逐渐摆脱了母亲的影响,真正成长起来,去自由地发挥自己的思想和才能了。除了思想内容外,小说精湛的技巧也值得一提。小说的外部情节安排缜密,对保罗的内心世界的探讨又很深刻,把主人公的内心感受淋漓尽致地展现在读者面前,充分表现出这部作品的现代性。

《虹》共 16 章,叙述的是布朗温家族三代人的故事。小说可以分作两大部分:第一部分主要讲布朗温家族的第一代和第二代的故事;第二部分主要讲第三代的故事,这一部分是整篇小说的重点。这部分的内容主要发生在 19 世纪后半期。第一代的代表是汤姆·布朗温。他和带着一个小女孩安娜的波兰寡妇莉迪娅·朗斯基结婚。他们开始不很和谐，但从第二年起，关系开始变得紧密。下一代的主要人物是汤姆的继女安娜·朗斯基，她和堂兄威尔·布朗温恋爱、结婚。二人在心理素质上以及在对待宗教信仰等方面的区别，导致他们婚后生活不很圆满。后来他们有了孩子，安娜对丈夫变得温柔和缓了一些，虽然她依然是他们生活的主导者。布朗温家族的第三代的代表人物是厄苏拉。她挣脱物质环境的束缚，有意识地发现自我、追求个人的成功。她有些以自我为中心，性情富于浪漫色彩。她生活在一个兄弟姐妹嘈杂的家庭环境里，身为长女，心情很不愉快。她的初恋是一位有波兰贵族背景的年轻军官安东，后来，她与学校的女教师发生同性恋，但最后她感到厌恶。之后她进入大学念学位，最后也以对科学思想和理论的缺乏生命力感到失望而告终。安东去非洲6年后回国，和厄苏拉重拾恋爱关系。由于安东始终不能像厄苏拉一样忘却自我，二人分手。厄苏拉之后决定做一个独立的个人，摆脱物质主义的生活环境而生活。小说结尾时，天空出现长虹，厄苏拉期望着人类的黄金时代的到来。厄秀拉是作家心目中的新人，她一直努力奋斗，要在这个传统习惯努力占主导的世界里保持自己的独特性。劳伦斯认为，人要不断地自我完善和自我超越。要达到实现自我及超越自我这个目标，起主导、关键作用的是自我本身，只有首先完成自我心灵的净化，才能进一步保持生命的活力，终而达到生命的圆满及永恒。这正是《虹》的主导思想。

作为劳伦斯最富抒情感、最有预言性的作品，《虹》所表现的乃是一种乌托邦思想。在这部小说里，作家对未来始终坚持乌托邦的立场，对人的本性充满乐观。在艺术上，《虹》兼具了传统和现代的特点。它以伊斯特伍德矿区及其周边地区为原型，描绘了英国从农业社会向工业社会过渡的历史时期，深刻地揭露和批判了社会实体所受工业文明的荼毒，在情节结构也采用了19世纪的现实主义小说常用的“成长小说”和“家族史”模式。在继承传统的基础上，劳伦斯也进行了一些创新，使它又具有了浓郁的现代主义气息。在文学表达方面，小说表现出前所未有的坦诚和自由，它突破了早期小说的传统框架，同时在内容题材方面也表现出强烈的现代主义倾向，最显著的现代主义特征莫过于其结构形式的开放性和延展性。也就是说，小说的事件并不朝着死亡或婚礼等传统的结局模式发展，而是体现了一种不断拓宽、继续延展的进程。

总之，尽管劳伦斯和他的作品曾经招致很多非议，但其作品丰富的思想性和高超的艺术性越来越得到世人的肯定，他对机械工业文明的批判和对两性关系的探索至今仍具有重大的社会意义。

第三节　诗坛三大家与现代主义诗歌

20世纪初的英国诗歌，在延续传统的同时，开始对现代性的探索。真正开创英国现代诗歌的是哈代，他的创作在承继英国诗歌传统的同时，也表现出现代主义的萌动。之后，第一次世界大战也让英国民众的世界观和价值观受到冲击，现代主义诗歌应运而生。1922年，艾略特发表《荒原》确立了不可动摇的现代主义大师地位，英国诗歌从此进入现代主义的高潮。来自爱尔兰的诗人叶芝则以自己独特的具有神秘主义气息的诗歌征服了英国诗坛，他的诗歌与艾略特的创作一起占据着20世纪20年代的英国诗坛。在现代与传统的冲击和变换中，代表着英格兰本土传统的哈代、现代主义诗歌的奠基人艾略特和爱尔兰民族诗人叶芝主导着英国诗歌整个20世纪的发展和走向，被誉为“诗坛三大家”。

一、托马斯·哈代的诗歌创作

哈代生于英国西南的多塞特郡的没落贵族家庭。1856年，哈代离开学校，成为一名建筑师学徒。1862年，哈代前往伦敦，在伦敦大学进修语言。1867年，哈代返回故乡，创作了大量的诗作，因没有发表而改事小说创作。直到《德伯家的苔丝》和《无名的裘德》相继受到批评责难后，哈代放弃小说创作，重新开始创作诗歌。在1928年去世之前，他在30年中陆续出版诗歌八集，包括《过去与现在之诗》《时光的笑柄》《现实的讽刺》《幻想时刻》《晚期与早期抒情诗》《人间万象、遥远之梦：歌谣与琐事》和《冬日小语》，加上一些未收入诗集的作品，共有近千首诗歌，加上长篇巨作诗剧《列王》，在创作数量上远胜于艾略特与叶芝，同时代的诗人难以望其项背。1928年，哈代去世，葬于伦敦威斯敏斯特诗人角。

哈代一生历尽沧桑，在他的文学生涯转入最后一个光辉灿烂的高潮时，大英帝国迅速扩张的维多利亚时代已告结束。虽然大多数英国人仍然对维多利亚“盛世”沾沾自喜，并对科技发展和工商业欣欣向荣的未来抱着盲目乐观的情绪，但是出身于下层社会的哈代却担忧在物质文明日新月异的同时，人类的精神文明会日益消蚀，担忧随之而来的弱肉强食的战争会把人类拖向深渊。面对矛盾复杂的社会现象，哈代感到迷惘和忧伤，希望能找到社会弊病的根源。他的诗歌也往往蕴含着对社会病根做出探究的努力。因此，在诗歌的题材上，哈代秉承浪漫主义衣钵的对自然和人生进行考问，具体而言，主要包括对自然与人的关系的思考，对战争的反思，对时间流逝和死亡的冥想，以及对乡村生活和女性形象的描摹。

十分贴切地表达了哈代的哲理思想和对人生的见解的是他的十四行诗《机遇》：

假如有复仇之神从苍天朝我发笑，
向我喊叫："你这遭罪的东西，
要知道你的悲哀就是我的快乐，
你失去的爱就是我仇恨的利！"
于是，我会忍受，抑止，直至死去，
无名的怒火使我变得坚强；
我感到宽慰，有个比我更强大的力量，
赋予我意志，抹去我洒落的眼泪。
但又非如此。欢乐会被扼杀，
播下的美好希望不能开花，为什么？
——飞来的横祸挡住了阳光雨露，
幸福之际传来了哀号——
命运——半瞎的法官——在我人生旅途上，
像播撒痛苦一样，也撒下了一星半点欢乐。

这首诗反映出哈代对人生、对整个社会的总体观点：在人生的道路上，随时都会光临的"飞来横祸"是复仇之神要剥夺人们本可享受的欢乐，而"命运"则像法官，在你生活中"播撒痛苦"的同时，偶然也"撒下一星半点欢乐"。这首诗的主题可以用哈代曾经说过的两句话来概括："幸福不过是悲剧中的偶然间歇。""生命是在一阵黑暗与另一阵黑暗的间歇中度过的。"

对女性生活的刻画是哈代诗歌的重要主题。哈代诗作描写的女性涉及社会的各个阶层，对19世纪末和20世纪初的女性境遇予以深刻而多样的描摹。其中最突出的就是以去世的妻子埃玛为主题的组诗。埃玛去世后，哈代悲痛不已，创作了一系列诗歌，感怀两人的美好恋情，其中最为人称道的是《声音》：

我思念的女人，我听见你的声音，
一声声地把我呼唤，呼唤，
说你现在不再是与我疏远的摸样，
又复是当初我们幸福的容颜。

真是你的声音吗？那么让我看看你，
站着，就像当年等我在镇边，

像你惯常那样站着：我熟悉的身姿，
与众不同的连衣裙，一身天蓝。

也许，这不过是微风朝我吹来，
懒洋洋地拂过湿润的草地，
而你已永远化为无知觉的空白，
无论远近，我再也听不到你。

我的周围落叶纷纷，
我迎向前，步履蹒跚。
透过荆棘丛渗过来稀薄的北风，
送来一个女人的呼唤。

诗歌以朴实的语言、深切的笔触将失去爱人的沉痛和哀伤表现得真诚动人，诗作开始回忆小镇初遇时埃玛的天蓝色的连衣裙，接着感叹如今爱人变成“无知觉的空白”，在诗歌的结尾，现实中年迈的诗人只能踉跄着在北风中追寻着昔日恋人的呼唤声。哈代以韵律、节奏的变化配合诗歌的情感抒发，整首诗不仅意象丰富，还具有和谐的音乐感。

哈代也写了不少反对战争的好诗。1899年，当英国发动对南非的侵略战争时，他愤然写下了《离别》一诗（这首诗颇似我国唐宋时期一些杰出的反战诗，如杜甫的《兵车行》和白居易的《新丰折臂翁》）：

送别的乐声慢慢消逝，
战舰乘风破浪去远征——
在苍茫的天际留下渐渐变小的形影——
此时连显眼的红色烟囱也黯然失神，
到处是一片离别的气氛，
伴随着战士上船沉重的脚步声，
仿佛是人们不断地在问：
“啊，好斗的条顿人、斯拉夫人、盖尔人，
难道你们为了怒气冲冲的争论，
就用人的生命——
作为手里玩弄的木偶那样打个不停？
何时才能有我们梦寐以求的明智国君，
在每个自豪的国家把令行，
让爱国主义像上帝那样，

不屑只当某一地域的奴仆，

而像自由的鸟，使全球的国家相处如睦邻？"

当然，哈代并非不加区别地反对战争，对于反侵略的正义战争，他是支持的。第一次世界大战时，他支持英国政府出兵同德国侵略者作战。但他反对狭隘的"爱国主义"，提醒人民警惕统治者打着"爱国主义"的旗号把士兵当作"木偶"来为统治者争权夺利服务。

从诗艺上看，哈代虽属英国传统派诗人，但他并不局限于传统的诗的格式，他往往随心所欲地根据诗的内容设计出自己喜欢的体裁。在诗的形式多样化方面，哈代当居英国诗人之首位。虽然诗歌题材的选择没有创新，但哈代在诗歌语言的运用上别具一格，方言、古字、生僻词、双关语、生造字等常常出现在他的诗歌中。哈代对语言的运用纯熟简练，又与诗歌主题呼应，因而他的诗歌往往具有不同凡响的效果。总之，哈代的诗歌情感丰富、韵律和谐、质朴动人，他是20世纪初的英国诗坛上里程碑式的人物。

二、T.S.艾略特的诗歌创作

艾略特出生于美国的一个富裕家庭，祖父毕业于哈佛大学神学院，是华盛顿大学的创办者。其父经商，母亲出自名门，博识多才，爱好文学，写过宗教诗歌。1906年艾略特进入哈佛大学学习哲学和英法文学，接触到但丁的《神曲》和约翰·多恩的玄学派诗歌。1908年，他走上象征主义诗歌的创作道路。获哈佛大学硕士学位后，艾略特赴巴黎大学学习，接触了波德莱尔、马拉美、拉福格等象征主义诗人的作品。1917年，艾略特出版了自己的第一部诗集《普鲁弗洛克及其他》。1920年，艾略特出版《诗集》和文学评论集《圣林》，获得英国学术界的一致赞赏，逐渐确立了他作为现代主义运动先锋的地位。自1919年便开始构思的长诗《荒原》终于在1921年完稿，诗歌一经出版，便轰动整个欧洲，成为现代主义诗歌的经典，艾略特也成为现代主义文学的奠基人。1929年后，艾略特继续进行诗歌艺术的探索，除了出版《圣灰星期三》以及组诗《四个四重奏》等，还创作了不少诗剧，包括《大教堂谋杀案》《合家团圆》《鸡尾酒会》《机要秘书》，以及《政界元老》等。1948年，艾略特因《四个四重奏》获得诺贝尔文学奖，被称为"但丁最年轻的继承者之一"，声望到达高峰。1965年，艾略特在伦敦去世，葬于威斯敏斯特诗人角。

作为现代主义诗歌的代表作，《荒原》全诗共四百三十三行，由《死者葬仪》《对弈》《火诫》《水里的死亡》和《雷霆的话》五个部分组成。在题材上，艾略特以现代的城市为诗的背景，这是造成现代诗大不同于浪漫主义或维多利亚时代诗的一个主要因素。《荒原》颇像一部先锋派的纪录片。它用意象、场面、零碎的对话和穿插对比来表现城市的全貌，就像电影中蒙太奇的手法。艾略特对现代都市场面的描写看来是很写实的，但又加上想象的色彩和力量，是写实的和幻想的有机结合。在结构上，《荒原》的结构既不像长篇叙事诗也不像戏剧，独白、人物、场景的变化，意象、节奏、联想的跳跃又是那么快，那么突然，表面看来竟好像是凑起来的杂乱无章的一堆。但对了解法国象征派诗、意识流的理论、弗洛伊德的心理学等的人来说，弄懂这首诗就不是没有途径可循了。在传统意义上，《荒原》的各部分引起的感情上的反应交织成一个完整统一的艺术感情效果。贯串全诗的是某些不断重复地出现的类似或很容易相互联系的场面、典故、意象，乃至象征物，比如沙漠、水、火、水造成的死亡等。除写实、象征两层意义以外，《荒原》还有另一层意义，这就是神话传说的意义。艾略特在《荒原》的注释里说，他在诗里运用了不少杰西·韦斯顿女士关于圣经传说的书《从祭仪到罗曼史》和詹姆斯·弗雷泽爵士的人类学巨著《金枝》里面的材料。这两本书给他提供了诗的神话意义的基础。

不过，《荒原》初问世时最引起注意的倒不是使用神话传说而是它的用典。长诗中包含多种外国文字和大量的引经据典，可以说是囊括整个西方诗歌传统的杰作。作品的开头就是对《坎特伯雷故事集》开头的借用和颠覆，之后对《神曲》、莎士比亚作品如《暴风雨》等、维吉尔、奥维德和波德莱尔等人诗作的引用遍及全诗，甚至还借用佛教教谕，诗中直接或间接引用的各类作品有37部。诗中频繁的用典、迷离的抒情主体，一方面这固然是对艾略特本人倡导的诗歌“非个人化”的实践，更重要的是，面临社会文化无序、通俗文化兴起，这是他激起人们对于精英文化的兴趣和向往的尝试。而诗歌中出现的语言也有7种之多，不仅有英、法、德、意等现代欧洲语言，古典的希腊文和拉丁文，还有东方的梵文。对于西方古典经典的运用，体现出艾略特力图回归传统的一面，而对东方宗教和语言的借鉴，则说明他对传统的突破和对多元文化的探索，两者虽然矛盾，但并不对立。

《荒原》成功地运用仿自然主义的再现手法、象征主义和神秘体系，呈现出一个经历信仰危机的现代世界。在艾略特笔下的世界里，文化、传统和信仰统统成了一面面破碎的镜子，折射出碎片化的现实世界，而都市就是这个世界的中心。整首诗犹如一部现代主义风格的纪录片，选取种种都市景象、人们谈话的片断、生活场景的细节，拼凑成一幅表现毫无生机的现代都市生活的历史画卷，诗中的意象富有内在的张力，既表现现代人的生活困境，又探讨整个人类的命运，因此具有普遍意义。

总之，艾略特的诗歌在思想内容和艺术形式上都具有现代主义的特点，彰显了艾略特的现代主义诗坛领袖的地位，推动了英国诗坛的现代主义诗歌的发展。

三、威廉·巴特勒·叶芝的诗歌创作

叶芝出生于爱尔兰首都都柏林，童年时代主要是在母亲的家乡斯拉哥度过的，那里优美的湖光山色和丰富的民间传说对叶芝影响很深。1886年以后，叶芝接触到爱尔兰本土诗人和具有民族主义色彩的著作，开始诗歌创作，1889年出版第一本诗集《乌辛漫游记及其他》。此后，他坚持创作，在长达半个多世纪的文学生涯中，他创作了三十余部戏剧和大量诗歌，出版了《苇风》《七林中》《绿盔及其他》《责任》《库尔的野天鹅》《迈克尔·罗巴兹和舞者》《塔》《旋梯及其他》和《最后的诗》等多部诗集，此外还有数量可观的短篇小说等其他文类的作品。1923年，"由于他那以高度艺术的形式表现了整个民族的精神、永远富有灵感的诗，"叶芝荣膺诺贝尔文学奖。1939年，叶芝在法国去世。

叶芝是爱尔兰诗人，他渴望创立纯粹的爱尔兰文学，对爱尔兰民族传说和故事的探索成为他试图构建爱尔兰民族传统和民族性的最初努力。作为爱尔兰文艺复兴运动的一位主要人物，叶芝不仅积极参与运动的组织领导工作，还用爱尔兰民间传说和神话故事为题材创作戏剧，对爱尔兰文化传统的发扬光大功不可没。不过，叶芝首先是作为诗人立足文坛的。叶芝早期的诗歌深受雪莱和布莱克等人浪漫主义遗风的影响。不过由于他在诗歌中融入了个人对爱尔兰乡间生活经验和民族神话的探索和思考，往往能够摆脱后期浪漫主义和唯美主义的积弊，从而使得这些诗歌既显得用词清新、意象优美、富有生气，又带有一丝淡淡的忧郁和神秘主义色彩。1899年是叶芝诗歌创作第二个阶段的开始。为了让诗歌更接近现实，叶芝有意识地将自己的诗风由朦胧优美向雄浑硬朗转变。此外，他还开始在自己的诗歌创作中实践所谓的"面具理论"，让诗人以乞丐、小丑、老人、青年、姑娘、玩偶等各种不同的身份发言，使得诗人能更复杂和多层面地表达感情与思想。1913年，叶芝下定决心整饬自己的诗风，从而向现代主义诗歌发展。在叶芝诗歌创作最为辉煌的时期，他出版了三部诗集，逐渐建立起一整套结构严密、内涵深刻的神秘主义象征体系。在这些诗集中，他预见性地探讨文明的兴盛与衰落、对集权主义和平等主义的恐惧和对老年以及爱情的思考等。

在诗集《塔》中，叶芝取得了对现代主义的探索的成功。诗集包括《驶向拜占庭》《丽达与天鹅》和《在学童中间》等主题深邃、技巧完美的诗作。其中，叶芝将创作年代最晚的《驶向拜占庭》置于卷首，而将创作最早的《万灵节之夜》放在卷末，是对于螺旋理论在更广范围上的应用。《驶向拜占庭》以年华老去的诗人对艺术的思索和追求为主题，构造了日渐衰老的肉体的渴望与灵魂对自由的向往，作品随着诗人的思绪在现实的生活与理想的拜占庭中跳跃，表达出一种对永恒的渴望。《丽达与天鹅》则采用弥尔顿体的十四行诗诗体，借用希腊神话来反映现代社会中的战争与暴力，诗歌以充斥着暴力、性、抢掠的意象，表现出世界被破坏的残酷性，同时也对人类社会中暴力与破坏的必然性予以质询。这首诗抒情味道强，有明显的性描写。它的词语明了，节奏性强，表现出诗人的神秘主义思想。《在学童中间》再次论及时间与人生的问题。

在《塔》中，几乎每首诗都有不少晦涩、凌乱的意象，但从整部诗集来看，却显得秩序井然，十分和谐。叶芝将个人与历史、现实与神话在《塔》中融合起来，不再拘泥于表现个别象征意象，而是将整部诗集作为反映社会变化与动荡的象征，确是前人未曾达到的高度，具有突出的创造性。

总之，作为一位民族诗人，叶芝注定没有艾略特那样的自由，在诗歌创作中，他“需要爱尔兰传统的意象能够容纳他关于爱尔兰所有积极的联想”[①]，将他个人的历史与那一时期的爱尔兰历史融为一体，这一方面限制了叶芝的发展，另一方面又促进了叶芝构建爱尔兰民族现代文化意识，现代性与民族性相互矛盾相互促进，构成了叶芝诗歌的重要部分，其诗歌的国际影响让他成为代表爱尔兰文化的民族诗人。

第四节 形式多样的散文创作

20 世纪上半叶，英国散文领域取得较大成就的是端庄文雅的正式散文，这一时期的职业文学家与非职业文学家纷纷以人道主义和民主主义思想为武器，用散文揭露和批判社会的黑暗面，力图完整地呈现这一时期的艰辛社会现实。

一、罗伯特·林德的散文创作

林德生于北爱尔兰贝尔法斯特，曾在当地的女王学院就学。迁居伦敦后，担任《新闻记事》的文学编辑，于 1949 年去世。由于多年从事杂志编辑工作，他创作的散文质量不一，曾出版过《蓝狮》《想来令人不寒而栗》和《生活中的怪事》等文集。其中有些散文立意奇特，成为广受好评的佳作，被认为是继承和振兴兰姆式英国传统随笔的散文家之一。

---

① Edward Larrissy, *Yeats the Poet: the Measures of Difference*[M]. New York: Harvester Wheatsheaf, 1994, P190.

《为迷信辩护》就是这样一篇珍品。这篇随笔罗列出生活中无处不在的迷信现象,比如对一些词语、数字、颜色、事物等的抗拒或坚持情况,以独特的认识视角对生活中的迷信现象进行了辩护。在文中,作者指出,人类对世界的认识的确处于不完整状态,迷信不过是人类认识世界过程中的一种谬误,迷信的人未必就是没有进化的人:

> 划分迷信和不迷信的界线,完全不同于划分进化和不进化的界线。世界上有些绝顶聪明的人一直迷信,而世界上有些头号大笨蛋却不迷信。

不能以"胡说八道"来斥责迷信,因为"生活是神秘的","人类的头脑毕竟不能满足于接受未知的事物是不可知的这种看法"。迷信不能提供完整无误的认识,但它就像人们玩的拼图游戏。人类把"看似杂乱无章的小片东拼西凑",拼出一个图式,试图以此解释这个世界。从这个意义上讲,"这种尝试是可以原谅的"。

《回到办公桌旁》是他的另一篇散文佳作,在文中,林德再次以别样的视角探讨了工作与假期的关系,他指出"工作着是美丽的"。度过一个假期后再回到工作中,他感到"特别使人感到悠闲"。坐在办公桌旁,他觉得"安谧",甚至感叹"工作……是真正懒人的最大休息"。休假时他会睡懒觉,会放纵自己的胃口,浪费一天中最美妙的时光。从假期回到工作中,他觉得每一块肌肉都进入"美妙的、清净无为的境界中",可以"从办公室的窗口观看西落的太阳上空的红云,而不把它们看作是引诱我去再做一次不必要的散步的邀请"。总而言之,相比度假,工作更让作者觉得自己是自己的主人。

二、伯特兰·罗素的散文创作

罗素出生在英国雷汶斯克洛夫的一个贵族家庭,从小由家庭教师授课,1890—1894年就读于剑桥大学,研究生毕业后留校任教。第一次世界大战时,他极为关注社会问题,积极倡导和平、反对战争,这导致了他被剑桥大学解聘。失业之后,罗素主要靠写作及公开演讲所得的收入维持日常生活。1938年,罗素去美国任教。1944年,罗素重回剑桥大学。美国入侵越南后,罗素又投身到反对越南战争的运动中,直至去世。

罗素一生都在为争取世界和平而斗争,积极支持社会改革。他一生著作、文章颇丰,涉及伦理学、哲学、自然科学、宗教、道德、历史、教育、国际政治等。他的文章有时格调优雅、富有哲理,有时故意夸张、引人发笑;有时略带幽默,有时讽刺尖锐,但都非常得体,读来给人以清新之感。

1918年,罗素发表著名论文《一个自由人的信仰》,提出令世人为之一惊的思想见解。他指出，人的生命既短暂又无力，无情而黑暗的毁灭在缓慢地、稳步地降在人和他的种族身上，任何热情、英雄行为、强烈的思想感情，都不能使个人的生命免于死亡；历代的努力、献身精神、灵感、人类天才的最灿烂的光辉，也注定要随着太阳系的全部毁灭而消亡。所以人要自爱自强，在绝望中也不气馁。他的这一思想对当时及后来的文学创作产生了深远影响。

对于生命的意义，罗素更是具有知识精英的深刻见解，在他的自传中曾谈及自己为何而生。他用“三种朴素而强烈的感情”，即“对爱的渴望、对知识的追求以及对人类苦难的难以遏制的怜悯”，来概括自己的生命追求。虽然这样的爱可能是人生难以得到的美好事物，但罗素对它的追求却从未停止。至于对知识的追求，是因为罗素“想了解人的内心，我想知道星星为什么会发光，而且我也努力理解毕达哥拉斯哲学使数字支配变化的能力”。他谦虚地认为自己在探索知识方面只取得了一点成绩。接着，罗素谈到了同情。虽然“爱和知识尽可能把我引向天堂，但怜悯总让我回到人间。痛苦的号叫在我心里回荡。我希望能减少生活中的苦难，但我没有能力，我自己也在受难”。他总结说，“这就是我的一生。我认为我的一生很有意义。如果上天再给我一次重新活过的机会，我会欣然接受。”

罗素的散文有时以人们意想不到的例子，用夸张的手法加以描绘，使人发笑，但大笑之余，又感到作者抓住了事物的本质。例如在《理智者的荒唐行为纲要》一文中，罗素使用了夸张的手法一针见血地揭露了宗教的实质：

> ……譬如说那些修女，她们洗澡时总要穿着浴衣。当有人提出，既然没有男人能看见她们，为什么还要穿呢？她们的回答是“喔，但你们忘记了善良的上帝。”很显然，她们把上帝想象成偷看女人的汤姆了。上帝是万能的，他可以透过澡堂的墙壁看见里面的活动，却在浴衣面前毫无办法。这种看法令我惊讶。

罗素的散文不仅清晰易懂，而且非常优美且富于哲理，发人深省。他的文章中时常可见许多富于哲理的评论，如：“实际上我们有两种道德观并存，一种是我们鼓吹而不实践的，一种是我们实践而很少宣扬的。”

总之，罗素以清晰的思维、敏锐的观察、准确的表达，抓住事物的核心，从容地一层层地把问题展开，使枯燥复杂的问题变得生动有趣、通俗易懂，他的文章结构严谨，层次分明，简洁明快，同时又显得跌宕多姿。

三、温斯顿·丘吉尔的散文创作

丘吉尔出生于英国牛津郡伯莱汉宫。丘吉尔从哈罗公学毕业后进入皇家陆军军官学校即现在的桑赫斯特陆军军官学校学习。从陆军学校毕业后,他去了陆军任职。1899年,丘吉尔辞去了在军队里的职务,专门从事写作和政治活动。1900年,丘吉尔当选为下院议员,之后历任副大臣、大臣,并进入内阁。第一次世界大战前期,丘吉尔任海军大臣。1919年,丘吉尔担任陆军大臣。1929年,丘吉尔离开政府,1939年又重新在内阁任职。在这十年的时间里,他一边著书,一边大声疾呼,要人们注意纳粹法西斯的侵略行径,注意战争威胁,反对绥靖政策。1938年,英国、法国、德国、意大利四国签订慕尼黑协议。丘吉尔在下院发表演说,谴责慕尼黑协议。1940年,丘吉尔出任首相。在担任首相的几年时间里,丘吉尔兢兢业业,领导着英国人们经历了无数次的失败和苦难,最终与其他反法西斯国家一起打败了德国法西斯,最终取得了在欧洲战场上的胜利。1955年4月,丘吉尔因健康原因主动引退,之后继续从事写作。1965年,丘吉尔去世。

丘吉尔是一位政治家,一生政务繁忙,却又出版了多部小说、传记、自传和历史,数量之多,涉及面之广,影响之大,远超许多专业文学家和历史学家。丘吉尔的作品有自己显著的特点,最为突出的就是感情丰富,喜怒哀乐跃然纸上。不管是歌颂还是谴责,胜利还是失败,喜悦还是痛苦,他都在字里行间倾注了自己的感情,使得文章极富感染力。例如在《他们最得意的时刻》中,丘吉尔歌颂了伦敦人在德国法西斯的狂轰滥炸下的不屈精神,行文遣词也饱含了对敌人的憎恶之情:

> 在广大地区里,已经没有什么可烧可炸的了。然而人们到处为家。以无限的机智和不屈不挠的毅力继续工作。这时,谁都以做一个伦敦人而自豪。伦敦受到全国的钦佩。全国所有其他大城市也振起精神,准备在考验来临时,勇敢迎接考验,决不落在伦敦后面。

在叙述事件的过程、分析形势时,丘吉尔思路清晰,逻辑严谨,文字简洁,毫无含混不清之感。例如在《他们最得意的时刻》中,丘吉尔分析了不列颠之战的意义,对敌我双方空军情况作了对比,思路清晰、逻辑严密、通俗易懂:

> 我们的命运现在取决于空战的胜利。德国领导人认识到,入侵不列颠的各种计划能否实现,取决于能否取得英吉利海峡和我国南部海岸选定的登陆地点上空的制空权。不能防御英国空军的

袭击，就不可能进行出发港口的部署、运输船只的集结、航道的扫雷和新雷区的敷设。完全掌握运输舰只上空和海滩上空的制空权，是实现横渡和登陆的决定性条件。因此，结果如何，要看是否能够摧毁皇家空军和伦敦与海岸之间的机场系统。

丘吉尔的散文还有一个特点就是鲜明地反映了他的政治立场、个性与观点。例如在《内阁的变动》中，丘吉尔将 1942 年发生的一件小事记录在其中，充分反映了丘吉尔那种惯于下令的口吻及讨厌干扰的作风：

我从华盛顿回国以后，有天晚上在新楼开会。一个持续不断的声音弄得我很不耐烦。我突兀地说“出去个人把猫叫的声音止住”。大家沉默不语，我才恍然大悟，原来是我那位可怜的朋友[按：指比弗布鲁克勋爵]气喘又发啦。

通过这些小事可以看出，丘吉尔和普通人一样，在长期的压力之下也易于脾气暴躁，给读者一种亲切感。

总之，丘吉尔的文章感情充沛，逻辑严密，善用修辞，文体、内容吻合，读来清晰有力，正如授予他诺贝尔文学奖时的授奖词“他精通历史和传统的叙述，同时也是由于他那捍卫崇高的人的价值的光辉演说”。

第五节　辉煌的现实主义戏剧和爱尔兰民族戏剧的振兴

20 世纪初，英国文学中存在着一股强大的现实主义潮流，直接、直观反映社会问题的文学体裁——戏剧，也以一场轰轰烈烈的“新戏运动”拉开了揭示现实生活和社会问题的序幕。“新戏运动”强调戏剧的社会影响力，重思想性、文学性，轻娱乐性和盈利性；它认为戏剧的任务是反映生活。它在探索新的戏剧形式的同时，力图摆脱传统剧僵硬模式的束缚。这场运动的支持者和倡导者萧伯纳以及积极的参与者高尔斯华绥等现实主义戏剧大师，在作品中以调侃、诙谐的笔调和机智、尖锐的措辞，对当时社会进行了辛辣的讽刺，对当权阶级进行了无情的鞭挞。与此同时，以叶芝为代表的爱尔兰剧作家进行一场力图表现本土传统文化、发掘本土创作题材和运用本土创作语言的新爱尔兰文学运动，他们的辛勤耕耘也丰富了英国的戏剧宝库。

一、萧伯纳的戏剧创作

萧伯纳出生于爱尔兰都柏林，家境贫寒，14 岁时辍学工作，接触到许多下层民众的贫苦生活,为他以后的戏剧创作积累了不少素材。1876年,萧伯纳移居伦敦。在经历了几次失业后,萧伯纳决定开始进行文学创作。从1879年到1883年,萧伯纳共写了5部小说,但都没有出版。1892年,萧伯纳投身戏剧创作,并找到了一条适合自己的道路。他在半个多世纪里创作了50多部剧本,有些现在仍经常搬上舞台。萧伯纳于1950年去世,享年94岁。

萧伯纳是二十世纪前半叶英文剧作家中成就最大、影响最深远的一人,是英国文学史上继莎士比亚之后又一位伟大的戏剧家。他在剧本中紧紧地把握住各种社会问题,描写社会的腐败、堕落现象成为他文学活动的主体,反对社会中的贪婪、虚伪和不公正现象,现实主义成分是其戏剧的最显著特点。

1917年的《伤心之家》是萧伯纳最优秀也是最独出心裁的剧本之一,该剧副标题为"俄国风格英国主题的狂想曲"。该剧讲述了老船长肖特非家里来了一群对英国社会不满但又没有勇气面对现实的悠闲懒散的知识分子,他们对一切失去信念,希望生活快快结束,想在毁灭中找寻出路。在这种普遍的失望情绪下,这个伤心之家的成员在德国飞机前来轰炸时打开了所有的电灯,给敌机指示目标。但是最后被炸死的,却是一个卑鄙无耻的市侩曼根和一个到伤心之家来行窃的小偷。危险过后一切恢复了平静,侥幸逃生的人"突然间又感到无聊得要命"。作者在剧终预言:战争之后的并不是平静,而是更强烈的爆炸,最后将使"伤心之家"归于毁灭。这个剧本有意模仿俄国作家契诃夫的名剧《樱桃园》而作,将真实的情况和奇异、荒诞的虚构交织在一起,通过描写船长一家的混乱和胡闹,写出了战争期间整个欧洲知识分子精神空虚、生活堕落的狼狈状态,表明了大战所引起的深刻的社会和精神危机。

萧伯纳戏剧还有一大特点就是他剧本中诙谐、幽默的喜剧艺术。喜剧是他抨击社会黑暗现实的有力武器,他用嘲讽的语气和蔑视的态度,在嬉笑怒骂中给人以快意与喜悦,促使观众发笑,也催促观众思考。1912年完成的《匹格梅利翁》就是一部非常出色的喜剧。剧本写语言学家赫金斯为了证明语音训练可以让任何人跻身于上流社会,教导出身下层社会的卖花女丽莎·杜立特尔上层社会的语音和音调,却发现丽莎聪明敏锐、质朴纯真,比那些自以为是的上层人物表现得更好。萧伯纳通过此剧力图证明,贫穷女工同公爵夫人的差别仅仅是发音不标准和举止不文雅。外表的文化,特别是表现在所谓有教养阶级人们的语言和风度上的文化,不一定和真正的内在的文化相符合。这部剧作打破了沙龙喜剧的规矩,在上层社会与下层社会用语的冲突中利用广泛的民间幽默,发展了意义深长的社会题材,表现了普通人民纯洁的精神和优良的品质。

总之，萧伯纳力图摆脱传统剧为了观众兴趣而故意巧妙编排故事情节和制造醒目舞台效果的做法，打破了传统戏剧中只有重要人物才能成为戏剧主角的模式，以描写普通人为主；他在戏剧中把有重大社会意义的题材和新颖而又成熟的技巧结合在一起，促使人们思考，又给他们以高层次的文化享受。他的创作改变了一个世纪以来英国剧坛上死气沉沉、停滞不前的局面，使英国现实主义戏剧发展和成熟起来。

二、威廉・巴特勒・叶芝的戏剧创作

爱尔兰本土的戏剧发展较晚，18 世纪剧院开始发展，吸引了许多爱尔兰剧作家。叶芝一直渴望在爱尔兰创建一座能为本国人提供表演和创作场所的剧院，早在 1891 年，他在伦敦就创建了“爱尔兰文学社”，其社员全是来自爱尔兰的作家和新闻界人士。在与格莱戈里夫人等的共同努力下，于 1899 年创立了爱尔兰文学剧院，他们声称该剧院旨在创造一种凯尔特和爱尔兰流派的戏剧文学，把爱尔兰的深层思想和情感搬上舞台，同年 5 月，该剧院上演了叶芝的《凯瑟琳伯爵夫人》。这出带有强烈的爱尔兰民族文化特色的戏剧以其优美的民族语言令观众耳目一新。

叶芝是爱尔兰戏剧运动的核心，他创作的剧作大都取材于古老的民间故事和英雄传说，带有浓厚的爱尔兰民族色彩，这正应了这次运动为复兴爱尔兰传统文化的初衷。他一共写了 26 部剧本，这贯穿了他生命的始终，其中也不乏质量上乘之作。

在 1910 年之前，是叶芝戏剧创作的前期。叶芝认为，要创作出属于爱尔兰人民自己的戏剧，就要使用爱尔兰民族独有的文化氛围和生活气息，戏剧要带有些浪漫主义气氛，在舞台上创作出“富有诗意的生活并使每个人在这种生活里能看见自己的形象。”这一时期创作的《凯瑟琳女伯爵》《凯瑟琳・尼・霍利安》等作品都是以爱尔兰的传统故事为题材，用象征主义的语言，渲染出浪漫而悲哀的气氛，充满雅致的情调。《凯瑟琳女伯爵》是叶芝创作的第一个剧本，取材于爱尔兰的历史，讲述的是中世纪爱尔兰发生饥荒，两个魔鬼想用黄金购买两个饥饿的佃农的灵魂。为了阻止佃农的灵魂被收买，凯瑟琳宁愿出卖自己的灵魂，最终她的高尚行为感动上帝，灵魂得到拯救。在这部剧中，作者的意图说明爱尔兰人民的自我牺牲和高尚情操，表现了爱尔兰的宗教信仰和文化。《凯瑟琳・尼・霍利安》也是一部爱尔兰民族主义的优秀之作，剧中有一位象征着爱尔兰的老妇人，她许诺帮助她夺回土地的人以荣誉和财富。这部剧一方面体现了爱尔兰的民族文化，一方面表现出爱国主义的情结，蕴含着深深的民族情感。

1910年之后是叶芝戏剧创作的后期，他继续挖掘爱尔兰的历史和传统故事作为素材，又加上古典主义和基督教方面的内容，吸取日本的能乐创作成果，使戏剧内容更加丰富，情节更加复杂，表现手法更加多样，剧中的语言也更加具有节奏性。最能代表他的创作成就的是讲述爱尔兰民间传说中的库丘林及其家族故事的五部剧作：《在贝尔的海滩上》《绿头盔》《鹰井边》《埃默的嫉妒》《库丘林之死》。《鹰井边》里，库丘林见到了守井的“鹰妇”，被她的舞蹈迷住，随她而去。《绿头盔》里，库丘林被宣布为最勇敢的人，被封为“阿尔斯特斗士”，授予绿头盔。《在贝尔的海滩上》里，国王孔丘巴怵于库丘林的勇猛和势力，要他发誓效忠自己，并强迫他与他自己的儿子孔拉（他和守鹰井的女郎所生，但是他自己毫不知晓）决斗，结果失手把孔拉杀死。知道真相后，库丘林悲痛万分，跳下了大海。《埃默的嫉妒》里，库丘林奄奄一息，他的妻子埃默恳求他的情人因古巴唤醒他，但是按照神的旨意，埃默不能再拥有库丘林对她的爱。库丘林得救了，但是留在了因古巴的身边。《库丘林之死》里，库丘林即将不久于人世。在情人面前，他袒露了对妻子的无尽感激。临终之时，库丘林的头颅被盲人砍下——不过只是为了换取可怜的12便士。

总之，为了复兴民族文化，振兴民族精神和建立富有民族特色的爱尔兰戏剧，叶芝不断挖掘爱尔兰古老的历史文化传统，勇于吸收欧洲文学的新思潮。他毕生都在进行形式探索和实验，为了“美”的目标，他在剧作中运用了相对抽象的诗歌体语言，删减表演和布景中在他看来多余的细节，重新引入舞蹈、歌唱、面具和合唱等，以求线条与色彩、外观和语言简单而纯粹，充满着象征主义的隐喻和浪漫主义的想象，也是爱尔兰民族戏剧的勃发。

第九章　20世纪下半叶的英国文学创作

第二次世界大战给英国人民带来了空前的创伤，但也催生了英国文学的进一步发展。英国战后文学中各种流派及倾向同时并存、相互掺杂、变化流动：既有致力于表现现实生活中具有紧迫性和普遍意义主题的一面，也有狂热表现纯粹的自我体现和某种哲学观念的一面；既有对现实主义创作方法的保留和发展，也有在形式技巧上标新立异的极端表现。本章即对第二次世界大战后英国文学的创作进行具体研究。

第一节　20世纪下半叶的社会历史与文学发展

英国人民在第二次世界大战中遭受了巨大的苦难，英国的传统思维和文化观念也受到了强烈攻击。由于文学反映生活和时代，因而第二次世界大战后的英国文学创作呈现出新的面貌，即逐渐形成了自由化、多元化的文学发展格局。

一、20世纪下半叶的社会历史状况

第二次世界大战结束后，整个欧洲满目疮痍，作为战胜国的英国也不例外。战争严重地削弱英国的国力，它的国民财富损失过半，出口贸易减少了三分之二；它的经济实力下降，失去了四分之一的海外资产，还欠下了35亿英镑的巨额债务。面对这样的局面，战争期间同仇敌忾、保卫祖国的英国人民渴望在战后实施广泛的社会改革，要求较好的生活条件和社会服务。但是，保守党的领袖们——尤其是邱吉尔本人——对于人民要求社会变革的愿望和举国舆论向左倾斜的潮流做出了完全错误的判断。倒是工党对于战后的重建和改革拟定了全面的纲领。因此，1946年7月，工党在大选中获胜，并以前所未有的信心登台执政，组成新一届政府。

工党在执政后，顺应中下层人民的要求，实行了一系列雄心勃勃的带有社会主义特性的改革，以期能恢复经济。它推行国有化政策，对煤矿、铁路、电力、钢铁等实行国有化。同时，工党政府积极建立社会保障体系和免费医疗保健制度，于1946年推行“国民保险法”和“国民医疗保健法”，为国民提

供失业救济、免费医疗、退休养老金等社会保障福利，实行医院国有化，推进城乡住宅建设供低收入人口居住，实施教育法案使中、低收入家庭的子弟获得政府的教育资助。工党的这些措施使英国多数人的生活得到了改善，使英国的经济得以恢复，使英国的社会矛盾得到有效缓解。

1951 年 10 月，保守党在大选中夺回执政权，继续执行工党的改革政策和凯恩斯主义，从而使得英国的经济在 20 世纪五六十年代逐步恢复并呈现出初步繁荣的态势。此时，工业开始实现自动化，社会相对稳定，人民生活普遍有所改善。随着中下层人民的收入增加和文化素养提高，英国的阶级差别相对来说有所缩小。一时间“福利国家”“富裕社会”等各种名称常见诸报端，连保守党首相麦克米伦也在 1959 年喜形于色地对国民说：“你们可从来没有过过这样的好日子。”但是，英国没有像战时遭到彻底毁坏或重创的西德、法、意等国那样大规模更新设备和技术，设备陈旧、技术老化的英国工业因而也没有像上述那些国家那样能在战后创造经济的奇迹，它的经济增长速度长期低于西德、法国等其他欧洲国家。同时，在这股乐观气氛之下，英国社会严峻的经济生活和紧张的阶级关系依旧不能忽视。作为工党社会主义政策重要内容的国有化只是国家出钱买回原企业主的产权，真正赚钱的部门依然为私营企业所掌握。经营管理原封不动，劳资关系依然如旧，劳工并未从国有化中分享到经济实惠。同时，为了扩大出口和增加工业基本投资，政府长期实行限制工资政策，要求人民为战后重建勒紧裤带。因此，在战后实行社会主义的六年间，工人长期加班加点，平均收入水平仅仅提高了 1%。“福利国家”虽然使人民的生活的保障有所改善，但与此同时，人们对“福利国家”的失望情绪也在逐渐滋长。

从 20 世纪 60 年代中后期起，英国经济开始面临严峻的局面。贸易巨额入超，政府开支庞大，英镑连连贬值，经济管理效率低下，通货膨胀难以遏制，生产停滞衰退，失业率居高不下，罢工浪潮持续不断所有这些形成了难以治愈的“英国病”。进入 20 世纪 70 年代后，以“通胀”为基本特征的“英国病”开始严重困扰英国，强调国家干预的凯恩斯主义宣告失败。此时执政的工党政府因英国经济长期低迷失去了选民的支持，于是撒彻尔夫人领导的保守党重新上台执政，开始对英国的经济结构进行调整。她主张市场竞争的货币主义成为英国经济生活的主导，并大刀阔斧推行私有化，为经济发展注入活力。保守党的改革措施分化了社会各阶层，给一部分人带来好处，却使更多人的生活困难加重。随着社会矛盾不断激化，撒彻尔夫人渐渐失去民心。在 1997 年的大选中，工党以压倒多数的选票击败连续执政达 18 年之久的保守党。工党政府重新上台后，实行第三条道路。20 世纪末，英国已由“欧洲病夫”变成了“西欧经济的火车头”。进入 21 世纪经济全球化速度加快，世界其他地区经济迅速崛起，英国经济面临新的挑战。

在第二次世界大战后，英国除了国内危机重重外，所面临的国际形势也发生了根本性变化。第二次世界大战之后，亚非民族解放运动风起云涌，英国的一些前殖民地国家在民族解放运动的高潮中纷纷独立，号称“日不落”的大英帝国迅速崩溃。但是，帝国的光荣已是明日黄花的英国仍不甘沉沦，不停地在国际舞台上重新定位。20 世纪 50 年代末，英国出兵苏伊士运河，结果以失败告终。这使得英国人的帝国意识受到沉重打击，同时英国在亚洲和非洲的影响迅速低落。1982 年，英军远征福克兰群岛，并从阿根廷人手中夺回该群岛，这极大地鼓舞了英国人的民族热情，成为旷日持久的冷战阴霾下帝国昔日辉煌的重现。到了 20 世纪 60 年代，英国无可奈何地承认在国际事务中和在经济上它已不再是一个主要的强国，甚至在欧洲它也称不上一流的强国。在美苏对峙的冷战年代里，它只能扮演追随美国的次要角色。20 世纪 80 年代末冷战随着苏联的解体结束之后，英国积极地追随美国参与国际事务，继续保持其“大国地位”，虽然雄风不再，但对前殖民地国家的政治、经济、文化仍有着重大影响。

第二次世界大战以后，英国的科学技术也获得了高速发展。在其影响下，英国人的生活方式发生了重大变化。在短短几十年的时间里，人们已经从工业社会悄然进入信息社会，并随着互联网的日益普及迈进网络时代。然而，在物质生活现代化的同时，英国人的精神生活经历了一次次危机。两次世界大战留下的精神创伤尚未愈合，新的创伤又在新旧社会价值观的不断碰撞中产生。大众文化心理在严肃的 20 世纪 50 年代、动荡的 20 世纪 60 年代、萧条的 20 世纪 70 年代和保守的 20 世纪八九十年代呈现为愤怒、躁动、怀疑、冷漠、苦闷、彷徨、失望等不同的形态。后现代主义思潮以颠覆权威话语的姿态对所有约定俗成的概念提出疑问。大众传媒受商业化取向的主导，大肆宣扬消费主义、享乐主义的价值观。大众文化的繁荣使得高雅艺术面临前所未有的挑战。自 20 世纪 60 年代以来，英国社会的文化形态日益向着多元化的方向发展。

二、20 世纪下半叶的文学发展状况

在第二次世界大战后，英国文学并没有因为战争的破坏出现真空。但是，与欧美文学相比，这一时期的英国文学似乎显得沉闷而平庸。在法国，存在主义文学和新小说形成了战后现代主义文学的新浪潮，在美国黑色幽默和荒诞小说成为文学中的激进倾向。但是，在英国文学中却出现了一股现代主义衰落的趋势和文学回归现实主义传统的潮流。战后的英国文学中既没有产生堪与 20 世纪 20 年代现代主义高峰时期那样的实验和革新的运

动，也没有产生堪与乔伊斯、劳伦斯媲美的文坛巨擘。评论界普遍认为，在美国、法国和德国文学作品中，激进创新的倾向和对风格自觉关注的倾向似乎比在英国小说中更为强烈。这种局面的形成至少有两重原因。一方面，从历史和文化传统上来说，英国的文学创作和理论从来倾向保守，长于务实，不好抽象玄虚的思辨，回避激进极端的变革；自觉或不自觉地抵御、延宕、淡化或改造外来的玄虚理论和激进运动。一条英吉利海峡遏制了德国法西斯所向披靡的武力入侵，也阻挡了欧洲大陆甚嚣尘上的许多文化思潮。英国的马克思主义评论家特利·伊格尔顿就曾指出，欧洲大陆“各种思想观念通过海峡到达英国通常也许总要十年左右”，同时英国文学中的现代主义大多是外来移民作家鼓噪的结果。另一方面，战后英国有它特定的社会环境和文化氛围，它所面临的许多紧迫问题更需要及时和直接的反映和表现。因此，那种认为战后英国文学平庸保守的观念虽不能说完全没有道理，但它的偏颇之处在于，它在很大程度上以欧洲后现代主义实验和变革的标准观察评判一个没有可观的后现代主义运动和突出的后现代主义成果的国别文学。如果评论者能仔细观察一下英国作家怎样对战后新变化作出反映的方式，深入考察一下他们如何在一个不同于20世纪二三十年代的环境里进行创作的方式，那么他们或许会发现在貌似平庸沉闷的局面之下战后英国文学也有它丰富、复杂和创新的一面。

在第二次世界大战后的英国文坛上，依然存在着现实主义和现代主义两股潮流，它们分别在20世纪50年代和20世纪60年代交替成为文坛上的主要影响。在战后创痛悲凉的气氛中，现代主义文学曾有过一段短暂的抬头，它主要表现为戏剧领域内以艾略特为代表的诗剧复兴，诗歌领域内迪伦·托马斯(Dylan Thomas，1914—1953)独特的诗歌创作，小说领域内的主要代表是塞缪尔·贝克特(Samuel Beckett，1904—1989)的荒诞小说及威廉·戈尔丁(William Golding，1911—1993)等人的实验派小说，他们以存在主义哲学为基础，以荒谬的象征表现存在的荒谬与人生的虚无。然而这只是一股规模和影响有限的倾向，况且贝克特的创作游离在英国的文学活动的主流以外。20世纪50年代前后摆锤再次向现实主义一端摆动，在继20世纪初期、20世纪30年代之后第三次成为文学的主流。同时，这次现实主义的回归也许是与战争刚结束之后英国经济匮乏、生活艰难和阶级关系依然处于紧张这些因素有关。这次现实主义的回归首先反映在20世纪30年代成名的老一代作家在战时和战后的创作中，但其主力是20世纪50年代中期涌现出来的一批称为“愤怒的青年”的小说和戏剧作者以及“运动派”诗人。“愤怒的青年”的小说的特点是用新的主题和题材表现传统观念中发生的变化。这些作品虽然展示了20世纪50年代英国社会的真实状况,但在艺术上并没有什么创新。此外,20世纪50年代也有一批新老作家创作的工人阶级小说问世,他们的创作展现了英国社会现实的生活图卷。“运动派”这个名词首先出现在1954年,《观察家》的文学编辑J.D.司各特写的一篇文章里用到这个词,这篇文章讨论的是第二次世界大战后英国新歌的特征。虽然最初这个词实属玩笑之语,但却在人们的记忆里留下了深刻的印象。1956年,由英国著名诗人罗伯特·康奎斯特(Robert Conquest,1917—)任主编的《新诗行》问世。《新诗行》收录了菲利普·拉金(Philip Larkin 1922—1985)、康纳德·戴维(Donald Davie,1922—1995)等人的诗作,在社会上引起了巨大反响。这些诗人一反以迪沃·托马斯为代表的华丽的浪漫主义风格,用冷静、理智的态度审视世上的一切,他们的诗讲究技巧,用笔凝练,被文学史家称为“运动派”诗人。

进入20世纪60年代后,实验主义在英国兴盛起来。标新立异、实验变革的倾向在小说领域的表现最为突出,约翰·福尔斯(John Fowles,1926—2005)在《法国中尉的女人》中革新传统的小说观念和叙述技巧,使他成为英国最为著名的实验主义小说家。当时积极从事小说形式实验的重要作家还有安东尼·伯吉斯(Anthony Burgess,1917—1993)等。他们的努力使得20世纪60年代成为“最富创造性、最生机勃勃的年代”。在“后现代主义思潮”冲击下,这一时期的B.S.约翰逊(B.S.Johnson,1933—1973)、安·奎因(Ann Quin,1936—1973)、克里斯汀·布鲁克-罗斯(Christine Brooke-Rose,1926—2012)和加布里尔·贾希波维希(Gabriel Josipovici,1940—)等作家以极大的热情进行小说形式的创新。不过这些作家的形式革新只是喧闹一时,他们的作品因过于偏离传统而难以传世。此外,这一时期的英国诗坛呈现出多元化趋势,没有出现过大的文学运动,诗人的创作个性更加突出。这种多元化表现为诗歌流派纷呈、地方性诗人群体的涌现、女性诗人和少数族裔诗人的崛起,以及诗歌日益走向大众。当代北爱尔兰诗歌是20世纪末英国诗歌中最重要的组成部分。希尼的诗歌在描写北爱尔兰乡村生活风物的同时,探索物质与精神的交流和融会,具有鲜明的民族色彩和纯美的语言风格。

在英国20世纪六七十年代的文坛上还有一个十分值得关注的现象,即女性小说家的队伍随着女权主义运动的发展迅速壮大,多丽丝·莱辛(Doris Lessing,1919—2013)、艾丽丝·默多克(Iris Murdoch,1919—1999)、A.S.拜厄特(Antonia Susan Byatt,1936—)等是其代表人物,她们当中有些人同时还属于实验主义小说家的队伍,可见女性作家的革新意识与男性作家相比丝毫也不逊色。此外,“学院派小说家”这一时期的创作十分引人注目,他们兼批评家和作家于一身,用自己的创作实践着新的小说理论,比如马尔科姆

·布莱德伯里(Malcolm Bradbury,1932—2000)的《兑换率》和戴维·洛奇(David Lodge,1935—)的《小世界》,就是十分成功的范例。

进入20世纪80年代后,新一代英国小说家迅速成长,其中的佼佼者有马丁·艾米斯(Martin Amis,1949—)等。与此同时,少数族裔的小说家异军突起也是这一时期英国文坛中一个令人瞩目的现象。少数族裔小说家们富有特色的表现素材和手段,给英国小说创作注入新的活力,其中尤其以V.S.奈保尔(V.S.Naipaul,1932—)、萨尔曼·拉什迪(Salman Rushdie,1947—)和石黑一雄(Kazuo Ishiguro,1954—)成就最大,被并称为"英国文坛移民三雄"。

第二次世界大战后的英国戏剧,总体上呈现一种逐渐繁荣的局面。1955年,随着贝克特的《等待戈多》首次用英语在伦敦上演,英国戏剧舞台才开始出现变革的活力。翌年,约翰·奥斯本(John Osborne,1929—1994)的《愤怒的回顾》进行首场演出,拉开了战后英国戏剧新高潮的序幕。这两位剧作家的创作分别代表50年代英国戏剧的两个主要方向,即荒诞戏剧和写实主义戏剧。20世纪70年代以来,一些出道较早的戏剧家继续活跃在英国的剧坛上,创作出了有影响力的一些新作品,与此同时,也出现了一些新的作家,哈罗德·品特(Harold Pinter,1930—2008)于20世纪50年代登上剧坛,在将近半个世纪的时间里,创作了不少优秀作品,奠定其战后英国戏剧最重要剧作家的地位。自20世纪60年代以来,英国戏剧已经摆脱传统戏剧体裁的束缚,汤姆·斯托帕德(Tom Stoppard,1937—)善于用滑稽、闹剧的手法表现严肃的思想,彼特·谢弗(Peter Shaffer,1926—2016)的剧作着重用视觉形象和声效形式来烘托人物间和人物内心的冲突。韦斯克、邦德、黑尔、格里菲斯等人的剧作关注现实社会和政治,取得可喜的成绩。

第二节　多元融合的小说创作

20世纪下半叶的英国小说,各种流派并存并相互渗透。在小说的主题方面,有表现现实生活的普遍性和紧迫性的,也有表现某种哲学观念和自我体现的。在创作形式和方法方面,既有对原有创作形式和方法的继承和发展,也有在形式技巧方面的创新。同时,20世纪下半叶的英国小说创作始终存在着现实主义和现代主义这两股创作潮流,两者相互渗透,兼容并蓄,但现实主义具有更大的包容性。此外,在20世纪下半叶的英国小说创作中,少数族裔作家的小说创作、女性小说的创作、学院派小说以及通俗小说的创作也为英国小说创作注入了新的活力。在这里，着重介绍一下这一时期影响较大的几位作家的小说创作。

一、金斯利·艾米斯的小说创作

艾米斯(Kingsley Amis,1922—1995)是“愤怒的青年”的小说家之一。“愤怒的青年”小说家们坚守现实主义小说的创作方法，给20世纪中期英国文坛的现实主义文学注入了一股新的生机。他们的创作大多取材于工人阶级和底层中产阶级的生活，对英国战后的政治制度、等级观念以及生活现状等进行了强烈的批判，对下层人民的不幸处境表示了深切的同情。

艾米斯出生在伦敦南郊诺贝利镇的一个小职员家庭，是家中的独子。幼时家境并不富裕，但父母还是把他送到当地的名校接受教育，希望他能学有所成，用知识改变自己的命运。艾米斯先后就读于诺贝利学校和伦敦市立中学。1941年，他以优异成绩获得牛津大学奖学金，进入圣约翰学院攻读英国文学。当时欧洲大陆战火四起，英国无法置身事外。1942年，艾米斯应征入伍，随英国皇家通信部队赶赴战场。战争结束后，他重返牛津，于1947年末获得学士学位。从1949年起，艾米斯到威尔士的斯旺西大学担任了长达12年的英语讲师。艾米斯从1961年起开始从事专门的写作活动。中年之后的艾米斯曾在英国和美国的多所大学讲学或执教。1995年，艾米斯正在写长篇小说《黑与白》时突然因病去世。

艾米斯的小说以喜剧和讽刺见长，题材丰富，讲述着日常的人生经验。他在小说中塑造了一批来自中下层的知识青年形象：出身低微，受过受过高等教育，渴望进入上层社会，并为此不择手段，但最终都以妥协告终。这在其代表作《幸运儿吉姆》中有着鲜明的体现。

《幸运儿吉姆》是一部喜剧小说，它以第三人称视角、用幽默而嘲讽的笔调叙述了主人公吉姆·狄克逊的经历，继而表现了第二次世界大战后英国社会中的愤怒和不安，嘲弄了英国中产阶级社会的虚伪和虚荣。吉姆出身下层阶级家庭，既不富裕，也不英俊。他在外省某大学历史系任合同讲师，但他并不喜欢历史，甚至认为自己在那里讲历史是骗人的把戏，只是为了挣钱糊口而已。历史系主任威尔奇教授是他的顶头上司。这个人头脑迟钝却又喜欢附庸风雅，吉姆打心眼里看不起他，但为了保住饭碗，又不得不小心翼翼地处处逢迎这位系主任。但是，他的奉承并不时时能投其所好。一次，威尔奇在家里开周末音乐会，目的是想炫耀一下他儿子伯特兰德的绘画天赋。威尔奇邀请吉姆参加，而吉姆对绘画一窍不通，本不想去，但为了讨好威尔奇以便下半学年继续受聘，他还是去了。在威尔奇的家庭音乐会上，吉姆见到了伯特兰德和他的女友克丽丝汀，并对伯特兰德十分反感。而且，他还与伯特兰德发生了口角，并因喝得酩酊大醉忘记熄掉烟头而将威尔奇家的被褥烧焦。后来，在一场关于"可爱的英格兰"的公开讲演中，吉姆因过量饮酒而在听众和学校当权者面前模仿起了校长和系主任威尔奇的讲话方式，并将心酸、感伤和嘲讽的成分加入了自己的话语中，趁着酒兴将自己的愤怒发泄了出来。结果，他的气出了，饭碗也砸了——威尔奇随即就把他解聘。然而，他因祸得福，被学校解聘后，却被克丽丝汀的舅舅特聘为私人秘书，不但薪俸比原来多，还得到了克丽丝汀的"爱情"——真是"幸运的吉姆"！

小说的主要矛盾集中在吉姆和威尔奇父子之间。吉姆和威尔奇的矛盾是：吉姆要保住饭碗，老威尔奇却要砸他的饭碗。吉姆和伯特兰德的矛盾是：两者都想争夺一个来自上层社会的女人——克丽丝汀，而争夺克丽丝汀，说到底也是为了利益，因为克丽丝汀的舅舅是个大富翁。吉姆看不起威尔奇，因为威尔奇是伪学者，是个极不称职的愚蠢自私、自以为是的家伙；但吉姆又处处逢迎威尔奇，因为威尔奇是系主任，能决定他的饭碗。吉姆对伯特兰德自诩的"高雅艺术"极为反感，认为他的"高雅艺术"一文不值，然而吉姆自己也不懂高雅艺术，也在不懂装懂。实际上，吉姆根本不关心什么社会、艺术，只是夸夸其谈。他真正关心的是他的饭碗，还有女人，或者说女人可能给他带来的"好运"。因此，吉姆这一形象反映了英国社会中来自中下层阶级新一代青年的共同情绪，他们的所谓"愤怒"既有对森严的传统社会结构和观念的愤恨，也有对自己出身低微攀升不易的怨尤。

小说的结局是具有极大的讽刺性的，同时也表达了第二次世界大战后一代人的失望和愤怒情绪。不过，更为重要的是，小说借吉姆的行为极大地嘲笑了英国的文化传统，特别是以学院文化为代表的所谓"精英文化"。吉姆虽受过高等教育，但由于他的家庭出身和社会地位，他仍然不属于真正的"文化人"，因而他只能在学院文化的底层或者说"精英文化"的外围游荡。对自己的这种处境，他迫于生计，觉得无可奈何，同时出于"往上爬"的潜意识，又感到愤愤不平。很明显，吉姆从在本质上说是反学院、反文化的，他在学术方面毫无长处，虽然竭力想"爬入"文化的上层以获得理想的地位，但他的行为却表明他是个没有多大出息的人。如果说吉姆有过自我价值实现与追求的话，那么这种追求也是非常模糊的，只能是下意识的冲动，是一种叛逆性的盲动。吉姆最后获得高薪工作和漂亮女友既不表明他有什么突出的能力和才干，也不表明他实现了自我价值，而不过是"幸运"而已。这是艾米斯在对"精英文化"的虚假做作进行一番嘲讽之后的"再度嘲讽"。

此外，这部小说在语言方面具有鲜明的特色。首先，对人物的描述，时而幽默，时而荒诞，充满喜剧色彩。比如，吉姆初次见到伯特兰德时，小说中是这样描写的:“吉姆又望了望伯特兰德的眼睛,发现真是古怪极了,看上去好像在他的脸皮下面加缝了一层有图案的材料,只有从两个不整齐的漏洞里才能看见里面的东西。”显然,小说是从吉姆的视角描述这个丑陋庸俗而又自命不凡的小丑式人物,除了突出其特征,同时体现了吉姆对这个人及其所代表的那个阶层的轻蔑与憎恨,以及吉姆自身玩世不恭的性格特点。其次,小说的人物对话妙趣横生,而且是个性化的,有助于人物形象的塑造。

总的来说,《幸运的吉姆》是一部十分成功的小说,除了主题的当代性和人物的典型性,小说的场景设置、情节安排、细节描写、气氛烘托等手法,特别是不同凡响的幽默讽刺技巧,也是不可忽视的重要因素。

在《幸运的吉姆》之后,艾米斯还写了几部与其十分相似的喜剧性小说,但都较为逊色。而且,随着地位的改变和涉世的日益深入,艾米斯的社会和政治观念逐渐转向了保守,对社会的观察和表现开始带有了成见和偏差。这时候的艾米斯也许根本没有想到,他实际上已经变成了当年“愤怒的青年”猛烈攻击的对象。

二、威廉·戈尔丁的小说创作

戈尔丁出生于英格兰康沃尔郡,他的父亲是一位中学教师,思想较为激进,相信科学,反对宗教,他的母亲是一位女权主义者。戈尔丁幼时喜欢读书,12岁时便萌发了创作的冲动。1930年,中学毕业后的戈尔丁进入牛津大学攻读理科学位,两年之后,改读英国文学,1935年毕业,并获得了教育学学士学位。1940—1945年,戈尔丁在英国皇家海军服役。第二次世界大战结束后,戈尔丁进入中学教书,并在业余时间从事文学创作。1955年,戈尔丁被任命为英国皇家文学会成员,开始从事文学创作,1961年和1970年,戈尔丁分别获得了牛津大学文学硕士学位和萨西克斯大学的文学博士学位。1983年,戈尔丁凭借此自己的创作获得了诺贝尔文学奖。此后,他仍坚持进行小说创作,直至1993年去世。

戈尔丁在进行小说创作时,深入探索人类的本性是其创作的常规主题。而戈尔丁所表达的人性观,既来自基督教“原罪说”,又源于古希腊“性恶说”。因此,戈尔丁的人性观,可以说是基督教“原罪说”和古希腊“性恶说”的现代混合版。他认为,现代人只是披了一件文明的外衣,一旦剥去这件外衣,就会显露出最野蛮、最黑暗、最疯狂的兽性。因此,在他的作品中,他几乎总是把人物从具体的社会环境中分离出来,使之与文明、与教育暂时隔绝,由此而“深刻地揭示人类的本性”。此外,戈尔丁在进行小说创作时采用了一些新形式和新技巧,如“互文”和“元小说”成分等,从而呈现出鲜明的“后现代”的新实验主义倾向。

《蝇王》是戈尔丁最为重要的一部小说作品，也是戈尔丁的成名作。小说的书名取自《圣经》，即“苍蝇之王”，喻污秽和丑恶之最。戈尔丁将此作为书名，显然意指人性之恶，或者说指人的兽性，因为小说中的那群男孩特别害怕荒岛上有野兽，其实真正的野兽就是潜伏在人性中的兽性。

这部小说是对19世纪作家巴伦廷写的《珊瑚岛》的重写，《珊瑚岛》描写了三个英国男孩，即拉尔夫、杰克和彼得金，因船只失事而漂流到一个荒岛上，他们团结互助，战胜海盗，并帮助那里的土人建立了文明的家园，宣扬的是大英帝国是文明传播者的传统观念。《蝇王》则是对《珊瑚岛》的“模拟反讽”。它模拟了《珊瑚岛》的基本框架和主要人物（两个最重要的人物也叫拉尔夫和杰克），但通过对人物的不同处理和对情节的重新设置，它嘲讽了《珊瑚岛》，并通过这样的嘲讽表现出反传统的现代意识。《蝇王》讲述了一个现代寓言故事，如今对许多读者来说可谓耳熟能详：在一场未来的核战争中，英国一架疏散孩子的飞机坠毁，飞机上的男孩们流落到了一个世外桃源般的珊瑚岛上。在没有成年人的岛上，沉着冷静的拉尔夫被推选为头领，他吹响海螺召集会议，主张凡事由大伙民主讨论决定，他组织孩子们筑起茅屋，燃起篝火，等待营救。猪崽和西蒙是拉尔夫的左膀右臂，猪崽足智多谋，正是他的眼镜片聚光取火，为孩子们带来了火种。西蒙则善于思考，像个小哲学家。不久，拉尔夫试图建立的秩序就被打乱了。孩子们害怕岛上的“野兽”，虽然那不过是跳伞飞行员的尸骸。唱诗班的首领杰克觊觎头领的权威，他带着大孩子们涂花了脸去打野猪，对拉尔夫指派的看管篝火的任务置之不理。成功猎到野猪后，杰克将猪头供奉给“野兽”，带着孩子们学着原始人的样子狂舞。正在这时，发现了“野兽”秘密的西蒙赶来告诉大家实情，却被极度狂热的孩子们误当作野兽活活打死。孩子们渐渐背叛了拉尔夫，投靠杰克，成了一群涂花了脸的野蛮人。此后，杰克又唆使孩子们偷来猪崽的眼镜，猪崽手持海螺去评理，却被凶狠阴险的罗杰用巨石撞下悬崖惨死。孩子们又在岛上放火烧山追杀拉尔夫。千钧一发之际，大火引来了英国军舰，孩子们获救了。险些丧命的拉尔夫失声痛哭，为童心的泯灭和人性的黑暗而悲泣。

对于这部小说，可以从两个层面上来理解。首先，在现实的层面上，这是一个关于一群孩子的故事。故事中的四个主要人物，即拉尔夫、杰克、猪崽和西蒙，在求生的过程中表现出了不同的个性和品质：拉尔夫沉静正直，杰克则任性好斗，猪崽富有理智，西蒙则长于直觉。他们原本可以得救，但由于杰克的嫉妒和贪欲，他们不仅发生了争吵，还导致了可怕的悲剧，最后幸亏有一艘军舰经过那里，才意外地救了他们。在这个层面上，《蝇王》显然嘲讽了《珊瑚岛》所宣扬的那种自以为是的传统观念。它描绘出的是这样一幅图景:英国男孩(作为英国人或者英国精神的代表)到一个荒岛(作为落后或者“不文明”地区的代表)上,根本不可能团结互助,不可能战胜邪恶,更不可能建立起新的文明,而只会陷入野蛮的境地。因为英国男孩和世界上任何男孩一样,也带有人的劣根性——自私和残暴。其次,在象征的层面上,故事中的四个男孩又分别象征了人性的四个方面:拉尔夫是正义的象征,杰克是欲望的象征,猪仔是理性的象征,西蒙则是信仰的象征。四个人合在一起,就是人性的象征。如果说小说中的荒岛是整个世界的象征的话,那么杰克和其他三人的分裂和冲突就是人性自身分裂和冲突的象征性表现。最后,杰克杀死猪崽和西蒙,意味着人性中的欲望吞噬了理性和信仰,这时正义(拉尔夫)也就岌岌可危了,因为正义本是靠理性和信仰支撑的。至于小说结尾处出现的海军军官,那显然是某种超自然力,或者说是神的象征。但是,无论在现实还是在象征的层面上,这部小说都反映了戈尔丁对现实和人性的悲观思想。

这部小说从艺术方面来看,也取得了十分重要的成就。现实主义、浪漫主义和象征主义在这部作品中结合得完美无缺。小说中的描写和人物塑造完全是现实主义的,细节很真实,人物都具有鲜明的人性,而这种真实的描写又和大胆想象的故事情节显得很和谐。小说的情节虽然是完全虚构的,但都从人物性格中引发出来,如最关键的情节——杰克和拉尔夫等人的争吵和冲突,便是以杰克和拉尔夫的个性为基础的,若没有这一点,小说就会显得不真实。同样.小说中的象征意义也是从人物个性和事件中自然引申出来而不是人为地安置上去的。譬如,拉尔夫是正义的象征和文明的代表,他的诚实善良的个性与此正好相合;杰克作为欲望和兽性的象征,则和他的任性妄为的个性相合;猪崽是个胖胖的、戴着眼镜的男孩,显然是个性格文静、头脑聪明的好学生,以他作为理性的代表当然再合适不过了。事件的象征意义也是如此。拉尔夫点燃篝火,作为期待拯救的象征,是从指望有人把他救出荒岛这一点,自然引申为拯救文明的;杰克的兽性表现,则以打野猪的情节作为象征,同样合情合理。总之,戈尔丁在使用象征手法时总是使事物的自然性质和象征意义保持一致,而不像法国象征主义作家那样往往喜欢使用隐秘的、晦涩的象征。因此,《蝇王》虽然寓意深刻,读起来却非常明晰、浅显,毫无令人费解之处。

《看得见的黑暗》也是戈尔丁一部极为重要的小说作品,题目取自弥尔顿《失乐园》第一卷。弥尔顿在那里写道:魔鬼撒旦堕入地狱,面对“看得见的黑暗”:“那里没有和平与希望,那里只有/无穷无尽的苦难,紧紧跟着/永远燃烧的硫磺,不断添注着不灭的/火焰,洪水般地向他滚滚而来。”可见,这是一部讲述地狱般黑暗和恐怖的小说。

这部小说从结构上来看包括三个部分。第一部分一开始就写到第二次世界大战中德军对伦敦的狂轰滥炸，整个城市变为一片火海，无数生灵被活活吞噬，凄惨恐怖之状，堪比撒旦所面对的地狱，然而就在这“人间地狱”中，有个小男孩奇迹般地逃了出来，而且若无其事地在街上走着，直到消防队把他送进医院。他的左脸已被烧焦，从此成了“阴阳脸”。这个小男孩就是小说的第一主人公麦迪·温德罗夫，一个孤儿。他从医院出来后，便被送进了绿野小镇的一家孤儿院。从此，这个孤儿就一直想弄清自己的身份和使命，并开始了寻找过程。如果说，小说第一部分写的是“黑暗中的一线光明”，那么第二部分写的则是无穷无尽的黑暗。这部分的两个主人公即索菲和托妮，是小说中的第二、第三主人公。她们是一对双胞胎。当初，她们和麦迪一样，也是在绿野小镇上长大的，但不是在孤儿院里，而是在一所为富家子女开办的私立学校里。小说的这一部分主要就是写索菲和托妮是如何变为“黑暗使者”的。既然第一部分写“光明”，第二部分写“黑暗”，第三部分当然就要写“光明”和“黑暗”的较量——这是戈尔丁小说的寓言性质所决定的。托妮为了弄钱，索菲为了满足自己的变态欲望，两人策划了一起阴谋：她们要在绿野小镇的一所寄宿小学里放火，乘混乱之际绑架一个家境富有的男孩。这样，托妮可以得到家长的赎金，索菲则可以乘机满足自己欲望——尽情虐待那个男孩，并从中得到快感。然而，当这一对“黑暗使者”的阴谋行将得逞之际，“光明使者”挡住了她们——那所小学的管理员正是麦迪。但是，麦迪也因此以身殉道，他完成了作为“光明使者”的使命——在火焰中成为供神的祭品。

这部小说从内容上来看，很明显是对当代现实的直接描写，表现了现代世界的混乱与黑暗，同时也揭示了人类生存的困顿与尴尬。同时，创作这部小说时的戈尔丁已“背离”了基督教，就如1983年的诺贝尔奖授奖词所说，“《看得见的黑暗》是一部讲善恶相斗的二神论的书——个人试图用神话形式来说明一种摩尼哲学，认为善与恶是生活中两个独立的力量”①，他要说明的其实是“一种摩尼哲学”。因为在他看来，“恶”是永恒的，黑暗是永恒的；“善”即使有，也只是“黑暗中的一线光明”，而且只是转眼即逝的火光一闪。换句话说，尽管他相信“光明”可以抵挡“黑暗”，但他更相信“黑暗”是不可战胜的，因为人性本恶，人性即“黑暗”。

除了《绳王》和《看得见的黑暗》外，戈尔丁还创作了多部作品，如《平切尔·马丁》《自由堕落》《塔尖》《航行仪式》《局促的岗位》《地狱之火》等。这些作品都以寓言讽喻的形式解释了他所认为的人性本恶的原罪思想，流露

① 刘文荣.当代英国小说史[M].上海：文汇出版社，2010：125—126.

出了消极的悲观情绪。

三、约翰·福尔斯的小说创作

福尔斯是 20 世纪 60 年代英国文坛脱颖而出的一颗明星，他的声誉不仅在于他开拓创新的精神，还在于他的小说一直雅俗共赏，畅销不衰，既得学界好评，又蒙读者青睐。

福尔斯生于伦敦近郊，少年时代为躲避第二次世界大战的空袭而举家迁居乡下。美丽的原野、神秘的山谷激发了他的无穷想象，成为以后创作灵感的源泉。中学结束后他应征入伍，在爱丁堡大学接受中尉军官的训练。战后入牛津大学攻读法语和德语文学，受当时风行校园的法国存在主义作家萨特和加谬的影响颇深。毕业后，福尔斯先后去法国和希腊的斯佩特西岛教授英语，异国妩媚绮旎的风光，海岛在细雨朦胧或浓雾深锁中奇特神秘的景色再次触发了他的创作欲望，他的处女作《魔法师》即孕育于希腊海岛，书中的弗莱克索斯小岛就是以斯佩特西岛为原型的。当 20 世纪 60 年代英国小说实验之风盛起之时，福尔斯出版了《收藏家》《魔法师》和《法国中尉的女人》三部重要的作品，对小说的叙事方式进行了革新，同时也为洛奇所指出的英国小说的困境（如在现实主义和实验主义之间徘徊，表现出非小说文类发展的趋势等）开辟了一条道路。此后，他专心致力于小说创作，发表了多部影响重大的小说作品。2005 年，福尔斯在莱姆里季斯家中因心脏衰竭逝世。

福尔斯从某种程度上说，并不是一个纯小说家，他写小说是为了表述他的思想，而他的思想显然是法国存在主义思想，用他自己的话来说，就是要“重新确定个体自身的独特性”。他不仅认为“写作是教育的一种形式”和“宣传我的人生观的手段”，而且公开宣称他并不想成为“优秀的小说家”，倒很乐意被人称为“睿智的哲学家”。所以，他有“哲学小说家”的名声。

福尔斯早期的小说创作可以说是现实主义的，至少是写实风格的。后来，他开始了小说创作实验，最为重要的是“超小说”的创作。“超小说”又称“元小说”，意思就是“关于写小说的小说”，其主要特点是：小说明显具有自我评论和自我解构倾向，或者说是一种“介于小说和批评之间”的文学样式。它们既不是传统意义上的“小说”，也不是一般意义上的“文学批评”，而是两者的混合。它们既像传统小说一样建构一个小说世界，同时又自我解构，像文学批评一样对这一小说世界加以分析和评论。“超小说”在 20 世纪六七十年代的英国小说界相当流行，当时有不少小说家写过“超小说”或者具有“超小说”倾向的作品。毫无疑问，福尔斯是其中的佼佼者，尤其是他的《法国中尉的女人》，被认为是“超小说”的杰出代表。尽管福尔斯的“超小说”是一种很奇特的小说，它们所"超"的是传统现实主义小说。也就是说，它们是在现实主义基础上的一种实验，而不是"抛弃"现实主义，所以仍属实验现实主义小说。这和有人称它们为"后现代小说"并不矛盾，因为"后现代"的意思是非现代派，也非"反现代派"，而这和实验现实主义的概念其实是一致的，因为后者的意思也是：既不是现代派，又不是"传统现实主义的返回"，而是一种基于传统现实主义的"实验"，其结果已和传统现实主义大相径庭。

福尔斯的超小说旨在揭露小说的虚假性，其最好的揭露对象当然就是传统现实主义小说，因为现实主义小说，尤其是经典现实主义小说，被普遍认为是"真实地反映了现实生活"。也正因为这一缘故，福尔斯的"超小说"通常所模拟的就是现实主义小说，就如批评家所说，"'超小说'可以关注小说某些特殊的传统形式，与此同时展示它们的构筑过程，例如，约翰·福尔斯在《法国中尉的女人》中采用了'全知作者'的传统形式"[①]。更具体来说，福尔斯在其"超小说"中不仅讽刺性地模仿传统小说（尤其是哈代的小说），而且还对传统小说的形式予以解构性批评，以此显示传统小说自身的虚构性。不过，需要说明的是，福尔斯揭露传统小说的虚构性并不是"指责"传统小说，而只是想以此表明：任何小说，哪怕是被认为"最真实的"小说，实质上都是虚构的。

《法国中尉的女人》《丹尼尔·马丁》《曼蒂萨》《蛆》等都是福尔斯的"超小说"，其中以《法国中尉的女人》的影响最大。

《法国中尉的女人》可称当代英国小说中的传世之作，福尔斯在这部小说中既惟妙惟肖地模仿19世纪的维多利亚小说，构建了一个小说世界，又不断对此予以解构，以在表明传统小说本质上的虚伪性。

小说的故事发生于维多利亚时代，主人公查尔斯·史密森出身贵族家庭，与富商的女儿欧内丝蒂娜订了婚。笃信进化论的查尔斯在海边搜寻化石标本的时候，结识了当地人口中所指的"法国中尉的女人"萨拉·伍德伍夫。她因为独立不羁，感情奔放，为当时虚伪拘谨的维多利亚社会所不容，所以有传闻说她是个轻浮的女人，曾被一个法国中尉玩弄后又遭抛弃，因而每日凄苦地眺望大海，期待昔日的情人回来。查尔斯对此将信将疑，但出于对萨拉的爱，他仍和她交往。萨拉好像也很爱他，还坦率地把她和法国中尉的事情告诉了他。她说的虽和传闻不完全一样，但她承认自己确实曾被法国中尉抛弃。对此，查尔斯内心很矛盾，然而正当他想摆脱萨拉的神秘诱惑时，却发现萨拉和法国中尉的事情纯属虚构，因为他在和萨拉做爱时发现她

---

① Patricia Waugh. *Metafiction: the Theory and Pratice of Self-conscious Fiction*[M]. London: Methuen, 1984, P.58.

仍是处女。但是，就在查尔斯想找萨拉把事情弄清楚之前，萨拉突然失踪了。于是，他便到处寻找萨拉……结局如何呢？福尔斯别出心裁地写了三种结局：一是查尔斯没找到萨拉，便和欧内丝蒂娜结了婚；二是查尔斯找到萨拉，并打算和她结婚；三是查尔斯虽找到萨拉，但最后还是离开了她。这样的结局安排，一方面是留给读者去选择，另一方面作者赋予了两位主人公存在主义的自由，即由主人公自由选择自己的命运结局。这样一种写作手法也是对19世纪全知全能作者形象的颠覆，作者放弃了对人物、情节的控制权，使小说成为一种开放的艺术形式。

福尔斯在这部小说中是把维多利亚小说当作传统小说的范本来对待的，所以他戏拟的不是特定的维多利亚小说，而是包括维多利亚小说在内的所有传统小说。因为所有的传统小说几乎全都具有这样的特点：小说家对现实世界表现得极为自信，他们在不无混乱的现实世界中抽取他们所需要的材料，然后赋予这些材料以某种秩序，也就是建构一个既和现实世界有联系又完全不同于现实世界的小说世界；在这个世界里，小说家不仅拥有绝对的叙事权，还拥有支配读者的权力，而这种支配权，就是通过小说家的叙事权获得的；也就是说，小说家通过叙事制造幻觉，使读者（至少在读小说时）生活在一个幻象世界里，从而使他们对小说中发生的一切信以为真。而福尔斯在这部小说中，对这一幻象世界进行了破坏，那就是他一边模拟维多利亚小说，一边予以自我破坏。他的小说的叙述者既是小说家的化身，又是一个虚构的角色。他假装他的人物都跳出了他的控制，具备某种生存的自由，这种自由使他们既难捉摸又无法预言。同时，这部小说将旧的写作传统和新的虚构形式结合起来，故意采用“时代误置”的技巧将逝去的维多利亚时代氛围和20世纪中叶的现代意境交织在一起；以20世纪的眼光，用戏拟的手法，对维多利亚时代小说的内容、形式、语言、文体风格和对话作了极为逼真的模仿。同时，又从20世纪观念意识的平台上对19世纪的道德价值进行观察、衡量和评价。这样，以一个历史时期为背景对另一个时期作批判性的观察使这本显而易见的历史小说变成了一部真正的实验小说。

四、V.S.奈保尔的小说创作

奈保尔是著名的英籍印度裔作家，出生于特立尼达岛的一个印度家庭，在1950年时因获政府奖学金而进入英国牛津大学攻读英国文学。1954年，他获得了英国文学学士学位并在英国定居。之后，他先后在英国广播公司担任“加勒比海之声”的编辑和《新政治家》杂志的小说评论员。1990年，奈保尔被授予了骑士封号。他还曾获毛姆奖、布克奖等很多重要的文学奖。2001年，他又获得了诺贝尔文学奖。在当前，奈保尔仍不断有佳作问世。

奈保尔在进行小说创作时，始终坚持一种类似传统现实主义的写实风格，而且明确反对实验主义。他曾说："形式实验，并不以真实的困难为目标（伟大社会产生的伟大小说曾经解决过这些真实的困难），已经腐蚀了反映能力……小说家，像画家一样，不再认识到他的解释功能，而是设法超越此种功能，于是，他的读者减少了。"[①]显然，他认为小说要有"反映能力"，小说家要有"解释功能"，而形式实验却是"设法超越此种功能"，逃避"真实的困难"。此外，奈保尔在坚持现实主义写作风格的同时，也逐渐形成了自己独特的现实主义写实风格。

奈保尔早期的小说创作大多以特立尼达的印度人生活为素材，而且大多是充满幽默讽刺的社会喜剧，文笔洗练诙谐，人物生动而夸张，同时又带有一种悲悯感伤的情调，具有狄更斯小说的风格倾向。这在其小说《毕司沃斯先生的房子》的房子中有着鲜明的体现。

《毕司沃斯先生的房子》在某种程度上具有狄更斯中期小说的风格特点，忧郁而感伤。在这部小说中，奈保尔以他父亲的经历为素材，写出了一个真实人物平凡生活中的奋斗和痛苦。小说开始时，主人公毕司沃斯先生46岁，生病住院，在逝世前10个星期被《特立尼达哨兵报》解雇。作者随后追述毕司沃斯先生一生的经历。小说节奏平缓，风格朴实，以饱含怜悯和同情的语调讲述了一个平凡人物的一生，尤其是小说结束时，写得感人至深：毕司沃斯先生积劳成疾而病死在家中，他的大儿子阿兰德从英国回来，面对的是父亲留下的3 000元债务、穷困的母亲和四个年幼的弟妹，从此便走上了和父亲一样的生活之路。通过这部小说，奈保尔生动描绘了特立尼达的印度裔居民的生活方式和风俗习惯，并流露出一股浓浓的人情味。

奈保尔中期的小说创作关注发展中国家的社会政治问题，并表现出右翼政治倾向。在他看来，西方殖民主义统治的终结并没有如人们期望的那样给前殖民地带来主权、安全和进步，新成立的民族国家的统治者也没有肩负起他们应该肩负的重任。这在其代表作《模仿者》中有着鲜明的体现。这部小说以一个虚构的加勒比海岛屿为背景，叙述者是41岁的失意政客和梦想家拉尔夫·辛格。不论是在伦敦，还是在他的出生地加勒比海岛屿上，拉尔夫·辛格都有一种深深的、使他浑身不自在的失落感。可以说，自这部小说之后，奈保尔的小说就表现出两种基本倾向，即强烈的政治意识和浓郁的悲观色彩。此外，《模仿者》用一种异化疏离语调构成一出人生错位的悲喜剧，也表现出奈保尔在叙事形式方面的独创性。奈保尔自己曾说，他本想用编年史方式来写这部小说，结果试了三次均告失败，于是他就选择从中间写

① 瞿世镜，任一鸣.当代英国小说史[M].上海：上海译文出版社，2008：438.

起，让拉尔夫·辛格在伦敦郊区的寓所里写回忆录，以此作为小说的开端。这样，辛格的思绪前后跳跃，忽然闪回，忽然前瞻，由此使他失败的个人生活和政治生活渐渐呈现出来；也就是说，使读者从拉尔夫·辛格的回忆片断中逐渐获得对这个人物的整体印象。显然，这不是传统的现实主义叙事手法，但奈保尔在使用这种手法时并没有把这部作品写成一部意识流小说，而是依然保持着写实的特点。所以说，这是一种独特的写实风格。

奈保尔的小说具有心理特点的写实风格，在中期创作的《河湾》这部小说中体现得更为明显。这部小说以某个刚刚独立的非洲国家为背景，故事由主人公萨林姆自述。萨林姆的祖先是来自印度西北部地区的穆斯林，在非洲大陆东海岸定居经商。故事发生的年代是1963年，年轻的萨林姆驾车前往非洲中部，在那里的河湾镇买下朋友的一个小店，准备独闯生活。镇子是当地的贸易中心，他利用战后的恢复时期，生意做得很是顺利。尽管如此，在与当地人的接触中，他却发现自己生活在一个不友好的世界。他是一个外来者，既不是定居者，也不是游客，而是一个没有更好去处的人，心头挥之不去的孤独感困扰着他的生活。萨林姆生活的河湾类似于一种"无人之地"，来到那里的人当中有担任总统顾问的欧洲人、雇佣兵、牟取暴利之徒，以及其他来自亚非国家的流亡者。他们都是失去精神家园的流浪者，陷入了历史的涡流之中，试图突破他们所在世界的局限实现自我。后来，萨林姆的生意受到动荡局势的影响，商店被国有化，他自己也一度被关进监狱。小说结尾，萨林姆在朋友的帮助下乘船在黑暗中顺河漂流而下，逃离了那个是非之地。

这部小说具有现实与比喻两个层面的意义：首先，这个虚构的国家与蒙博托领导下的扎伊尔极为相似，代表殖民秩序瓦解之后正处于后殖民社会的当代非洲；其次，正是由于作者没有为这个虚构的国家命名，这就使得它在隐喻层面上象征正面临痛苦抉择的第三世界国家。现实层面的相似性赋予小说一种深刻的历史感，隐喻层面的象征性则使得小说获得一种更为普遍的意义。显然，小说呈现的是一个混乱的后殖民世界，其主导意象是象征着野蛮、贫穷、愚昧与贪婪的"丛林"。在这个"丛林"中，就如小说一开始就说的，"人无关紧要，并且听任自己无关紧要，因为人在这个世界上没有位置"。这是一个邪恶、无望的社会。究其原因，就是因为这些国家没有文化传统可言，它们的历史仅仅是欧洲殖民史的伴随物，就如小说主人公所说，"我所了解的所有关于我的家族的历史以及印度洋的历史，都是从欧洲人写的书中得来的……这一切都不能成为我们自己知识的组成部分，无法引起自豪感"；所以，随着欧洲殖民者的离去和殖民秩序的终结，这些后殖民时代的前殖民地国家徒有独立之名，其实仍是欧洲国家的"附庸"。不仅如此，

“后殖民”时代的政治和文化甚至比殖民地时代更糟、更混乱，因为离开了欧洲殖民者，他们既不知道如何治理国家，也不知道自己究竟有何种文化，结果便是混乱，使国家变成了一个野蛮、贫穷、愚昧与贪婪的“丛林”。

在这部小说中，奈保尔还试图表明，人们对从殖民统治下获得民族独立的国家的美好愿望，最终只会是竹篮打水一场空。究其原因，是因为这些国家没有自己的传统可言，它们所有的历史都来源于欧洲的殖民主义。诚如《河湾》中的叙述者所言：“我所了解的所有关于我家族的历史以及印度洋的历史，都是从欧洲人写的书中得来的……这一切都不能成为我们自己知识的组成部分，无法引起自豪感。我觉得，要不是因为欧洲人，我们过去的一切恐怕已被冲刷得干干净净，就好像镇子外面那片沙滩上渔夫们留下的足迹一般。”殖民秩序的终结似乎为新近独立的民族国家带来希望，但这种乐观主义却相当短命，西方殖民势力的持续影响依然会存在于后殖民社会的经济、政治、军事以及意识形态中。可以被冲刷掉的是第三世界人民自己的历史，因为他们不是如同欧洲人那样的真实可信的人类。他们不能生产商品，却消费商品，并以消费西方商品为时尚，在当今世界注定处于被动的模仿者地位。这既是奈保尔的结论，也是他在《河湾》以及其他一些作品中力图说明的问题。

奈保尔后期的小说创作又以一种几乎全新的风格出现在读者面前。这种新风格的形成和奈保尔在此之前的文学活动有关。自《河湾》出版后的八年间，奈保尔没有出版一部小说，而是写了一系列纪实作品，如《埃娃·庇隆的归来》《刚果日记》《在信徒中间：伊斯兰国家旅行记》《发现中心：两篇叙述》等。在写作这些纪实作品的过程中，他发现了大量的“事实”，也重新调整了他的“自我”。尤其是在《发现中心：两篇叙述》中，他还以两种不同方式对他此前的“写作过程”予以回顾和“反省”，可说是他对自己近30年来的小说创作的一次总结。由此，他产生了一种新的创作心态，以求重新平衡现实与自我的关系。《到达之谜》的写作就出自这一心态，所以，也就自然而然地呈现出了一种新的风格特点。

《到达之谜》已没有了《河湾》中那种冷峻的批评，取而代之的是一种近乎沉思的口吻，娓娓述说着作者的发现以及他不断变化的人生观。这是迄今为止奈保尔最具自传色彩的一本著作，但是作者的主要目的并非是讲述他人生的经历，而是要说明“某种不易抓住的东西：我的文学源头以及我多方面背景的想象性驱动力”。小说中的故事叙述者是一个来自加勒比海地区的作家，但他始终没有说出自己的名字，只说自己在经历多年漂泊无定的生活后，终于在英国找到了回家的感觉。显然，奈保尔以此暗示，这个没有姓名的叙述者就是他自己。在小说中，他讲述了自己到达英国后的“心路历程”，讲述他如何从特立尼达来到英国求学，如何摆脱压抑、盲目和愚昧，如何刻苦写作，如何成为作家，如何在英格兰乡间生活，如何熟悉那里的人等。由于他是外来者，英国的一切对他来说都是陌生的，因此他在英国的“心路历程”也就是他探访和熟悉英国的过程；反过来说，也就是英国的生活和英国的现实在他的“心路历程”中被他用一种陌生的眼光审视了一遍。

在当前，奈保尔仍在坚持进行文学创作，并以一种独特的方式关注第三世界国家人民的生存状态。无论是用想象还是用纪实的手法，他的作品确实向人们展示了第三世界的部分真相。值得注意的是，他并不太隐瞒自己的意识形态立场，数十年来一直保持着批评的锋芒，以权威的口吻对第三世界进行阐释，这使得他成为西方知识界颇具影响的作家。奈保尔的笔触探人“灵魂、心灵、记忆的最深处”，他在作品中将虚构的故事、真实的叙述、自传性文字相融合，出色地表现了现代人缺乏归属感的生存状态。奈保尔作为当今“全球作家”国际视野，他对当代世界重大问题的关注、思考，以及他那强劲有力的英文，对于他赢得西方世界的认可并最终获得诺贝尔文学奖起到很大的作用。

五、多丽丝·莱辛的小说创作

莱辛是第二次世界大战后英国最杰出的女性作家，出生于波斯（今伊朗），父母均是英国人。5 岁时，随父母迁居非洲的罗得西亚。父亲经营农场，但很不成功，生活窘迫，家庭气氛阴郁。作为逃避，少年莱辛大量阅读欧洲现实主义文学作品，并很早就离家工作。1949 年，她来到英国，定居伦敦。之后，她一边进行文学创作，一边积极参加反对种族歧视和殖民主义的斗争，直到 50 多岁一直活跃于左翼政治活动。2007 年，莱辛获得了诺贝尔文学奖，成为迄今为止第 34 位女性诺贝尔奖得主，也是年龄最大的女性诺贝尔获奖者。2013 年，莱辛去世。

莱辛的文学生涯自她 1950 年发表第一部小说起一直延续到她去世。她的小说题材十分广阔，种族主义、女权主义、共产主义、神秘主义等二十世纪重要的思想和重大的问题几乎都有涉及。女性和政治是她小说创作的两个基本主题。她偏爱描写那些生活中因失去丈夫而支离破碎的女人，渗透在她作品中的政治因素也使她和同时期的其他女作家拉开了差距，她的作品一针见血且咄咄逼人。莱辛的创作承袭了现实主义，又在此基础上进行了形式方面的创新，她的作品以罕见的广度和深度表现着女性的生存境况及她们的精神世界。与此同时，莱辛还十分关注个体与社会千丝万缕的联系，以及社会整体和全人类的长远命运。

《金色笔记本》是莱辛最为重要的小说作品，从女性独特的视角聚焦了女性的心理和生活，描述了她们精神上的压抑和痛苦，继而从另一个角度揭示出当代社会中女性所面临的问题以及男人和女人之间错综复杂的关系。因此，这部小说一出版便被研究者誉为女权主义运动的奠基石，成为女权主义者的一部圣经。

这部小说以20世纪年代的伦敦为背景，描述了女作家安娜·伍尔夫离婚后，带着女儿独自生活，陷入了写作和感情的困境。为了从不同角度分析自己的问题，安娜分别在黑、红、黄、蓝四个笔记本上记录不同的内容：黑色笔记本记录了她对自己的畅销书《战争前沿》的重新审视，回忆了自己在非洲的经历以及写作该书的过程；红色笔记本记录了她的政治生活；黄色笔记本则是她根据自身经历虚构的另一个自我艾拉的故事；蓝色笔记本是她的日记。安娜同时还在写一本叫《自由女性》的小说，小说的章节穿插在四个笔记之间，其中还有一些剪报。最后，安娜找到了完整的自我，第五个笔记本——金色笔记本出现了。

莱辛在创作这部小说时，是以女权问题作为主要切入点的。女主人公安娜是个女权主义者，这一点从莱辛为她取的名字就可以看出。她的全名是安娜·弗里曼·伍尔夫(Anna Freeman Wulf)，其中的姓 Wulf，和女权主义先驱 Virginia Woolf(弗吉尼娅·伍尔夫)的姓是谐音，而中间名 Freeman，意思是“自由男人”。这样一个名字显然具有象征性含义，以此暗示这位女主人公和弗吉尼娅·伍尔夫属同一类人，即女权主义者，而她们要争的“女权”，就是要像男人一样“自由”。所以，安娜所写的小说就取名为《自由女性》。但是，莱辛却矢口否认《金色笔记本》是一部女权主义小说。她觉得那些热心的女权主义读者似乎忽视了小说的讽刺性，以至于后来不得不直接说明：《自由女性》是“一个具有讽刺意味的标题”。当然，莱辛并不反对女权运动，只是认为女权运动既没有多少希望，也没有多大意义。她说：“我觉得女性解放运动不会取得多大成就，原因并不在于这个运动的目的有什么错误之处，而是因为我们耳闻目睹的、社会上的政治大动荡已经把世界组合成一个新的格局；等到我们取得胜利时——假如能胜利的话，女性解放运动的目标也许会显得微乎其微、离奇古怪。”显然，她是个女权悲观论者，但她的悲观论却是一种深刻的悲观论，因为她并不孤立看待女权问题。

因此，这部小说与其说是对女权思想进行了宣传，不如说是对女权悲观论思想进行了宣传，或者说，讲述了一个女权悲观论者眼中的世界与人生。而为了将这样的世界与人生表述出来，莱辛在小说中引人注目地采用了一种全新的、实验性的叙事结构，而其主要目的如她自己所说，“是使一本书的组合形式本身不需文字说明就能表明意义，就是通过书的结构形状说明问题”，也就是说，赋予小说形式以主题意义。所以，小说初看上去就像一片迷律,其中转移变换的叙述者、变化重合的人物角色、无时间顺序的事件组合、交错重叠的笔记片断、对同一人物的多重视角和观点,令人眼花缭乱。然而,这一切实际上是一种有秩序的凌乱和有组织的破碎,它不仅和女主人公凌乱破碎的意识与经验相对应,还再现了四分五裂的世界与人生。

总的来说,这部小说不仅立意深刻、构思新颖、手法独特,还富有诗意,实为不可多得的佳作。

莱辛在创作了《金色笔记》日后,仍不断有佳作问世,且进行了多元化的小说创作尝试,包括现实主义小说、实验主义小说、科幻小说等。但是,莱辛的小说创作中始终带有强烈的现实主义倾向,具有鲜明的时代特色,即使是她讲述太空故事的科幻小说,与现实的联系也十分明显。因此,莱辛立足于任何社会,以文学的方式反映和思考人和社会的真实状况,使她被誉为当代最真诚、最敏锐、最关心社会问题的作家之一。

第三节 多元化的诗歌创作

在第二次世界大战后,英国诗坛上“运动派”诗人的崛起,对英国诗歌的这一发展趋势进行了反拨。“运动派”诗人强调对当时社会现实的真实反映,突出作品的个人色彩和道德教化的作用,其机智朴素、冷峻理性、遵循传统诗歌韵律的风格也是与20世纪50年代英国的社会风气一致的。拉金是运动派诗人中成就最大的诗人。进入20世纪70年代后,少数族裔诗人逐渐走上英国诗坛,并渐渐在英诗的发展中占据了主要地位。在这一过程中,三大少数族裔诗人群体崛起,即以西默斯·希尼(Seamus Heaney,1939—)为代表的爱尔兰诗人群体和以林顿·科威西·约翰逊(Linto Kwesi Johnson,1952—)为代表的非洲裔诗人群体。此外,女性诗人群体也逐渐崛起,但相比其他诗人群体来说影响较小。这里着重分析一下拉金、希尼和约翰逊的诗歌创作。

一、菲利普·拉金的诗歌创作

拉金出生于考文垂,父亲是当地的财政官。1940年,拉金入牛津大学圣约翰学院修读英国文学。第二次世界大战期间,拉金由于视力不佳而免于服役,牛津毕业后,他先在施罗普郡惠灵顿市的公共图书馆工作,三年后转至莱切斯特大学学院图书馆。此后,他一直都在图书馆工作,并致力于大学新图书馆的建设,直到去世。

拉金是运动派诗人中的第一才子,也是第二次世界大战后崛起的英国诗人中最优秀者之一。他的诗歌创作始于20世纪30年代初期，但直到20世纪50年代才真正建立诗名，赢得评论家和读者的好评。不过，进入20世纪70年代后，拉金的诗歌创作逐渐减少，只偶然在杂志上发表诗作。

综观拉金的诗歌创作，可以发现他早期的诗歌作品受到叶芝的影响，较为朦胧。但到了20世纪50年代，他开始推崇哈代的笔法，务求写得具体而准确，简练达意，技巧娴熟，但不追求惊人的词语。他排斥那些"让人费解的陈词滥调"，因为那会"阻碍作者去发挥独创性"。这显然是针对现代主义的晦涩诗风的。此外，拉金的诗作中几乎见不到一片绿叶，也许这就是拉金笔下英国社会的写照。从这一点更可以看出，拉金的技巧和他的诗所描述的内容是融为一体的。拉金和运动派的其他诗人们用这种娴静的风格准确而具体地写出五六十年代英国的景物和时代情绪，终结了从20世纪20年代开始统治英国诗坛的现代主义诗风，回归到哈代为代表的另一种英国传统。基于这种基本的情绪背景，在他的诗作里，人往往处于一种被动无奈的状态，受到排斥，不能掌握自己的命运，难以支配自己的时间和空间。以《一无所知》一诗来说：

奇怪，一无所知，总是拿不准
低为真，偏为对，锕为卖，
却又不得不加上一句："我认为差不多，"
或"噢，看来确实如此，
肯定有人知道"。
……
即使具有了这些知识其实我们
周身的肌肉也具有准确度
我们的日子却过得毫无准确度，
直到我们生命开始衰亡，
对为什么会死仍然一无所知。

在这首诗中，拉金渲染的是一种悲观、无所作为和无可奈何的人生心态，但它同时也具有一种新的品质：感情和理智上的诚实，似乎把诗人的肺腑都呈现在读者面前，没有任何的掩饰和虚张。

在拉金的诗歌创作中，最为重要的一部诗集是《受骗较少的》。这部诗集一改仿袭而完全用自己的口吻叙述，收录的29首诗充分体现了诗人刻画具体、准确、善于驾驭诗歌形式、在表面的"降温处理"下蕴含着复杂的情感。这种独特的艺术手法运用得恰到好处，因而被认为是"运动派"发轫的信号。《上教堂》是这部诗集中最为著名的一首诗歌，也是拉金的代表作之一。这首诗歌并不是写去教堂祈祷，而是诗人经过教堂进入参观时的所思所想。诗歌中的第一、二节叙事和描写的笔法客观而细致地再现了“我”独自参观一座空荡荡的教堂的所见，第三至六节则写了“我”站在教堂中的所思所想，“我”对教堂在将来被废弃的假设进行了推测，人们会不会只保留几座教堂用于展览，其他的就任其受风吹雨淋，被羊群糟蹋？也许这些被废弃的会被人们认为是不吉利的地方而远远避开，也可能会有迷信的女人带着孩子来摸教堂中某块特别的石头，或者是来采摘治癌症的药草，又或者是在某个夜晚来看死鬼走路。但迷信和信仰总会有消亡的那一天。等到教堂的本来面目和用途越来越难以辨认的时候，最后还会有谁来寻找教堂呢？在这首诗歌的结尾，诗人回归了教堂归于对于人们认识生命的重要地位，也意识到当下人们正需要教堂所给予的精神慰藉：

它是建在严肃土地上的严肃之屋，
我们所有的冲动都在它混杂的空气中，
得到认可，变成命运。
而那永远不会过时，
因为总有人会惊奇地发现
自己有一份饥渴想要更严肃，
并被它吸引来这土地，
这里，他曾听说，人会活得明智，
那是由于无数死者躺在周围。

整首诗写得丝丝入扣，诚实可信。此外，这首诗突出地展现了拉金开放的视角、敏锐的观察、深刻的思考和直白的语言。因此，其被称为拉金确立自己在英国诗歌中的地位的扛鼎之作。

二、西默斯·希尼的诗歌创作

希尼出生于北爱尔兰德里县的农民之家，是家中的长子。高中毕业后，希尼进入贝尔法斯特的女皇大学学习，毕业后又入圣约瑟夫大学进修。毕业后，他以教书为业，并尝试进行诗歌创作。由于北爱尔兰持续不断发生政治和暴力冲突，于是他于1972年移居爱尔兰共和国首都都柏林。1974年，他远赴美国柏克莱大学访学，这成为他一生的转折点。1984年他被聘为哈佛大学修辞学和雄辩术教授，1989年任牛津大学诗歌教授。

希尼是北爱尔兰诗人群体中最出类拔萃的一位，也是具有世界声誉的英国诗人。他早年的诗作充满了对童年的回忆，以自然、朴实的语言描绘了北爱尔兰乡村生活，并对这种生活进行了深入的思考。对养育他的故乡的眷恋，以及对爱尔兰农庄文化的自豪。在《搅奶日》一诗中，他就以带感情的诗行描绘了他母亲带领全家在农庄工作的生动场面，展示出一幅乡村的农家乐图景。当然，诗人也没有忘记乡村景象的另一面，因而他的诗中也会出现一些不幸的人们。

北爱尔兰是英国的一个民族和宗教斗争非常激烈的地区，"共和军"和政府军经常发生武装冲突。生活在这样的环境里不可能不留下深刻的印记，而笃信天主教的希尼的家庭必然处在与政府相对立的地位。对此，希尼在《警官来访》一诗中对其进行了反映：

他的摩托车停在窗下，
防护罩的橡胶边
围住了前轮的挡泥板，
两只粗黑的手把

在阳光下发出热气，发动机的
拉杆闪闪发亮，已经关上，
脚蹬轻松地悬着
摆脱了法律的皮靴。
……
窗外闪过一个人影。
拉起后座弹簧架
压住账簿。他用皮靴往下一蹬
摩托车就"噗噗噗"地发动起来。

在这首诗中，希尼生动展现了以天主教信徒为主的爱尔兰老百姓与英国政府之间的深刻矛盾在孩子心中留下的深深烙印。在这些诗句的素描式描绘中，对立情绪是多么强烈。"法律的皮靴"等冷峻的意象也无疑会使中国读者逐渐体会到北爱尔兰问题的根深蒂固。

希尼的家庭传统是笃信天主教的，他的根深深地扎在爱尔兰的文化传统上。但是，他又是在英国的传统文化教育下成长起来的；作为诗人，他想使两者找到一个共同的切入点。因此，他在进行诗歌创作时，经常将个人和家庭的境遇放在国家和民族的历史背景之中，从而将爱尔兰文学和英国文化传统结合起来，使其呈现出了明显的民族特色和高度的现实性。以《挖掘》一诗来说，这首诗描写了诗人父亲与祖父的辛苦劳作，与诗人自己的生活形成了对比。诗歌开始于诗人听到窗外父亲用铁锹翻地的声音，这让他想起了自己小时候父亲也是这样劳作的，而且父亲对铁锹的纯熟使用与祖父是一脉相承的。诗中，希尼还通过挖掘和土豆的意象回顾了爱尔兰的历史，让读者联想起历史上爱尔兰经历的饥荒，更将面临战乱危局的当代爱尔兰人的困境以隐喻的形式表达出来。在诗歌的开头，诗人写道：在我的食指和拇指之间/夹着粗短的笔；自在犹如一枪。但是，在诗歌的结尾，诗人并没有选择枪，而是选择了铁锹。这表明，希尼作为农民的后代，他不会忘记爱尔兰被奴役的历史，但作为具有责任感的当代爱尔兰诗人，在枪所代表的暴力和铁锹所代表的和平手段之间，他依然选择和平。而挖掘在诗人的笔下成为具有历史延续性的动作，不仅是简单的农业耕作，而且是爱尔兰民族世代相传的民族传统的象征。

总的来说，在爱尔兰的问题上，作为一名诗人的希尼并没有强调民族立场的选择，而是以博大的人文精神来把握历史与现实，将爱尔兰民族的认同与北欧等其他民族的发展结合在了一起，从而站在更高的层面上实践着民族独立与和解。他所采用的新颖的意象和对诗歌语言的准确把握，使诗歌的本土性、历史性和知性色彩有机地融合在一起，正是由于希尼的贡献突出，他才成为了爱尔兰这个群体中的佼佼者，推动了爱尔兰诗歌的发展，使其呈现出了新的面貌。

三、林顿·科威西·约翰逊的诗歌创作

约翰逊出生于牙买加，于1963年移民英国。他曾在伦敦大学读书，毕业后从事过多种职业，既是诗人，同时又是演员、杂志编辑、电视制片人和“今日种族会”的发起人。

约翰逊在进行诗歌创作时，往往将黑人音乐，包括爵士乐、灵魂乐、加力秀和牙买加流行乐里奇与西印度群岛的语言、英国非洲裔的街头俚语相融合，创造出一种独特的节奏和韵律。同时，他的诗歌经常运用“恐惧”“战争”“鲜血”等词语对英国非洲族裔在白人种族主义者的统治下的焦虑和愤怒，以及对文化自主的奋斗和渴望进行生动的描述，由此对英国的种族歧视和严酷的现实进行尖刻的批评。采用这种语言写作，其本身就是一种文化独立的追求和政治反抗，因为传统的评论家认为这样的语言是“不标准”和“原始的”，但约翰逊却不仅用它表达出与白人主流文化的对抗，更生动地表达出处于边缘的非洲族裔青年人的内心感受。

约翰逊的诗歌从根本上来说是口语诗歌，因此读来固然让人感动，但诗人的朗诵才更显其诗歌的魅力。约翰逊的不少诗作都是以唱片形式发行，由诗人自己配合音乐朗诵，节奏感强烈的音乐与诗人低哑的声音相映衬，不仅吸引了非洲族裔的年轻人，更博得英国大众的青睐。

第四节　非职业作家的散文创作

在20世纪下半叶的英国文坛上,活跃着一支特殊的队伍,他们不是职业文学家,但他们的作品却可以称作英国散文之园中鲜艳夺目的花朵。他们中有政治家、哲学家、经济学家、传记作者、文学批评家、历史学家以及科学史、人类发展史的作者。他们在自己的专业领域是有名望的人物,但又都写得一手好文章。这里着重分析一下文学评论家克莱夫·斯特普尔斯·刘易斯(Clive Staples Lewis,1898—1963)和科学家雅各布·布洛诺夫斯基(Jacob Bronowski,1908—1974)的散文创作。

一、克莱夫·斯特普尔斯·刘易斯的散文创作

刘易斯出生于北爱尔兰的贝尔法斯特,他在牛津大学的学习被第一次世界大战打断,他参了军,负了伤。战后,他完成学业,并从1925至1954年任牛津大学马达林学院研究员,1954年以后任剑桥大学中古及文艺复兴英国文学教授,直到去世。

刘易斯是因文学评论和研究而闻名的,特别是关于中古文学的研究。这方面的著作主要有《爱情的寓言》《重评及其他论文》《〈失乐园〉序》《文学研究》《批评试验》《被抛弃的偶像》等。

刘易斯关于文学评论和研究的文章,善于运用类比和比喻来说明问题。这些类比和比喻往往非常生动又十分机智。比如,在《关于惩罚的人道主义理论》一文中,刘易斯抨击了那种认为惩罚是为了使罪犯悔改或为了告诫别人不要效仿的看法,指出这不是仁慈而是残酷。他认为仁慈必须与公正连在一起,离开了公正,仁慈就会成为不仁慈,接着他用了一个类比来说明这种观点:

> 正如有些植物只能在山地土质上茂盛生长,仁慈也只能在公正的石缝中生长、开花。把它移植到纯粹的人道主义的低洼地,它就变成吃人的杂草,而且具有更大的威胁性,因为人们把它看作山地植物的变种,还用同样的名字称呼它。

上面这段引文,进一步说明刘易斯如何紧扣事物的实质,运用类比加以阐明。他使用的类比并不复杂,也不深邃,但却形象生动、通俗易懂,使人一看就明白作者要表达的意思。但如果读者就此止步,就没有完全领会作者的用意。作者所运用的通俗的类比,包含着深邃的哲理,表明了作者对一些

事物本质的理解。关于证据的类比使人想起列宁的名言：任何一种错误理论都可以在生活中找到例证。而山地植物变成毒草的例子，使人想起了中国春秋时代晏子的南桔北枳，两者都是说明任何东西不能离开一定的条件，条件变了，事物的质也会发生变化。

刘易斯的文章创作，有时如江河直泻，滚滚而来，很有气势，这是他发挥其雄辩才能的时候。以《有教养和没教养》一文中一段文字来说：

> 我发现区分往往在于文体。……我们把那种不完美称作文体上的不完美，因为这不是由于作者见解上的毛病，而是由于他对语言的运用不敏感或不经心。精选一下表示性质的用语，远处的山峦就会在地平线上更清楚地显露出来；使用一个恰当的比喻，现在淹没在废话的海洋中，仅仅模糊可见的整个画面就会永远印在脑海深处；更为宏伟的节奏就可以使我们得到空间和运动的感受，而不至于像现在那样，要自己去臆测。

在这段文字中，作者把排比与比喻结合在一起，连续使用，节奏感强，犹如波浪一个高于一个，形成一种倾泻之势。这使得他阐述自己观点之雄辩有力，使许多观点正确的文章黯然失色。

二、雅各布·布洛诺夫斯基的散文创作

布洛诺夫斯基出生于波兰，后举家迁居德国，12岁时他又迁至英国定居加入了英国籍。他曾在剑桥大学攻读数学和物理，同时他又喜爱文学和自然科学。因此，后来他转向研究以生物学为代表的生命科学。然而他的兴趣绝不只限于某一门具体学科。他的着眼点在于整个科学，整个文化，其中也包括文学。第二次世界大战以后他曾为英国政府工作，后先后执教于美国麻省理工学院和英国牛津大学。1974年，布洛诺夫斯基去世。

布洛诺夫斯基是一位科学家，他热心从事于科学普及工作，他那别具一格的科普性散文使他置身于英国优秀的散文家之列而毫无愧色。在20世纪70年代，他在英国广播公司(BBC)电视上作了系列的西方科学史的演讲，其讲稿汇集成书于1973年出版，名为《人的上升》。“上升”这一词显然引自于赫胥黎为捍卫达尔文的“进化论”与教会所做的一次辩论。当对方讥笑地问赫胥黎在祖父一方或是祖母一方他是猿猴的后代时，他反驳说他宁愿从猿猴“上升”至目前状况，也不愿从天使下降而来。

布洛诺夫斯基的演讲词都是极好的散文，他把深奥的科学原理用浅近通俗的语言介绍给一般读者。他还用生动、形象的语汇来描绘那些在科学史上占有重要地位的科学家的个性特征。他把科学与整个世界的文化联系

起来，将科学融入文化之中，并成为推进文化的动力。他的这些科普性的散文内容丰富，深入浅出，旁征博引；语言风格却简明洗练，通晓酣畅，文采斐然。他把科学普及文章提高到了文学性的新水平，赢得了广大读者的喜爱。

在英国当代散文的发展中，布洛诺夫斯基可以说做出了极大贡献。布洛诺夫斯基在更高程度上将科学引入文学，或者说，将文学融入科学，使两者水乳交融，混为一体。他专门写了不少文章来论说科学与文学、艺术以至整个文化的关系。此外，布洛诺夫斯基将散文引入电视，更好地利用先进的现代化的大众传媒手段，达到图文并茂的效果，开创了现在所谓"电视散文"这一新的艺术形式的先河。

第五节 左翼戏剧和戏剧的新发展

20 世纪下半叶的英国戏剧创作中，具有现实主义倾向的左翼戏剧创作取得了重要成就，并出现了一批颇具特色的剧作家，形成一场新戏运动，给英国戏剧发展带来了活力。此外，随着贝克特的荒诞戏剧《等待戈多》在英国的公演，荒诞戏剧在英国也获得了一定发展。在进入 20 世纪 70 年代以后，涌现出一批戏剧新秀，推动了 20 世纪下半叶的英国戏剧逐渐走向繁荣。

一、左翼戏剧的创作

有不少评论家认为，20 世纪 50 年代以后出现的大多数英国剧作家似乎都加入了一场艺术运动，即通常被人们称为"左翼"剧作家的"运动"。因此，20 世纪下半叶的戏剧创作，首先取得重要成就的是左翼戏剧的创作。约翰·奥斯本(John Osborne，1929—1994)、爱德华·邦德(Edward Bond，1934—)、阿诺德·韦斯克(Arnold Wesker，1932—)、约翰·阿登(John Arden，1930—)、哈罗德·品特(Harold Pinter，1930—)等都是这一时期著名的左翼戏剧家，这里着重分析一下奥斯本和邦德的左翼戏剧创作。

(一)约翰·奥斯本的戏剧创作

奥斯本是第二次世界大战后英国戏剧创作中影响最大的作家之一，他出生于伦敦一个下层家庭，父亲以制作商业广告为生，他因而能有机会更多地体验中下层人民的生活和情感。奥斯本未上大学，只获得了贝尔蒙特学院的一个文凭。毕业后曾经当过一家商业性报纸的记者，后来做过演员、导演、编剧等，并开始尝试写作戏剧，发表了多部影响较大的戏剧作品，如《愤怒的回顾》《杂艺演员》《路德》《不能接受的证据》等。奥斯本一直到20世纪90年代还在进行戏剧创作，并于1991年创作了他最后一部戏剧《似曾相识》。1994年，奥斯本去世。

奥斯本在戏剧创作主题上绘出了一幅令人警觉的图画，展现这个世界里的社会、政治和经济秩序。同时，奥斯本以他的反英雄人物作为他同时代剧作家的代言人，他的"愤怒的青年"将戏剧带入了一个新的创作领域，掀起了新的戏剧创作高潮，对战后英国的戏剧发展产生了重大影响。

《愤怒的回顾》是奥斯本最为重要的一部戏剧作品，共三幕。作品背景是英国中部一公寓，里面住着波特和他的妻子艾丽森。这一对"欢喜冤家"，因为出身和成长经历的巨大差别，是冤家却没有丝毫欢喜。艾丽森是前驻印度陆军中校家的千金；波特则出身低微，10岁时目睹父亲在西班牙内战中受伤回家后短暂而凄凉的晚景，从小就知道了"什么是愤怒——愤怒与无助"。大学毕业后他无职可谋，结果在别人的帮助下开了家糖果店。这个"生错了时代"的人在现实生活里找不到自己的位置，无形中成了社会的弃儿，因而对现存社会体制里的一切都有着强烈的抵触心理，因此诸如阶级差别、国家利益、宗教伦理等都成了他攻击的对象。他不停地责难艾丽森——他的阶级敌人，反对他那个当了国会议员的内兄，批评每星期天必读的报纸，辱骂岳母。对从西班牙内战回来的父亲、朋友坦纳和坦纳的母亲（是她支持他做起了糖果生意）等则表现出相当的敬重和同情。克利夫帮波特经营糖果店，和他们夫妇合住。波特无休止的愤怒，屋里两个男人间不时的争斗，使家里"每天都更像一个动物园"。其间艾丽森的朋友海伦娜来访，目睹艾丽森的委屈，海伦娜打电话把艾丽森的情况告诉了她的父亲，于是，老中校去把身怀六甲的艾丽森接回娘家。滑稽的是，艾丽森走后，海伦娜自己却和波特同居了。几个月后，艾丽森拖着流产后孱弱的身体回来，海伦娜此时已腻烦了波特，借机离开。戏剧的末尾，夫妻俩玩起了他们曾多次玩过的大熊和松鼠的游戏，借幻想的世界逃避现实，幻想的世界同时也是一种弥补。

这部剧作从结构上来看并没有多少突破，但它的布景、人物和情绪表达确实是重要的变化。该剧以陈设简陋的英格兰中部某城镇的顶层阁楼为背景，煤气灶、天窗、倾斜的墙壁、陈旧的家具，埋头读星期日报纸的波特和熨烫旧衬衣的艾丽森绘出了一幅困境中的一代青年人的社会画面。波特无法适应当前的社会，难以应付生活对他提出的要求，却对社会中存在的各种虚伪价值观念具有高度的敏感性。他痛恨以艾丽森父母为代表的中产阶级，对他们的道德标准嗤之以鼻；他讥讽艾丽森的父亲"就像一棵爱德华时代遗留下来的顽强的植物，不明白为什么太阳失去了昔日的光芒。"奥斯本在该剧中把一个欲望与现实相矛盾的当代社会以自然主义画面呈现出来，借波特之口对中产阶级奉行的体面有教养的礼节但却冷酷无情的心理进行了愤怒的声讨。

此外，该剧在形式上并未打破传统戏剧模式，用地道的传统三幕剧形式，以传统的现实主义戏剧手法进行创作；但像奥斯本这样让一个下层知识分子在台上直抒胸臆，痛快淋漓地发泄自己的愤怒，这在英国戏剧舞台上还是破天荒第一次。

（二）爱德华·邦德的戏剧创作

邦德是20世纪50年代以来英国最有争议的剧作家，也是最多产的剧作家之一。他出生于伦敦的一个工人家庭，14岁因家庭贫困辍学。1953年，19岁的邦德应征入伍。退伍后，他开始进行戏剧创作，并于1962年成为皇家宫廷剧院的专业剧作家。

邦德的戏剧创作可以分为两类，即写实性的和非现实主义的。前者包括《被拯救》和《世界》，这些剧是对当代社会问题的现实主义描写；后者包括《李尔》《傻瓜》《大海》《女人》等以莎剧、希腊悲剧等为原材而创作的作品，以及《赢了》《复辟》等谈古而论今的历史剧。但是，其作品不论以何种形式出现，可以肯定的一点是，其核心是揭露现代社会问题和探讨改变的途径。此外，邦德的剧作具有明显的政治背景和教育意义。邦德一直以社会批评家自居，虽然他的剧中人物常常被置于远离英国或远离20世纪的一个特定环境中，但他的戏剧总有一个明确攻击目标，那就是当今英国，或从广义上来说，当今西方社会。生活在这样一个社会里，邦德认为一个作家的任务是“分析和解释社会现象，并说明今后可能发生的情况”，即成为一个社会预言家。

邦德的戏剧创作最大的特点同时也是评论界争论的焦点，便是是他对暴力的描写。在他看来，暴力是我们这个世界所有不公正的自然结果，因此他的作品里充满了触目惊心的暴力景象，常常出其不意地出现对血淋淋的暴力行为的详尽描写。这些场面往往在演出中引起观众席上的一片嘘声，在评论中更是遭到评论家的攻击和反对。但是，邦德并不是为了寻求感官上的刺激而去描写暴力行动的。他在1972年出版的剧本《李尔》的前言中写道：“我描写暴力就像简·奥斯丁描写民情风俗一样自然。暴力造就同时也困扰着我们的这个社会，如果我们不停止这些暴力行为，我们就没有希望。那些不希望作家们描写暴力的人实质上是想阻止他们描写我们自己，以及我们生活的这个时代，不描写暴力是不道德的。”在邦德看来，由资本主义的工业化造就的“文明”，即英国的政治、经济的基础是非正义的，它鼓励人们为了金钱、为了满足个人对物质生活的贪欲去尔虞我诈，甚至使用暗杀等暴力手段，以达到往上爬的目的。在这种“文明”社会中，人将逐渐失去自我，失去人性，而暴力——这种社会制度的产物——最终将摧毁这个制度以及整个人类社会。

邦德戏剧创作的这一特点，在其代表作《李尔》中有着鲜明的体现。作为一个左翼剧作家，邦德说他的戏剧触及的是人们的理性而非人性。他认为“暴力”是当代社会的主题之一，它来自整个错误的道德观念和社会观念。因此，要除去暴力，首要问题是要打破这一观念。他写道：“观众从舞台上看到的像是一面镜子，你必须首先打破那面镜子然后将它重新组合，这就意味着一种新的戏剧形式。”而莎士比亚的李尔恰恰就是这样一个镜子。因为《李尔王》所反映出来的思想之一就是伊丽莎白时期的“秩序”观。在这个剧中，被破坏的不仅是家庭的秩序，更有国家的秩序，乃至整个宇宙的秩序。邦德要打破的正是李尔王悲剧中所体现的“秩序”和政权观念。他要再塑李尔这面“社会的镜子”，并让他成为自己阐释政治“暴力”的载体。因此，该剧并不是简单地将莎士比亚的悲剧移植到当代英国舞台上，更没有重现莎剧悲剧色彩的意图。邦德的《李尔》有着强烈的政治色彩，可以被看作是20世纪政治权力之争的一个缩影。

该剧定格于3100年的英国，在剧中为防御北部挪恩公爵和康沃尔公爵的进犯，国王李尔强迫他的老百姓在修筑一条长城。中国秦朝时代的劳动场面与现代的武器形成了极大的反差。大幕拉开时，李尔正要亲手杀死一个无辜的工人，罪名是后者在劳动时误杀了另一名民工。他的做法激怒了他的两个女儿，她们宣布与父亲的宿敌、挪恩公爵和康沃尔公爵结为夫妻，并随后领兵来推翻李尔的政权。双方的战争以李尔大败和他忠实的大臣沃林顿被俘而结束。

剧中充满了莎剧式的血腥和暴力：两姐妹割去沃林顿的舌头，踏烂他的双手，并用毛衣的织针扎破了他的耳膜。李尔逃到一个小村里，被掘墓工收留。随后而至的士兵打死了掘墓工，强暴了他的妻子考狄利娅，抓走了李尔。很快，以考狄利娅和她的情人木匠为首的起义军推翻了两个女儿的政权。在狱中，李尔目睹了战败的大女儿被卸肢和二女儿被刺死的惨状，接着，自己也被一种新的刑具挖去双目。失去双眼的李尔跟着掘墓工的鬼魂又回到那个村子，成了一个很有影响力的演讲家。这时，执政的考狄利娅已又在修建长城，此时的李尔终于意识到了自己和所有执政者围绕着长城所犯下的错误和罪行：长城就像是社会政权的象征，它赋予集体“暴力”以道德和合法的名义，使当权者以冠冕堂皇的理由实施暴力。戏剧结束时，李尔爬上他曾经下令修建的城墙，试图用铁锹拆除“长城”——这个曾寄托了他一切梦想的政权象征，最后李尔被一个士兵开枪打死。

在1975年的一次演出的节目单上，邦德写上了这样一番话来解释《李尔》的结尾："我的李尔表示愿意为他自己的一生负责，同时付诸于他的行动……他的这一举动不应被看作是最后的行动，不然的话我的这个剧就会被认为是'荒诞派'戏剧的一部分，而这一点——如同被曲解的科学一样——会被认为是非文化的一种反映。人类的状况并不荒唐，荒唐的是我们的这个社会，李尔很老了，总归是要死的，他的这一姿态是做给那些学着如何活下来的人看的。"也就是说，他要让他的李尔超越传统悲剧中个人独自和悲剧命运的束缚，把故事上升到社会的意义上来。

二、戏剧的新发展

在20世纪下半叶的戏剧创作中，除了左翼戏剧创作取得了重要成就外，荒诞戏剧创作也有了一定的发展。与此同时，不断涌现的一批年轻剧作家进一步推动了这一时期剧作的不断发展。在这里，将着重分析一下影响较大的塞缪尔·贝克特和汤姆·斯托帕德（Tom Stoppard，1937—　）的戏剧创作。

（一）塞缪尔·贝克特的戏剧创作

贝克特是20世纪英国戏剧创作中的佼佼者，也被称为"荒诞派戏剧大师"。他出生于爱尔兰的都柏林市里的一个犹太家庭。1927年，他毕业于都柏林著名的三一学院，并获得法文和意大利文硕士学位。由于他精通法语，曾作为交流讲师被三一学院派到法国巴黎高等师范学院任教。从此，贝克特便开始了他在法国的旅居生活和文学艺术生涯。第二次世界大战期间，德国曾占领法国，当时定居法国的贝克特曾因参加抵抗运动，受法西斯的追捕，被迫隐居。第二次世界大战结束后曾短居爱尔兰，不久返回巴黎。1989年12月22日，贝克特在法国巴黎逝世。

贝克特在最初进行文学创作时，以写作小说为主。进入20世纪50年代后，他意识到自己的小说实验已经没有继续前行的可能了，于是开始转向戏剧创作。贝克特的戏剧创作一开始走的就是实验性的、反传统的路线，可谓是地地道道的"反戏剧"，亦即"荒诞剧"。但是，荒诞派戏剧一经登上西方的戏剧舞台就颇受诟病和争议。因为它没有连贯的情节，没有完整的舞台形象，人物的对白也语无伦次，完全颠覆了传统的戏剧模式，所以起初观众对这种戏剧感到茫然，摸不着头脑。但是，这种荒诞剧所带来的影响和效果却不是荒诞的，而是引发了更深刻的理性思考。人们逐渐发现了其荒诞背后透露出的现代人普遍状况和内心体验。

《等待戈多》是贝克特荒诞戏剧的代表作，以两个流浪汉无聊的动作和无望的等待等一系列荒诞的情境，折射出第二次世界大战之后人的普遍的生存境遇。这是一部两幕剧，其创作灵感来源于贝克特1937年在德国研习时看到的德国浪漫派画家卡斯帕。戴维·斐德里克的画作《两个男人共赏月》，画面中是两个男人的背影站在一条小路上，其中一个把手搭在另一个人的肩上，他们身旁是一棵大树，远处的月亮散发着朦胧的光。但是，贝克特并没有照搬原画。他让《等待戈多》中的两个流浪汉弗拉季米尔和爱斯特拉冈站在一棵光秃秃的树旁，他们先后转过身来，面对月亮，陷入了沉思。贝克特所营造的氛围显然有别于原画的浪漫氛围。在斐德里克的作品里，月光是基督和他的承诺的象征，即他一定会归来，所以这是一种希望的象征。而在贝克特的剧本所展现的意境却颇具反讽意味，因为人人都在等待戈多，而戈多最终并没有出现。然而，就舞台效果而言，这一意象最准确直观地呈现了后现代的"荒原"图像。

戈多这一人物在剧中一直未出现，他是一种抽象的超验，即彼岸世界的意义之所在。虽然评论家对戈多是谁做过各种推测，但他的结构(形式)意义要大于他本身是谁。戈多的不确定性使得等待成为可能。此外，这一剧作的主题并不是戈多，而是等待。等待似乎是人们生活的一个必不可少的组成部分。在一生中，人们经常在期待着什么，而戈多则代表着期待中的一个人、一个事件、一个物品甚至死亡。而在等待的过程中，人们才明显地意识到时间的流逝。剧中的两个流浪汉就是在期望中挣扎，"戈多明天就要来了"是他们唯一的精神寄托。对于这两个流浪汉来说，戈多代表的是温暖，因为等到了戈多，他们就不再无家可归，也不必再流浪，戈多是他们唯一的归宿。

这部剧作最与众不同之处在于其舞台布景的设置体现了贝克特后来戏剧创作中一贯到底的简约派风格，简约到不能再简的程度：一条乡间小路和一棵树构成了这部剧的背景。剧中唯一固定的道具就是一棵枯树(上面只有三片叶子)，而其他的道具就是人物随身的裤子、皮带、帽子、靴子。也可以说，人物本身就是道具。正是这极其简约的背景和道具将现代人纯粹的"存在"赤裸裸地呈现给观众，并且使人感到震撼，这是任何经典的传统戏剧所无法达到的效果。此外，这部剧作对时间的处理也十分独特。该剧第一幕的时间是"傍晚"，第二幕的时间是"第二天同一时间"，除此之外，剧中没有其他明确的时间指涉。两个人物的时间概念也极其模糊，他们甚至弄不明白他们与戈多约定的时间。这样的时间处理方式，使得时间成了一种缓慢的不间断的流动，角色被陷入时间之流，在世间的某一个不确定的地点挣扎，也使得如何等待、如何打发掉"现在的无聊"成为该剧的主要"情节"。

(二)汤姆·斯托帕德的戏剧创作

斯托帕德是第二次世界大战后英国戏剧舞台的繁星之中长盛不衰的剧作家之一,直至今日仍有很高的声誉。斯托帕德并不是土生土长的英国人,他出生在捷克的兹林镇,1939年时为躲避德国纳粹的迫害,举家随父亲来到了新加坡。1942年,日本人入侵新加坡,斯托帕德随母亲和哥哥被疏散到了印度,而留在新加坡的父亲却在日本人的轰炸中丧生。之后,他母亲嫁给了英国军官,这使他和哥哥从继父那里得到了现在的姓氏,并随继父回到了英国,在诺丁汉定居下来,从此告别了艰辛奔波的生活。1954年,斯托帕德找到了一份记者的工作,并开始尝试戏剧创作、写戏剧评论文章。后来,斯托帕德专心致力于戏剧创作,并确立了他在英国戏剧界的地位。

斯托帕德出生于捷克,但却一直视自己为英国人,终身徘徊于中心与边缘之间。他一生最大的愿望就是成为英国传统的一部分。在他踏上这个国家的那一瞬间,英国,就像莎士比亚一样,便始终是他追求的权威中心和神话;但与此同时,他又不时痛苦地意识到被他扔在身后的另一个处于边缘的捷克自我,一个在现实里矢口否认但在作品里却多次回归的自我。不管他日后成就了怎样的辉煌,一个无法改变的事实是,斯托帕德成了一个极端错位和矛盾的人。他崇拜英国的伟大传统,却又无法克制对它颠覆的冲动;他想忘却他的捷克出身,却又不自觉地一次次在作品中回到这个话题上。随着时光的流逝,斯托帕德越来越被一种良心死结所纠缠。所有这些对故土和英国的复杂而矛盾的感情对斯托帕德日后戏剧创作的风格和内容影响很大。

中心和边缘是斯托帕德戏剧创作的一个重要主题,这在其代表作《罗森格兰兹和吉尔登斯敦之死》中有着鲜明的体现。这部剧作是对莎剧《哈姆雷特》中一个很不起眼的细节的后现代式扩展:罗斯和吉尔在毫不知情的情况下被卷入丹麦王室的政治漩涡,他们全然不知国王、王后与王子之间的复杂关系,更无从了解王子受命于先父幽灵的复仇计划。他们唯一知道的,就是自己应王室召唤而来,以设法弄清哈姆雷特忧郁或者疯癫的原因。斯托帕德以《哈姆雷特》为创作素材,成功地创作了一部带有荒诞派戏剧和存在主义哲学色彩的当代戏剧经典。

这部剧作的一个重要主题是"影响的焦虑",其在剧作中首先表现在人物的层面上。就像本剧的剧名"罗森格兰兹和吉尔登斯敦已死"所显示的那样,早在他们出现在这部剧中之前,他们"已经"死了——任何一个读过看过《哈姆雷特》的人都知道他们的海上旅行,被王子掉包了的书信,他们在莎剧剧终时的"死亡"。对于吉尔和罗斯来说,前莎剧情节如同命运和神谕一般,不可更改。本剧的震撼力就在于，面对命运"咒语"的影响——"车轮已经启动，我们……在劫难逃"——吉尔和罗斯却一直坚持要透过看似荒诞的对白和文字游戏，为自己的处境寻找一个"逻辑"，力图在文字的王国中挣脱命运枷锁的束缚，以获得对"风向"的把握，最终能像中国哲人庄子那样实现现实与梦想的穿梭。相对于后来的电影改编，语言无疑是舞台剧的灵魂，罗斯和吉尔的对白给人一种诗一般的意境。斯托帕德甚至让罗斯和吉尔用诗一般的语言来宣泄面对莎剧既定情节时的绝望："我们烧毁了身后走过的每一座桥，除了朦胧中灰飞烟灭的记忆，已没有什么能指引我们的航程。"其次表现在作者身上。如果我们从剧中罗斯和吉尔的故事想到现实中斯托帕德的创作，便会依稀可见作者/作品之间惊人的联系：在人物对既定命运的无奈抗拒中，我们仿佛看到剧作家面对到了剧作家本人面对莎士比亚这位文学圣人所怀有的焦虑。一方面，斯托帕德从颠覆的角度走进莎剧经典，通过随心所欲的"误读"，令人瞠目地把莎剧的对白、情节、场景变成了他戏剧创作的要素，实现了对前辈的叛逆和分离。在这一过程中，戏剧创作完全变成了一种文本穿行和再编码。但与此同时，另一方面，他又在不知不觉中将莎氏置于了高不可攀的地位。剧中的悲剧演员不仅向罗斯和吉尔传递着戏剧世界里的命运规则，即"书写"的绝对权威性和不可更改性，而且，他们与吉尔和罗斯如影相伴的形象本身也在时时提醒着观众莎氏影响的无处不在。所以，"影响的焦虑"不仅是吉尔和罗斯的，也是斯托帕德本人的。

此外，这部剧作运用了戏中戏的手法，将现实与艺术虚构有机地结合起来，你中有我，我中有你，虚实交融一体，天衣无缝，真正体现了莎士比亚那句关于人生与舞台关系的名言："整个世界是一个大舞台，所有的男人和女人不过是演员而已。"

参考文献

[1]杨友玉,等.英美小说与诗歌的创作发展历程透视[M].北京:中国水利水电出版社,2015.

[2]常耀信.英国文学通史[M].天津:南开大学出版社,2011.

[3][英]塞夫顿·德尔默.英国文学史[M].林蕙元,译.郑州:河南人民出版社,2016.

[4]杨周翰.十七世纪英国文学[M].上海:上海人民出版社,2016.

[5]陈乃新.品英国诗歌 鉴英国精神:从文艺复兴到浪漫主义[M].广州:中山大学出版社,2016.

[6]沈雁.威廉·戈尔丁小说研究[M].苏州:苏州大学出版社,2014.

[7]陈红薇,王岚.中心与边缘:当代英国戏剧家汤姆·斯托帕德[M].北京:北京大学出版社,2013.

[8]王雅华.不断延伸的思想图像:塞缪尔·贝克特的美学思想与创作实践[M].北京:北京大学出版社,2013.

[9]王琼.19世纪英国女性小说研究[M].合肥:安徽文艺出版社,2014.

[10]王守仁,方杰.英国文学简史[M].上海:上海外语教育出版社,2006.

[11]侯维瑞.英国文学通史[M].上海:上海外语教育出版社,2006.

[12]刘文荣.当代英国小说史[M].上海:文汇出版社,2010.

[13]阮伟,等.20世纪英国文学史[M].青岛:青岛出版社,2004.

[14]王守仁,何宁.20世纪英国文学史[M].北京:北京大学出版社,2006.

[15]王佐良,周珏良.英国20世纪文学史(第2版)[M].北京:外语教学与研究出版社,2006.

[16]陈新.英国散文史[M].南京:南京师范大学出版社,2003.

[17]王岚,陈红薇.当代英国戏剧史[M].北京:北京大学出版社,2007.

[18]丁芸.英美文学研究新视野[M].杭州:浙江大学出版社,2005.

[19]瞿世镜,任一鸣.当代英国小说史[M].上海:上海译文出版社,2008.

[20]胡宗锋.英美文学精要问答(修订版)[M].西安:西北大学出版

社,1999.

[21]高明乐,等.英语教学:理论与实践[M].北京:北京语言大学出版社,2013.

[22]何其莘.英国戏剧史(第2版)[M].南京:译林出版社,2008.

[23]李维屏,宋建福.英国女性小说史[M].上海:上海外语教育出版社,2011.

[24]蒋承勇.英国小说发展史[M].杭州:浙江大学出版社,2006.

[25]牛庸懋,将连杰.十九世纪英国文学[M].郑州:黄河文艺出版社,1986.

[26]吴景荣,刘意青.英国十八世纪文学史[M].北京:外语教学与研究社,2000.

[27]侯维瑞,李维屏.英国小说史[M].南京:译林出版社,2005.

[28]龚翰熊.欧洲小说史[M].成都:四川大学出版社,1997:105.

[29][美]鲁宾斯坦.从莎士比亚到奥斯汀[M].陈安全等,译.上海:上海译文出版社,1987.

[30][法]米兰·昆德拉.小说的艺术[M].孟湄,译.北京:三联书店,1992.

[31][英]艾弗·埃文斯.英国文学简史[M].蔡文显,译.北京:人民文学出版社,1984.

[32][苏]阿尼克斯特.英国文学史纲[M].戴镏龄,译.北京:人民文学出版社,1959.

[33]Patricia Waugh.Metafiction:the Theory and Pratice of Self-conscious Fiction[M].London:Methuen,1984.

[34]Godfrey Frank Singer.The Epostolarv Novel[M].Philadelphia:University of PennsylvaniaPress,1933.

[35]Edward Larrissy.Yeats the Poet:the Measures of Difference[M].New York:Harvester Wheatsheaf,1994.

